Antonia S. Byatt
Stilleben

Roman

Aus dem Englischen
von Susanne Röckel und
Melanie Walz

Insel Verlag

Die Originalausgabe erschien 1985 unter dem Titel
Still Life im Verlag Chatto & Windus, London.
Copyright © A. S. Byatt 1985

© der deutschen Ausgabe
Insel Verlag Frankfurt am Main und Leipzig 2000
Alle Rechte vorbehalten, insbesondere das des öffentlichen
Vortrags sowie der Übertragung durch Rundfunk und
Fernsehen, auch einzelner Teile. Kein Teil des Werkes darf
in irgendeiner Form (durch Fotografie, Mikrofilm oder andere
Verfahren) ohne schriftliche Genehmigung des Verlages
reproduziert oder unter Verwendung elektronischer Systeme
verarbeitet, vervielfältigt oder verbreitet werden.
Satz: Libro, Kriftel
Druck: Clausen & Bosse, Leck
Printed in Germany

Erste Auflage Frühjahr 2000
1 2 3 4 5 6 – 05 04 03 02 01 00

Stilleben

FÜR JENNY FLOWERDEW
4. MAI 1936 – 11. OKTOBER 1978

Talis, inquiens, mihi videtur, rex, vita hominum praesens in terris, ad comparationem eius, quod nobis incertum est, temporis, quale cum te residente ad caenam cum ducibus ac ministris tuis tempore brumali ... adveniens unus passerum domum citissime pervolaverit; qui cum per unum ostium ingrediens, mox per aliud exierit ... Mox de hieme in hiemem regrediens, tuis oculis elabitur.

Beda Venerabilis:
Historia Ecclesiastica Gentis Anglorum

»Solcherart, o mein König«, sprach er, »scheint mir das Leben der Menschen auf Erden in unseren Zeiten beschaffen, verglichen mit jener Zeit, welcher wir nicht gewiß sein können, als würdet Ihr eines Winterabends mit Euren Ratsherren und Würdenträgern beim Festmahl sitzen, indes ein verirrter Sperling geschwind in den Saal flöge, zur einen Tür herein und zur anderen hinaus. Aus dem Winter kommend, in den Winter zurückfliegend, entschwindet er bald Eurem Blick.«

Les mots nous présentent des choses une petite image claire et usuelle comme celles qu'on suspend aux murs des écoles pour donner aux enfants l'exemple de ce qu'est un établi, un oiseau, une fourmilière, choses conçues comme pareilles à toutes celles de même sorte.
Marcel Proust: *Du côté de chez Swann*

J'essayais de trouver la beauté là où je ne m'étais jamais figuré qu'elle fût, dans les choses les plus usuelles, dans la vie profonde des »natures mortes«.
Marcel Proust: *A l'ombre des jeunes filles en fleurs*

Les substances mortes sont portées vers les corps vivants, disait Cuvier, pour y tenir une place, et y exercer une action déterminée par la nature des combinaisons où elles sont entrées, et pour s'en échapper un jour afin de rentrer sous les lois de la nature morte.
Georges Cuvier, zitiert nach Michel Foucault
In: *Les Mots et les choses,* Seite 289

Prolog
Postimpressionismus: Royal Academy of Arts, London, 1980

In das Besucherbuch trug er sich mit seiner eleganten Handschrift ein: Alexander Wedderburn, 22. Januar 1980.

Entschieden wie immer hatte sie gesagt, er solle sofort in den Saal III gehen, wo sich die »wunderbaren Sachen« befänden. Früh. Und hier war er nun, eine bekannte Persönlichkeit, in gewisser Hinsicht auch ein Künstler, und wanderte an einem bleigrauen Morgen gehorsam durch die Säle I (französische Maler um 1880) und II (englische Maler 1880 bis 1900) zu dem hellgrauen, klassizistischen und stillen Ort, wo das helle Licht erglänzte und aus den Pigmenten sprühte, so daß die Wendung »wunderbare Sachen« völlig zutreffend erscheinen mußte.

An einer Längswand hing eine Reihe von van Goghs, darunter ein *Garten des Dichters* in Arles, den er noch nie gesehen hatte, aber durch die Erinnerung an verkleinerte Reproduktionen und gedrängte Beschreibungen in den Briefen des Malers erkannte. Er setzte sich und sah einen gegabelten Weg, um den goldene Hitze zitterte, unter den aufstrebenden, gefiederten, blau-schwarz-grünen hängenden Flügeln einer großen Fichte, die sich weiter ausbreiteten, wo der Rahmen ihr Streben unterbrach. Zwei Gestalten bewegten sich sittsam Hand in Hand unter der schwebenden Dichte der Zweige nach vorne. Und dahinter grünes, grünes Gras und Geranien wie Blutspritzer.

Alexander machte sich keine Gedanken darüber, ob Frederica auftauchen würde. Es war nicht länger ihre Art, zu spät zu kommen: Ihr Leben hatte sie kurzfristige Zuverlässigkeit gelehrt, vielleicht sogar Rücksichtnahme. Und er hatte als Zweiundsechzigjähriger den möglicherweise nicht ganz zutreffenden Eindruck, daß er mittlerweile zu alt und zu gesetzt war, um sich durch sie oder sonst jemanden aus der Ruhe bringen zu lassen. Nicht ohne Zuneigung dachte er an ihr baldiges Kommen. Die Ereignisse und Beziehungen seines Lebens hatte ein

Muster von unleugbarem Wiederholungscharakter durchzogen, in das sich einzupassen Frederica störrisch verweigert hatte. Sie war eine Nervensäge gewesen, eine Bedrohung, eine Qual, und war nun eine Freundin. Sie hatte vorgeschlagen, daß sie miteinander die van Goghs anschauten, und damit eine andere, eine bewußte, geplante und ästhetisch bestimmte Form der Wiederholung etabliert. Sein Theaterstück *Der gelbe Stuhl* war 1957 erstmals aufgeführt worden; er dachte nicht gern zu intensiv darüber nach, wie über all seine früheren Arbeiten. Er starrte auf den gelassen bewegten Garten, einen Wirbel gelber Pinselstriche, ein grünliches Impasto, eine dichte Masse furios gefiederter blaugrüner Linien, vereinzelter schwarzer Krakel und Spritzer schmerzlich hellen Orangerots. Es war ihm schwergefallen, eine Sprache zu finden, die der Besessenheit des Malers von der Leuchtkraft der materiellen Welt entsprach. Er hätte alles verfälscht, wenn er sich darauf beschränkt hätte, das zugänglichere Drama der elektrischen Streitigkeiten des Malers mit Gauguin im gelben Haus in Arles nachzuzeichnen, den fernen lebenswichtigen Bruder, der Farben und Liebe lieferte, das abgeschnittene und der Hure im Bordell überreichte Ohr, die Ängste vor der Heilanstalt. Anfangs hatte er geglaubt, er könne einfache, klare Verse ohne jede bildliche Sprache schreiben, Verse, in denen ein gelber Stuhl eben das war, ein gelber Stuhl, so wie ein runder goldener Apfel ein Apfel und eine Sonnenblume eine Sonnenblume war. Manchmal sah er die Pinselstriche noch immer auf diese Weise, in dieser Nacktheit, wobei er sich von seinen früheren Vorstellungen von diesem Garten freimachen mußte, das gemalte Laubwerk vom Bild schwarzer Schwingen befreien und die angedeuteten Geranien von der vulgären Idee blutiger Spritzer reinigen. Aber es war nicht wirklich möglich. Die Sprache beispielsweise verwehrte es ihm. Im Namen Sonnenblume verbarg sich bereits die Metapher für die Pflanze, die sich nicht nur zur Sonne wendet, sondern der Lichtquelle ähnlich sieht.

Auch van Goghs Vorstellung von den Dingen hatte es ihm verwehrt. Der gelbe Stuhl war nicht nur Pigmente und Pinselstriche und nicht nur ein gelber Stuhl, sondern einer der zwölf Stühle, die für eine Künstlergemeinschaft gekauft worden waren, die im gelben Haus wohnen sollte, dessen weiße Wände von Sonnenblumen erstrahlen würden, wie gotische Kathedralenfenster von farbigem Licht erstrahlen. Und nicht allein Metaphern: kulturelle Bedingtheit, immanente Religiosität, Glaube, Kirche. Eines führte unweigerlich zum anderen. So wie der Garten des Dichters, der Wandschmuck für das Schlafzimmer des »Dichters Gauguin«, mehr war, als er zu sein schien.

Arles, 1888.

Vor einiger Zeit habe ich einen Artikel über Dante, Petrarca, Boccaccio, Giotto, Botticelli gelesen; mein Gott, was für Eindruck haben mir die Briefe dieser Menschen gemacht.
Petrarca hat hier ganz in der Nähe gelebt, in Avignon, und ich sehe dieselben Zypressen und Oleander wie er ...
Neben der Tartarin-Seite und der Daumier-Seite dieses drolligen Landes, wo die guten Leute mit dem Akzent reden, den Du ja kennst, gibt es schon soviel Griechisches, es gibt die Venus von Arles wie die von Lesbos, und diese Jugend spürt man noch trotz allem ...
Aber ist es nicht wahr, hat dieser Garten nicht etwas Merkwürdiges an sich, kann man sich nicht gut vorstellen, wie die Renaissance-Dichter, Dante, Petrarca, Boccaccio, sich zwischen den Büschen auf dem blumenübersähten Rasen ergehen?

Die Jugendlichkeit all dessen, dachte Alexander. Damals hielt ich mich für abgeklärt. Im Juli 1890, zwei Jahre nachdem er dies geschrieben hatte, schoß van Gogh sich dilettantisch in die Milz und starb einen qualvollen Tod. 1954 hatte Alexander als jemand, den die Zeit faszinierte, die 1953 anläßlich von van Goghs hundertstem Geburtstag publizierte Ausgabe der *Briefe* gelesen. Er selbst war damals gerade siebenunddreißig gewesen, und als *Der gelbe Stuhl* aufgeführt wurde, hatte er dieses Alter überschritten, war er älter als van Gogh, so wie er sich in den vierziger Jahren dessen bewußt geworden war, daß er älter war als Keats. Vielleicht hatte er für einen kurzen Moment das Machtgefühl des Überlebenden empfunden. Was für ein Unsinn. Die ewige Jugend der Provence. Er dachte an dicke, fette Autobahnen, die dieses Land zerschnitten. Er wandte seine Aufmerksamkeit den zeitlosen Weizenfeldern und Olivenhainen zu.

Mit Unterbrechungen gelangte sie die palladianische Marmortreppe hoch. Ein Maler hielt inne, um sie zu küssen, ein Journalist winkte ihr zu. John House, der die Ausstellung zusammengestellt hatte, kam die Stufen beinahe herabgesprungen, begleitet von einer zierlichen Frau in einem tannengrünen zeltartigen Mantel. Auch er küßte Frederica und stellte die Frau, deren Namen er undeutlich murmelte, als »Kollegin« vor und Frederica als »Frederica – Sie müssen entschuldigen, ich kann mir Ihre *noms de guerre* nie merken, Frauen sind heutzutage so wahrhaft proteisch«. Frederica sah sich nicht bemüßigt, den gemurmelten Namen in Erfahrung zu bringen, denn sie hatte es aufgegeben, sich für Zufallsbekanntschaften zu interessieren, solange nicht feststand, daß sie tatsächlich interessant waren. Zu Unrecht unterstellte sie, daß die Kollegin in John House' Begleitung Kunsthistorikerin war. Die Kollegin betrachtete Frederica mit gespielt geistesabwesender durchdringender Aufmerksamkeit. John House erzählte davon, wie er die Bilder zusammenbekommen hatte, Leerstellen hier *(Jakob im Kampf mit dem Engel)*, unerwartete Lichtblicke andernorts. Frederica hörte aufmerksam zu, ging dann weiter und trug sich in das Besucherbuch ein. Frederica Potter, Radio 3, Forum der Kritiker. Sie schwatzte dem Kassenpersonal einen Katalog als Freiexemplar ab. Ohne Hast machte sie sich auf den Weg dorthin, wohin sie Alexander dirigiert hatte.

Eine alte Frau mit Kopfhörer zerrte aufgeregt am Arm einer Freundin. »He – schauen Sie nur – das hat Winston Churchill gemalt, dieses...«, langsam und bedächtig: »Cap d'Antibes.«

Frederica warf einen Blick hinter sie: Claude Monet: *Au Cap d'Antibes par vent de mistral*. Ein blauer und rosaroter Wirbel, formlose geformte Einbrüche von Wasser und Wind. »Zu malen«, erinnerte sie aus Prousts Beschreibung des fiktiven Elstir, »daß man nicht sieht, was man sieht.« Licht und Luft zwischen uns und den Gegenständen zu malen. »Winston Churchill, meine Liebe, haben Sie nicht gehört?« Die zweite Frau schüttelte den Klammergriff der Finger ab. »Wirklich nicht im gleichen Atemzug zu nennen wie...«, sagte sie und sah dabei nervös von Frederica zur gemalten Signatur. Das festgehaltene Wasser glitzerte und tanzte. Im Katalog zitierte John House Monets

Beschreibung des gemalten Lichts um die schneeigen Heuhaufen als einhüllenden Schleier. Und er zitierte Mallarmé. »Ich glaube ... man sollte sich auf Anspielungen beschränken ... Einen Gegenstand zu benennen heißt drei Viertel des Vergnügens am Gedicht abzutöten, eines Vergnügens, das sich dem allmählichen Genuß des Wahrnehmens verdankt. Es anzudeuten, das ist das Ideal ...« Mit dieser Sicht der Dinge war Frederica nicht unumschränkt einverstanden: Sie nannte Dinge gern beim Namen. Doch sie blickte kurz hinunter, geblendet von der unsteten Membrane gewirkter, zarter Farben, dem blauen und rosigen Feuerwerk des Mistrals über dem Meer, dem prismatisch zerteilten frostigen Nimbus um die rätselhaften gedrungenen Heuhaufen. In ihrem Katalog kritzelte sie Wörter an den Rand, Notizen.

Daniel löste eine Eintrittskarte und hinterlegte die Leihgebühr für einen Katalog, warum, wußte er nicht genau. Er war gekommen, dachte er, weil er gewisse administrative Probleme mit Frederica zu erörtern hatte. Es war ihm bewußt, daß sie ihn für kunstbedürftig hielt. Unter den Arm hielt er eine zusammengefaltete Zeitung geklemmt, deren Schlagzeile lautete: FRIEDENSMUTTER TOT. Schlechte Nachrichten waren für ihn schwer zu ertragen, jetzt, da er älter wurde, noch schwerer, was vielleicht nicht ganz das war, was er erwartet hatte. Er sah die Bilder und sah sie doch nicht. Es gab ein Feld voller Mohnblüten und Getreide, das ihn lediglich an kleine und große, verblichene und gespenstische Versionen von van Goghs *Ernte* erinnerte, wie er sie wieder und wieder in endlosen Krankenhausfluren, Warteräumen und Schulbüros gesehen hatte. Wie Cézannes geometrisches braungrünes Gestrüpp hatte er diese weiten Felder im Aufenthaltsraum mehr als einer Nervenklinik gesehen. Das fand er merkwürdig, bedachte man, daß van Gogh selbst in Wahnsinn und Verzweiflung in einer solchen Umgebung gestorben war. Diese Felder wirkten nicht heiter, sondern überspannt. Daniels Geduld mit Nervenkranken ließ inzwischen zu wünschen übrig. Obgleich er vierzehn Jahre jünger als Alexander war, pflegte auch Daniel sich als Überlebenden zu betrachten, als sturmgezausten und ergrauten Überlebenden.

Alexander sah sie kommen. Etwa ein Dutzend Schülerinnen

füllten brav fotokopierte, mit der Hand verfaßte Fragebögen aus, deren Antworten aus einem Wort bestanden. Alexander, in Kleidungsfragen stets ein Connaisseur, fiel auf, daß Frederica den Stil gewechselt hatte, daß man die Kleidung der jungen Geschöpfe fast für eine Parodie dessen halten konnte, was Frederica in ihrem Alter getragen hatte, und daß Fredericas neuer Stil nicht ohne Bezug zu dieser Entwicklung war. Da kam sie in einem klassischen Kostüm, edle dunkle Wolle, diskretes geometrisches Muster in grünen und überraschenden strohbräunlichen Tönen, eng tailliert – ihre Taille war noch immer sehr schmal – wie in Andeutung einer Turnüre und mit knielangem, geradem Rock. Rüschen am Blusenkragen (unauffällige), und zum kleinen Samthut hätte ein Schleier gehören können, was aber nicht der Fall war. Das hellrote Haar war im Nacken zu einem Knoten in Form einer Acht aufgesteckt, was an eine der von Toulouse-Lautrec mit feinem Strich gezeichneten Café-Habituées denken ließ. Fünfziger Jahre und gleichzeitig postimpressionistisch, dachte Alexander, der die Stile verknüpfte. Sie trat auf ihn zu und küßte seine Wange. Er machte eine Bemerkung über die Pseudo-fünfziger-Jahre-Jugendlichen. Sie griff das Thema sofort auf.

»Du lieber Himmel, ich weiß. Enge Röcke und Parallelos und hohe Absätze, auf denen sie herumstaksen und mit ihren spitzen kleinen Hühnerpopos wackeln, und dieser ganze feuerrote Lippenstift. Ich weiß noch, daß ich dachte, Lippenstift sei für immer aus der Mode, dieser Inbegriff geschminkter Ausschweifung, so wie damals in Cambridge, als wir alle auf Chintz umstiegen und ich dachte, Taft sei für immer aus der Mode. Erinnerst du dich?«

»Selbstverständlich.«

»Erinnerst du dich an die eklektischen Parodien der sechziger Jahre – als wir uns in der National Portrait Gallery verabredet hatten –, diese ganzen Brahmanen und Militärklamotten und sogar Dienstbotenuniformen? Aber die heutigen Parodien sind so schrecklich ernst gemeint und uniform. Immer mehr von derselben Sache. Mehr von mir.«

»Majestätsbeleidigung. Und du? Zu den Ursprüngen zurückgekehrt?«

»Oh, ich befinde mich in meinem Element. Ich kenne mich mit den Fünfzigern aus. Die vierziger Jahre wären nicht meine Sache – Schulterpolster und Kreppkleider und Pagenfrisuren –, meiner Meinung nach war das alles ödipal bis zum Gehtnichtmehr, das war die Jugend meiner Eltern, du lieber Himmel, genau das, wovon ich mich emanzipieren wollte. Das hier ist meine Szene.«

»In der Tat.«

»Und heute habe ich Geld.«

»In unseren Zeiten der neuen Bescheidenheit hast du Geld.«

»In unseren Zeiten der neuen Bescheidenheit bin ich alt genug, um Geld zu haben.« Sie sahen Daniel näher kommen.

»Daniel verändert sich nicht«, sagte Alexander.

»Manchmal wollte ich, er täte es«, sagte Frederica.

Daniel veränderte sich nie. Er trug die gleiche schwarze Kleidung – ausgebeulte Kordhosen, dicker Pullover, Arbeiterjakkett –, die er in den sechziger und siebziger Jahren getragen hatte. Wie bei vielen behaarten Männern war sein Haar am Hinterkopf, wo es einst einen dichten Pelz gebildet hatte, lichter geworden, doch sein schwarzer Bart war üppig und stachelig, und sein Körperbau war noch immer gedrungen und schwer. In dieser Umgebung wirkte er ein wenig wie ein Maler. Er begrüßte Frederica und Alexander mit einer Bewegung seiner zusammengerollten Zeitung und sagte, draußen sei es kalt. Frederica küßte auch ihn auf die Wange und dachte dabei, daß er gekleidet war wie jemand, der ungewaschen riechen mußte, was er jedoch nicht tat. Alexander roch wie immer nach Old Spice und einem undefinierbaren angenehmen Röstduft. Sein glattes braunes Haar war so dicht wie eh und je, doch mittlerweile von silbern schimmernden Strähnen durchzogen.

»Wir müssen uns sprechen«, sagte Daniel.

»Erst mußt du dir die Bilder ansehen. Denk nicht an deine Arbeit.«

»Das habe ich versucht. Ich war im King's-Carol-Gottesdienst.«

»Schön für dich.« Frederica warf ihm einen scharfen Blick zu. »Jetzt sieh dir die Bilder an.«

Gauguins *Mann mit Axt*. »Etwas für dich«, sagte Frederica

zu Alexander, während sie den unerläßlichen Begleittext überflog. »Androgyn. Sagt John House. Nein, hat Gauguin gesagt. Findest du?«

Alexander betrachtete den dekorativen goldfarbenen Körper, das Abbild eines Körpers am Parthenonfries. Er sah ein blaues Lendentuch, flache Brüste, ein purpurnes Meer mit plumpen korallenroten Pausspuren. Er war von dem Bild nicht berührt, trotz der reichen und ungewohnten Farben. Er sagte zu Frederica, ihm seien verborgenere, verschleiertere, eher angedeutete Androgyne lieber, und lenkte ihre Aufmerksamkeit auf *Stilleben – Kirmes in Gloanec 1888,* wo verschiedene unbelebte Gegenstände – zwei reife Birnen, ein üppiger Blumenstrauß – sich auf einer leuchtendroten Tischplatte breitmachten, die eine schwarze Ellipse umrandete. Das Bild war mit dem Namen Madeleine Bernard signiert, und Alexander erzählte Frederica, daß Gauguin mit der jungen Frau einen ernsthaften Flirt unterhalten und von ihr, wie es zu jener Zeit Mode gewesen war, behauptet hatte, sie besitze die ersehnte und unerreichbare androgyne Vollkommenheit der Mischung aus vollendeter Sinnlichkeit und unnahbarer Selbstgenügsamkeit. Frederica informierte ihn aus dem Katalog darüber, daß die Gemüse als scherzhaft gemeintes Porträt Madeleines von Gauguins Hand galten, die Birnen als Brüste, die üppigen Blumen als ihr Haar. »Man könnte es anders interpretieren«, sagte Alexander, in dem plötzlich Interesse erwacht war, »man könnte die Birnen selbst als androgyn deuten, als etwas teilweise Männliches.« »Und das Haar nicht allein als Kopfhaar«, sagte Frederica laut zum Entsetzen einiger Ausstellungsbesucher und zum Ergötzen einiger mehr. »Du machst es dir nicht gern leicht mit deinen Bildern, Alexander, stimmt's?« »Das ist so bei alten Leuten«, sagte Alexander freundlich und unaufrichtig. Mittlerweile scharten sich Ausstellungsbesucher um sie, als veranstalteten sie eine Führung.

Sie traten zu der *Olivenernte*. Daniel war mit seinen Gedanken anderswo. Er erinnerte sich an schweres, glattes, rotgoldenes Haar in der kalten King's Chapel, goldener als Fredericas Rotschopf, das nach und nach den Haarnadeln entglitt und auf einen Kragen rutschte. Er sah zahllose Sommersprossen, die sich über den harten Rahmen von Wangenknochen und Stirn ausbreiteten und bisweilen zu münzgroßen warmen braunen Flecken vereinigten. Die geschlechtslose Stimme stieg in der Kälte auf. »Uns ward ein Knabe geboren.« »Und Herodes ward von großem Zorn erfüllt.« Die Stimmen spielten mit dem bethlehemitischen Kindermord, Sopran und Diskant jagten einander, während sie den Kopf senkte und den Takt nicht halten konnte.

Die Oliven waren 1889 von der Heilanstalt in St. Rémy aus gemalt worden.

> Ich sage es Ihnen als Freund: vor einer solchen Natur fühle ich mich kraftlos, mein nördliches Hirn ist in diesen friedlichen Gegenden Angstträumen erlegen, weil ich fühlte, man müsse mehr können, um das herbstliche Laub wiederzugeben. Jedoch wollte ich wenigstens einen kleinen Versuch machen, aber er beschränkt sich darauf, diese beiden Dinge zu nennen – die Zypressen – die Ölbäume; deren symbolische Sprache mögen andere – Bessere und Fähigere als ich – ausdrükken ...
> Sehen Sie, mir kommt auch die Frage in den Sinn: Wie sind die Menschen beschaffen, die jetzt in den Ölbäumen, Orangen- und Zitronengärten wohnen?

Frederica und Alexander waren in ein Gespräch über supernaturalistische Naturdarstellung vertieft. Daniel betrachtete den dunkelrosa Himmel, die verzerrten Baumstrünke, die silbrigen Blätter, den Erdboden mit seinen rhythmischen Streifen in Okkergelb, Dunkelrosa, Hellblau und Rotbraun. Oliven, stimmte Frederica Alexander zu, konnten zu Lebzeiten van Goghs, Sohns eines Laienpriesters, nicht anders als an den Ölberg erinnern, an Gethsemane, genau wie die Zypressen immer auf je verschiedene Weise Todessymbol waren. Daniel fragte – eigentlich nur aus Konversationsgründen –, warum van Gogh verrückt gewesen war, ob er einfach besessen gewesen sei. Alexander sagte, es sei möglicherweise eine Form von Epilepsie gewesen, verschlimmert durch die atmosphärisch-elektrischen Störungen, die der Mistral und die Hitze verursachten. Man konnte sich auch eine freudianische Erklärung zurechtlegen. Er fühlte sich dem Kind gegenüber schuldig, das nicht überlebt hatte, dessen Namen er erhalten hatte. Er war am 30. März 1853 geboren. Sein toter Bruder Vincent van Gogh war am 30. März 1852 geboren. Er war auf der Flucht vor seiner Familie, seinem toten Alter Ego, seinem ungewissen Identitätsgefühl. An Theo schrieb er: »Ich hoffe, Du bist kein ›van Gogh‹. Letztlich bin ich kein ›van Gogh‹. Für mich warst Du immer ›Theo‹.« Daniel sagte, er könne den Schmerz nicht erkennen, von dem Frederica sagte, er sei in den Oliven zu sehen, und Alexander sagte, noch immer im Vortragston, Vincent habe Bilder symbolischer Christusse in Gethsemane von Bernard und seinen Kollegen abgelehnt, habe seine eigenen zerstört und sich mit den Oliven allein begnügt. Er erzählte Daniel von dem schrecklichen St.-Rémy-Bild des vom Blitz getroffenen Baumes, von *noir-rouge*, und Daniel sagte, es sei sonderbar, daß sich diese Gärten heute auf den Wänden zahlloser anderer Heilanstalten befanden, um Leute aufzuheitern. Die Bäume standen unter ihren Aureolen pinkfarbener und grüner Pinselstriche, kleine fliegende Gegenstände, zu Materie gewordene Bewegungen des Lichts oder Lidschläge, Pinselstriche, Pigmente.

An Emile Bernard, St. Rémy, Dezember 1889.
Hier die Beschreibung eines Bildes, das ich gerade vor mir habe. Eine Ansicht aus dem Park der Anstalt, in der ich bin: rechts eine graue Terrasse, ein Stück vom Haus. Ein paar abgeblühte Rosensträucher, links das Parkgelände – roter Ocker – sonnenverbrannt, mit abgefallenen Kiefernnadeln bedeckt. Dieser Parkrand ist mit großen Kiefern bepflanzt, Stämme und Äste sind ockerrot, das Grün der Nadeln hat durch eine Beimischung von Schwarz etwas Düsteres. Die hohen Bäume heben sich von einem Abendhimmel mit violetten Streifen auf gelbem Grund ab, weiter oben geht das Gelb in Rosa über, dann in Grün. Eine Mauer – wieder ockerrot – versperrt die Aussicht und wird nur von einem violett- und ockergelben Hügel überragt. Der erste Baum ist ein gewaltiger Stamm, aber vom Blitz getroffen und abgesägt. Doch ein Seitenast ragt sehr hoch empor und läßt eine Lawine dunkelgrüner Kiefernnadeln fallen. Dieser düstere Rie-

se, wie ein stolzer Besiegter – wenn man ihn als ein lebendes Wesen betrachtet –, steht im Gegensatz zu dem blassen Lächeln einer letzten Rose an dem welkenden Strauch vor ihm ...
Du wirst verstehen, diese Verbindung von rotem Ocker, von Grün, verdüstert durch Grau, die schwarzen Striche, welche die Konturen bilden, dies alles bringt ein wenig dieses ›Schwarz-Rot‹ genannte Angstgefühl hervor, unter dem manche meiner Unglücksgefährten häufig zu leiden haben ...
Ich erzähle Dir von diesen beiden Bildern ... um Dich daran zu erinnern, daß man den Eindruck von Angst auch hervorrufen kann, ohne gleich auf den historischen Garten Gethsemane abzuzielen ...

Daniel dachte an die tote Ann Maguire, die, Anna van Gogh, der Frau des holländischen Pastors vergleichbar, ein jüngeres Kind, dem ihre Hoffnungen galten, nach einem toten Kind benannt hatte (wenngleich in van Goghs Fall die Namen Theodorus, Vincent, Vincent und Theodorus von Generation zu Generation wiederauftauchten wie eine kulturelle Entsprechung zu bestimmten Familienzügen – der massigen Stirn, den leuchtendblauen Augen, den betonten Backenknochen, den ausgeprägten Nasenflügeln). Eine Familie auf dem Friedhof seines letzten Kirchspiels hatte im England der siebziger Jahre des vergangenen Jahrhunderts einen Sohn Walter Cornelius Brittain zu taufen versucht und drei Söhne im Alter von fünf Jahren, zwei Jahren und einem Monat beerdigt, abwechselnd mit verschiedenen verstorbenen Töchtern, einer Jennet, einer Marian, einer Eva.
Im August 1976 war ein Auto, in dem ein aller Wahrscheinlichkeit nach bereits toter Schütze der IRA saß, auf einen Bürgersteig geschlittert und hatte drei Kinder Mrs. Maguires getötet, die achtjährige Joanne, den zweijährigen John und den sechs Wochen alten Andrew; überlebt hatte nur der siebenjährige Mark. Die Öffentlichkeit war angesichts der Menge der Opfer und der Sinnlosigkeit ihres Sterbens schockiert gewesen, wie sie es eben ist, und Mrs. Maguires Schwester hatte zusam-

men mit einer Freundin eine Friedensbewegung gegründet, deren tapfere Anfänge und trauriges Ende zu verzeichnen hier nicht der Ort ist. Ann Maguire hatte in Neuseeland eine zweite Joanne auf die Welt gebracht, und von dort war sie zurückgekehrt, weil sie sich mit der kulturellen Verpflanzung nicht abfinden konnte. Obwohl die Zeitungen sie Friedensmutter nannten, hatte sie sich nicht in der Friedensbewegung ihrer Schwester engagiert. Sie hatte gerichtlich Schadensersatz für das Leben ihrer toten Kinder und ihr eigenes Leid erkämpft, und eine der wenigen Aussagen, die sie vor der Öffentlichkeit machte, bestand darin, daß sie das erste Schadensersatzangebot als »beschämend« bezeichnete. Am Tag der zweiten Verhandlung hatte man sie tot aufgefunden. Daniel hatte sich die Geschichte aus den Rundfunknachrichten – »Verletzungen am Hals. Einwirkung Dritter scheint ausgeschlossen« – und aus einander widersprechenden Zeitungsmeldungen zusammengereimt. »Selbstmord mit der Heckenschere«, »Küchenmesser«, »Elektromesser«, das »neben ihr gefunden wurde«. Ihr Motiv war laut Aussage des Leichenbeschauers »nicht ohne weiteres verständlich«. Daniel, der in gewisser Weise Spezialist für blindwütige Schicksalsschläge geworden war, schien manches daran verständlich.

Er hatte nicht für Ann Maguire gebetet. So ein Priester war er nicht. Er hatte – metaphorisch gesprochen – eine gewaltige Faust ohnmächtig gegen ein düster dräuendes Energiefeld geschüttelt und sich wieder auf seine Arbeit konzentriert, seine Arbeit, seine Arbeit.

Er folgte den zwei anderen in die dunklen Schatten des Raums, der die Niederlande beherbergte. Nonnen in geflügelten weißen Hauben stiegen eine kühle graue Treppe empor und herab. Die Lauriergracht in Amsterdam war trübselig und funkelnd. Mondrians *Abend* war düster und wolkenverhangen. Diese Bilder gefielen ihm. Wie Vincent hatte er ein »nördliches Hirn« (auch wenn er nicht wußte, daß Vincent dies gesagt hatte) und reagierte biologisch und seelisch auf schwärzliche, eselsbraune und graue Schattierungen, auf weißliche Tupfen im Dunkeln. »Zum Schönsten, was die Maler dieses Landes hervorgebracht haben, zählt gemaltes Schwarz, das dennoch Licht enthält«, hatte Vincent in einem Brief aus Holland geschrieben. Xavier Mellery, der Maler der Nonnen, wurde im Katalog beschrieben als jemand, der »ein Licht erzeugt, das die Negation jenes Lichts ist, welches unsere unmittelbare visuelle Wahrnehmung des Dinglichen umgibt, ein Licht, das vielmehr das innere Licht unseres Geistes ist . . .«. Daniel war diese Art Sprache gewohnt; sie bildete sein tägliches Brot, zumindest sein wöchentliches. Er wußte um das Licht, das im Dunkeln leuchtet, und aus ganz anderen Gründen als Alexanders Bedürfnis nach Genauigkeit, nach Differenzierung mißtraute auch er mittlerweile jeder bildlichen Sprache. Nie mehr legte er seinen Predigten Gleichnisse zugrunde oder ließ sich zu Analogien verleiten: Er predigte Exempel, Fälle, Lehrbeispiele. Aber die schwarzen holländischen Gemälde gefielen ihm: Sie befanden sich, wenn man so will, auf seiner Wellenlänge.

Er trat Frederica in den Weg.
»Du hast gesagt, du hättest von Will gehört.«
»Er hat mir eine Karte geschickt.«
»Von wo diesmal?«
»Aus Kenia. Offenbar auf dem Weg zu den Hungernden in Uganda.«
»Hippie«, sagte Daniel.
»Er hilft«, sagte Frederica.
»Was für einen Nutzen – ich meine im Verhältnis – soll so jemand haben, ohne Ausbildung, ohne medizinische . . . ohne irgendwelche Kenntnisse? Nur ein unnützer Esser. Mich macht das rasend.«
»Ich glaube, daß er auf seine Weise oft nützlich ist. Warum verurteilst du ihn?«
»Er verurteilt mich. Das liegt in der Familie.«
»Das tut es in der Tat«, sagte Frederica.
»Vor einiger Zeit«, sagte Daniel, »war ich im Charing-Cross-Krankenhaus, weil eine Jugendliche an einer Überdosis gestorben war – sie pumpen den Drogensüchtigen jedesmal sofort den Magen aus, aber bei ihr hat die Leber einfach nicht mehr mitgemacht. Jedenfalls war ich da, auf diesem schier endlosen Flur,

und überlegte mir, was ich der Mutter sagen sollte, die sich die Schuld gab – und nicht grundlos, das darfst du mir glauben, sie war eine dieser nachgiebigen, unterwürfigen Schreckensmütter, was es nur noch schlimmer machte, nicht etwa leichter –, und dann rollte der Wagen mit dem toten Mädchen an mir vorbei – zugedeckt, die Pfleger mit ihren lautlosen Gummischuhen und ihren Plastikduschhauben –, und als sie an mir vorbei waren und den Wagen durch die Tür schoben, sah der hinter dem Wagen mich unter seiner Plastikkappe hervor an, mit meinem eigenen Gesicht. Für einen Augenblick war ich wie unter Schock. Die Haare hatte er unter dieser Kappe versteckt – normalerweise sieht er mir nicht so ähnlich, nicht so auffallend ähnlich. ›Hallo‹, sagte er. ›Mal wieder im Auftrag deines Vaters unterwegs?‹ Und ich habe ihn gefragt, was er da zu suchen hätte, und er sagte, er gehe in der Erde seiner Wege, wandere in ihr auf und ab, und dann schob er den Wagen durch die Tür, und ich ging hinterher, und die Mutter fing an zu heulen und zu kreischen, und Will sagte: ›Ich gehe jetzt und überlass' dich deinem Schicksal.‹ Und ich sagte: ›Wohin gehst du?‹ Und er sagte: ›Wie ich dir erklärt habe: meiner Wege.‹ Das war das letztemal, daß ich Will gesehen habe.«

Die Nonnen stiegen die Treppe in unablässigem kühlen Schweigen empor.

»Und die Heilige Schrift mißbraucht er für seine Zwecke«, sagte Daniel.

»Das fand ich eigentlich ziemlich lustig«, sagte Frederica.

»Stand auf seiner Karte irgend etwas über seine Rückkehr? Irgendwelche Pläne?«

»Nein.«

Manchmal wünschte sie, Will würde ihr gar nicht schreiben, wenn er Daniel schon keine Nachrichten zukommen ließ. Manchmal sagte sie sich, daß die Postkarten oder vollgekritzelten Seiten aus Schulheften Botschaften an Daniel darstellten, doch schließlich, so räsonierte sie, sollte man sich nie dazu verleiten lassen, das Offenkundige um des Implizierten willen zu vernachlässigen, und schließlich und letztlich waren die vermaledeiten Dinger an sie, Frederica, adressiert.

»Ach, Scheiße«, sagte sie.

»Nimm's dir nicht zu Herzen«, sagte Daniel. »Ich muß weiter. Bis demnächst.«
»Du hast die Bilder noch gar nicht gesehen.«
»Ich bin nicht in der richtigen Stimmung.«
»Wir wollten bei Fortnum and Masons's Kaffee trinken.«
»Nein, aber trotzdem danke.«

1. Vorgeburtlich: Dezember 1953

I

Über dem Eingang stand es in goldenen Lettern auf purpurnem Firnis auf rotem Ziegelstein. Gynäkologie und Geburtshilfe. Im Türbogen deutete eine archetypische Hand, die erste einer ganzen Reihe, auf ein Plakat. Beratungsstelle für werdende Mütter, erster Gang rechts. Drinnen war es dunkel.

Sie fuhr bis zum Gebäude und kettete ihr Fahrrad an das hohe Gitter. Sie war im sechsten Monat. Der Fahrradkorb schwankte unter seiner Last auf dem vorderen Schutzblech. Sie entnahm ihm ein Einkaufsnetz, ihr Strickzeug, eine in Wachspapier eingewickelte Limonadenflasche und zwei dicke Bücher enthielt. Sie ging ins Haus.

Der zentrale Empfang war rotgekachelt, und auch die Wände waren größenteils in der Farbe getrockneten Blutes gekachelt, mit unerreichbaren Fenstern weit über Augenhöhe. An einem Tisch saß eine Schwester in Dunkelblau mit einem gefältelten weißen Türmchen auf dem Kopf. Vor ihr standen zwölf Frauen. Stephanie zählte sie und trat dazu. Sie sah auf ihre Armbanduhr. Punkt 10.30 Uhr. Zwölf war eine schlechte Zahl. Sie klemmte sich das Netz zwischen die Füße, nahm ein Buch heraus und hielt die Seiten dem schwachen Licht entgegen.

Eine vierzehnte Frau drängelte sich durch die Schwingtüren, an den dreizehn vorbei und sprach die Schwester an.

»Ich heiße Owen. Mrs. Frances Owen. Ich habe einen Termin.«

»Genau wie die anderen Damen.«

»Um zehn Uhr dreißig bei Mr. Cummings.«

»Genau wie die anderen Damen.«

»Zehn Uhr fünfzehn«, murmelten ein paar.

»Aber –«

»Wenn Sie sich jetzt bitte anstellen, werden Sie schon rechtzeitig drankommen.«

»Ich –«

Mrs. Frances Owen stand hinter Stephanie. Stephanie ließ ihr

Buch sinken und flüsterte: »Sammeltermine. Schwestern, die nicht Bescheid wissen, legen die Zettel einfach aufeinander, und dann sind die letzten die ersten. Es ist schwierig zu sagen, ob man besser früh oder spät kommt. Am besten ist es, man hat den allerersten Termin um halb zehn. Aber die Ärzte verspäten sich oft.«

»Ich bin zum erstenmal hier.«

»Dann wird man Sie länger warten lassen, weil Sie ausführlicher untersucht werden. Die Schlange wird an Ihnen vorbeigehen.«

»Wie lange?«

»Denken Sie besser nicht drüber nach.«

»Ich –«

Stephanie las William Wordsworth. Sie hatte beschlossen, in diesen Warteschlangen langsam und bedächtig seine Gedichte zu lesen. Drei Schwierigkeiten waren damit verbunden: das Gewicht des Buches, die zunehmende Nacktheit im Verlauf der Untersuchungen und die nachlassende Konzentration, bedingt durch schmerzende Beine und ein schwangerschaftsimmanentes allgemeines Unvermögen, Sätze zu beenden, ihre eigenen, die Wordsworth' oder Mrs. Frances Owens. Die jetzt schwieg.

Sie las.

Schlummer besiegelte meinen Geist.

Das Buch öffnete sich von allein an dieser Stelle.

Ich kannte nicht des Menschen Furcht.

Gewöhnliche Wörter in außergewöhnlicher Zusammenstellung. Woran erkannte man das Außergewöhnliche? Sie schlurfte vorwärts, schob das Netz mit ihren Gesundheitsschuhen weiter. Dann gelangte sie zu der Schwester, die eine Mappe mit der Aufschrift »Orton, Stephanie Jane, vorauss. Entb.-Termin 13. 4. 54« von einem Stapel zu ihrer Linken auf einen Stapel zu ihrer Rechten beförderte und Stephanie gestattete, die nächste halbe Stunde auf einem braunen Stuhl aus Stahlrohr und Segeltuch zu sitzen.

Es war, als könnt' sie fühlen nicht
Irdischer Jahre Gewicht.

Es war. Sie sah die Frauen an. Hüte, Kopftücher, unförmige Mäntel, Krampfadern, Taschen, Körbe, Flaschen.

Ich kannte nicht des Menschen Furcht.

Früher einmal hätte ihr Herz allein ob des Rhythmus einen Sprung getan. Jetzt war sein eigener Rhythmus mühselig und träge. Unsichtbar pulsierte in ihr ein anderer schneller Rhythmus, möglicherweise dem ihren angepaßt. Sie döste offenen Auges und blickte zu den Lichtschlitzen hoch. Ich bin der Biologie ausgeliefert. Die Wendung gefiel ihr. Der Biologie ausgeliefert. Es war keine Klage. Die Biologie war etwas sehr Interessantes. Sie hätte sich nie träumen lassen, daß sie ihre Zeit und Aufmerksamkeit so gänzlich beanspruchen würde. Sie las langsam.

Sie regt sich nicht, hat keine Kraft.

Im Gegenteil, zuviel davon und nicht von ihr bestimmt. Man rief ihren Namen. Sie trat auf den Flur, eilig, als wüßte sie nicht sehr wohl, daß sie lediglich zu einem weiteren Wartezimmerstuhl beordert wurde, daß die Dringlichkeit der Stimmen in keinem Zusammenhang mit der Schnelligkeit der Bewegungen der anderen, wenigstens der ihren, stand. Hinter ihr sprach Mrs. Owen.

»Ich habe fürchterliche Rückenschmerzen.«

»Das kommt vom Stehen und von diesen Stühlen. Es wird noch schlimmer, bevor es weniger weh tut.«

Ein unangenehmer Beiklang vom Ton einer Pfarrersfrau schwang darin mit, munter-teilnahmsvolles Ausweichen vor echter Anteilnahme. So durfte ihre Stimme nicht klingen. In der Kirche herrschte ein Chor unechter Stimmen. Sie wollte nicht sprechen. Die Schlangen in der Beratungsstelle waren inzwischen ihre einzige Annäherung an etwas wie eine Privatsphäre, sah man vom Stoßen und Hüpfen des Babys ab.

»Soll ich jemanden holen?«

»O nein«, sagte Mrs. Owen, die bereits begriffen hatte, daß

man Ärzte und Schwestern tunlichst nicht belästigte. »Es geht schon.« Stephanie hielt das schwere Buch wieder empor.

Die eigentliche Beratungsstelle hinter dem roten Mund und Schlund des Empfangs gehörte – wie die ganze Entbindungsstation – zu einem Militärkrankenhaus und war zu Beginn des letzten Weltkriegs in Erwartung großer Mengen verwundeter Soldaten, die sich nie eingestellt hatten, eilig angebaut worden. Ein eingeschossiges, mit improvisierten Wänden versehenes H-förmiges Gebilde aus Gängen und Rampen, die deprimierend hellblau gestrichen waren. Stephanie und Mrs. Owen wanderten mit Unterlagen, Flaschen, Strickzeug und Wordsworth nach links und dann nach rechts und wurden von einer dicken Krankenschwester in Empfang genommen, die ihre Flaschen auf einem Tablett zwischen Marmeladengläsern mit gekräuselten Zellophanhäubchen, verschiedenen Medizinfläschchen, einer Flasche Gin und einem großen Ketchupbehälter abstellte. Sie wurden in Umkleidekabinen mit dürftigen Vorhängen geschickt, wo sie sich splitternackt ausziehen und die bereitliegenden Frotteemäntel anlegen mußten. Stephanies Bademantel hatte fröhliche Strandfarben, orangerote und reklameblaue Pyjama- oder Liegestuhlstreifen. Er reichte ihr bis zur Mitte der Oberschenkel, war viel zu eng für ihren hervorstehenden Bauch und besaß keinen Gürtel. Solche unwürdigen Umstände war sie gewohnt, aber sie hatte sich nicht daran gewöhnt. Sie hob Wordsworth und das Einkaufsnetz auf. Sie hörte, wie Mrs. Owen getadelt wurde, weil sie nach links und dann nach rechts gegangen war und nicht nach rechts und dann nach links, zur Blutabnahme, da es schließlich ihr erster Besuch war. Sie sprachen mit ihr, wie man mit unaufmerksamen Kindern oder mit altersschwachen Greisen spricht, die nicht hersehen und nicht zuhören.

»Mir tut der Rücken weh«, sagte Mrs. Owen, »und ich –«

Sie wurde behutsam zur Blutabnahme verfrachtet.

Am einen Ende des an die Umkleidekabinen angrenzenden Zimmers befand sich eine Waage, vor der sich eine weitere lange Schlange bildete. Im ganzen Raum gab es nur zwei Sitzgelegenheiten für mindestens ein Dutzend Frauen, von denen viele sich ohne Hüftgürtel und Büstenhalter schutzlos vorkamen.

Auf der Waage stand eine Frau von so enormen Ausmaßen, mit so grotesken Fettauswüchsen und -wülsten und -falten, daß sich unmöglich entscheiden ließ, ob sie schwanger war und wenn, wie groß oder wie weit das Kind war. Sie lachte, wie Dicke zu lachen pflegen, während Krankenschwestern sich um sie scharten und tuschelten, als die Gewichte der Waage sich bewegten. Sie war Diabetikerin und ein Problemfall. Krankenschwestern hatten ein Faible für Tapferkeit und echte Probleme. Inmitten von so vielem und so verschiedenartigem Fleisch las Wordsworth sich anders.

Sie regt sich nicht, hat keine Kraft.

Wordsworth sprach als Mensch zu Menschen. Das hatte er gesagt. Man mußte Bescheid wissen, über technische Einzelheiten, über die Sprache, darüber, warum und wie Rhythmus geschaffen wurde, über die Auswahl von Substantiven und die Anordnung der Wörter, um zu erklären, wie es ihm möglich war, schlichte Wahrheiten unumstößlich auszusprechen, so, daß die Worte dafür seine Worte waren. Ihre Erziehung hatte erst begonnen.

Mrs. Owen kehrte zurück. Ihr Gesicht über dem sehr kurzen und ordentlich geschlossenen Bademantel war sehr bleich. An der Innenseite ihres Beins rann eine Blutspur herab.

»Mrs. Owen!« Stephanie deutete hin. Mrs. Owens kunstvolle Frisur türmte sich lächerlich unpassend über ihrer dünnen Nacktheit auf. Sie bückte sich, um nachzusehen. Sie begann zu stottern.

»Oh, wie unangenehm. O Gott. Ich wollte die ganze Zeit fragen, ob das Bluten und die Schmerzen nichts weiter zu bedeuten haben, aber ich kam einfach nicht dazu, und es war wirklich nicht so viel . . .«

Sie machte eine Geste des Verharmlosens und Entschuldigens, stieß einen leisen Schrei aus und fiel um. Blut verströmte und ergoß sich über den frischgeputzten Kachelboden. Stephanie rief: »Schwester!«, und fast sofort eilten gummibesohlte Schuhe geschäftig herbei, begleitet von einer Bahre, haufenweise Handtüchern und Wischtüchern und leisen, aufgeregten Frauenstimmen. Aus dem milchglasverkleideten Verschlag hinter der Waage tauchte ein Arzt auf. Mrs. Owen, die inzwischen kalkweiß und reglos auf der Bahre lag, wurde hinter Vorhänge geschoben. Noch mehr Gerenne. Stephanie wurde geholt, aus dem Bademantel geschält und auf eine hohe Liege unter einer Zellstoffdecke gelegt. Selbst hier konnte man noch ziemlich lange warten. Stephanie lehnte Wordsworth gegen ihren harten geschwollenen Bauch.

> Nichts sieht sie, nichts sie hört,
> Im Tageslauf der Erde rundherum gedreht,
> Mit Fels und Stein und Baum.

Die ganze Erde mit drei Substantiven zu benennen, das war Meisterschaft. Fels und Stein und Baum. Der Rhythmus durch die Wiederholung des »und«. Und das eine komplexe Wort unter den einfachen Wörtern, das Wort Tageslauf.

Ein junger Arzt erschien. Er befühlte ihren steifen, verhärteten Leib mit verhältnismäßig sanften Händen. Er drückte ein Stethoskop in eine weiche Stelle und lauschte. Er begegnete ihrem Blick nicht: Das war sie gewohnt.

»Mrs. Orton, wie fühlen wir uns denn?«

Sie konnte nicht antworten. Tränen liefen ihr übers Gesicht.

»Eine Spur Zucker. Sind Sie sicher, daß die Proben bei nüchternem Magen genommen wurden? –

Mrs. Orton, was ist los?«

»In England. Ist man. So verdammt. Zurückhaltend. Stunden und Stunden stehen wir – ohne Hüftgürtel – im Zug und in der Kälte. Die Frau – Mrs. Owen. Sie hat ihr Kind verloren – ich weiß es – weil, weil –, weil ihr niemand zuhören wollte. Ich auch nicht. Niemand hier war –«

»Regen Sie sich nicht auf. Das ist schlecht für das Kind. Für Ihr Kind.«

Sie schnüffelte.

»Sie hätte ihr Baby ohnedies mit größter Wahrscheinlichkeit verloren.« Es klang, als mache er ein Zugeständnis.

»Aber nicht unter so unwürdigen Umständen.«

Diese etwas ungewohnte Ausdrucksweise schien ihn in die Lage zu versetzen, sich direkt an sie zu wenden. Er trat ans Kopfende. Er blickte auf ihr tränenfeuchtes Gesicht.

»Warum sind Sie so völlig aus dem Häuschen darüber?«
»Ich habe ihr nicht zugehört. Niemand hat es. Wir haben ihr gesagt, sie soll sich in die Schlange einreihen.«
»Man sollte erwarten können, daß jemand in ihrer Situation genug Grips hat oder von allein auf den Gedanken kommt, sich um Hilfe zu bemühen.«
»Das glaube ich nicht. Hier lernt man, sich unterzuordnen. Man gehorcht. Man wartet stundenlang im Stehen, ohne Hüftgürtel, weil Sammeltermine gemacht werden und es nicht genug Stühle zum Sitzen gibt. Zwei Stühle für all diese Frauen. Das Stehen tut weh. Man verändert sich hier. Ich habe ihr selbst gesagt, sie solle sich keine Gedanken machen. Die Ärzte sind zu beschäftigt.« Automatisch warf er bei diesen Worten einen Blick auf seine Armbanduhr. Es stimmte, er war zu beschäftigt. Er war Stephanie schon begegnet, vielleicht erst einmal: Undeutlich erinnerte er sich an sie – blond, geschmeidig, gelassen, unaufgeregt, und sie benutzte die »Schwangerschaft« immer als Lesepult. Das fand er nicht ganz in Ordnung, hätte aber nicht sagen können, warum.

»Ihrem Kind geht es prächtig«, sagte er. »Ganz prächtig. Prima Herztöne, gute Größe, günstige Lage, alles hervorragend. Mit Ihrem Gewicht ist alles in Ordnung. Bitte hören Sie auf zu weinen. Es tut Ihnen nicht gut. Für manche Frauen ist die Schwangerschaft nervlich etwas anstrengend. Bitte versuchen Sie, um Ihres Kindes willen nicht die Nerven zu verlieren. Bitte. Wissen Sie, wenn Sie ein bißchen durcheinander sind, dann reden Sie sich doch einfach in einem Gespräch mit unserer Sozialarbeiterin alles von der Seele . . .«

»Ich will mir nichts von der Seele reden. Ich komme mir selber die meiste Zeit wie eine Sozialarbeiterin vor, nur unbezahlt. Ich wollte an etwas anderes denken. Ich wollte nicht . . . Ich dachte, ich könnte Wordsworth lesen und die unsägliche Warterei einfach vergessen.«

»Ja. Wenn Sie jetzt bitte die Beine auf den Boden stellen.« Sie überlegte, ob sie sich entschuldigen sollte, und entschied sich dagegen. Sie war ihm nicht böse; sie konnte sich vorstellen, wie es für ihn sein mußte: Frau um Frau um Frau, alle gleich, alle verschieden, hin und wieder vor Angst, Langeweile, Schmerzen, Frustriertheit, Demütigung in Tränen aufgelöst. Wie sollte er all dem – und all dem Unabänderlichen darunter – im Zehnminutenabstand gerecht werden? Er war noch sehr jung. Er konnte fachmännisch an seinem Spekulum entlang in ihre Vagina spähen, aber er errötete, wenn ihre Blicke sich kreuzten. Trotzdem wollte sie sich nicht für ihre Tränen entschuldigen. Egal wie er selbst darüber dachte, hätte er zumindest versprechen können, sich mit der Problematik des Stühlemangels zu befassen.

Darin tat sie ihm unrecht. Die Stühle begriff er als etwas, was in seiner Verantwortung lag. Bei ihrem nächsten Termin waren ein halbes Dutzend mehr Stühle vorhanden.

II

Draußen im Freien war ihre Identität zu Teilen wieder vorhanden. Geschäftig, nicht erschöpft, munter, nicht tränenselig, bestieg sie ihr Fahrrad. Sie hielt sich straff aufrecht; Fötus oder Baby schien das Radfahren zu mögen: Seine Bewegungen hörten für gewöhnlich – wie sie fand, glücklicherweise – auf, wenn ihre begannen. Die Straßen um Blesford waren noch immer weitgehend Landstraßen mit kahlen Schwarzdornhecken und tiefen Pfützen und ersten spärlichen Bungalows auf Zwergengrundstücken, weltabgeschieden am Ende haargefäßdünner Wege. Sie erinnerte sich an die Wege im Sommer, an Wiesenkerbel und tiefgrüne Blätter, nicht aber – nicht körperlich – an ihre eigene Beweglichkeit. Überstrahlt in jungfräulicher Anmut, sagt Dr. Spock unter Verwendung einer befremdlichen Inversion. Aber es traf zu.

Sie bremste, um einer anderen Gestalt auf einem Fahrrad auszuweichen: ihrem Ehemann Daniel, schwergliedrig und schwarzgekleidet, mit leicht klapperndem Kettenschutz. Sie fuhren nebeneinander, einträchtig, schwerfällig beide, mit fleißig strampelnden Beinen.

»War alles in Ordnung?«

»Keine Komplikationen. Dauerte nur länger als sonst. Wie war es bei dir?«

Daniel hatte bei einer Beerdigung amtiert.

»Nicht gerade schön. Alte Frauen aus dem Heim. Eine Tochter mit drei oder vier Blagen im Schlepptau. Krematorium. Die übliche Antiklimax – alte Hennen, die um ein Fleckchen Gras hinter dem Krematorium herumstehen, das sie für ein paar Stunden gemietet haben, mit einem Gartenschild, auf dem Mrs. Edna Morrison steht, und ein paar nebeneinander aufgereihten Chrysanthemensträußen. Die alten Mädchen sahen aus, als wären sie als nächste dran. Aber hochzufrieden mit sich, weil sie noch dabei waren und nicht schon in die Ewigkeit abgeseilt. Zum Glück gab es keine Einladung zum Tee. Das Heim kann sich sowas nicht leisten, und die Tochter war nur daran interessiert, ihre Kinder nach Sunderland zurückzuschaffen.«

»Eine Frau in unserer Schlange hat ihr Kind verloren. Einfach so. Auf dem Boden. Im Handumdrehen.«

Das hatte sie ihm nicht erzählen wollen. Daniel litt weit mehr als sie unter den gynäkologischen und biologischen Schrecknissen der bevorstehenden Entbindung. Sein Fahrrad schlingerte und fuhr wieder geradeaus.

»Passiert so etwas denn öfter?«

»O nein. Ich hatte nur ein schlechtes Gewissen, weil sie versucht hat, mir zu sagen, wie schlecht es ihr ging, und ich wollte bloß weiterlesen.«

Er runzelte finster die Stirn.

Als sie nach Hause kamen, war niemand da. Das war ungewohnt. Sie setzte den Kessel auf und schichtete Holz in den Kamin. Er schnitt Toastbrot auf, holte Butter, Honig, Tassen. Er legte seine massigen Arme um ihren dicken Körper.

»Ich liebe dich.«

»Ich weiß.«

Sie saßen nebeneinander auf dem Kaminteppich; das Feuer prasselte los; Daniel hielt die Toastgabel über den Rost. Toastduft begann sich in den Farbgeruch zu mischen, der die anhaltende Folge ihrer Versuche war, das Haus bewohnbar zu machen.

»Wo steckt Marcus?«

»Im Krankenhaus. In seiner Schlange. Er nimmt den Bus.«

»Eine halbe Stunde wöchentlich beim Psychiater hat noch

keinem was genützt. Finde ich jedenfalls. Auch wenn ich mir nicht anmaßen kann zu wissen, was etwas nützen könnte.«
»Bitte«, sagte Stephanie und legte ihm eine Hand aufs Knie. »Daniel, bitte. Laß uns einfach Tee trinken.«
»Ich habe mich nicht beschwert.«
»Nein. Das weiß ich.«

Marcus Potter, Stephanies jüngerer Bruder, wohnte bei ihnen, offenbar für unbestimmte Zeit. Im Sommer 1953 hatte er einen Nervenzusammenbruch oder eine Nervenkrise gehabt, verursacht (so eine Meinung) oder verschärft (so eine aufgeklärtere Meinung) durch seine merkwürdige Beziehung zum ehemaligen Biologielehrer der Blesford-Ride-Privatschule, an der sein und Stephanies Vater unterrichtete. Man munkelte von religiöser Spinnerei und möglichen homosexuellen Annäherungen. Die Behörden hatten sich dahingehend ausgesprochen, daß Marcus für ein Jahr vom Unterricht befreit werden sollte, um sich zu erholen, und daß er nicht bei seinem Vater wohnen sollte, einem Mann unberechenbaren Temperaments, vor dem er auffällige, ja übertriebene Furcht zu erkennen gegeben hatte. Niemand hatte gesagt, was Marcus tun sollte: Folglich schien er wenig oder gar nichts zu tun, sprach nur das Nötigste und zeigte sich zunehmend unwillig, sein Zimmer oder das Haus zu verlassen. Es hatte auch niemand gesagt, wie lange Marcus bei seiner Schwester bleiben sollte. Daniel, der von Natur aus zu pragmatischen Lösungen neigte, mußte sich bemühen, den Wunsch zu unterdrücken, Marcus zu schütteln oder ihm die Unerquicklichkeit seiner Tatenlosigkeit vor Augen zu halten. Bisweilen empfand Daniel gegenüber Marcus gewalttätige Anwandlungen, die er unterdrückte. Bill Potter, der Vater, war ein gewalttätiger Mann.

Stephanie sah Marcus heimkehren, als hätten sie ihn herbeibeschworen, indem sie seinen Namen nannten. Der Weg schien ihm unerklärliche Schwierigkeiten zu bereiten. An der kleinen Gartentür trat er vor und wieder zurück, als würde ihn ein elektromagnetisches Kraftfeld zurückweisen oder ein unsichtbarer Wind ihn wegblasen, der die Zweige der Bäumchen und immergrünen Hecken in den Vorgärten der Häuser nicht bewegte. Seine langen dünnen Arme hatte er schützend vor der Brust gekreuzt. Den Kopf mit dem matt strohfarbenen Haar und den runden Brillengläsern hielt er gesenkt. Stephanie beobachtete, wie er tanzte oder schlurfte – zwei Schritte vor auf dem gepflasterten Weg, einen zurück, fast seitwärts. Sie empfand ein Gefühl des Beschützenwollens und der Bedrohung. Daniel sah, wie ihre Züge sich veränderten.

Die Tür ratterte ausgiebig: Marcus kämpfte mit seinem Schlüssel. Ohne größere Schwierigkeiten widerstand Daniel dem Impuls, aufzustehen und ihm die Tür zu öffnen. Er wendete den Toast. Marcus tastete sich hinter der Tür hervor wie ein blindes Wesen, das sich mit den Fingern an Kanten und Oberflächen festhält. Obwohl die Eingangstür direkt ins Wohnzimmer führte, war er offenkundig fassungslos, Daniel und Stephanie dort vorzufinden.

»Tee und Toast, Marcus«, sagte Stephanie mit der Stimme, die sie gehört hatte, als sie mit Mrs. Owen sprach. Sie verabscheute diese Stimme, verwendete sie aber immer häufiger. Gespräche mit Marcus waren inzwischen weitgehend auf einsilbige Wörter geschrumpft, was das Ganze nicht besser machte.

»Nein«, sagte Marcus leise und fügte unhörbar hinzu: »Danke.«

Marcus näherte sich nun auf die Weise, die Daniel insgeheim sein »Kriechen« nannte, der Treppe. Das Zimmer, dunkel und mit kleinen Fenstern, war nur halb eingerichtet und nur halb gestrichen. Sessel, der kleine Eßtisch, Stephanies alter schöner Mahagonischreibtisch standen auf nackten Dielen voller Farbspritzer. Ein großer Flickenteppich lag vor dem Kamin, und ein paar Kokosläufer verteilten sich im Zimmer. Die Wände waren mit sehr großen blauen Rosen tapeziert, umrahmt von taubengrauem und silbrigem Blattwerk. Die halbe Tapete wurde weitgehend von der hindurchschimmernden weißen Grundierung verdeckt. Daniel hatte nie Zeit – oder gar Lust –, das Anstreichen ordentlich auszuführen. Er hatte sich angewöhnt, seine Umgebung nicht weiter wahrzunehmen. Stephanie hatte zu streichen versucht, aber der Farbgeruch brachte sie zum Erbrechen, und sie befürchtete undeutlich, daß dies dem Baby schaden könne. Daniel, der wesentliche Dinge sofort erfaßte, merkte nicht, wie sehr Stephanie darunter litt, in diesem unfertigen Chaos wohnen zu müssen. Im großen und ganzen hätte sie seine Meinung darüber, was wesentlich war und was nicht, sicher geteilt, aber das Chaos deprimierte sie.

Marcus erreichte die Treppe, die ins Wohnzimmer hineinreichte, und sah mit leerem Blick zurück. Er ging hoch, weniger schutzsuchend an die Wand gedrückt als unten, und sie hörten, wie die Tür zu seinem Zimmer geöffnet und geschlossen wurde. Kein weiteres Geräusch. Daniel nahm den Toast von der Gabel.

Die Stille oben verlangte Stille unten. Stephanie betrachtete Daniel und hätte ihn gern vor Marcus geschützt.

»Laß uns miteinander sprechen. Erzähl mir, was du heute erlebt hast.«

Eine wortreiche Sippe, diese Potters, sogar die friedliche Stephanie. Offenbar halfen ihnen die Wörter. Was er »erlebt« hatte, ließ man am besten auf sich beruhen, ohne es in eine Erzählung umzumünzen, ob unterhaltsamer, nörgelnder oder anteilnahmeheischender Art – die bereits geschilderte Beerdigung, zwei betrunkene Landstreicher, eine abermalige Strafpredigt des Vikars, weil er sich in die häuslichen Zänkereien ihrer Schäfchen einmischte. Er betrachtete seine blaßgoldene Frau, die ihre Arme über dem Bauch gefaltet hielt.

»Toast«, sagte er einsilbig. Er reichte ihr eine vollendet gebräunte, goldenbuttrige und honigglitzernde warm duftende Brotscheibe. Der Biologie ausgeliefert, dachte sie, während sie auf Dielenknarren oder Seufzer über der Zimmerdecke lauschte, während sie den leisen Regungen in ihrem Bauch lauschte und ihre Finger ableckte. Zu Daniel sagte sie diese beruhigende Formulierung nicht.

Während sie auf ein Lebenszeichen von Marcus lauschte, hörte sie Fredericas Fahrrad auf dem Kies knirschen. Frederica wirbelte herein, fiel dramatisch vor dem Feuer neben ihrer Schwester auf die Knie und rief: »Bitte sehr!« Stephanie sah kleine gelbliche Blätter, auf denen weiße Streifen klebten.

STIPENDIUMSANGEBOT NEWNHAM + BRIEF FOLGT + REKTOR
STIPENDIUMSANGEBOT SOMERVILLE + GRATULATION + REKTOR

»Es hat geklappt«, sagte Stephanie, »du hast es geschafft!«

1948 hatte sie beinahe identische Telegramme geöffnet. Was hatte sie dabei empfunden? Eine große Erleichterung von der Bürde der unerbittlichen Erwartungen ihres Vaters, selbst wenn sie nur temporärer Natur war. Wie schwer die Bürde gewesen war, hatte sie erst gemerkt, als sie gelüftet wurde. Freude hatte sie erst viel später empfunden und Stolz und Zufriedenheit noch später, kurz vor dem Abschied. Sie reichte Daniel die Telegramme.

»Ist das gut?« fragte er, unvertraut mit der Bedeutung von Stipendien. »Verbindliche Angebote.« »Ich hab's geschafft, ich hab's geschafft«, jauchzte Frederica. »Ich mußte in Oxford ein mündliches Examen ablegen, allein mit den ganzen hochgelahrten Herrschaften in ihren Talaren und pelzbesetzten Gewändern, und ich stand vor ihnen an der Tafel und redete über Miltons Verwendung englischer und lateinischer Wörter. So viel habe ich *noch nie in meinem Leben* geredet, und sie haben zugehört, tatsächlich, ich habe alles mögliche einbezogen, *Britannicus* und *Heinrich VIII.* und *Das gebrochene Herz* und *Das Wintermärchen* und weibliche Endungen, und sie haben mich immer weiterreden lassen, sie haben gesagt, ich soll weiterreden – oh, und Satans Worte zu Eva im Paradies – ich war völlig in meinem Element – o Glück, o Herrlichkeit!«

Stephanie nickte, und Daniel beobachtete sie. Er wußte, was er alles nicht von ihr wußte, doch nur als Leerstelle. Einst hatte sie über all das verfügt. Ob sie so ungekünstelt »O Herrlichkeit« ausgerufen hätte, wagte er zu bezweifeln. Er konnte sich vorstellen, daß sie gerne weiter unterrichtet hätte, denn er und sie teilten schließlich einen gewissen seelsorgerischen Eifer. Sie brachte die Verlorenen und Unglücklichen ins Haus, sofern diese nicht durch Marcus' starren, blicklosen Blick ferngehalten wurden. Er wartete auf einen Anhaltspunkt, eine Erinnerung an ihre eigene mündliche Prüfung, aber sie schwieg. Frederica sprach aus, worauf er wartete.

»Sie haben sich alle an dich erinnert, Steph. Die Leute von

Newnham wollten wissen, was du machst. Auch die von Somerville haben dich nicht vergessen. Eine der Newnham-Frauen sagte, sie hätte immer gehofft, daß du zurückkommst. Ich habe gesagt, du wärst mit Häuslichkeit und dem Warten auf das Kind ausgelastet, und sie hat gesagt, das würde zur Zeit allem Anschein nach bei so vielen begabten Studentinnen passieren...«

»Du wirst dich für Newnham entscheiden.«

»Trotz der tollen Prüfungsergebnisse. Woher weißt du das?«

»Weil *er* immer wollte, daß wir in Cambridge studieren.«

»Warum sollte ich nicht rebellieren?«

»Das könntest du. Aber du gehörst nach Cambridge. Mit deinen unausrottbaren moralischen Grundsätzen. Oxforder Linguistik hin oder her.«

»Sie haben gesagt, sie könnten sich vorstellen, daß ich in Oxford meinen Dr. phil. in drei Jahren machen könnte. Stell dir das mal vor! Sie wollten wissen, welches Thema. Ich habe gesagt, über John Ford. Das war der schlimmste Augenblick. Sie haben so gelacht, daß sie nicht weiterreden konnten. Ich weiß jetzt noch nicht, was daran so komisch war. Ist ja auch egal. Es hat geklappt. Ich hab's geschafft.«

»Das haben wir mitbekommen«, sagte Daniel.

»Ich halte sofort die Klappe. Ich muß einfach reden. In der Kaffeepause habe ich auf die anderen Mädchen eingeredet, ohne Punkt und Komma über Eliots chinesische Vase, die sich in ihrer Unbewegtheit unablässig bewegt, wie ironisch, und man konnte förmlich hören, wie sie sich wünschten, ich würde aufhören, aber irgendwie konnte ich es nicht. Entschuldige bitte, Daniel. Ich muß einfach Dampf ablassen. Es ist alles noch so neu. Ich kann jetzt endlich raus, stimmt's? Ich kann von zu Hause weg – und von ihnen – und dem ganzen Erdrückenden daran. Ich bin frei.«

»Wie geht es ihnen?« fragte Stephanie.

»Nicht besonders. Über die Sache mit Marcus kommen sie offenbar nicht hinweg. Irgendwie muß das ihre Vorstellung von sich als Eltern demontiert haben – ihr wißt schon, gute Eltern eben und das Zuhause als echtes Zuhause. Daddy sitzt untätig herum und führt Selbstgespräche, und Mummy hat sich in sich selbst zurückgezogen, sagt nie etwas von sich aus, stellt nie eine Frage oder was auch immer. Man sollte meinen, sie würden mich als ihr einziges verbliebenes Kind mit Fürsorge überschütten, und vielleicht tun sie es ja auf ihre Weise, aber wenn, ist es jedenfalls nicht besonders gut nachvollziehbar. Daddy hat sich auffällig Mühe gegeben, Interesse für meine Examina zu zeigen, und hat meinen Schreibtisch mit Sekundärliteratur vollgeladen, für die ich gar keine Zeit habe – Literaturtheorie will ich jetzt noch nicht lesen, wenn überhaupt jemals, und ich verwette meinen Kopf darauf, daß er seine schlauen Schüler mit sowas verschont. Meine Sachen sind meine Sachen, und meine Ideen sind meine Ideen, und ich finde, er sollte mich in Ruhe lassen.

Als die Telegramme ankamen, bin ich runtergerannt und habe dem Boten geöffnet und habe sie Mummy gezeigt, die zuerst ganz tapfer sagte, wie sehr sie sich für mich freute, und dann fing sie zu heulen an und hat sich in ihr Zimmer eingeschlossen. Nicht sehr festlich. Also bin ich hergekommen. Aber jetzt kann ich jederzeit weggehen, sofort, das kann ich jetzt, stimmt's?«

Schweigen trat ein.

»Wie geht es Marcus?« fragte Frederica. Daniel und Stephanie deuteten stumm zur Decke.

»Er hat haufenweise Briefe gekriegt. Na ja, etwa drei Stück, glaube ich. Von diesem Mann. Daddy zerschnipselt sie – Steph, ich hab' gesehen, wie er es mit einer *Rasierklinge* gemacht hat – und verbrennt sie. Er hat in der Klinik angerufen und hat verlangt, daß sie diesen Mann davon abhalten, noch mehr Briefe zu schicken. Sein Gebrüll am Telefon konnte man die halbe Straße entlang hören. Danach ist er für zwei Tage nicht in die Arbeit gegangen. Vielleicht sollte der unsichtbare Psychiater sich mal um ihn kümmern.«

»Und Mummy?«

»Wie ich bereits sagte. Ich soll dich fragen, wie es mit Weihnachten aussieht.«

Daniel sagte: »Sie könnte ruhig herkommen, um mit Stephanie darüber zu sprechen.«

Stephanie sagte: »Offenbar will sie nicht mehr kommen.«

In der ersten Zeit von Marcus' Rückzug oder Erkrankung

war Winifred regelmäßig gekommen; Bill nicht, teils weil »sie« gesagt hatten, es sei am besten, Marcus in Ruhe zu lassen, teils weil er Daniel, die Anglikanische Kirche, das Christentum und den Umstand, daß Stephanie ihre Begabung all diesen Dingen zum Opfer gebracht hatte, mißbilligte. Seine Mißbilligung wurzelte in einem liberalen Atheismus, der Gemütsregungen bewirkte, die dem religiösen Fanatismus des siebzehnten Jahrhunderts weit mehr ähnelten als agnostischer Toleranz. In gewisser Weise war Stephanie für ihn nicht weniger verloren als Marcus.

In jener ersten Zeit hatte Winifred stundenlang auf dem Sofa neben Marcus gesessen, der wegrutschte und wie die Parodie eines wahnsinnigen Jüngers seine Antworten minderte und sein Schweigen mehrte, bis er auf diese Weise seiner Mutter ein ähnliches Verhaltensmuster auferlegt hatte.

»Ich nütze ihm nichts«, sagte sie zu Stephanie.

»Das können wir nicht wissen.«

»Ich weiß es.«

Winifred war Marcus nicht unähnlich – oder Marcus Winifred. Niederlagen teilen sich mit, werden weitervererbt. Anders als Euphorie, dachte Stephanie, die an Frederica dachte. Wie merkwürdig, daß Glück und Herrlichkeit nicht geteilt werden konnten. Frederica, die nun ihre Telegramme glättete und zusammenfaltete, würde das vielleicht eines Tages erfahren.

»Weihnachten kommt auch meine Mum zu uns«, sagte Daniel voll Herzlichkeit und Bosheit. »Es wird eine richtige Familienfeier.«

2. Zu Hause

Anfänge, Enden, Phasen, Fristen. Stephanie betrachtete diese Phase als die der Verweigerung von Privatheit, ohne zu bedenken, daß es mit der Privatheit möglicherweise ein für allemal vorbei war. Sie war eine Frau mit jungem Körper, deren biologisches wie intellektuelles Wissen durch deutlich abgegrenzte Perioden definiert war – menstrueller, häuslicher, akademischer Art –, durch fleischliche Rundungen, Blut, Rituale, Qualifikationen. Zu ihnen zählte auch die Schwangerschaft mit der unausweichlichen Entbindung.

Im Dezember endete ihr Unterricht am Mädchengymnasium von Blesford. Bei der Abschlußfeier, wo Frederica – so wie einstmals Stephanie – die Auszeichnung der Schulleitung für herausragende Leistungen erhielt, machten Lehrer und Schülerinnen Stephanie ein Abschiedsgeschenk. Frederica schritt finsteren Blicks zur Bühne und nahm den *Oxford Companion to English and Classical Literature* entgegen. Stephanies Geschenke waren nützlich und verschiedenartig: eine elektrische Teemaschine mit Wecker, ein Satz feuerfestes Glasgeschirr samt Rechaud und eine Babygarnitur, gestrickt und genäht von Quarta und Untertertia und bestehend aus kleinen bestickten Flanellnachthemden, gehäkelten wollenen Morgenjäckchen, gestrickten Häubchen und Strümpfchen, niedlichen flauschigen Decken und einem wollenen Schäfchen mit schwarzen gestickten Augen und leicht verdrehtem Hals, das an einem scharlachroten Band baumelte. Die Direktorin hielt eine lange und ersichtlich ehrliche Rede darüber, wie sehr Stephanie ihnen fehlen würde, und eine kurze Rede auf Fredericas bevorstehendes großes Glück. Sie sangen: »Herr, erteile uns Deinen Segen«. Stephanie fühlte Tränen in sich aufsteigen, nicht weil sie die Schule geliebt hatte, sondern weil etwas beendet war.

Als sie ihr Fahrrad zum (offiziell) letztenmal aus dem Schulhof schob, sah sie Frederica vor sich gehen, am noch immer unebenen Bombenkrater vorbei, mit Schulmappe, einem großen in Papier eingeschlagenen Paket, zwei Schuhkartons und einem Klemmbrett.

»Willst du irgend etwas davon in meinem Fahrradkorb verstauen?« Frederica zuckte zusammen. Ihr Haar fiel ihr glatt und vorschriftswidrig auf die Schultern, hie und da durch die Spuren der vorgeschriebenen Bänder noch gekräuselt.

»Du solltest nicht mehr damit fahren. Du wirst mitsamt deiner Nachkommenschaft noch Schaden nehmen.«

»Blödsinn. Wir sind ausgeglichen und würdevoll. Gib mir die Tasche.« Sie gingen schweigend nebeneinander her.

»Frederica, wohin gehst du?«

»Der Ort heißt Nîmes.«

»Als was?«

»Die Direktorin hat mir den Tip gegeben. ›Französische Familie sucht englisches Mädchen aus guter Familie, um mit ihren Töchtern Englisch zu sprechen.‹ Nach Weihnachten haue ich ab. Netter Gedanke, Französisch zu sprechen. Netter Gedanke, auf schnellstem Weg hier fortzukommen. Bei den Töchtern bin ich mir nicht so sicher.«

»Ich wollte eigentlich wissen, wohin du jetzt gerade gehst.«

»Ach, ich will ein Ritual ausführen. Vielleicht bist du ja dagegen. Wenn nicht, kannst du gerne mitmachen. Falls es dir nicht zu albern ist.«

»Was für ein Ritual?«

»Eine Art Opfer. Ein Opfer des Mädchengymnasiums.«

Sie riß ihren Trenchcoat auf, und Stephanie sah, daß sie einen hautengen schwarzen Pullover mit breitem elastischen Gürtel und einen langen grauen engen Rock trug.

»Es kommt alles in den Kanal. Willst du mitkommen?«

»Was alles?«

»Blesfords Mädchengymnasium. Bluse, Binder, Baskenmütze, Rock, Socken und Turnbeutel. Den Trenchcoat kann ich nicht wegwerfen, weil ich keinen zweiten habe. Das Paket habe ich gut beschwert.«

»Womit?« fragte Stephanie, die sich um die Nachschlagewerke sorgte.

»Mit Steinen, du Dummchen. Ich schmeiße doch keine Bücher weg. Das hättest du aber wissen können.«

»Es ist eine furchtbare *Verschwendung*, so gute warme Kleidung wegzuwerfen. Ein armes Mädchen ...«

»Ich habe dir gesagt, daß du nicht mitkommen mußt. Du solltest es auf keinen Fall tun, wenn du dich bereits in eine ganztägige Pfarrersgattin verwandelt hast. Wobei ich nur zu gern begreifen würde, wie du das ertragen kannst. Stephanie, hast du dir etwa eine elektrische Teemaschine *gewünscht*? Willst du im Ernst diese scheußlichen Kleidungsstücke aufheben, diese materialisierte Kleinkariertheit und Beschränktheit, damit Daniel sie einer Landstreicherin schenken kann? Sag jetzt nichts. Komm, hilf mir. Es ist ja nur dieses eine Mal.«

Am Kanal von Blesford war nichts Bemerkenswertes. Er war verfallen und verfiel weiter, voll unheimlich anmutendem sonderbarem spinnwebenfeinem schwarzen Unkraut wie Ranken aus Ruß, mit verblichenem Moosgrün gesprenkelt. Über Wasserfälle aus geborstenen, herausgefallenen Ziegelsteinen sackte die Uferböschung in ihn hinein. Hin und wieder ertranken hier kleine Jungen. Die Schwestern blieben auf einer schmalen Brücke stehen; in der Nähe befand sich nichts bis auf ein Gasometer und eine verdreckte Reklamewand mit Capstan-Tabak-Reklame. Stephanie lehnte ihr Fahrrad ans Geländer. Frederica hievte das Paket auf die Geländerbrüstung.

»Es ist ein ganz schlichtes Ritual. Keine Ansprachen, kein Herumgehopse. Ich bin eine erwachsene Frau. Ich will nur, daß jemand erfährt, wie sehr dieses – dieses ganze Zeug – von Anfang bis Ende nichts als eine Last und eine Bürde gewesen ist und daß ich nicht die Spur von Bedauern empfinden kann bei dem Gedanken, diesen Ort hinter mir zu lassen, und daß ich nie wieder dorthin zurückkehren werde, nie wieder, so wahr ich Frederica Potter heiße. Kein Gemeinschaftsleben mehr für mich, keine Zugehörigkeit zu irgendeiner Gruppe, nie wieder. Ich bin ich. Hilfst du mir anschieben?«

Stephanie dachte an die niedliche, weiche, alles in allem sorgfältig gearbeitete Babywäsche. Sie dachte an Felicity Wells, die Handarbeitslehrerin, die sich für George Herbert und den Katholizismus begeisterte und die ihr Leben lang Mädchen aus dieser schmutzigen Stadt mit diesen zierlichen Dingen zu verlocken versucht hatte. Sie dachte an John Keats, der in Hampstead gelebt hatte, in Rom gestorben war, in Cambridge gelesen wurde und hier in der Schule gelesen wurde. Sie dachte an geschwärzte rote Ziegel, an Kreidestaub, Schuhkartons, schmutzige Hockeystiefel, an den Geruch von Mädchengruppen im Klassenzimmer.

»Ja, ich helfe dir.«

»Gut. Ich zähle bis drei. Eins, zwei, drei – ab geht die Post.«

Das Paket klatschte schwerfällig auf, machte ein saugendes Geräusch und versank in einem Strudel fetter, gemächlich emporsteigender blubbernder Blasen.

»Was kommt als nächstes?« fragte Stephanie ketzerisch.

»Nichts, das habe ich dir doch gesagt. Diese Geste hat keine weiterreichende Bedeutung. Meinst du, ich könnte mich bei dir zu Hause zum Tee einladen? Was meinst du? Ich will noch nicht zurück, ein bißchen ja, aber nicht wirklich.«

Daniels Mum kam. Nicht unerwartet; ihr Kommen wurde seit Monaten erwartet. Sie waren von einer Genossenschaftswohnung – Daniels Wahl – in dieses teilweise renovierte Handwerkerhäuschen umgezogen, damit sie Platz für sie hatten, sobald sie sich von ihrem Sturz und der gebrochenen Hüfte einigermaßen erholt hatte. Sie richteten das dritte kleine Schlafzimmer für sie her, bevor ihr eigenes Zimmer fertig war, tapezierten es mit einem Zweigmuster und möblierten es mit lauter Dingen, die Daniel aus dem aufgegebenen Haus in Sheffield geholt hatte: einem ausladenden Sessel, einer Tischleuchte mit Fransenschirm, einer satinglänzenden Tagesdecke und einem Frisiertisch mit Glasplatte. Daniels Besuche bei seiner Mum im Krankenhaus machten ihn mürrisch und verdrießlich, wie Stephanie bemerkte, ohne etwas zu sagen. Er sagte, er könne sich fast sicher sein, die falschen Gegenstände geholt zu haben, ausgenommen der Frisiertisch, der in seiner Art einzig war. Die Chancen, daß auch dieses Möbelstück für zu groß befunden werden würde, standen, wie er sagte, fünfzig zu fünfzig, und zu groß war es für dieses Zimmer, in dem es zuviel Raum beanspruchte, ganz gewiß. Aber das hatte es vorher auch schon getan.

Am Tag ihrer Ankunft ging Stephanie nach oben und stellte Blumen auf den Frisiertisch, ein Alpenveilchen im Topf, beinahe dunkelbraun in seinem tiefen Purpurrot, und eine Kristallvase – ein Hochzeitsgeschenk – mit violetten, kirschroten und muschelrosa Astern. Tapfere und anmutige Blumen. Als Daniel zum Bahnhof gefahren war, fiel ihr ein, daß die Lampe beunruhigend geflackert hatte. Sie schaltete sie ein: Sie flackerte. Sie ging nach unten, holte eine neue Sicherung und einen Schraubenzieher, ging zurück und wechselte die Sicherung aus. Auf der Treppe merkte sie, daß ihr die Kräfte schwanden. Während sie arbeitete, schob sich eine Hand oder ein Fuß spürbar außerhalb der Rippen unter der Haut hoch. Als sie die Eingangstür aufgehen hörte, war sie wegen der Umtriebe in ihrem Inneren kurzfristig außerstande zu stehen. Sie hatte vorgehabt, die Tür zum Willkommen zu öffnen.

Daniels Mutter trat ein, klein, jammernd, ununterbrochen redend.

».... das letzte Mal, daß ich mit dieser Bahn irgendwohin gefahren bin. Das kannst du mir glauben, daß ihr mich nächstes Mal nur mit den Füßen voran aus dem Haus kriegt.«

Stephanie kam die Treppe herunter. Mrs. Orton breitete sich wie eine Ansammlung von aufgeplusterten und vollgestopften Kissen in Daniels Sessel aus. Ihre Kleider, ihr Gesicht, ihre Hände und ihre glänzenden prallen Beine boten unzählige Abstufungen dessen, was Frederica später von ihr »moohw« zu nennen lernte, ohne deshalb den unschuldig bunten Astern oder dem Alpenveilchen zu ähneln, die für Stephanie mit einemmal verwundetem Fleisch zu ähneln begannen. Sie trug einen oval geformten Filzhut mit einem kecken Knick in der Oberkante. Unter der Krempe lugten einzelne an Schaffell erinnernde eisengraue weiche Locken hervor, deren Purpurschimmer möglicherweise nur Widerschein der schimmernden Fläche blumengemusterter Kunstseide darunter war. Stephanie, die mit dem Baby gegen die Armlehne stieß, bückte sich, um das überdeutlich abgezirkelte Karmesin der apfelrunden Wange zu küssen. Sie bot Tee an.

»Nein, Liebes, vielen Dank. Ich sagte gerade zu meinem Daniel, was für scheußliches Zeug sie einem heutzutage im Zug als Tee anbieten: Mir hat sich direkt der Magen umgedreht. Keinen Tee für mich. Und hoffentlich hat sich niemand die Mühe gemacht, für mich zu kochen, ich kann in letzter Zeit rein gar nichts bei mir behalten, nicht nach diesem Krankenhausaufenthalt, wo ich den Appetit gründlich verloren habe bei dem Zeug, das sie einem hinstellen – fettige Fleischbrocken und eklige Salate aus Resten mit uralten Eierhälften und verwelkten Salatblättern und einem Stück glitschiger Roter Bete, das runterzukriegen war schon Schwerstarbeit, ganz davon zu schweigen, es unten zu behalten – und ihr könnt mir glauben, daß viele es nicht fertigbrachten, und die Frühstückseier, wenn es welche gab, stanken, als kämen sie direkt aus der Hölle, die reinen Stinkbomben, aber die Schwestern waren nicht dazu zu kriegen, mal dran zu riechen oder uns frische Eier zu geben. Ich weiß wirklich nicht, was aus mir geworden wäre, wenn nicht das alte Mädchen im Nachbarbett diese Tochter gehabt hätte, die in der Schokoladenfabrik in York arbeitet und dauernd tütenweise Reste mitbrachte, weil sie sie selber nicht essen kann – komisch, nicht? –, Leute, die jeden Tag mit Schokolade zu tun haben, können keine mehr sehen, sie war ganz wild auf alles Salzige, schnuckerte die ganze Zeit Erdnüsse und Kartoffelcracker. Für das alte Mädchen waren die Süßigkeiten nicht das Gelbe vom Ei, weil es Zucker hatte, und deshalb habe ich das meiste abbekommen. Bis es aus mit ihr war, vor zwei Wochen. Na, ja, wenn mein Daniel hin und wieder zu Besuch kam, dachten sie sowas ähnliches auch von mir, wegen seiner Kleidung, bei der die Leute gleich an den Tod denken...«

Eine halbe Stunde später war sie von Mantel und Hut befreit, ihre Habe war neben Stephanies Bett aufgetürmt, weil in ihrem eigenen Zimmer nicht genug Platz war, und sie sagte: »Eine schöne Tasse Tee wäre jetzt was Feines, oder?« Es dauerte eine Weile, bis Stephanie begriff, daß sie grundsätzlich alles ablehnte, wenn es angeboten wurde, und Stephanie war sich nie ganz im klaren, ob dies aus einer seltsamen Vorstellung von guten Manieren heraus geschah oder aus Widerborstigkeit.

Als Marcus sich zwei Stunden später zum Abendessen einfand, redete Daniels Mum immer noch, teils an Stephanie gewandt, die hin und her lief, Gemüse auftrug und sich in der Küche um die Bratensauce kümmerte, teils an ihren Sohn, der von Zeit zu Zeit bedächtig sein Gewicht auf einem Eßzimmerstuhl verlagerte und immer häufiger die Stirn runzelte. In der ganzen Zeit hatte sie kein Wort über Mann, Ehefrau oder Kind verloren: Ihre Konversation war – was sie überwiegend bleiben sollte – rein deskriptiv und unmittelbar auf sie selbst bezogen. Über den Eisenbahnwaggon, den Zwischenaufenthalt in Darlington, den Tagesablauf auf der Station im General Hospital von Sheffield, zwei, drei erschöpfend beobachtete alte Mädchen und einen Schwung etwas flüchtiger zur Kenntnis genommener wußte Stephanie bald eingehend Bescheid. Über Daniels Mutter wußte sie sehr wenig. Sie hatte das Gefühl, noch nie so müde gewesen zu sein.

Marcus wich vor der Tür ein-, zweimal zurück – es war kein besonders schlechter Tag – und stürzte wie gewohnt erschrocken herein. Mitten in der Tür blieb er stehen, als er der umfangreichen Anwesenheit von Daniels Mum gewahr wurde.

»Wen haben wir denn da?«

»Das ist mein Bruder Marcus. Er wohnt bei uns.« Marcus starrte sie wortlos an.

»Marcus, das ist Daniels Mutter. Sie wird bei uns wohnen.«

Weder Marcus noch Daniels Mutter sagten ein Wort. Daniel kam es vor, als hätte bis zu diesem Augenblick keiner der beiden es für nötig befunden, die Existenz des anderen zur Kenntnis zu nehmen, die beiden selbstverständlich im Vorfeld ausführlich erläutert worden war. Stephanie stellte das Essen auf den Tisch: Roastbeef, Yorkshirepudding, Bratkartoffeln, Blumenkohl. Das Fleisch war teuer gewesen. Sie und Daniel lernten, mit Hering und Rinderwade auszukommen, mit Gnocchi und Zwiebelkuchen. Daniels Mum, in Daniels Stuhl gezwängt, beobachtete alles mit kritischem Blick. Marcus rang die Hände. Mrs. Orton richtete das Wort an ihn:

»Zappeln Sie nicht so herum, junger Mann.«

Er steckte schnell die Hände in die Taschen, beugte den Kopf und bewegte sich seitwärts zu seinem Platz am Tisch.

Daniel tranchierte das Fleisch. Übertrieben enthusiastisch äußerte er seine Freude an halbgarem Rindfleisch. Mrs. Orton schwieg. Sie schnitt alle durchgebratenen Stellen von ihrem Fleisch ab; die aß sie und hinterließ auf ihrem Tellerrand einen unschönen Haufen blutigen Fleischs. Sie kaute pausenlos und laut. Marcus würgte und schob einen fast unberührten Teller weg. Mrs. Orton erzählte Stephanie, wie sie in den alten Zeiten richtige dicke, aufgegangene, braune Yorkshirepuddings gebacken und mit Bratensauce vor dem Fleischgang extra serviert hatten, damit das Fleisch länger vorhielt, weil man damals knausern und knapsen mußte. Sie ließ sich zweimal Fleisch nachgeben, bat Daniel, es vom Rand abzuschneiden, und sagte, blutiges Fleisch drehe ihr rein immer den Magen um, aber wir hätten schließlich alle unsere kleinen Eigenheiten, nicht wahr? Sie tadelte Marcus.

»Junger Freund, Sie haben rein gar nichts gegessen. Sie sind ganz schön spitz im Gesicht; ein bißchen was zwischen die Rippen kann Ihnen nicht schaden. Stellen Sie sich nicht so an.« Sie lachte. Marcus starrte unglücklich auf seinen Teller.

»Da fällt uns wohl nichts zu ein, was? Uns hat man damals so erzogen, daß wir gegessen haben, was auf den Tisch kam, Punktum. Und was tun Sie den ganzen Tag über, junger Freund?«

Marcus piekste stumm mit seiner Gabel auf dem Tischtuch herum. Stephanie sagte, daß er sehr krank gewesen sei und sich in der Rekonvaleszenz befinde. Das hatte Daniel bereits in Sheffield erklärt. Mrs. Orton zeigte ein Interesse an Marcus, das Daniel oder Stephanie nicht in ihr geweckt hatten. Sie stellte mehrere direkte Fragen zur Art seiner Krankheit und zu seiner Behandlung. Marcus antwortete nicht. Mrs. Orton machte sich laut Gedanken über den Grund seiner Schweigsamkeit und sprach zunehmend zu Stephanie und Daniel über seine Krankheit, als wäre er gar nicht anwesend. Daniel dachte, daß dies in gewisser Weise war, was Marcus sich gewünscht zu haben schien – anwesend zu sein und doch nicht anwesend, nicht beachtet zu werden. In den kommenden Tagen perfektionierte Daniels Mum diese vertrauliche und Marcus zu Luft machende Kommentierungsweise in besorgniserregendem Maße.

Als sie an diesem Abend zu Bett ging, stürzte Stephanie auf dem Treppenabsatz über das Alpenveilchen. Sie fiel schwerfällig zu Boden und beschmutzte ihr Nachthemd mit Erde, Scherben vom Blumentopf und dunklen Wasserspuren der umgefallenen Astern. Daniel fand sie dort auf Händen und Knien und mit tränenüberströmtem Gesicht. Lauschendes Schweigen hinter geschlossenen Türen war zu vernehmen. Daniel kniete nieder, legte einen Arm um ihre unförmige Taille, hievte sie geräuschlos auf die Füße und bugsierte sie ins Schlafzimmer. Sie wehrte sich, deutete mit zornigen Gesten auf Erde, Wasser und Blütenblätter auf dem Linoleum. Zitternd und weinend stand sie da.

»Komm schon.« Er kramte in ihren Schubladen nach einem sauberen Nachthemd. »Komm, Liebste.«

»Bring meine Sachen nicht in Unordnung.«

»Na, na. Wann hab' ich schon jemals deine Sachen in Unordnung gebracht?«

Er hob das schmutzige Nachthemd über ihre nachgiebigen

Schultern und ihren Kopf, und einen Augenblick lang stand sie nackt da, mit schwellenden Brüsten, sonderbar hervorstehendem Nabel und Armen und Beinen, die neben dem Gewicht ihrer Mitte zerbrechlich und untauglich wirkten. Heiser flüsterte er:

»Geh ins Bett, Liebste, bitte. Bitte.«

»Ich muß das alles aufputzen. Ich wollte nur, daß es freundlich und nett aussieht. Ich dachte sogar, ich hätte die richtigen Farben ausgesucht.«

»Schau mal«, sagte er. »Schau mal – das ist es doch gar nicht. Sie haben ihr gefallen. Sie glaubt nur, Blumen würden Kohlenmonoxid abgeben – was sogar stimmt – und müßten deshalb nachts aus dem Zimmer gestellt werden. Das hat sie schon immer getan, seit mein Dad im Krankenhaus war, wo er starb und wo die Schwestern jede Nacht die Blumen auf den Flur stellten. Das tun sie ja immer noch. Sie hat nur getan, was sie dort gelernt hat.«

»Sie hat sie ganz schön weit nach draußen gestellt«, sagte Stephanie kindisch beleidigt.

»Tja. Sie kann sich eben nicht gut bücken. Keiner von uns kann das im Augenblick – aus verschiedenen Gründen. Du gehst jetzt ins Bett, und ich räume das auf.«

Sie ging ins Bett. Sie lauschte. Kehrschaufel und Bürste; Tapser; Hintertür. Vermutlich grub er gerade etwas Erde aus und pflanzte den Alpenveilchenstock wieder ein. Er war der tatkräftigste Mensch, den sie kannte. Sie hörte ihn leise die Treppe hochkommen; sie hörte das Klirren von Vase und Unterteller. Als er ins Bett kam, klammerten sie sich aneinander, kalt und sauber und schweigsam, weil sie spürten, daß selbst diese unmerklichen Bewegungen mitgehört wurden. Als ihre Muskeln sich dennoch allmählich entspannten, begann das Kind wieder mit seinen delphingleichen Drehungen und Wölbungen. Sofern es zwischen Tag und Nacht zu unterscheiden vermochte, war es nachtaktiv. Trotz seiner verzehrenden Leidenschaft für den Körper seiner Frau, auch in geschwollenem Zustand, war Daniel nicht dazu zu bewegen, näheres Interesse für dieses unsichtbare Leben aufzubringen. Je mehr es sich bemerkbar machte, um so mehr wandte er sich ab. Nicht einmal mehr das

Bett war eine Privatsphäre. Wordsworth hingegen, dachte sie, als der Schlaf sie übermannte, Wordsworth hingegen... Ein weiterer unbeendeter schwangerer Satz. Sie träumte, nicht zum letztenmal, das Kind sei vorzeitig zur Welt gekommen, wie ein Känguruhembryo, und krieche nun blind und weiß und winzig unablässig die wogenden Wülste von Mrs. Ortons purpurner Vorderfront empor, während diese redete und redete und dabei hin und her rückte, so daß es jedesmal schien, als würde das kletternde Ding gleich versehentlich erstickt.

Marcus blickte den Psychiater an, und der blickte Marcus an. Der Psychiater hieß Mr. Rose; er war, soweit Marcus sich von Zeit zu Zeit zu erinnern vermochte, von mittlerer Größe, mittelbraun und hatte einen mittelhohen Tenor, wenn er sprach, was er selten tat. Manchmal sah Marcus ihn als Brillenträger vor sich, und manchmal war ihm, als könne er sich nicht an eine Brille im Gesicht des Mannes erinnern. Auch sein Zimmer, eines von einer Reihe ähnlicher Büroräume im Calverley General Hospital, war mittelbraun und mittelgrau. Es wies eine braune lederartige Couch auf, zwei Stühle aus Metall und Leder oder Lederimitat, einen Eichenschreibtisch und mattgrüne Wände. Es gab einen Aktenschrank und einen Metallspind, beide schlachtschiffgrau. Über dem Schreibtisch befand sich eine Reproduktion von Munchs *Schrei* an der Wand. An einer anderen Wand hing ein eselsohriger Kalender mit farbigen Abbildungen berühmter Gemälde. Diesen Monat waren ein paar Cézannesche Äpfel auf einem karierten Tischtuch an der Reihe. Es gab eine Jalousie, die für gewöhnlich mit geöffneten Lamellen heruntergelassen war. Die Aussicht, die sie beeinträchtigte, bestand aus Rohren, Feuerleitern und einem Schacht mit rußgeschwärzten Mauern. Marcus lag nicht auf der Couch. Er saß gegenüber dem Schreibtisch auf einem Stuhl, ohne Mr. Rose anzusehen, obwohl er hin und wieder den Kopf schieflegte, um die flachen Scheiben aus Gebäude und reflektiertem Licht, die die Jalousie erzeugte, zu betrachten.

Er hatte kein Vertrauen in Mr. Roses Fähigkeit, »ihm zu helfen«. Dies kann daran gelegen haben, daß er »Hilfe« für sich als etwas definierte, was eine Fehlentwicklung korrigierte, Dinge ins Lot brachte, indem ein früherer, guter, »normaler« Zustand wiederhergestellt wurde, und er war sich nicht sicher, ob es einen solchen Zustand je gegeben hatte oder geben konnte. Normal war das Wort, mit dem die Leute von Zeit zu Zeit manche ihrer Handlungen und Beziehungen bezeichneten, und soweit Marcus es beurteilen konnte, stimmten ihre diesbezüglichen Verlautbarungen nur sehr bedingt mit der tatsächlichen Beschaffenheit ihrer Gepflogenheiten überein. Bill legte gern fest, was Väter und Söhne, Schwestern und Brüder, Jungen und Mädchen taten oder waren, und er konnte noch ganz andere Definitionen oder Etiketten lautstark deklamieren. Der Begriff des Knaben in der Schule, des »Schulfreunds«, des »guten Kameraden«, des »aufgeweckten Burschen«, stand im gleichen bizarr stromlinienförmigen Verhältnis zu lebenden Menschen. Marcus betrachtete Normalität als ein komplexes Muster auf Zeichenpapier – Spitzen, Ausbuchtungen, ineinandergesteckte Puzzleteile, die, sobald sie über das Chaos des eigentlichen Diagramms oder der eigentlichen Darstellung des tatsächlichen Sachverhalts geschoben wurden, einen unsteten, flusigen Umriß annahmen, eine zittrige Unschärfe, die unerträglicher war als der Originalzustand der Dinge. Die Anziehungskraft von Lucas Simmonds hatte darin bestanden, daß er auf so zuversichtliche, außergewöhnliche und selbstgewisse Weise »normal« erschienen war, als der gute Freund, gute Kamerad, zuverlässige Anführer, aufgeweckte Bursche samt Blazer, Flannellhose und lächelndem Gesicht. Er hatte »normal« wirken können, weil er es nicht war, er war ein Außenseiter, er war verrückt, und er erträumte und ersehnte sich eine Normalität, von der er eine herzergreifende Vorstellung hatte, der sie vielleicht im Idealzustand nahekommen mochte.

Marcus kam nicht auf die Idee, irgend etwas Derartiges zu Mr. Rose zu sagen. Das lag teils daran, daß er nicht gesprächig war, teils daran, daß er, Marcus, mit seiner eigenen Ausprägung der Potterschen Arroganz unterstellte, Mr. Rose sei wahrscheinlich nicht in der Lage, die Bedeutung seiner Reflexionen zu erfassen, und teilweise daran, daß er unterstellte, Mr. Rose interessiere sich hauptsächlich für die Sexualität. Er nahm an, daß Mr. Rose herausfinden wollte, ob er homosexuell sei, und obgleich er das gerne selbst gewußt hätte und sich an den einzig explizit sexuellen Moment seiner Beziehung zu Lucas mit einem Schauder des Abscheus und der Furcht erinnerte, hatte er nicht den geringsten Wunsch, dies mit Mr. Rose zu erörtern. Er empfand ein tiefes, bewußt formuliertes Bedürfnis, frei von allem Sexuellen zu sein, erwartete jedoch nicht, daß man ihm glaubte, wenn er es sagte. Vorschlägen wich er höflich aus, und er ließ in dem kleinen Raum lange Schweigephasen eintreten, die sich ausbreiteten wie von einem schweren Stein beim Sinken verursachte Wellen. Mr. Rose sprach mit ihm, als wäre er jünger, schlichteren Gemüts und weniger im Denken geschult, als er war. Dies machte es ihm leicht, jünger, schlichteren Gemüts und weniger denkfähig zu erscheinen, als er war. Er hatte den Eindruck, daß er und Mr. Rose einander langweilten. In stillschweigendem Einverständnis gaben sie sich schläfriger Untätigkeit hin.

In dieser Woche bemühte Mr. Rose sich herauszufinden, ob Marcus daran dachte, nach Hause zurückzukehren, und wenn ja, was er von diesem Gedanken hielt; tatsächlich veranlaßte ihn dazu ein umsichtig abgefaßter und angemessen besorgter Brief Bills. Marcus sagte, es werde ihm nicht passen, und fügte hinzu, vermutlich müsse er es irgendwann tun. Warum würde es ihm nicht passen? fragte Mr. Rose, und Marcus sagte, der Gedanke mache ihm angst, es sei so laut dort, es würde ihm einfach nicht gefallen. Was würde ihm nicht gefallen? fragte Mr. Rose, und Marcus sagte nicht sehr erhellend: Alles, alles, hauptsächlich der Lärm, aber eigentlich alles.

Das Wort »Zuhause« beschwor in der Tat, während sie ihre nichtssagenden Sprüchlein abspulten, in seinem Geist ein Bild herbei, das Mr. Rose zu schildern ihm nicht im Traum eingefallen wäre.

Er sah ein Haus, das Haus an sich, fast so, wie Kinder es im Kindergarten malen – vier Fenster, Schornstein, Haustür, Gartenweg, Gänseblümchen auf gewellten Stengeln in viereckigen Beeten –, nur daß dieses Haus außerdem eine dreidimensionale Kiste mit dünnen Wänden war, die ein sehr großes, sehr lebendiges Wesen mehr schlecht als recht barg – ein Wesen mit rostfarbenem Zottelpelz –, und aus jeder Öffnung wölbte sich, quoll schimmerndes Fell, sprengte sie schier, indes auf der einen Fensterbank eine Klaue, auf der anderen bebendes Muskelfleisch sichtbar wurde. Und das Wesen knurrte und brüllte im Zentrum seines blinden Wütens.

Wie eine ungleichgewichtig beladene Wippe kam das Gespräch beim Erwähnen von Bills Wutausbrüchen und Marcus' Furcht abrupt zum Stillstand. Er ist immer wütend, sagte Marcus. Haben Sie sich schon immer vor ihm gefürchtet? fragte Mr. Rose. Ja, sicher, sagte Marcus. Erzählen Sie mir, wovor Sie sich als Kind gefürchtet haben, sagte Mr. Rose.

»Es gab eine Zeit, wo ich den Bären sah«, sagte Marcus unbedacht, weil er sich an den Bären erinnerte.

»Was für einen Bären?«

»Keinen wirklichen Bären. Ich spielte hinter dem Sofa mit einer Art Milchwagen, der mir gehörte. Und dann wurde ich gerufen, und ich kroch hinter dem Sofa hervor, und da saß dieser riesengroße Bär zwischen mir und meiner Mutter, riesengroß, so wie Bären eben sitzen, so groß wie... bis zur Deckenlampe reichte er. Er kam mir ganz real vor. Ich meine, mir war nicht klar, daß es ihn nicht gab. Ich traute mich nicht durch das Zimmer. Und dann wurde ich geholt und bekam eine Abreibung.«

»Was fällt Ihnen zu Bären ein?«

»Och, das Märchen von den drei Bären. Das wurde mir immer erzählt.«

Mr. Rose richtete sich ein wenig auf.

»Was haben Sie bei diesem Märchen empfunden?«

»Ach, das weiß ich nicht mehr so genau.«

»Haben Sie sich vor den Bären gefürchtet?«

»Sie meinen die Stelle, wo die Bären aus dem Haus stürzen, aus den Fenstern brüllen und das kleine Mädchen fortjagen? Wahrscheinlich ja.«

Es war ein schwieriges Märchen. Es erforderte zuviel Mitgefühl. Das Kind, das sich im Wald verirrt hatte, das durch Fenster spähte, an Türen klopfte, nach Dingen suchte, die es brauchen konnte, nach eßbarer Nahrung, einem Stuhl, Haferbrei, einem Bett.

Dann verlangten die Bären Mitgefühl, weil das Kind, der Eindringling, ihr gewohnt gemütliches Frühstück störte, ihre Stühle und Betten vereinnahmte, beschmutzte, beschädigte, benutzte. Das Kind wiederum, das er sich stets als sehr schmal und blaß vorstellte, mit abstehenden Strahlen hellgoldenen Haars, als durchtriebenes, raffiniertes kleines Mädchen, verlangte ebenfalls Mitgefühl, weil es einen Stuhl zerschlagen, Löffel beschmutzt und Betten benutzt hatte. Und dann der Zornesausbruch und das schnelle Hinausschlüpfen durchs Fenster, weg vom tobenden warmen Hausinneren.

»Und den Stuhl des kleinen Bären hatte das kleine Mädchen in lauter Stücke zerbrochen. Das tat mir leid.«

»Wegen des kleinen Mädchens oder wegen des kleinen Bären?«

»Ich weiß nicht. Vielleicht wegen beiden. Der Bär tat mir leid, weil sein Stuhl kaputt war, und das Mädchen wegen des Gebrülls –«

Sein Ton verriet, daß er von dieser Art der Befragung nicht sehr viel hielt.

Mr. Rose fragte Marcus, woran er dachte, wenn er an zu Hause dachte. Marcus' geistige Ausrüstung war spärlicher Natur. Er und Stephanie hatten immer bei dem Spiel gewonnen, wo man Gegenstände auf einem Tablett aufzählt, doch während Stephanie sich an die Dinge um ihrer selbst willen erinnerte, sie im Geist sprachlich benannte und bezeichnete, erinnerte er sich mittels einer geometrischen Karte und seines perfekten räumlichen Gedächtnisses. Für ihn war das Zuhause ein Muster aus Beziehungen, Linien zwischen Stühlen, Fensterrechtecken, der Anzahl von Ecktreppenstufen, während Stephanie jeden schiefen Stich im Muster eines Tischtuchs, jeden Kratzer auf einem Emailkrug und jedes abgenutzte Vorlegemesser erinnern konnte. Marcus glaubte nicht an die Beständigkeit von Orten oder Dingen, möglicherweise auch von Personen. So erschien ihm die Toilette im Calverley General Hospital nie als dieselbe Toilette, die er in der Woche, im Monat, im Jahr zuvor aufgesucht hatte, sondern stets allgemein als »die« oder »eine« Toilette. Genauso hatte er nie den Eindruck, mit einem vertrauten Löffel von einem vertrauten Teller zu essen. Er kam nie auf den Gedanken, er könnte ein zweitesmal einen bestimmten Bus besteigen, ein zweitesmal mit ihm fahren und eine Flickstelle auf einem Sitz wiedererkennen. Die Buslinien ließen sich kartieren, neue Busse lösten einander in unendlicher Folge ab. Alles war vorläufig. Folglich bestand das Zuhause für Marcus aus ein paar bedrohlichen Gegenständen, die Verlängerungen von Personen darstellten – Bills Aschenbecher und Pfeife, Bills Tranchierbesteck, die Gummihandschuhe seiner Mutter, sein eigenes Bett und das Regal in seinem Zimmer mit dem Spitfire-Modell. Auch das erwähnte er nicht. Er sagte zu Mr. Rose, er nehme an, daß sein Zimmer ihm fehle. Mr. Rose hätte ihn am liebsten geschüttelt, wußte aber, daß das unprofessionell gewesen wäre. Deshalb gähnte er nur, fragte Marcus, ob er seine Zeit auf eine bestimmte Weise verbringe, und sah auf die Uhr.

Nachts träumte Marcus in Stephanies Haus, er sei nach Hause zurückgekehrt und Bill tranchiere eine Begrüßungsmahlzeit für ihn. Das Fleisch war zylindrisch und blutig und noch immer mit pelziger Haut behaftet. Und an einem Ende, wie er sah, mit Sohlen und Klauen. Eine der Strafen dafür, mit Mr. Rose zu sprechen oder auch nur störrisch nicht zu sprechen, bestand darin, daß er hinterher sonderbare Träume hatte. Da saßen sie bei Tisch, seine Mutter mit einem Hut wie einem Helm, sein Vater, der die blutige Pfote tranchierte, die es als einziges zu essen gab. Während er sie tranchierte, zog sie sich voll Schmerz zusammen, offenbar lebendig.

Hätte Mr. Rose Zugang zur Genese dieser ausgezeichneten Metapher mit ihren Wurzeln in Folklore und Kindheitsbräuchen, Halluzination und Traum gehabt, dann hätte er vielleicht oder vielleicht auch nicht etwas über Marcus begriffen, was er bisher noch nicht begriffen hatte, und hätte sich in der Folge dieses Begreifens vielleicht oder vielleicht auch nicht in der Lage gesehen, Hilfe oder Rat anzubieten. Marcus dachte sich, daß er ein paar Bären durcheinandergebracht hatte, erwog seinen Traum, kam zu dem Schluß, daß er ihm nichts sagte, was er nicht bereits wußte, und beschloß, Mr. Rose nichts davon zu sagen. Imaginäre Bären waren nicht das, worauf es ankam.

3. Weihnachten

Die Pottersche Kernfamilie hatte stets eine gedämpfte und unentschiedene Form der Weihnachtsbräuche britischer Familien praktiziert. Sie scheuten davor zurück, sich ernsthaft auf etwas einzulassen, was man »Weihnachten wie bei Dickens« nennen konnte: große Mengen weihnachtlicher Speisen und Getränke, erwünschte und unerwünschte Geschenke, Zusammenkünfte mit Freunden und Verwandten. Sie besaßen keinen erreichbaren größeren Verwandtenkreis; über North Yorkshire verstreut gab es Potters, mit denen nicht verkehrt worden war, seit Bills kongregationalistische Eltern sich wegen seines Unglaubens von ihm losgesagt hatten. Winifred war Einzelkind, und ihre Eltern lebten nicht mehr. Ihre Hausgötter waren selbstgeschaffen, nicht ererbt, und es waren magere, asketische Gottheiten. Das lag zum Teil – was den Dickens-Aspekt betrifft – an der Unsicherheit im Benehmen, die Folge des sozialen Aufstiegs war. Sie hegten Vorstellungen von Anstand und Schicklichkeit, deren sie sich als Intellektuelle schämten, denen sie beim Weihnachtsfeiern jedoch huldigten. Daniels Dad, der Lokomotivführer, hatte sich zu Lebzeiten erst im Pub und dann zu Hause betrunken; Behagen, Ausgelassenheit, Schläfrigkeit und Reue waren damit verbunden gewesen. Bill Potter genehmigte sich ein Glas Sherry und schenkte eine Flasche Schaumwein aus. Keine Nachbarn kamen zu Besuch oder wurden besucht. Saisonbedingte Straßenunfälle passierten ihnen nicht; sie lebten zurückgezogen, mehr als sonst, da die Läden geschlossen hatten und keine Betätigung möglich war außer der, »sich zu vergnügen« und mehr Geschirr als sonst abzuwaschen, wie Frederica regelmäßig zu bemerken nicht anstand.

Sie aßen frugal; im Krieg hatten sie gelernt, sich mit dem Einfachen zu begnügen, nichts zu verschwenden, mit dem auszukommen, was sie hatten. Winifred litt unter ästhetischer Unsicherheit. Da ihr Gespür für Kleidung kaum über die undeutliche Befürchtung hinausging, ein Hut oder Kleid könne vulgär aussehen, hatte sie auch keinerlei Gespür dafür, ein Haus oder auch nur einen Eßtisch weihnachtlich zu schmücken. Das Kleidungsproblem löste sie durch kompromißlose unauffällige

Schlichtheit, und sie neigte dazu, die Weihnachtsfrage auf die gleiche Weise zu lösen, wenngleich weit weniger zufriedenstellend. Als die Kinder klein waren, bastelten sie Papierketten und Schnüre aus buntbemalten Pappkronkorken, die über die Spiegel gehängt wurden (sie waren nie lang genug, um die Räume zu durchspannen). Als sie klein waren, gab es einen kleinen künstlichen Weihnachtsbaum, und sie legten am Weihnachtsabend ihre Strümpfe aus. Weder Bill noch Winifred brachten es über sich, ihnen zur Herkunft der Geschenke, die sie in den Strümpfen fanden, Lügen zu erzählen, wofür weniger ihre unumschränkte Wahrheitsliebe als ihr gehemmtes negatives Stilempfinden verantwortlich war. Erfundene Geschichten zu erzählen, kam ihnen einfach zu albern vor. Frederica ließ schon in jungen Jahren ihre Klassenkameradinnen dafür büßen, daß man sie um diesen Zauber betrogen hatte, indem sie sie erbarmungslos ihrer Illusionen beraubte; damit machte sie sich weder beliebt noch glücklich.

Bei ihnen wurde nicht gesungen, weil sie nicht musikalisch waren. Es wurden keine Spiele gespielt, weil sie keine kannten und weil zumindest die Überzeugung alle fünf einte, daß Würfel, Karten und Scharaden eine nichtswürdige Zeitverschwendung bedeuteten. Abgesehen vom Öffnen der Geschenke beschränkten sie sich folglich darauf, einander zu beäugen und darauf zu warten, daß Weihnachten verging und sie sich wieder ihrem konzentrierten und individuellen Arbeitsleben widmen konnten.

Stephanie wollte, daß es dieses Jahr bei ihr anders war. Es gab die Kirche, die sie mit Stechpalmen, Mistelzweigen und Tannenreisern schmücken half. Es gab Gemeindefeiern. Es gab den Umstand, daß sie zu zwei Familien gehörte. Nach etwas Nachdenken bat sie ihre Mutter, die verbliebenen Potters – Bill und Frederica – zum Weihnachtsessen in ihr Häuschen mitzubringen. Das, sagte sie, könne eine sinnvolle Brücke bilden, um Marcus zu helfen, eine neue Verbindung zu seinen Eltern zu finden. Winifred wirkte nicht überzeugt. Sie schien nicht länger zu glauben, daß die Ereignisse sich kontrollieren oder in eine gewünschte Richtung lenken ließen. Stephanie sprach auch mit

Marcus – für ihre Verhältnisse beinahe streng – und machte ihm klar, daß der Besuch stattfinden würde und sie darauf vertraute, daß er sie nicht enttäuschen und sich zusammennehmen würde. Er schien darauf zu reagieren, und zu ihrer größten Überraschung, die sie mit Hoffnung erfüllte, beteiligte er sich zum erstenmal seit sechs Monaten aktiv an etwas, indem er sich auf das Fest vorbereitete.

Vor allem um Daniels willen wollte sie, daß ihr Häuschen festlich aussah. Sie gab Geld, das sie nicht hatten, für grüne Zweige aus und kaufte auf dem Markt von Blesford einen großen Tannenbaum. Er wurde in Bast eingewickelt geliefert, konisch, von dunklen Nadeln strotzend. Stephanie wickelte ihn wie aus einem Kokon aus, streichelte und glättete die stacheligen Zweige und verwandte Zeit und Mühe darauf, ihn in einem Eimer Erde mit den Gewichten der Küchenwaage ins Gleichgewicht zu bringen. Da stand er mit seinem dichten eigenen Leben, blaugrün und schattig, nach Harz und Wäldern duftend. Mrs. Orton, die ihre Tage in Daniels Sessel zubrachte, riß die Augen auf, sagte, Stephanie werde sich einen Schaden heben, und bot keinerlei Hilfe an. Marcus, der bleich vorbeihuschte, war auf Stephanies Verlangen hin bereit, den Baumstamm mit seiner schmalen Hand aufrecht zu halten, während sie sich abmühte, die Erde feststampfte und eine Wäscheleine um Stamm und Äste schlang. Marcus sagte mit unsicherer Stimme, der Geruch der Tannennadeln im Haus sei nett. Mrs. Orton sagte, Tannennadeln seien nur im Weg und fielen überall hinein.

Stephanie erträumte sich ihren Baum mit goldenen und silbernen Früchten behängt und im Kerzenschimmer. Da sie eine zur Schlichtheit erzogene Potter war, wollte sie schlichte Früchte, nicht solche, die mit grellen Mustern bereift oder mit Weihnachtssternen bedruckt waren. In Blesford fand sie nur Zwerge, gnomenhafte Weihnachtsmänner, scheußliche Sternensängerlaternen. Eines Nachmittags setzte sie sich hin, um Gold- und Silbergarn auf Milchflaschendeckeln zu Sternen zu wickeln. Zu ihrer nicht geringen Überraschung schlug Marcus vor, Draht zu benutzen, und er überraschte sie noch mehr, als er aus dünnem Gold- und Silberdraht eine ganze Reihe von Sternen, Sechsecken, glitzernden hohlen Kugeln und komplexen Polyedern bastelte, eine abstrakte Früchtevielfalt, die hell erstrahlte und Lichtfäden ins dunkle Geflecht der Nadeln wob.

Weihnachten war ihr von den christlichen Festen das liebste – die märchenhafte Geschichte, die die Geburt feierte, ein gewöhnliches Wunder. Bill hatte einen Hang zu Antipredigten gehabt. Er hatte seine Kinder über die Albernheit des Glaubens an die jungfräuliche Geburt, über die Spärlichkeit von Nachweisen, daß es die Hirten, den Stern und den Stall gegeben hatte, mit einer Ernsthaftigkeit belehrt, die eines Straun oder Renan würdig gewesen wäre, ganz so, als sei nachweisliche historische Wahrheit ein Freiheitsgut, das er leidenschaftlich für seine Kinder einklagte. Sie war zweifellos wünschenswert oder hätte es sein können, wenn sein Gehabe weniger einschüchternd gewesen wäre und das herbeibeschworene Freiheitsgut Farbe, Licht oder Wärme als Ersatz für die Stimmen der Sterne und Engel geboten hätte.

Jetzt machte Daniel Schwierigkeiten; er wollte nicht, daß sie ins Krankenhaus kam, wo er auf der Kinderstation den Weihnachtsmann spielte.

»Ich will dich aber sehen.«

»Nicht dort, nein.«

»Ist es dir peinlich?«

»Bei meiner Arbeit ist mir kaum etwas peinlich. Nein, ich finde nur – ich finde nur.«

Er konnte nicht sagen, was er meinte, denn es war, daß sie sich vor diesem Ort jetzt fürchten mußte. Wie er es tat.

Sie kam.

Je weiter innen das Bett stand, um so schwerer war die Krankheit. Am Ende der Station waren Kämmerchen außerhalb von Sicht- und Hörweite. In der äußeren Station gab es einen silberweißen hygienischen künstlichen Weihnachtsbaum. Die Kinder, die man halbwegs guten Gewissens nach Hause gehen lassen konnte, waren zu Hause. Die schweren Fälle waren dorthin gerollt worden, wo einfache Brüche und Mandeloperationen Platz gemacht hatten. Stephanie besuchte diese Station regelmäßig; sie kannte die Dauerinsassen.

Zwei halbwüchsige Jungen, Neal und Simon, mit Muskeldystrophie, inzwischen jeder Bewegungsfähigkeit beraubt, nebeneinander aufgesetzt, mit Armen wie Stöckchen, die schwerelos auf den sauberen Bettüchern lagen, und mit skelettgleichen intelligenten Gesichtern auf unnatürlich verdrehten Hälsen offenen Mundes in den Kissen. Die dreizehnjährige Anorektikerin Primrose, fünfunddreißig Kilo, zarte Augen, die sie vor einer Welt geschlossen hielt, die sie nicht zur Kenntnis nehmen wollte, die bleichen Hände wie eine Nonne oder Schlimmeres unter dem spitzen Kinn gefaltet. Gary mit rasiertem unförmigen Schädel, der brutal wirkte, mit schweren Lidern und hinter dessen Knochen der Tod unbezwingbar wucherte. Die bewegungsfähigen niederen Ränge der kleineren Patienten, die wie betäubt in Bademänteln umherstolperten oder in ihrer Sonntagskleidung hereintrotteten. Der achtjährige Charlie mit seiner stinkenden Krebshüfte, der flach auf dem Rücken sein Wägelchen lenkte, das aus dem Unterteil eines Kinderwagens gebaut war, indem er sich mit den Händen wie mit Flossen vom Boden abstieß, mit olivbraunem ovalen Gesicht – zu groß, die Gesichter all dieser Kinder waren zu groß –, und der leicht verächtlich grinste, als er gewandt Stephanies Knöchel umrundete, wobei sein Gestank ihm vorauswehte und er hinter sich Verwesungsgeruch und einen Hauch Desinfektionsmittel zurückließ. Mike, der keine Beine hatte und sich auf baumstumpfgleichen Hüftprothesen herschleppte und dessen einer Arm ein länglicher, runzliger Kegelstumpf war. Mary in einem hübschen rosa Kleid, aus dem gelbliche Klauen und ein Kopf und Gesicht ragten, die plastische Chirurgen aus Gewebe gefertigt hatten, das farblich von Pergamentgelb bis Traubenrot changierte. Mary, die keine Wimpern hatte, keine Brauen, keine Lippen, kein Haar bis auf ein frischgewaschenes blondes Büschel über dem linken Ohr. Mary war öfter als einmal in offenes Feuer gefallen oder gestoßen worden. Mary bekam nie Besuch. Manchmal wurde Mary nach Hause entlassen und kehrte mit einer neuen Narbe oder Eiterwunde zurück. Stephanie hob Mary hoch – Mary liebte das – und hielt sie auf ihrer Hüfte, während sie von Bett zu Bett wanderte. Zwischen Mary und dem ungeborenen Kind befand sich ein Netzwerk gedehnter Muskeln und eine verschlossene Trommel mit

Fruchtwasser, in dem es ruhte, unfertige Glieder streckte, sich drehte und ruhte.

Hinter Schwingtüren waren die Säuglinge: operierte Hasenscharten und kleine Wesen, denen menschliche Geschicklichkeit die Speiseröhre oder den Afterausgang oder die einzelnen Finger verschafft hatten, mit denen Zellen und DNS sie im Verlauf der Schwangerschaft auszustatten versäumt hatten. In einem Brutkasten lag ein goldbrauner Knabe, nackt und vollkommen bis auf den Umstand, daß ihm beide Beine bei der Geburt gebrochen waren und nun im Plexiglaskasten an einem komplizierten Flaschenzug mit Gewichten hingen.

Ein Grammofon begann mit Getöse ein Weihnachtslied zu spielen. Die Schwestern und die wenigen Mütter, die am Weihnachtsabend abkömmlich waren, sangen holperig und laut mit. Stephanie sang. Mary grunzte, und Charlie flitzte auf seinem niedrigen Gefährt hin und her. Das Grammofon wurde noch lauter und ließ Tschaikowsky ertönen. Kleine Mädchen aus Miss Marilynnes Ballettschule tanzten einen Tanz der Schneeflocken, kleine Jungen (in geringerer Zahl) einen Schneemann-Purzelbaum-Tanz mit höchst überzeugendem Schmelzen. Das Grammofon quäkte das Lied von Rudolph, dem Rentier mit der roten Nase. Glöckchen klingelten. Wer könnte das wohl sein? sagte eine Schwester. Und Daniel erschien auf einer zum Schlitten umfunktionierten Bahre mit roten Decken und Kufen aus Silberpapier, gezogen von Krankenpflegern, die als Eisbären verkleidet waren. Die Kinder aus der Ballettschule kamen herbeigelaufen, um Geschenke auszuteilen, die sie vom Weihnachtsmann entgegennahmen und den Schwestern überreichten, die sie den kranken Kindern aushändigten.

Etwas stimmte nicht mit Daniel, dachte seine Frau. Der Gynäkologe, der sonst den Weihnachtsmann mimte, war schlanker als Daniel, und Daniels schwarzer Anzug lugte unter und hinter dem roten Gewand in Form größerer und kleinerer Einsprengsel wie Kohlen im Feuer hervor. Er hatte seinen Kragen nicht an; lange Streifen seiner weißen Augenbrauen, seines Schnurrbarts und Barts lösten sich schon ab, und darunter kamen unablässig sprießende Bartstoppeln von subversivem Schwarzblau zum Vorschein. Er stapfte ungelenk durch die Station, fragte die Anwesenden, ob sie guter Dinge seien, und erhielt hin und wieder eine Antwort. Er war nicht fidel. Ein paar der gesünderen Kinder fingen an zu weinen, als er sich ihnen näherte; resigniert trat er dann zurück, als sei diese Reaktion völlig natürlich. Seiner Frau wich er aus.

Die meisten Geschenke, die die Ballettkinder verteilten, waren Kuscheltiere, rosa, hellblau, weiß, Häschen, Enten, Teddys. Stephanie war aufgefallen, daß kein Kind ein Kuscheltier liebt, das es aufs Geratewohl erhält, das keine Geschichte, keine Persönlichkeit hat. Was gebraucht wurde und nicht geschenkt wurde, waren Dinge, mit denen man spielen konnte, Stabilbaukästen, Knetgummi, Dinge, die für die Bettwäsche gefährlich waren und die leicht verlorengingen. Eine plusterige Schneeflocke versuchte mit abgewendetem Gesicht Stephanie einen Wollbären für Mary zu überreichen. Mary verbarg ihr Gesicht an Stephanies Bauch und grunzte. Daniel kam herbei, in Stiefeln und Mantel, lächerlich und voll finsteren Zorns.

»Setz das Kind ab. Es ist zu schwer für dich.«

»Nein, ist es nicht. Sie mag das.«

»Ich mag es nicht.« Er bedachte Mary über seine schiefe wollige Bartzier hinweg mit einem abscheulichen Grinsen. Sie zuckte zurück und begann zu wimmern. »Ist schon gut«, sagte Daniel. »Komm jetzt, Steph. Wir haben unsere Pflicht getan.«

»Was ist mit dir los?«

Er konnte es nicht sagen, obwohl er es wußte. Ohne Stephanie wäre er mit der Situation zurechtgekommen. Doch nun, als er Mary in ihrer Formlosigkeit wie einen Kobold auf ihrer schweren Hüfte kauern sah, wollte er sie und sein Kind nicht an diesem Ort haben, so als könnten diese grotesken Erscheinungsformen des Zufälligen, des Zerstörerischen ihnen schaden. Aber Stephanie stand gelassen und gesund vor ihm und sagte, er müsse unbedingt mit Mrs. Marriott sprechen.

Mrs. Marriott war Angst in ihrer sublimiertesten Form. Sie saß den ganzen Tag neben dem Bettchen ihres Sohns in einer Kammer. Er war ein entzückendes blasses Baby mit einem Leberschaden und Nierenfunktionsstörungen. Man hatte es mit Operationen versucht und experimentierte im Augenblick mit der Ernährung herum. Das Kind schlief meistens tief. Die Mutter, die von Natur aus keine ruhige Frau war, ging in der Kammer hin und her, machte sich mit Babypuder, Wasserkrug, Windeln zu schaffen. In vier Wochen hatte sie fünfundzwanzig Kilo abgenommen. Als sie Daniel erblickte, der rote und weiße Flusen verstreute, sagte sie ängstlich, sie fürchte inzwischen, daß sie den kleinen Stephen verlieren werde, es war die Hoffnung, die einen umbrachte, nicht wahr, am besten machte man sich keine Hoffnung, aber was sollte man tun, wenn man hier saß? Sie kam sich so nutzlos vor. Er wußte keinen Rat und fand keine Worte; er riß sich den albernen Bart ab und begann einen Satz darüber, sich zu fügen, den er nicht beenden konnte. Er wußte, daß er Ungeduld, Reizbarkeit, Frustration und Wut ausstrahlte, genau die falschen Dinge, und tatsächlich begann Mrs. Marriott mit dem Kopf auf einem Haufen frischer Mullwindeln verzweifelt zu weinen. Als Daniel seine Frau kommen sah, um Trost anzubieten, den er nicht zu spenden vermochte, fuchtelte er mit den Armen und führte sie weg, überließ Mrs. Marriott ihren Tränen und redete sich nicht einmal ein, es sei am besten für sie zu weinen, denn wie wollte er das wissen, wie sollte er sich in sie hineinversetzen?

Später fand die Familienmesse in St. Bartholomew's statt. Zu ihr gehörte das Krippenspiel, von dem Stephanie geglaubt hatte, sie freue sich darauf. Sie hatte begeistert geholfen, die Kostüme zu entwerfen, hatte für Maria ein Kleid aus kornblumenblauem Taft mit langer Schleppe genäht – ihr eigenes Kleid vom Maiball in Cambridge, das sie an den Nähten auftrennte –, und hatte bunte Gürtel und Ketten als Schmuck für die Heiligen Drei Könige hergeliehen oder hergeschenkt, und einer der drei trug einen Turban mit Pfauenfeder, der die schillernde Seidenstola gewesen war, die sie zu ihrem Ballkleid getragen hatte.

Die Orgel dröhnte. Die Kinder betraten die Kirche unsicheren Schritts, halb hüpfend, halb marschierend. Ein großer Junge und ein großes Mädchen, elf Jahre oder älter, standen am Pult und lasen abwechselnd die kurzen märchenhaften Passagen aus den Evangelien des Matthäus und des Lukas, wobei das Mädchen vor Verlegenheit einen Buckel machte. Die drei Könige des

Matthäus, sein Stern, der die Richtung wies, der Stall des Lukas, sein Ochse, Esel, seine Hirten und singenden Engel. Die Kinder mimten das Gelesene sehr ernst und gehemmt. Die blonde Maria mit ihren dänischen Zügen saß feierlich auf den Stufen zum Chor neben einem merklich kleineren Joseph in gestreiftem Frotteebademantel und mit einem Handtuch um den Kopf, das mit geflochtener Wolle festgebunden war. Er war sich nur allzu sehr dessen bewußt, daß er eigentlich nichts zu tun hatte: Immer wieder verirrten seine Hände sich über dem sommersprossigen Gesicht zum Kopfputz, um ihn zu betasten. Ein winzigkleiner Herbergswirt hielt die Flächen seiner Kinderhände empor, um zu bedeuten, daß in seiner Herberge kein Zimmer frei sei. Kleinere Kinder und taube Omas im Publikum piepsten durcheinander, wie jedes Jahr, als wären sie Stare auf Telegrafenleitungen, aufgeregt und ziellos: Schau, unsere Janet, schau nur unseren Ron an, da, sieht er nicht komisch aus oder herzig oder würdevoll oder lustig...

»Und sie gebar ihren ersten Sohn und wickelte ihn in Windeln und legte ihn in eine Krippe; denn sie hatten sonst keinen Raum in der Herberge.«

Diese zentrale Stelle war immer peinlich. Nun wie jedes Jahr kehrte Maria den Bänken den Rücken zu, kramte gebückt und mit hochgerecktem Hintern in Mrs. Ellenbys alter Holzkrippe und förderte ihre beste und größte Puppe zutage, schmollendes, lächelndes Zelluloid mit harten Augen an Metallscharnieren, die auf- und zuklappten, auf und zu, während das Mädchen sich schwankend aufrichtete, die Puppe kurz wie zur Entschuldigung vor der Gemeinde schwenkte und dann wieder unter den Decken verstaute. Die starre Krümmung der Zelluloidgliedmaßen erlaubte kein Wickeln in Windeln, und deshalb wurde die Puppe in einen schönen Taufschal gehüllt. Schafe, Kühe und Esel mit Papiermasken drängten herbei und knieten nieder, bemüht, ihre Köpfe nicht zu verlieren. Drei winzige Königlein, die eine Schreibtischlampe hereintrugen, eine versilberte Zuckerbüchse und Mrs. Ellenbys chinesisches Emailzigarettenetui, verbeugten sich, schwankten, knieten nieder. Ein Trüppchen kleiner Hirten sammelte sich im Kirchenschiff. Das Seitenschiff entlang kam ein blonder Chorknabe in Bettuch und mit Heiligenschein, dessen klare Stimme erste Spuren des Stimmbruchs verriet, begleitet von einer sehr begrenzten Menge der himmlischen Heerscharen. Und Friede auf Erden und den Menschen ein Wohlgefallen. Die Eltern waren verwirrt und gerührt. Es rührte sie, ihr eigen Fleisch und Blut die Vorgänge von Geburt und Elternschaft mit jener Mischung aus Schüchternheit, Unwissen, Ernsthaftigkeit und Nachahmung darstellen zu sehen, wie sie für die unumgänglichen Mutter- und Vaterspiele typisch ist. Die Kindlichkeit von Maria und Joseph erzeugen die Rührung, nicht das Zelluloidbaby, das in diesem emotionalen Kontext eher überflüssig wirken muß. Eltern sind gerührt, weil die Kindheit so schnell vergeht. Vielleicht rührt sie auch unklarer etwas Bedrohliches in der Gesetzmäßigkeit, der Fleisch und Blut unterliegen. Diese kleinen Geschöpfe sind die Zukunft; sie stellen nur dar, was sie sein werden. Nicht nur die Kindheit vergeht: Männer und Frauen sind entbehrlich, sobald sie ihre Gene weitergereicht haben. Diese Darstellung zu betrachten heißt sich für einen Augenblick zwischen den Zeiten, zwischen den Rollen wiederzufinden. Maria blickt beschützend auf die Puppe; Marias Mutter blickt gerührt und beschützend auf Marias kindlichen Körper und ihr weiches Gesicht. Und die Zeit bleibt nicht stehen.

Herodes erschien auf der Kanzel – wie immer war er der beste Schauspieler – und stampfte mit seinem kleinen Fuß auf, schüttelte eine herrische Locke aus der Stirn, rückte seine Papierkrone gerade und schickte eine imaginierte Armee durch den Chor. Der bethlehemitische Kindermord fand in der Mauerschau statt. Der große Junge am Pult las von Rahel, die um ihre Kinder weinte, die es nicht gab. In früheren Jahren hatte Stephanie dieses geglaubte Märchen gefallen; in diesem Jahr hinderte sie daran die eigene Schwangerschaft, vielleicht die Furcht vor der Geburt.

Im Pfarrhaus tranken sie gemütlich Tee, und es gab einen Julscheit, den Mrs. Ellenby mit Zuckerguß überzogen hatte; wie es sich für brave Kinder gehörte, bekamen sie keine Geschenke, sondern brachten welche mit, abgelegtes Dinky-Spielzeug und Plüschtiere in Geschenkpapier, die an Dr. Barnardos Stiftung gespendet wurden. Daniel erzählte ihnen, wie

Gott um diese Jahreszeit die Welt so sehr geliebt hatte, daß er seinen einzigen Sohn gesandt hatte, um ihr Leben zu verleihen, um so wie die Menschen beschaffen zu sein, so daß Gott das Leben des Menschen leben und der Mensch Gott durch seinen Sohn nahekommen konnte. Gottes Leben und das des Menschen als ein Leben, sagte Daniel. Sie dachte, daß sie das besser gemacht hätte, nicht weil sie ein Wort davon glaubte, sondern weil sie eine gute Lehrerin war.

Was belebte die Welt? Daniel selbst, seine Unruhe, seine Ungeduld. Das Krächzen in der brechenden Stimme des blonden Engels. Ihr Bauch, in dem es wallte. Dunkle Bäume. Charlie, Gary, Mary. Schuf er, der das Lamm schuf, auch euch, fragte ihr Geist finster, und für einen Augenblick liebte sie nichts und niemanden. Sie lächelte und verteilte Tassen mit Milch und kleine Päckchen bunter Smarties wie Zauberbohnen.

Ihre Stimmung feindseliger Distanziertheit hielt die Mitternachtsmesse hindurch an, obwohl alte Freunde da waren, Miss Wells, die Thones. Mrs. Thone sang laut und klar die lauten, eintönigen Kirchenlieder, die man in Yorkshire liebt, wo man den Messias nicht mit der selbstvergessenen vokalen Fülle der Waliser preist, sondern nüchtern und kraftvoll, schwerfällig und rhythmisch gegliedert. Die Leute kamen teilweise wegen des Singens. Sie sangen die düstere Anrufung »Komm, o komm, Emmanuel«. Sie sangen die Yorkshire-Lieder »Erwachet, ihr Christen« und »Kommet, ihr Gläubigen« mit einer Mischung aus Ehrbarkeit, nüchterner Kraft und Hingabe, die Stephanie stets verblüffte, weil sie die Lautstärke sowohl mit repressiven Gepflogenheiten als auch mit brachliegenden Kräften, die sich Luft machten, in Verbindung brachte. Da standen sie in Reihen, reglos und dunkel und die Hüte auf dem Kopf. Die Engländer sind ein häßliches Volk, dachte Stephanie nicht zum erstenmal. Gesichter mittleren Alters herrschten vor, pflaumenfarben, aschfahl, teigig, verzogen im Zusammenspiel von zuviel Geduld, Vorsicht und Mißtrauen. Es waren keine Freiluftgesichter, keine unbeschwerten Gesichter. Aber es waren auch keine leidenden Gesichter. Es waren die Gesichter von Leuten, die hauptsächlich beschäftigte, was die anderen von ihrem Benehmen, ihrem Besitz, ihrem sozialen Rang hielten, oder was sie selbst von Benehmen, Besitz und sozialem Rang der anderen hielten. In diesen Dingen waren sie unsicherer, als ihre Eltern es gewesen waren. Sie waren eine Generation, die tapfer hatte sein müssen und nun nicht wußte, wie man friedlich lebt. Seht die Scharen der Midianer, wie sie lauern, wie sie lauern. Ihre Kleider waren häßliche Panzer, denen man die Qualität des Tuchs ansehen sollte und die schicklich wirken sollten: weinrot, flaschengrün, hin und wieder leuchtend königsblau. Sie dachte an D. H. Lawrence, der enge weiße Hosen verlangt hatte, und dachte, daß die meisten der formlosen Anwesenden darin noch schlimmer ausgesehen hätten. Was nützte es, unter schönen italienischen Bäumen zwischen schönen italienischen Landleuten zu sitzen und mißmutig über Bergleute und ehrbare Frauen zu schimpfen? Statt dessen dachte sie an *Die Mühle am Floss*, diese grausame Sozialgeschichte englischer Religiosität, deren wahren Mittelpunkt sie in den Laren und Penaten sah, einer dichten Struktur von *Dingen*, die definierten, wer man war und in welcher Beziehung man zu anderen stand – getupfter Damast, mit Zweigen gemustertes Porzellan, die Abstufungen der Kosten und des Zeigens von Hauben, die man eher besaß, um sie zu verehren, als um sie zu tragen. Dies hatte, wie George Eliot wußte, wenig oder gar nichts mit Christi Verfügungen an seine Jünger zu tun und ganz und gar nichts mit der Wandlung, die jetzt gerade gefeiert wurde, während die Gemeinde »Uns ist ein Kind geboren« sang und Daniel am weißdrapierten Altar mit dem liebevoll bestickten weißen Tuch zusammen mit Mr. Ellenby über Brot und Wein wachte. George Eliot war gut im Hassen, dachte Stephanie. Sie betrachtete das, was sie haßte, lange und klug, voll Neugier zu erkennen, was es tatsächlich war, und mit der notwendigen Distanziertheit, um es sich von innen und von außen vergegenwärtigen zu können, was untereinander ein Wissen erzeugte, das Liebe war. George Eliot hatte die Hauben und das Porzellan mit Zweigmuster geliebt – weil sie diese Dinge kannte, oder weil das Niederschreiben ihr Macht über sie verlieh, sie ihrer Bedeutung gegenüber sanft und großzügig stimmte? Stephanie versuchte, diese plötzliche Erkenntnis der *Dinge*, denen die Frömmigkeit der Schwestern

Dodson galt, mit den Anweisungen von Daniels Mum, wie Christmas-Pudding zuzubereiten war, zu verbinden, scheiterte aber weitgehend.

Sie hegte die leise Hoffnung, daß ein Weihnachtsessen im Familienkreis das schwache Netz von Anstand und Benehmen, das die Gewalttätigkeit ihres Vaters und ihres Bruders zerrissen hatte, teilweise flicken könnte. Sonderbarerweise stellte Mrs. Orton die erforderliche Öffentlichkeit in Form eines Beobachters dar, dem es oblag Zornesausbrüche zu hemmen, Höflichkeit herbeizuführen.

Solche Hoffnungen hätte sie früher nicht zu hegen gewagt, als Bill regelmäßig Vergnügen daran fand, die schlichtesten Erwartungen zu verhöhnen, und wie unter Zwang aufbrauste, »Theater machte«, wie Mrs. Orton es genannt hätte. Er hatte Stephanie bei ihrer Hochzeit für alle Zeiten blamiert. Doch jene, die mit ihrem »Theater« sozialen Schrecken verbreiten, sind schutzlos denen ausgeliefert, die – aus Rücksichtslosigkeit oder aus Verzweiflung – noch größeren Schrecken zu verbreiten verstehen. Marcus hatte Bill nicht nur verletzt, sondern auf eine Weise blamiert, die alles übertraf, was Bill sich je an Ungezogenheiten oder Ausfälligkeiten geleistet hatte. Soweit Stephanie Bill in letzter Zeit gesehen hatte und nach dem zu urteilen, was Frederica berichtete, war sein Kampfgeist zumindest bis auf weiteres geknickt. Sie bedachte dabei nicht, obwohl sie es hätte tun können und sollen, daß Bill aufgrund seiner großen und wahren Zuneigung zu ihr irgendwelche Attacken sicherlich nur in moderater Form vorgetragen hätte. Daniel und ihre Heirat paßten ihm nicht, und daraus machte er kein Geheimnis.

Sie bemühte sich um kultivierte Manieren. Sie machte Cumberlandsauce für den Truthahn, durchsichtig und hellweinrot in kleinen Gefäßen, mit zarten goldschimmernden Streifen von Orangenschale. Sie nahm sich die Zeit, geröstete Kastanien zu schälen, die sich mit dem traditionellen Rosenkohl abwechseln sollten. Sie putzte Bohnen und Kräuter und machte die Füllung. Sie errichtete kleine Pyramiden von Nüssen, Rosinen und Mandarinen. Sie legte leuchtendscharlachrote Servietten auf. Sie schichtete ein gutes Holzfeuer auf. Auf dem Tisch standen geschliffene Kristallgläser. Stephanie mochte kein geschliffenes

Glas; sie gehörte zu einer Generation, die schlichte und funktionale Formen entdeckte, finnisches Design, Dartington. Doch die Lichtstrahlen brachen sich glitzernd in den eingravierten gläsernen Blumen und bildeten mit den Triangeln aus runden Mandarinen, dem Kreuz und Quer der Orangenschalen, Marcus' zierlichen Polyedern im Baum und dem wechselvollen Feuerschein ein helles und diesiges umfassendes Muster.

Als die Gäste kamen, wußte sie, daß Bill kein »Theater machen« würde. Sie öffnete ihnen die Tür, rotgesichtig und atemlos vom Begießen des Truthahns, eine Metzgerschürze umgebunden, die nur notdürftig ein quäkergraues prall gespanntes Kleid verdeckte. Er stand zwischen Winifred und Frederica auf der Schwelle und wirkte soviel kleiner als die beiden großen Frauen, daß er Stephanie erschreckend eingefallen vorkam. Er hielt Geschenkpakete und eine Kiste Flaschen in den Armen. »Mein Beitrag«, sagte er mit möglicherweise unsicherer Stimme zu seiner Tochter, die es fast nicht bewerkstelligen konnte, ihn über die Barriere hinweg zu küssen, die diese Gegenstände und ihr eigener Umfang bildeten. Als sie ihm die Pakete abnehmen wollte, forderte er mit einer Spur seiner alten Schärfe Frederica auf, sich gefälligst nützlich zu machen. Die Potters quetschten sich vorsichtig zur Tür hinein, darauf gefaßt, Marcus zu begegnen, und erblickten Daniels Mum im Sessel, in tiefe Schichten Fleisch und Gewänder gehüllt, Fleischwulst über Fleischwulst, wo ihr Kinn auf dem unförmigen Hals ruhte. Marcus war nicht da. Sie nahmen Platz – der Kreis war ein bißchen zu eng, um in dem kleinen Raum Eleganz aufkommen zu lassen. Stephanie bot Sherry an. Eine Stimme sprach.

»Entschuldigen Sie bitte, wenn ich sitzen bleibe. Ich kann nämlich ohne Hilfe nicht aufstehen, rein gar nicht. Ich komme morgens mit Ach und Krach die Treppe runter, und dann bin ich hier angebunden, bis mir jemand hochhilft, wozu niemand dauernd Lust hat, nicht wahr, Liebes?«

»Ich kann noch immer hinlangen, wo es nötig ist«, sagte Stephanie etwas zu munter.

»Und wie geht's Ihnen, Mrs. Potter? Tragen Ihr Los mit Fassung trotz der Sorgen? Ich sag' ja immer, solange man nur gesund ist...«

Winifred sagte, es gehe ihr gut, und sah zu Stephanie, die neben der Küchentür saß. Sie fand, daß Stephanie nicht gesund aussah. Der Glanz war aus dem blonden Haar verschwunden, das Gesicht war schmaler geworden, mochten die Wangen noch so gerötet, mochte der Körper noch so angeschwollen sein. Um die spitze Nase verliefen Falten, bläuliche Schatten umringten die Augen. Und die Lippen hatten kaum Farbe.

»Wie geht es dir?« fragte sie ihre Tochter behutsam.

»Blendend!« sagte Mrs. Orton. »Kaum zu glauben, was die jungen Leute heutzutage alles bewältigen – als ich damals Dan trug, konnte ich *tagelang* nicht aufstehen, mit meinen geschwollenen Knöcheln, und dann diese Schwindelanfälle, schrecklich, aber sie fährt immer noch mit dem Rad und ist quietschfidel dabei. Du wirst dir noch was antun, hab' ich gesagt, aber kein Tag vergeht, wo sie nicht stundenlang auf dem Ding unterwegs ist. Letzte Woche mußten wir unser Mittagessen selber machen, unser junger Freund hier, der nur Augen und Ohren hat, aber keinen Mund, und ich, aber ich mußte rein ewig rufen, bis er endlich runterkam, um mir zu helfen, sonst wäre ich hier unten festgesessen ohne einen Bissen oder einen Schluck von früh bis spät und noch länger. Aber nach ein bißchen gutem Zureden hat er uns Welsh Rarebit gemacht. Er ist gar nicht so ungeschickt, wie man denkt, das ist meine Meinung.«

Für einen kurzen Moment waren alle Potters sprachlos. Zum Glück kam in diesem Augenblick Daniel summend vom Vormittagsgottesdienst herein, beanspruchte viel zuviel Platz und wünschte jedermann mit geistlichem Baß »Frohe Weihnachten«. Er registrierte Marcus' Abwesenheit, ging die Treppe hoch und kehrte mit dem blassen Knaben im Schlepptau zurück. Marcus blieb auf der untersten Treppenstufe stehen. Bill erhob sich und wandte sich seinem Sohn zu. Daniels Mum äußerte eine Aufforderung, sich zu setzen – bloß nicht so förmlich –, die keine Beachtung fand. Bill trat zwei Schritte vor und streckte seine Hand sehr förmlich aus. Marcus ergriff sie auf gleiche Weise, hielt sie kraftlos einen gebührend langen Augenblick und ging dann zu seiner Mutter, deren Wange er mit seiner kalten Wange berührte. Vor Stephanies innerem Auge erschien das Bild eines gewaltigen Risses in einem Stück Segeltuch oder ähnlichem Material, der mit großen, unbeholfenen, auffälligen Stichen gestopft wurde, aber immerhin gestopft. Als nächstes kam das gegenseitige Beschenken, angeregt von Stephanie.

Die Geschenke waren merkwürdig gleichförmig. Marcus erhielt verschiedene anonyme Hemden und Socken. Auch Daniel wurde mit Kleidung beschenkt, mit solcher, die er tragen würde, und solcher, die er nicht tragen würde, Socken, ein Schal, eine Krawatte, nichts davon schwarz, als hätten die Anwesenden sich abgesprochen, ihn aufzuheitern. Stephanie bekam alle möglichen Küchenutensilien und Wäscheteile; kein Buch, während Frederica nur Bücher bekam, wenn man einen Büchergutschein von Mrs. Orton mitrechnete. Bill bekam von Marcus Bücher und Tabak und einen Büchergutschein mit einer aufgedruckten Winterszene von Brueghel, den er wieder und wieder umdrehte, als müsse er noch eine andere Botschaft enthalten als das »Frohe Weihnachten und alles Gute, Dein Marcus«, das sauber auf der getüpfelten Linie eingetragen war. Stephanie ging in die Küche zurück, um das Essen aufzutragen. Daniel wandelte einen Monolog seiner Mutter über eine Schweinekeule, die sie einmal zu Weihnachten gebraten hatte, geschickt und etwas zu merklich in ein allgemeines Gespräch über Weihnachtserinnerungen um. Sie erinnerten sich an die Notbehelfe im Krieg. Sie unterhielten sich über die neuen Truthahnfarmen. Bill lieh sich den Korkenzieher aus und öffnete ein paar Flaschen Beaujolais, die er mitgebracht hatte. Satz um nichtssagenden Satz hielt man die Situation zusammen.

In der Küche mühte Stephanie sich mit dem Truthahn ab, der in der fettigen Bratform aufgedunsen hin- und herglitschte. Ihr Gesicht glänzte vor Hitze und Anstrengung. Sie litt unter einem Übermaß zutreffender Phantasie. Die Verwandten lasteten schwer auf ihr. In jedem einzelnen von ihnen sträubte sich eine Art private Gewalttätigkeit gegen das vorgeschriebene Benehmen. Am meisten bei Bill. Wenn öffentlich medizinische Verlautbarungen über die verderblichen Auswirkungen eines Mannes auf die Psyche seines Sohnes gemacht wurden, kann man bei ihrer Begegnung Unsicherheit und Verlegenheit erwarten. Andererseits durfte man die unendlich große Fähigkeit der Engländer nicht unterschätzen, Dramen herunterzuspielen, Situationen zu ignorieren, so zu tun, als sei alles in Ordnung. Auch Bill besaß sein kleines Quantum dieser bisweilen nützlichen Weigerung, unangenehmen Wahrheiten ins Gesicht zu sehen, besonders in bezug auf Marcus.

Und da war Winifred, die versucht hatte, ihrem Sohn ihre eigene Form passiven Widerstands gegen Bills Wüten zu vermitteln, und ihn dabei nur, wie sie inzwischen vielleicht dachte, einem Homosexuellen mit religiösen Wahnvorstellungen ausgeliefert hatte. Stephanie, der sie vertraute, obgleich es ihr nicht leichtfiel, ihren Töchtern etwas anzuvertrauen, hatte sie einmal erklärt, daß physischer Ekel vor Lucas Simmonds und die Vorstellung, er habe Kontakt – näher drückte sie es nicht aus – zu ihrem Sohn gehabt, sie geradezu verfolgte. »Mir war speiübel«, hatte sie erbittert zu Stephanie gesagt. »Ich habe mich tatsächlich übergeben.« Stephanie hatte keine Ahnung, wieweit dieser Abscheu möglicherweise Marcus selbst mit einschloß. Für Marcus waren große Gebiete der Welt unberührbar, und Winifred konnte sich nur mühsam dazu durchringen, sich mit ihnen abzugeben.

Stephanie spürte Fredericas tolerantes und arrogantes Bewußtsein, daß sie, Frederica, nur noch am Rande von alledem betroffen war. Sie spürte Mrs. Ortons Wunsch, beachtet zu werden, geliebt zu werden, während sie zugleich beides verhinderte.

Und da war Daniel, der unglücklich oder verärgert war, ohne daß sie wußte, warum. Sie hörte, wie er sich angestrengt munter gab und sich selbst und sein Amt zum Gespött machte, wie es ihm in Streßsituationen passierte.

Sie empfand die Erbitterung aller Hausfrauen, wenn die Gäste nicht zum Tisch zu bringen sind, obwohl das Essen fertig ist. Sie war wütend, den Tränen nahe und fühlte sich schlecht behandelt. Sie trug Rosenkohl und Kartoffeln auf und lächelte.

Das Essen wurde gegessen. Kauen löste das Reden ab. Daniel schnitt die feiste Brust des Vogels in Scheiben, entfernte Sehnen aus den schlaffen Beinen, fischte mit einem langstieligen Löffel nach der Füllung. Marcus sorgte mit seiner Weigerung, Fleisch zu nehmen, für die erste Unruhe. Daß der bloße Anblick ihm Übelkeit verursachte, sagte er zwar nicht, doch man sah es ihm an. Bei aller Sanftmut empfand Stephanie angesichts seiner Ablehnung des guten Bratensafts, ihres fleißigen Begießens, ihrer Arbeit für einen kurzen Augenblick nichts als Wut. Mrs. Orton, die ihm dabei zusah, wie er in einem Häuflein Rosenkohl und Kastanien herumstocherte, versäumte nicht zu bemerken, mit seiner Zimperlichkeit habe er sich wahrscheinlich erst krank gemacht. Frederica erwiderte an seiner Stelle: »Kastanien sind wahnsinnig proteinreich« und nahm sich ostentativ eine zweite Portion.

Alle wurden erhitzter und roter und glänzender und fettiger. Als Mrs. Orton vorschlug, die Weihnachtsansprache der Königin im Radio anzuhören, bestand Bills Protest lediglich darin, daß er eine Flasche Brandy aus seiner Kiste hervorzauberte, eines seiner Geschenkbücher aufschlug, sich mit dem geschenkten Tabak eine Zigarette rollte, sich zurücklehnte und heimlich seinen Sohn beobachtete. Der eine ausdruckslose Miene aufgesetzt und die Augen geschlossen hatte, aber auf seinem Stuhl anwesend war. Nein, dachte Stephanie später, es war nicht mehr und nicht weniger als das gewesen, was man sich hatte erhoffen können: ein angemessenes Zusammensein von Leuten, die in enger Beziehung standen, nicht aus freien Stücken, in vielen Fällen widerstrebend. Dennoch war es vom ersten Glas Sherry bis zum kurz aufflackernden bläulichen Flammenschein über dem Pudding das gewesen, was sie zivilisiert genannt hätte. Sie hatten sich zusammengenommen.

Daniel war nicht glücklich. Stephanie erkannte den Grund dafür nicht; wenngleich sie seine Haltung zu Kirchenvorstehern, Hemdknöpfen, Bills Wutanfällen, dem lässigen, unprätentiösen Snobismus der Ellenbys sofort intuitiv erfaßte, war sie außerstande, die Bewegungen seiner Gefühle für sie selbst oder mittlerweile sie und das Kind zu ergründen. Sie war nicht ohne Arroganz: Sie glaubte nicht, daß er sich ihren physischen Kampf mit dem Truthahn, ihre Wut und die Scham über ihre Wut wegen Marcus' vegetarischer Geste wirklich hatte vorstellen können. Tatsächlich hatte er es sehr wohl getan und hatte ebenso ihre Erleichterung darüber, daß Essen und Smalltalk ihren Verlauf nahmen, wahrgenommen. Mit englischen Usancen des Schweigens kannte er sich gut aus. Mehr als ein Paar in seiner Gemeinde pflegte seit Jahren nur schriftlich oder über Nachbarn miteinander zu verkehren. Und außer Ehepaaren gab es Geschwister, Eltern, Kinder, die das Sprechen für immer unterbanden, aus Rache, Terror, Hoffnungslosigkeit, engstirniger verhärteter Sturheit. Er wußte, was es hieß, daß Marcus im Raum blieb, während Bill es fertigbrachte, drei Stunden hintereinander eine Reihe erträglicher, banaler Alltagsbemerkungen zu machen.

Aber er war nicht glücklich. Er dachte, daß er sie, Stephanie, gewollt hatte. Nicht ein Zuhause. Nur sie. Jetzt wünschte er, er hätte ihr nicht geschenkt, was er für ein wunderschönes Nachthemd hielt, cremefarben und rüschenbesetzt; er hatte gesehen, welchen Blick sie auf Fredericas Bücher geworfen hatte, und begriffen, was er anläßlich von Fredericas Telegrammen halb geahnt hatte – ihr Bewußtsein eines Verlusts. Auch er kannte dieses Gefühl: das der unerbittlichen Einsamkeit seiner Person und seiner Arbeit, allein in einem anonymen Ein-Zimmer-Appartement.

Er sah sie der Reihe nach an. Es gab drei Sorten. Die bleichen, unauffälligen Potters: Winifred, Stephanie, Marcus, die allzu schnell im Hintergrund verschwanden. Die feurigen Potters, Bill und Frederica, die heute von seiner Mutter totgequasselt wurden, aber zu endlosen egozentrischen Wortanhäufungen befähigt waren. Und er und seine Mutter, schwerfällig, Fleisch und Blut. Seine Mum war eine fürchterliche Heimsuchung, daran gab es keinen Zweifel. Und sie aß und aß und aß; jedermann hatte ihr beim Fressen zugesehen: bleiche Potters mit ausdrucksloser Miene, vogelähnliche verächtliche Potters, der heikle Marcus, der sein bißchen Gemüse seziert und liegengelassen hatte. Auf seinem Kind lastete das Gewicht all dessen. Wenn es nicht wie Mary im Krankenhaus auf die Welt kam, konnte es genetisch dazu ausersehen sein, seiner Mum ähnlich zu sehen oder Marcus oder der abscheulichen Frederica. Fleisch von all diesem Fleisch, Blut von diesem Blut.

Er betrachtete die um den Tisch versammelten Mütter mit beinahe abergläubischem Mißtrauen. Seine eigene, jetzt rührselig und voller Anekdoten über die guten alten Tage seiner Kindheit, in denen er in Wirklichkeit Tag für Tag stumm Ölsardinen mit einer Gabel aus der Büchse gegessen hatte, während sie schlief. Winifred, ausgebleicht und zusammengeschrumpft durch lebenslang diesen wilden, blassen oder tobenden Geschöpfen gegenüber praktizierte Selbstverleugnung und Unterwerfung. Stephanie, doppelt, in sich ruhend, so einem Ei gleich unversehrt, daß Charlie sie nicht erschrecken und Mary ihre ruhige Gelassenheit nicht erschüttern konnte. Was würde aus ihr, aus ihm, aus ihrem Kind werden? Er empfand die Mütter und die Familie wie auf andere Weise die Kinder im Krankenhaus als Bedrohung. Er sagte zu Stephanie, sie solle sich ausruhen, und ging in die Küche, um allein zu sein, wo er sich entschlossen über das Geschirr hermachte. Frederica gesellte sich zu ihm, was ihm nicht paßte; neben anderen Nachteilen war sie beim Abtrocknen nicht die Schnellste.

Erst einmal benutzte sie das Geschirrtuch, um sich Luft zuzufächeln. Sie sagte:

»Na ja, das ging doch einigermaßen glatt über die Bühne.«

»Ja.«

»Aber angenehm, jetzt im Kühlen zu sein. Luft. Ich kann es nicht ertragen, wenn alle aussehen, als würden sie gleich einschlafen.«

Das konnte er ebensowenig. Dennoch verkniff er sich nicht die Bemerkung, daß zwischen Küche und Wohnzimmer in puncto Luft kein großer Unterschied bestand, weil der Ofen seit dem frühen Morgen in Betrieb gewesen war. Er reichte ihr einen tropfenden Teller.

»Gut zum Üben. Ich fahre in ein, zwei Wochen. Um mich als Haushaltshilfe nützlich zu machen. Nicht daß das gerade meine Stärke wäre, aber wenigstens bin ich eine Haushaltshilfe auf *französisch*.«

»Sehr schön.«

»Ich habe mich gefragt, ob ich Mummy allein lassen darf. Sie ist in einem üblen Zustand. Vermute, daß sie in mir keine besondere Hilfe sieht. Stephanie sagte sie Sachen, mir nicht. Ich bin überflüssig. Um so besser für mich. Zeit, daß ich mich auf die Socken mache.«

»Ja.«

»Du kannst mich nicht besonders leiden. Ist mir aufgefallen. Erst vor kurzem – bis dahin war ich nur mit der Frage beschäftigt, ob ich dich leiden kann. Und als ich fand, daß ja, fiel mir auf, daß du mich nicht magst.«

Er reichte ihr einen weiteren Teller.

»Ich denke meistens nicht darüber nach, ob ich Leute mag oder nicht mag«, sagte er.

»Nein. Aber man kann es tun, ohne es bewußt zu tun. Ich hoffe, daß du doch noch dahin kommst, mich zu mögen. Na ja, weil wir schließlich das ganze Leben lang miteinander zu tun haben werden. Obwohl ich hoffe, daß wir keine weiteren Familienweihnachten feiern werden. Ich will unbedingt mit Leuten zusammensein, mit denen ich zusammensein will. Fürchtest du dich vor Niederlagen?«

»Was?«

»Ich meine – du gehst auf dein Ziel los – wie ein Bulldozer – wie ich. Hast du keine Angst davor, zum anderen Typus zu gehören, dem, der wartet und leidet?«

»Jeder gehört dazu.«

»Nein, so meine ich das nicht. Manche geben sich einfach nicht geschlagen. Andere ja. Sieh dir die Leute hier im Haus an. Du gibst dich nicht geschlagen.«

»Nein?« sagte er, reichte ihr einen weiteren Teller und bedauerte es.

»Daniel, das Ganze geht dir doch nicht an die Nieren?«

»Nein, nein. Nicht mehr, als unvermeidlich ist, als man ertragen kann. Du bist noch jung genug, um alles dramatisch zu sehen.«

»Und wie alt bist du abgeklärter Mann?«

Er war vierundzwanzig. Er lachte.

»Ihr solltet Marcus loswerden«, sagte sie und klapperte mit einer Handvoll Besteck.

»Er ist harmlos.«

»Findest du? Das wäre mir neu. Er absorbiert Energie wie Stoßdämpfer im Auto oder astronomische Schwarze Löcher.«

Da Daniel der gleichen Ansicht war, blieb ihm nichts als zu schweigen. Frederica beobachtete ihn, als er die Bratpfannen reinigte. Sein Bauch wölbte sich über dem Spülstein, seine Arme waren schwarz und behaart unter den aufgerollten Ärmeln, sein dichtes schwarzes Haar war vor Anstrengung zerzaust. Die Rückenansicht eines massigen Mannes in einem engen Raum mit falscher Höhe. Sie wünschte, er könne sie leiden. Aber es kümmerte sie nicht weiter. Ihren Geist erfüllte die Zukunft, die ihr als heller, leerer Raum erschien, durchzogen von Spuren ihrer eigenen leuchtenden, kühnen Flüge, ihrer geschwinden, sonnenbeglänzten Bewegungen. Von nun an würde es in Frederica Potters Leben nur mehr wenig Platz für diese aufgezwungene Welt von Menschen und Stühlen geben, die man akzeptieren mußte, weil sie nun einmal da waren. Für Daniel mochte das gut und schön sein: Seine Ziele beinhalteten möglicherweise deren Transfiguration oder Konsekration oder wie immer er es in welcher Sprache auch immer auszudrücken beliebte. Sie aber verweigerte sich. Eines der Weingläser, die Stephanie zur Hochzeit geschenkt bekommen hatte, fiel ihr herunter und zerschellte. Daniel kehrte die Scherben auf.

4. Midi

Als Frederica nach Nîmes aufbrach, hatte sie keine wirkliche Vorstellung vom Süden. Sie wußte, daß Nîmes eine Provinzstadt war, und hätte es vorgezogen, wenn dem nicht so gewesen wäre, da sie »Provinz« im Sinn des englischen Romans des neunzehnten Jahrhunderts auffaßte und nicht des römischen Provincia, Provence. Wie alle in ihrer Generation strebte sie zur Großstadt und hatte tatsächlich auf Paris und helle Lichter gehofft. Sie hatte von Paris an ein Schlafwagenabteil reservieren lassen, weil sie an die Zeit dachte – »Ich kann nicht die ganze Nacht aufbleiben« –, nicht an die Distanz – »Ich fahre weit in den Süden«. Als sie diesen Zug bestieg, wurde sie in einen Wortwechsel mit dem Schlafwagenschaffner verwickelt, was sie genoß, weil es auf französisch war und sie ihre Subjunktive und Konditionale verwenden und im geeigneten Momenten »si«

statt »oui« sagen konnte. Sie verlor den Streit, bei dem es um ihre Platzkarte ging, die auf englisch Kabine Nummer 7 bezeichnete, was vom Schaffner hartnäckig französisch als 1 gelesen wurde. Frederica erklärte, daß die 7 in Frankreich mit einem Querstrich geschrieben werde, nicht jedoch im Thomas-Cook-Reisebüro in Calverley, North Yorkshire. Der Schaffner sagte, die Nr. 1 sei von einem Herrn besetzt, der sich bereits ausziehe. Frederica erhielt keine Antwort auf ihre Frage nach der *numéro sept*, doch es wurde ihr erlaubt, im Gang des Zuges stehenzubleiben, der schon vom Bahnsteig wegglitt. Sie sah Paris vorbeirattern, fremde Blöcke erleuchteter Fenster, Knoten von Leitungen, und ein gedrungener kleiner Mann, der seinen Ellbogen auf dem offenen Fenster kameradschaftlich an den ihren lehnte, bot ihr eine Gauloise an. Sie nahm die Zigarette, wie sie fast alles nahm, was man ihr anbot, und noch immer begeistert vom Klang ihres Französischen, das von Franzosen verstanden und beantwortet wurde, steuerte sie zur Unterhaltung die Mitteilung bei, daß sie nach Nîmes fahre, wo sie bei einer Familie leben werde. Sie hätte ihm viel mehr erzählt, alle möglichen unpassenden Dinge, nur um den alten Sachverhalt auf neue Weise vorgebracht, in neuen Worten zu hören. Sie könne sich glücklich schätzen, sagte ihr der Mann, den Süden im Frühjahr zu erleben. Der Maquis riecht wunderbar. Zum erstenmal ertastete Fredericas Vorstellung den Süden. Er selbst fahre nach St. Raphael, sagte der Mann. Er war Handlungsreisender. Er verkaufte Liköre, hauptsächlich an die Hotellerie. Er könne Mademoiselle Kostproben von Cointreau, Grand Marnier, Chartreuse anbieten, sollte sie wirklich kein Bett bekommen.

Frederica erwiderte fröhlich, daß das sehr liebenswürdig sei. Und das trotz eines starken Gefühls, daß der Mann dem Erfolg seiner Avancen übermäßig viel Gewicht beimaß: Übereifer mindert fast immer die Bereitschaft des anderen, und Frederica verspürte keine Neigung, mit einem nervösen Mann in einem Schlafwagenabteil eingeschlossen zu sein. Andererseits wollte sie nicht bis zum Morgengrauen stehen, und sie wollte die französischen Wörter weiterhin wie auf einem Faden aneinanderreihen. Der Schlafwagenschaffner kam zurück und verkündete, daß er dank einer überaus glücklichen Fügung ein leeres Bett habe, dessen Inhaber unerklärlicherweise nicht erschienen sei. Er brachte Frederica in Nr. 7 und blieb stehen, vielleicht in Erwartung eines Trinkgelds, das sie nicht geben konnte, weil sie nur über große Geldscheine verfügte. So kam es, daß sie sich abrupt einschloß, ohne den Handlungsreisenden in Likören. Und dann machte ihr die Einsamkeit des Schlafwagens das größte Vergnügen, und sie vergaß ihn.

Sie zog sich halb aus und tappte auf Strümpfen, in Strumpfhalter, Slip und BH über den ständig anders geneigten Boden. Sie untersuchte ringförmige Haken, Wasserbehälter, Waschbekken mit Deckel. Sie versuchte, durch das Guckloch in ihrem Rollo zu spähen. Ein Bahnhof raste so schnell vorbei, daß sie weder den Ortsnamen lesen noch das Muster seiner Eisenkonstruktion unterscheiden konnte. Schwarze Massen von Büschen, Kühen oder strohgedeckten Dächern dehnten sich schier endlos. Das gefiel ihr. Es gefiel ihr, allein zu sein in einem warmen, erleuchteten Kasten, während die Welt undeutlich vorbeiströmte. Sie rollte sich auf ihrer Pritsche zusammen, bewunderte ihre langen Beine, dachte nach über das Begehren (nicht wegen des Likörvertreters), las einen Teil von *Madame Bovary*, einen Teil der *Blumen des Bösen* und einen ganzen Roman von Margery Sharp, den sie aus einem Impuls heraus am Gare de Lyon gekauft hatte. Sie sah die Morgendämmerung, als sie kam, und zog das Rollo hoch. Dort im bleichen zitronengelben Grau waren große Flächen voller Reihen mit Spalieren versehener sonderbarer Stümpfe, gedrungen und holzig, die aussahen wie gestutzter wilder Wein. Diese riesigen Gebiete rasten nicht vorüber, sondern wirkten endlos, weil sie sich endlos wiederholten. Es dauerte eine Weile, bis sie begriff. In ihrer Vorstellung krochen Weinreben über Gitter, hingen von Laubendächern herab, klammerten sich an. Um diese regelmäßig gekrümmten holzigen Wurzeln heizte sich die kalte Erde fast sichtbar auf, während die unvorstellbare helle Morgendämmerung heraufzog.

Sie zog sich sorgfältig an, grünes Tweedkostüm mit Fischgrätmuster, tailliert, Pumps, sehr schlicht, und ein kompliziertes Make-up, obwohl die kniffligen kleinen Lidstrich-Dreiecke in den Augenwinkeln durch das Schwanken des Zuges beinah verwischten. Sie hatte eine Samtkappe, von der sie den kurzen Schleier abgeschnitten hatte. Sie glaubte daran, daß billige Kleidung elegant werden konnte, wenn man sie auf das Wesentliche reduzierte. Manchmal klappte es, manchmal sah sie herb aus, manchmal trist. Als sie an diesem Morgen auf fünf Zentimeter hohen Absätzen und in einem Rock, der einer umgedrehten Tulpenblüte glich, die eiserne Leiter zum sandigen Perron in Nîmes hinunterstieg, sah sie wie all das zusammen aus.

Die Familie Grimaud hatte geschrieben, daß sie sie mit einem blauen Corvette abholen würden. Erst zu diesem späten Zeitpunkt begann sie, sich über sie Gedanken zu machen; sie waren ein Mittel zum Zweck gewesen, zu Frederica Potters Auszug aus Blesford und Yorkshire. Ein großer Mann und ein kleiner Junge erschienen am anderen Ende des Bahnsteigs; sie humpelte ihnen auf ihren Absätzen mit ihrem schweren Koffer entgegen. Sie begrüßten sie und stellten sich vor: Monsieur Grimaud und Paul-Marie. Paul-Marie hatte unenglische kurze Hosen, lange weiße Socken, olivbraune Beine. Frederica ignorierte ihn. M. Grimaud nahm mit Schwung ihre Tasche und lächelte. Er hatte einen beträchtlichen Taillenumfang, eisengraues Haar *en brosse*, ein gebräuntes Gesicht mit Lachfältchen um den Mund, einen Siegelring, eine goldene Schlange, die sich um einen Blutstein ringelte. Er fühlte sich wohl in seiner Haut. Er fragte sie nach der Reise, und als sie im Auto neben ihm saß, erzählte sie eingehend von dem Durcheinander um die Abteilnummern, noch immer begeistert, sich französisch sprechen zu hören. M. Grimaud lachte. Er lenkte das Auto schwungvoll nach Nîmes hinein und aus Nîmes hinaus in die Landschaft, gerade Straßen mit Platanen, bestelltes freies Feld rechts und links. M. Grimaud erklärte alles leicht verständlich, mit französischer pädagogischer Leidenschaft und einem lokalpatriotischen Eifer, die Frederica aus kultureller Unerfahrenheit – und Verwirrung – nicht einordnen konnte. Das herrliche Licht wurde stärker und stärker, während sie fuhren.

Was auf diesen Feldern wuchs, sagte M. Grimaud, sei Lavendel, ein wesentlicher provenzalischer Gewerbezweig. Hier sei sie im Land der Langue d'Oc, nicht zu verwechseln mit der

Langue d'Oil. Er sprach von Troubadouren und Herren alter Zeiten und sang ohne Verlegenheit und ungekünstelt Bruchstücke von Liedern über Lavendel, über Mandelbäume, über Liebe, in unverständlichem Provenzalisch. Frederica sah die langen Wellen staubiger graugrüner Lavendelblätter und stellte sich die violetten Blütenähren vor. Sie sah unbeschattete Erde in gelbem Licht, weitere Weinstöcke, frische Schößlinge von Pflanzen, die sie nicht als jungen Mais erkannte. Später, als sie kenntnisreich in den Süden reiste, mit dreißig, mit vierzig, voll angehäuften Wissens über angenehme kleine Orte, lokale Spezialitäten und Wein, Cafés Routiers und längst verschwundene Sanddünen, versuchte sie sich die an jenem Tag nur halb erlebten Überraschungen zu vergegenwärtigen, die das Land ihren ahnungslosen Augen bereitet hatte. Es war ihr – weil sie selbst so gewesen war – roh und neu erschienen, als Staub und Helligkeit. Und die Gerüche, der Anfang der Gerüche des Südens, unmittelbarer wahrnehmbar, dauerhafter im Gedächtnis, wenigstens beim Heraufbeschwören. Kräuter in struppiger Umgebung, Wacholder, Rosmarin und Thymian, die sie benennen, jedoch nicht identifizieren konnte, Oregano, den sie nicht einmal hätte benennen können. Sie erreichten die *propriété* über eine von Linden gesäumte Allee – *tilleuls*, ein Wort, ein Name, der sich bereits in ihrem Wortschatz befand, jetzt aber plötzlich mit einer materiellen Form und Schwällen von Duft verbunden wurde. M. Grimaud hielt einen Vortrag über die Zubereitung von *tisanes* mit dunklen Verweisen auf Marcel Proust. *Tisane* befand sich wie *tilleul* in Fredericas Wortschatz, das Wort, nicht das Ding, doch es dauerte noch einige Zeit, bis sie beider Beziehung zu Proust verstand, der hauptsächlich durch einen unvergeßlichen Alptraum in der Nacht vor ihrer Zulassungsprüfung für Oxford Eingang in ihr Bewußtsein gefunden hatte und den sie erinnerte, während M. Grimaud redete und die duftenden Bäume vorüberfegten.

In diesem Traum war sie mit einem Prüfungsformular in der Bibliothek der Schule eingeschlossen, und auf dem Formular hatte eine Frage gestanden, eine einzige: Vergleichen und kontrastieren Sie die Erzähltechnik bei Proust und *Tom Jones*. Sie wußte über beides nichts und weinte im Traum bitterlich vor

Scham und Ohnmacht. Als sie erwachte, ärgerte es sie obendrein, daß sie in einer Vermischung von Kategorien geträumt hatte, von einem Mann und einem Buch, ohne zu merken, daß dieser Fehler teilweise die Antwort auf die ungelenke Frage war, denn Proust war gleichbedeutend mit einem Buch, der namengebende Tom Jones hingegen nicht. Sie sollte nie an diesen Traum denken, ohne einige der ihn begleitenden Gefühle wiederzuerleben, Scham und Verärgerung, sogar nachdem ein Mann auf einer Party im Jahr 1969 ihr erzählt hatte, daß solche Träume typischerweise von Personen geträumt werden, die in plausiblen und realen Prüfungen kaum je durchfallen. Damals, 1954, als das Auto ein Hoftor passierte, das aussah, als stammte es aus Mittelalter oder Renaissance, grübelte eine Frederica verbissen über ihr Versagen in einem geträumten, unwirklichen Wettbewerb nach. In späteren Jahren, etwa 1964, 1974, 1984, erlangte der erste Anblick von Nozières seine Vollständigkeit und seine ganze Bedeutung, so wie der Geist sich vom Verlauf der täglichen Beschäftigungen, Pläne und Erwartungen freigemacht haben muß, damit der Augenblick eines Todes als das erkannt werden kann, was er ist, und das Leben in Vor- und Rückschau dieser Schwelle zugeordnet werden kann. Die Hofmauern aus goldfarbenem Stein bedeckten sauberer Staub und Flechtentupfen. Hühner liefen gackernd umher.

Madame Grimaud, klein und adrett mit guterhaltener Figur, kompakten Hüften und zu strenger Hochfrisur gelegtem weichen schwarzen Haar, stand vor der Haustür mit zwei mürrisch dreinblickenden und verlegenen halbwüchsigen Töchtern, deren englischer Konversation aufzuhelfen Fredericas Aufgabe sein sollte. Mediterrane Frauen in schwarzen Kleidern – Frederica sah sie zum erstenmal – bewegten sich um diese Gruppe und hinter ihr. Man schüttelte einander ausgiebig förmlich die Hand, und Frederica, von der Sprache selbst veranlaßt, sagte etliche förmliche französische Sätze von gefälliger Dankbarkeit. Drinnen gab man ihr an einem riesigen Eichentisch in einem steinernen Speisesaal mit dunklen Wänden und gefliestem Boden eine Schale heiße Schokolade, ein großes Stück französisches Brot, ungesalzene Butter (ebenfalls zum erstenmal) und *confiture de cerises*. Man führte sie Treppen mit steinernen Stufen und schmiedeeisernem Geländer hinauf in ihr großes Zimmer, dessen Wände in hellem Dunkelblau gestrichen waren – eine Farbe, die sie an eine Postkarte von van Goghs *Sternennacht* erinnerte und noch mehr an die Farbe hinter den Lilien auf den Fahnen in Oliviers Verfilmung von *Heinrich V.* Die pudrige Dunkelheit erstaunte sie: Kein englisches Zimmer war jemals dunkelblau; vielleicht war das hier eher Reckitts-Blau? Der Boden war verwaschen blau und lohfarben gefliest. Das Bett war hoch, hoch und vorhangumringt, mit einer Decke aus Spitze und gehäkelter Baumwolle mit Pompons. Es gab einen Toilettentisch mit Wasserkrug, Kübel und Porzellanwaschbecken. Der Raum war doppelt so groß wie das Wohnzimmer zu Hause in der Masters' Row in Blesford. Es gab weder Schreibtisch noch Arbeitstisch, wohl aber ein ganzes Ensemble von schweren, gelbgestrichenen Schlafzimmermöbeln, Garderobe, Schrank, Kommode. Es war exotisch. Es war interessant. Sie war erregt von so vielen fremdartigen *Dingen*. Und sie war erschöpft. Und hatte, zu ihrem Schrecken, kurz Heimweh nach Teppichen, Bücherschränken, kleinen Flügelfenstern, Heizvorrichtungen von Menschenhand, dem Vertrauten, dem Bekannten.

Später sollte sie, viele Jahre lang zumindest, diese Zeit nicht als einen Teil ihres Lebens betrachten, und vielleicht ist es deshalb nicht nötig, sie hier ausführlich zu erzählen. Fredericas Erinnerung an gesehene Dinge war sehr viel weniger deutlich und unwillkürlich als die von Stephanie oder sogar Marcus. Anders als bei ihnen war Fredericas Verstand ichbezogen und unzugänglich – unpersönlich nur, wenn es galt, ein intellektuell herausforderndes Problem zu lösen. Ezra Pounds Sicht lebensfähiger und todgeweihter Kulturen als Schichten, die sich partiell auf die Provence gründete, ließ sie in den siebziger Jahren M. Grimauds ungezwungene Informationen über das Land, die Legenden und die Sprache, mit denen sie sich seinerzeit konfrontiert gesehen hatte, als Zeichen wahrer Lebensenergie seiner sozialen Gemeinschaft sehen, die im Nachkriegs-Yorkshire nur als Imitat oder Wunschvorstellung vorgekommen war. Bill Potter war nicht ohne Lokalpatriotismus: Seine Abendschüler sammelten Dialektwörter, beschrieben soziale Verhaltensmuster und innerfamiliäre Beziehungen mit einem der Fabian Society würdigen Eifer, doch ohne die sonnengesättigte Lebhaftigkeit von M. Grimauds Gefühl für das, was verbindlich und beständig war in seiner Welt.

Diese Familie, die nicht ihre eigene war, die zu ihrer eigenen, abwesend und verstreut, einen harten Kontrast bildete, war zweifellos herzlich. M. Grimaud war Kapitän eines Schiffes, das zwischen Marseille und Tunis verkehrte. Er war wochenlang nicht da und kam beladen mit *gigots* von algerischem Lamm, Krügen voll Öl, Säcken voll Hülsenfrüchten nach Hause zurück. Madame verwaltete die *propriété*, die groß war und nicht arbeitsintensiv (Worte, die um 1960 Eingang in Fredericas Wortschatz fanden). Es gab viele Hektar Weinberge – sie konnte nie sagen, wie viele es waren – und Obstgärten mit Pfirsichen, Kirschen und Melonen. Es gab eine mindestens hinreichende Menge italienischer Wanderarbeiter, die Haus und Garten in Ordnung hielten und jegliche konventionelle Haushaltshilfe mehr als überflüssig machten.

Frederica, die nicht einmal ihr eigenes Bett machen mußte, erwarb ein paar ungewöhnliche Fertigkeiten. Sie lernte, täglich Spargel zu stechen, auf den großen, gefurchten, buckligen Beeten jenseits der goldenen Mauern, wo sie die gerade herausstoßenden lila Köpfe erspähte und die Stangen mit einem schweren, scharfen Messer knapp unter dem Boden abschnitt. Sie lernte auch, bei der Zubereitung von Speisen behilflich zu sein, von denen sie damals, 1954, glaubte, daß sie sie nicht mochte: Aïoli, *estouffade de bœuf*, Zicklein, geschmort in Wein, Tomaten und Knoblauch, *potage de légumes*, mit der Moulinette püriert, angemachte Salate aus unbekannten Blättern und Wedeln, karmesinrot, hochrot, cremefarben, spinatdunkel, kraus blaßgrün. Sie drehte den Griff des Spießes, wenn die algerischen *gigots*, gefüllt mit Knoblauch und Anschovis, in einer Art ovalem Käfig aus Eisenstäben vor einem heißen Feuer aus dem Holz von Rebstöcken im riesigen Kamin gebraten wurden; sie saß auf einer Bank im Inneren der *cheminée*, drehte das Laufwerk auf, wenn es ablief, und begoß das Lamm mit Öl und seinem eigenen Saft mittels eines diabolischen langen Löffels.

Ihr einziger offensichtlicher Pluspunkt, ihr gutes Französisch, erwies sich als Nachteil. Marie-Claire und Monique lernten wenig Englisch, weil Frederica sie einschüchterte und sie Frederica einschüchterten. Sie schrieb ihre Hausaufgaben in korrektem Englisch neu, doch es schien damals, als hätte sie nichts vom familienüblichen pädagogischen Eros geerbt, da sie unfähig war, die Regeln zu erklären, nach denen sie Grammatik und Syntax veränderte. So kam es, daß die beiden Mädchen nichts lernten, obwohl ihre Noten besser wurden. Erst viel später begriff sie, daß sie daran schuld war: In studentischer Überheblichkeit, unumschränkt egozentrisch, hatte sie die Widerspenstigkeit und Unwissenheit ihrer Schützlinge als deren eigenes Problem und eigenen Fehler betrachtet. Madame Grimaud behandelte all das mit energischer Höflichkeit und bemerkte bei einer Gelegenheit nur, daß man wenigstens sagen könne, daß Frederica moralisch einen guten Einfluß ausübe. Frederica beurteilte diese Bemerkung zu der Zeit, als sie gemacht wurde, als Indiz eklatanter Begriffsstutzigkeit. Später, in England, begriff sie, daß es ironisch gemeint gewesen sein konnte, aber bis dahin hatte sie den Zusammenhang und den Ton vergessen, konnte sich nur noch daran erinnern, daß es unter einer heißen Sonne vor der Maison Carrée in Nîmes gesagt worden war, wo die Luft flüssig war und die Steine glänzten.

Sie unternahmen höfliche und hartnäckige Versuche, ihr Unterhaltung zu verschaffen. Am zweiten Tag gaben sie ihr einen Gummiball, der mit einer langen elastischen Schnur an einem Schläger befestigt war. Sie stand im Hof, siebzehn, ausgehungert nach Sex, mit schmerzenden Muskeln, ein intellektueller Hai, und spielte verbissen Jokari. Sie war nicht gut darin. Die *domestiques* und Madame Grimaud beobachteten ihr Versagen ernst von Türen und Fenstern aus, während sie ihren häuslichen Arbeiten nachgingen. Frederica kam durch die Situation *mutatis mutandis* Miss Havisham in den Sinn, die dem Jungen Pip zu spielen befiehlt, und der Hof der Brauerei, wo er Herbert Pokket trifft, welcher Hof sie irritierte, weil sie ihn sich nie richtig vorstellen konnte.

Man führte sie überallhin. Am frühen Morgen zum überdachten Fischmarkt, um Fische für eine Bouillabaisse zu kaufen, was keinen Zauber für sie hatte, da sie damals Fords Beschreibung der großen Bouillabaisse in den Calanques ebensowenig gelesen hatte wie Elizabeth Davids Beschreibung der Farben und Muster der Fische an den Ständen. Sie ging mit Madame Grimaud zur Schneiderin, wo es eine verstellbare stämmige Kopie von Madame Grimauds fraulich französischer Figur gab, kopflos auf einem Metallfuß. Jeder kannte jeden und blieb stehen, um mit jedermann zu reden. Sie glaubte, sich an Sperlingspapageien bei der Schneiderin zu erinnern, und erinnerte deutlich schwarzen Kaffee und *langues de chat*. Die Sperlingspapageien verschmolzen in ihrer Phantasie zu einem neugierigen Papagei, vielleicht von dem Metallfuß angeregt. Sie besuchte benachbarte *propriétés* und trank Aperitifs aus Flaschen ohne Etikett, weißen Portwein auf Terrassen, in glyzinienumrankten Lauben, unter Akazien. In zwei dieser Familien gab es junge Männer, Söhne und Erben, die einst das Land besitzen würden, den wortlosen, ernsten Michel und den geräuschvollen Dany mit einem einzigen Wort Englisch – *bluejeans* – und einer knatternden Lambretta, die hellen, reinen Staub aufwirbelte. Sie hatte ihre Wünsche, was diese beiden betraf, besonders Michel, merkte aber, daß sie für sie unsichtbar war, nicht ganz wirklich, wie es Au-pair-Mädchen häufig, vielleicht meistens sind. Sie redete eine Menge, und sie wendeten sich ab und gratulierten einander zu Fredericas Französisch – als wäre sie etwas wie eine Drehorgel, dachte sie, denn es hungerte sie nicht nur nach Sex, sondern auch nach Bewunderung.

Wenn Monsieur zu Hause war, wurden kulturell anspruchsvollere und zielgerichtetere Ausflüge unternommen. Sie fuhren zu einer Freiluftaufführung der *Mireille* bei Flutlicht im römischen Amphitheater von Nîmes. Am selben Ort sah Frederica eines Tages einen Stierkampf. Sie hatte gehofft, die ästhetische Erregung dieses Tuns zu begreifen, den »Augenblick der Wahrheit« zu erkennen, auch wenn dies mit einem Gefühl des Abscheus einhergehen sollte. Doch alles, was sie sah, waren langsame, wiederholte, taumelnde, keuchende Schlächtereien, bei denen es ihr auf sehr konventionelle englische tierliebende Weise schlecht wurde, was Monsieur Grimaud aus der Fassung brachte, der *aficionado* war und Frederica über Herkunft und Bedeutung dieses Wortes belehrt hatte. Der Ort hatte plötzlich seine eigene Geschichte des Blutvergießens, die man wittern konnte, und doch war auch das nicht erregend, vielleicht weil die Nîmois nicht nach Blut verlangten, wie es die Römer getan hatten, sondern sich sonnten und Einzelheiten des Handhabens der Capa diskutierten. Es gab zwar einen erregten Ausbruch von Buhrufen und Gezisch, aber das, erklärte M. Grimaud, war ein Ausdruck spontaner Mißbilligung Picassos, den man mit Mühe erkennen konnte, kleines braunes Gesicht unter schwarzer Baskenmütze auf der anderen Seite der Arena. Die Menge, erläuterte M. Grimaud, halte seine Kunst für einen Schwindel, und Frederica, die sich vergeblich ein englisches Fußballpublikum vorzustellen versuchte, das irgendeine gemeinsame Meinung über irgendeinen modernen Künstler besaß, erinnerte sich plötzlich an die Picasso-Drucke an den Wänden von Alexander Wedderburns Arbeitszimmer in der Blesford-Ride-Schule. Sie war in Alexander verliebt gewesen. Hier, fern des heimischen Herds und der heimischen Verwirrung, war sie sicher, daß sie immer noch in ihn verliebt war. Aus dieser Liebe hatte sie – hatten die Umstände – ein einziges Durcheinander gemacht. Sie glaubte nicht, daß er von ihr hören oder auch nur an sie denken wollte. Seine Picassos waren Blaue Periode, die Gaukler, ein seltsamer Junge mit einer Pfeife, gekrönt mit Blumen. Es war sonderbar, hier zu sitzen, so weit weg, in Sonne und Geschrei, und die kleinen dunklen und lichten Rundungen des Gesichts des Mannes zu sehen, der diese Bilder gemacht hatte. Sein Strich ist sehr ökonomisch, sagte sie zu M. Grimaud, der ob solcher Ansichten gemessen entsetzt wirkte und sich tadelnd über Frauen mit drei Brüsten oder einem einzigen Auge äußerte, Bilder, die infantiler waren als die eines Cromagnon-Menschen. Außerdem, sagte er, habe Picasso die traditionellen Töpfereien von Vallauris entdeckt und zugrunde gerichtet, die heute nur noch häßliche Aschenbecher mit deformierten Stieren und ungeschlachten Tauben produzierten. Er hat die Tradition getötet, die er liebte, sagte M. Grimaud voller Verachtung. Frederica fand, er sei ein Spießer, und merkte später, daß er nur ehrlich gewesen war. Die Stierkampfzeichnungen taugten jedoch wirklich etwas, versicherte M. Grimaud, was ihr den Mund verschloß, weil sie die Zeichnungen nicht kannte und den Stierkampf satt hatte.

Nachher hingen blutige Stiersteaks in den Schaufenstern der Metzgereien am Haken oder lagen übereinander auf weißen Tellern. Die Grimauds erwarben und brieten viele davon – das sei so üblich, wurde Frederica gesagt. Frederica würgte an dem ihren; die Erinnerung an den strauchelnden schwarzen Körper, als das Leben die Beine verließ, an die zähflüssige Masse klebrigen Bluts über der Schulter unter den Lanzen, an schleppende Hufe und über Sägemehl gezogene Hörner erregte Übelkeit in ihr. Später erfuhr sie, daß ein gewisser J. Olivier in Vincent van Goghs Selbstverstümmelung in Arles einen Aspekt eines Stierrituals entdeckt haben wollte. Der siegreiche Matador, erklärte er, erhielt als Preis das Ohr des Stiers, das er »seiner Dame oder einer Zuschauerin, die seine Aufmerksam erregt hat« präsentierte. (Am Tag von Fredericas Besuch der Corrida wurden keine Ohren als Preis verliehen.) Daher, folgert J. Olivier, schnitt van Gogh, Bezwungener und Bezwinger in einem, nach dem Streit mit Gauguin sein eigenes Ohr ab und schenkte es, sich selbst zu Ehren, der Dame, der Hure in Arles.

Der Weinberg brachte einen passablen *vin rosé* hervor, den sie wie Wasser täglich zum Mittagessen trank. Anders als Marie-Claire, Monique und Paul-Marie mischte sie ihn nicht mit Wasser, weil sie es kindisch und geschmacklich bedenklich fand, guten Wein zu verdünnen. Das Ergebnis waren brennende Kopfschmerzen, Schwindelanfälle und langanhaltende Perioden von Lethargie, die die Grimauds, höflich wie immer, dem Mistral, der Hitze, der ungewohnten Kost zuschrieben. Da es sich als so schwierig erwies, sie zu unterhalten, waren sie vielleicht froh, daß sie an den frühen Nachmittagen tief schlief.

Es gab keine Bücher. M. Grimaud erzählte ihr, wie Nîmes von den Veteranen des Sieges des Octavius über Antonius und Kleopatra besiedelt worden war, deren Namen – Antonin, Numa, Flavien, Adrien – bis heute fortbestanden, genau wie das Emblem der Niederlage der Schlange des alten Nils fortbestand im gefesselten Krokodil von Nîmes. Er fuhr mit ihr nach

Uzès, wohin Racine einst gekommen war, um in ländlicher Abgeschiedenheit zu leben, das geistliche Amt zu erwägen, wo er zu schreiben begonnen hatte. Uzès war und ist eine Stadt aus einer anderen Zeit, eine gelbe Stadt auf einem sanft kegelförmigen Hügel, geometrisches Dach auf geometrischem Dach, eine Stadt, die so gewesen sein muß, wie sie heute ist, als Shakespeare *Antonius und Kleopatra* schrieb. Frederica versuchte, mit M. Grimaud über Racine zu sprechen, aber obwohl er einige Monologe auswendig wußte, interessierte ihn mehr, was Racine war und bedeutete, als was er geschrieben hatte. Er besaß eine Racine-, eine Molière-, eine Chateaubriand-Ausgabe. Frederica lieh sich auch Hemingway in Übersetzung und las über Stierkämpfe und die Erde, die sich bewegt, wodurch sie sich schlechter fühlte, hungernd nach Sex, voll verzweifelter Sehnsucht nach Leben und Liebe und Taten. Sie entwickelte auch ein Bedürfnis nach der englischen Sprache. Madame nahm sie mit in die Stadtbibliothek von Nîmes, ein ungefüges, finsteres Gebäude mit hohen Läden hinter Gittern, staubigen ledergebundenen Büchern und hoher Decke. Es gab nicht viel auf englisch: Sie entlieh die gesammelten Werke von Tobias Smollett. Sie waren nicht, wonach es sie verlangte, aber sie waren englisch und Erzählprosa. Erzählen ist eins der besten Rausch- und Beruhigungsmittel. Sie waren wenigstens lang.

Dann fiel Madame das *vélo* ein.

Auf ihm erkundete Frederica das gleichbleibend heiße flache Land. Sie holperte die Furchen zwischen den Weinstöcken entlang, vom Sprühen kobaltblau gesprenkelt. Sie lauschte den Zikaden und roch das immer gegenwärtige Süßholz, das in der Gegend wuchs und in einer Fabrik an der Straße nach Nîmes verarbeitet wurde. Immer wenn sie vom *vélo* fiel, blieb sie sitzen, wo sie war, träumerisch, benebelt vom Wein und träg vor Hitze, in einer mustergültigen Furche, unter einem fahlglänzenden Himmel. Sie beschloß, Schriftstellerin zu werden. Ein solcher Entschluß war nahezu unausweichlich angesichts des ungeheuren Respekts, den man im Hause Potter dem geschriebenen Wort zollte, und angesichts Fredericas eigener Meisterschaft im Schreiben von Schulaufsätzen und des intensiven Vergnügens, das sie dabei empfand. Zudem bringen fremde

Orte selbst in weniger wortbesessenen Ausländern als Frederica Potter den Schriftsteller zum Vorschein. Ich glaube nicht, daß der Drang, über fremde Orte zu *schreiben*, in engem Zusammenhang mit dem sinnlichen Entzücken eines Malers über neues Licht, neue Formen, neue Farben zu betrachten ist – Monet, der das Cap d'Antibes in Blau und Rosa sieht, Turner, der das helle wäßrige venezianische Licht in Venedig sieht, Gauguin auf Tahiti. Pigment ist Pigment und Licht ist Licht in jeder Kultur. Doch Worte, allmählich erworben im Lauf eines Lebens, sind Teil eines anderen Systems der Wahrnehmung der Welt, sie sind mit uns gewachsen, sie grenzen ein, was wir sehen und wie wir es sehen. Ich versuche, das Paradox der *Einförmigkeit* so vieler Beschreibungen – sprachlicher Art – des Fremden, des Exotischen, des Neuen zu erklären. Frederica mag als Beispiel dienen, um die Schwierigkeiten des Schreibens über das Fremde zu illustrieren.

Sie wollte die südliche Landschaft schriftlich festhalten. Ihre überlieferte Art der Betrachtung von Landschaft war zutiefst von Wordsworth geprägt, selbst wenn sie geahnt haben mochte, daß Wordsworth' Sprache nur seiner Zeit und seiner Umgebung angemessen war. Frederica hätte im Lake District einen Weiher »wie bei Wordsworth« sehen und in Worte von Wordsworth übertragen können, und weil diese Worte bekannt waren, erprobt, durchdacht, hätte sie geringfügige Veränderungen einführen können, eine Kleinigkeit sehen, die er nicht gesehen hatte, den Standpunkt verändern können. Es gibt Schafhirten in den Anden, die über sechzig Wörter für die Farbe Braun in der Wolle der Schafe haben. Aber das sind Schafhirten in den Anden. Frederica hatte Wörter für das Benehmen bei Teegesellschaften und das Einkaufsverhalten der Hausfrauen von North Yorkshire. Sie hatte eine Vielzahl von Wörtern – die sie ständig vermehrte – für die Struktur einer Handlung oder einer Metapher bei Shakespeare. Sie sah die neuen Dinge paradoxerweise in alten Klischees. Der oft verspottete Wordsworth konnte sich zu einer unschuldigen Sicht der Dinge zurückdenken, uns sagen, daß Gras grün ist und Wasser naß, weil er jenseits des Vertrauten einen ursprünglichen Zustand des Staunens darüber erreicht hatte, daß diese Dinge so waren und nicht anders, eine mythische Empfindung, daß er die Worte den Dingen verlieh oder sie für sie fand und nicht bloß wiederholte. So hatte auch Daniel, als er mit Stephanie am Strand von Filey entlangging, aus irgendeiner metaphorischen Erfahrung heraus, die so körperlich war wie Atmen, plötzlich *gewußt*, warum Liebe »süß« genannt wird, und, mit pochendem Blut, warum eine Geliebte ein »süßes Herz« war. Und so sah Frederica, in milderer Form, nun zum erstenmal, daß das Licht golden war, daß Oliven schwarz und warm waren, Ölbäume staubgrau, daß Lavendel ein violetter Dunstschleier war. Aber als sie diese Dinge geschrieben sah, schienen sie – und waren – schal, *déjà-vu*, aus zweiter Hand.

Frederica war auch Kind ihrer Zeit genug, um anzunehmen, daß das, was sie schreiben sollte, Romane zu sein hatten. »Der Roman ist das wahre leuchtende Buch des Lebens«, hatte Lawrence didaktisch postuliert und Bill Potter didaktisch wiederholt. »Der Roman ist die höchste bisher erreichte Form menschlichen Ausdrucks.« Wenn irgend jemand Frederica direkt gefragt hätte, ob sie das glaubte, wären ihr Zweifel gekommen. Doch trotz der Wurzeln, die auf Wordsworth zurückgingen, nahm der Drang zur schriftlichen Fixierung der Dinge in den fünfziger Jahren eine Form an, die von Lawrence vorgegeben war. Und Frederica hatte keinen Plot. Oder erkannte die Plots nicht, die sie hatte. Und war in jener Zeit nicht sonderlich daran interessiert, etwas zu erfinden.

Sie versuchte, Dany und seine Lambretta zu benutzen oder einen wortlosen Michel, und verachtete sich selbst. Sie landete wieder bei Alexander und versuchte erfolglos, diesen sehr englischen Dichter in eine Gottheit der Olivenhaine zu übertragen. Als einziges Ergebnis machten ihre sexuellen Bedürfnisse sich schmerzhaft bemerkbar statt in Form undeutlicher Gereiztheit, und Alexander wurde auf unangenehme Weise in ihrer Vorstellung unwirklich. Sie versuchte es mit einem Tagebuch, aber es wiederholte umständlich und langweilig, daß Frederica Potter Langeweile verspürte und auch, zu ihrer Schande, Heimweh. Sie konnte nicht sehen, wie sie Marie-Claire und Monique, Paul-Marie und Madame, geschweige denn die Arbeiten der Weinkooperative, die *réglisserie* oder das protestantische Nîmes sehen sollte. Sie war eine gute Kritikerin, trotz ihrer Ichbezogenheit, und entschied schnell und kleinlaut, daß das Schreiben nicht ihr Metier war.

Also gab sie auf und saß zwischen den Weinstöcken in der heißen Sonne, abwechselnd schlafend und sich durch die staubigen Bände von *Peregrine Pickle* hindurcharbeitend, die in rotes und goldenes Leder gebunden waren und deren echte Bücherwürmer aus ihren dunklen Ritzen erregte Exkurse an Hitze und Licht machten, quer über die außerordentlichen Szenen, in denen Smolletts ältere Damen unendlich lange ihren Urin zurückhalten, um vermeintliche Brände zu löschen, oder ihren übelriechenden Atem mit Veilchenpastillen parfümieren, um begehrte junge Liebhaber irrezuführen. Damals fragte sie sich nicht, aus welchem Drang heraus er seine Handlungsstränge geknüpft und seine Welten konstruiert hatte; sie akzeptierte sie, wie man in der Kindheit Märchen akzeptiert.

Und Vincent van Gogh? Die Provence ist, wie er sie gemalt hat, wir benutzen seine Bilder als Zeichen, um bestimmte Dinge wiederzuerkennen, vor allem die Zypressen, die Oliven, einige Arrangements von Fels und Vegetation, die Silhouette der Alpilles, die Ebene der Crau, das Licht selbst.

Er kam, anders als Frederica, mit präzisen ästhetischen Erwartungen. Er erwartete, »japanische« Sujets zu sehen, die Farben Monticellis, die Formen Cézannes und Renoirs, das südliche Licht, das Gauguin als mystische Notwendigkeit gepriesen hatte. Er sah all diese Dinge, wie er erwartet hatte. Er sah auch holländische Dinge in der französischen Hitze, Brükken, in der Form nicht verschieden von denen in Delft und Leyden, Farben im grellen Licht, die ihn vor allem an die weichen Blau- und Gelbtöne Vermeers erinnerten. Und gleichzeitig sah er, was noch niemand gesehen hatte, das, was zu sehen ihm bestimmt war. Sonnenblumen, Zypressen, Oliven.

Mein lieber Theo, heute morgen habe ich Dir schon ganz zeitig geschrieben, dann habe ich an dem Bild von einem sonnigen Garten weitergemalt. Dann habe ich es nach Hause getragen – und bin mit einer weißen Leinwand wieder losge-

zogen, und die ist auch fertig. Und jetzt habe ich Lust, Dir noch einmal zu schreiben.
Solche Möglichkeiten habe ich noch nie gehabt, die Natur hier ist *außerordentlich* schön. Überall ist die Himmelskuppel von einem wunderbaren Blau, die Sonne strahlt ein blasses Schwefelgelb aus, und das ist wohltuend und reizvoll wie das Nebeneinander von Himmelblau und Gelb in den Bildern von Vermeer van Delft (sic!). So schön kann ich zwar nicht malen, aber ich versenke mich so tief hinein, daß ich mich gehenlasse, ohne an irgendwelche Regeln zu denken ...
Hier unter der stärkeren Sonne habe ich eingesehen, wie wahr es ist, was Pissarro sagte und was mir übrigens auch Gauguin schrieb: das Einfache, Farblose, Ernste der mächtigen Sonneneffekte.
Nie wird man im Norden eine Ahnung davon haben.

5. *Mas Rose. Mas Cabestainh*

Mas Rose

Im Frühsommer fuhr die Familie zu ihrem Sommerhaus, einem kleinen, rosagetünchten *mas* an einem Hang in den Basses-Alpes, nicht weit vom Mont Ventoux. Sie nahmen ihr kratzbürstiges, nutzloses englisches Mädchen mit, boten Kultur an, die Côte d'Azur, die Camargue. Sie nahmen sie mit zum Papstpalast in Avignon, wo sie an einem warmen Abend eine französische Freilichtproduktion von *Macbeth* sahen – das Théâtre National Populaire mit Jean Vilar, verhärmt und romantisch, eher glückloser Troubadour als schottischer Schlächter, und Maria Casarès, von weißer Eleganz und rasend, die sich Blut von den Händen wusch, während von hohen Zinnen himmlische Trompeten gellten. Alles jagte dahin in fremder, nackter, schneller Prosa. »Demain et demain et demain.«
In der Pause erwies sich Frederica ausnahmsweise als nützlich und rezitierte den gelangweilten jungen Grimauds von den dichten, unverständlichen englischen Versen, soviel sie erinnern konnte (und es war eine ganze Menge). Das führte zu einem

Anfall von Heimweh, nicht nach den Mooren von Yorkshire, sondern nach der englischen Sprache und auch nach den langen Tagen des Stücks vom letzten Sommer, nach Alexander Wedderburns rosengleich erblühter, blutvoller Versdichtung auf der elisabethanischen Terrasse in Long Royston, nach englischen Sommerabenden. Als sie den füßescharrenden Grimauds erzählte, daß das Licht trübe wird und die Krähe den Flug zum dampfenden Wald erhebt, rief eine Stimme über ihr von der hohen Tribüne herab:

»Ich kenne diese Stimme. Die junge Potter. Ich werde nicht handeln oder leiden auf der Schneide des Schwerts – Nicht das – Ich werde nicht bluten – meine Liebe, erinnerst du dich?«

Dieser Ton war gleichermaßen willkommen und ein Schlag unter – und zwar im Wortsinn unter – die Gürtellinie. Es war Edmund Wilkie, Universalgelehrter, dem sie im irrealen Jahrhundertwendeluxus des Grand Hotel in Scarborough auf höchst blutige Weise ihre Jungfräulichkeit geopfert hatte.

»Wilkie. Ich kann nichts sehen im Dunkeln. Wo bist du? Was machst du hier? Excusez-moi, Madame, c'est un ami, un ami de mon pays...«

Wilkie quetschte sich auf den Sitz neben ihr. Hier im Papstpalast saß das Publikum wie in Long Royston auf Brettergerüsten. Sie waren zusammengesessen auf jenem anderen Gerüst und hatten die Grazien tanzen sehen. Wilkie war unverändert. Weich, dunkel, animalisch-rundlich, eulenhaft runde Brille, ein draufgängerischer Akademiker.

»Monsieur Grimaud. Madame. Edmund Wilkie. Un ami, un étudiant de psychologie, un acteur. Wilkie, was *machst* du hier?«

»Was *du* hier machst, ist wohl eher die Frage. Ich wohne bei Crowe im Mas Cabestainh. Crowes französisches Haus. *Sehr* hübsch. Jede Menge nette Leute. Du bist ganz braun geworden und schälst dich in Fetzen wie eine Platane. Aufregend hier?«

»Ich bin Au-pair-Mädchen. Alle sind sehr nett zu mir. Wir wohnen bei Vaison-la-Romaine.«

»Nicht weit. Wie könnten uns sehen. Lauter alte Freunde im Mas Cabestainh. Das Mädchen, die Schönheit, Anthea Sowieso.«

»Warburton.«

»Ja, die. Und Wedderburn. Er darf mittlerweile Radiovorträge produzieren. Weißt du das nicht?«

»Ich hatte davon gehört.«

Sie verlor die Fassung. Die Reihe der Grimauds, die nicht dieses Geplauder hören wollten, sondern Shakespeare, endlich Leistung für Geld, war einschüchternd. Was sie herausbrachte, war:

»Geht es ihm gut?«

»Ach, Frederica. Du Riesendummerchen. Er kam letzte Woche, um sich dieses Stück anzusehen. Wollte, daß ich und Caroline mitkommen. Aber die liebe Caroline hat einen mordsmäßigen Kater, fühlt sich hundeelend, und deshalb habe ich ihn auf dem Motorrad mitgenommen, damit er es noch mal sehen kann. Er ist da oben.«

Er machte eine vage Geste zu den oberen Sitzreihen hin. Die Trompeten kündeten dünn und klar den letzten Akt von den hohen Ecken des Palasts an.

»Les anges«, sagte Wilkie, »rayonnent toujours, bien que le plus radieux soit déchu. Stimmt das? Es klingt komisch. Kannst du ihn sehen? *Dort.* Wir sehen uns später.«

Und er hastete affengleich durch die Sitzreihen nach oben. Frederica bog den Kopf zurück. Ein Scheinwerfer von einer Festungsmauer erfaßte, wie ihr schien, ein weißes Hemd mit offenem Kragen, die ungefähre Gestalt eines hageren Mannes, ein ernstes Gesicht. *Alexander?*

»Rate, was ich gefunden habe?«

Keine Antwort.

»Frederica Potter als Kindermädchen für einen Haufen französischer Kinder.«

»O Gott!«

»Sie schien sehr begierig, dich zu sehen. Ganz aufgeregt, daß du hier bist.«

»O Gott.«

»Sie *liebt* dich, Alexander.«

»Unsinn. Eine Boa constrictor. War sie immer, wird sie immer sein. Sei ruhig und laß mich das Stück anschauen.«

Frederica war aufgewühlt. Sie erinnerte sich an ihr letztes Zusammentreffen mit Alexander, und es gelang ihr immer noch nicht, ihr eigenes Verhalten zu verstehen. Sie hatte sich mit unendlicher Vorsicht an ihn herangepirscht, sie hatte ihn frontal angegriffen, sie hatte sich ihm an den Hals geworfen und hatte keine Ruhe gegeben und stand schließlich vor der Erfüllung ihrer Wünsche, als er zum Abendessen kam, in ein leeres Haus, und sie begehrte. Und was sie getan hatte, war, auf dem Rücksitz von Wilkies Motorrad nach Scarborough zu fliehen. Sie liebte Alexander. Wilkie war nur ein Freund, mit dem sie plauderte. Sie hatte Alexander immer geliebt. Es war ihr undeutlich klar, daß es wichtig für sie gewesen war, eine *unpersönliche* Initiation zu erfahren, die sie nicht überwältigte. Aber wie konnte sie das je Alexander erklären, der es sowieso nicht mehr verstehen wollte?

»Elle aurait dû mourir ci-après. Un temps serait venu pour ce mot.«

Stimmte etwas daran nicht? Es hätte einen Zeitpunkt für ein solches Wort gegeben.

Alexanders Gefühle waren einfacher. Er konnte sich kaum noch daran erinnern, warum und wie sehr er Frederica begehrt hatte. Im Geist bezeichnete er es als eine zeitweilige dramaturgische Verirrung. Er erinnerte sich sehr deutlich daran, daß sie ihn zum Narren gehalten hatte. Er erinnerte sich daran, wie er Kornblumen und Margeriten im ganzen kleinen rechteckigen Garten zertrampelt hatte. Er verspürte keinen Wunsch danach, irgendeinen Teil dieser Erfahrung zu wiederholen.

Tous nos hiers n'ont qu'allumé, pour les sots, une voie vers la Mort poussiéreuse.

Desungeachtet stießen die beiden Gruppen in den dunklen Gängen des Palasts aufeinander. Wilkie stürzte auf Frederica zu, seine Nachteulenaugen leuchteten. Alexander zauderte. Weil das Motorrad geschickt direkt unter der Brustwehr der Festung verstaut war, viel näher als der blaue Corvette, war Wilkie in der Lage, gleichzeitig den entschlossenen Vormarsch der Grimauds umzudirigieren und es Alexander unmöglich zu machen, nicht aufzuschließen. Wilkie genoß solche Augenblicke.

»Hallo, Alexander.«
»Hallo.«
»Monsieur Grimaud, Madame, Monsieur Alexander Wedderburn ... un écrivain anglais ... qui a écrit de belles pièces ... très renommées ... un ami ... de mon père.«
Jedermann verbeugte sich. Alexander, dessen Französisch weniger flüssig war als das Fredericas, fragte, unbeirrbar wohlerzogen, wie den Grimauds das Stück gefallen habe. Sie antworteten. Frederica unterbrach sie mit einer Bemerkung zur sonderbaren Wirkung der Übersetzung auf ein englisches Ohr. Alexander verstummte. Wilkie schrieb Fredericas Adresse auf. M. Grimaud, den diese Fremden interessierten und der hoffte, ihr englisches Mädchen zu amüsieren, zeichnete eine seemännische Karte auf einen Umschlag, die den Weg zum Mas Rose von Vaison und vom Mas Cabestainh aus zeigte. Er vermutete, daß es nach dem Troubadour benannt war, sehr berühmt und tragisch, sehr provenzalisch. Höfische Liebe, Eifersucht, Blut, eine schreckliche Geschichte. Im Mas Rose gab es kein Gas, keine Elektrizität, kein fließendes Wasser, aber es lag in den Bergen, es hatte eine Quelle, die Luft war rein, man konnte den Ventoux sehen, berühmt natürlich wegen der Liebe Petrarcas zu Laura. Er hoffte, daß Mr. Wilkie wirklich einmal zu Besuch käme. Auch Mr. Wedderburn. Alexander sah zu den Sternen und trat von einem Fuß auf den anderen. Er konnte nicht vor Wilkie das Motorrad besteigen. Frederica betrachtete ebenfalls das Motorrad und erinnerte sich an ihre blutige Entjungferung. Sie zupfte Alexander am Ärmel. Sie versuchte, den Schüler-Lehrer-Aspekt ihrer Beziehungen wiederzubeleben, ohne auf Resonanz zu stoßen.

»Alexander. Alexander. Ich habe die Prüfung für Cambridge geschafft.«
»Schön.«
»Ich habe sogar Stipendien von beiden Unis angeboten bekommen.«

»Schön. Dein Vater ist sicher sehr zufrieden.«
»Er ist zu durcheinander wegen Marcus.«
»Ah, so.«

Alexander sah Wilkie an, der ihn geflissentlich übersah. Wilkie fragte Frederica, ob sie das Mittelmeer schon gesehen habe – die Camargue – Orange? Sie sagte nervös, ohne Alexander aus dem Auge zu lassen, daß sie bei einer von Mme Grimauds unzähligen Cousinen in Orange gewohnt und Racines *Britannicus* und ein Ballett von Cocteau über dieses Thema im Théâtre Antique gesehen hatte. Stell dir vor, sagte sie zu ihm, Aricie in eiscremerosa Strumpfhosen und Britannicus mit einer abartigen goldenen Lockenperücke und einem kurzen, klappernden Metallrock. Typisch Cocteau, sagte Wilkie, und Alexander knöpfte seinen Kopf sehr fest in seinen orphischen Helm ein, wodurch er taub wurde für Fredericas Heiterkeit und absurd zum Ansehen, kugelförmige weiße Anonymität über dem schönen, reinen, weißgekleideten, unberührbaren langen Körper. Er zog das Visier herunter und kreuzte die Arme.

»Gut«, sagte Wilkie mit breitem Grinsen. »Es war nett, Frederica. Wir kommen mal bei euch vorbei, keine Sorge. Wir gehen alle zusammen abends mal zum Nacktbaden. Wenn du mitkommen darfst.«

Er zog das Motorrad hervor und bestieg es, gefolgt von Alexander, der seinen dicken Kopf um ein geringes neigte. Sie kurvten in Wellenlinien durch die Theaterbesucher davon, bogen und beugten sich miteinander. Frederica fragte sich, ob Wilkie Alexander von dem vielen Blut erzählt hatte. Es war ungefähr so wahrscheinlich wie unwahrscheinlich. Sie erwartete nicht wirklich, sie wiederzusehen. Im Mas Rose hoffte sie jeden Tag, sie den weißen steinigen Weg den Abhang herunterfahren zu sehen.

Mas Cabestainh

Frederica hatte gewünscht, doch nicht gewagt, Alexander zu fragen, wie es um sein Schreiben stand. Es stand nicht gut darum. Das Leben im Mas Cabestainh war ostentativ auf den

Genuß und die Produktion von Kunst hin ausgerichtet. Crowe hatte das Haus grau und von Kugeln zernarbt als halbe Ruine unmittelbar nach dem Krieg für einen Appel und ein Ei gekauft und es unter Einbeziehung der Wirtschaftsgebäude für viel Geld unaufdringlich und sehr komfortabel hergerichtet. Es besaß ein großes Wohnzimmer mit offenem Kamin, ein klösterliches Eßzimmer mit hölzernen Tischen und Bänken, eine kleine Bibliothek, in der Schweigen gewahrt wurde. Die Scheunen, Ställe und die Dienstbotenkammern waren in mehr oder weniger mönchische Zellen umgewandelt worden, in denen zu Besuch weilende Künstler und Schriftsteller arbeiten oder sich nach nächtlichen Exzessen ausschlafen konnten, allein oder nicht. Alexander hatte einen Stallraum, weißgetüncht, doppeltürig, mit einem gelben Holzbett, einem Fenster mit grünen Läden, einem Webteppich, einem Schreibtisch, zwei gelbfleckigen Stühlen mit geflochtenen Binsensitzen und geraden Lehnen und einem Bücherregal. Er verbrachte weniger Zeit dort, als er vorgehabt hatte; es war eine Zelle, kühl und abgeschlossen, während man von der Terrasse des sonnenbeschienenen Hauses mit einem Glas Wein in der Hand das weit unten liegende Rhônetal sehen konnte, Lavendelfelder, Olivenhaine, Weinberge. Auf dieser Terrasse gab es kultivierte Gespräche, Ausflugspläne, eine Art Alltagsleben des Geistes, das sich Alexander als Jugendlicher – in diesem Punkt Frederica nicht unähnlich –, der ernsthaftere Spiele nicht kannte, gewünscht hatte. Eines von Matthew Crowes Projekten war, daß Alexander ein Stück für die Hausgäste schreiben sollte, ein Stück über die Geschichte von Cabestainh, nach dem das Haus in einer glücklichen Fügung benannt worden war wie in einer Hommage an Crowes unzertrennliche Vorlieben für Gewalt und Bildung.

Guillem oder Guillaume de Cabestanh oder Cabestaing oder Cabestan hatte die Dame von Roussillon geliebt, Soremonde, Sermonde oder Marguerite, die Frau des Seigneur Raymond von Roussillon, der den Troubadour in einem Anfall eifersüchtiger Wut niedermachen und der Dame sein Herz auf einer Platte servieren ließ. Worauf die Dame sprach, daß keine weniger kostbare Speise hinfort ihre Lippen berühren solle, und sich wahlweise zu Tode gehungert oder aus dem Fenster gestürzt hatte, in welchem Fall ihr Blut den rötlichen Felsen von Roussillon auf ewig ihre Farbe verliehen hatte. Pound erzählt diese Geschichte immer wieder, in Fragmente aufgespalten, in den frühen *Cantos*.

> »Es ist Cabestanhs Herz im Gericht.«
> »Es ist Cabestanhs Herz im Gericht?
> Andrer Geschmack lösch diesen nicht.«

Alexander fand Pounds Verse aufregend, sie waren so flüssig, so dramatisch, so genau. Er fand die Troubadoure aufregend, die einfallsreiche Metaphern für Liebe, Schmerz, Minnedienst in endlosen Variationen wiederholten. Er dachte, er könnte Crowe eine Parodie schreiben, die zugleich elegant wäre und gewagt. Dies stellte sich als unerwartet schwierig heraus.

Ein Grund dafür war, daß ihn seine nächste größere Arbeit beunruhigte. Als Schriftsteller war er nervös und verschlossen, plante seine Arbeiten von langer Hand und führte sie mit peinlicher Sorgfalt aus – und erst gegen Ende eines Projekts, wenn Gerüst und Fundament, Mauern und Dach und selbst der Verputz schon feststanden, stellten sich Spontaneität und Freude ein im eigentlichen Spiel der Wörter und Spiel mit den Wörtern.

Er war nicht nur Perfektionist, was die Form seines Werks betraf. Er hatte auch seine Überzeugungen, wiederum streng und zwingend, hinsichtlich des Stoffs. Er glaubte, daß das englische Drama durch die ausdrückliche Inangriffnahme großer Themen, Themen von politischem und philosophischem Gewicht, nur gewinnen konnte. Er war kein Vorläufer des »engagierten« Theaters – in seinem Fall war es eine Frage von Ambition und Horizont des Geistes. Zuviel zweitrangige moderne Kunst war Kunst über Kunst, Nabelschau, Narzißmus. Alexander war durch schnellen Ruhm, dadurch, daß man ihn als großen Dramatiker behandelte, verstört, in seinen Gewohnheiten durcheinandergebracht. Seine Briefpartner – Agenten, Theater, Laientheater, Journalisten, Studenten, Lehrer – behandelten ihn als großen Schriftsteller und warteten auf das, was er als nächstes tun würde. Da es ihm an moralischer Ernsthaftigkeit nicht fehlte, verstärkten diese Erwartungen seine Unruhe über das zu wählende Thema. Er spielte mit der Zeit des Münchener Abkommens, den Entscheidungen und verfehlten Entscheidungen, die zu der Welt geführt hatten, in der er lebte. Aber er hatte das Gefühl – ein Gefühl, das absurd erscheinen muß, wenn der Falklandkrieg wiederholt dramatisiert wird, bevor er überhaupt zu Ende ist, wenn die Witwe eines ermordeten Präsidenten zu Lebzeiten als Filmstoff episch ausgewalzt wird –, daß diese Ereignisse zu nah waren, als daß man sie hätte deutlich sehen können, zu umfassend und abscheuerregend und kompliziert, um schicklich behandelt zu werden. Er hatte inzwischen beschlossen, über die trügerisch glückliche Zeit vor dem Zweiten Weltkrieg zu schreiben. Er konnte die Gedichte über grasende Kühe und Pfarrhausrasen, Fuchsjagden und romantische Liebe parodieren. Er konnte Schützengrabenlyrik zitieren. Doch auch dieses Projekt wollte nicht zünden, vielleicht wegen der dazwischenkommenden Auftragsarbeit über Cabestainh, vielleicht wegen Sonne und Wind, vielleicht wegen der Ferne – englischer Rasen schien weit weg zu sein.

Und dann beschäftigte ihn ein Stück, das zu schreiben er weder geplant noch gewünscht hatte, das ihn aber bis zur Besessenheit erfüllte – die Dramatisierung des Streits zwischen Paul Gauguin und Vincent van Gogh im gelben Haus von Arles.

Diese Arbeit hatte wie Fredericas kraftlose Geschichten als eine Art Tourismus begonnen. Er hatte Arles besucht und war über die Alyscamps spaziert. Das gelbe Haus stand nicht mehr, es war von der Eisenbahn geschluckt worden, doch die schwer einzuordnende uneindeutige Gegend zwischen der Eisenbahn aus dem neunzehnten Jahrhundert und den antiken römischen Sarkophagen auf ihren elysischen Feldern gab es noch. Van Gogh hatte sein Bild vom gelben Haus mit einer weichen, schlammbraunen Linie geteilt, und es gab noch immer die weiche, schlammige Böschung eines belanglosen Straßengrabens. Crowe besaß die neue Ausgabe der *Briefe*, und Alexander lieh sie sich aus, um sie im Bett zu lesen. Er hatte auch eine Ausgabe von Gauguins *Vorher und Nachher*, wo die Episode im gelben Haus von Gauguins Gesichtspunkt aus erzählt wird, gönnerhaft, selbstzufrieden bei aller Nervosität, bestrebt, der Welt klarzumachen, wer der große Maler war, der große Einfluß, der bedeutendere Mann.

Der Impuls, die Geschehnisse zu dramatisieren, ging auf van Goghs Schilderungen der »elektrischen Spannung« der Streitigkeiten der beiden zurück. Sie stritten über Kunst. Sie fuhren nach Montpellier und stritten über Rembrandt. »Das Gespräch ist oft von einer *unerhörten elektrischen Spannung*, und manchmal sind wir hinterher so erschöpft wie eine elektrische Batterie nach der Entladung.« Elektrizität knisterte und blitzte in der ganzen Beziehung und in Vincent van Goghs Körper und Gehirn. Gauguin malte van Gogh, der Sonnenblumen malte. »Mein Gesicht ist seitdem viel gelöster und heller geworden, aber es (das Porträt) ist doch sehr gut, so wie ich damals war, äußerst erschöpft und mit Spannung geladen.«

Gauguin fühlte sich unbehaglich. Er wachte manchmal auf und sah Vincent an seinem Bett stehen. »Zwischen zwei Wesen, ihm und mir, er wie ein Vulkan und ich ebenfalls kochend, bereitete sich eine Art von Kampf vor...« Es folgte die Weihnachtsepisode der Drohung mit dem Rasiermesser, das verstümmelte Ohr, Gauguins überstürzte Abreise, die Einweisung. Im Irrenhaus wurde Vincent van Gogh wieder von einer düsteren Religiosität ergriffen. An der Oberfläche kündeten die Briefe an Theo von Gauguins Verrat, das unverhältnismäßige Interesse am Verbleib der Fechthandschuhe Gauguins sprach von Sorge um Gauguin, von christlicher Anteilnahme. Darunter dräuten Wut und Demütigung. Vincent selbst hatte Angst davor, wie der Wahnsinn einen religiösen Eifer wiederbelebte, den er einst gefühlt und umgewandelt hatte:

> Ich mit meiner Geisteskrankheit, ich denke an so viele andere Künstler, die auch geistig erkrankt waren, und ich sage mir, daß dies kein Hindernis ist, den Beruf des Malers auszuüben, als ob nichts wäre.
>
> Ich beobachte, daß die Anfälle hier leicht eine absurde religiöse Wendung nehmen, und ich möchte fast glauben, daß dies eine Rückkehr in den Norden sogar *nötig macht*.

Er hatte Angst, besonders an Weihnachten, vor der Wiederkehr seiner Verzweiflung und schrecklichen Visionen.

Es gab viel von Natur aus Dramatisches. Vincents Rolle als Sündenbock oder Dämon:

Ich schreibe Dir im vollen Besitz meiner geistigen Fähigkeiten und nicht als ein Geisteskranker, sondern als der Bruder, den Du kennst. Folgendes hat sich zugetragen. Eine gewisse Anzahl von Leuten hier hat an den Bürgermeister (Tardieu heißt er, wenn ich nicht irre) eine Eingabe mit über achtzig Unterschriften gemacht, in der sie mich als einen Menschen bezeichnen, den man nicht frei herumlaufen lassen dürfe, oder so was ähnliches.
Daraufhin hat der Polizeikommissar oder der Bezirkskommissar den Befehl gegeben, mich von neuem zu internieren.

Und die unbeabsichtigte Bosheit in dem verzweifelten Bemühen, die Grenze zum Wahnsinn nicht erneut zu überschreiten. Wenn Theo sich über Heiratsverfügungen für den Fall seines Todes sorgte – »warum erstichst du deine Frau nicht einfach und bist alles los?«. »Wirklich, ich bin so froh, daß wenn manchmal Schaben in unserem Essen hier sind, du doch deine Frau und dein Kind zu Hause hast.« So durchsichtig, so zornig.

Alexander war zunehmend von dem gelben Stuhl besessen, dem die gelben Stühle in seiner eigenen Zelle eng verwandt waren, gattungstypische Abkömmlinge, mit dem gleichen Stroh, der gleichen Lehne, nur der Lack war rötlicher, weniger zitronengelb.
Er entdeckte zuerst, daß der Stuhl (wie die Fechthandschuhe) unmittelbar nach dem Desaster mit Gauguin gemalt worden war, als Gegenstück zum Porträt von Gauguins leerem Armstuhl (einem »Nachtstück«). Mit breitem Sitz und Lehne war dieser im Dunkeln vor einer von Lampenlicht erhellten grünen Wand dargestellt: »Es ist eine Studie von seinem dunkel-rotbraunen Holzlehnstuhl mit grünlichem Strohsitz und darauf statt des Abwesenden eine brennende Kerze und moderne Romane.« Die Romane, nach dem Zufallsprinzip angeordnet, hatten für van Gogh wie für Henry James die Konnotation französischer Liederlichkeit. Für van Gogh repräsentierten sie auch das Leben. Nach dem Tod seines Vaters, des Pastoren, malte er dessen schwere Bibel in dunklem Licht neben zwei

gelöschten Kerzen, drohend einen kleinen gelben Roman, Zolas *Die Lebensfreude*, überragend. In Paris, als er mit Theo die Farben kennenlernte, malte er das schöne *Stilleben mit Büchern*, eine Fülle von gelben Büchern vor klarem, leuchtendem rosa Hintergrund. (Und hinter ihnen in der Vorstellung die schweren Bände, vermodert und verstaubt, Mahnungen der holländischen Stillebenmeister ob der Eitelkeit menschlicher Wünsche und des Todes.) *Gauguins Sessel*, das »Nachtstück«, ähnelte, so wurde Alexander klar, mit seinen nächtlichen Farben rötlicher Braun- und düsterer Grüntöne dem bösen *Nachtcafé* (und folglich den Bordellen, die die beiden Maler immer wieder aufsuchten, auf der Suche nach Motiven und was sonst noch?, wo Gauguin Triumphe feierte und Vincent sich gedemütigt fühlte). »(Im *Nachtcafé* habe ich) versucht, mit Rot und Grün die schrecklichen menschlichen Leidenschaften auszudrücken.«

Und der gelbe Stuhl? Blau und gelb, die entgegengesetzten Farben, sauber und gerade, keine aufragende Kerze auf dem Sitz, sondern eine erloschene, horizontale Pfeife, Licht und Reinlichkeit, bloße geistige Gesundheit? Der gramgebeugte alte Mann in Blau aus der St.-Rémy-Zeit sitzt mit dem Kopf in der Hand auf einem ebensolchen schimmernden Stuhl an einem Feuer mit schwachen Flammen. Diese Bilder besaßen, was Alexander sich für seine eigene Arbeit ersehnte und nicht hatte: Gewicht. Der Mann konnte malen und einen Stuhl benennen und seine eigenen Qualen und Hoffnungen ins Spiel bringen und dahinter die Kultur Europas, Norden und Süden, selbst die Kirche. Der gelbe Stuhl war das Gegenteil der geisteskranken messianischen Visionen und Stimmen.

Ein Schriftsteller ist ein Mann, der von Stimmen heimgesucht wird. Auf dem Weg vom und zum Wassertank in Crowes Küchengarten, wo ballonförmige, münzgroße Kaulquappen, unfähig, das Wasser zu verlassen und sich in Frösche zu verwandeln, planschten und mit den Lippen patschende Geräusche machten, mußte Alexander manchmal über die Melodien lächeln, die in ihm wehklagten: Cabestans Herz, Vincents Ohr, die Kehlen der im Gaskrieg umgekommenen Soldaten, Brookes

Mohnblumen, die Dame des Troubadours wie Rose und Levkoje, Vincents Schwertlilien, Eifersuchtsraserei und Angst, Angsteifersucht und Raserei, Angst und Empörung und Mitleid. Manchmal, bevor er das vierte oder fünfte Glas Côtes-du-Rhône trank, das ihn gewöhnlich außer Gefecht setzte, dachte er mit Schuldbewußtsein an die Felder von Flandern, mit Ohnmacht an die Wälder, in denen Wölfe herumstreiften, mit einem Gefühl der Versuchung, heimlichem Entzücken und Energie, die aus unbekannten Quellen aufstieg, an Gauguins steriles Prahlen, an Vincents zwei Stimmen. Meistens legte er sich dann schlafen. Manchmal schrieb er Verse über Farben. An Frederica Potter dachte er überhaupt nicht. Er war ein Mann, dessen Privatleben zwar gelegentlich anstrengend war, doch nie ein Sirenengesang wurde.

Das Wunderbarste am Mas Rose war die Wasserversorgung. Das Wasser kam von einer Quelle, einem höher am Abhang entspringenden Bach. M. Grimaud zeigte Frederica wie er, indem er hier einen Damm aus Schiefer baute, dort ein kleines steinernes Schleusentor öffnete, das klare Wasser in sein Sommerbett ableitete, eine steinverkleidete Wasserrinne, die am Haus vorbei und an seiner vorderen Mauer entlang unter den Steinplatten der Vortreppe bergab verlief. Hier spülten sie honiggelbe Vallauris-Teller und Kaffeeschalen, hier, im fließenden Wasser, benetzten sie Salat und Pfirsiche. Das Haus war rosenrot und in den Hang hineingebaut. Frederica schlief in einer fensterlosen Mansarde, die ihren Koffer, eine Campingliege und sonst nichts enthielt. Sie las nachts beim Schein einer Taschenlampe, die kleine Tür zum sandigen Hang hin geöffnet. Es gab nicht viel Luft; die unter dem Dach angestaute Hitze zog nicht ab. Eine Armee von Ameisen zog unaufhörlich unter dem Kopfende der Liege vorbei und schor die Ränder ihrer schmutzigen Unterwäsche mit unzähligen Kaurändern ab. Eulen und Grillen schrien und schabten. Mücken surrten und zerstachen Fredericas Gesicht, bis es eine geschwollene, höckerige rosa Parodie seiner selbst war; ein höhnisches Imitat der Akne, vor der ihre körperliche und vielleicht charakterliche Trockenheit sie bewahrt hatte.

Es war bedauerlich, daß sie Alexander gesehen hatte. Sie besaß nichts von seiner inneren Distanziertheit und hätte es moralisch nicht einmal wünschenswert gefunden, da sie an das geflügelte Wort Byrons glaubte: »Liebe ist für den Mann nur ein Teil seines Lebens, für die Frau ist sie das Ein und Alles ihres Daseins.« Sie zog sich in wolkige Phantasie zurück, sah den Mont Ventoux, die Töpfereien in Vallauris, die abendlichen Boulespiele unter den Platanen auf dem zeitenthobenen Dorfplatz nur halb. Sie und Marie-Claire und Monique saßen bedrückt, mürrisch, in sich selbst vertieft und ohne Anmut da, während Paul-Marie den Bällen mit der abgeblätterten Farbe hinterherflitzte und schnatterte wie ein Eichhörnchen und seine Eltern ihren weißen Portwein tranken und ihn bewunderten.

Eines Nachmittags, als sie die Hoffnung schon aufgegeben hatte, rührte sie auf der Treppe vor der Tür Aïoli, als sie das Knirschen von Rädern auf Steinen hörte und das Motorrad sah, wie es sich in Kurven den Fels hinunterbewegte mit den zwei Insektenköpfen, die sich harmonisch mitbewegten. Es verschwand hinter Oliven und tauchte weiter unten wieder auf. Frederica preßte den öligen Mörser an ihre Brust. Marie-Claire kicherte. Das Motorrad hielt im Hof unter dem Baum.

»Mein liebes Mädchen, was hast du denn mit deinem Gesicht angestellt? Ich hoffe, wir stören nicht. Himmlische Lage hier. Stell um Gottes willen den Mörser hin, du ruinierst dir das Kleid. Ich habe Caroline mitgebracht, heute ohne Kater.«

Nicht Alexander. Natürlich nicht Alexander.

Wilkies Mädchen, wie Frederica sie in Gedanken immer nannte – hatte er in Scarborough nicht gesagt: »Ich habe ein Mädchen, weißt du...« –, glättete den geblähten Rock über dünnen braunen Beinen und schüttelte ihren Koboldkopf aus seiner Hülle. M. Grimaud kam vom Gemüsebeet weiter oben, wo er mit erweiterter Bewässerungstechnik ausgezeichnete Tomaten, Zucchini, Paprika, Bohnen und Salat zog. Er streckte seine große Hand aus und lud Wilkie zum Mittagessen ein.

Frederica fragte sich, ob Caroline von der Scarborough-Geschichte wußte und falls ja, ob es als Scherz behandelt wurde oder als etwas, wofür Wilkie sich entschuldigen mußte. Sie war, dachte sie, froh, daß sie niemandes »Mädchen« war, obwohl

Caroline, selbstsicher in dieser Rolle und seit zwei Jahren in Cambridge, sie einschüchterte. Frederica wußte, daß sie schrecklich aussah: Das Öl klebte dickflüssig an ihrer Brust, die Sonne hatte ihr Haar gekraust, und die Mücken hatten ihr Gesicht deformiert.

Sie aßen draußen: Würste, Aïoli, Gemüse und Salat, frische Käse und jungen, beißenden, unverdaulichen Gigondas von tintenvioletter Farbe. Wilkie unterhielt sich mit M. Grimaud über die Camargue – M. Grimauds Cousin hatte ein Gut dort –, fragte Monique und Marie-Claire höflich, was sie gerade lernten, und lockte mehr Auskünfte in einer halben Stunde heraus als Frederica in Monaten. Er aß riesige Mengen Aïoli; sein festes, rundes Kinn erglänzte davon wie das eines Kindes, das herausfinden will, was Butterblumen mit Butter zu tun haben.

Frederica unterhielt sich gereizt mit Caroline. Cambridge – elf Männer auf jede Frau. Wilkie – ein Genie – ohne Anstrengung die besten Noten – aber vielleicht immer noch drauf und dran, aufzugeben und eine Karriere am Theater zu beginnen. »Er will beides haben«, sagte Caroline, während sie beobachtete, wie er Oliven und Radieschen und Weißbrot verschlang.

»Das geht den meisten von uns so«, sagte Frederica trocken. »Was wirst du tun. Heiraten?« Das war eine unverhüllte Grobheit von seiten Fredericas, doch Caroline blieb gelassen und sagte: »Eins nach dem anderen. Die erste Frage ist: Wird Wilkie nach Cambridge zurückgehen?«

»Ich hoffe es. Dann kenne ich wenigstens *einen* Menschen dort.«

»Was ist los?« sagte Wilkie.

»Ob du in Cambridge bleibst«, sagte Frederica.

»Was meinst *du*?«

»Ich hoffe es.«

Wilkie grinste. »Ich nehme an, ich bleibe.«

Caroline war ein bißchen beleidigt. Das verdarb Wilkie nicht die Laune. Er kostete Weinbrandkirschen und bewunderte die Bewässerung. Er ging zwischen den Olivenbäumen spazieren und flirtete mit Frederica, Caroline, Monique und Marie-Claire, während er sich mit Monsieur ernsthaft über Folklore unterhielt. Bevor er abfuhr, fragte er, ob Frederica nicht an einer

Strandparty in Les Saintes-Maries-de-la-Mer teilnehmen wolle, nächste Woche. M. Grimaud sagte, das werde ihr Vergnügen machen; er werde sie hinfahren und abholen und seinen Cousin auf dem Gut besuchen.

6. *Seestück*

Frederica kam an, als die Strandparty in Saintes-Maries sich schon formiert hatte. Sie befand sich in einigem Abstand zu anderen – in jener Zeit nicht zahlreichen – Gruppen an jenem Strand. Die Gäste hatten sich um bunte Segeltuchtaschen und Weidenkörbe im Halbschatten eines Fischerboots gruppiert. In jener Zeit waren auch die Boote unverändert, seit Vincent van Gogh im Juni 1888 eine Woche dort verbracht und sie gemalt hatte, rot und blau, grün und gelb, mit farbigen zarten, aufrechten Masten und den schrägen, spitz zulaufenden Rahen, die sich auf dem bleichen changierenden Himmel kreuzen. Ihre Umrißlinien waren geschwungen und schön; man konnte sie augenblicklich wiedererkennen, mehr noch als die Zypresse oder sogar den Stuhl. Sie hatten sich wahrscheinlich seit Zeiten lange vor Vincent van Gogh kaum verändert: Die phönizischen unheilabwehrenden Augen, ein weißumrandeter Punkt, wurden auf den hohen Bug gemalt, damals wie im Jahr 1888. Frederica las die Namen auf den Bugwänden: *Désirée*, *Bonheur*, *Amitié*. Diese Wörter würden ihr Form und Farbe ins Gedächtnis rufen. Wörter waren das Wichtige. Sie stand am Fuß der kahlen Dünen und hielt ein Einkaufsnetz mit Schwimmsachen und einen Band Smollett umklammert. Wilkie kam über den Sand und besprach mit M. Grimaud ihre Rückkehr.

Formierte Gruppen sind meistens erschreckend; Frederica war nicht in der Erwartung gekommen, sich zu amüsieren. Sie näherte sich ihnen eher tapfer als hoffnungsvoll. Man konnte erkennen, daß es Engländer waren, obwohl schwer zu sagen wäre – da sie meist schimmernde braune Haut hatten und ebenso elegant wie spärlich bekleidet waren –, woran man es erkannte. Ein rosigerer Ton unter dem Braun und das jungfräuliche, nicht-einheimische Aussehen dieser Sorte von Engländern –

unberührt, wie unwahr dies auch sein mochte. Sie stützten sich auf die Ellbogen oder lagen ausgestreckt wie Sterne, der Bauch im Sand, glatte Köpfe beieinander, eine braune Hand hob eine weiße Zigarette zu einem rosageschminkten Mund, und eine Schlange malachitgrünen Rauchs stieg in die Luft, die hier nicht das intensive Kobalt der Ebene von Orange hatte, sondern perlmutt-cremefarben-golden war, schwere Luft, weich und wellig wie der blasse Sand und hinter ihm das warme, dunstige, sandiggrüne Meer. Die Gestalten hatten nicht harte Umrisse wie die am Strand liegenden Boote, sondern waren weiche Flecken heller Farbe, vom weichen Sand beeinflußt.

Zwei unbekannte Männer trugen Blau, einer mit hellbrauner Haut, eine Nuance intensiver in der Farbe als der Sand, coelinblaue Badehose und amselblaues Haar, das glatt über eine Braue fiel. Der andere, dicker, hatte leuchtendweiße Haut im Schatten, er saß aufrecht an das Boot gelehnt in marineblauen Shorts und einem himmelblauen Popelinhemd. Zwischen ihnen lag golddunkel, dunkelgolden und grellrosa Lady Rose Martindale, kräftig, doch nicht dick oder formlos, eigentlich sehr weiblich geformt, in rosa-braungestreiftem seidenem Badeanzug, mit goldenem Haar, das sich weich über das braune Fleisch ihrer Schultern verteilte, und weißlichen Sandsprenkeln auf ihren Schenkeln, wo sie sich von einer Seite zur anderen gewälzt hatte. Crowe und Anthea Warburton lagen parallel zu ihr, Anthea bleich nur im Vergleich mit der strahlenden Bräune von Lady Rose und der sonnenverbrannten roten Erdfarbe Crowes, der aussah, als hätte er seine Bräune gegen die Natur durch Willenskraft und entschiedene Planung erworben, als hätte er seine rötliche Haut, die dazu prädestiniert schien, sich in hochroten Streifen abzuschälen, gezwungen, haftenzubleiben und terrakottafarben zu werden, sogar die dünne, glänzende Tonsur. Seine Badehose, weitgehend verdeckt von den Wülsten seines Bauchs und seiner Oberschenkel, war leuchtendrot, weder kräftiger noch blasser als die erworbene Farbe seiner Haut, die in den Augen schmerzte. Anthea lag da, als würde sie auf dem heißen, welligen Sand tanzen, das helle, elastische Haar gelockt wie über das enteneiblaue Handtuch geblasen, auf dem ihr hübsches Profil ruhte, die Haut dunkler als das lockige

Gold, die herrlichen Knochen herausgearbeitet durch klar umrissene Schatten und glitzernden Schweiß. Ihr Badeanzug war pfauenblau, flimmernd grün und azurn wie Wogen eines illuminierten Meers.

Am Rand des Kreises saßen Wilkie und sein Mädchen, wie Negative von Fotografien, Caroline olivdunkel in einem weißen Bikini, Haar und Haut schwarz für Fredericas geblendeten Blick, und Wilkie, noch schwärzer, rußschwarz bis auf das klare weiße, winzige Dreieck der Genitalien und die lächelnden Zähne; Licht schlug Funken aus dem glänzenden schwarzen Haar und der riesigen schmetterlingsblauen Sonnenbrille, auf deren unergründlicher Oberfläche sich perlmutterner Himmel und Sand und perlmutternes Meer spiegelten. Die Boote starrten mit ihren gemalten Augen, und niemand außer Wilkie sah auf. Graue Asche rann auf cremefarbigen Sand.

Sie war entschlossen, umgänglich und unaufdringlich zu sein. Ihr ehrgeizigstes Ziel bestand darin, am Ende des Tages annehmbar gewesen zu sein und nichts verpatzt oder überstürzt, nichts Heftiges, Unbedachtes getan zu haben.

Wilkie sagte zu Crowe: »Das ist Frederica«, und die zwei fremden Männer hoben eine schlaffe und eine feste Hand in schweigendem Gruß. Crowe setzte sich auf und starrte Frederica an. Caroline nickte und brachte mit einiger Anstrengung einen wortähnlichen Laut zustande. Anthea Warburton strich sich ein paar Haarsträhnen aus dem Mund und sagte mit versagender Stimme Hallo in die drückende Luft.

Fredericas inneres Auge erfaßte sogleich, was Crowe sah: Eine besenstieldünne Gestalt vor der Düne, in plattfüßigen Gesundheitssandalen, schmächtig in dem hausbackenen geblümten Strandkleid mit den weißen Pikeedreiecken unterhalb der Träger und Schleifen auf den kleinen Brüsten, unansehnlich, gewiß, aber nicht abstoßend oder faszinierend häßlich, flott in Calverley, solide in Nîmes und Bargemon, ohne jeden Schick in dieser Gesellschaft. Ihr Haar und ihre Haut hatten eine seltsame Farbe angenommen. Das lange, offene Haar, das sich während der Aufführung der *Astraea* in unordentlichen Locken über ihre Schultern ergossen hatte, während ihre papierenen Röcke von Seymours Schere zerschnitten wurden, hatte sich unter der heißen Sonne der Provence immer stärker gewellt und gekräuselt und war stumpf und brüchig geworden. Es stand nun von ihrem Kopf ab wie ein dicker, dreieckiger Fächer mit einer rötlichgelben Aureole gespaltener Spitzen. Ihre Haut war eine Zeitlang – ungewöhnlich für eine Rothaarige – fast schokoladenbraun und seidenweich gewesen, aber da sie zu den nördlichen Rotschöpfen gehörte, war sie über Rotbraun und Mohrenschwarz zu einem seltsamen, hie und da abgeschälten Patchwork zurückgekehrt, braun wie verkohlter Toast, rot wie ein Radieschen, mit sommersprossigen Knochen und dem durchsichtigen Grau abblätternder Haut, die sich ständig verändert. Am Ende der Aufführung hatte sie Crowe ihre Absicht verkündet, Schauspielerin zu werden. Crowe hatte ihr empfohlen, sich erst ein neues Gesicht zu besorgen. Dieser schmale, grellfarbige Schädel, von Insektenstichen streifig und fleckig, war nicht gerade ein Fortschritt. Er lächelte huldvoll.

»Tja, Frederica, wie ich höre, hat man dich als Kindermädchen angestellt. Kaum zu glauben. Bitte, setz dich doch.«

Frederica setzte sich. Alle atmeten langsam, einige mit geschlossenen Augen, andere mit offenen. Hier war alles langsam, langsam; eine lange Minute verging, und keiner sprach.

»Nicht wirklich als Kindermädchen«, sagte Frederica. Niemand zeigte irgendein Interesse daran, was sie wirklich war. Crowe machte Lady Rose bekannt, die eine Freundin der Woolfs in deren späten Jahren gewesen war und gerade ein elegantes Buch über Katzen schrieb, und den dicken und den dünnen Mann, Vincent Hodgkiss, einen Philosophen, und Jeremy Norton, einen Dichter. Crowe entzündete eine neue Zigarette für Lady Rose. Vincent Hodgkiss bemerkte mit fester, angenehmer Stimme, daß es schwer sei, die Farben von Gegenständen in diesem Licht, das trotz Hitze und Trockenheit opak wirkte, zu bestimmen. Frederica sagte erwartungsgemäß, daß der Himmel und das Meer und die Boote wie von van Gogh aussähen, und Hodgkiss sagte, daß sie sie selbstverständlich nie auf diese Weise gesehen hätten, wenn er sie nicht so gesehen hätte. Wilkie sagte, Alexander sei der Mann, mit dem sie über van Gogh sprechen müsse, und Hodgkiss sagte, Alexander sei ein hervorragendes Beispiel für seine Theorie über die Wirkung dieses Lichts, die Schwierigkeit, Farben zu bestimmen. Welche Farbe – was meinten sie – hatte Alexander jetzt, in diesem Licht? Frederica konnte Alexander überhaupt nicht sehen; schon vorher hatte sie bemerkt, daß er nicht da war; sie blickte mit großen Augen immer wieder um sich, blickte in die Farblosigkeit von Luft und Sand, als ob er dort erscheinen könnte wie eine Fata Morgana. Nein, draußen, sagte Wilkie, und sie sah hinaus zur *Stella Maris*, die vor der Küste ankerte, und da stand er auf dem geschwungenen Bug, bleich am bleichen Himmel, mit einem dreieckigen Flecken Gelb wie eine gemalte Sonne – van-Gogh-Gelb, nicht Renaissance-Gold – zwischen den Oberschenkeln, die Gliedmaßen cremebraun wie Schaum auf dem neuen Cappuccino-Kaffee. Und das lange, schwere Haar war ebenfalls cremefarben in der gefilterten Sonne, nur eine Spur dunkler als der Himmel. Er schwebte einen Augenblick und tauchte dann in das wogende, undurchdringliche Wasser, das in Strahlen von ihm fortstrebte, gleich leuchtenden Juwelen, Opale vielleicht, Smaragde, Lapislazuli, Rubine, Saphire, wie van Gogh die Sterne bezeichnet hatte, die sich in diesem Meer im Juni 1888 gespiegelt hatten.

Ob sie Schwimmsachen dabeihabe, fragte Wilkie. Sie bewegte das Einkaufsnetz auf ihrem steifen Schoß. Komm ins Wasser, sagte Wilkie. Also stand sie auf und zog ihre Unterhose aus und wand sich unter dem Kleid in ihren dunkelbraunen Badeanzug, wie sie es in den Ferien am Strand immer getan hatte, und dann zog sie das Kleid aus. Sie war sich bewußt, daß durch diesen Vorgang zuerst ihr Hintern und dann ihre Brüste flüchtig vor Crowe entblößt waren, der sie schon gesehen hatte und nicht nur gesehen, doch unter Umständen, an die keiner von beiden, wie sie annahm, allzugern zurückdachte. Sie ging neben Wilkie wie ein Storch auf dem glühendheißen Sand zum Ufer. Alexander vergnügte sich im Umkreis des Bootes. Frederica stakste ins Wasser, gefolgt von Wilkie, der herumplanschte.

Sie war eine passable Schwimmerin. Sie griff kraftvoll aus auf Alexander zu, was nur naheliegend schien, da das vor Anker liegende Boot der einzige Gegenstand war, auf den man zu, von dem man weg oder um den herum man auf dem flachen Mittelmeer schwimmen konnte. Alexander ließ sich jetzt nicht weit von ihm treiben, auf dem Rücken, die Arme ausgestreckt, das Haar unter dem blaßgrünen Wasserspiegel wehend. Sie glitt mit einem Ruck unter Wasser und tauchte fast in seinen Armen auf; ihr rotes, gebräuntes und bleiches Gesicht schaute wie ein treibender abgeschlagener Kopf in seine Richtung. Er zog die Knie zum Kinn, vollführte eine anmutige Wendung und sah sie an, beide mit dem Kinn auf der Wasseroberfläche. Sie starrte ihn unverwandt an. Es war eine Unart von ihr, einfach aufzutauchen und ihn anzustarren. Damals, als er sich mit der seinerzeit begehrten Jenny auf dem Rücksitz eines Autos im Moor bei Goathland befunden hatte. Damals, als sie von Crowes Knien vor dem Kamin in Crowes Arbeitszimmer zu ihm, Alexander, auf der Terrasse von Long Royston hinausgestarrt hatte. Und jetzt, im trägen Meer der Camargue und der Rhônemündung.

»Da bist du also«, stellte er ohne erkennbaren Unterton von Billigung oder Ärger fest. Sie starrte ihn an.

»Bleibst du länger?«

»Man hat mich zu einer Lunchparty eingeladen.«

»Aha.«

»Störe ich dich hier?«

»Nicht besonders.«

»Schön.« Noch immer starren Blicks.

»Was mich stört, ist, daß du mich anstarrst. Es ist lästig. Hat mich schon immer gestört.«

»Ich habe es nicht absichtlich getan.« Sie machte einen Salto, schüttelte den Kopf und sagte in Richtung der *Stella Maris*: »Ich sehe dich einfach gern an, das ist alles. Wie du weißt.«

Alexanders Haut kribbelte, vielleicht vor Vergnügen. Um seine Reaktion zu kaschieren, bemerkte er:

»Du hast dir einen schönen Sonnenbrand geholt. Man hätte dich warnen sollen. Mit deinem Teint.«

Der schwarze und orangefarbene Schädel grinste. »Sie haben mich gewarnt. Es hat Monate gedauert, bis das hier zustande kam. Ich war ein ganz und gar dunkles Mädchen. Und dann habe ich mich geschält. Ich dachte, ich hätte es allmählich hinter mir, aber das war wohl ein Irrtum. Es tut mir leid, ich sehe gräßlich aus.«

»Ich kann's verschmerzen«, sagte Alexander, der zwischen

absurder Onkelhaftigkeit, kindischer Albernheit und etwas drittem schwankte, wann immer er Frederica erlaubte, ihn in ein Gespräch zu ziehen. Er kraulte zum Boot und stemmte sich hoch. Er überlegte, ob er wegtauchen sollte, bevor sie, die hartnäckig hinter ihm herschwamm, oben war. Aber er half ihr heraus, und dann saßen sie Seite an Seite auf dem heißen Holz, das Meerwasser floß an ihnen herab, sie dampften.

»Amüsierst du dich hier?« fragte sie.

»Im großen und ganzen. Das heißt, ja. Natürlich.«

»Schreibst du?«

»Nicht soviel wie ... Das heißt, ja. Aber die falschen Sachen. Glaube ich wenigstens.«

»Was für Sachen?«

»Ach, Frederica.« Er verschob sein feuchtes Gesäß, und die Planken zischten. »Komm. Fang nicht an, einem beim Badeausflug Löcher in den Bauch zu fragen.«

»Ich will es wissen. Ich sehe dich nicht oft. Ich will es wirklich wissen. Warum haben sie gesagt, du könntest mir was über van Gogh erzählen?«

»Haben sie das gesagt? Gut, das könnte ich. Vielleicht tue ich es«, setzte er beim Aufstehen unvorsichtig hinzu. »Aber jetzt bade ich.«

»Darf ich mitkommen?«

»Ich kann dich nicht daran hindern.«

Er sprang und schwamm und drehte sich, um zu sehen, wie sie ins Wasser glitt, straff wie eine Nadel, wenn auch ohne Eleganz. Ihr komisches Gesicht erinnerte ihn an etwas, aber er kam nicht darauf, was es war. Sie sah gefleckt oder gestreift aus. Tiger, Tiger. Nein, das nicht, trotz des Anstarrens. Affenartiger. Da war er nun in Les Saintes-Maries-de-la-Mer und dachte über Frederica Potter nach. Es kam ihm noch immer wie eine lästige Verirrung vor. Sie tauchte neben ihm auf wie ein Terrier, im Wasser strampelnd.

»Schreibst du denn über die Provence?«

»Nicht wirklich. Nicht bewußt. Nicht wirklich über die Provence. Ach, hör auf damit, Frederica, versuch mal, dich zu *amüsieren*.«

»Das tue ich.« Sie tat es wirklich.

Sie schwammen langsam zusammen um das Boot. Sie spielten keine Wasserspiele; das wagte er nicht. Aber sie kam ihm nahe an einer Ecke, als er sich drehte und zusammenkrümmte, um einem Tau auszuweichen, und im farblosen vielfarbigen Wasser berührten sich ihre nackten Beine schwerelos. Es war noch da. Es war noch da, dachten beide, sie gierig und erwartungsvoll, er erschrocken, mit einem Gefühl des Ressentiments und einem intuitiven Wiedererwachen seines Interesses. Sie sagte etwas, was er nicht mitbekam.

»Was?«
»Wie ein Delphin. Du.«
»Ich mag Delphine.«
»Ich auch. Sie singen. Melodiöse Rufe und Echos. Ich habe es im Radio gehört.«
»Kannst du nicht einfach irgendwo *sein*, Frederica?«
»Nein. Ich denke. Ich muß *denken*. Du auch.«
»Nein, ich nicht. Zu meiner Schande, in vielerlei Hinsicht, tue ich das nicht.«

Doch er tat es. Er war in großer Versuchung, mit ihr über den *Gelben Stuhl* zu sprechen. Das ganze Problem, wie die Stücke sich ineinander verwoben hatten, würde sie interessieren, sie würde verstehen, daß es ein Problem war. Er drehte sich auf den Rücken und schwamm davon, mit ruckhaften Stößen, platschend. Sie schwamm ihm nach, außerhalb des Regenbogens des von ihm aufgewühlten Wassers. In Küstennähe beobachtete Wilkie, der mit rudernden Händen faul auf den Wellen schwamm, das Hin und Her ihres Tanzens und Kreisens und lächelte in sich hinein. Vom Strand aus rief Wilkies Mädchen, daß es Mittag sei, daß sie jetzt essen würden.

Das Mittagessen war gut: kleine kalte Kräuteromeletts, geräucherter roher Schinken, riesige, wie Kürbisse genarbte scharlachrote Tomaten, schwarze Oliven mit Knoblauch und Pfeffer, glänzend, runzlig und scharf. Es gab viel Rotwein, Côtes du Ventoux, und viel gutes, knuspriges Brot. Es gab scharfen, frischen Ziegenkäse und rosig-orangefarbene Cavaillon-Melonen, außen grüngolden wie sagenhafte Schlangen, in deren geriffelte rosa Innenhälften Crowe feierlich süßen rosa Beaumes-de-Venise-Wein goß. Sand mischte sich in alle Sachen, natürlich, und drei oder vier Wespen sirrten, ließen sich nieder und kauten – man sah ihre Kiefer kauen – Fleisch und Obst. Frederica trank eine Menge Wein und sagte nichts, beobachtete aber voll unbefriedigter Neugier nacheinander alle Anwesenden, wie sie dalagen und sich träge die Gedanken zuspielten. Sie schenkte dem Gespräch nicht ihre ganze Aufmerksamkeit, die zum großen, wenn nicht größten Teil Alexander galt. Er lag in der Sonne neben Lady Rose und Matthew Crowe, nicht neben Frederica, und schien auf das Gespräch konzentriert, das hauptsächlich von Hodgkiss, Wilkie und Crowe geführt wurde und sich um die Wahrnehmung und Darstellung von Farbe drehte, worüber Hodgkiss gerade eine Arbeit in Kunsttheorie schrieb und wozu Wilkie sein Experiment mit der regenbogenfarbenen Sonnenbrille veranstaltet hatte. Wilkie blickte jetzt die van-Gogh-Boote und die milchige See mit dem milchigen Himmel durch klatschmohnrote Gläser an, was Frederica pervers fand, obwohl sie wünschte, sie hätte den Mut zu fragen, ob sie sie einen Moment aufsetzen dürfe, um all das zu sehen.

Hodgkiss und Wilkie sprachen über das Wesen der Farbe. Hodgkiss' Art mißfiel Frederica; er hatte eine gekünstelte Oxford-Stimme, ließ Wörter aus und sagte häufig »man«. Er hatte die Stimme eines dünnen, schlaffen und den Körper eines stämmigen, lebhaften Mannes. Er habe die Notizen Wittgensteins gelesen, sagte er, der sich vor seinem Tod mit der Beziehung zwischen der privaten, sinnlichen Erfahrung von Farbe und der universellen Terminologie von Farbwörtern, mit der wir die Erfahrung anscheinend mitteilen können, beschäftigt hatte. Er, Wittgenstein, sprach von einer *Farbmathematik*: Man *kenne* sattes Rot oder Gelb, sobald man es einmal erfahren habe, wie man das Wesen eines Kreises oder das Hypotenusenquadrat kenne. Crowe warf ein, daß die Symbolisten in der Zeit von van Gogh angenommen hatten, es gebe eine universelle Sprache der Farben, eine ursprüngliche Sprache, ein göttliches Alphabet der Farben und Formen. Etwas in dieser Art, sagte Hodgkiss: Wittgenstein fragte, ob es eine Naturgeschichte der Farbe geben könnte, wie die Naturgeschichte von Pflanzen, und gab selbst die Antwort, daß eine solche Naturgeschichte, anders als die der Pflanzen, außerhalb der Zeit stehe. Alexander sagte, daß van Gogh in seinen französisch geschriebenen Briefen die Farbadjektive sehr selten in Übereinstimmung mit den Substantiven verwendet, die sie bezeichneten. Das Resultat war, daß sie fast als *Dinge* gelesen werden konnten, wirklicher als die Dinge, die sie bezeichneten, ein Muster ewiger Formen aus einer anderen Welt, nicht Teil der körperlichen Welt der Kohlköpfe und Pfirsiche – Gelb und Violett, Blau und Orange, Rot und Grün. Wilkie sagte, Psychologen wüßten, daß bestimmte Farben bestimmte psychologische Wirkungen hatten: Rot und auch Orange und Gelb stimulierten die muskuläre Spannung und die Ausschüttung von Adrenalin, Blau und Grün verlangsamten die Herzfrequenz, ließen die Körpertemperatur absinken. Dann ging die Unterhaltung zur Gewohnheit von Menschen, Farbkarten zu erstellen, über.

Crowe sagte, es gebe eine sonderbare Passage bei Proust, wo er Buchstaben des Alphabets mit Farben assoziierte. Er behauptete, daß der Buchstabe i rot sei – in Gérard de Nervals *Sylvie, la vraie fille du feu* zum Beispiel.

Lady Rose sagte sofort nein, nein, i sei eisblau, und Anthea sagte nein, silbriggrün, und Crowe sagte, das Interesse von Frauen an Farben hänge davon ab, welche Farbe ihren Körper am vorteilhaftesten aussehen lasse, eine Frau würde einen Raum immer in Abstimmung mit dem Ton ihrer Haut und ihrer Augenfarbe einrichten. Er fragte die anderen, was sie zu dem Buchstaben i meinten: Hodgkiss sagte, er erinnere an Henry James' Vergleich bei der Beschreibung von Sarah Pococks Kleid, »tiefrot wie der Schrei von jemandem, der durch ein Oberlicht fällt«. Jeremy Norton sagte: »Silbern«, Alexander sagte: »Salbeigrün«, Wilkie sagte: »Tintenschwarz«, und Caroline murmelte: »Grün«. Frederica sagte, sie stelle keine Verbindungen her zwischen Farben und anderen Systemen wie Alphabeten oder Wochentagen. Vielleicht, sagte sie zu Wilkie, sei sie farbunempfänglich, wie sie ohne musikalisches Gehör sei, wenn er sich erinnere, und er sagte, nein, du hast wenig Synästhesie und verkümmerte sensorische Reaktionen, die du nicht förderst, das ist alles.

Jeremy Norton sagte nichts. Jahre später las Frederica ein

Gedicht von ihm über diesen Strand, ein strenges Gedicht, das Farbadjektive ungebeugt in Kontrast zu unbestimmten Objekten instrumentierte und auf subtile Weise fragte, wie Sprache sich der Welt anpaßt. An jenem Tag entschied sie, daß er zu sehr wie ein Dichter aussah, um ein guter Dichter zu sein, was nicht zu ihrer Auffassung von Hodgkiss paßte, der zu wenig nach dem aussah, was er war – tiefer Denker, Dozent in Oxford –, und ihr ebensowenig genügte.

Lady Rose legte sich schlafen. Crowe arrangierte liebevoll das Wagenrad ihres Strohhuts, so daß es ihr Gesicht bedeckte. Anthea wirbelte mit ihren vollkommenen, beweglichen kleinen Zehen Sand auf, und Wilkies Mädchen legte sich in den Schatten des Bootes, zog ihn zu sich herunter und legte besitzergreifend einen Arm um seine naßgeschwitzte Taille. Crowe lehnte sich zurück und ließ einen leisen Schnarchton hören. Anthea begann sich einzuölen. Alexander, ungewöhnlich munter nach dem Essen, schlug einen Spaziergang vor und wußte nicht, ob er froh war oder es bedauerte, daß nur Frederica mitkommen wollte.

»Hast du die Kirche gesehen, Frederica?«

»Nein. Ich weiß nicht, wer die Saintes-Maries waren und warum es mehr als eine gibt.«

Sie stiegen die weiße Düne hinauf und gingen von dort weiter in Richtung Platz und Kirche, an einigen weißen Häuschen vorbei. Zu jener Zeit war die Camargue noch nicht von Touristen überschwemmt, die den Anstoß gaben zur Aufstellung trauervoll blickender Herden angebundener, knochiger Pferde in Gehegen amerikanischen Stils, von Souvenirbuden mit Hirtenhüten und Gauchohüten und texanischen Sombreros, kleinen spitzen Baumwollkappen mit Mickey-Maus oder rosa Flamingos darauf. Auch die später parallel verlaufende Invasion von Hippies der Sechziger hatte noch nicht stattgefunden, die den Zigeunerprozessionen folgten, von denen Alexander jetzt Frederica erzählte, und die auf den weißen Stränden nächtigten und sangen und rauchten und liebten und schissen, bis der blasse Sand kaum noch von Straßenschmutz an einem beliebigen Ort zu unterscheiden war.

In den sechziger Jahren wurde jeder entfernt heilige und ferne Ort überhäuft und verstopft von den Körpern der Sucher des

Heiligen und Fernen. Frederica schrieb zu dieser Zeit einen Essay zum Thema Übervölkerung, Relikte des Individualismus, kollektive Seele und Glastonbury. Das war, bevor Stonehenge 1980 in einen Konzentrationslagerkäfig eingeschlossen wurde, der die Leute draußen, nicht drinnen halten sollte, und dieser Zaun wurde gebaut, bevor ein Franzose vorschlug, den zerfallenden Sphinx zu retten, indem man ihn mit einer transparenten Plastikhaut umschloß. Eine Welt nahte, in der es sehr wahrscheinlich nie mehr möglich sein würde, ungestört wie damals Frederica und Alexander durch das Dorf zu gehen, das van Gogh durchstreift und wo er seine Staffelei im reinen Staub aufgestellt hatte.

Maria Kleophas, die Mutter des Apostels Jakobus, und Maria Salome, begleitet in einigen Versionen von Maria Magdalena und in allen Versionen von ihrer schwarzen Dienerin Sarah, waren von Palästina aus nach dem Tod Christi zu dieser Küste gesegelt, erzählte Alexander Frederica. Sie waren auf wunderbare Weise nach Tagen ohne Nahrung und Wasser in einer offenen Barke an diesem Ort angetrieben worden. Sarah war durch ein anderes Wunder zu ihnen gestoßen, einen von Maria Kleophas geworfenen Mantel, der ihre Füße über dem Wasser hielt. Jedes Jahr wurden die Heiligen – alle drei – ans Meer gebracht und rituell untergetaucht; jedes Jahr versammelten sich die Zigeuner aus ganz Frankreich, um dieses Bad und diese Wiedergeburt zu feiern. Die Schutzheilige der Zigeuner war Sarah; man nahm an, daß sie sie möglicherweise mit einer ihrer eigenen Gottheiten, einer orientalischen Gottheit, Sara le Kâli, in Verbindung brachten.

»Kali, die Zerstörerin«, sagte Frederica kennerhaft, obwohl sie tatsächlich von dieser schrecklichen Gottheit wenig mehr wußte als den Namen und das Etikett. »Göttinnen, die aus dem Meer aufsteigen. Wie Venus. Ich verstehe, was gemeint ist, wenn es heißt, die Mittelmeerländer hätten sich keine weibliche Gottheit entgehen lassen. Mal was anderes.«

Aber die Statuen der Marien in der Kirche verstörten sie, enttäuschten sie nicht, flößten ihr aber Unbehagen ein. Es ist eine strenge, festungsähnliche Kirche, alt, hoch, viereckig, ohne ausgeformte Seiten- oder Querschiffe, kahl, was Fredericas nördlichem Sinn für Zweckmäßigkeit entsprach, und dennoch in der Dunkelheit im Inneren nach der hellen Sonne von Dingen unheimlich bevölkert, die sie instinktiv zurückwies – Ständer voll zarter, spitz zulaufender Flammen von Votivkerzen, kunstvolle Porzellan- und Metalltäfelchen und Bilder, die für erhaltene Gnadenbeweise dankten, der Geruch von altem Wachs und Weihrauchschwaden, die den Geruch von Stein überlagerten. Die heiligen Statuen der beiden Marien beugten sich linkisch vom Sockel einer Balustrade herab. Beide hatten süßliche, runde, rosenwangige Porzellanpuppengesichter; beide waren mit perlendurchwirkten Kränzen aus kugeligen weißen Seidenblumen gekrönt. Beide trugen Seidenflaum, Flitter und Gaze, rosa und hellblau. Beide lächelten gedankenlos. Frederica fühlte sich unwiderstehlich an Puppen aus Andersens Märchen erinnert. Es waren die ersten derartigen Statuen, die sie sah – die Grimauds waren wie viele Bewohner von Nîmes standhafte Protestanten. Sie blickte hilfesuchend zu Alexander; er sagte, daß die Statue der schwarzen Sarah sich in der Krypta befinde. Sie stiegen hinunter.

Sarah war anders. Ihr geschnitztes, schwarzes hölzernes Gesicht mit der zarten Nase strahlte Strenge und Hochmut oder Verachtung aus, etwas echt Orientalisches, obwohl ihre Volants und Schleier die gleichen duftigen Pastelltöne hatten wie die der Heiligen oben. Um sie herum brannten auf eisernen Dornen Kreise konischer Kerzen, hellgelb in der Dunkelheit. Vor ihr lagen Berge von Blumen – sie war die geliebte, die umsorgte Heilige –, welkende Gladiolen, ewige blühende Rosen aus Seide, Immortellen. Hinter ihr auf dem Altar war ein Reliquienschrein, hinter dessen Glaswand Frederica Knochen sehen konnte – ein Schienbein, ein Unterarm? Es war wie der Anblick des weiblichen Leichnams im Britischen Museum, der zur Gänze im Sand konserviert gewesen war – etwas, wo man spürte, daß es so nicht sein durfte, die rötliche lederne Haut, die sich von den Schläfen abschälte, die krausen Strähnen toten ingwerfarbenen Haars über den Ohren. Diese Frau ist für viele englische Kinder die erste Begegnung mit dem Tod, wie sie dort liegt, die Knie zum Kinn gezogen, zusammengefaltet, schuppig, mit gestrafften Sehnen. Die Sache an sich. Statue und Knochen,

Altar und Frau, halb Puppe, halb Götzenbild, eiserne Dornen, Flammenschein am rauchgeschwärzten Dach. Laß uns hinausgehen in die Sonne, sagte Frederica, laß uns gehen.

Nachdem sie die Kirche verlassen hatten, waren sie etwas verlegen. Alexander, der Verlegenheit durch Informationen zu überwinden suchte, erzählte Frederica von anderen Mittelmeergöttinnen.

Er erzählte ihr Ford Madox Fords reizende Geschichte der Porträtstatue Unserer Lieben Frau von der Burg aus St-Etienne-des-Grès. Die Jungfrau, so Ford, erschien einem jungen Schafhirten in den Alpilles, der einen Felsblock mit dem Meißel bearbeitete, und blieb bei ihm, bis er ihr Porträt vollendet hatte. »Als es fertig war, versicherte sie ihm, daß die Statue zu ihrer vollkommenen Zufriedenheit gelungen sei, sowohl als Porträt wie als Kunstwerk – ich machte mich beim Bischof besonders über den letzten Punkt kundig. So wurde die Welt mit einem Schlag des definitiven ästhetischen Kanons teilhaftig.« Ford machte sich auf, um das maßstabsetzende Werk zu besichtigen, und fand die Jungfrau dermaßen eingehüllt und eingewickelt in Spitzenkleider und Schleier, daß er keine Spur von Gestalt oder Ausdruck erkennen konnte. Und dann kam er eines Tages in ihre Kirche und sah eine große goldene Krone auf einem Stuhl, Wogen von Spitze auf einem anderen, »zwei käferartige alte Frauen, die etwas in einem Zinngefäß wuschen...«

»Und die Statue«, zitierte Alexander, »war ein rohes, behauenes Stück rötlichen Steins.« Einem Primitiven, wie Gaudier-Brzeska einer hatte sein wollen, wäre diese Bauern-Jungfrau vertraut gewesen. Kybele und Venus, sagte Alexander, wurden in Form konischer Steine verehrt. Wie wunderbar, wie erstaunlich, rief Frederica aus, die den roten Fels des Roussillons mit Alexanders Ausführungen über Rodins *Danaïde* in seiner vollendeten, ehrfürchtigen, abstrakten Sinnlichkeit assoziierte. Alexander erzählte ihr von der Venus von Arles, die im dortigen Amphitheater ausgegraben worden war, voll klassischer Anmut und mit beiden Armen, den goldenen oder marmornen Apfel haltend. Er zitierte van Gogh: »Es gibt eine Venus von Arles, genauso wie es eine Venus von Lesbos gibt, und man fühlt noch immer die Jugend in ihr, trotz allem...«

»Ach ja, van Gogh«, sagte Frederica. Schrieb er über van Gogh?

Sie saßen in einem Café und bestellten *citron pressé*, und Alexander erzählte Frederica von dem beschwerlichen Stück, von dem flüchtigen Sommer von 1914, von Cabestainh. Frederica sagte, sie verstehe nicht, warum er zögerte, er müsse den *Gelben Stuhl* einfach schreiben, denn er sei *lebendig*, oder? Sie sprachen darüber, wie man *Der gelbe Stuhl* zu schreiben hätte, ob man es rein und klassisch gestalten sollte, indem man die Einheit von Zeit und Ort wahrte und die Handlung auf die schrecklichen Tage des Kampfs mit Gauguin beschränkte, oder ob man es episodisch und episch machen sollte, mindestens Theo und vielleicht noch andere Figuren einführen – eventuell sogar den im Hintergrund drohenden Pastor aus Nuenen. Frederica sagte zu Alexander, bevor er es zu ihr sagen konnte, daß es ein Grundproblem beim Schreiben über Künstler gebe, denn wie wollte er den Kampf mit den Farben und Formen in Szene setzen im Gegensatz zu der Hure und dem Rivalen, dem Vater, dem Bruder, dem Neffen Vincent van Gogh? Sie ereiferten sich. In Alexanders Geist veränderte sich die Ungewißheit über seine Absichten zur Gewißheit, daß *Der gelbe Stuhl* das war, woran er schrieb. (Paradoxerweise befähigte ihn das Nachlassen der Spannung in der nächsten Woche dazu, ein poetisches Melodram über Cabestainh zusammenzuschustern, zu fabrizieren, zusammenzubasteln, mit dem die Gäste des Hauses sich auf zivilisierte Weise vergnügten.)

War es in diesem Augenblick, daß ein wechselseitiges Bedürfnis sie dazu brachte zu verstehen, daß sie Freunde waren und einander für lange Zeit ihres Lebens kennen würden? Wohl kaum, obwohl es Frederica durch den Kopf schoß, daß Sex Gespräche hemmt und daß ein Gespräch mit Alexander ein Vergnügen war, auf das sie nicht gern verzichtete. Er berührte sie nicht bis zum Ende des Tages, als er kurz über ihr krauses Haar strich und »Danke« sagte und es ehrlich meinte. Sie fuhr heim zu ihrem fensterlosen Dachboden, in Schweiß gebadet und aufgewühlt, und erinnerte sich mit tiefer Freude an Fords Jungfrau aus rotem Stein, bastelte in Gedanken an *Der gelbe Stuhl*, erinnerte sich an das gelbe Dreieck von Alexanders Badehose auf dem Bug der *Stella Maris*. Sie sahen einander in diesem Sommer nicht wieder.

Arles, Juni 1888. An Emile Bernard.
Ich war eine Woche in Saintes-Maries, und auf dem Wege dorthin bin ich mit dem Postwagen durch die Camargue gekommen mit ihren Weingärten, mit Heide und flachem Gelände wie Holland. Dort in Saintes-Maries gab es Mädchen, die an Cimabue und Giotto erinnerten – schmächtig, kerzengerade, ein wenig traurig und geheimnisvoll. Auf dem ganz flachen Sandstrand kleine grüne, rote, blaue Boote, so hübsch in Form und Farbe, daß man an Blumen denken mußte . . .
Ich möchte so gern dahinterkommen, welche Wirkung ein intensiveres Blau des Himmels hat. Fromentin und Gérôme sehen das Gelände des Südens farblos, und ein Haufen Leute sieht es ebenso. Mein Gott, ja, wenn Du trocknen Sand in die Hand nimmst und aus der Nähe ansiehst oder auch Wasser oder Luft, auf diese Art betrachtet, das ist alles farblos. *Kein Blau ohne Gelb und ohne Orange*, und wenn Du das Blau malst, dann male gefälligst auch das Gelb und das Orange! Nun, Du wirst sagen, ich schreibe Dir nur lauter banales Zeug.

7. *Eine Geburt*

I

In Blesford, um ein wenig zurückzugehen, schrieb man den April. Die Sonne war gerade nicht mehr kalt. Auf dem Altar standen Frühlingsblumen. Marcus war unausgeglichen, aber weil alle mit Stephanies kommendem Baby beschäftigt waren, fiel es niemandem auf. Stephanie wirkte zunehmend ruhiger, weil es ihrer Natur entsprach und weil sie inzwischen beinahe ganz zur Unbeweglichkeit verurteilt war. Was sich schwimmend und schwebend in ihr bewegt hatte, war nun kompakt in sie hineingepreßt, rieb sich an ihren Knochen, drehte sich unvermittelt aus eigenem Antrieb, drückte mit einer Kraft gegen ihre mittlerweile kaum mehr elastischen Seiten, die ihr den Atem raubte und sie schwindelig machte. Jetzt segelte sie nicht mehr, sondern torkelte mühsam und schwerfällig auf gespreizten Füßen. Ihr ganzes Leben konzentrierte sich auf das Warten, und sie wartete nicht geduldig. Sie hatte ihre Autonomie eingebüßt. Etwas lebte ihr Leben; sie lebte nicht.

Sie fürchtete sich. Nicht vor dem Vorgang der Geburt, mit dem sie sich bedächtig vertraut gemacht hatte, sondern vor nebensächlichen Erniedrigungen im Krankenhausalltag – Klistieren und Rasiermessern –, über die sie hin und wieder stille Tränen weinte. Sie sagte sich, daß es keinen Zweck hatte, sich vor dem Geburtsvorgang zu fürchten, den die meisten Frauen ertrugen und heutzutage fast immer überlebten und der einen bestimmten Zeitraum umfaßte, im äußersten Fall achtundvierzig Stunden. Sie sagte sich, daß man sich darauf einstellen konnte, fast alles für achtundvierzig Stunden zu ertragen. Die Frauen in der Klinik hatten Schauergeschichten ausgetauscht, denen sie nur mit halbem Ohr gelauscht hatte, Geschichten von Dammschnitten und Zangengeburten. Diesen Dingen sah man besser entgegen, wenn es soweit war, falls es soweit kam. Sie hatte ein Buch über natürliches Gebären gelesen – sie gehörte zu einer Generation, die sich eher an Bücher wandte als an die eigene Mutter – und war von den unnatürlichen Alternativen, die der Autor erwähnte, entsetzt gewesen. Sie machte sich nicht die Mühe, die vom Buch empfohlenen Entspannungsübungen durchzuführen. Sie hatte immer auf ihre Beherrschung des eigenen Körpers vertraut. Sie glaubte, daß Frauen trotz aller Zivilisation ein Gespür dafür besaßen, wie mit Dingen umzugehen war, die jedermann so zwangsläufig widerfuhren wie Nahrungsaufnahme und -ausscheidung. Wenn es naturgegeben war, sich zu entspannen, würde sie sich zum gegebenen Zeitpunkt entspannen. Wegen des Einlaufs und des Rasiermessers sagte sie jedoch einmal zu Daniel, es wäre ihr lieber, das Kind zu Hause zu bekommen. Daniel sah sie entsetzt an, sagte, wie sie es sich verzeihen sollten, wenn irgend etwas schiefging, und fügte hinzu, wie sie auf die Idee kommen könne, das Kind zu Hause zu gebären, wo Marcus und seine Mum ständig im Weg waren. Stephanie sah ein, daß die beiden auf ihre Weise nicht weniger nervenaufreibend sein dürften als Klistiere und Krankenschwestern. Aus einer Art *Scham* konnte sie den Einlauf Daniel gegenüber nicht erwähnen. Sie gab die Diskussion auf.

Marcus hörte sie singen. Er stand auf der Ecke der Treppe und hörte ihr zu, wie sie mitten im entschlossenen Geklapper der Töpfe sang. Sie sang »Herr, steh mir bei«. Bei den seltenen Gelegenheiten, wenn sie unmelodisch sangen, standen den Potters nur Kirchenlieder zur Verfügung. Marcus konnte sich nicht erinnern, wann er Stephanie zum letztenmal singen gehört hatte. Lautlos kam er hinter Mrs. Ortons Rücken im plumpen Sessel die Treppe herunter.

Ihr Rücken schmerzte; unter dem Gewicht bildete der Schmerz einen Ring wie die eisernen Bänder um das Herz des treuen Dieners im Märchen. Sie fuhr fort zu singen; ihr Kopf war plötzlich ganz klar; sie hatte beschlossen, für Daniel Brot zu backen, was sie in letzter Zeit nicht mehr getan hatte. Sie hatte alles über den Adrenalinausstoß beim Einsetzen der Wehen gelesen und hatte es jetzt vergessen, weil ihr Kopf klar war. Sie bückte sich, um die Brotformen hervorzuholen, und stieg auf einen Hocker, um nach dem Gefäß mit Mehl zu langen. Der eiserne Ring zog sich zusammen und gab nach, als sie herunterstieg. Sie beendete »Herr, steh mir bei« und intonierte mit lauter Stimme »O süßes Licht«. Marcus streckte den Kopf zur Küchentür hinein.

»Nie war ich des gewiß«, sang sie, »noch betet' ich – Marcus, was ist los?«

»Ich habe dich singen hören.«

»Es ist nichts Verbotenes, in der eigenen Küche zu singen. Willst du mir beim Brotbacken helfen?«

»Wenn du möchtest«, sagte Marcus, der sich an der Wand in die Küche hineinschob.

»Du kannst in der Glasschüssel die Hefe ansetzen. Mir tut der Rücken weh. Wir müssen uns mit Trockenhefe begnügen. Ein Päckchen und zwei Teelöffel Meersalz und ungefähr einen halben Liter lauwarmes Wasser. ›Ich fand und wandelt' meinen Weg allein, doch nun vertrau' ich – dir – mich – an.‹« Summend schüttete sie Mehl auf die Waagschale, machte eine Pause, um

Luft zu holen, und bückte sich, um eine große irdene Schüssel zutage zu fördern. Marcus überwachte den Wasserkessel, zu sehr auf den Begriff »lauwarm« konzentriert. »›Vergänglich Tand mein Auge blendete, und keine Furcht brach meinen Stolz. Vergessen soll das sein...‹«

Sie fuhr sich mit einer mehlbestäubten Hand über die Stirn, und der Schmerz traf sie, rein und klar wie ein musikalischer Ton, breitete sich vibrierend von der Störung im Rückgrat aus, ebbte ab. Sie begriff ungewöhnlich langsam und begann, nachdem sie Luft geholt hatte, eine Vertiefung in der Mitte des Mehlhügels zu formen. Marcus sah beunruhigt ihr gerötetes Gesicht und ihre glänzenden Augen an: Er spürte, daß etwas nicht stimmte, ohne es definieren zu können. Und wenn etwas nicht stimmte, konnte das in seiner Welt nichts Gutes verheißen. Er rührte die Hefe an, sog ihren säuerlichen, lebendigen Geruch ein, sah, wie sie wie ein Lebewesen im Schlamm blubberte. Natürlich war sie ein Lebewesen. Er rührte, und die Hefe machte ein seufzendes Geräusch.

»Schütte es hier hinein«, sagte Stephanie. Sie beugten beide ihre Köpfe über die Schüssel, und sie half mit einem Messer nach, als der Schmerz unvermittelt wieder zustieß, noch schärfer, und sie sich an der Tischkante festhalten mußte; diesmal spürte sie auch die machtvolle Kontraktion der Muskeln, die sich in ihrem Inneren zusammenzogen ohne jedes Anzeichen von Wollen oder auch nur Bereitschaft ihrerseits. »O Gott«, sagte Stephanie mit schwacher Stimme und sah, ohne ihn wahrzunehmen, Marcus an, der zurückwich. »Ich glaube –«, sagte sie zögernd. Marcus hatte sich hinter dem Herd verschanzt. »Ich glaube«, wiederholte sie, als der Schmerz nachließ und sie sich kurzfristig wieder in der Gewalt hatte. Es war aussichtslos, von Marcus Hilfe zu erwarten. Sie trat aus der Küche und sah Mrs. Orton im Sessel dösen. Mrs. Orton war eine Frau. Im Verlauf der letzten Monate hatte sie verschiedentlich die Geschichte von Daniels Geburt nacherzählt, ein Monodrama mit einer einzigen tapferen Heldin, von Männern, Behörden und unfähigen Krankenschwestern verfolgt. Sie war sich nicht sicher, ob Mrs. Orton ihr eine Hilfe sein würde. Sie sagte zu ihr: »Ich glaube –«, und Mrs. Orton blickte sie verständnislos an, mit der Überlegung beschäftigt, worüber sie sich als nächstes beklagen konnte.

»Ich glaube, ich sollte ins Krankenhaus fahren.« Stephanie sprach einen zusammenhängenden, harmlosen Satz aus. Mrs. Orton blickte weiterhin verständnislos drein und teilte Stephanie nach kurzem Nachdenken tatsächlich mit, daß es nicht ihr gewohnter Tag für die Klinik sei. Stephanie sagte, nein, aber sie habe Schmerzen. In einem Anfall von Widerspruchsgeist wies Mrs. Orton darauf hin, daß die Niederkunft erst in zweieinhalb Wochen erwartet werde und daß erste Kinder immer später dran seien. Stephanie, die mit diesem Wissen vertraut war, fragte sich, ob sie sich vielleicht täuschte, und trat gehorsam den Rückweg in die Küche an. Viele Frauen kriegen die komischsten Schmerzen, sagte Mrs. Orton im Ton des Fachmanns. Marcus in der Küche sah zu Tode erschrocken aus, öffnete den Mund sprachlos und schloß ihn verzweifelt wieder. Zwischen ihnen beiden wurde Stephanie abermals vom Schmerz gepackt, so daß sie beinahe stürzte.

Sie beugte sich zur Wand, krallte sich an den Türrahmen, hielt die Luft an und betastete mit der freien Hand ihre harte Seite, die sich nach oben wellte. Und zu sehen sei ja nichts, keine geplatzte Fruchtblase, erklärte Mrs. Orton ungefragt, entschlossen, bis zuletzt zu widersprechen. Zwischen den beiden fühlte Stephanie sich auf obszöne Weise entblößt. Keiner von ihnen würde eine Hilfe sein. Sie keuchte und verharrte, bis der Schmerz wieder nachließ, ging dann zum Telefon und wählte den Notruf. Sobald sie ausgesprochen hatte – sogar schon etwas früher –, fing Mrs. Orton wieder an und hielt Stephanie vor, daß sie sich lächerlich aufführe, selbst wenn sie recht haben sollte, daß sie sich noch stundenlang Zeit lassen könne, daß sie sich im Krankenhaus den ganzen Tag nur langweilen werde und daß sie besser warten sollte, bis kein Zweifel mehr möglich war ...

Stephanie schleppte sich an ihrer Schwiegermutter vorbei und die Treppe hoch. Sie hatte den obligaten Koffer noch nicht gepackt und packte ihn nun: Nachthemd, Haarbürste, Zahnbürste, Seife, Wordsworth, *Krieg und Frieden*, *Arabella*, *Friday's Child*. Falls Wordsworth nicht das Richtige war, was dann? Verzweifelt packte sie noch die *Vier Quartette* ein. Die

Türglocke läutete. Niemand öffnete, soweit sie hören konnte. Sie machte den Koffer zu, Schweiß auf der Stirn, und konnte sich vor Schmerzen nicht aufrichten; diesmal bohrten und zerrten die Schmerzen in ihr, statt zu vibrieren, weil sie die falsche Haltung innehatte, weil sie verspannt war. Mit zusammengebissenen Zähnen ergriff sie den Koffer und stieg die Treppe hinunter. Marcus bewegte sich langsam und unauffällig um Mrs. Ortons Sessel. Stephanie öffnete die Tür, und die Sanitäter kamen herein. Sie trug ihren Koffer zu ihnen und sagte, sie wolle ihren Mantel holen.

»Der junge Mann wird Ihnen den Mantel bringen.«
»Es ist doch –«
»Ganz ruhig, junge Frau. Der junge Mann macht das gerne.«

Marcus holte ihren Mantel. Die Sanitäter fragte, ob sie gehen könne; sie sagte, ja, und mußte gestützt, fast getragen werden. Wie andere, gewöhnlichere Unternehmungen ging es besser, sobald es erst einmal begonnen worden war.

Im Calverley General Hospital half man ihr etwas unsanft aus dem Krankenwagen und setzte sie in einen Rollstuhl. Mit vor Adrenalin glänzenden Augen erhob sie Einspruch. Sie sagte, sie wolle stehen, könne stehen, es sei besser. Die Sanitäter sagten unbeeindruckt, daß sie das nicht zulassen durften, und schoben sie ratternd Rampen empor und durch lange desinfizierte Gänge. Im Rollstuhl wogte die Spitze ihres buckligen Bauchs unter ihrem Kinn, verzog sich, glättete sich wieder. Sie bekam einen Schluckauf. Sie erreichten den Kreißsaal.

Was folgte, war wie befürchtet würdelos. Angewiesen, ein hohes, hartes Bett zu erklimmen, das eher einem Regalbrett ähnelte, spürte sie, wie es in ihr rieb, zog und zerrte. Wasser rann ihre Beine hinab; eine kleine Krankenschwester in einem billardtischgrünen Kittel mit engen, wulstigen weißen Manschetten bis über die Ellbogen wischte es auf und spähte durch beschlagene Brillengläser zwischen Stephanies Beine. Mit unbeteiligter Klarheit registrierte Stephanie, daß die Brillengläser das rundliche Pfannkuchengesicht unattraktiver machten, als es war; die vergoldeten Flügel des Brillengestells strebten den kleinen halbrunden Augenbrauen entgegen. Die Schwester sprach Stephanie als »Mum« an und sah sie dabei nicht an, sondern äußerte ihre Instruktionen zum Ausziehen und dazu, wie sie sich hinzulegen habe, indem sie Auge und Ohr auf die harte, blasse Wölbung konzentrierte. Eine Oberschwester in hellem Purpur mit weißen Streifen kam vorbei und blickte Stephanies Gesicht freundlich an, während man ihre nackten Arme in einen luftigen Kittel aus weißem Tuch einführte, der sehr lückenhaft mit Bändern am Rücken verschlossen wurde. Die Schwester erklärte die Sache mit dem Klistier und dem Rasieren, und Stephanie, die etwas auf gute Manieren gab, wartete, bis sie Luft geholt hatte, und sagte dann, das sei schon in Ordnung, sie wisse Bescheid. Sie fügte hinzu, daß sie sich vor dem Klistier fürchte, leider. Sie hoffte, durch das Brennen der Furcht sowohl die Furcht als auch das, was sie fürchtete, leichter handhaben zu können, wie es so oft der Fall ist. Sie wünschte, die Schwestern wären älter: Beide wirkten jünger als sie, und hinter ihrer forschen Munterkeit spürte sie eine gewisse Anspannung. Sie brachten eine nierenförmige Metallschale, Seifenwasser und einen sehr kalten Rasierapparat, schoben das unzulängliche weiße Gewand zurück und schabten das flaumige Schamhaar weg, wobei sie am Beinansatz wunde Stellen verursachten; das, was an Stephanie nicht warm und feucht war, wurde kalt und feucht, weil die Schwestern – wie es immer wieder geschehen sollte – den Rhythmus der Schmerzen störten, die aufschrillten und zuckten, statt wie vorher durchdringend zu vibrieren. Sie berührten die Erhebungen und Flächen der angespannten Wölbung mit kalten Händen und noch kälteren silbrigen Trichtern, und Stephanie hätte am liebsten aufgeschrien und sie abgeschüttelt, war aber zu wohlerzogen, um sich mehr als ein Stirnrunzeln zu gestatten. Sie kontrollierten die Wehen, sagten, es sei alles »prima«, und verabreichten ihr den Einlauf. Daraufhin verspürte Stephanie fast am ganzen Körper Brennen, ein Gefühl der Entzündung und außerdem panische Angst. Gehorsam kletterte sie tropfend von der hohen Liege und tappte ins Bad, wo das Wasser in die Wanne einlief und die Toilette sie erwartete. Sie wunderte sich, daß man ihr nicht erlaubte, zu Fuß den Gang entlangzugehen, und sie gleichzeitig ohne Hilfe auf die Toilette und ins Bad gehen ließ. Die verschiedenartigsten Schmerzen stürmten auf sie ein, überlagerten sich wie einander überholende Flutwellen, wie unruhige Querströmungen in einer Flußmündung. Sie setzte sich und wartete, daß der Aufruhr, den der Einlauf ausgelöst hatte, sich beruhigte; dabei weinte sie ein wenig, leise, damit man sie nicht hörte. Als die Pein in ihren Eingeweiden nachließ, verspürte sie fast Erleichterung. Vorsichtig zog sie den Kittel aus, der sie ohnehin nur vorne bedeckte und ansonsten nackt ließ. Sie stieg in die Wanne, rieb die rasierten Stellen mit warmem Wasser ab, seufzte leise und spürte, hörte oder meinte zu hören, wie in ihrem Becken Knochen knackten und splitterten. Der Badezimmerboden war kalt und knirschte, wahrscheinlich vom Scheuerpulver. Sie stand schnell auf, zu schnell, wurde von einer neuen Schmerzwelle übermannt, als sie das Bein über den Wannenrand hob, und verharrte schwerfällig und grotesk wie gefangen, die feuchten blonden Locken auf den Wangen und im Nacken verklebt. Die Schwestern kamen und halfen ihr aus der Wanne, knüpften die lückenhaften Bänder zu, reichten ihr einen Frotteebademantel und setzten sie wieder in den Rollstuhl.

Sie brachten sie in ein leeres Zimmer mit einem weißen Bett, einem Nachttisch, einem Stuhl, einer Karaffe und einer sehr kleinen weißen Segeltuchschlinge an metallenen röhrenförmigen Streben, deren Funktion ihr erst zu dämmern begann, als sie gehorsam das neue Bett erklomm. Und erst als sie dieses Kinderbettchen sah, begriff sie wirklich, was geschah: daß es sich nicht um eine Prüfung handelte, die ihr auferlegt war, sondern daß es um zwei Menschen ging. Daß all dies zwei Menschen widerfuhr. Daß jemand hinausgelangen mußte. Daß es unvorstellbar war, daß ein weiblicher Körper jemals offen oder elastisch genug sein konnte, um etwas in der Größe eines Babys hinausgelangen zu lassen. Daß es dennoch ein Ende geben mußte – *mußte*... Die Schwestern schickten sich an, sie im Zimmer allein zu lassen. Zum erstenmal Aufgeregtheit zeigend, sagte sie, sie müsse ihre Bücher haben, sie müßten ihr ihre Bücher bringen. Bücher? sagten sie.

»Im Koffer.«
»Koffer werden nicht in den Entbindungstrakt gebracht.«
»Ich brauche meine Bücher!«
»Immer mit der Ruhe... sobald jemand Zeit hat... wir ha-

ben gerade viel zu tun ... vier Patientinnen kurz vor der Niederkunft, wir wissen nicht mehr, wo uns der Kopf steht. Welches Buch ist es denn?«
»Alle. Wie soll ich wissen, welches? Der Wordsworth. Alle. Vor allem der Wordsworth.«
»Wordsworth?«
»Ein Gedichtband. Wenn Sie Zeit haben.«
»Gedichte von Wordsworth.« Die grüngekleidete Schwester sah ratlos drein. »Ich tu', was ich kann«, sagte sie beschwichtigend.
»Wann wird es soweit sein?« fragte Stephanie.
»Schwer zu sagen. Es sieht gut aus. Erstgeburten dauern immer etwas länger. Versuchen Sie, sich zu entspannen.«

Sie ließen sie allein. Versuchen Sie, sich zu entspannen. Mit einer knollenförmigen Klingelvorrichtung, die an einer langen pelzigen Schnur von der Decke hing, und keinerlei Instruktionen, wann es nötig sein könnte zu läuten und wann sie sich still und klaglos zu verhalten hatte, wie die Engländer es erwarten. Zu Anfang lag sie brav da und starrte die weiße Zimmerdecke an, drehte langsam den Kopf und nahm zur Kenntnis, daß es ein ungewöhnlich sonniger Tag war, daß kleine, schimmernde, weiße, lichtumrandete Wolken über einen blauen Himmel geblasen wurden, daß sie sich im Erdgeschoß befand und durch ein halbgeöffnetes Fenster auf einen grasbewachsenen Innenhof blickte. Sie hatte keine Uhr mehr; die war mit ihren Kleidern verschwunden; sie dachte, es sei vielleicht später Vormittag oder sogar Mittag, war sich aber nicht sicher. Zum erstenmal dachte sie an Daniel. Sie hatte ihm nicht gesagt, daß sie hier war. Schuld daran waren Mrs. Orton und Marcus, die im Verein jeden normalen zwischenmenschlichen Umgang unmöglich machten. Es hätte möglich sein sollen, sich darauf zu verlassen, daß die beiden Daniel informierten, aber das war es leider nicht. Sie begann sich Sorgen zu machen, und dann wurde sie von den Schmerzen überwältigt. Es hatte etwas Lächerliches, auf dem Rücken zu liegen, während die Schmerzen an einem zerrten – und etwas unnötig Schmerzhaftes. Sie rollte sich mühsam auf die Seite, was Krampfwellen auslöste. Sie wünschte, sie hätte ihren Band

Wordsworth. Beim nächsten schmerzfreien Intervall hob sie die Beine vom Bett und ging zum Fenster. Die Luft war kalt und klar und erstaunlich duftgesättigt. Sie streckte den Kopf hinaus. Unter den Fenstern war die ganze Mauer entlang Goldlack gepflanzt: kleine samtigbraune, strohiggoldene, rostviolette unscheinbare Blümchen, deren warmer, reicher Duft die Luft erfüllte. Sie hielt sich am Fensterrahmen fest und atmete tief ein, und dann gehorchte sie einem unwiderstehlichen Instinkt und begann rhythmisch im Zimmer auf und ab zu gehen, machte an der Wand kehrt, mit erhobenem Kopf und geweiteten Nasenflügeln. Als die nächste Schmerzwelle hereinbrach, konnte sie sie in den Rhythmus dieses Marschierens einbinden, in den Weg von Wand zu Wand und wieder zurück. Sie nahm den Schmerz fast wie eine Außenstehende wahr, lauschte seinem An- und Abschwellen, ließ ihn kommen. Das Adrenalin, das sich infolge des Einlaufs verflüchtigt hatte, kehrte zurück. Sie versuchte sich die *Ode an die Unsterblichkeit* ins Gedächtnis zu rufen, die wiederum einem anderen Rhythmus gehorchte. Der Regenbogen kommt und geht. Und lieblich ist der Rosen Blüt'. Sie schritt weiter. Als die Tür geöffnet wurde, blieb sie nicht auf Anhieb stehen und hielt erst inne, als sie sich der Blicke auf ihr flatterndes Gewand und ihre nackten Hinterbacken bewußt wurde.

»Meine Liebe, gehen Sie jetzt bitte ins Bett zurück. Sie sollten nicht herumlaufen.«

»Im Gehen ist es leichter zu ertragen.«

»Sie machen es sich nur schwer, wenn Sie Ihre Kraft so aufbrauchen. Ihre Muskeln werden sich verspannen. Versuchen Sie, sich zu entspannen. Kommen Sie jetzt.«

»Verstehen Sie doch: Wenn ich *diese* Muskeln benutze, können die anderen sich besser lockern ... Es tut dann nicht so weh.«

»Meine Liebe, seien Sie doch nicht unvernünftig. Seien Sie ein braves Mädchen, und gehen Sie jetzt wieder ins Bett.«

Sie stand da wie ein begossener Pudel, und der Schmerz würgte wie ein Netz, unter dem sie zu ersticken drohte, wie jedesmal, wenn sein eigener Rhythmus gestört wurde, so daß ihr schwindelig wurde und man ihr ins Bett helfen mußte, wo man wieder mit dem silbrigen Trichter an ihr horchte, mit den Händen in sie hineingriff und sich Notizen machte, während sie wohlerzogen lächelte und der Schmerz abgehackt und knisternd in ihr bohrte und dann erstarb. Man beurteilte diese bescheidene Wehe kennerhaft, beschied ihr, daß es noch eine ganze Weile dauern werde, und machte Anstalten zu gehen. Falls sie das Gefühl hätte, sie müsse nach unten pressen, solle sie läuten, wurde ihr beschieden.

Sie hatte keine Ahnung, wie sich dieses Gefühl bemerkbar machen würde oder wie es zu identifizieren wäre. Sie brachte es nicht fertig, dies zu fragen. Sie fragte statt dessen, ob sie Wordsworth und ihre Uhr haben könne, und erhielt die gleiche Antwort wie zuvor: Es sei nicht genug Personal da, man werde sich bemühen, sie müsse sich gedulden. Als sie gegangen waren, hatte sie das Gefühl für ihren eigenen Rhythmus verloren, wünschte nichts sehnlicher, als das Bett zu verlassen und wieder zu gehen, und fürchtete sich zugleich davor, als ungehorsames Mädchen getadelt zu werden. Und sie hatte vergessen oder keine Zeit gehabt, die Sprache auf Daniel zu bringen. Nach reiflicher Überlegung kniete sie sich auf Hände und Knie und schaukelte leise jammernd hin und her. Der Schmerz fand wieder sein klares, unbeirrtes Muster, und sie paßte sich ihm an, erhitzt und erschöpft. Kein Arzt hatte sich blicken lassen. Sie nahm an, daß das so seine Richtigkeit hatte. Der Schmerz hielt sie wie eine Klaue gepackt. Der Tag verging, und sie schaukelte, und dann, da niemand kam, wanderte sie wieder ein wenig, wobei sie tief einatmete. Durch das Fenster drang neben dem süßen Blumenduft ein Geräusch, das jemand machte, der regelmäßig immer lauter schrie. Stephanie hörte den eigenen Gedanken, daß es hilfreich, aber nicht englisch wäre, nicht wohlerzogen, so laut zu sein.

Das Bedürfnis, »nach unten zu pressen«, unterschied sich, als es eintrat, deutlich von allem, was sie bisher empfunden hatte, und war sogleich identifizierbar. Es hatte die entsetzliche Unkontrollierbarkeit schweren Durchfalls und war doch anders durch den Umstand, daß sich nichts verknotete; etwas Schweres, Hartes in ihrem Inneren dehnte sie wie ein Rammbock, und der Schmerz war nicht länger etwas Eigenes außerhalb von ihr, sondern war sie, krallte, erhitzte, sprengte ihren ganzen Körper, ihren Kopf, ihre Brust, ihren malträtierten und zerschlagenen Bauch, bis dieser Körper Tierlaute ausstieß, Knurren, unzusammenhängendes knirschendes Gebrüll, hechelndes Seufzen. Es gelang ihr, sich unterdessen auf das Bett zurückzuwälzen und die birnenförmige Klingel zu fassen. Vor Augen sah sie plötzlich hellscharlachrote Kapuzinerkresse und dann einen Vorhang aus Blut. Die purpurfarbene Krankenschwester kam. Stephanie stöhnte wie im Delirium, daß es komme; wie eine steigende Flut ließ der Schmerz ein wenig nach, ebbte ab, sammelte sich und sprang sie an, ungestüm.

Sie war eine Frau, die über die Ambivalenz der weiblichen Vorstellung von inneren Räumen nachgedacht hatte. Der Mond erscheint uns als silberne Scheibe von etwa dreißig Zentimetern Durchmesser und in drei Kilometern Entfernung, unabhängig von unserem Wissen um seine wahre Größe. Der Schoß kann in der Vorstellung eine kleine verschrumpelte Tasche sein, in die eine Geldmünze paßt, oder stille unterirdische Höhlen, die sich endlos fortsetzen, gewellt, samtig, dunkel wie Blut, wie Enzian. Blut ist blau, bevor es mit der Luft in Berührung kommt. Und die Vagina, die einen Tampon sicher festhalten kann, die einen Mann einlassen kann, einen großen Mann wie Daniel, und ihn tastend das verborgene und bedeutungsschwangere äußerste Ende ihrer Sackgasse erforschen lassen kann – dieser taschenbesetzte Schacht mit elastischen Muskeln –, wie soll diese enge Scheide einen stürmischen plumpen Klotz aushalten können, der der Wahrnehmung innerer Räume größer als der Körper selbst vorkommt und herauszubrechen scheint, indes er sich ausdehnt und sich nicht länger halten läßt? Das Rückgrat, konstatierte Stephanies schrumpfende Denkfähigkeit, ist eine Ebene, die flach auf dem Bett liegt, als wäre der Bauch durch einen Akt der Schlächterei abgetrennt und die Flanken fielen ab. Unterhalb des hilflosen Rumpfs schien eine regelrechte Mauer, ein Gehäuse aus Fleisch und berstenden Knochen, sich zwischen dem explodierenden Ding und der Luft zu erheben und zu dehnen. Inzwischen waren zwei Krankenschwestern da, die ihre Beine anhoben und in sie hineinspähten. Etwas Erleichterung brachte es, die Füße schnell im Kreis zu bewegen, aber eine der Schwestern gab ihr einen Klaps auf die Füße und wiederholte die Ermahnung, daß sie keine Muskeln anspannen solle. Sie war erstaunt, was für einen Zorn sie empfand. Sie wünschte den beiden den Tod dafür, daß sie sie so unbequem in eine unnatürliche Lage zwängten. Ihr Kopf schlug hin und her. Das Ding warf sich immer wieder gegen die Wände seines Gefängnisses, und sie dachte an die Zeit: Wie lange sollte das währen, so lange wie das Gehen und Singen? Sie hatte sich getäuscht. Es war *nicht* zu ertragen. Es schwang sich empor und drang vor, und in ihrem Hirn klopfte und dröhnte es, und von irgendwoher nahm sie die Kraft der Verzweiflung, den Schmerz dadurch zu beenden, daß sie ihn steigerte, die Wand aus Fleisch zu *zerreißen*, obwohl man ihr zurief, sie solle halten, nicht pressen, und sie schrie auf, laut, stöhnend, am Ende, als ihr Körper sich spaltete und sie an ihrem schweißgetränkten Oberschenkel ungläubig eine warme, nasse Kugel spürte, die einen eigenen flatternden Pulsschlag hatte, nicht ihren.

Halten Sie, sagten sie eindringlicher, und sie merkte, daß sie es nun konnte; Stille strömte nach dem Aufruhr des Bluts zurück; an der geweiteten Öffnung drehten sie mit behutsamen Händen kleine Schultern; pressen Sie jetzt, sagten sie, und die Muskeln diktierten sanft: preß, und das Ding glitt davon, kompakt, fest, wie aus Gummi, schleppend, weg war es. Sie konnte nichts sehen, spürte nur die Hände der anderen, geschäftig, in weiter Ferne. Und dann keuchte und würgte eine Stimme, dünn und heiser, und plärrte einen ansteigenden Kanon. »Ein entzückender Junge«, sagte die purpurfarbene Schwester. »Ein entzückender großer Junge.« Die grüne Schwester drückte die unvermittelt geschrumpfte Wölbung flach; *pressen Sie*, sagte sie, und während der Rhythmus erlahmte, preßte der Körper zum letztenmal, und Stephanie hörte das fließende Glitschen der Nachgeburt. Der Knabe quäkte abermals, und die Frau sah über ihre Füße und die befleckten Laken hinweg die purpurne Schwester den kleinen blutroten Körper wie ein Bündel auf einer Hand halten. Sie schloß die Augen und ließ sich zurücksinken, allein, überrascht, allein zu sein, nach so langer Zeit nur den Pulsschlag ihres eigenen Lebens zu hören.

Sie brachten ihr den Jungen, dessen kleiner Hals und wackliger Kopf wie bei einer Schildkröte aus einem Krankenhausgewand ragten, das die Miniaturausgabe des ihren war. Es war nicht die Zeit und nicht das Krankenhaus, wo man Kinder den Müttern an die Brust legte. Doch für eine Weile lag er neben ihr auf dem Kissen, und sie lehnte sich ein wenig auf und sah seitwärts zu ihm hinunter, feucht und erschöpft.

Mit Ekstase hatte sie nicht gerechnet. Sie stellte fest, daß er sowohl weitaus kräftiger als auch in der Zartheit der flatternden Bewegungen seiner Lippen und Wangenmuskeln, im gefährlich wirkenden Wackeln seines willenlosen Kopfes zerbrechlicher war, als sie erwartet hatte. Seine Haut sah dunkel und fleckig aus, und hier und dort klebten gelblichweißes Wachs und Blutfäden. Auf dem spitzen Schädel, dessen überlappende Knochenkappe unter der elastischen Kopfhaut bereits auseinanderstrebte, pappte eine dicke Matte schwarzen Haars. Er hatte eine gerade Stirn, Daniels Stirn, winzige Nasenlöcher und einen zerknitterten, auffallend großen Mund. Eine geballte Faust, kleiner als eine Walnuß, berührte ein feingeschwungenes Ohr. Er besaß wenig, aber nicht etwa keine Ähnlichkeit mit dem ungestümen Ding, das sie zerrissen hatte. Als sie schaute, runzelte er die Stirn, was ihn Daniel noch ähnlicher machte, und dann, als wäre er sich ihres Blicks bewußt, öffnete er tintenblaue Augen und starrte sie an, durch sie hindurch, an ihr vorbei. Sie streckte einen Finger aus und berührte die Faust, gehorchte einem Urinstinkt und schmiegte die winzigen Finger um ihren Finger, den sie festhielten, losließen und wieder festhielten. »Da«, sagte sie zu ihm, und er schaute, und das Licht ergoß sich durch das Fenster, heller und heller, und seine Augen sahen es und ihre, und sie empfand Seligkeit – ein Wort, das sie nicht leiden konnte, aber es war das einzig zutreffende. Da war ihr Körper, ruhig, benutzt, ruhend; da war ihr Geist, frei, klar, strahlend; da war der Knabe mit seinen Augen und sah – was? Und Ekstase. Manches würde weh tun, sobald das Licht dieses Tages verging. Der Knabe würde sich verändern. Doch jetzt im Sonnenlicht erkannte sie ihn, und sie erkannte, daß sie ihn nicht kannte, ihn noch nie gesehen hatte und ihn liebte, in der hellen, neuen Luft und mit einer Selbstverständlichkeit, die sie niemals für möglich gehalten hätte. »Du«, sagte sie zu ihm, und zum erstenmal berührte ihrer beider Haut sich in der Luft draußen, die warm und leuchtend war, »du.«

II

Daniel kam nach Hause. Er war müde und gereizt: Schulunterricht, Konfirmationsklasse, Blumenkomitee. In seiner Wohnung saßen seine Mum und Marcus wie paradoxe Zwillingszerberusse und schwiegen unheilverkündend.

»Sie ist nicht mehr da«, sagte seine Mutter in Worten, die an eine Beerdigung gemahnten. Marcus riß sich zusammen.

»Der – der Krankenwagen hat sie abgeholt. Er kam – oh – am Morgen.«

»*Wie geht es ihr?*«

»Ich weiß nicht«, sagte der nutzlose Marcus erschrocken.

»Es ging ihr blendend«, sagte seine Mum. »Ganz normale Schmerzen. Ich hab' zu ihr gesagt, sie soll nichts überstürzen, aber sie hört ja nicht auf einen.«

»Warum habt ihr mir nicht Bescheid gesagt?«

»Wir wußten nicht, wo du warst«, sagte Marcus unglücklich.

»Es steht auf dem Kalender in der Küche. Mit Telefonnummern. *Sie* weiß es.«

»Sie war ein bißchen durcheinander. Es tut mir leid.«

»Es gab rein gar keinen Grund zur Eile«, sagte Daniels Mum. »Erste Kinder brauchen immer lange. Es würde mich gar nicht wundern, wenn es am Ende direkt blinder Alarm war. Erste Kinder kommen nie früh.«

»Ich ruf' im Krankenhaus an«, sagte Daniel und blickte von ihren herabsackenden Fettwülsten zu Marcus' fahler Blässe.

Das Krankenhaus sagte, es sei ein Junge. Beide wohlauf. Vor einer Stunde. Sie hatten versucht, ihn zu erreichen, aber er war offenbar auf dem Heimweg gewesen.

Daniel wiederholte diese Informationen vor den Leuten in seinem Haus.

»Hab' ich's nicht gesagt?« sagte seine Mutter. »Alles in bester Ordnung. Gar kein Grund zur Aufregung.« Ihre Stimme klang tadelnd.

»Ich fahre ins Krankenhaus.«

»Willst du vorher nicht was essen? Wozu denn die Eile – du mußt sehen, daß du jetzt bei Kräften bleibst.«

»Nein«, sagte Daniel. Er fügte nicht das Wort »danke« hinzu, da das Nahrungsangebot in Wirklichkeit eine Aufforderung gewesen war, ihr zu essen zu geben. »Sorgt ihr für euch selbst.«

»Kann ich –«, sagte Marcus. »Soll ich –? Möchtest du, daß ich – irgend etwas für dich tue?«

»Ich fahre ins Krankenhaus«, sagte Daniel. »Ich weiß nicht, wie lange es dauern wird.«

»Nicht lange«, sagte seine Mum. »Du wirst sehen, sie werden dich nicht lange bei ihr lassen. So, Marcus, jetzt sei ein braver Junge und setz die Pfanne für die Bratwürste auf – und vergiß nicht, Brot und Tomaten mitzubraten und Daniels Portion zum Warmhalten in den Ofen zu stellen.«

Es verlangte ihn nicht nach aufgewärmten Würstchen mit gebratenem Brot, aber es hatte keinen Sinn, das zu sagen. Er verließ das Haus und schlug die Haustür zu. »Mach schon, Junge«, sagte drinnen seine Mum.

Sie hatten sie gewaschen und in ihrem eigenen Nachthemd mitten in eine Reihe Frauen auf der Wöchnerinnenstation gelegt. Den Jungen hatten sie fortgebracht. Unter dem Baumwollaken und der Decke aus Zellstoff kam sie sich formlos vor, nur daß sie wieder sie selbst war. Es war ein Moment, in dem man lieber wirklich allein gewesen wäre. Ihr Haar hatte sich zu dichten Löckchen gerollt, die sie bekam, wenn es gewaschen werden mußte oder wenn sie krank war. Das Adrenalin oder das Hochgefühl war verebbt, wenngleich sie sich hartnäckig an die Erinnerung daran klammerte. Daniel trat schnellen Schritts in den Raum, anders als die meisten Ehemänner, die geduckt oder auf Zehenspitzen hereinschlichen. Seine Gegenwart verwirrte sie; sie hatte sich an eine weibliche Welt des Erduldens, reduzierten Vokabulars und der üblichen geplauderten Vertraulichkeiten zu gewöhnen begonnen. Er war unversehrt und wach und aus irgendeinem Grund wütend. Sie sah ihn aus müden Augen an. Sie wünschte, ihr Haar sähe weniger schrecklich aus.

»Geht es dir gut?«

»O ja.«
»War es schlimm?«
»Nicht wirklich.« Sie ließ einen mißbilligenden Blick über ihre gebannte Zuhörerschaft schweifen. »Nicht wirklich, nicht... der Vorgang. Eher all die Leute und das, was sie taten, ihr Einmischen... Aber es macht nichts.«

Er wollte *wissen*, wie es gewesen war. Sie wollte ihm von dem Licht, der Freude erzählen. Die Frauen beobachteten sie. Das Gespräch stolperte gezwungen voran.

»Es ist ein Junge.«
»Ich weiß.« Er sah finster drein. »Niemand hat mir Bescheid gesagt.«
»Als ich erst einmal hier war, konnte ich nicht...«
»Nicht du.«
»Ich dachte, sie hätten dich vielleicht von zu Hause angerufen.«
»Die doch nicht. Macht ja nichts.«
»Nein. Man hat meinen Wordsworth verlegt.«
»Den finde ich schon. Willst du sonst etwas?«
»Schokolade. Irgendwas *Süßes*. Wahrscheinlich wegen meiner Müdigkeit.«
»Ich bring' es dir.«

Er funkelte die anderen Frauen an, als wäre ihre Anwesenheit ihr Verschulden. Sie senkten die Augen auf ihr Strickzeug oder ihre Frauenzeitschrift oder einfach auf die Bettdecke. Eine Krankenschwester erschien und fragte, ob er seinen Sohn sehen wolle. Ja, sagte er, noch immer undeutlich über alles verärgert, und folgte ihr durch die Station und auf einen Gang, wo man durch die gläsernen Wände der Säuglingsstation Reihen leinenbezogener Krippen sah und die kleinen, nackten Köpfchen, weiß, karmesinrot, flaumig, mit Haut bedeckt, Variationen auf ein menschliches Thema. Das drängende und monotone Geschrei von ein, zwei Säuglingen war zu hören. Die Schwester deutete durch die Scheibe.

»Der zweite von links in dieser Reihe, das ist Ihrer. Ist er nicht goldig?«
»Wie soll ich das wissen?«
»Tja...«

»Es ist nicht viel zu sehen.«
»Ich hole ihn her.«
Auch sie war müde. Dennoch ging sie hinein und rollte sein Bettchen heraus und fuhr ihn in die Wöchnerinnenstation. Stephanie sah ihn an, voller Furcht, der Eindruck des Erkennens, der Glückseligkeit, sei vielleicht nicht von Dauer, der Knabe sehe nun vielleicht anders aus. Er sah anders aus – er war gewaschen worden, sein dunkles Haar stand zerzaust ab –, aber das kompakte kleine Gesicht war so, wie sie es erinnerte. Sie wandte ihre Aufmerksamkeit Daniel zu, der das Kind anstarrte.

»Komisch«, sagte er, »das hatte ich nicht bedacht. Ich hatte nicht daran gedacht, daß er eine eigene Person sein würde.«

»Ich auch nicht. Ich war so überrascht, als ich sein Bettchen sah. Aber er ist jemand, nicht wahr?«

»Hol ihn raus.«

»Dürfen wir...?«

»Mach schon, hol ihn raus.«

Sie hob ihn hoch in seinem feuchten, langen, warmen Nachthemd. Er blinzelte im Licht und bewegte die Arme, gleichzeitig und unsicher. Daniel betrachtete das kleine Gesicht aufmerksam und stirnrunzelnd. Stephanie beobachtete Daniel.

»Sie sehen alle gleich aus«, sagte die Frau im nächsten Bett und lachte dabei. »Kommen Sie schon, sie sind alle gleich.«

»Nicht immer. Ist alles mit ihm in Ordnung?«

»Ja, o ja.«

»Man denkt so lange darüber nach, was alles schiefgehen könnte, daß man auf ein gesundes Kind gar nicht vorbereitet ist.«

»Ich hatte keine derartigen Befürchtungen.«

»Wie willst du das im voraus wissen?« sagte er und widmete sich wieder der eingehenden Betrachtung seines Sohns.

»Er sieht genauso aus wie du, Daniel.«

»Tja.« Der Gedanke schien ihn nicht aufzuheitern. »Ich sehe vermutlich aus wie meine Mum.«

»Sie sagt, wie dein Vater.«

»Ich bin zu fett«, sagte Daniel. »War ich schon immer. Der Kleine ist ziemlich mager.«

Der Kleine runzelte die Stirn, der Mann runzelte die Stirn. Er sagte: »Wie wollen wir ihn denn nennen?«
»Ich dachte an William.«
»William?«
Sie hatten Christopher und Stephen und Michael erwogen.
»Ich – dachte daran – wegen Wordsworth. Die ganzen Stunden – als sie mir mein Buch nicht gaben – ich ging auf und ab – darüber waren sie sehr ungehalten – und dachte in mir ›William‹ wegen Wordsworth. Kann es nicht einer seiner Namen sein?«
»Mir gefällt William nicht übel.«
Das Kind wirkte nun, mit einem eigenen Namen, noch mehr wie eine eigene Person.
»Deinen Dad wird es freuen.«
Sie sah ihn mit fragender Miene an.
»Ich nehme jedenfalls an, daß er William heißt. Er kann doch nicht Bill getauft worden sein.«
»Natürlich nicht. O Gott. Daran hatte ich nicht gedacht.«
Daniel lachte.
»Nein, wirklich, Daniel, wie *blind* man sein kann! Ich dachte – ich dachte tatsächlich, daß ich ihn als eigenständige Person behandeln wollte – ich dachte an Wordsworth als etwas eigenes, an mein eigenes Leben, das nichts mit Daddy zu tun hat. Darum ging es mir zum Teil.«
»Ich nehme an, dein Dad hat eine ganze Menge mit Wordsworth zu tun.«
»Nicht für mich. Vielleicht sollten wir ihn lieber nicht William nennen.«
»Es hat nichts zu sagen.«
»O doch.«
»Es tut niemandem weh. Wir nennen ihn William. Wenn dein Dad sich geschmeichelt fühlen will, ist das doch kein Beinbruch.«
»Ich wollte, daß er er selbst ist«, wiederholte sie hartnäckig.
Er lag auf der Bettdecke, eine eigene Person, die vielleicht ihre Gesichter sah oder vielleicht schimmerndes Licht oder sogar dahinziehende Wolken der Herrlichkeit.
»Wir könnten ihn William Edward nennen. Nach unseren beiden Vätern.«

»Er muß auch einen eigenen Namen haben.«

Daniel dachte nach. »Wie wäre es mit Bartholomew? Das ist außergewöhnlich.«

»Das fällt dir wegen deiner Kirche ein.«

»William ist dir wegen Wordsworth eingefallen.«

»Er wird in eine Gemeinschaft einbezogen, obwohl er erst seit ein paar Stunden auf der Welt ist.«

»Das ist menschlich.«

»Ja, natürlich.«

Sie lächelten einander an.

Daniel machte die obligaten Telefonanrufe. Am nächsten Tag kamen Bill und Winifred mit Blumen und Weintrauben. Bill wirkte zu schmächtig für seinen Mantel, der über den gepolsterten Schultern um seinen dünnen Hals Falten schlug. Sie kamen während der Teepause und mußten warten, bis das Bettchen von seinem Platz in den Reihen mehr oder weniger belebter Larven hinter der Glasscheibe hervorgerollt wurde. Stephanie fühlte sich scheußlich – ihr Haar war noch verfilzter, und das Nachthemd schloß nur mehr notdürftig über ihren Brüsten, die riesig, glänzend und hart geworden waren wie die Brüste einer Diana von Ephesos oder einer üppigen Caritas. Um sie herum unterhielt man sich steif mit leiser Stimme über dies und jenes. Stephanie erzählte Winifred in konventionellen Worten von den Stadien und Schmerzen der Wehen und der Entbindung. Bill betrachtete den Wordsworth-Band, den Daniel ausfindig gemacht hatte, und blätterte ostentativ geistesabwesend darin. Dann wurde der Junge hereingefahren.

Bill stürzte sich auf Daniels Sohn und lüpfte ihn aus seinem Nest, hielt ihn in ganzer Länge in der Luft, um ihn anzusehen. Der Junge versuchte sich einzurollen, miaute voll Protest wie ein Kätzchen. Stephanie machte eine hilflose schützende Handbewegung und ließ sich auf ihr Kissen zurücksinken. Bill, der das Kind noch immer mit ausgestrecktem Arm hielt, setzte sich.

»Ein schöner Junge«, sagte Bill. »Ein hübscher Junge. Hat er schon einen Namen?«

»William. William Edward Bartholomew.«

Bill sah zum Kind hinunter, zu seiner Tochter empor, wieder hinunter. Er runzelte die Stirn zu scharfen Falten, und das Kind runzelte die Stirn zu unwirklich aussehenden Falten in seiner neuen Haut.

»Er hat etwas von einem Potter. Um die Stirn herum. Etwas Zähes. Ich hoffe, er wird sich nicht zu einem sturköpfigen Potter entwickeln, Stephanie. Du hast etwas Besseres verdient.«

Er sieht aus wie Daniel, wollte Stephanie sagen, konnte es aber nicht, weil nicht von der Hand zu weisen war, daß der Junge in Bills Armen etwas von Bills Aussehen annahm, spitz, scharfgeschnitten, ja reizbar.

»Er hat nicht dein Kolorit«, wagte Winifred einzuwenden.

»Die dunklen Haare bleiben nie lange«, sagte Bill. »Das weißt du doch. Alle Babys haben bei der Geburt dunkle Haare, wenn sie überhaupt welche haben. Schau dir seine Brauen und Wimpern an, da hast du die wahre Haarfarbe. Rötlich, würde ich sagen.«

Unvermittelt sammelte der Junge sein ganzes unfertiges Gesicht zu einem roten Flecken mit einem Loch in der Mitte und ließ einen Wutschrei ertönen.

»Bitte«, sagte Stephanie und streckte die Arme aus.

Bill schüttelte William ganz leicht, doch William lief bläulich an und schrie noch lauter. Bill reichte seinen Enkel Stephanie und sagte:

»Findest du nicht, daß die Wimpern rötlich sind?«

Doch die Wimpern, zarte, dünne Striche, waren farblos bis auf die Stellen, wo nasse Tränen das Licht einfingen, und die Brauen waren nichts weiter als verdichteter Flaum auf der Haut.

Als Daniel kam, gingen die Potters. Bill beugte sich über Stephanie und sagte leise: »Das mit seinem Namen nehme ich als Kompliment, weißt du. Fühle mich geehrt. Bin gerührt. Die eigenen Kinder – und ihre Kinder – sind unsere einzige Unsterblichkeit, da bin ich mir sicher. Und Namen bedeuten mehr, als man meinen möchte.«

Stephanie küßte ihn; ihre schwere, brennende Brust berührte den kratzenden Stoff seines abgetragenen Mantels.

Am nächsten Tag erschien überraschenderweise Marcus.

Stephanie kam sich allmählich regelrecht zerlumpt vor. Das Haar klebte ihr mittlerweile am Kopf, und unten war sie wund und blutverkrustet. Ihr Bauch, der sich kurzfristig klein und leer angefühlt hatte, kam ihr nun sinnlos geweitet und formlos vor: Wenn sie zum Badezimmer ging, hing er wie ein Sack herab, und sie spürte das Knirschen der Unterleibsknochen, die wundgescheuerte Stelle am Ansatz der Wirbelsäule und das Spannen der dünnen Haut über den glühenden Alabasterbrüsten. Sie selbst als eigenständige Person wurde zermürbt, zerrieben zwischen zwei Gemeinschaften, der Station und der Familie, beide augenscheinlich darauf bedacht, sie und William den eigenen Bräuchen und Klassifizierungen gemäß zu formen.

Die Station hatte den Nachteil, daß ihre Beschaffenheit Ruhe oder Schlaf unmöglich machte, obwohl man ins Bett gesteckt wurde – und in jenen Tagen dort zu bleiben hatte. Dies lag zum Teil am militärisch organisierten Tagesablauf der Krankenschwestern. Die Nachtschwestern brachten geräuschvoll gegen fünf Uhr morgens Tee, ob man ihn wollte oder nicht. Die Zeit zwischen diesem Tee und dem überaus frühen Frühstück unter der Ägide der Tagesschwestern wurde durch Bettpfanne, Gesichtswäsche und Stillen in kleine schlaflose Segmente zerteilt. Nach dem Frühstück wurden die Betten gemacht, dann gab es eine Scheideninjektion aus Kamillenlösung mit warmem Wasser, und dann wurden die Babys gebadet. Die graue Nacht bestand nur aus dem ununterbrochenen Eintreffen heulender Bündel von der Säuglingsstation zum nächtlichen Stillen, fortgesetzten Unterhaltungen in durchdringendem Flüsterton darüber, was man tun konnte, wenn ein Baby die Brust verweigerte und reglos dalag, wie betäubt schlief oder, was das schlimmste war, sein hartes Zahnfleisch eigensinnig abwendete und weiterbrüllte.

Die Krankenschwestern linderten und verstärkten zugleich jene Ängste vor den oder vielleicht um die Babys, die naturgegebenerweise mit ihrer Geburt Einzug halten. Sie linderten sie, da sie jederzeit eine schlüpfrige, formlose, sich aufbäumende Gestalt zu einem ordentlichen Bündel schnüren und eine Windel in ein festsitzendes Kleidungsstück verwandeln konnten, ohne die gebogene Sicherheitsnadel in den gewölbten Bauch oder den hervorstehenden Nabel zu stechen. Sie konnten die unbeholfen gestikulierenden Ärmchen mit flanellähnlichen Wickelbändern an den Körper binden. Tatsächlich schienen die Säuglinge sich zu beruhigen, wenn sie so zur Unbeweglichkeit gezwungen wurden, als wäre die Freiheit ihnen nicht geheuer. Krankenschwestern konnten Schluckaufs und Hickser von Gasen aus geblähten Bäuchen hervorlocken. Krankenschwestern konnten eine glitschige, übelriechende, sich windende Fleischmasse in eine süßduftende Mumie, ein süßduftendes Wickelkind verwandeln.

Aber sie piesackten einen mit ihren Regeln und ihrer moralisierenden Terminologie. Babys mußten genau die vorgeschriebenen zehn Minuten lang gesäugt werden – nicht länger, weil sonst die Brustwarzen der Mutter wund wurden, und nicht kürzer, weil sie sonst nicht gedeihen konnten. Die Krankenschwestern bemächtigten sich ihrer winzigen Gefangenen, tätschelten ihnen die Wange, stülpten zitternde Lippen mit der Hand zu einem Schnütchen vor, legten das Kind wie einen Blutegel der bewegungslosen Mutter an und rieben das Schnütchen über die Brustwarze, als richteten sie junge Hunde oder Katzen ab. Säuglinge, bei denen diese Behandlung nicht anschlug, wurden wegen Faulheit bestraft. Jene, die häufiger nach der Brust verlangten oder in den Armen ihrer Mütter einschliefen, wurden als verzogen bezeichnet, und es hagelte furchterregende Ermahnungen, diese hilflosen Menschlein keinesfalls die Oberhand gewinnen zu lassen. Die Krankenschwestern entmenschten die Säuglinge. In den Händen einer übellaunigen Krankenschwester um zwei Uhr morgens war nichts Geheimnisvolles an Williams Augen – nichts als animalische Leere, animalische Gier, animalische Furcht.

Die Mütter waren so schlampig, wie die Schwestern streng waren. Die Schwestern rochen nach Babypuder und Sterilisationsmittel und Kamillenlösung; die Mütter rochen nach Blut und schalem Tabakrauch und parfümiertem Körperpuder und saurer Milch, die auf den Stilleinlagen aus Gaze in den kleinen Klappen der Stillbüstenhalter erstarrte.

Wenn Stephanie auf die Toilette ging, standen dort immer zwei oder mehr Frauen, die Ellbogen auf den Verbrennungsapparat für gebrauchte Binden gestützt, Zigaretten zwischen den lippenstiftverschmierten Lippen, deren Fleisch zwischen den Stoffknöpfen frivoler Flitterwochennégligés aus Nylon hervorlugte. Nicht nur im Wortsinn, auch metaphorisch waren sie im Négligé; sie redeten ununterbrochen über chirurgische und geburtstechnische Katastrophen, ein furchtsames und genußvolles Gerede, an diesem Ort zulässig und beherrschbar, voller Einzelheiten, die die meisten, wenn nicht alle von ihnen, in jedem Lokal als unpassend empfunden hätten.

Infolge eines geographischen Zufalls waren die meisten dieser Frauen mit Gefängniswärtern des düsteren Gefängnisses in Calverley verheiratet. Ihre Ehemänner marschierten zur Besuchsstunde mit klirrenden Schlüsselbunden beinahe in Gruppenformation ein. Die Ehefrauen dieser Männer hatten ein weiteres gemeinsames Gesprächsthema – brutale Gewalt, unsägliche Vergehen in einer eingesperrten und stereotypen Welt –, das ein düsteres und häßliches Licht auf ihr anderes Katastrophengeplapper warf. All diese Ehefrauen sprachen mit einer Art gemeinsamer Erbitterung über Männer. Ihre gegenwärtige mißliche und unwürdige Lage war etwas, was Männer ihnen antaten. Sie sprachen von Dingen, zu denen ihre eigenen Männer sie »gebracht« hatten, und teilten die Genugtuung zu wissen, daß es einige Zeit dauern würde – wenn auch nur kurze Zeit –, bis man sie wieder dazu »bringen« konnte, es zu tun. Sie hatten sich um ihrer Töchter und Söhne willen »reinlegen lassen«, und die sehr wenigen unter ihnen, die erwogen, ihre Kinder länger zu stillen, taten es nur, weil sie gehört hatten, daß dies ein übereiltes abermaliges »Reinlegen« verhindere.

Als gute Pfarrersgattin sprach Stephanie mit den Schweigsamen und Trauernden – von einer Frau, deren Kind unerbittlich die Nahrung verweigerte, bis zu einem Mädchen, das nach der Totgeburt seiner Tochter grausamerweise in die Wöchnerinnenstation verlegt worden war und das vom Klinikpersonal ebenfalls Mutter oder Mum tituliert wurde.

Ihre eigene Mutter war zurückhaltend; als sie allein zu Besuch kam, mußte Stephanie fragen: »Willst du ihn nicht halten?«, denn sie erinnerte sich, daß Winifred zugesehen hatte, wie Bill mit William tändelte, ohne selbst zu versuchen, ihn zu berühren. Dazu aufgefordert, hob Winifred das Kind vorsichtig, aber nicht unsicher hoch, legte es an ihren Körper und berührte seine Wange, seine Hand, sein kaltes Füßchen mit behutsamer Hand. Er schlief ruhig. Stephanie dachte, daß sie sich nicht entsinnen konnte, ihre Mutter jemals mit ihnen als Kindern *lachen* gesehen zu haben. Auch gespielt hatte sie nie, wenngleich sie gewissenhaft und gerne Wissen vermittelt hatte. Etwas war da – und sie mit William zusammen zu sehen, zeigte, was es war, beständige Sanftmut, umfassende Sorge. Fast hätte sie das Wort »ruhig« hinzugefügt, tat es aber nicht. Winifreds Beständigkeit war nicht ruhig. Es gab sie und hatte sie immer gegeben, erheblicher Furcht zum Trotz. Und jetzt hielt sie das Kind mit Furcht und Liebe. Furcht wovor? Vor Bill? Das hatte Stephanie immer angenommen, doch nun wollte ihr scheinen, daß ihre Mutter – nicht ohne Tapferkeit – in einem Zustand unablässiger Furcht lebte, die so gut wie gewiß weit älter war als ihre Ehe mit Bill. Zum Teil war es sozial bedingte Furcht, jene schäbigen, kleinlichen Ängste, die sie, Stephanie, in der weihnachtlichen Gemeinde ausgemacht hatte, als sie sich an die starren sozialen Gesetze der unteren Mittelschicht in *Die Mühle am Floss* erinnert fühlte. Aber es war mehr als das und auch mehr als die Furcht vor Hitler, die ihre eigene kindliche Befähigung zu Ängsten gebunden hatte. (Einmal hatte sie geträumt, Bill und Winifred befänden sich in einem tiefen Schacht oder Abgrund, während die kleine schnurrbärtige Gestalt sie von oben verhöhnte, in fremder Zunge Zorn versprühte und mit einem großen Messer fuchtelte, und hatte in ihrem Traum begriffen, daß sie, ihre natürlichen Beschützer, völlig hilflos waren, der Gestalt gänzlich ausgeliefert.) Winifred hatte keine großen Erwartungen, dachte Stephanie, sie hatte nicht genug Erwartungen, nicht einmal bescheidene. Warum nur?

»Bei dir fühlt er sich wohl.«

»Ich hoffe es. Übung hatte ich genug. In diesem Alter machen sie einem angst, findest du nicht auch – so verletzlich?«

»Schreien kann er.«

»Schreit er viel?«

»Eigentlich nicht. Weniger als die meisten anderen. Als wüßte er, was er tut, beschäftigt er sich sofort wieder mit dem Saugen.«

»Marcus hat nie geschrien. Er war ein sehr friedliches Baby. Falls das das richtige Wort ist.«

»Vielleicht hätte er mehr schreien sollen.«

»Vielleicht.«

Winifred war bereit einzuräumen, daß alles und jedes, was sie für ihren Sohn getan hatte, auf irgendeine Weise falsch gewesen war. Sie hatte ihn zu sehr geliebt oder falsch; so mußte es wohl sein. Sie legte eine Hand auf Williams warme, lockere Kopfhaut und sagte:

»Ich frage mich ständig, ob ich – es anders hätte machen können.«

Bitte nicht, dachte Stephanie. »Die Leute sind so, wie sie sind. Ich glaube nicht, daß Eltern ihre Kinder zu dem machen, was sie sind. Wer soll Marcus zum Mathematikgenie gemacht haben?«

»Vielleicht wäre es besser gewesen, wenn wir – wenn Bill – ihn mit seiner Mathematik in Ruhe gelassen hätte.«

»Vielleicht. Aber sonderbar ist das Phänomen doch trotzdem, oder? Du weißt, was ich sagen will.«

»Marcus ist sonderbar.«

»Ja.«

»Stephanie – wie soll sein *Leben* aussehen?«

Stephanie gab keine Antwort auf diese Frage, weil Marcus unvermutet schweigend dastand, auf der anderen Seite ihres Bettes.

Er trug seinen Schultrenchcoat – etwas zu klein – und hielt eine zerknitterte Papiertüte in der Hand. Er trat einen Schritt auf das Bett zu und einen Schritt zurück und verrenkte seinen Hals so absurd, daß Stephanie von seinem Gesichtsausdruck nichts erkennen konnte als die Lichtreflexe auf seinen Brillengläsern.

Winifred erstarrte. Stephanie sagte:

»Nimm dir einen Stuhl, Marcus. Neben der Tür steht ein Stapel. Komm und setz dich.«

»Ist nicht nötig.«

»Du machst mich nervös, wenn du wie ein Geier über mir lauerst.«

Marcus bewegte sich zur Tür. Mit einem Stahlrohrstuhl, den er am ausgestreckten Arm trug und der wackelte, als er ihn senkte, kehrte er zurück. Stephanie und ihr Bett waren zwischen ihm und seiner Mutter.

»Sieh nur –«, sagte Stephanie. »Hier ist er. William Edward Bartholomew.«

Winifred drehte das Baby zu ihm hin und lüpfte die Decke vom Gesicht des Kindes.

»Er ist – sehr klein.«

»Groß genug«, sagte Stephanie.

Marcus stand ungelenk wieder auf, streckte einen Finger aus und berührte die kleine Wange.

»Er ist ganz kalt.«

»Ihre Haut ist immer kälter als unsere.«

»Ist – alles in Ordnung mit ihm?«

»In bester Ordnung«, sagte Stephanie traurig und blickte von Winifred zu Marcus zu William. Sie waren in der Tat die blassen Potters. Marcus' Blick begegnete Winifreds, und was sie einander mitteilten, war Angst.

»Geht es dir denn gut, Marcus?« sagte Winifred.

»Mir geht es gut«, sagte Marcus mit schwacher Stimme, »wirklich prima, ja.«

Winifred hielt ihm das Kind hin, vielleicht überraschend.

»Hier. Halte ihn einmal. Deinen Neffen.«

Marcus zog Kopf und Hals in seinen unförmigen Mantel ein und schlang sich die Arme schützend um den Körper.

»O nein. Ich könnte ihn fallen lassen. Ich könnte...«

Er führte nicht weiter aus, was er tun konnte.

Sie alle, Daniel, Stephanie, auch Winifred, hatten sich in gewisser Weise vor Marcus' Begegnung mit dem Kind gefürchtet. Sie hatten eine instinktive Furcht gehegt, er könne wie eine böse Fee William »verzaubern« oder ihm durch einen sympathetischen Zauber seine eigene Ängstlichkeit übermitteln.

»Gib ihn her«, sagte Stephanie in beinahe scharfem Ton. Winifred ließ ihn sogleich los, als wäre er in anderen Händen als den ihren oder denen von Marcus besser aufgehoben.

Auch Marcus hatte sich gefürchtet. Ähnlich wie Daniel, nur mit weniger klaren Vorstellungen möglicher Schäden hatte er befürchtet, mit William könne irgend etwas »nicht in Ordnung« sein. Beim Kommen hatte er durch die Glasscheibe der Säuglingsstation geschaut und mit leisem Erschrecken die kleinen Wesen in ihren immergleichen kistenähnlichen Behältnissen mit den rosa und blauen Decken und den aufeinanderfolgenden gekreuzten Metallstäben unter den Bettchen erblickt. Wütende und untröstliche Babys erwachten und erröteten dunkelrosa oder bläulichgrau unter ihrer durchsichtigen Haut; schlafende, ordentlich eingepackte Babys offenbarten die blutleere wächserne Blässe des Todes. So erschien es ihm zumindest. Die anonymen Reihen erschreckten ihn zutiefst.

Der Anblick dieses einen Babys in den Armen seiner eigenen Mutter verstörte ihn. Im ersten Augenblick sah sie glücklich und friedvoll aus. Und auf ihrem Gesicht war ein Ausdruck von Besorgnis und Wärme, den er bisher nur in Zusammenhang mit sich selbst erinnert hatte und nur als ungenügenden Schirm gegen die häuslichen Stürme. Er verspürte Furcht – vor dem Kind, um das Kind?

Stephanie legte das Baby auf ihr Bett und wickelte es aus.
Es öffnete schieferblaue Augen und blickte um sich.
»Kann er mich *sehen*?«
»Es heißt, daß sie es nicht können, daß sie in den ersten Wochen nicht fokussieren können, weil die Augenmuskeln noch zu schwach sind. Ich glaube das nicht. Ich glaube, daß er mich sieht. Ich glaube nicht, daß klinische Psychologen wirklich wissen können, *was* Babys sehen.«
Marcus näherte sein Gesicht schüchtern den dunklen Augen.
»Ich war immer überzeugt, daß du mich sehen konntest«, sagte Winifred sanft zu ihm.
»Ich bin sicher, daß ich es konnte«, sagte er mit einer ruhigen Gewißheit, die Winifred innehalten ließ.
»Aber er wird sich nicht an das, was er jetzt sieht, erinnern

können«, sagte Stephanie. »Das erste, woran ich mich wirklich erinnern kann, ist, daß ich mich am Bein verletzt hatte und daß mein Bein im Badezimmer gesäubert wurde – lauter Blut und Blut und Wasser und dann klares Wasser und gelbes Jod –, erinnerst du dich, Mummy? Ich weiß noch die Farben und den Geruch von Blut und Wasser und Jod, und ich erinnere mich an den glitzernden Spiegel, und ich hörte, wie jemand weinte und weinte, bis ich begriff, daß ich es war, und da bricht die Erinnerung ab.«

»Es gab so viele aufgeschlagene Knie«, sagte Winifred.

»Was ist deine erste Erinnerung, Marcus?« fragte Stephanie in bewußt normalem Ton.

»Ich glaube, die an einen Kinderwagen. Ich erinnere mich an einen viereckigen hellen Ausschnitt – und an eine Art schwarzen gerippten Rahmen auf drei Seiten – und an etwas – an mehr als eine Sache, Dinge, die im Licht wehen oder tanzen, durch das Licht, durch den hellen Ausschnitt. Ich lag da und sah diesen länglichen Dingen zu, die sich wie Peitschenschnüre bewegten, wie Wellenkämme – und ich dachte – das heißt natürlich, nicht *bewußt* –, ich hatte das Gefühl, daß ich mich fragte, wie jemals irgend etwas anderes geschehen sollte. Ich meine damit, daß es mir vorkam, als würde alles ewig so bleiben. Ich kann es nicht richtig erklären.«

»Ich habe dich zum Schlafen oft unter die Esche gestellt.«

»In blauem Strickmantel und Mütze«, sagte Stephanie, »mit großen Perlmuttknöpfen.«

»Vielleicht war es der Baum«, sagte Marcus. »Vielleicht war er nur unscharf in meinem Blickfeld.«

»Ich habe diesen Baum geliebt«, sagte Stephanie.

Sie erinnerten sich alle daran, ohne es auszusprechen, daß Bill ganze Wochenenden ingrimmiger Energie darauf verwendet hatte, die Esche zu fällen, einen wilden, schnellwachsenden Baum, zu groß für einen Vorortgarten.

Marcus und Winifred gingen gemeinsam. Draußen blieben sie schweigend nebeneinander stehen. Winifred war seit so langem das Schweigen gewohnt, daß ihr nun kein einziges Wort zur Verfügung stand, mit dem sie ihren Sohn hätte halten oder befreien können.

»Ja...«, sagte sie.
»Ja...«, sagte er.
»Marcus –«
Er sah ihr in die Augen, sanft, hilflos. Etwas an ihm war anders geworden; sie konnte es benennen: Es war Sorge um sie, nutzlos genug, aus Furcht geboren.
»Hast du irgendeine Vorstellung...? Marcus, was willst du tun?«
»Ich muß nachdenken – ich weiß. Ich weiß, daß ich irgendwas tun muß.«
Am liebsten hätte sie ausgerufen: »Komm nach Hause«, »Komm zurück« oder »Fang von vorne an«, aber Selbstzweifel und Furcht übermannten sie. Hätte sie so etwas gerufen, wäre er bereitwillig genug gekommen; dort, wo er war, war er nicht glücklich; er fürchtete sich vor dem, was er tat. Aber sie befürchtete – ihn zu beschädigen, zu erschrecken, das Falsche zu tun.
»Was sagt Mr. Rose dazu?«
»Er sagt, ich sollte mich beschäftigen. Er sagt, ich könnte einen Job in der Krankenhausbücherei bekommen. Ein Wägelchen herumfahren.«
»Wäre das vielleicht nicht schlecht?« Demütig auf ihn eingehend.
»Ich weiß nicht. Ich *mag* Krankenhäuser nicht. Alles ist so unglaublich lästig.«
»Marcus, ich –«
»Bis zum nächstenmal. Wir sehen uns hier wieder.« Er verdrückte sich. Sie rief ihn nicht zurück.

Daniel brachte seine Mum mit, um ihr das Baby zu zeigen. In ihren fetten Händen machte es eine weitere Verwandlung durch und wurde diesmal nicht Daniel, sondern Daniel als Kleinkind, ein hilfloser, gefügiger, gieriger Daniel. Stephanie, von der postnatalen Depression geschwächt, war verdrießlich. Hatten die Potters sie spüren lassen, daß William nur ein Bindeglied in einer komplexen und möglicherweise fehlerhaften genetischen Kette war, so ließ Mrs. Orton, die ihn an eine gepolsterte purpurne Brust preßte, sie kurzfristig spüren, daß er kein Fleisch von ihrem Fleisch war, es nie gewesen war. Mrs. Orton machte schmatzende und saugende Laute. Sein ungestütztes Köpfchen zitterte. Erhitzt und hilflos wurde er von ihrem Körper vereinnahmt.

Daniel sagte: »Er sieht nicht sehr glücklich aus. Gib ihn mir.«
»Blödsinn. Er fühlt sich pudelwohl. Stimmt's, mein Kleiner?«

In Stephanies Augen standen Tränen.

Wenn sie ihn in ihrem allzu nervösen Zustand am Ende solcher Tage in die Arme nahm, roch, berührte und erschmeckte sie seine Wanderungen von Hand zu Hand. Ein Kind muß an seinem Geruch erkennbar sein: Man denke an verirrte Lämmer im Februar, die von allen Punkten des Kompasses auf windgepeitschten Mooren rufen, und an die dummen Schafe, die unter ihrer schaukelnden Hülle aus verfilzter Wolle dahintrotten, mit harten, knochigen Nasen unter der weichen schwarzen Haut schnüffeln, abweisen, fortstoßen, trotten, finden. Das Lamm, das sein Gesicht im Fell der Mutter vergräbt. Man denke an das Menschenkind, gewaschen, aber nicht zu sehr, und an den Malz- und Biskuitgeruch seines weichen Köpfchens.

Nach einem Tag voller Besuche war Williams Körpertemperatur nicht in Ordnung – er war von anderer Leute Schweiß verschwitzt, seine Windeln waren feucht von den Berührungen ihrer Hände. Er wurde schlaff und gummiartig, statt lebendig und biegsam zu sein. Sein Geruch war von anderen Gerüchen überdeckt, jemands Maiglöckchenduft und jemand anderes Zigarettenrauch. Eines Tages zierte ein kirschroter klebriger Lippenstiftkuß die kleine Fläche seiner Stirn. Stephanie legte ihn aufs Bett, faltete weiße Musselindreiecke für ihn, weinte lautlos Sturzbäche heißer Tränen, die ihre nassen Wangen hinuntertropften. So etwas ist normal. Sie schüttelte sein kleines Nachthemd aus und hob ihn hoch; er machte leise zufriedene Geräusche, die entfernt wie Sprechen klangen (zumindest nicht wie Schreien oder Klagen). Durch ihre Tränen sah sie ihn im Licht der Leselampe über ihrem Bett wie im Schimmer eines Regenbogens, zufrieden. Daniel hatte Frühlingsblumen gebracht – zart fliederfarbene, gelbgestreifte Schwertlilien, goldgelbe Narzissen und Dotterblumen. Die Schwestern würden sie entfernen, aber nicht sofort. Ihr weicher, erdiger und luftiger Duft überlagerte das keimfreie und synthetische *muguet*. Ihre Stengel waren steife grüne Röhren, ihre Blätter ungeschlachte Ähren in einer Vase.

Das Kind öffnete seine Augen und drehte seinen Kopf hin und her und sah Licht. Es sah das Licht wie durch Wasser hindurch – man könnte auch sagen, es sah das Licht wie eine dichte, durchsichtige Substanz, und deshalb war das breite Band aus Licht, das seinen langsamen Blick führte und begleitete, mit zarten, wiederkehrenden Streifen und Einfärbungen in blassem Hellviolett (von den Schwertlilien) und sattem Gelb (von den Narzissen) versetzt. Das Licht war wie die glatte Oberfläche einer Kugel, in der es lag. Darüber wölbte sich ein strahlend goldgelber Reifen. Zwischen beiden befand sich ein Ring buntgestreifter Farbblitzer, Gold auf Violett, Violett auf Gold.

Als er seinen Kopf in dieser Herrlichkeit bewegte, sah er zwei helle, blasse Flächen, deren Form sich veränderte, und eine dritte hinter ihnen. Sie näherten sich ihm, nunmehr größer und anheimelnder und weniger blaß, eine Wärme, die er wiedererkannte, die bleiche, beständige Wärme des Gesichts seiner Mutter, umrahmt vom leuchtenderen gelben Glanz ihres Haars, und dahinter, Bogen auf Bogen, schwaches Licht auf belebten sich bewegenden Rundungen, der Lichthof des begrenzten Scheins der Leselampe. Diese Kreise veränderten sich und behielten doch ihre Form in der Sphäre seines Gesichtskreises. Sie glänzten vor Neuheit, aber er war zu jung, um darüber zu staunen, zu sehr mit dem bloßem Erfahren beschäftigt, um Freude ermessen zu können.

Das Licht, das seine Tränen und die wolkige Beschaffenheit seiner Augen modulierte, war ein warmes Licht, in dem das weiche Licht der Blumen aufging und verschwamm, obgleich ich nicht sagen kann, ob er in irgendeiner Weise synästhetisch die Vorstellungen von Wärme und Licht miteinander in Verbindung brachte, die eine notwendig, die andere neu für ihn. Die Teilchen, die er in den Wellen wogenden Lichts sah, waren in den Farben der Blumen gestreift, malvenfarben, fliederfarben, kobaltblau, zitronengelb, weißgolden, schwefelgelb, chromgelb, wenngleich er diese verschiedenen Farben des Lichts natürlich ebensowenig benennen oder unterscheiden konnte, wie er die äußeren Blütenblätter der Iris oder die gekräuselte Trompete der Narzisse erkennen konnte.

Wäre er imstande gewesen, Vergleiche anzustellen, was er nicht war, hätte er sagen können, daß die schimmernden Partikel, die er sah, wie übereinanderliegende durchsichtige Fischschuppen aussahen. Oder er hätte sagen können, daß sie wie zierliche Federn aussahen, die sich zurückwölbten, fiedrigen, wogenden Lichtspuren im Gefieder entgegen. Oder wie eine Vielzahl kleiner gekrümmter Kerzenflammen. Oder wenn er hinsah, nicht unkonzentriert, sondern mit besonderer Aufmerksamkeit für den blassen, sich bewegenden Umriß, der das Gesicht seiner Mutter war, dann hörten die Lichtpartikel auf, über ihn hinwegzugleiten, und wurden zu verschiedenartigen konzentrischen oder spiralförmigen Gebilden, zu Strahlen und Flämmchen, die zum warmen Mittelpunkt hin und davon wegströmten, oder zu kleinen Lichtstäben, die sich wie Blütenblätter, wie vom Magneten angezogene Nadeln zu den schweren goldenen und violetten Schatten von Haar, Augen und Mund hinorientierten. Er hätte sagen können, daß das kreisförmige Gesicht wie Sonne oder Mond war und der farbigen Luft Licht spendete, aber er wußte nichts von Geometrie und hatte keine Vorstellung davon, was ein Kreis ist, keine Vorstellung von einer Welt, von Sonne, Mond oder Sternen. Er hatte lichtloses Fruchtwasser betrachtet, und nun sah er das Licht. Wer kann schon sagen, ob jene Teile des Gehirns, die die Zapfen und Stäbchen des Sehvermögens werden, in jener Dunkelheit irgendeine Vorahnung des Lichts hatten, irgendeinen hinweisenden Traum vom Licht, bevor es hineinströmte?

Die Kunst ist nicht Wiedererlangen eines unschuldigen Blicks, der unerreichbar ist. Etwas »neu zu machen« kann nicht bedeuten, es von allen erlernten Definitionen und Namen zu befreien, denn paradoxerweise können nur der exakte Gebrauch erlernter Vergleiche und die Zeichen, die wir ersonnen haben, um gesehene oder wiedererkannte Dinge zu unterscheiden, die Illusion von Neuheit hervorrufen. Ich hatte geglaubt, dieser Roman könne unschuldig geschrieben werden, ohne Rückgriffe auf die Gedanken anderer Leute, ohne Rückgriffe auf Vergleiche oder Metaphern, soweit möglich. Dies erwies sich als unmöglich: Ohne das Denken und Sehen, wie wir es im Lauf der Zeit gelernt haben, anzuerkennen, es neu zu ordnen, ist ein Denken überhaupt nicht möglich. Wir alle erschaffen die Welt neu, indem wir sie sehen, dadurch, wie wir sie sehen. Wenn William dies nicht tat, so deshalb, weil er neu war; er war horizontale und vertikale Rahmen noch nicht recht gewohnt, er war nicht unabhängig von seiner Mutter vorhanden. Farben würde er sehr viel später als Gegenstände zu benennen lernen; kleine Kinder können »rot« sagen, aber »blau« ist ihnen oft nur der Sammelbegriff für alle Farben, die nicht rot sind.

Später unterscheiden wir: Schattierungen und Tönungen und Namen für diese Dinge. Die Farbbezeichnungen malvenfarben, fliederfarben, kobaltblau, zitronengelb, schwefelgelb und chromgelb habe ich aus gleich großem Vergnügen an der Unterscheidung der Farben wie an der Vielfalt der Wörter hingeschrieben. Die Verständigung ist ein fragmentarisches und unvollständiges Unterfangen: Ich weiß, daß diese Wörter klare Bilder vor dem inneren Auge mancher Leser schaffen werden, daß diese Leser in gewissem Sinne Purpur und Gold »sehen« werden und andere nicht. Keine zwei Menschen sehen dieselbe Schwertlilie. Und doch sahen Daniel und William und Stephanie alle dieselbe Schwertlilie.

Auch das unschuldige Auge empfängt nicht einfach Licht: Es handelt und ordnet. Und in unsere Beschreibung der Welt, unser Darlegen dessen, was wir sehen, gerät immer etwas von uns selbst – mögen wir als Beobachter noch so passiv sein, mögen wir noch so sehr von der Unpersönlichkeit des Dichters überzeugt sein. Vincent van Gogh war als Maler nicht naiv. Was er über Pigmente und Geometrie, über die Verbindungen der Farben untereinander und das Verhalten des Lichts wissen mußte, war anstrengendes und schmerzliches Wissen. Angesichts des »schrecklichen Kampfes« der komplementären Violett- und Goldtöne seiner Bilder vom Sämann aus Arles und vom Schnitter aus St. Rémy befürchtete er, in eine »Farben-Metaphysik« zu verfallen. Seine Welt einer unmittelbaren und intellektuellen

Sicht ordnete er mit Hilfe des Formgebens, des Gestaltens durch seine Pinselstriche, mit Hilfe des ursprünglicheren Tastsinns.

Im September 1889 schrieb er:

> Etwas Seltsames ist doch *la touche*, der Pinselstrich. Im Freien, dem Wind, der Sonne, der Neugier der Menschen ausgesetzt, arbeitet man, so gut es eben geht, man pinselt seine Leinwand voll auf Deubel komm raus. Aber dann gerade erwischt man das Echte, das Wesentliche – das ist das allerschwerste. Aber wenn man nach einiger Zeit so eine Studie wieder vornimmt und seine Pinselstriche ordnet, wie die Gegenstände es verlangen – so ist das sicher harmonischer und erfreulicher anzusehen, und man gibt an Gelassenheit und Lächeln hinzu, was man kann.

(Es sah ihm ähnlich, verzweifelt auf Heiterkeit und Gelassenheit zu beharren, auf Dingen, die er nicht immer, nicht einmal meistens, hinzugab.)

Die Pinselstriche auf dem *Sämann* sind beinahe Mosaikteilchen, von denen der Himmel flirrt, die Furchen purpurfarbener Erde verlaufen fort von der schweren goldenen Sonne in der Bildmitte, der Sämann streut eine Saat goldenen Lichts, Pinselstriche im Muster, auf die dunklen morgendlichen Schollen. Sie sind dicht und fest: Sie sind die Bewegung des Lichts, des Auges über die Dinge hinweg. Auf dem *Schnitter* finden sich Vincents spätere spiralförmige Formen überall, sie kräuseln sich und verbinden das hitzeglühende Kornfeld, die blaue Gestalt des Mannes, die purpurnen Berge und die grüne Luft zu einem Stoff, zu dem, was er sah. Auf einem Selbstporträt ließ er Pinselstriche wie Strahlen von seinen Augen wie von Zwillingssonnen ausgehen. Es ist neu und das Gegenteil von unschuldig: Es ist gesehen und gedacht und gemacht.

8. *A l'éclat des jeunes gens en fleurs, I*

Newnham lag damals außerhalb, aber nicht weit außerhalb der eigentlichen Universität von Cambridge. Mit seinen holländischen Giebeln aus rotem Backstein, seinen Korridoren, Treppenabsätzen, massiven Geländern und Mansardenzimmern hatte es Aufteilung und Atmosphäre eines behaglichen Landhauses. Es hatte einen gepflegten Garten mit Rosen, Staudenrabatten, Büschen und einem vertieft angelegten Teich. Fredericas Zimmer, streng und damenhaft, übersah diesen Garten. Frederica war bewußt, daß das College eine agnostische Gründung war, was ihr gefiel, obwohl sie fast nichts wußte von den Kämpfen im Namen der Frauen, den Bedenken der Fellows im geistlichen Stand, den qualvollen Auseinandersetzungen mit Gott, Kirche und Universität, die Sidgwick und die anderen Gründer befeuert hatten. Als sie in den siebziger Jahren nach Newnham zurückkehrte, fand Frederica es schön – gefällige Proportionen, kultivierte Maße, menschenwürdig.

1954 gab es eine heftige Bewegung gegen alles Viktorianische außer vielleicht George Eliot, die von Dr. Leavis sanktioniert war, der Trollope und Dickens jedoch einer ernsthaften Betrachtung für unwürdig erklärt hatte und T.S. Eliots Vorstellung von Tennyson und Browning teilte, die das Denken dieser Dichter als minderwertig oder nicht existent einstufte und ihr Empfinden als hochgradig gestört. 1954 war man bestrebt, viktorianische Bahnhöfe mit ihren roten Fialen und Ecktürmen abzureißen. Das Albert Memorial wurde erbarmungslos verspottet. Schönheit war die strenge, schlichte Silhouette georgianischer Häuserreihen. Die Zukunft gehörte Le Corbusiers nüchternen, funktionalen Wohneinheiten auf Stelzen. Hochhäuser, die am Stadtrand von Calverley entstanden, hatten in Frederica ein Gefühl der Erregung hervorgerufen, von Weite, freierem Leben. Newnham stand für altmodische Gemütlichkeit, gemischt mit Pseudomittelalter, das der von ihr dafür gehaßte gewölbte Torbogen repräsentierte. Dieser Aspekt erinnerte Frederica unglückseligerweise an den Arbeitsplatz ihres Vaters, die Blesford-Ride-Schule, ebenfalls eine exzentrische, agnostische Einrichtung für Außenseiter der Gesellschaft.

Newnhams Sanftheit, ja Weiblichkeit machte es zu etwas Besonderem in Cambridge. Dahinter lauerten all die beengenden Schrecknisse der Zeit – Tischbeine mit Verkleidung, Anstandsdamen, Pflichterfüllung und Ehrbarkeit –, die im nachhinein dank der liebevollen Wiederbelebung dickleibiger Romane im Fernsehen und dank Laura Ashley so reizend wirken. Es war der Hintergrund für Kakao, Gebäck, Teegesellschaften. Frederica wollte Wein, Dispute, Sex.

Sie saß auf ihrem ordentlichen Bett und dachte darüber nach, wie sie das Zimmer nicht schmücken, sondern der hübschen Umgebung widersprechen konnte. Ein paar lässig hingeworfene Decken aus einfachem Stoff in bunten Farben. Ein moderner Lampenschirm? Eine Skulptur? Sie stellte schwarze Vallauris-Becher auf ein gelbes Blechtablett und hängte ein Foto von Leuten auf, einige in Reifröcken, Wämsen und Kniestrümpfen, einige in Hemdsärmeln und Flanellhosen, die zwischen den beschnittenen Eiben die in der Ferne verschwindenden Alleen von Long Royston entlangschlenderten.

Sie sah Cambridge in jenem ersten Jahr als einen Garten voller junger Männer. Sie wußte, daß elf Männer auf jede Frau an der Universität kamen (und man hatte ihr nichts von der Anwesenheit und den Vorteilen von Au-pair-Mädchen und Addenbrooke-Schwestern gesagt). Sie schrieb viel von der Fadheit ihres früheren Lebens dem Fehlen von Männern zu. Sie hatte zwar immer nahe an einer Jungenschule gewohnt, und die Jungen – vielleicht eingeschüchtert durch das heftige Wesen ihres Vaters, vielleicht entmutigt durch ihr eigenes Ungestüm und ihre Gewandtheit – waren ihr immer als ein langweiliger Haufen erschienen. Aber in Cambridge würden sie klug und interessant sein und fähig, sie mit Argumenten zu besiegen und dem zuzuhören, was sie sagte. Sie würden ihre Freunde sein. Sie würde dazugehören.

Obwohl sie Alexander geliebt hatte und mit Edmund Wilkie ins Bett gegangen war, war sie erstaunlich ahnungslos darüber, wie die meisten Leute lebten, erstaunlich unfähig, zwischen einem und dem anderen jungen Mann zu unterscheiden. Sie verfügte über sehr wenige Begriffe, um sie zu klassifizieren, und eine Zeitlang – wenn wir uns der Analogie zu jenen Südamerikanern bedienen wollen, die sich auf Adjektive spezialisiert haben, um die Farbe von Rindern zu beschreiben – unterteilte sie sie weitgehend anhand von zwei Kriterien, Intelligenz und gutem Aussehen. Darin unterschied sie sich beträchtlich von jenen ihrer Mitstudentinnen, die aus der Welt der Debütantinnen und Klatschspalten kamen, gewappnet mit einem großen Wortschatz, um Benehmen, Erscheinung und Herkunft als annehmbar oder unannehmbar zu klassifizieren. Frederica hätte gern Stilgefühl besessen und wußte, daß sie es nicht hatte – noch nicht. Ihre Vorstellungen von guten Manieren entstammten Jane Austen, Trollope, Forster, Rosamond Lehmann, Angela Thirkell, Waugh, Lawrence und vielen anderen nützlichen und schädlichen Quellen. Ihr Bild von Cambridge verdankte sie zum Teil Stephanie (die mehr über die Literatur als über das Leben gesprochen hatte) und zum Teil dem flotten Gerede Wilkies und seiner Freundin. Darüber hinaus gab es zwei eindrucksvollere, einander widersprechende, doch verwandte Bilder eines Lebensstils. Es gab das Cambridge Ansells in *The Longest Journey*, wo Denken und Kühe harmonisch koexistierten und sogar (anders als Tennyson und Browning) gewissermaßen untrennbar verbunden waren. Und es gab das Cambridge von *Dusty Answer*, einen Ort heftiger, unterdrückter, hoffnungsloser weiblicher Leidenschaft und sorgloser goldener junger Männer. Es ist eine von Worten erfüllte Stadt, eingehüllt in schimmernde Gewänder aus Worten, wimmelnd von der Geschichte von Worten, und jedesmal wenn sie die Kühe gegenüber dem King's College jenseits des Cam sah, hörte sie: »Die Kuh ist da. Sie ist da, die Kuh. Ob ich in Cambridge bin oder in Island oder tot, die Kuh wird da sein ... Es war Philosophie. Sie diskutierten über die Existenz von Objekten.« Und genauso hörte sie, wenn sie über den Great Court von Trinity College ging: »Der Great Court von Trinity trauerte in der Sonne um seine jungen Männer.« Obwohl die toten jungen Männer weniger real waren als die Kuh und wenigstens einer in höchsteigener Person noch immer, wie es hieß, fröhlich in Cambridge umherspazierte und über Kühe und junge Männer und Literatur und Cambridge diskutierte.

In der ersten Woche wurde sie von ihren ersten zwei jungen Männern zum Tee eingeladen; sie unterschrieben mit Alan Melville und Tony Watson, teilten ihr mit, daß Edmund Wilkie gesagt habe, es lohne sich, sie kennenzulernen, und bewirteten sie in einem braunen, zweckmäßig eingerichteten Raum, der nach Generationen von schalem Pulverkaffee, Sporthemden und Tabak roch, im Wohnheim von Peas Hill hinter dem Arts Theatre. Sie erwiesen sich als selbstbewußt und durch und durch unaffektiert auf eine Weise, die sie erst nach einiger Zeit und einigem weiteren Erforschen anderer Varietäten einordnen konnte. Sie servierten ihr starken Tee in dicken weißen Bechern aus einer braunen Kanne mit gestrickter Haube. Es gab dicke Brote mit Marmelade und einen Teekuchen. Alan war schmächtig und blond mit schottischer Stimme und marineblauem Pullunder über einem karierten Hemd aus aufgerauhter Baumwolle. Tony war dunkel und stämmig und lockig und trug einen eindeutig handgestrickten rostfarbenen Pullover mit Zopfmuster und Kragen. Beide trugen weite Kordhosen. Alan hörte Moderne Sprachen am St. Michael's College. Tony hörte Englisch am King's College. Bei diesem ersten Treffen wußte Frederica noch nicht, wie wichtig es in klassifikatorischer Hinsicht war herauszufinden, wo sie zur Schule gegangen waren und, einfacher, ob sie ihren Wehrdienst geleistet hatten oder nicht. Was sie herausfand war, daß sie im zweiten Studienjahr waren und für die Universitätszeitung schrieben. Die cremefarbenen, rauchfleckigen, glanzlackierten Wände schmückten eine Reihe von Mädchenfotografien – Mädchen in Flußbooten, Mädchen auf Fahrrädern, deren Kleider sich hinter ihnen bauschten, Mädchen in hohem Gras, Mädchen, die über den Rand von Weingläsern schauten, vom Blitzlicht dramatisch beleuchtet. Sie erklärten, daß sie etwas über Frederica schreiben wollten – Wilkie hatte ihnen von *Astraea* und ihren hervorragenden schulischen Leistungen erzählt –, ein Porträt einer interessanten Studienanfängerin? Alan fotografierte gut, wie sie sehen könne. Wollte sie?

Natürlich wollte sie. Einerseits war es ein verheißungsvoller Anfang, andererseits das Gegenteil.

Sie mochte sie. In der neuen Kaffeebar tranken sie literweise Espresso aus flachen, abgeschrägten Glastassen. Sie tranken Bier, und Frederica trank Apfelwein in diversen Pubs. (Tony konnte viele Biermarken auseinanderhalten. Obwohl es in dieser Gesellschaft von Vorteil gewesen wäre, schaffte Frederica es nicht, sich für Bier zu begeistern. Es war lauwarm und bitter und schwappte kühl in ihrem Magen.) Sie fragten nach ihrer Meinung über alles mögliche, und Frederica, erregt durch ihr Interesse, sagte, was sie dachte, und fügte einiges hinzu, worüber sie nicht viel oder überhaupt nicht nachgedacht hatte, um der besseren Wirkung willen. Manchmal notierten sie, was sie sagte, und manchmal nicht. Sie stufte sie beide in die Kategorien »nicht übermäßig gutaussehend« (andere Worte in diesem Zusammenhang waren ansehnlich, schön, ganz hübsch, elegant, attraktiv...) und »recht gescheit« (im Gegensatz zu intelligent, brillant, intellektuell, klug, tief, gedankenreich, kompliziert, gebildet, verständnisvoll, einfühlsam, scharfsinnig, schnell...) ein. »Gescheit« war ein Wort, das in Cambridge ebensoviel galt wie in Fredericas früherer Welt von Schullehrern und Prüfungserfolgen. Seine Konnotationen waren schnelle Auffassungsgabe und Schärfe, was das neutralere »intelligent« entbehrte. Tony sprach anerkennend von D. H. Lawrence' Anstand, Intelligenz (im Gegensatz zur Bloomsbury-Gescheitheit) und dichterischem Gespür. Es war eine geistige und moralische Haltung, die sie an ihren Vater erinnerte. Sie brauchte länger, um herauszufinden, daß der schottische Alan ein äußerst ernsthafter Mediävist war (nicht nur schottische Chaucer-Nachfolger und Balladen, sondern auch europäische Malerei und Plastik). Er wußte auch eine Menge über Lewis Grassic Gibbon und James Hogg; von beiden hatte Frederica noch nie gehört. Sie bezeichneten sich beide als Sozialisten und konnten Ruskin und William Morris zitieren, über die Frederica wieder nichts wußte. Da Frederica annahm, daß alle anständigen Menschen selbstverständlich Labour wählten, beeindruckte dies sie weniger, als man hätte erwarten können. Sie nahm ebenfalls – zu Unrecht – an, daß beide einem seriösen Elternhaus der unteren Mittelschicht entstammten wie sie selbst.

Ihr Werk erschien in *Varsity* unter der Überschrift »Eine Frau bringt frischen Wind«. Zwei von Alans Fotos waren ihm beigegeben; eines zeigte Frederica im Talar, mit Büchern beladen im Eingang von Newnham und mit mißmutigem Gesichtsausdruck (die Sonne hatte sie geblendet), das andere mit angezogenen Knien im Ledersessel von Tonys Bude; diesmal trug sie einen engen Pullover, enge Hosen, kleine schwarze Ballerinaschuhe, stützte eine Hand auf die Hüfte, hielt die andere unterm Kinn. Das erste Bild sah steif und verächtlich aus, das zweite herausfordernd auf eine unreife Art.

Es gab Zwischenüberschriften: FREDERICA ÜBER FRAUEN IN CAMBRIDGE. FREDERICA ÜBER SCHAUSPIELEREI. FREDERICA ÜBER SEX.

Es ähnelte eher der Klatschkolumne des *Daily Express* (die Frederica nie gesehen hatte) als dem seriösen Journalismus, den Tony als Beruf anzustreben behauptete.

Zum Thema Frauen in Cambridge sollte Frederica gesagt haben, daß Cambridge ein Heiratsmarkt sei, daß Frauen weniger ehrgeizig und unternehmungslustig seien als Männer, daß es gescheiten Mädchen schwerfalle, sich als Frau zu begreifen.

Zum Thema Schauspielerei hatte sie anscheinend prahlerisch verkündet, daß sie es gern einmal mit Lady Macbeth, Kleopatra, der heiligen Johanna versuchen würde – den anspruchsvollen Rollen. Auf die Frage, was sie von der Elizabeth in *Astraea* halte, hatte sie gesagt, daß es natürlich eine wunderbare Chance gewesen sei, sie aber bezweifle, daß die Zukunft des englischen Theaters im Versdrama liege, und das Stück sei zu steif. Alexander Wedderburn sei ein *wundervoller* Mensch, und sie enthülle gern, daß sein nächstes Stück wirklich ganz anders sein würde als der verstaubte Historismus von *Astraea*. In *Astraea* zu spielen habe unglaublich viel Spaß gemacht, und jedermann sei sehr locker gewesen.

Zum Thema Sex hatte sie gesagt, daß eine wirksame Empfängnisverhütung die *raison d'être* vieler unserer Vorstellungen von Keuschheit, Treue und so weiter natürlich beseitigen würde. Besonders gelte dies für Frauen.

Ihre Hoffnungen für die Zukunft: eine erfolgreiche Schauspielerin zu sein; wirklich interessante Leute kennenzulernen;

irgend etwas mit Kunst zu machen, in London. Nicht zu unterrichten. Sie komme gerade von der Schule und habe keine Absicht, jemals dorthin zurückzukehren. Sie wolle einen Don heiraten; oder jemanden vom großen Theater; oder vielleicht einen Journalisten. Sie hoffe, sie werde alle Prüfungen schaffen, aber Arbeit sei nicht der Hauptgrund gewesen, nach Cambridge zu gehen.

Als sie das las, fühlte Frederica, gewitzt im Beurteilen von Texten, Bestürzung, dann Empörung, dann Panik. Sie hatten es fertiggebracht, daß sie unsympathisch und eingebildet wirkte, und, schlimmer noch, unsympathisch und eingebildet im Rahmen abgedroschener studentischer Klischees. Es drohte eine entsetzliche öffentliche Bloßstellung, nicht das erste- und nicht das letztemal in ihrem Leben, doch zu einer Zeit, als sie besonders verwundbar war; alles hier war so sehr auf äußere Wirkung bedacht, wurde so unerbittlich beurteilt. Sie erwog zu weinen und wischte tatsächlich ein wenig nasse Wimperntusche von brennenden, rotgeränderten Augen. Sie erwog, sich aufs Fahrrad zu setzen und zu Tony und Alan zu fahren, um ihnen zu sagen, was sie davon hielt, daß sie sie ausgenutzt und lächerlich gemacht hatten. Was sie zurückhielt, war unter anderem die Erinnerung an Beau Brummell in einem Roman von Georgette Heyer, der einer in Verlegenheit gebrachten Protagonistin sagte, Fehler dürfe sie niemals eingestehen. Vieles an der Geschmacklosigkeit des Artikels hatte sie sich selbst zuzuschreiben. Es gab nichts, von dem sie mit Sicherheit behaupten konnte, es nicht gesagt zu haben, außer vielleicht, daß sie einen Journalisten heiraten wolle, was sie nie und nimmer wollte. Einige der besonders albernen Aussprüche (über Frauen und den Heiratsmarkt) waren Zitate von Edmund Wilkies Caroline gewesen, die sie aus dem aufgeregten Bedürfnis heraus, den Ton von Cambridge zu treffen, nachgeplappert hatte, was sie jetzt zutiefst bereute.

Sie dachte über Alan und Tony nach. Wie weit war deren Geschmacklosigkeit möglicherweise so wenig beabsichtigt gewesen wie die ihre? War es Bosheit gewesen? Sie mochte sie. Sie hatte geglaubt, daß sie sie mochten. Offenbar ging sie ihnen in irgendeiner Weise gewaltig auf die Nerven; daß sie es darauf abgesehen hatten, sie zu vernichten, wie sie zunächst angenommen hatte, konnte sie letztlich nicht glauben. Bedachte sie es recht, wäre es kurzsichtig zu glauben, daß ihre Art von Journalismus ihr wahres Wesen enthüllte und mehr bedeutete als die intellektuelle Erregung, die sie bei ihrem Gespräch über Morris und Lawrence empfunden hatte, oder als ihre Ergriffenheit, als Alan ihr eine Postkarte von einer französischen Elfenbeinmadonna des fünfzehnten Jahrhunderts gezeigt hatte. Sie war selbst geschmacklos und gescheit und arrogant und ängstlich, unsicher im Auftreten, ohne es böse zu meinen. Sie wollte unterstellen, daß die beiden nicht weniger kompliziert waren als sie selbst. Sie wollte sie nicht pauschal verurteilen, und vielleicht würden auch sie ihr soviel Gerechtigkeit widerfahren lassen.

Sie dachte auch: Ich bin besser als das, was da steht. Man hätte etwas schreiben können – sogar über mich, sogar mit allem, was ich gesagt habe –, was sich nicht auf Klischees beschränkt hätte.

Ungeachtet dessen bewirkte der Artikel einiges, was Fredericas Leben in Cambridge dauerhaft und meist nachteilig beeinflußte; manches davon ignorierte sie, von anderem erfuhr sie nicht oder schrieb es anderen Ursachen zu.

Ein unmittelbares Ergebnis war, daß sie es schwierig fand, sich mit Frauen anzufreunden. Es war ihr nie leichtgefallen; sie klassifizierte Frauen viel zu schnell als Schulmädchen oder Debütantinnen. Sie hatte die gleiche Studienaufsicht wie ein sehr junges, sehr schüchternes, sehr blaustrümpfiges Mädchen, das von einer nicht sehr blaustrümpfigen Schule kam und sich resigniert darauf eingestellt hatte, in Cambridge einsam und unerwünscht zu sein. Die Newnham-Leitung hatte gehofft, daß Frederica es fertigbringen würde, dieses Mädchen aus der Reserve zu locken – möglicherweise weil sie sie mit Stephanie verwechselten, an die sie sich erinnerten. Frederica ignorierte dieses Mädchen, was die Leitung ärgerte, die den Artikel in *Varsity* und speziell Fredericas Ansichten über Sex sehr wohl zur Kenntnis genommen hatte. Sie behandelten sie mit Vorsicht und Distanz; Frederica, an unbequeme und feindselige Lehrer gewöhnt, fand nichts Besonderes dabei.

Mit Männern war es anders. Diejenigen, die der Artikel abgestoßen hatte, lernte sie nicht kennen. Es gab viele andere, wie sie vorhergesehen hatte. Cambridge bestand aus vielen kleinen Welten; einige waren miteinander verbunden oder überschnitten sich, andere waren nahezu hermetisch abgeschlossen. Eine Frau und vielleicht gerade eine Frau mit zweifelhaftem Ruf, der sich nicht zuletzt auf vielversprechende Ideen über Sex gründete, konnte sich leichter zwischen den verschiedenen Welten bewegen als ein Mann. Das hatte seinen Preis, genauso wie ihre anhaltende Freundschaft mit Alan und Tony. Doch sie lechzte nach Neuheit und Abwechslung. Sie hatte eine Menge Energie. Sie war bereit zu zahlen.

Wohin sie am Ende doch nicht kam, das war die Theaterwelt von Cambridge, von der sie geträumt hatte. Es war eine der geschlossenen Welten, in dauernder Aufregung begriffen, voll von ehrgeizigen Zukunftsplänen und Klatsch, der hinausreichte in die wirkliche Welt oder einen Teil von ihr. Sie wußten, was sie taten und was sie dachten, ihr Verhalten suggerierte Offenheit und Wärme, »Schätzchen« und »meine Liebe« sagten sie in jedem zweiten Satz. Frederica nahm am Vorsprechen im Amateur Dramatic Club teil und deklamierte ihre Paraderollen: den Antrag der Herzogin aus der *Herzogin von Malfi* und ihre eigene – beziehungsweise Alexanders – Turmrede aus *Astraea*. Edmund Wilkie saß in den schäbigen Bankreihen im Parkett des dunklen kleinen Theaterraums und sagte ihr später, sie sei nicht die beste oder zweitbeste von allen gewesen, aber er denke, sie habe nichts zu befürchten. Sie spielte die Cassandra in *Tiger at the Gates* in einer Produktion der ersten Szenen des Dramas in einer Fassung für Kinder. Es war keine schlechte Rolle für eine steife Schauspielerin, die wußte, was sie sagte, auch wenn es ihr nicht gelang, zwischen sich und den anderen auf der Bühne irgendeine Spannung herzustellen. Nachher gab es eine Party in der Bar des Clubs, wo man distinguierte alte Clubmitglieder im Gespräch mit der kommenden Generation sehen konnte. Da war der elegante Julian Slade, dessen *Salad Days* zusammen mit den Krönungsfeierlichkeiten und *Astraea* für Frederica später die Unschuld jener Zeit verkörperte, die singenden erwachsenen Kinder in ihren wippenden Röcken und adretten Pullovern, die Erwartung eines märchenhaften Happy-Ends, das um so möglicher und vorstellbarer schien, als das diesbezügliche Scheitern der Elterngeneration den Schicksalsschlägen namens Hitler und Krieg angelastet werden konnte. »Was wird es in den Nachrichten geben«, hatte Frederica 1944 einmal Winifred gefragt, während sie von Kriegstoten und abgeschossenen Flugzeugen hörten, »wenn wir den Krieg gewonnen haben?« Und Winifred dachte nach und antwortete: »Ach, ich weiß nicht. Kricket und solche Sachen.« Vor *Salad Days* hatte es in direkter Abstammungslinie *The Importance of Being Earnest* gegeben, Gurkensandwiches und die Kinderwelt von *Peter Pan*, Kricket und solche Sachen. Die Zeit von *Salad Days* erschien später, im Rückblick, als die der letzten hellerleuchteten Bühnen und sauberen Kostüme.

Es gab Männer im Umkreis des Theaters, es gab Männer, die sie in oder nach Vorlesungen kennenlernte, die sich Schreibpapier borgten, sie in der Espressobar zum Kaffee einluden, ihren Freunden vorstellten. Mit einer Gruppe dieser Männer, einer kleinen Schar enger Freunde, ging sie bald gewohnheitsmäßig nach Shakespeare Tee und nach Moderner Lyrik Kaffee trinken, spielte sie sogar Spiele, die darin bestanden, daß man Gedichtverse und -strophen aus Anthologien nach Zeit und Autor einordnen mußte – sie, die nie gespielt hatte. Was ihr an ihnen zusagte, war, daß sie bei ihnen zum erstenmal das Gefühl hatte, zu einer Gruppe zu gehören, was Frederica mit ihrer Persönlichkeitsstruktur besser gefiel als die hysterische Herzlichkeit der Theaterleute oder die Vertraulichkeiten der Newnhamer Damentoiletten. Für sie wagte sie zu kochen und stellte in ihrem College ihre ersten kalten, matschigen, gallertartigen und schrecklich überflüssigen Spaghetti her. Für sie, das muß festgehalten werden, stopfte und bügelte sie, Frederica Potter, Hemden und beugte demütig das Haupt, als eines dieser Hemden aus ihrem Fahrradkorb herausgeblasen wurde und in den Cam fiel, als sie die Garrett Hostel Bridge überquerte, um einen Stoß Hemden seinem Besitzer zurückzubringen, der bei der Marine gedient hatte und seine Hemden und Socken sehr wohl selbst zu bügeln und stopfen verstanden hätte. Zum Dank luden sie sie ins Kino ein und unterhielten sich mit ihr und untereinander vor ihr – über Yeats und Auden, Leavis und Shakespeare, Herbert und Donne. Das taten sie mit Vergnügen, weil sie diese Dinge über alles liebten. Sie liebten auch Jazz und Rennwagen, was Frederica beides langweilig fand. Wenn sie darüber redeten, beobachtete und beurteilte sie sie: ganz attraktiv, gutaussehend, aber unattraktiv, zu makellos aussehend, schroff.

Sex war ein Problem und teilweise eine Bedrohung. Frederica stellte fest, daß ihre Freunde zufriedener, lebendiger und viel interessanter waren, wenn sie in Gruppen auftraten. Es gefiel ihr, mit dreien oder vieren von ihnen das Programmkino zu besuchen und auf dem Rückweg Arm in Arm durch Cambridge zu spazieren und zu reden. Doch es stellte sich heraus, daß sie Gegenstand von Pakten und Vereinbarungen war, die ohne ihr Wissen geschlossen wurden. Allgemeine Einladungen endeten damit, daß man sie mit dem einen oder anderen von ihnen allein ließ. Oder es wurde einer ausersehen – nicht von ihr –, um sie heimzubringen; die anderen gingen zurück in ihre Colleges, und sie fand sich neben den schwarzgeflügelten, doppelrückigen Vogelfiguren im Zwielicht vor dem Pförtnerhaus von Newnham wieder. Dann zeigte sich, wer beim Militär gewesen war und wer nicht. Einige der Älteren wußten, was sie mit ihren Händen anzufangen hatten, wie sie ihren Mund öffnen, sie sie sogar dazu bringen konnten, ein wenig vor Verlangen zu stöhnen. Es gab die Unattraktiven, die von nahem aufmerksam, heftig, hartnäckig wurden, und die Attraktiven, denen nichts weiter einfiel, die nichts weiter wagten als einen kühlen Kuß. Frederica fühlte sich durch diese Manöver von etwas ausgeschlossen. Sie stand da und wurde geküßt und stellte sich vor, wie die verschwundene kleine Schar sich kameradschaftlich über sie unterhielt und darüber, ob ihr Freund bei ihr Fortschritte machte oder nicht.

Bei einer Teegesellschaft ihres Colleges lernte sie einen Medizinstudenten kennen, der sie überraschenderweise zu einem Tanztee im Dorothy-Café einlud. Er war ein großer Mann, der kein überflüssiges Wort sprach. Frederica, die in einem weiten schwarzen Rock mit Wildledergürtel, einem Pullover mit Fledermausärmeln und einem kleinen goldenen Seidenschal mit ihm tanzte, stellte fest, daß sie sich körperlich glücklich fühlte. Sie schritt, hüpfte, ließ sich fallen, lachte, drückte ihre Brüste an ihn und ihre Hüften, lachte wieder, trank Tee. In der nächsten Woche tanzten sie wieder, und die Woche darauf gingen sie nach dem Tanzen zu seiner Unterkunft, und er zog sie aus, holte eine Tube mit empfängnisverhütender Creme plus Applikator aus dem Bad und ging mit ihr ins Bett. Er war erfahren in dem Sinn, daß er wußte, wie ein Frauenkörper beschaffen ist, er hatte sichere Hände und blieb für einen Zeitraum, der ihr in diesem Stadium lang vorkam, bei der Sache. Er sprach nicht mit ihr während dieses Tuns. Danach bot er ihr höflich etwas an, was ihr wie ein Rasierhandtuch vorkam. Sie kam sich fast entspannt vor. Er war beim Militär in Deutschland gewesen. Er hatte die Angewohnheit, Sätze von sich zu geben, die anfingen mit: »Mädchen...«, als wären alle Mädchen gleich und von ihm unterschieden. Sie hatte das Gefühl, daß sie zu einer Reihe von Mädchen gehörte, die er beobachtete und mit denen er übte; das nahm sie ihm nicht übel, da auch sie ihn beobachtete und mit ihm übte. Nachdem er sie zu einer Tanzveranstaltung eines anderen Colleges mitgenommen hatte, bemerkte er: »Mädchen wissen oft wahnsinnig gut Bescheid bei Kleidern, und dann versagen sie völlig beim Abendkleid. Vermute, es liegt an der fehlenden Übung, weil sie nie sehen können, wie sie aussehen.« Frederica, deren Abendgarderobe aus einem einzigen, ziemlich steifen, rückenfreien grünen Taftkleid mit Halsträger bestand, fragte nicht, ob er auch sie damit meinte – es war klar, daß er es tat. Er führte aus, was er meinte: »Die meisten Mädchen haben entweder heraustehende Schlüsselbeine, oder sie haben über dem Busen zuviel Fleisch. Die meisten Mädchen werden in die falschen Segmente aufgeteilt bei diesen trägerlosen Dingern. Macht sie gedrungen und bauschig, verstehst du?« Frederica verstand. Vielleicht wegen seines Interesses am weiblichen Körper war er der phantasievollste Liebhaber, den sie je gehabt hatte. (Das hieß nicht viel.) Sie ging weiterhin ins Dorothy und kaufte sich ihre eigene Tube Creme plus Applikator, für alle Fälle.

Gegen Ende des ersten Jahres machte Frederica auch Bekanntschaft mit den oberen Gesellschaftsklassen, nachdem sie die Aufmerksamkeit eines nervösen und sehr reichen jungen Vicomte (»recht aufgeweckt«, »körperlich nicht überzeugend«) bei einer von einem schauspielernden Cousin des jungen Mannes veranstalteten Party erregt hatte, worauf er sie zu zwei oder drei Partys, wo man hauptsächlich seine Verwandten und Leute traf, die er von der Schule her kannte, einem Landhauswochenende und dem Magdalene-Maiball mitnahm. Frederica war dadurch völlig aus dem Häuschen – in dieser Hinsicht sind die Engländer, was sie immer waren –, und ihr Kopf war voll von romantischen Romanen, unerfüllten Brideshead-Erwartungen und der Sehnsucht, über Blesford hinauszuwachsen. Alle Kinder Winifreds hatten ihre soziale Panik in der einen oder anderen Form geerbt; Fredericas Verfahren bestand darin, so zu tun, als sei so etwas unmoralisch und unter ihrer Würde. Doch in Gesellschaft des reizenden Freddie Ravenscar kam die soziale Panik zum Durchbruch. Sie spürte, daß ihre Knöpfe, ihre langen und kurzen Handschuhe, ihre Schuhe, ihre Ausdrucksweise und das Fehlen akzeptabler Bekanntschaft und Verwandtschaft ebenso gnadenlos gewogen und für zu leicht befunden wurden, wie ihre französische Grammatik, ihre lateinische Metrik und ihre wörtliche Kenntnis Shakespeares bei anderer Gelegenheit gewogen und beurteilt worden waren. Zur Rache oder im Gegenzug lernte sie beim reizenden Freddie zum erstenmal, männliche Sexualängste zu diagnostizieren. Er wußte, was er ihr auf Partys zum Essen bringen mußte, konnte ihr in den Mantel helfen, im Restaurant Abendessen und einen anständigen Wein bestellen. Wenn er in einem Raum mit ihr allein war – oder schlimmer, konfrontiert mit dem Gutenachtkuß vor dem Pförtnerhaus in seiner ganzen öffentlichen Vulgarität –, zitterte er aus einem Grund, den sie erst allmählich und ungläubig begriff: aus Ehrfurcht vor ihrem Geschlecht, seiner Reinheit, seiner Zartheit, seinem Geheimnis. All diese Worte, die er erstickt flüsternd beim Abendessen im Dorchester zu ihr sagte, wohin er sie zum Tanzen führte. »Du bist so *kühn*«, sagte er, womit er meinte – was keiner von ihnen wußte: »Du redest so viel, als ob wir derselben Spezies angehörten.« Er hatte eine Kinderfrau, von der er oft sprach, und eine Mutter, die nur aus den zwei Wörtern bestand: »Meine Mutter«, bis er Frederica einmal nach Hause mitnahm, wo sie eisig als raubgierige soziale Aufsteigerin taxiert wurde. Er hatte Schwestern, die regelmäßig im *Tatler* auftauchten und sehr damit beschäftigt waren, Damen zu sein. Er dachte wahrhaftig, Frauen seien gut oder schlecht und gute Frauen würden irgendwie beschmutzt, wenn man sie berührte, und würden es übelnehmen. Frederica ordnete er weder der einen noch der anderen Kategorie zu, während seine Mutter es konnte und tat, nach ihren Standards zutreffend. Bei einer Bootsfahrt sagte er: »Ich glaube, ich liebe dich«, und Frederica tat, als hätte sie es nicht gehört, da sie auf seinen mangelnden Mut vertraute, dies zu wiederholen. Sie hatte das schon mehr oder weniger erfolgreich mit anderen Männern bei anderen Gelegenheiten getan. Es waren, das muß gesagt werden, Freddies Titel und seine unerreichbare Welt, die Fredericas Interesse an ihm wachhielten. Und nach einiger Zeit eine Mischung aus Mitleid und Entsetzen – Mitleid mit seiner trostlosen Bedürftigkeit, Entsetzen ob seiner unkontrollierbaren, unaufgeklärten, starren, alles andere ausschließenden Welt. Und Gier. Frederica wollte gern wissen, wie Dinge funktionierten, sogar um den Preis des Errötens wegen ihrer Kleidung und des Nichtverfügens über Small talk. Freddie war es auch, der Frederica mit Nigel Reiver bekannt machte. Aber das war später.

9. A l'éclat des jeunes gens en fleurs, II

Im Sommer 1955 war Frederica selbstsicher und erfindungsreich geworden bei der Klassifizierung von Leuten. Sie war zum Beispiel in der Lage, sich für ihre mittlerweile festen Freunde Alan und Tony Gattungsetiketten auszudenken. Ein Chamäleon und eine Fälschung seien sie, so entschied sie. Die Namen fielen ihr während einer Woche ein, in der sie kurzzeitig mit zwei sehr verschiedenartigen Schriftstellern zusammentraf. Alan überredete einen seiner Freunde vom King's College, Frederica zu einer Teegesellschaft einzuladen, bei der E. M. Forster anwesend sein würde. Tony verlangte, daß sie ihn zu einer Versammlung der Literary Society begleitete, bei der Kingsley Amis sprechen sollte. Zuerst fand die Teegesellschaft statt.

In vielerlei Hinsicht hatte Frederica nicht den Wunsch, Forster zu begegnen. Sie fürchtete, es könnte ihr die Sätze über die Kuh verderben oder die Eröffnungspassage von *Auf der Suche nach Indien*, was sie beides als letztlich ihr Eigentum betrachtete, weil sie die gelungenen Wortfügungen der Komposition so genau ausgelotet hatte. Dann gab es da, intimer, die Vision der Leere in den Höhlen von Marabar, die sie erlitten und wiedererkannt und für die sie davor keinen Namen gehabt hatte. Sie – und Alan und Tony und Edmund Wilkie und Alexander Wedderburn – lebten mit aller Intensität in einer Welt, von der der Schriftsteller sagte, sie habe sich so sehr verändert, daß sie in seinen Büchern nicht wiedererkennbar oder wahrnehmbar sei. Was konnte sie ihm zu sagen haben? Oder er ihr? Trotzdem würde es interessant sein, wenigstens sagen zu können, man sei Morgan Forster begegnet, auch wenn die Begegnung nicht interessant war.

Die Teegesellschaft fand in Räumen mit Blick über den großen Hof, gegenüber der Kapelle, statt. Der Schriftsteller – klein, alt, verschwiegen, gütig, schnurrbärtig – saß in einem chintzbezogenen Sessel. Wer immer diese Zimmer bewohnte, hatte eine Tischdecke aufgelegt, und es gab Teegebäck, selbstgemachte Marmelade, Gurkensandwiches, chinesischen Tee, Teetassen aus Porzellan. Frederica berührte Forsters Hand und kehrte zu ihrem Stuhl, halb verborgen hinter einem Bücherregal, zurück, um zu beobachten. Die jungen Männer – diese hier wirkten sehr jung – kennzeichnete eine Mischung aus gutem Benehmen von Public-School-Zöglingen und auffälliger Gier danach, wiedererkannt zu werden, wie Frederica sie später bei Fernsehinterviewern wiederfinden sollte. Der Schriftsteller sprach vom Kahnfahren, davon, wie die Zeit einst in seinem Cambridge langsamer zu verstreichen schien. Er trug pelzigen Tweed, und sein Hosenbund war hochgezogen bis zu den Achselhöhlen. Alan – dessen Lebensgeschichte, wie Frederica allmählich entdeckt hatte, ein harter Überlebenskampf unter jugendlichen Banden in Glasgow gewesen war und der in Momenten der Vertraulichkeit gewagte Geschichten von Fahrradketten, Schnappmessern, Schlagringen, bösen Wunden erzählen konnte – hatte sein blondes Haar zu einer glänzenden Kappe gebürstet und teilte voller Eifer Sandwiches aus, wobei er auf eine schottische Art »Sir« sagte, die in Frederica Vorstellungen von einer strengen Erziehung unter einem fordernden Schulmeister weckte. Nur zwei Frauen waren anwesend. Alan hatte gewisse Eigenheiten, gewisse Affektiertheiten, die nur in männlicher Umgebung oder wie hier in beinahe ausschließlich männlicher Umgebung zutage traten – ein gewisses charmantes Lachen und auch eine gewisse Demut. Frederica erinnerte sich unwillkürlich daran, wie das Gespräch über die Kuh durch das Dazwischentreten des weiblichen Geschlechts gestört worden war. Sie zog sich zum Bücherregal zurück.

Nach zehn Minuten schlief Forster ein, und er verschlief den ganzen Rest der Party, die in gedämpften und ehrerbietigen Tönen vor sich ging, während er sanft und sorglos schnarchte. Er schien zufrieden. Frederica verspürte Versagensangst, Angst vor Beschränkung, Gebundensein.

Der Mann, der neben ihr auf dem Boden saß, hatte einen polnischen Namen – Marius Moczygemba – und eine helle, klare, klassenlose englische Stimme, was damals nicht transatlantisch bedeutete und auch nicht Liverpool oder gar anpassungsfähiges Cockney, sondern eine klare BBC-Stimme, die keine Silbe ausließ oder verschluckte. Es war eine schöne Stimme, und er benutzte sie, um Frederica zu demonstrieren, wie sie ihr lateinisches Tischgebet in elegantem Kirchenlatein sprechen konnte, einem italianisierten Latein, viel weicher und gefälliger als das Schullatein mit seinen Ws und harten Ts. Er sagte, er glaube, sie sei eine berühmte Person in Cambridge, er würde sich gern mit ihr unterhalten und auch gern ihr Porträt malen, da sie ein ungewöhnliches Gesicht habe. »Ich habe Malerei studiert, bevor ich hierherkam. Ich denke, ich werde einmal Maler sein. Ich werde ein besserer Maler sein, wenn ich eine gute klassische Erziehung habe, meinen Sie nicht? Vielleicht sollte ich Philosophie studieren. Oder meinen Sie, Englisch?« Frederica fragte, wie er male, und er sagte, es sei schwer zu beschreiben, aber keinesfalls als etwas wie englische Romantik. Sie müsse kommen und es selbst sehen. Sie sagte, das wolle sie gern tun. Er war klein, lebhaft, selbstsicher, sehr attraktiv – nicht nur wegen der Stimme.

Der Schriftsteller erwachte, entschuldigte sich ohne Verlegenheit, aß etwas von dem Kirschkuchen, lächelte vage allen zu und trottete langsam, achtsam davon. Als sie über die Backs in der Sonne zu ihrem College zurückging, dachte Frederica angestrengt über die Beziehung nach zwischen den Höhlen von Marabar und dem dunklen Bild in ihrem Gehirn von züngelnder Flamme, sich windenden Würmern, Nichts und exakter Sprache und dem Leben eines Mannes in Cambridge mit seinen Beschränkungen, seinen Teekuchen und dem unwiderstehlichen Nachmittagsschlaf. Cambridge war, fand sie, kein guter Ort für Schriftsteller. Für Leser, ja. Wie leben? Das fragte sie sich oft. Sie dachte an Lawrence, entwurzelt, der sich mit Frauen in New Mexico stritt. Sie dachte an Stephanie in Blesford. Sie hob den Kopf und streckte das Kinn vor voll unbestimmter Entschlossenheit.

Tony bestand darauf, daß Frederica mitkam, um Amis in der Literary Society zu hören, weil *Glück für Jim* ein »wichtiges Buch« sei. Frederica sollte *Glück für Jim* viermal lesen – einmal, weil jemand es ihr geliehen hatte, einmal, um herauszubekommen, was Tony daran fand, einmal, weil sie krank war und im Bett lag, sehr schnell las und alles andere ausgelesen hatte, und einmal, weil sie gerade einen Artikel über die Mode in der zeitgenössischen Literatur schrieb. Bei den ersten drei Malen fand sie es überhaupt nicht komisch und konnte nicht verstehen, was daran »bedeutend« sein sollte. Bei der vierten Lektüre, die nach ihrer kurzen Zeit in Cambridge und nach der Erfindung der »zornigen jungen Männer« stattfand, liefen ihr bei der Episode mit dem zerschnittenen Bettuch plötzlich Tränen hilflosen Gelächters übers Gesicht. Zu der Zeit, als sie den Artikel schrieb, war sie wissend genug, um Jim Dixons schreckliches Grimassenschneiden, seine Parodie auf das »gute alte England«, seine Streiche und sein Halbstarken-Wüten als Teil dessen einzuordnen, was man die »begrenzte Revolte« der Intellektuellen gegen den milden und faden Wohlfahrtsstaat nannte. Sie konnte diese »begrenzte Revolte« mit den Reaktionen auf eine Familienstruktur vergleichen, wo die Prinzipien und auch die Praktiken der Eltern so liberal, so rational, so akzeptabel sind, daß jegliche notwendige Rebellion gegen ihre Autorität zwangsläufig absurde, launische und gewalttätige Formen annehmen muß. Sie hatte das Gefühl, daß sie über die solcherart beschaffene Familienstruktur ziemlich gut Bescheid wußte. Vor trivialen Formen der Revolte hatten sie vielleicht nur Bills Wutanfälle bewahrt, die begreiflicherweise Abscheu hervorriefen. Letzten Endes bewirkte diese Erkenntnis nicht mehr Verständnis oder Bewunderung für Jim Dixon.

Bei allen vier Lektüren empfand Frederica schlicht eine sexuelle Aversion gegen den Protagonisten. Es gab das gute Mädchen, dessen Qualifikation in einem großen Busen und einer erstaunlichen Bereitschaft bestand, den verrückten Dixon attraktiv und wertvoll zu finden, und die böse Frau, die wegen schlechten Make-ups und geschmäcklerischen Aufzugs sowie Hysterie und emotionaler Erpressung moralisch verurteilt wurde. Diese Figur war Gegenstand flammenden Hasses: »Dixon wollte sich auf sie stürzen und sie zurückstoßen auf den Stuhl, mitten in ihr Gesicht ein betäubendes vulgäres Geräusch loslassen, ihr eine Perle tief in die Nase schieben.« Frederica hatte als Kleinkind eine Perle in der Nase gehabt: Sie erinnerte sich an den Schmerz. Dann gab es eine alte Dame mit kirschrotem Hut, die nach Dixons Meinung wie ein Käfer zertreten gehörte, weil sie schuld daran war, daß der Bus, mit dem er fuhr, sich verspätete. Sie hätte diese präzise Beschreibung der Grausamkeiten einer frustrierten Phantasie noch hinnehmen können, aber es erstaunte sie, daß für viele ihrer Freunde Dixon ein moralischer Held zu sein schien. Sie fanden Gefallen an einstudierten Grobheiten, Studentenulk und Grimassenschneiden. Tony erklärte Frederica, daß Jim der anständige Mann sei, der gewöhnliche Mann, der gewissenhafte Mann, der offen und ehrlich gegen die snobistische Angeberei und cliquenhafte Leichtfertigkeit der Bloomsbury-Ästheten und von Büchern wie *Wiedersehen mit Brideshead* opponiert. Frederica hatte *Brideshead* beim ersten Lesen als einen satirischen Angriff auf den Katholizismus verstanden, aber es hatte sie auch bewegt. Wenn man kindische Verantwortungslosigkeit zum Inbegriff der Unschuld hochstilisieren wollte, dann, so nahm sie an, wären ihr Charles Ryder und Sebastian Flyte in dem Garten, aus dem sie unvermeidlich vertrieben werden würden, lieber gewesen als die Zweitkläßlerpossen Jim Dixons. Beide waren ewige Kinder, der eine Peter Pan, der andere der brave William. Frederica hatte eigentlich gehofft, nicht Knaben, sondern Männern zu begegnen.

Der Schriftsteller selbst erwies sich beim Sprechen als gutaussehend, mit kräftiger Gesichtsfarbe und auf einnehmende Weise ungekünstelt. Er zeigte das richtige Maß an Uneitelkeit (was Cambridge gern sah) und keinerlei Bestreben, die Bedeutung der Literatur zu wichtig zu nehmen (in diesem Punkt hegte das Cambridge von Leavis ambivalentere Gefühle). Später sollten dieselben Studenten, die so gleichmütig seiner bewußt leichthin vorgebrachten Beteuerung lauschten, daß der Roman vor allem Unterhaltung sei, Colin Wilson mit verächtlicher und unwissender Roheit behandeln. Humor war akzeptabel, und existentielle Leidenschaft war fremd und suspekt. Mr. Amis lobte Fieldings Vernunft, mißbilligte den übertriebenen Ernst von *Mansfield Park* und benannte die rettende Leichtigkeit der Komödie als das, was dem Hochgestochenen den Garaus machte. Frederica war nicht unempfänglich für den tödlichen Ernst, mit dem die Anklage der Humorlosigkeit gegen jeden erhoben wurde, der diese Sicht der Dinge bekrittelte. Sie ärgerte sich, zum Teil weil sie gekommen war, um sich zu ärgern. Neben ihr saß Tony, ein kariertes Wolltuch wie einen Arbeiterschal um den Hals gebunden, in seiner dicken, gefütterten Jacke, lachte, wenn der Romancier eine Frage über den Roman als Mittel, »sich auszudrücken«, ohne Antwort ließ, und stellte eine Frage zu Amis' Meinung über den Wert des Literaturstudiums an Universitäten. Der Romancier sagte, er sei gegen wichtigtuerische und ernste Interpretation und dafür, daß man die Leute lehre, klares und geschmeidiges Englisch zu erkennen, zu lesen und zu schreiben. Für jedermann verständlich, sagte Tony, der Sozialist. Mehr oder weniger, sagte Mr. Amis, der damals noch nicht das Bedürfnis hatte, für Exklusivität in der Bildung einzutreten.

Außerhalb der Englischen Fakultät geriet Frederica in einen unmäßigen Streit mit den anderen über die ethische Nützlichkeit entlarvenden Humors. Tony erwähnte Dinge wie allgemeinen Anstand und Gewissenhaftigkeit. Frederica ließ eine Rede vom Stapel, in der sie erklärte, daß die ganze Sache ihr Verständnis für Matthew Arnold und den hohen Ton einflöße. Hochgestochen und prätentiös seien Wörter, die man immer genau anschauen sollte, um sie gegebenenfalls durch bessere zu ersetzen wie ernsthaft oder verantwortungsbewußt. »Einen *Stil* zu beurteilen heißt nicht notwendigerweise, moralische Ansichten zu beurteilen, oder?« sagte sie großspurig und schwenkte die Arme. »In *Brideshead* wird Hooper gemein verspottet wegen seines Dialekts und seiner Frisur und weil er nicht mit dem moralischen Stil von Brideshead vertraut ist. Ich kann das nicht leiden; es ist ungerecht. Aber absolut genauso schlimm ist es, wenn Jim sich über Bertrand Welch lustig macht, weil er ›Potzblitz‹ sagt und eine Baskenmütze trägt und Kunst mag und fremde Länder und englische Geschichte, oder? Jim ist sich so *sicher*, daß er weiß, wie ein hübscher und wie ein häßlicher Frauenrock aussieht, und außerdem, daß hübsche Mädchen hübsche Röcke tragen und böse häßliche. Aber in zwanzig Jahren werden die hübschen Röcke sowieso häßlich sein, und das, was man trägt, wird ganz anders aussehen, und wir werden kein Make-up mehr tragen oder uns anmalen wie die Wilden, und all die cleveren Unterscheidungen zwischen dem Lippenstift von Christine und dem von Margaret werden unverständlich oder antiquiert sein. Und ich finde nicht, daß es nett oder lustig ist, alte Damen dafür zu *hassen*, daß sie zerdrückte kirschrote Hüte tragen.«

Sie redete immer weiter. Frederica wußte nie, wann sie den Mund halten sollte. Ein unbekannter Mann tippte ihr auf die Schulter und sagte hastig mit einer melodischen walisischen Stimme, daß er sehr interessant finde, was sie zu sagen habe, sehr amüsant, auch sehr *ernsthaft*, wenn ihr das wichtig sei, er würde sich gern mit ihr unterhalten, aber nicht jetzt, dürfe er ihren Namen und ihr College erfahren? »Frederica Potter, Newnham«, sagte Tony. »Sie streitet über alles.« »Ich bin Owen Griffiths vom Jesus College«, sagte der Waliser, »Sekretär des

Sozialistischen Clubs, und Sie sind Tony Watson, der Sohn von Trevelyan Watson, und schreiben schlaue Sachen in *Varsity* und *Granta* und teilen die Hoffnung Ihres Papas auf die Revolution, aber jetzt noch nicht, wie der heilige Augustinus mit der Reue, stimmt's?« In etwa, sagte Tony, sich straffend, während Frederica vergeblich versuchte, den Fremden einzuschätzen, dessen laute, melodische Stimme entweder voll humorloser Intensität oder voll selbstbewußter Ironie war, welches von beiden, konnte sie beim besten Willen nicht sagen. Auch physisch stellte er einen Widerspruch in sich dar, schwarz und breit und zerzaust und zugleich geschmeidig, mit dunklen, lebhaften Augen und einem Mundwerk, das entweder gewandt war oder locker. »Ich melde mich bei Ihnen, junge Frau«, sagte er und ging.

Die nicht unabsichtlich erfolgte Einführung des Namens Trevelyan Watson durch Owen Griffiths versetzte Frederica in die Lage, Tony – durchaus liebevoll – als Fälschung zu klassifizieren. Trevelyan Watson war ein Literat des linken Buchclubs, der den Titel eines Baronets geerbt und abgelegt hatte und der Bücher geschrieben hatte wie *Literatur für jedermann*, *Die verbriefte Themse*, *Dekadenz und Revolte* und *Die andere Tradition*. Er lebte in Chelsea. Tony war in Dartington zur Schule gegangen, eine Tatsache, die er nie erwähnte, wie er auch Chelsea nie erwähnte, um dem Eindruck Vorschub zu leisten, daß er möglicherweise einer Handwerkerfamilie in Battersea entstamme. Seine Unterschichtsteekanne, seine triefenden Toastscheiben, sein Rennrad, seine Hemden, Stiefel, Socken, sein Jackett, sein Haarschnitt waren das Produkt hingebungsvoller Forschungsarbeit. Beim Nachdenken darüber kamen Frederica weitere Gedanken über die sonderbaren Beziehungen zwischen den Eigenheiten menschlicher Wahrnehmung und dem Kreieren von Stilen und den in Moral und Politik vorgenommenen Einteilungen. Erkannte sie den ersten Schimmer eines später obsessiven Themas, *ihres* Themas? Im Augenblick gelang es Frederica vermittels der Erkenntnis von Tonys gefälschter Klassenzugehörigkeit, Alan als Chamäleon zu identifizieren. Tony betrachtete sie als Kunstwerk, nicht als Lüge – er machte es einem einfach schwer, ihm direkte Fragen nach seinem Zuhause oder seiner Kindheit zu stellen. Später sollte Frederica auch Trevelyan Watsons Familienstruktur begreifen: Tony konnte die Überzeugungen seines Vaters nicht widerlegen, sondern ihn nur angreifen, indem er den Stil, die Haltung der Arbeiter imitierte, die dieser bewunderte, erforschte und denen er nicht glich. Frederica stellte ihm keine Fragen, aber sie fragte andere, die in Dartington gewesen waren, und sammelte genug Informationen, um etwas sowohl Komischeres wie Exzentrischeres zu schreiben als »Eine Frau bringt frischen Wind«, wenn sie gewollt hätte. Tonys unlautere Selbstdarstellung amüsierte sie, verletzte aber auch ihr eigenes Stilempfinden. Als Bills Tochter glaubte sie auch in dieser Sache an Wahrheit. Sie war, was sie war, wie Wolle Wolle war und der Norden der Norden und Nylon Nylon.

Alan, das Chamäleon, kam wirklich aus der Arbeiterklasse und hätte es auch gesagt, wenn man ihn gefragt hätte, obwohl er Situationen schuf, in denen er nicht gefragt wurde. Infolge seines zarten, aber nicht weichlichen guten Aussehens, seiner Gesundheit, seiner Blondheit und seines wahrhaft klassenlosen schottischen Akzents konnte er sich geschickt auf das Verhalten seiner Umgebung einstellen. Im Pub mit Tony war er der echte Biertrinker aus der Arbeiterklasse. Mit Gruppen musikalischer (gewöhnlich christlicher) Mediävisten wurde er zu einer Mischung aus schottischer Pedanterie und Gelehrsamkeit mit deutlichem ästhetischem Vergnügen. Mit Leuten, die sich für Malerei interessierten, war er unaufdringlich sachverständig und ganz leicht preziös. Im homosexuellen Kontext des King's College, so merkte Frederica später, konnte Alan sich nach Belieben verwandeln – vom ungeschliffenen Arbeitersohn in einen wohlerzogenen (schottischen) griechischen Athleten, der mit der Welt im reinen war. Er hatte schlaue Augen; Frederica erwischte ihn dabei, daß er überlegte, wie oder wer er sein wollte, als sie gemerkt hatte, daß seine Verwandlungen interessant zu beobachten waren. Später war er zu geschickt, um sich erwischen zu lassen. Er war ihr guter Freund, und sie hatte keine Ahnung, wen er liebte, mit wem er schlief oder wen er begehrte.

Wenn sie mehr Sympathie für das Chamäleon empfand als für

die Fälschung, so deshalb, weil sie annahm, daß Frauen jenem Zustand zwangsläufig zuneigten. Sie selbst hatte eine zu zähe und unbeugsame Vorstellung von der eigenen Identität, um es als Chamäleon mit Alan Melville aufnehmen zu können. Sie beabsichtigte nicht – im Unterschied zu ihm, wie sie zu vermuten begann –, einen Beruf daraus zu machen. Sie versuchte es, in kleinem Maßstab. Sie sagte »phantastisch« und »mein Schatz« im Kreis der Theaterleute. Sie versuchte, sich gemäß den vorgefaßten Meinungen des reizenden Freddies zu kleiden, wenngleich es Dinge gibt, die ohne Geld nicht möglich sind. (Er zeigte sich schockiert durch ein Paar ellbogenlanger Nylonhandschuhe, die sie besaß und von denen er geglaubt hatte, sie bestünden vielleicht aus alter Spitze.) Sie sprach über »tiefe Bedeutung« mit den Lyrikfreunden und flott und zynisch mit Tony und Alan. Doch nur im Bett – oder auf Sofas oder in Kähnen oder Hand in Hand auf den Backs – praktizierte sie wirklich, ein Chamäleon zu sein. Sie gab soviel – oder, öfters, so wenig –, wie man ihr bot oder von ihr erwartete. Ihre Gier drückte sich im Bett nicht aus wie im Gespräch: Sie imitierte und folgte, sie forderte nicht. Sie war sich dessen nicht bewußt, daß das alles war, was sie tat. Einmal erwachte sie aus einem Traum, in dem sie eine Wiese war, auf der Erde gehalten durch Myriaden von Graswurzeln, die ihr Haar durchdrangen, durch Wurzelfasern, die ihre Haut schmerzlos mit dem Rasen verbanden, ein Gulliver, von Lilliput aufgesaugt, und über die Wiese hüpfte langsam, ermattet, rhythmisch, in gleichartiger Bewegung eine Prozession blaßgelber Frösche, langbeinig, meistens schlapp, ein Sprung, schwer atmendes Verweilen, ein schwerfälliger Sprung, einer nach dem anderen nach dem anderen ...

Dies mag wie eine kühle und klinische Schilderung einer Zeit erscheinen, die vielseitig, verwirrend, voller Erregung war und so wahrgenommen wurde. Die Sprache, mit der ich versuchen könnte, Fredericas hektisches und recht gemischtes Sexualleben in den Jahren 1954/55 zu ordnen, war für Frederica damals nicht verfügbar. Sie verfügte über die physisch und intellektuell klassifizierenden Adjektive, aber sie glaubte nicht, daß sie selbst hauptsächlich Forschung betrieb, sondern daß sie Liebe suchte,

Vertrauen, »jemanden, der sie um ihrer selbst willen begehrte«. Die Vorstellungen von »Gier« und »Neugier« gehörten zwar zu ihrem Wortschatz, aber ihr Gebrauch davon war verworren. Und sie hatte sehr wenig über die Gefühle oder Erwartungen kluger Jungen oder kluger junger Männer nachgedacht. Es gab viele Dinge – in wie vielen Betten sie sich auch herumtrieb, wie viele Wangen sie auch spröde streifte –, die zu begreifen sie nicht befähigt war. Schließlich kam sie nicht in völliger Nacktheit, sondern eingesponnen durch ihre Kultur in ein Netz von erotischen, sozialen und Stammeserwartungen, das nicht einmal kohärent und einheitlich war.

Sie glaubte zum Beispiel in einem Teil ihres Denkens felsenfest daran, daß eine Frau unausgefüllt sei ohne die Ehe, daß die Ehe das Ende jeder guten Geschichte sei. Sie suchte nach einem Ehemann, zum Teil weil sie Angst hatte, daß keiner sie wollen könnte, zum Teil weil sie nicht entscheiden konnte, was sie mit sich anfangen sollte, bis dieses Problem gelöst war, zum Teil weil alle nach einem Ehemann suchten. (Es ist merkwürdig, aber wahr, daß die Angebote, die sie erhielt, in keiner Weise etwas an ihrer festen Überzeugung änderten, daß die Art Frau, die sie war, im Grunde als Ehefrau nicht erwünscht war.)

Sie glaubte aus einer Mischung von »Realismus« und Resignation heraus, daß Frauen sich viel mehr mit der Liebe beschäftigten als Männer, daß sie verletzlicher seien, mehr Schmerzen litten. Es gab beeindruckende Etiketten in ihrem Kopf. »Liebe ist für den Mann nur ein Teil seines Lebens, für die Frau ist sie das Ein und Alles ihres Daseins.« »Er für Gott allein, sie für Gott in ihm.« »Damals konnte ich Gott nicht sehen, wenn ich sein Geschöpf sah.« »Ich beanspruche nur dieses Vorrecht für mein Geschlecht – man braucht es nicht zu begehren... dieses Ehrenzeichen, zu lieben, dauert, wenn Leben, wenn Hoffnung entschwunden.« Sie war dazu abgerichtet, das Elend zu suchen. Diesen Wunsch verstärkte das Verhalten von Rosamond Lehmanns Heldinnen und das von Ursula Brangwen (die ein anderer Teil Fredericas von Herzen zu verachten bereit war). Und es gab das Wissen, Kummerkästen entnommen, in denen erniedrigte Frauen um Rat baten wegen der

Gleichgültigen, der Treulosen, der Nur-das-eine-Wollenden, der Männer der anderen.

Die Frederica, die lieber mit Wilkie nach Scarborough geflohen war, als mit Alexander ins Bett zu gehen, könnte beschrieben werden als instinktiv gegen »ungeteilte« (überwältigende) Liebe rebellierend, obwohl sie gesagt hätte, sie habe Angst vor Versagen, Peinlichkeit, Blutvergießen. Die Frederica, die in Cambridge Experimente mit Sex veranstaltete, suchte nach einem idealen Liebhaber. Auf der einen Ebene. Auf einer anderen führte sie eine Schlacht gegen das ganze männliche Geschlecht. Sie sagte oft »Ich mag Männer«, wie man »Ich mag kräftigen Käse« oder »Ich mag bittere Schokolade« oder »Ich mag Rotwein« sagen kann. Sie erklärte, daß jede Beziehung das sei, was sie sei – Tanzen, Sex, Gespräch, Freundschaft –, so verschieden voneinander wie die Männer selbst. Das stimmte, und sie glaubte es, aber es war nicht die ganze Wahrheit. Verallgemeinerungen über Männer oder »Männer« bestimmten ihr Verhalten – mehr, als sie selbst zunächst merkte.

Männer hatten ihr Gruppenverhalten. Wenn sie zusammen waren, redeten sie über Mädchen, wie sie über Autos oder Bier reden mochten, machten Witze über Busengrößen und Beine, planten Verführungsfeldzüge wie Truppenübungen oder Bandenmanöver. Für diese Männer waren Frauen besserer oder schlechterer, leichter oder weniger leicht zugänglicher Sex. Weiter nichts. Frederica tat das gleiche, zuerst halbbewußt, dann mit Vorsatz. Sie beurteilte und klassifizierte Männer. Beschaffenheit der Haut, Größe des Hinterns, Dichte des Haars, Können. Männer debattierten darüber, ob Mädchen es machen würden oder nicht. Frederica teilte die Männer unerbittlich in solche ein, die konnten, und solche, die nicht konnten. Wenn Männer »nur« das eine wollten, so konnte und wollte und tat dies auch Frederica Potter. Es erfüllte sie mit etwas Stolz, daß es niemanden gab, der von ihr behaupten konnte, sie sei seine feste Freundin. Sie kam den geplanten, in Szene gesetzten, erkauften (mit indischem Essen, mit Filmen, mit Wein) Verführungen durch sofortige Einwilligung oder ungewöhnlich direkte und heftige Ablehnung zuvor. Diese Gepflogenheiten waren gewöhnungsbedürftig, und es kam vor, daß sie den Mut verlor und sich sogar fragte, ob sie ein billiges Geschöpf oder ein Flittchen sei. (Leichtlebig wäre ein gutes Wort für sie gewesen, aber es stammte aus einem anderen Jahrzehnt.)

Es gab auch einzig auf sie zugeschnittene Werbungen. (Natürlich überschnitten sich Werbung und Verführungsfeldzüge.) Es gab Männer, die nur *sie* wollten oder diesen Anschein erweckten, die Briefe schickten, in denen »die nicht undenkbare Sie« zitiert wurde, die voller Feingefühl anfragten, ob sie sie vielleicht als etwas Besonderes betrachtete. In solchen Momenten war Fredericas Verwirrung vollkommen. Sie glaubte, daß sie das Heiratsproblem lösen wollte. Ein treues Herz finden, einschließlich natürlich des ganzen Rests. Aber sie wollte auch nicht sein wie die Generation ihrer Mutter, die frei und mächtig nur während dieser kurzen künstlichen Zeitspanne vor dem Nachgeben und Inbesitznehmenlassen gewesen war. Sie verachtete die Verehrer, die sie davor bewahrten, sie ernst zu nehmen, und ihr erlaubten, erniedrigt – wie sie es sah – angesichts des nicht-undenkbaren Unbekannten weiterzuleben. Sie verdrehte die Wahrheit und schummelte, teilte sie mit anderen Frauen, ohne Eifersucht zu empfinden oder eifersüchtiges Verhalten an den Tag zu legen. (Das verdankte sich der Egozentrik: Sie konnte sich einfach keine Männer in Gesellschaft anderer Frauen vorstellen.)

Es dürfte inzwischen klar sein, daß Frederica mehr als einmal grausam und vernichtend war. Als mildernder Umstand kann geltend gemacht werden, daß ihr weder durch Konventionen noch durch kulturelle Mythologie die Vermutung nahegelegt worden war, daß Männer Gefühle haben konnten. Männer waren unweigerlich Betrüger (die Bösen) und herrisch (die Guten). Die Welt war ihre Welt, und Frederica wollte in dieser Welt leben und nicht auserwählt werden als Zuflucht vor oder Beigabe zu ihr.

Sie hätte sich von der Literatur belehren lassen können. Sie hatte endlose Beschreibungen der Schüchternheit und Verzweiflung männlicher erster Liebe gelesen. Doch während sie die Demütigung von Lucy Snowe, von Rosamond Lehmanns tapferen, verlorenen Mädchen und den Tod des Herzens dank eines Fonds uralten Wissens erkannte, konnte sie die professionellen Koketten oder reinen jungen Mädchen oder geheimnisvoll animalischen Manifestationen der männlichen Romane nicht erkennen und nicht gelten lassen. Nichts davon hatte irgend etwas mit Frederica Potter zu tun, die energisch, geschäftsmäßig, interessiert an Sex war, aber nicht davon besessen, und die ihre Mitmenschen zu Freunden machen wollte, wenn sie sich zu Freunden machen ließen. Frauen in männlichen Romanen waren unwirklich, und es überstieg Fredericas Verständnis, daß junge Männer meinen konnten, sie sei eine oder alle dieser Figuren. So schlugen sie ihre Schlachten, die Männer, um hoffnungslos ergeben, Frederica, um erniedrigt und/oder frei zu sein, und waren verwirrt und verletzt. Frederica war entsetzt und erschrocken, als ein junger Mann uneingeladen zum Tee hereinplatzte, den sie gerade für einen anderen machte, und mit dem Feuerhaken eine Tasse zerschlug. Sie klassifizierte lange und tiefempfundene Liebesbriefe als Bestandteile eines Feldzugs und ignorierte sie. Als ein verzweifelter Mann, den sie langweilig fand bis auf sein enzyklopädisches Wissen über Thomas Mann, in Tränen ausbrach und sagte, sie verhöhne ihn, konnte sie ihn nur anstarren, völlig verstummen und heimgehen.

Sie hatte Angst vor dem Eingesperrtsein. Die neue Königin und der Herzog von Edinburgh besuchten Newnham, und der Herzog, umgeben von wohlfrisierten akademischen Damen und sittsam dreinblickenden Mädchen in Talaren, fragte die kurz vor der letzten Prüfung stehende Studentin scherzend: »Kommen Sie hier je heraus?« Und Frederica empfand Zorn – Zorn, daß er das fragen konnte, da sie selbst nie eingesperrt war, soviel Leben spürte, so frei war, viel freier – wie sie sich unschuldigerweise vorstellte –, als er es je sein konnte.

Das Wort Eingesperrtsein erinnerte sie an Stephanie. Sie hatte sie gesehen und hatte William kennengelernt im Sommer, bevor sie nach Newnham kam, gleich nach ihrer Rückkehr aus Frankreich. William setzte sich auf, seine rundlichen ausgestreckten Beine hielten den schwankenden Rumpf im Gleichgewicht, und er sah sie an unter seinem feinen schwarzen Haar und seinen langen schwarzen Wimpern und lächelte vage und wie für sich selbst, während sein Blick über sie weg und davonglitt.

»Hallo, Baby«, sagte Frederica und streckte einen Finger aus. Stephanie ließ nie die Augen von dem Jungen, ließ ihre Aufmerksamkeit nie weiter als zwei Meter von ihm abirren. Stephanie sagte Frederica, daß sie schon ein zweites Kind erwartete – es sei empfangen worden, sagte sie, in einem Augenblick des Aufatmens, als sie dachten, daß Marcus ausziehen würde. Sie habe sich endlich frei gefühlt, hatte sie tatsächlich gesagt. Es war eine komische Art, das zu beweisen, dachte Frederica, die sich einesteils physisch zu Williams gleichem und doch andersartigem Fleisch und dunklen Augen hingezogen fühlte und sich anderenteils vor ihm fürchtete, vor Stephanies körperlicher Zufriedenheit und Erschöpfung, vor dem Prozeß der Niederkunft.

10. Normen und Ungeheuer, I

I.

Daniels Pfarrer Mr. Ellenby wurde pensioniert und von einem weit jüngeren Mann, Gideon Farrar, abgelöst. Daniel hatte möglicherweise gehofft, bei diesem Anlaß selbst von Blesford wegversetzt zu werden, aber er wurde es nicht. Er hatte Farrar bei einer Diözesanversammlung kennengelernt und sagte zu Stephanie, er gelte als Vollblutmensch. Da auch Daniel mit diesem zweideutigen Begriff bezeichnet worden war, dachte Stephanie, man hätte meinen können, er sei mit Farrar einverstanden, doch sie spürte, daß es nicht der Fall war. Sie ging sich seine erste Predigt anhören und war sich der Unruhe und sogar schwachen Verärgerung der Gemeindemitglieder um sie herum bewußt. Er hatte Veränderungen vorgenommen: Das sentimentale viktorianische Kruzifix war vom Altar verschwunden, die verzweigten Kandelaber waren durch schlichte, schmucklose Holzleuchter ersetzt worden, das gestickte Altartuch war schneeweißem nüchternen Linnen gewichen. Stephanie, die den hermaphroditischen Körper und das süßlich angedeutete Lächeln des aufgehängten Gottes nicht gemocht hatte, wunderte sich, wie sehr sie es übelnahm, daß man ihn entfernt hatte. Sie fragte sich, ob der neue Besen auch den überaus scheußlichen gestickten Teppich im Altarraum wegkehren würde, den weibliche Gemeindemitglieder zum Gedenken an die Gefallenen in militärischen Tönen gearbeitet hatten, in Khaki, Luftwaffenblau, Marineblau und Tarnfarbe. Sie fragte sich, ob sie ihn auch vermissen würde, wenn er verschwand.

Gideon Farrar, etwa zehn Jahre älter als Daniel, war ein großer Mann, der die eigene Ausstrahlung genoß. Er hatte einen spatenförmigen, üppigen Bart, weizenblond und frühzeitig silbrig schraffiert und meliert; das leicht gekrümmte Bartende ließ ihn dem Pik-König im Kartenspiel ähnlich sehen. Unter dem geflügelten Schwung seines Schnurrbarts zeigte sich ein breiter Mund mit vielen verschiedenen Arten des Lächelns. Er trug schlichtere Meßgewänder als Mr. Ellenby, moderne, abstrakt bestickte Gewänder. Er hielt eine Predigt über persönliche Beziehungen, eingeschlossen seine eigene Beziehung zur Gemeinde. Er sprach mit Wärme und energischer Freundlichkeit, und sein wacher Blick suchte dabei pausenlos den Blick dieses oder jenes eifrigen oder ängstlichen Kirchenbesuchers.

»Heute, bei meiner ersten Begegnung mit Ihnen als Ihr Pfarrer, möchte ich über die drei Bedeutungen des Worts Person, Persönlichkeit sprechen. Ich möchte, daß wir alle an die zweite Person der Dreifaltigkeit denken, an Jesus Christus, den Mann Gottes, der am wahrhaftigsten eine Person in jedem Sinn des Wortes ist und mit dem wir unsere wichtigste persönliche Beziehung unterhalten. Als zweites möchte ich, daß wir über die modernen Deutungen des alten Sinnes nachdenken, in dem der Pfarrer mit seiner englischen Bezeichnung *parson*, die nichts anderes als *Person* bedeutet, früher als Verkörperung, als Repräsentant, *persona exemplaris*, der persönlichen Beschaffenheit der Gemeinde betrachtet wurde. Und drittens möchte ich, daß wir den Beitrag der neuen Wissenschaft der Soziologie zu unseren Vorstellungen von persönlichen Beziehungen berücksichtigen. Vor allem in Amerika sieht diese Wissenschaftsdisziplin unsere sozialen Beziehungen unter dem Aspekt sogenannter Rollen, festgelegter dramatischer Funktionen, die wir als Vater, Schüler, Angestellter, Handwerker, Sozialarbeiter,

Ehefrau, Pfarrer oder was auch immer spielen oder erfüllen. Diese Rollen nennt man auch *persona* – ein Wort, das von der Bezeichnung für die Masken herrührt, die die Darsteller, die *dramatis personae*, in den antiken griechischen Tragödien trugen. ›In seiner Zeit‹, wie Shakespeare so treffend sagt, ›spielt ein Mensch gar viele Rollen.‹ Unsere Rollen können miteinander in Konflikt geraten. Das, was die Gesellschaft von einem guten Pfarrer oder guten Vater oder guten Bürger erwartet, kann uns widerstreitenden Erwartungen aussetzen, von denen wir nichts wissen. Als Christen, in der Sicherheit unserer Beziehung zur vollkommenen, nicht unvollständigen Person Jesu Christi, der allen Menschen alles war, können wir versucht sein, die Erkenntnisse dieser neuen Wissenschaft zu belächeln, denen zufolge unsere Persönlichkeit von Institutionen geschaffen wird, von der Geschichte, von den Erwartungen anderer, und denen zufolge wir unsere Maske *sind*. Aber das wäre falsch ...

Ich möchte Ihnen kurz die revolutionären Ideen Pastor Dietrich Bonhoeffers referieren, der, wie Sie wissen, für seine Beteiligung an der Verschwörung zur Beseitigung Adolf Hitlers eingekerkert und im April 1945 im Konzentrationslager Flossenbürg hingerichtet wurde. Bonhoeffer sah dem Sachverhalt, daß unsere Gesellschaft meint, sie komme recht gut ohne einen Gott in der Wissenschaft, in der Politik und sogar in der Moral aus, furchtlos ins Auge. Als Christ lernte er, *diese Entwicklung gutzuheißen*, weil sie uns als Christen in die Lage Christi in einer fremden und verständnislosen Welt versetzt. In unseren persönlichen Beziehungen finden wir Christus ...

Als Ihr Pfarrer bin ich nicht Ihr Repräsentant. Ich bin höchstens eine *persona*, eine Maske, die Geschichte und Institutionen der Kirche repräsentiert, Dinge, die uns Stärke geben, aber auch eine Mauer zwischen unserem Selbst und der lebendigen Wahrheit sein können. Diese Rollen haben eine sinnvolle Funktion. Aber sie dürfen nicht zu beengenden Kerkerzellen werden – durch sie hindurch, über sie hinaus muß ich Mensch unter Menschen sein, muß ich zu Ihnen als Mensch unter Menschen kommen.

Es ist mir ein Anliegen, daß wir einander begegnen, in demütiger Neugier, außerhalb wie innerhalb dieses Kirchengebäudes, um unsere persönlichen Beziehungen in der Welt wie in der Kirche zu erforschen. Soziologie und Psychologie können uns viel über die Beziehungen von Menschen in Gruppen lehren, und von ihren Erkenntnissen sollten wir lernen. Die Familie ist die Urgruppe: Was wir in unserer Familie sind, bestimmt grundlegend unser Verhalten in anderen Gruppen und in der Familie Christi. Ich habe es mir zur Gewohnheit gemacht, einfache Familienmahlzeiten mit meinen Gemeindemitgliedern einzunehmen, *wirkliche* Mahlzeiten, nicht Sakramente oder Symbole, in unserem Zuhause, wo wir Brot und Wein teilen, gemeinsam diskutieren und entdecken. Ich hoffe, Sie werden alle daran teilnehmen.«

Die Ortons waren an diesem Sonntag zu einer von Gideons »Agapen« oder »Familienmahlzeiten« eingeladen. Clemency, seine Frau, rief an und sagte, *sie alle* – Daniels Mutter, Stephanies Bruder, das Baby – würden erwartet. Marcus sagte, er würde lieber zu Hause bleiben. Daniel sagte, Marcus werde mitgehen. Falls er beabsichtige, weiterhin in seinem (Daniels) Haus zu wohnen, habe er das zu tun, was die anderen taten. Marcus' einzige Erwiderung bestand darin, daß er sich nach oben verzog. Aber er wartete am Treppenabsatz, als sie von der Kirche zurückkamen, um ihn abzuholen.

Das düstere viktorianische Pfarrhaus hatte eine gewaltige Veränderung durchgemacht. Es roch nach frischer Farbe, die in der Hauptsache zitronengelb und weiß war. Wände waren eingerissen worden, kleine, enge Privatkämmerchen waren verschwunden. Das alte Wohnzimmer und das alte Eßzimmer verband nun ein großer Bogen, und Licht schien von der Straße zum Garten durch, der jetzt wie ein Kinderspielplatz aussah. Es gab Stühle mit kreisrunden Sitzen in klaren Farben – geranienrot, blaugrün, zitronengelb – auf spitzen schwarzen Metallbeinen. Die dicken türkischen Teppiche hatten hellen Binsenmatten Platz gemacht; fort waren die polierten Mahagonischränke mit Glastüren, und an ihrer Stelle gab es einen nackten Refektoriumstisch aus Kiefer, lange Bänke und eine Anrichte aus Kiefernholz mit finnischen Gläsern und mit Denby-Steingut, das innen tannengrün und außen mattweiß und mit Weizenähren verziert war. Es gab weiße Leinenvorhänge mit einem Muster von unregelmäßig verteilten goldenen und silbernen Scheiben. An den Wänden gab es das Picasso-Kind mit der Taube, einen Chagall-Hahn und ein paar verspielte Miròs. Die Fenster waren, was sie immer gewesen waren – schwere, mißtrauische nordische Bollwerke zur Abwehr der Außenwelt. Vielleicht waren es die Fenster, die die Maßstäbe paradox wirken ließen – eine schwedische Scheune, die man in ein Vororthaus gepfercht hatte. Zu Mr. Ellenbys Zeiten hatten die Räume groß, hoch und vollgestellt ausgesehen. Stephanie sann über die menschliche Neigung nach, zu verlangen, daß alles so blieb, wie es immer gewesen war, sich Veränderungen zu widersetzen. Das Durcheinander hatte sie deprimiert, und sein Verschwinden beunruhigte sie.

Clemency Farrar war mit ihrer physischen Ausstrahlung genauso zufrieden wie Gideon mit der seinen. Sie hatte seidiges schwarzes Haar, kurzgeschnitten und mit einer Halbstarkentolle über der weißen Stirn, und trug einen leuchtendscharlachroten Sweater mit einem schwarz und scharlachrot gemusterten Rock und eine Kette aus schwarzen und scharlachroten Porzellanperlen. Sie strahlte Sauberkeit und Helligkeit aus. Es gab vier Kinder, die vortraten wie eine Ballettformation, um die Hand zu geben: Jeremy, Tania, Daisy und Dominic. Jeremy hatte Clemencys zarten Knochenbau und blauschwarzes Haar zusammen mit Gideons Mund und großen Augen. Tania hatte lange schwarze Zöpfe und dunkle Haut. Augen und Mund waren augenscheinlich chinesisch. Daisy war schwarz, mit rußschwarzer matter Haut, breiter ostafrikanischer Nase und krausen schwarzen Locken, die nicht glänzten. Sie trugen mehr oder weniger ähnliche Latzhosen und Rollkragenpullover, fast wie eine Mannschaftsuniform, und sahen sehr ordentlich aus. Sie schienen ähnlichen Alters zu sein, mit kaum einem Jahr Unterschied innerhalb beider Paare, etwa zehn Jahre alt.

Clemency streckte die Arme nach William aus und rief, wie hübsch er sei. Gideon bot Mrs. Orton einen Sessel an und bewunderte ihren Hut. Zwei halbwüchsige Mädchen in Schürzen erschienen und wurden als junge Leute aus dem Gymnasium vorgestellt, die sich darauf freuten – hieß er Marcus? –, Marcus kennenzulernen. Marcus, helfen Sie doch bitte Jacqueline und Ruth beim Auftragen der Teller. Wir helfen immer alle bei unseren Familienmahlzeiten.

»Passen Sie auf, daß er die Teller nicht fallen läßt«, sagte Mrs. Orton. Gideon lachte.

Sie saßen um den langen Tisch und aßen. Gideon und Clemency sorgten für eine Art Kommentierung dessen, was sie aßen, und der Anwesenden. Stephanie kam der Gedanke, daß es fast so war, als lese man einen Roman, in dem Dinge vorkamen, weil sie etwas bedeuteten, nicht weil es sie einfach gab. In der Mitte des Tischs befand sich ein abstrahierter geschnitzter Engel, eine Holzkugel auf einem gleichförmigen Kegel mit vergoldetem Heiligenschein und Spanflügeln, die zu Halbmonden geöffnet waren, der aussah wie die Idee eines tanzenden Kindes. Es gab Karotten- und Linsensuppe und warme braune Brötchen.

»Bekömmliche Nahrung«, sagte Gideon. »Erdverbundene Nahrung. Ich mache das Brot. Natürlich hat Clemency es mir beigebracht, aber ich bilde mir ein, daß ich es besser kann. Der Teig mag mein herzhaftes Zupacken, er mag es, daß man auf ihn einschlägt, bevor man ihn gehenläßt. Hefe bekommt man beim Bäcker.«

»Ich weiß«, sagte Stephanie, die gutes Brot buk.

Der Wein wurde in einem braunen Tonkrug serviert. Clemency sagte, bei den Familienmahlzeiten gebe es immer Brot und Wein als ganz normalen Bestandteil. Die Kinder bekamen ein paar Tropfen Wein in Wasser.

Es gab gegrillten Schinken, gebackene Kartoffeln, gewürzte Bratäpfel und grünen Salat. Die stilisierten Weizenähren wiederholten sich auf weißem Kreis um weißen Kreis. Marcus wollte keinen Schinken.

»Sind Sie Vegetarier?« Gideon wandte seine Aufmerksamkeit vom Zerlegen des Schinkens ab.

»Nein. Ich mag nur kein Fleisch.«

»An manchen Tagen – wenn ich das Leben der Dinge zu erfassen glaube – frage ich mich, ob ich Fleisch essen soll. Mrs. Orton?«

»Ich bin nicht so etepetete.«

»Und an anderen Tagen« – er tranchierte energisch – »habe ich das Gefühl, daß ich mich nicht von meinen Mitmenschen abgrenzen darf – daß Gott uns aus guten Gründen als Allesfresser geschaffen hat, daß Menschen zu allen Zeiten gemeinsam Fleisch gegessen haben . . .«

»Wenn sie welches kriegten«, warf Daniels Mum ein, die ihre rosa Scheiben mit Honigkruste und Einsprengseln von Gewürznelken erhielt.

Gideon legte das Messer hin, ergriff seinen Becher und brach sein Brötchen bedeutungsvoll. Die halbwüchsigen Mädchen kauten nachdenklich ihr Brot. Es war sehr gutes Brot. Marcus wendete seine Kartoffel mit der Gabel hin und her und wiederholte das gleiche mit seinem Apfel. Das eine war ein unvollkommenes Oval, das andere eine matschige und löchrige Kugel. Außerdem paßte die rote Farbe auf dem weißen Teller nicht zur grünen, so daß die Weizenähren doppelt und übereinanderliegend wirkten und nicht dreidimensional. Er schob den Apfel auf das Muster und schnitt das Endstück der Kartoffel ab. Mrs. Orton schaufelte sich Schinken in den Mund und runzelte vor Konzentration die Stirn. Gideon sprach sie an.

»Ich bin zutiefst«, sagte er, »vom Glauben an die Notwendigkeit durchdrungen, die Familie im weiteren Sinn mit Nahrung zu versorgen. Es ist mir eine Freude, Sie alle – auch Sie und den kleinen William – bei uns willkommen zu heißen. Es tut mir gut, Sie inmitten Ihrer Familie versorgt zu sehen, an Ihrem eigenen Platz, als jemanden, der etwas zur Familie beiträgt. Wie viele von uns sind heutigentags unerwünscht, sobald man meint, sie seien zu nichts mehr nütze. Wir haben das Netz unserer Gesellschaft empfindlich geschwächt. Das wird sich bitter rächen.«

»So ist es«, sagte Mrs. Orton.

Marcus dachte: Sie *ist* zu nichts nütze. Sie hofft, daß er ihr mehr Schinken anbietet. Sie will gar nicht nützlich sein. Sie ißt bloß. Diese ganz normale Bosheit von Marcus' Seite hätte als Indiz dafür dienen können, daß Mrs. Orton doch zu etwas nütze war, und wäre von Gideon, der schließlich nicht dumm war, auch so gedeutet worden, hätte es irgendein Anzeichen gegeben, daß Marcus etwas dachte, aber es gab keines.

Clemency erzählte Stephanie von ihrer Familie.

»Ich war ein Einzelkind, und deshalb bin ich leidenschaftliche Anhängerin des Familienlebens. Ich mache Familienberatung – ich wurde als Sozialarbeiterin ausgebildet, bevor ich mich dazu entschied, Gideon zu heiraten. Wir haben so viel Glück mit unserer eigenen Familie, die so eine enge Gemeinschaft ist.«

Stephanie sah keine Möglichkeit, sich nach der Herkunft der kleinen Farrars zu erkundigen, doch Clemency nahm es ihr ab.

»Nach Jeremys Geburt haben Gideon und ich uns über das Bevölkerungsproblem unterhalten und haben beschlossen, nicht noch mehr Kinder in die Welt zu setzen, wenn so viele Kinder in Not sind, und lieber zu adoptieren. Tania kommt von einer Missionsstation in Malaysia, wo Chinesen – sie ist Chinesin – bedauerlicherweise nicht sehr gut behandelt werden. Und Daisys Mutter ist nach der Geburt nach Afrika zurückgegangen, um einen Afrikaner zu heiraten, und hat Daisy bei Verwandten gelassen, die sich nicht ausreichend um sie kümmern konnten. Es war der typische Fall einer Großfamilie, die eine Aufgabe übernehmen wollte, der sie in dem Land, aus dem sie kam, durchaus gewachsen gewesen wäre, die sie aber in unserer hermetischen Gesellschaft nicht bewältigen konnte. Und Dominics Eltern haben ihn an einem Weihnachtstag in einer Londoner Kirche abgegeben – sie hatten ihm einen *entzückenden* Strampelanzug mit passendem Schal angezogen, und sie hatten eine enge Beziehung zu Dominic, aber sie waren einfach nicht in der Lage, für ihn zu sorgen. Und so sind wir alle zusammengekommen und kümmern uns umeinander. Tania ist sportlich ganz außergewöhnlich begabt. Daisy ist sehr musikalisch. Sie spielt zwei Instrumente. Und Dominic ist unser Komiker, ein geborener Schauspieler, wie seine Lehrer finden. Wir erhoffen uns große Dinge. Ich veranstalte gern Familienspiele in der Kirche, wo alle Kinder gemeinsam zeigen, was sie können. Gibt es so etwas auch regelmäßig in Ihrer Gemeinde, Stephanie?«

»Das Krippenspiel«, sagte Stephanie.

»Wir wollen zum nächsten Erntedankfest etwas wirklich Bemerkenswertes auf die Beine stellen. William ist noch zu klein, um mehr zu tun als zuhören, aber Sie müssen ihn natürlich unbedingt mitbringen. Und Marcus ist wohl zu alt. Aber die Jugendtreffen ... die jungen Leute liegen Gideon sehr am Herzen ...«

Sie aßen warmen Apfelkuchen mit Sahne und Wensleydale-Käse. Das Mädchen, das neben Marcus saß, sagte zu ihm:

»Welche Prüfungsfächer hast du?«

»Ich hatte Geschichte und Geographie und Wirtschaftslehre.« Sie fragte nicht, was das Imperfekt bedeutete.

»Ich habe deine Schwester auf der Schule gekannt. Eine richtige Intelligenzbestie.«

»Stephanie?«

»Frederica. Ich meine Frederica.«

»Oh, Frederica. Ach, so.«

»Ich habe Biologie. Und Botanik und Zoologie.«

Marcus ordnete ein paar Apfelscheiben so an, daß es aussah, als hätte er mehr gegessen, als tatsächlich der Fall war.

»Warum?« fragte er.

»Och, weil ich in sowas gut bin. Ich interessiere mich dafür, wie das Leben funktioniert. Der Lebenszyklus von Kaninchen oder von Ameisenhaufen kann ganz schön aufregend sein.«

»Wirklich?«

»Sei nicht so zynisch.«

»Entschuldige. Ich wollte nicht ... ich meine ... ich wollte nur sagen, ist das wirklich möglich?«

»Ist mal was anderes als Menschen«, sagte das Mädchen.

Marcus hatte sie nicht angesehen und tat es auch jetzt nicht; er hatte keine Ahnung, wie sie aussah, nicht einmal, wie groß sie war oder ob sie Jacqueline oder Ruth war. Aber er war mit einemmal fast stolz darauf, ein normales Gespräch zu bewältigen.

»Und was willst du später machen?« fragte er.

»Sachen anbauen. Gärtnerei. Baumschule. Vielleicht Bauernhof. Sachen wachsen lassen. Das würde mir gefallen.«

Marcus aß etwas von seinem Apfel und ein Stückchen Käse.

»Was willst *du* machen?« fragte seine unbekannte Sitznachbarin.

»Ich habe keine Ahnung. Sachen wachsen lassen klingt besser.«

»Besser als was?«

»Was ich – was ich –«

»Du kannst nicht ›besser‹ sagen, wenn du nicht weißt, besser als was es sein soll.«

»O doch, das kann ich«, sagte Marcus. Er sah sie immer noch nicht an. Gideon sagte, er und Stephanie würden das Geschirr spülen. In der Familie wurde im Turnus gespült, und er war dran.

In der Küche waren die Schränke abgebeizt worden, und es gab einen neuen blankgescheuerten Tisch. Die Wände waren mit hellem Papier mit Zweigmuster tapeziert und mit blauen und weißen Vinylkacheln gekachelt worden, doch der Raum blieb unversöhnlich düster, ein Ort, wo Dienstboten eingegrenzte Leben gelebt hatten. Gideon zog sich eine Schürze an und beugte sich wie ein aufgeregter Motorradfahrer über die Spüle. Er hatte die Ärmel hochgerollt und den Hemdkragen geöffnet. Als Stephanie mit Platten und Tellern hin und her ging, ließ er sie spüren, wie nah ihre Hüften einander in dem engen Raum waren. Sie zog ihren neuen Bauch ein, der sich über dem alten Rockbund bemerkbar machte. Er ließ seinen Blick kurz auf ihren Brüsten ruhen; ihr Kleid spannte unter den Achseln. Sein Bart über den Tellern sah lebendig und massig aus. Er glänzte.

»Erzählen Sie mir von sich«, sagte er.

»Es gibt, was Sie sehen. Ich habe einen Mann und ein Kind und eine Schwiegermutter und einen Bruder. Das hält mich auf Trab.«

»Das sollte man meinen. Sind Sie sicher, daß es stimmt?«

»Ich muß Ihnen sagen, daß ich nicht gläubig bin. Daniel und ich haben uns darüber verständigt. Ich helfe ihm bei der Gemeindearbeit, wo ich kann, ohne in Konflikte zu geraten.«

»Sie haben meine Frage nicht beantwortet.«

»Ich dachte, Sie wollten vielleicht wissen, welchen Platz ich in der Gemeinde habe.«

»Nein, das wollte ich nicht. Sie interessieren mich. Sie sagen nicht alles.«

Auch das, dachte sie, war nichts Neues, nichts, was sie nicht schon zu hören bekommen hatte. Sie kehrte ihm den Rücken zu und langte in den nächstbesten Schrank, um Teller zu stapeln, um wegzusehen.

»Ich habe mein Privatleben.«

»Das verstehe ich.« Seine Stimme senkte sich zu dröhnender Vertraulichkeit. »Aber Sie müssen mir ein bißchen Neugier einräumen, die Ihnen gilt – nicht Daniels Frau, Williams Mutter, Marcus' Schwester und nicht der hilfsbereiten Gattin des Gemeindeunterpfarrers. Das sind alles Rollen.«

Und das hier ebenfalls, dachte sie, die ihn beobachtete, der sie beobachtete.

»Ich habe unterrichtet.«

»Eine andere Rolle. Fehlt es Ihnen?«

Sie war dazu erzogen und später darin ausgebildet worden, Fragen genau zu beantworten.

»Mir fehlen die Gespräche. Die Bücher. Die Arbeit mit Büchern.«

»Sie dürfen die Selbstverwirklichung nicht auf die leichte Schulter nehmen. Das ist ein Fehler, den Frauen gern machen.«

»Ich bin eigentlich ganz glücklich.«

»Nein, das glaube ich nicht. Ich spüre ein Gefühl der Leere in Ihnen. Gewohnheitsmäßige Selbstverleugnung.«

Sie drehte sich abrupt zu ihm um. »Sie gehen mir auf die Nerven.«

»Das ist schon besser. Ich wollte eine unmittelbare Reaktion. Etwas Persönliches.«

»Ich halte sehr viel von ganz gewöhnlichen guten Manieren, Mr. Farrar.«

»O ja, im großen und ganzen bin ich da Ihrer Meinung. Aber wir werden sehr eng zusammenarbeiten.«

»Ich sagte Ihnen bereits, daß ich nicht –«

»Daß Sie nicht gläubig sind. In unserem säkularen Zeitalter hat Christus viele Inkognitos. Es ist nicht unsere Pflicht – und vielleicht auch nicht unser Recht –, sie zu lüften.«

Diese Bemerkung sagte ihr nichts. Als sie wieder an ihm vorbeiging, ergriff er sie an den Schultern und drehte sie um, zu ihm hin.

»Freunde, Stephanie?«

Sie spürte seinen Willen.

»Natürlich, das hoffe ich«, murmelte sie ausweichend. Die goldenen Augen betrachteten ihre zugeknöpfte Vorderseite. Er tätschelte ihr den Kopf und ließ sie gehen.

Hinterher machte sie sich Gedanken darüber, wie sehr dieses ganz gewöhnliche Gespräch sie aus der Fassung gebracht hatte. Es war nichts weiter als die Primitivform der üblichen Flirteröffnung. Es hatte bedeutet: »Ich sage, Sie sind interessant, weil ich Sie anziehend finde« oder »weil ich die Art Mann bin, die alle oder fast alle gutaussehenden Frauen anziehend findet«. Gideon hatte eine nicht ungewöhnliche klerikale Mischung aus persönlicher Eitelkeit und Aufdringlichkeit an den Tag gelegt. In manchen Fällen – nicht in diesem, dachte sie – versuchten Geistliche hinter Eitelkeit und Aufdringlichkeit ihre eigentliche Schüchternheit zu verbergen. Es war ihre Rolle. Bei Farrar war das sexuelle Drängen – wie auch bei Daniel – nicht Ergebnis von Unsicherheit, sondern schlicht von einem Übermaß an Energie. Sie schämte sich, daß sie überhaupt reagiert hatte. Sie hatte den Beweis gebraucht, daß sie noch immer eine Frau war, und sie schämte sich, es nötig zu haben, das auf diese Weise gesagt zu bekommen. Und er hatte sie dazu gebracht zu sagen, was sie empfand: daß ihr die Bücher fehlten.

II.

Während der folgenden Wochen registrierte Daniel mit Überraschung und sogar Erschrecken, in welchem Ausmaß ihm Mr. Ellenby und seine Gewißheiten fehlten. Scherzend sagte er (zu Stephanie), daß die Gemeinde König Holzscheit durch König Storch ersetzt habe. Aber wenn er nach dem Gottesdienst in der Kirche stand, kam ihm zu Bewußtsein, daß sowohl er als auch das Gebäude eine Veränderung durchgemacht hatten, indem Mr. Ellenbys unerschütterlicher Glaube an die Mysterien des christlichen Glaubens, an die gottgegebene und gottgelenkte Ordnung von Moral und Geschichte durch Gideons Gewichtung der persönlichen Beziehungen ersetzt worden war. Das »Persönliche« behagte Daniel nicht; was Mr. Ellenby für Einmischung Daniels in die Privatangelegenheiten der Gemeindemitglieder gehalten hatte, betrachtete Daniel als *praktisches* Verfügen über Hilfsmöglichkeiten. Er erwartete keine Zuneigung, geschweige denn Liebe, von jenen, denen er half: Und er verwandte viel Phantasie und beständige Anstrengungen darauf, ihnen sinnvoll zu helfen. Gideon war, wie Daniel erkannte, ein Mann, dessen religiöse Bedürfnisse dem überwältigenden Wunsch entsprangen, Zuneigung, Kontakt, menschliche Wärme zu fordern und zu geben. Er konnte nicht sagen, ob es ein Makel oder Vorzug seiner selbst war, daß er dies mit Unbehagen und Mißtrauen konstatierte.

Wenn er sich allein in der Kirche aufhielt, dachte er darüber nach, was sie ihm bedeutete als Haus, in dem niemand wohnte, als Gebäude, das errichtet worden war, um eine Vorstellung von der Natur der Dinge zu verkörpern, als Ort, wo gewisse Sätze, gewisse Gebete, gewisse Glaubensbekenntnisse über Jahrhunderte hinweg wieder und wieder gesagt worden waren, und als Gebäude, in dem eine Gemeinde ihrem gemeinschaftlichen Leben mehr Aufmerksamkeit geschenkt hatte als den individuellen Bedürfnissen von Männern und Frauen. Sie war wuchtig und altmodisch und eng: Sie verkörperte Ordnung und Autorität. In den Tagen Mr. Ellenbys, für den transzendente Wahrheit, Ordnung und Autorität etwas Lebendiges gewesen waren, hatte Daniel sich den Luxus erlauben können, als Rebell aufzutreten, der in seinem geheimsten Inneren die Ursprünge seiner Religion und der menschlichen Moral in Frage stellte. In der neuen Konfiguration, in der eine nahezu anthropologische Sicht des Ursprungs moralischer Grundsätze aus dem Familienleben Gideons Denken zu kennzeichnen schien, stellte Daniel zu seiner Überraschung fest, daß ihm die Gebote als Verkörperung der Autorität schlechthin fehlten. Er liebte seine Frau unmäßig, seinen Sohn mit beschützender Furchtsamkeit und seine Mutter im Gefühl von Blutsverwandtschaft und Stammesverantwortung. Diese Arten der Liebe hätten ihn nie und nimmer dazu bewogen, an universelle »Liebe« zu glauben, wenn es etwas Derartiges denn überhaupt gab. Sein Gefühl, daß die Alten getröstet, die Kranken umsorgt und die Nutzlosen nützlich gemacht werden mußten, entsprang einem so tiefverankerten Bedürfnis nach *Ordnung*, daß er die Autorität des

Priesterstandes benötigt hatte als Form, die seinen verbissenen Einsatz des eigenen Lebens, um der Wirrnis, der Schwäche und Angst, die die Dinge uns einflößen, ein wenig Ordnung abzugewinnen, sanktionierte. Mr. Ellenby hatte *für* ihn, für Daniel, geglaubt. Oft hatte er in dieser Kirche gesessen und gedacht: In einer anderen Gesellschaft hätte ich ohne weiteres buddhistischer Mönch oder Hindu oder Moslem sein können. Was er glaubte, was er jeden Tag im Glaubensbekenntnis zu glauben erklärte, war das, was in Sheffield um die Mitte des zwanzigsten Jahrhunderts die mögliche und daher richtige Form des Glaubens gewesen war. Jetzt, unter Gideon, hatten die untergründigen Zweifel eine Gefährlichkeit wie nie zuvor erlangt. Die Kirche wirkte verwaist, der Altar schien ein bloßer Tisch zu sein, die Worte (meist extemporiert, seltener wiederholt) klangen weniger gebieterisch und eher zweifelnd.

In St. Bartholomew's gab es die übliche Gruppe frommer alter Damen, deren Leben ganz in der Kirche aufzugehen schien. Sie hatten sich nie richtig mit Daniel anfreunden können, der ihrer Ansicht nach zu wenig Aufmerksamkeit auf Wohlfahrtsbasare und Kaffeetafeln verwandt hatte. Sie hatten ihn für subversiv gehalten. Sie hatten mit spitzer Zunge die abrupte Art kommentiert, in der er Gespräche darüber beendet hatte, was getan worden war und was nicht; sie hatten seine staubigen Schuhe und seine Heftigkeit beim Predigen kritisiert. Aber jetzt scharten sie sich nach der Kommunion um ihn, und auf ihren Mienen unter den grellen Hüten malten sich hilflose Furcht und machtlose Empörung. Sie fragten ihn, was seiner Meinung nach anders werden würde. Sie fragten, an was Gideon wirklich glaubte. Sie fragten, was aus jenen werden sollte, die schlicht an das ewige Leben glaubten und darauf vertrauten, im Jenseits belohnt zu werden. Daniel konnte nicht behaupten, diese Frauen zu lieben, aber er kannte sie, er hatte sie beobachtet, er wußte, wie wichtig ihnen die Wiederholungen, die Rituale, die Sicherheiten, die Gewohnheiten im Gemeindeleben waren.

Gideon hatte sie ein-, zweimal als Drachen bezeichnet. Er sah sie als Teil dessen, wozu die Kirche geworden war, was er überwinden, erneuern, mit der Welt konfrontieren wollte. Daniel, der sich eines Sonntags nicht lange nach seiner ersten Agape-Mahlzeit nach ihnen umsah, sah in ihnen die Überlebenden eines gefährdeten Kults, die sich trostsuchend aneinanderdrängten, exzentrisch bekrönt mit einer roten phrygischen Mütze, einem Kranz aus Margeriten auf einem purpurroten Turm, einer üppigen Feder auf einem Helm aus Filz. Auf einem dünnhäutigen Gesicht strahlte von großen, robusten, sehr weißen falschen Zähnen ein steifes Lächeln aus. Ein verkniffener Mund zitterte vor Mißbilligung inmitten der strahlenförmig verlaufenden Falten. Keine Drachen, nicht einmal Hexen: alt. Sie sprachen in unerquicklichem Beschwerdeton wie ein Chor, und indem er sich ihr Gefühl des Verlusts, des Geplündertseins vorstellte, konnte er für einen Augenblick nachempfinden, wie es sein mußte, aus dem Dunkel, aus staubigen Ecken hervorgekrochen zu sein und mit blinzelnden Augen zu sehen, daß Spinnweben und Spitzen aus der Kirche gekehrt worden waren, Meßgewänder und Gottvater, Kerzen und die Flammen des Heiligen Geistes.

Gerry Burtt wartete in einem dunklen Winkel der Kirche auf Daniel, bis sogar diese Damen gegangen waren, um sich dann herauszuquetschen und Daniel, der aufbrechen wollte, am Ärmel zu zupfen.

»Kann ich kurz mit Ihnen sprechen? Ich bin Gerry Burtt, wissen Sie.«

Daniel wußte es nicht. Gerry Burtt machte einen zweiten Anlauf.

»In der Zeitung. Vor neun Monaten.«

Daniel versuchte sich zu erinnern, aber es gelang ihm nicht.

»Ich wurde freigesprochen. Das war nicht richtig. Sie wurde verurteilt.«

»Ah, ja. Barbara Burtt.«

»Ja.«

Daniel erinnerte sich. Es war eine örtliche *cause célèbre* gewesen, ein junges Ehepaar – Heirat wegen Schwangerschaft –, angeklagt des Mordes an seinem sechs Monate alten Kind. Das Kind war geschlagen, gemartert, Hungers gequält und schließlich erstickt worden. Scharen von Frauen hatten sich vor dem

Geschworenengericht in Calverley zusammengerottet und gekreischt, wenn die Eltern in Decken vermummt ins Gebäude gelotst wurden. Von der Besuchertribüne hatten sie sie bebend vor Wut ausgezischt. Ein guter Anwalt hatte Barbara Burtt dazu bewegen können, sich der Kindestötung schuldig zu erklären. Gerry, der auf der Aussage beharrt hatte, an keinem der Striemen, keiner der Schürf- und Brandwunden am Körper seiner Tochter schuld zu sein, und den sein Anwalt als »nicht der Hellste« bezeichnet hatte, war wegen Vernachlässigung verurteilt worden und nun freigekommen. Seiner Frau hatte man, wie Daniel sich undeutlich erinnerte, eine klinische psychiatrische Behandlung nahegelegt.

»Mr. Burtt. Sagen Sie mir, was ich für Sie tun kann.«

»Nix, denk' ich mal. Nix.«

Er war schmal, mehr Knabe als Mann, mit einem bläßlichen kleinen Gesicht voller Sommersprossen, ingwerbrauner Tupfen und wahrer Kontinente, die seinen nichtssagenden Zügen besitzergreifend einen lebhaften und sichtlich fremdartigen Stempel aufdrückten. Er hatte blaßblaue Augen und blasse, rosafarbene, leicht zerdrückt wirkende stoppelige Wimpern. Daniel setzte sich mit ihm in eine der hinteren Kirchenbänke, und im Verlauf einer halben Stunde oder länger brachte er ein paar Sätze hervor.

»Mir ist richtig schlecht. Die ganze Zeit. Ich will nicht mehr. Ich kann nicht arbeiten, ich kann gar nix tun, gar nix. Ich kann nix sagen, zur Familie nicht, im Pub nicht. Mir ist bloß schlecht.« Mit leblosem Nachdruck wiederholte er, daß ihm schlecht war. »Ich kann mich selber nicht leiden. Mir ist von mir selber schlecht.«

Daniel fragte ihn nach seiner Arbeit. Er hatte keine. Nach seiner Familie.

»Die wollen nix wissen. Haben recht.«

Die entsprechenden Ratschläge blieben Daniel im Hals stecken. Wie sollte er Wörter wie Vergebung, wie Reue aussprechen? Er sagte:

»Sie müssen weiterleben wollen. Sie sind in die Kirche gekommen.«

Mr. Burtt kratzte mit der Metallspitze seines Stiefels über den Steinboden der Kirche.

»Vielleicht bin ich gekommen – weil ich – weil ich mich selber aufgegeben hab'. Ich weiß nicht. Vielleicht bin ich wegen *ihr* gekommen.«

»Wegen Ihrer Frau?«

»Wegen *ihr*. Ich sag' Ihnen – weshalb ich hergekommen bin – was ich nicht aushalte. Was ich nicht aushalte, ist, wenn sie sie rauslassen. Wenn sie wiederkommt. Wenn sie was von mir will. Wenn ich sie wieder sehen muß, dann kann ich für nix garantieren.«

»Ist es denn wahrscheinlich, daß man sie herausläßt?«

»Weiß ich nicht. Sie will mich sehen. Meinen sie. Ich weiß nix davon.«

»Erzählen Sie mir mehr über sie.«

»Sie war wie ein Tier. Nein, schlimmer. Tiere kümmern sich um ihre Jungen. Sie war durch und durch faul. Sie machen sich keine Vorstellung. Lag den ganzen Tag im Bett. Kam nie aus dem gräßlichen Nachthemd raus. Hat nie gekocht, wissen Sie, nie was warmgemacht, für sich nicht, für mich nicht, auch nicht für – die Kleine. Das Zimmer war voll mit dreckigen Tassen und mit Schachteln – Cornflakes, Kekse, Schokolade, all sowas, und Erdnußbutter hat sie aus dem Glas gegessen.«

»Leute, die so viel schlafen, sind manchmal krank.«

»Sie konnte die Kleine nicht haben, weil sie nie richtig schlafen konnte. Hat nie die Vorhänge aufgemacht. Alles nur, damit die Kleine still war. Damit sie still war.«

»Haben Sie versucht, dem Kind zu helfen?«

»Nein. Nein.« Sein mürrisches Gesicht mit dem starren Blick verzog sich für einen Moment. »Das Kind hat zu ihr gehört, verstehen Sie nicht? Der Gestank – das dreckige Bett, die stinkenden Windeln, der Dreck überall – das hat alles – zu ihr gehört, ja. Und mittendrin die Kleine. Mit dem gleichen Gestank, mit *ihrem* Geruch.«

»Das Kind war nicht gesund. Es hat gelitten.«

»Es war still. Wenn ich nach Hause kam, war es immer still. Das war auch gut so. Wenn es sich gerührt hat, war sie sofort am Toben und Brüllen wie eine Irre. Dafür hatte sie genug Kraft, zum Toben und Brüllen.« Er machte eine Pause. »Die Kleine war nie laut, auch wenn sie gesund war.«

»Wahrscheinlich war Ihre Frau krank. Hätte Hilfe gebraucht. Das ist so bei Frauen nach einer Geburt, bei den meisten Frauen.«

Die wäßrigen Augen hinter der Maske der Sommersprossen begegneten seinem Blick.

»Das sagen sie alle. Ich denk' – ich denk', es gibt welche, die sind schlecht. Einfach schlecht. Sie war schmutzig und schlecht. Ich bin hergekommen – in die Kirche – hierher, weil man in der Kirche sagen kann, daß es *schlecht* war, was mit der Kleinen passiert ist, was sie ist, was ich getan hab'. Oder nicht getan hab', egal was.«

Er war gekommen, um gerichtet zu werden. Daniel seufzte.

»Wie alt ist sie?«

»Achtzehn.«

»Ein Kind.«

»Oh, nee. Die war nie ein Kind. Von der wird mir durch und durch übel. Und sie kommt wieder.«

Daniel konnte sich nicht dazu überwinden, Gerry Burtt zur Vergebung anzuhalten.

»Sir, ich bin hergekommen, weil ich Hilfe brauch'. Für mich selber. Hilfe für mich selber.«

Er verströmte einen säuerlichen Geruch der Hoffnungslosigkeit, der von Mund, Achseln, Hose ausging.

»Wenn Sie es nicht ertragen können, sie zu sehen, müssen Sie es nicht tun. Es wäre nicht gut. Vielleicht sollten Sie von hier fortgehen. Arbeit finden.«

»Wer gibt mir schon Arbeit?«

»Kommen Sie mit ein Bier trinken, dann können wir darüber nachdenken.«

Er wartete noch immer darauf, gerichtet zu werden.

»Sie wissen, daß Sie das Kind hätten beschützen müssen. Es säubern. Einen Arzt holen.«

»Die Kleine war auch furchtbar. Nix an ihr war in Ordnung, voll mit Ausgekotztem, vollgeschmiert mit Dreck.«

»Um so mehr hätten Sie sich um sie kümmern müssen.«

»Ich hab' mich gefürchtet.«

»Das Kind war klein und hilflos.«

»Ich weiß«, sagte Gerry Burtt. Die ölige Haut unter seinen

Augen sonderte feuchte Tropfen ab. »Sie glauben nicht, was für ein Trottel ich war. Ich kann selber nicht glauben, wie ich das alles zulassen konnte. Aber man kann so ein Trottel sein, so ein Riesentrottel, so ein hilfloser Trottel, Sir.«

»Ja, natürlich«, sagte Daniel, »das kann man.«

Sie gingen in der Kneipe The Bag O'Nails ein Bier trinken, an diesem Abend und an verschiedenen späteren Abenden, wenn Gerry Burtt unangekündigt in der Kirche erschien. Daniel saß da mit hochgestelltem Mantelkragen, damit seine Anwesenheit als Freundschaftsdienst, nicht als Geste der Mildtätigkeit gedeutet wurde. (Es war dies eine der Angewohnheiten, die die alten Damen an ihm kritisierten und mißbilligten.) Er machte sich Gedanken über Barbara Burtt, von der er keine klare Vorstellung hatte, und über das tote Kind, Lorraine, das er sich noch weniger vorstellen konnte, nur als Wunden, Gestank, erzwungenes Schweigen, niemand da, niemand da. Er überlegte, ob er mit den Behörden Kontakt aufnehmen sollte, um herauszufinden, wie sie den Zustand Barbara Burtts einschätzten und ob Gerry sich zu Recht oder zu Unrecht vor ihrer Entlassung fürchtete. Er tat es nicht, weil er spürte, daß Gerry ihn brauchte und ihm deshalb vertraute, weil er ihm glaubte und seine Furcht ernst nahm, sein moralisches Entsetzen als solches sah und nicht als verlagertes Schuldgefühl, selbst wenn es das *auch* war. »Ich bin hergekommen, weil ich Hilfe brauch'. Hilfe für mich selber.« Er fand kurzfristig Arbeit für ihn, die darin bestand, mit der Schubkarre Schutt von dem Gelände zu fahren, wo Gideons neuer Jugendclub gebaut werden sollte. Er konnte sich nicht vorstellen, wie Burtt vor diesen Geschehnissen gewesen war. Alles, was er jetzt ausstrahlte, waren Furcht und Ekel. So etwas kann ansteckend sein.

Als er nach einem dieser Gespräche im The Bag O'Nails heimkam, saß seine Frau am Tisch und fütterte William, der in seiner kleinen Babytrage lehnte. Überall im Haus war inzwischen Williams Besitz verstreut, der größtenteils aus kleinen Plastikgegenständen in geometrischen Formen und Primärfarben bestand: ein runder himmelblauer Teller, ein gelber Eimer mit weißem

Deckel, ein blaues Babybad mit weißem Klappgestell, ein scharlachroter Becher, eine Reihe runder und viereckiger und dreieckiger Beißringe, wie Münzen oder Juwelen bei Naturvölkern an dünnen Ketten und Seidenstricken befestigt. Auf dem Tisch standen mehrere Schüsseln voll heißen Wassers, die blaue Konservendosen mit marmeladenähnlichen klebrigen Substanzen enthielten. Diese Substanzen waren farblich so gedämpft, matt oder unansehnlich wie die Plastikteile bunt. Graugrüner Apfelbrei, gelbgrünes Erbsenpüree, hellbrauner milchiger Getreidebrei, wolkiger Orangensaft. Den gleichen Kontrast in Farben und Textur bot William selbst: Seine Haut war blaugrün und weißlich gestreift wie Zirkuszeltleinwand, sein Strampelanzug war butterblumengelb und über und über mit klebrigen Fingerabdrücken und angekauten Kekskrümeln und ausgespuckten Milchspuren vollgeschmiert. Es roch nach Milch und Wärme und Malz und nach Windeln und Desinfektionsmittel. Stephanie schob mit dem Löffel etwas Grünliches in Williams Mund, und er ließ das meiste davon wieder herausrinnen, während er Lippen und Zunge unbeholfen blubbernd und saugend bewegte. Mit einer klebrigen Hand hielt er sich in Stephanies hellem Haar fest, mit der anderen griff er nach dem geduldigen Löffel. Stephanies Gesicht zierten Spuren leicht glitzernder antrocknender Breireste. Daniel behielt für einen Augenblick alle Eindrücke gleichzeitig in seinem Geist – den abgestandenen Geruch Gerry Burtts, die leere Kirche, die aufdringlichen gegeneinander ankämpfenden Gerüche aus dem Alltag seines Kindes, die bunten Dinge und Schleier und Klippen und Überfluß und Unordnung zwischen den bunten Dingen.

»Gideon war hier«, sagte Stephanie.

»Warum?«

»Keine Ahnung. Er will, daß Marcus an einem naturkundlichen Ausflug mit seinen jungen Christen teilnimmt.«

»Kann ihm nicht schaden.«

»Aber vielleicht will er nicht.«

»Kann ich ihm nicht raten. Dann tut er wenigstens mal was.«

»Du fütterst William, und ich mach' uns Tee.«

Sein Sohn sah ihn mit schwarzen, glänzenden Augen an, als Stephanie aufstand, um zu gehen, und öffnete den Mund, um zu protestieren. Daniel nahm etwas Apfelbrei auf den Löffel und schob ihn dorthinein, von wo Geschrei drohte. Viel kleckerte tropfenweise heraus. Den Rest nahm die runde Zunge wie ein Löffel auf und lutschte daran. Daniel empfand das Vergnügen eines jeden Mannes daran, daß aus dem Apfel Baby wurde, daß die Frucht in das Fleisch einging, daß die zusammengeballten Polster von Faust und Finger, Hals und Wangen beinahe augenscheinlich wuchsen. Die kleinen schwarzen Augen blickten in seine Augen. Der Mund öffnete sich wie der Schnabel eines Vogels. Daniel berührte den warmen Kopf, das Haar, das sein Haar war, und beugte die Nase darüber. Unter dem fremden Wirrwarr, süßlich und säuerlich, roch William, wie er riechen sollte. Er roch menschlich, er roch nach Stephanie, nach Daniel, nach sich selbst.

Es gab Augenblicke, wo Daniel, der durch Blesford radelte, sich sein Zuhause als einen sehr kleinen Ort mit sehr hellem, warmem Licht hinter geschlossenen Fenstern, einen warmen und privaten Ort, vorstellte. Innerhalb dieser dichten, sicheren Schale herrschte Ordnung: Seine Frau, die am Feuer saß, das Kind, frischgewaschen, mit flaumigem Haar, bekömmliche Dinge auf dem Tisch, eine warme Teekanne, heißer Toast, guter süßer Honig, die helle, schlichte Sauberkeit von Williams Tellern und Schüsseln, sein Platzdeckchen aus Wachstuch mit dem fröhlichen Bild aller zielstrebigen Lebewesen in dem Haus, das Jack gebaut hat, nagend, tötend, jagend, schüttelnd, melkend, küssend, heiratend, erwachend, bauend.

Und es gab Nächte, wo er im Bett lag und dem Kind lauschte, wenn es das schreckliche unruhige, abgehackte, hustende, gereizte Geräusch machte, das seinem Gebrüll vorausging, und nach Wochen gestörten nächtlichen Schlafs den Eindruck hatte, als sei sein Haus im Dämmerlicht klapprig und überfüllt, von flinken Ratten unterwandert, von Windsbräuten durchtost, die Ritzen fanden und Risse verursachten. Zu solchen Zeiten hörte er seine Mutter sich alle paar Minuten auf alten Bettfedern umdrehen und das beinahe lautlose Tapsen von Marcus' nackten Füßen bei seinen häufigen Badezimmerbesuchen. Seine Erinnerung an das Wohnzimmer war die an bröckelnden Gips, eine

feuchte Zimmerdecke, unfertigen Anstrich auf fleckigen Tapeten, Windeln voll grüngoldenen Schleims in ihrem gelben Eimer, Ruß auf den Fensterscheiben, die ihn beengten. In einer dieser schlechten Nächte, als er sie alle atmen und William wie ein Motorrad anspringen hörte, sagte er zu Stephanie:
»Es ist, als wohnte man mit einem Drachen zusammen, der Rauch und Flammen speit und brüllt.«
»Ich gehe mit ihm hin und her.«
»Nein. Versuch zu schlafen. Ich nehm' ihn.«

Und er ging im Haus umher, ein schwergliedriger Mann in Socken, der seinen kleinen Sohn an die Brust drückte, einen ganzen Menschenkörper, der vom weichen Scheitel bis zur kleinen, beweglichen Sohle nicht größer war als sein eigener kräftiger Rumpf. Er schritt den begrenzten Raum des Hauses ab, maß die Grenzen der Räume im Erdgeschoß von Tür zu Wandleiste zu Tür, summte Kirchenlieder, beruhigte das Aufbegehren von Fäusten und Knöcheln, flößte dem Baby durch seinen Willen Ruhe ein. Er ging voller Liebe und beobachtete die müde Bewegung der zarten Augenlider. Er ging voller Erbitterung, gehemmt von den Wänden, an die er traf, vom unruhigen Schlaf der Hausbewohner, von seiner eigenen Liebe.

11. *Normen und Ungeheuer, II*

Als Marcus ausgezogen war, hatte Winifred zuerst einfach sein Zimmer zugesperrt. Dann, als er nicht zurückkam, begann sie irgendwann, im Zimmer aufzuräumen; sie saugte Staub, putzte die Regale, räumte alte Spielsachen für immer weg. Als er dann noch immer nicht zurückkam, wurde sie wagemutiger; sie holte die Daunendecke aus dem Zimmer, nähte neue, schlichte Vorhänge, und als letztes, das das erste hätte sein müssen, strich sie die Wände weiß, die zuvor enteneiblau gewesen waren, und die Tür, die cremefarben gewesen war. Sie machte das Zimmer sauber und einförmig und leer. Tagsüber saß sie oft dort, an seinem Schreibtisch, und sah über den kleinen Garten hinweg zum Rugbyfeld, wo andere Jungen rannten oder Arme um Leiber schlangen, stampften und rangen wie ein riesenhafter Krebs ohne Kopf. Sie dachte: Diese Jungen sind normal, und fragte sich: Was ist normal?

Wenn Bill nach Hause kam, hörte sie damit auf und ging nach unten, um das Essen zu machen. Da sie nur zu zweit waren, wurde nicht viel gekocht. Meist saßen sie schweigend da. Das wäre wahrscheinlich ohnedies so gekommen, überlegte Winifred. Geredet hatten Frederica, die Vorträge hielt, prahlte, sich beschwerte, rezitierte und provozierte, und Bill, der renommierte, dozierte, bezweifelte und debattierte. Jetzt las Bill bei den bescheidenen Mahlzeiten, die sie bereitete. Er las dicke Bücher: Romane aus dem neunzehnten Jahrhundert und Schriften zu Psychoanalyse und Psychiatrie. Es war gut möglich, daß er nicht wahrnahm, was er aß. Er hatte sich immer über sein Essen beschwert, was er jetzt nicht mehr tat. Winifred gewöhnte sich zunehmend daran, immer die gleichen wöchentlichen Gerichte zuzubereiten, Koteletts den einen Tag, Frühstücksspeck den nächsten, geräucherte Heringe, zwei Tage hintereinander Lammbraten, zwei Tage Dosenfleisch und Cornedbeef. Sie ersetzte Kartoffeln durch Brot und fast alle Gemüse durch Bohnen aus der Dose. Sie machte keine Süßspeisen mehr: Es gab Obst und drei dahinschwindende Käsestücke, die sie durch neue ersetzte, wenn sie zu Krümeln und dann zu Lücken wurden. Während Bill las, dachte Winifred nach. Sie saß dabei sehr starr und angespannt, so sehr, daß manchmal am Ende der Mahlzeit ihre Finger dort, wo sie das Messer umklammert hatten, schmerzten, ihr Kiefer, den sie zusammengepreßt hatte, schmerzte.

Sie dachte in ihrer Schweigsamkeit auf energische und schmerzliche Weise über ihr Leben, ihr Zuhause, ihren Mann, ihre Besitztümer nach.

Die Besitztümer, die während dieser schweigsamen Mahlzeiten ihre Aufmerksamkeit besonders fesselten, waren kleine Gegenstände mit sehr beschränktem Gebrauchswert. Jeden Tag dachte sie über das Buttergefäß nach, in das genau ein genormtes Stück Butter von einem halben Pfund paßte, über das kleine Buttermesser mit seiner stumpfen Klinge, den Teekannenuntersatz mit seinem verblaßten Grün, Rosa und Gold, den keilförmigen Deckel der Käseplatte mit seinem Schmuck von schlappen braunen Blumen und ihren Henkel in Form eines gezwirbelten Seils aus Porzellan, die Eierhäubchen aus rotem Filz, die kleine Vorlegegabel, die ein Miniaturdreizack war, die kleinen Silbergegenstände wie Eierbecher, Toastständer, Zuckerzange und Bürste und Schaufel für die Brotkrumen auf dem Tischtuch. Letztere mußten poliert werden und waren so kompliziert verziert, daß dabei immer Spuren und unerreichte Stellen irisierenden Anlaufs zurückblieben. Bitter dachte sie daran, daß sie die meisten dieser Dinge mit Freude erworben oder als Geschenk erhalten hatte. Sie hatten ihr Leben erscheinen lassen, als entspreche es einem geordneten Ideal, Abläufen von Zeremoniellen, denen die richtigen Utensilien Authentizität und Anmut verleihen. Jemandem in einer Töpferei hatte es Vergnügen bereitet, den Henkel des Käseplattendeckels zu zwirbeln. Jemandem hatte der zierliche Bogen des Toastständers gefallen mit seiner Form eines umgekehrten Bootskörpers, und er hatte dabei nicht an die äußersten Scheiben gedacht oder daran, wie man den kleinen Ring zum Tragen anfassen sollte, wenn der Ständer gefüllt war.

Man hatte eine Vorstellung davon, wie das eigene Leben beschaffen sein würde, von einem Zuhause, von sich selbst als Mutter. Ehefrau zu sein war schwieriger; es gab verschiedene Arten guter und schlechter Ehefrauen, und das Thema ließ sich debattieren und neu definieren. Im Unterschied zu schlechten Ehefrauen waren schlechte Mütter immer gleich: nachlässig, leichtsinnig, selbstsüchtig, träge. Gute Mütter waren auch immer gleich: geduldig, gemütvoll, selbstlos, zuverlässig. Als sie sich dazu bereitfand, Mutter zu sein, hatte sie unterstellt, daß sie sich der Aufgabe mit ganzem Herzen und angemessen widmen würde: Es war ihr Leben, sie *war* Mutter. Eine gute Mutter zu sein hieß sich im richtigen Moment zurückzuhalten. Stephanie war nicht gegen ihren Wunsch nach Cambridge gegangen. Fredericas halbstarkes herablassendes Geplapper über die Gräßlichkeit von »zu Hause« war bewußt toleriert worden. Aber Marcus' Flucht hatte Schrecken verbreitet. Das Zuhause war keines, wenn er beim Gedanken, dorthin zurückzukehren, schreien und weinen mußte. Und sie? Sie hatte vor kurzem bemerkt, daß der Umstand, eine Frau, eine Mutter im vorgerückten, ermatteten mittleren Alter zu sein, andere Leute beinahe *zwangsläufig* verstörte und irritierte. Sie erinnerte sich, daß sie sich in ihrer Jugend von Frauen, die sie – fast ungeachtet ihrer Persönlichkeit – für alt oder alternd gehalten hatte, irritiert gefühlt hatte. Damals hatte sie nicht viel Nachdenken darauf verschwendet, aber jetzt dachte sie darüber nach. Es war bitter, unabsichtlich Furcht und Verzagen einzuflößen.

Die Käseplatte und die Eierhäubchen wirkten aufgequollen und grotesk. Sie kamen ihr undurchdringlich vor, und ihr Platz auf dem Tischtuch war in ihren Augen auf finstere, glühende, absurde Weise umrissen. Sie kam sich selbst aufgequollen und grotesk vor. Die Wechseljahre belagerten oder, genauer, infiltrierten sie. Ihre äußere Oberfläche war wund, matt und ausgetrocknet. Innerlich spürte sie, wie ihr Blut dünn und ungleichmäßig floß, ihre Knochen spröde wurden, ihr unzuverlässiges Augenlicht nachließ. Sie hatte eine Vorstellung von sich, die nicht wirklich zutraf, aber mittlerweile obsessiv wurde, daß sie vordem unbeschwert in ihrem Körper geweilt hatte und nicht *wahrgenommen* hatte, daß sie scharf sah, ohne Schmerzen ging, ihren Kopf schnell drehen konnte, ohne schwindelig zu werden oder Übelkeit zu verspüren. Wenn sie ihn jetzt schnell bewegte, verwischte das, was sie sah, oder – schlimmer – der Sehvorgang selbst die Luft zwischen ihr und dem Gesehenen, sperrte sie ein, verlieh dem Gesehenen etwas Problematisches und Bedrohliches. Es gab die Hitzewallungen. Es gab das Paradox, das darin bestand, daß sie alles dünner, blasser, schwächer werden fühlte und zugleich die Hitze in ihr zuweilen aufsteigen konnte, als kochte sie, eine alte Hexe im Todeskampf auf ihrem Scheiterhaufen, während sie dasaß und Bill über den gedeckten Tisch hinweg beim Lesen zusah. Die Hitze wurde nicht allein vom Blut oder siedenden Fett verursacht, sondern von der Wut, die sie überhaupt nicht gewohnt war, einer grundlosen, unbestimmten Wut, obwohl sie Bill vor Augen hatte, der immer aufgebracht war, und ein demütiges, heimliches Vergnügen dabei empfand, ihn dafür zu verurteilen. Da saß sie, eine gutaussehende, ruhige, silbergoldene Frau, aufrecht und vernünftigen Gesichtsausdrucks, die sich selbst im Geist als tobenden Vulkan aus platzendem Fleisch und berstenden Knochen, totem Haar, leeren Augen, tauben Fingern sah, als monströs.

Eines Tages sah sie Bill an und fällte ihr Urteil über ihn, wie sie es nun jeden Tag in wortlosem Drang tat und sich so für Jahre in der Schwebe gehaltenen Unglaubens, Jahre des Rückzugs schadlos hielt. Ihr kam das Bild von einem mageren Hund in den Sinn, der mit einem alten Trinker in einem Schuppen lebte, getreten, geschlagen, mißhandelt, ausgehungert, und der dennoch liegenblieb und heulte und trauerte und weggeschleift werden mußte, als der gräßliche alte Mann stürzte und sich das Genick brach. Der Hund grämte sich zu Tode und mußte erschossen werden, oder er war gesundgepflegt worden – sie wußte nicht mehr, welches von beiden. Sie mußte es irgendwo gelesen haben; sie sah es so klar vor sich: Essen, das in einem Blecheimer gekocht wurde, ein Dach mit Löchern, der Hund, der nach Essensresten schnappte, nichts zu fressen bekam, die Reue des Alten nach seinen trunkenen Wutausbrüchen. Wörter wie treu und liebend waren gefallen. Über den Hund. Winifred empfand Verachtung für den Hund und eine überlegtere Verachtung für jene, die menschliche Tugendbegriffe auf sein Verhalten münzten. Es lag in seiner Natur, Schläge hinzunehmen, sich blind zu unterwerfen. Es gab daran nichts zu loben, nichts zu tadeln. Und bei ihr?

Sie räumte hinter ihm auf, wenn er aus dem Haus ging. Sie machte Marcus' Zimmer neu und weiß und rein. Sie putzte Bill fort. Seine Zigarettenstummel in schmierigen Aschenbechern verursachten ihr Übelkeit. Sie scheuerte die Aschenbecher. Sie räumte aufs Geratewohl haufenweise Bücher in die Regale, die sie früher behutsam beiseite geräumt und abgestaubt hätte. Sie wusch seine Kleidung, sobald sie schmutzig war oder sogar schon vorher. Falls es ihm auffiel, sagte er nichts. Sie schrubbte und wrang und bügelte seine Hemden voll reinlichen Abscheus. Sie beobachtete sich dabei, als wäre dies, unerwartet zwar, dennoch ein Bestandteil jenes offenkundigen Schicksals, dem sie sich unterworfen hatte. Einmal rutschte ein Haufen Briefe und Unterlagen versehentlich in den Papierkorb, und sie ließ ihn dort liegen.

Sie hörte, wie er lärmend suchte, und schwieg.

Verschiedentlich sagte er Dinge wie:

»Ich kann nur mit Mühe arbeiten. Nicht gut. Mein Unterricht hat kein Leben mehr. Die Jungen langweilen sich bei mir.«

»Und ich?« hörte sie sich schreien. »Und ich? Was mache ich gut? Was?«

Sie schwieg sofort wieder.

»Du«, sagte Bill, »kümmerst dich um ...«

»Um was?« schrie sie. »Um was?«

»Schrei nicht so.« »Wie kannst du es wagen, sowas zu mir zu sagen? Wie kannst du es wagen, sowas zu mir zu sagen?« Bills Gesicht wurde faltig und alt. Er sagte, was er immer sagte.

»Du weißt, daß ich es nicht so gemeint habe. Du weißt, daß es mir immer nur passiert ist.«

»Er konnte dein Herumschreien nicht ertragen.«

»Ach, ich weiß, ich weiß.«

12. *Ein Kind ist uns geboren*

Man kam überein, daß Stephanie etwas Zeit für sich haben sollte, Zeit für ihre Arbeit. Man, das heißt hauptsächlich Daniel, kam überein, daß Daniels Mum und Marcus auf William aufpassen sollten, während sie für ein paar Stunden die öffentliche Bücherei von Blesford aufsuchte. Das, erklärte er, sei der Vorteil einer Großfamilie. In Wahrheit hatte Marcus schlicht Angst, und Daniels Mum sagte, sie hoffe, Stephanie werde sich beeilen und rechtzeitig zurück sein, um William zu füttern, und Marcus Anweisungen für das Abendessen geben. Stephanie hatte den Eindruck, von einer unanfechtbaren Vertreterin der Mutterschaft der Vernachlässigung beschuldigt zu werden. Tatsächlich war Daniel in Williams Alter oft lange allein gelassen worden, während Mrs. Orton Nachbarinnen besuchte oder einkaufen ging. Mrs. Orton sagte, Stephanie könne genausogut ein Buch bei ihnen zu Hause lesen, und Marcus sagte atemlos, sie würden schon zurechtkommen. Stephanie kramte eine alte Aktenmappe, ihren Oxford-Wordsworth, ihre Büchertasche hervor und machte sich auf den Weg zur Bibliothek.

Eine äußerst unbehagliche Zeitspanne trat für sie alle ein.

Stephanie stellte fest, daß es ihr rein physisch schwerfiel, vom Haus wegzuradeln. Es kam ihr vor, als sei sie durch ein langes Leinenband wie jene, an denen Kinder in Fabriken Maschinen bedient hatten, mit der Gestalt ihres Sohns in seinem geflochtenen Körbchen, eine Faust ans kleine Ohr geschmiegt, verbunden. Es kam ihr vor, als höre, fühle, rieche sie nachdrückliche Laute, Luftbewegungen, Gerüche, die sie zurückriefen, die ihre Rückkehr verlangten. Mühsam bewegte sie vernunftgetriebenen Fuß um vernunftgetriebenen Fuß.

Marcus ging nach oben und schloß sich in seinem Zimmer ein.

Mrs. Orton ließ sich im Sessel nieder, schlug *Woman's Realm* auf, schaltete das Radio ein und döste.

William hörte das Radio, bewegte sich ein bißchen, kratzte bei einer heftigen Bewegung der kleinen Faust versehentlich seinen Nasenrücken und ließ einen Jammerlaut ertönen. Seine eigene Stimme erschreckte ihn noch mehr; er sog Luft ein und stieß einen quäkenden Laut aus.

Marcus trat wie auf Eiern aus seinem Zimmer und lauschte. Williams Jammern klang unsicher.

Mrs. Orton rief: »Junger Mann, der Kleine schreit.«

Marcus erwiderte nichts. Mrs. Orton klopfte mit einem Buch, das dalag, auf den Tisch. William brüllte, als er das Geräusch hörte. Marcus schlich zur Treppe.

»Junger Mann, Sie müssen ihn hochnehmen und nachsehen, was los ist.«

»Vielleicht schläft er wieder ein.«

»Da können Sie lange warten.«

Marcus öffnete die Tür zu Stephanies Zimmer und trat ein. Das wackelnde Weidenkörbchen stand hinter dem weißbezogenen Bett, nahe am Fenster. Williams Gebrüll hatte jetzt einen unermüdlichen Rhythmus angenommen, als wäre Atmen identisch mit Heulen. Marcus näherte sich ihm. Der kleine Körper, der die Decke weggestrampelt hatte, wand sich wie im Fieber. Das Gesicht sah amorph und vielfarbig aus, anemonenblaß bis tief- und zornespurpurrot. Marcus bückte sich und hob das Baby hoch, wie er es bei Stephanie gesehen hatte, indem er es unter den Armen ergriff. Das Kind war leicht zu heben, es war leichter, als es aussah, aber sein Gestrampel machte es unberechenbar. Mit enzianblauem Gesicht hielt es die Luft für einen schrecklichen und langen Augenblick an und stieß sie dann in lautem Klagegebrüll aus. Marcus, der es jetzt flach auf dem Rücken ängstlich vor sich hertrug, tastete sich zur Treppe vor.

Er blieb stehen, um den kleinen Körper beim Abstieg richtig zu halten. Seine Augen blickten in die dunklen zornigen Augen. Das Baby war jemand. Hilflos und wütend wirkte es dennoch nicht flehend, sondern tyrannisch.

Marcus ging zwei, drei Stufen hinunter. Und dann weitere. »So hält man kein Baby«, sagte Mrs. Orton.

In der Bücherei legte Stephanie ihre Bücher vor sich hin. Niemals zuvor hatte sie gearbeitet ohne die äußerliche Sanktion, daß sie einen Aufsatz schreiben, sich auf eine Prüfung oder den Unterricht für die Klasse vorbereiten mußte. Zwischen den Regalen mit Literatur, Politik, Haushalt, Garten, Kindererziehung und Philosophie standen zwei Tische mit Metallbeinen und Formicaoberflächen.

Die anderen seßhaften Besucher waren lauter Männer. Zwei Landstreicher, deren einer eine Zeitung las, während der andere sich hinter aufeinandergeschichteten Bänden der *Encyclopaedia Britannica* verschanzt hatte. Der eine trug einen lehmfarbenen Sweater voller Laufmaschen, der andere einen schwarzen Mantel wie ein Totengräber. Ein sehr gepflegter, sehr alter und sehr kleiner Mann mit einem Vergrößerungsglas in der zittrigen Hand und einem Stapel Bücher, dem sich nicht entnehmen ließ, was seine Beschäftigung war: *Englische Bäume, Der Ursprung der Arten, Die offene Gesellschaft und ihre Feinde, Kräuter im eigenen Garten*. Ein dünner junger Mann, möglicherweise Student, mit einem mathematischen Handbuch.

Zwei, drei Hausfrauen oder augenscheinliche Hausfrauen standen plaudernd bei den Regalen mit Literatur.

Stephanie beschloß, die *Ode an die Unsterblichkeit* nur zu lesen, ohne sich ablenken zu lassen. Sie hegte die undeutliche Vorstellung, daß sie in der Lage wäre, eine Dissertation über Wordsworth für die neue Universität zu schreiben, wenn es ihr gelang, sich zu konzentrieren. Nicht ohne Panik hatte sie sich das bißchen Raum und Zeit erkämpft, um nachzudenken, und nun schien sie außerstande zu denken. Aus der ihr nunmehr erstaunlich frei und weiträumig erscheinenden Studienzeit erinnerte sie das Phänomen des ersten Arbeitstages bei einer neuen Aufgabe. Man mußte den Geist von seinen gewohnten Alltagsgedanken freischütteln: Kaffee einkaufen, ich bin verliebt, das gelbe Kleid muß in die Reinigung, Tim ist nicht glücklich, was fehlt bloß Marcus, wie soll ich mein Leben leben? Es dauerte eine Zeitlang, bis die Aufgabe lösbar wurde, länger, bis sie Leben erhielt, und noch länger, bis sie zwingend und alles bestimmend wurde. Vor dem eigentlichen Denken mußte eine Zeit der Zerstreutheit liegen, in der sich nichts ereignete, eine Zeit des Gähnens, der müßig schweifenden Blicke und Füße, der Unlust, das zu tun, was man schließlich mit Lust und Eifer tun würde. Gedankenfetzen mußten sich bilden und gesammelt und mit anderen Fetzen alter Gedanken aus brachliegenden Gedächtniskammern verbunden werden. Von Marcus und Daniels Mum und, schlimmer, von William, dessen körperliches Sein ihr inneres Auge und fast ihr ganzes Kurzzeitgedächtnis ausfüllte, hatte sie kaum Zeit genug für diesen Zustand der Leere ertrotzt, geschweige denn für die Konzentration danach. Sie sagte sich, daß sie lernen mußte, ohne die Leere auszukommen, wenn sie überleben wollte. Sie mußte Tricks anwenden. Sie mußte lernen, in Busschlangen, im Bus, auf der Toilette, zwischen Tisch und Spüle zu denken. Es war schwer. Sie war müde. Sie gähnte. Die Zeit stand nicht still.

Marcus reichte William wortlos Mrs. Orton, die ihn an ihre Brust preßte, was sein Geschrei in Erstickungslaute verwandelte, und ihm ein paar Klapse auf den Po gab. Marcus trat von einem Fuß auf den anderen in der unbestimmten Furcht, William könne keine Luft mehr bekommen. Nicht weniger erschreckend war für ihn der Gegensatz zwischen Williams Zerbrechlichkeit und Mrs. Ortons Körperfülle. Der pralle Glanz ihrer Kunstseidenstoffe und ihrer karmesin- und purpurroten Hände, die aus Manschetten mit kleinen Kugelknöpfen wie Tropfen geschmolzenen Fetts ragten, ekelte ihn an.

Neben den erstickten Lauten machte William jetzt neue Geräusche; er preßte das Zahnfleisch aufeinander, sein Gesicht wurde scharlachrot, puterrot, hyazinthenrosa und plötzlich bleich, und sein gepolstertes Hinterteil wurde von einer Reihe feuchter Explosionen erschüttert.

»So, jetzt müssen Sie ihn wickeln. Dann geht es ihm wieder besser, nicht wahr, mein Herzchen?«

»Das kann ich nicht.«

»Soll ich mich etwa mit meinem Rheuma die Treppe hochquälen? Los, junger Mann, nicht so zimperlich. Ich sag' Ihnen, wie es geht, und Sie machen es.«

»Ich – ich –«

»*Sie* haben seiner Mum gesagt, daß Sie zurechtkommen. Ich hab's gehört. Sie können ruhig mal was tun. Los, richten Sie die Sachen her. Sie brauchen saubere Windeln – eine Mullwindel und ein Handtuch – und Watte und Babypuder und warmes Wasser. Gehen Sie hoch, und rufen Sie, wenn Sie die Sachen nicht finden.«

Marcus ging widerstrebend die Treppe hoch. Er fand die Gummidecke und das Badetuch, auf denen das Baby gewickelt wurde, und legte sie aufs Bett. Die anderen Dinge fand er ordentlich in einer Plastikschüssel verstaut. Er ging Stufe um Stufe hinunter, um William zu holen.

Etwas Gelbliches war unter dem Gummizug von Williams ungefügem himmelblauen Schlüpfer herausgesickert und hatte auf der pflaumenfarbenen Seide seine Spur hinterlassen.

»Es kommt raus«, sagte Marcus mit kaum hörbarer Stimme.

»Geben Sie mir ein Stück Watte. Ziehen Sie sich die Gummischürze an. Los, machen Sie schon.«

Er ging nach oben. Riß weißen Flaum vom weichen weißen Wattezylinder ab. Zog sich die Gummischürze an, die mit weißem Frottee gefüttert war. Sie roch nach Gummi, nach Zauberhasel, sie roch weiblich, vielleicht nach Stephanie. In ihrem Kommodenspiegel sah er seine schmale, geschlechtslose Gestalt in diesem rüschenbesetzten Kleidungsstück. Er kam sich albern vor, mehr als albern. Er ging hinunter.

»Ich muß schon sagen, Sie sehen wie ein ausgemachter Idiot aus. Nehmen Sie das Kind – los, das ist nur verdaute Milch, das tut Ihnen nichts. Sowas von einem Trottel hab' ich noch nie erlebt. Noch nie.«

Sie riß ihm die Watte aus der Hand und begann damit an der Seite ihrer gewaltigen Brust herumzureiben, schnüffelnd, mit zusammengepreßten Lippen murmelnd, sichtlich nicht willens, sich aus dem Sessel zu erheben.

Marcus nahm William wieder an sich und hielt ihn auf Armeslänge von seiner Schürze entfernt.

»Auf die Art lassen Sie ihn noch fallen. Einen wie Sie darf man nicht auf die Menschheit loslassen, das muß ich schon sagen. So dumm, wie Sie sind, können Sie nicht mal auf die Welt gekommen sein. Jetzt machen Sie endlich voran.«

»Ich bin schon dabei.«

Stephanie erinnerte sich – noch immer zerstreut – an andere Bibliotheken. Hauptsächlich an die Bibliothek der Universität von Cambridge im Sommer ihrer Abschlußprüfungen. Sie erinnerte sich an den Sinneseindruck, den es bedeutete, *Wissen* erworben zu haben, einer These habhaft geworden zu sein, eine Illustration zu erkennen, auf eine Verbindung oder ein Bindeglied zwischen diesem Gedanken der griechischen Antike und jenem englischen Gedanken des siebzehnten Jahrhunderts in anderen Worten zu stoßen. Das Wissen brachte eine eigene Wollust mit sich, ein eigenes glühendes Wohlbefinden, wie guter Sex, wie ein Tag bei strahlender Sonne an einem heißen, leeren Strand. Sie dachte an diese unterschiedlichen Arten von Licht, an Platons Sonne, an Daniels Körper, an den ersten Augenblick in Wills eigenem Leben, an sich selbst im Sonnenlicht, und sie dachte mit einer Klarheit, wie sie seit geraumer Weile nicht mehr gedacht hatte, an »mein Leben«, an die ersehnte Form »meines« Lebens, die ihr in jener früheren Bibliothek so klar und strahlend erschienen war. Sie dachte: Das hat keinen Sinn, ich muß über die *Ode an die Unsterblichkeit* nachdenken. Ich habe keine Zeit, nicht mehr. Und sie erkannte, daß sie bereits über die *Ode an die Unsterblichkeit* nachdachte, daß das Gedicht von ebendiesen Dingen handelte, von der Herrlichkeit auf Erden, dem Bedürfnis nach Denken, der Form eines Lebens, dem Licht.

Sie stand im Begriff wirklich zu denken. Und wie immer in

diesem Moment schärfte sich ihre gesamte Wahrnehmungsfähigkeit. Sie sah die grau bereiften Fenster der Bücherei, die schlachtschiffgrauen Metallregale, den kieseligen gebohnerten Zementboden, der sich mit dem exzentrischen Formica des Tischs, an dem sie saß, nicht vertrug. Einer der alten Männer zerteilte heimlich unter dem Büchereitisch ein Stück Brot und etwas, was vielleicht ein Käsestück war, und schob sich kleine Häppchen in den Mund, wenn die Blibliothekarin nicht hinzusehen schien. Der kleine Mann mit dem Vergrößerungsglas hatte sich zu *Leviathan* durchgearbeitet. Er gefiel ihr, alles gefiel ihr. Sie konzentrierte sich auf das Gedicht.

Marcus legte das Baby auf sein Gummituch und öffnete die unteren Knöpfe des Schlüpfers, behindert von ziellosem Gestrampel. Im Schlüpfer entdeckte er eine durchsichtige Plastikunterhose, mit blaßgelbem flüssigen Stuhl gefüllt, und irgendwo am Beinansatz eine versteckte Sicherheitsnadel. Würgend schälte Marcus die Hose herunter und ließ sie auf den Schlafzimmerteppich fallen, wo sie einen Flecken machte. Die Sicherheitsnadel bereitete ihm einige Minuten lang Kopfzerbrechen. Ihr Verschluß war im Stuhl verborgen, und sie ließ sich nur schwer aus der nassen Windel ziehen. Als er sie herauslöste, strampelte das Baby wieder, und Marcus traten Tränen in die Augen, als er sah, wie die Speckröllchen des Oberschenkels sich der Nadelspitze näherten. Er konnte es nicht. Er konnte es nicht. Er zog an der Windel – er hatte sich nicht den Trick gemerkt, das Baby an den Knöcheln in die Luft zu heben – und hinterließ eine neue gelbe Spur auf der Außenseite des Kinderjäckchens, dem Bettüberwurf und dem Teppich. Ihm fiel ein, daß er die Nadel verlegt hatte, die sich jetzt möglicherweise unter dem Kind befand, und daß er auch nicht bedacht hatte, wie er das warme Wasser von der Kommode herschaffen sollte, ohne dem Baby den Rücken zu kehren, so daß es vom Bett rollen oder fallen konnte. Folglich hüpfte er eine Zeitlang unentschlossen hin und her, eine Hand auf dem Bauch des Babys, eine nach der Wasserkanne ausgestreckt, bevor er zwei Ausfälle wagte, das Baby rettete, die Hälfte des Wassers auf den Teppich verschüttete und das Ganze wiederholen mußte, um an die Watte zu kommen.

Der nächste Abschnitt war das schlimmste. Er wischte und rieb und würgte und putzte und entdeckte gelbe Spuren in den Falten des Hodensacks und wunde Stellen an den Hinterbacken. Auf dem Teppich sammelte sich ein Kreis schmutziger Wattebäusche an. Marcus brach der Schweiß aus. Er fand die Nadel, die wie ein Dolch auf das Rückgrat des Babys gerichtet war. Ein weiterer Ausfall war erforderlich, um den Puder zu holen.

Es war ihm unbegreiflich, wie eine Windel lediglich durch eine Sicherheitsnadel zu Unterwäsche werden konnte. Er faltete, faltete abermals, steckte überstehende Enden weg, stieß die Nadel todesmutig hinein, wartete auf Schreie, knöpfte die Knöpfe zu und vergaß die Plastikunterhose. Lange spitze Schöße unbenutzter Windel hingen aus dem Gebilde, das er gesteckt hatte. Aber es war vollbracht. Als er ans Kopfende zurückkam, sah er, daß das Baby ihn anblickte. Die gespitzten Lippen zitterten, und Mund und Augenwinkel verzogen sich nach oben. Marcus, der zurücktrat und sich fragte, ob dies ein echtes, beabsichtigtes Lächeln war, trat auf die schmutzige Windel und hob seinen weitgehend gereinigten Schutzbefohlenen auf.

Die *Ode an die Unsterblichkeit* ist neben anderem ein Gedicht über Zeit und Erinnerung. Als Schülerin, als achtzehnjährige Abiturientin, hatte Stephanie Wordsworth' Einschätzung der Wahrnehmung kleiner Kinder skeptisch beurteilt. Sie hatte nicht den Eindruck gehabt, daß kleine Kinder besonders gesegnet oder glückselig waren.

Nun, als Fünfundzwanzigjährige, die sich alt vorkam, interessierte sie sich mehr für die Distanz, für die Andersartigkeit von Kindern, denn sie hatte einen Sohn. Sie las das Motto »Das Kind ist Vater des Mannes« und dachte an William, an das Licht, das ihn überströmt hatte, an den Mann, der er sein würde. Dann las sie mit größerer Aufmerksamkeit jene Stellen über das Kind in der Gedichtmitte, die sie als Mädchen oberflächlich überflogen hatte, weil sie ihr plumper, gewöhnlicher, weniger zauberisch erschienen waren als die paradiesische Vision des Regenbogens und der Rose, der Wasser in sternenklarer Nacht, des einen Baumes, der einen Blume.

Es gab zwei aufeinanderfolgende Strophen über das Kind.

Die erste schilderte, wie es Rituale und Rollen lernte, die zu seinem »Traum des Menschenlebens« gehörten, wie es Hochzeit und Beerdigung spielte und die Personen von Shakespeares sieben Altersstufen des Menschen. Diese Strophe erinnerte sie nun an Gideons soziologische Predigt. Die nächste Strophe, diejenige, die Coleridge erschreckend und unbefriedigend gefunden hatte, ist eine Abfolge von Metaphern, die das Seelenleben mit Begriffen der Tiefe und Begrenzung beschreiben. Zu Coleridges ausgeprägtem Unwillen ist das Kind ein »Auge unter Blinden / Das taub und still ewige Tiefe auslotet«. Stephanie begriff mit einemmal, daß die wiederholten, verschiedenartigen »Tiefen« dieser Strophe zu Wordsworth' Sicht einer Finsternis gehörten, die Leben und Denken war, ein widersprüchliches Bild von gleicher Wahrheitsgetreue wie die menschlichen Gepflogenheiten und Rollen der vorausgegangenen Beschreibung des geliebten Wesens in Pygmäengröße. Beide vereinten sich in den letzten Zeilen der zweiten Strophe, wo der Dichter dem Kind versichert, daß »Gebräuche«

auf dir liegen sollen, vom Gewicht
Schwer wie der Frost und wie das Leben fast so tief.

Die »ewige Tiefe« der Wasser in der Schöpfungsgeschichte ist zu der Tiefe geworden, in welche die Wurzeln reichen, gerade eben über die Beschränkungen, das Gewicht des Frosts hinaus. Sie war gerade alt genug, um zu begreifen, daß »Gebräuche« einen so niederdrücken konnten. Die Zeilen bewegten sie ähnlich, wie ihr eigener früherer Gedanke »Ich bin der Biologie ausgeliefert« sie bewegt hatte. Und dennoch verspürte ihr Geist Euphorie; sie hatte *gedacht*, sie hatte die Beziehung zwischen den Rollen des kindlichen Darstellers und Begrenzung und Tiefe deutlich erkannt. Sie verspürte ein Gefühl der Freiheit, sah auf die Uhr, sah, daß ihr keine Zeit blieb, das aufzuschreiben oder auszuarbeiten. Und noch während sie auf die Uhr sah, verwandelte sich das, was ihr als Erkenntnis der Wahrheit erschienen war, in eine banale Allerweltserkenntnis.

Marcus kam mit William die Treppe herunter. Mrs. Orton setzte sich auf und spreizte ihre dicken Knie.

»Hier; geben Sie ihn her. Wollen mal sehen, wie Sie sich angestellt haben.«
»Es ist schon in Ordnung. Ich kann ihn halten.«
»Geben Sie ihn her.«
»Nein, ist schon gut. Ich halte ihn.«
»Sie können mit einem Baby nicht mehr anfangen als ein Holzklotz. Sehen Sie sich doch selber an. Ellbogen und linke Hände. So eine Jammergestalt gibt es kein zweitesmal.«
Marcus zog sich zum Fuß der Treppe zurück. Er wollte ihr William nicht geben. Sie trug eine große Brosche mit künstlichen Porzellanrosen auf ihrem Spitzeneinsatz, und die Nadelspitze ragte hervor. Er wollte nicht, daß sie sah, was er mit Williams Windel angestellt hatte. Er wollte nicht, daß William gegen die Nadel gedrückt wurde.
»Es ist so in Ordnung, hab' ich gesagt.«
»Sie sind ein richtig unverschämter Lümmel, was? Immer überall dabei, wo Sie rein gar nichts zu suchen haben, sich dauernd aufspielen, um sich interessant zu machen, Leuten, die hier wohnen, das Leben schwermachen, und sich so anstellen, bloß weil Sie eine Windel wechseln sollen. Warum gehen Sie nicht zu Ihrer eigenen Mum zurück, Sie Tunichtgut? Ich sag' Ihnen, warum, weil Sie dort was tun müßten, das ist der Grund. Wenn das hier *mein Haus* wäre, dann hätte ich Sie schon längst an die Luft gesetzt, das können Sie mir glauben, und Sie könnten für sich selber sorgen. Ein richtiger Waschlappen sind Sie mit Ihrer käsigen Visage und Ihrem Getue. Und mit Ihrer Bosheit. Jetzt geben Sie mir endlich den Kleinen, bevor Sie ihm direkt noch was antun.«
»Ich habe ihm oben nichts angetan. Sie hätten selber hochgehen und die Windel wechseln können. Ich hab' oft genug gesehen, wie Sie rauf- und runtergehen, wenn Sie sich unbeobachtet fühlen. Sie können es nämlich.«
»Ach, jetzt geben wir auch noch freche Antworten, was? Ich muß wohl erst kommen und ihn holen.«
Zu Marcus' Entsetzen hievte sie tatsächlich ihre Fleischesmassen aus dem Sessel und watschelte langsam auf ihn zu. Entscheidungsunfähig stand er mit dem Rücken am Treppenpfosten; es lag nicht in seiner Natur, William fester an sich zu

drücken; Mrs. Orton wälzte sich herbei, und ihre fettgepolsterten Hände griffen nach Williams Schultern. Marcus hielt das Baby unentschlossen fest. Mrs. Orton, die William gepackt hielt, rutschte auf einem Vorleger aus und landete auf dem Steinfußboden. William, der Zankapfel, ging ebenfalls zu Boden. Marcus setzte sich auf die Treppe. Das Baby lag reglos zu seinen Füßen. Mrs. Orton begann Zeter und Mordio zu schreien und wälzte sich hin und her wie ein gestrandeter Wal.

Stephanie, in Gedanken mit den platonischen Aspekten der *Ode an die Unsterblichkeit* beschäftigt und körperlich überaus besorgt um William, kam durch die Eingangstür herein.

Ein schreckliches Schweigen trat ein, und dann hatte Stephanie, die ihre Bücher hinwarf, ihren reglosen Sohn hochgehoben, der wie auf Knopfdruck zu schreien begann. Mrs. Orton rief, sie sei sicher, daß sie wieder einen Knochen gebrochen habe, es tue furchtbar weh, sie müßten sofort einen Arzt rufen, und es sei alles die Schuld dieses Idioten, der für rein gar nichts gut sei, der erwarte, daß man ihn vorne und hinten bediene, vorne und hinten, und die Schmerzen seien unerträglich, man solle endlich einen Arzt holen.

»Marcus, bitte hilf ihr hoch.«
»Das kann ich nicht.«
»Marcus! Dann halte bitte William.«
»Ich würde ihm das Baby nicht anvertrauen, nicht nach dem, was er eben angestellt hat...«
Stephanie biß die Zähne zusammen und sagte: »Kannst du aufstehen, wenn ich dich hochziehe?«
»Nein. Nein.«
»Dann hole ich ein Kissen. Und rufe den Arzt.«

Nachdem sie das getan hatte, nahm sie William von Marcus entgegen. Sie setzte sich und drückte ihn an sich, vor Schrecken und Schock und Schuldgefühlen schaudernd. Ihre Hände waren schweißgetränkt.
»Er hat ja gar keine Windel an. So gut wie keine. Wo ist seine Gummihose? Wer hat die Windel gewechselt?«
»Ich.«

»O *Marcus*. Wirklich, *Marcus*!«
Sie begann zu weinen.
Marcus ging nach oben und schloß sich in sein Zimmer ein.
Mrs. Orton lag auf dem Boden und murmelte Schimpftiraden, bis der Arzt erschien und verkündete, daß sie eine Prellung, aber keinen Bruch erlitten habe. Er und Stephanie halfen ihr die Treppe hoch, damit sie sich ins Bett legen konnte. Er sah nach dem Baby, das eine Schürfwunde an der Schläfe hatte, aber ansonsten munter und wohlauf war. Stephanie küßte die wunde Stelle und weinte. Erste Verletzungen neuer Haut haben etwas besonders Schmerzliches.

13. Die Mumien

»Träumen Sie?« fragte der Psychiater Marcus routinemäßig.
»Ich hatte einen Alptraum, nachdem ich das Baby fallen gelassen habe.«
»Können Sie ihn beschreiben?«

Sie hatten auf gepolsterten Stühlen im Kreis gesessen, ihre Knie hatten einander berührt. Es war ein Gesellschaftsspiel, und im Geist etikettierte er es mechanisch als Gesellschaftsspiel, obwohl nicht klar war, ob es sich eher um »Die Reise nach Jerusalem« oder um »Jetzt fahr'n wir übern See« oder um eines jener obszönen Spiele handelte, bei denen man mit Knien, Nasen oder einem Tennisball zwischen Ohr und Kinn etwas weiterreicht, ohne es fallen zu lassen. Alle Leute im Traum hatten steif und ausgestopft gewirkt, mit unförmigen Röcken und dicken Schürzen über den Knien. Ihre Knie hatten einander berührt. Er war einer von ihnen gewesen. Er wußte nicht mehr, was man sich weitergereicht hatte.
Und dann war er plötzlich ein zusammengekauertes Opfer in der Mitte des Kreises, und sie rückten näher heran, betagte Frauen, die ein Spiel spielten, bei dem sie so taten, als schlügen sie ihn, doch statt dessen knieten sie sich alle aneinandergedrängt auf ihn. Ihre gesichtslosen Köpfe waren zur Gänze in dicke weiße Baumwollfäden eingesponnen wie jene Kaktusse, die von weichen grauen Fasern bedeckt sind.

Sie entsponnen und entwickelten sich zu Streifen um Streifen von Bandagen und widerlichem Stoff, und mit dem Stoff löste sich ihr verwesendes Fleisch ab. Und er etikettierte sie als die Mumien. Sie bedeckten ihn mit dem, was sie von den gedrungenen Spulen ihrer Körper abwickelten. Sie arbeiteten emsig, emsig.

»Ich befand ich in einem Kreis von Leuten. Na ja, Frauen. Sie erdrückten mich. Ihre Kleider gingen ab. Ich nannte sie Mumien.«
»Haben Sie vielleicht etwas gegen Mütter?«
»Vielleicht.«
»Können Sie sagen, warum?«

In der Woche darauf ging Marcus nach Hause zurück. Eines Tages erschien er in der Küche seiner Mutter und sagte einfach, wie er es immer hätte tun können: »Ich bin wieder da.« Sie briet zur Feier des Tages ein Huhn, und Bill schüttelte ihm lange die Hand, als er von der Schule kam, aber weitere Worte fielen nicht bis auf »Mir gefällt die weiße Farbe, es ist schön, nach Hause zu kommen und weiße Farbe zu sehen«. Stephanie führte sich verärgert vor Augen, daß ihre Sanftmut und Daniels Geduld, Mr. Rose' Sachverstand und Winifreds Liebe kein nennenswertes Gewicht besaßen, das ihn zum Handeln zu veranlassen vermocht hätte, verglichen mit Mrs. Ortons Gemeinheit und einer schmutzigen Windel. Sie begriff, daß Marcus wieder am Leben teilnahm, soweit es ihm überhaupt möglich war. Aber wer würde nun auf William aufpassen, sollte sie jemals versuchen wollen, den Gedanken über die *Ode an die Unsterblichkeit* zu Ende zu denken?

14. *Bilder und Metaphern*

Dies war Alexanders Bloomsburyzeit. Er arbeitete im Funkhaus, wo er, zum erstenmal im Lauf seiner siebenunddreißig Lebensjahre, zu einer nichterzieherischen Anstalt zählte, mit einem Büro, einer Sekretärin, einem Gehalt, einer Hierarchie, einem Verhaltenskodex. Er wurde beratender Spielleiter genannt, aber er hatte nicht direkt mit Gesprächen oder Hörspielen zu tun. Man erwartete »Ideen« von ihm. Er trank mit Dichtern, Gentlemen und reisenden Gelehrten im Gasthaus The George.

Er wohnte als zeitweiliger Pensionsgast in der Mietwohnung seines Freundes Thomas Poole, der von einem Lehrerseminar in Yorkshire an das Crabb-Robinson-Institut gekommen war. Seine Eltern führten noch immer ihr Hotel in Weymouth. Er war zur Schule gegangen, nach Oxford und hatte selbst unterrichtet, und immer wieder war er für kurze Zeit zu dem Hotel zurückgekehrt, wo er in beliebigen Zimmern wohnte, die gerade frei und passend war. Er war daran gewöhnt, auf ein Zimmer in einer von anderen verwalteten Einrichtung beschränkt zu sein. Näher als nun mit den Pooles – selbst in den frühen Tagen der Apfelsinenkisten und zu kurzen Vorhänge – war er häuslichem Alltagsleben noch nie gekommen.

Der Mietshausblock aus rotem Backstein, mit Schiebefenstern in steinernen Rahmen und Mahagonitüren mit poliertem Messing, lag zwischen der Tottenham Court Road und der Gower Street. Mahagonitüren mit poliertem Messing. Er stammte vom Anfang des Jahrhunderts, gedacht als solides Stadtdomizil für Familien mit vielleicht ein, zwei Dienstboten. Als die Pooles einzogen, war die Küche noch mit einem System aus elektrischen Signalglocken und -lichtern ausgerüstet, mit denen diese Leute gerufen wurden; kleine Scheiben drehten sich zitternd in einem Glaskasten oberhalb der Legenden: Salon, Herrschaftszimmer, Kinderzimmer. Es war nicht klar, welche Zimmer damit bezeichnet wurden, und die Glocken funktionierten nicht mehr. Es gab vier große Zimmer und vier kleine, die von einem langen, dunklen Gang abgingen. Die Dienstbotenräume – Küche, Speisekammer, kleines, schrankartiges Schlafzimmer – sahen auf einen weißgefliesten, von Schmutzflecken gemaserten, von Fensterkästen durchbrochenen Lichtschacht, in dem an heißen Tagen Musik und Stimmen widerhallten. Die Pooles wohnten ganz oben, im sechsten Stock. Die größeren Zimmer gingen zur Straße, und durch die Glaserker konnte man die Spitzen der Londoner Platanen sehen, Schwärme von Tauben und in späteren Jahren die verwirrenden Scheiben und Zylinder des Post Office Tower, der über gegenüberliegenden Dächern Stufe um geometrische Stufe wuchs. Alexander hatte ein Zimmer in dem am weitesten von der Küche entfernten Teil der Wohnung. Es war luftig und leer und still. Er hatte nur wenige Dinge darin, weil er nur zeitweilig da war. An der weißen Wand hingen seine alten Drucke, jetzt unter Glas, der *Knabe mit Pfeife* von Picasso, die *Gaukler*, das Plakat seiner eigenen *Straßenmusikanten*, die *Danaïde* von Rodin. Dazu hatte er ein Plakat der Londoner Produktion von *Astraea* aufgehängt, das Darnley-Porträt mit einem Rand aus Tudor-Rosen. Weiter kleinere Drucke der *Sonnenblumen* und des *Gelben Stuhls* von van Gogh. In Cambridge las Frederica gerade in *Wiedersehen mit Brideshead*, wie Charles Ryder seine *Sonnenblumen* verschämt abhängte und zur Wand drehte. Alexander gaben sie täglich mehr zu denken und mehr Freude; jahrelang hatte er sie gesehen, ohne sie wirklich zu sehen. Der Druck war ein grünliches Gelb, anders als die Farbe, die er wiedergab. Alexander hatte eine provenzalische Bettdecke mitgebracht, ein geometrisches Blumenmuster auf dunklem dottergelben Grund, und er und die Pooles hatten für die Fenster einfache gelbe Vorhänge ausgewählt, die recht gut dazu paßten. Also war das Zimmer gelb und weiß, mit einem grauen gerippten Teppich.

Er war nach London gekommen in der Art erfolgreicher Schriftsteller oder erfolgreicher Figuren gegen Ende jener soziologisch eingefärbten Romane, die Werte und Tugenden der Arbeiterklasse im Norden analysierten und feierten und deren Autoren und Helden sich, so schnell sie konnten, in die geschäftige Hauptstadt aufmachten. Auch die Pooles waren dabei, sehr bewußt die Provinz zu verlassen und sich in Hauptstädter zu verwandeln. Sie hatten fast alles hinter sich gelassen – die dreiteilige Garnitur, die Wilton-Teppiche, die Bücherschränke, das Familiensilber. Elinor Poole sagte zu Alexander, das Aufregende sei, daß die Wohnung einfach eine Wohnung sei, nichts als das, daß die Räume, alle in einer Reihe, einfach Räume seien. Man konnte in jedem oder in allen von ihnen schlafen oder essen oder arbeiten. Sie statteten sie mit gerippten Spannteppichen in Silber und Grautönen und mit geometrisch gemusterten

Vorhängen aus und strichen die Wände weiß. Schreiner fertigten funktionale Regale und Schränke. Die Kinder hatten helle finnische Bettdecken, scharlachrot, blau, gelb. Sie hängten einen Druck von Ben Nicholson auf, ein Matisse-Plakat. Alexander gefiel es.

Ebenso gefiel ihm die neue Üppigkeit und Feierlichkeit ihrer Mahlzeiten. Seine erste Vorstellung von der Gower Street war die der Gower Street bei Henry James gewesen – die ununterbrochene dunkelgraue Linie einer georgianischen Häuserzeile, gesäumt von quietschenden Wagen. Auf seinem täglichen Weg zur BBC entdeckte er die Herrlichkeiten der Goodge Street und Charlotte Street, italienische Lebensmittelgeschäfte mit dem Duft von Käse, Weinfässern, Salami, jüdische Bäckereien mit dem Duft von Zimt und Mohn, zypriotische Gemüseläden mit einer Überfülle an Dingen, die es im Norden nicht gab – Auberginen, Fenchel, große Artischocken, Zucchini, glitzernd, glänzend, grün, violett, sonnenschimmernd. In dem wundervollen Laden Schmidt's Delikatessen konnte man Sauerkraut aus hölzernen Fässern kaufen, schwarzen Pumpernickel, gebrühte und ungebrühte Würste, riesige Brandteigkrapfen und kleine Tassen schwarzen Kaffees. Bei Schmidt's bekam man kleine Zettel und bezahlte alles zusammen an einer zentralen *caisse*, über die eine stockstelfe, schnurrbärtige Dame in schwarzem Kleid mit Spitzen herrschte. Bei Belloni's sprach der große Luigi schnelles Italienisch und schnelles Cockney und wog spitze Papiertüten voll schwarzer und grüner Oliven ab, eine winzige Tüte mit starkduftenden, verhutzelten Stückchen Muskatblüte, einen Mozzarella in kühlem, nassem, mit Stroh zusammengebundenem Papier. All das war urban, international, es war oder schien zeitlos. Es war auch ein Dorf, sein Dorf.

Dies war die frühe Zeit von Elizabeth David, die eine ganze Generation mit gesunden Zähnen und ausgezehrten Sinnen sehen und riechen und schmecken und kochen lehrte.

Angaben aus diesen Kochbüchern zu diskutieren und zu üben, das war eine Gefälligkeit, die Alexander in dieser Zeit seines Lebens Elinor Poole erwies. Er kaufte für sie ein, förderte in der Küche aus seiner Aktentasche ein Paket frische Ravioli, eine Tüte weichen Parmesans, eine Vanilleschote zutage. Jeden

Tag gab es etwas Neues: Makrele mit Fenchel, ein Schmorgericht mit kleinen Tintenfischen, Pizza mit frischgemachtem Hefeteig. Dieses erdnahe Leben mitten in einer Stadt hatte etwas Wunderbares. T.S. Eliot hatte in *Beiträge zum Begriff der Kultur* streng geäußert, daß ein Volk nicht nur genug zu essen braucht, sondern auch eine passende und besondere *cuisine*.

Er gab seine frühere taktvolle Bemühung auf, nicht mit der Familie zusammen zu essen. Er merkte, daß die Pooles ihr tägliches Leben vorsichtig und zeremoniell führten, weil sie Angst hatten.

Thomas war wie Alexander im Verlauf der *Astraea*-Produktion von Long Royston von Liebe oder Sex gepackt worden. Anthea Warburton war im Sommer 1953 schnell und still von Thomas Pooles Kind befreit worden. Während der Zeit, die Alexander mit ihr im Mas Cabestainh verbracht hatte, hatte er sie nie Schmerz oder Bedauern erwähnen hören. Er hatte sie nie – explizit oder implizit – auf Poole Bezug nehmen gehört. Als dann Thomas und Alexander das Wohnungsvorhaben besprachen, war für Poole die Periode brennenden Schmerzes vorbei. Er und Alexander tranken ein paar Bier im Little John in Lower Royston, wo Poole sagte, wenn es Alexander möglich wäre, eine Weile bei ihnen zu wohnen, würde er ihnen damit wirklich einen Gefallen tun, weil er als Außenstehender helfen würde, etwas in Bewegung zu bringen, da alles etwas festgefahren sei, das lasse sich nun nicht leugnen. Elinor sei nicht wirklich über die Geschichte von letztem Sommer hinweggekommen. Alexander war nicht in der Lage zu fragen, was Poole selbst heute fühlte. Es herrschte die englische stillschweigende Wohlanständigkeit. Sie redeten miteinander über Dr. Leavis und das allgemeine Streben nach echtem Verständnis, darüber, wie sehr ihnen die Moore von Yorkshire fehlen würden, über den möglichen zukünftigen Nutzen des Fernsehens in der Erziehung. Dennoch war Poole für Alexander am ehesten das, was man einen engen Freund nennt.

Zuerst dachte er, es sei Elinor, die das Zeremonielle eingeführt hatte und hauptsächlich betrieb. Man konnte dies als Beschwichtigung ihres Mannes sehen, als eine täglich bewußt erneuerte Darbringung ihrer selbst als Ehefrau und Hausfrau. Wenn sie mit Alexander über neue Entdeckungen sprach – eine Mandoline im Kochartikelladen von Madame Cadec in der Greek Street, ein italienischer Pudding, den man aus Weichkäse, Rum und sehr fein gemahlenem Kaffee herstellte –, so hieß es doch immer von diesen Dingen, daß sie *für* Thomas hergestellt, erworben oder getan wurden. Sie zeigte Alexander Dolcelatte, cremig, aber nicht nach Ammoniak schmeckend, genau, wie Thomas sie mochte. Oder Anchovis aus einer dunklen, nassen Tonne in einem griechischen Laden. »Ich mag keine Anchovis, aber Thomas liebt sie.«

Alexander begriff, daß diese Fürsorglichkeit als Aggression oder Vorwurf interpretiert werden konnte. Das zeigte sich in der Art und Weise, wie die Kinder weggeschafft wurden – sanft und mit Nachdruck –, wenn sie sich in Bezirke der Wohnung wagten, wo Daddy angeblich war oder sein würde, um zu arbeiten. Es gab drei Kinder, Chris, Jonathan und Lizzie, acht, sechs und drei, die Jungen mit Thomas' quadratischem Gesicht, blondem Haar, geraden Mund, das Mädchen mit feinen farblosen Locken, so daß Alexander an Mauspelz und seine unbestimmte Blässe dachte und ihm erst dann auffiel, daß dieses Wort, wenn man es für Haar benutzte, von allen lebendigen Assoziationen entleert war. Die Kinder lebten, da sie keine Straße zum Herumrennen hatten, ebenfalls zeremoniell. Sie wurden zur Schule und zum Kindergarten über den Russell Square geführt. Sie wurden zum Park am Bloomsbury Square geführt, wo sie zielgerichtet Dreirad fuhren und herabgefallene Blätter sammelten. Alexander wußte zu wenig von Kindern, um zu erkennen, wie wenig diese sich stritten. Als er ihre Zeichnungen sah, erinnerte er sich daran, daß Elinor Kunstlehrerin gewesen war. Eine Collage, die sie gebastelt hatten – ein glitzernder Drache mit fleischigen Nasenlöchern aus Elastoplast und einem mit glänzenden Münzen und Perlen behängten wellenförmigen Körper –, nahm die ganze Länge der Küchenwand ein, und über ihr schlängelte sich wollener Rauch. Dinge, die sie gemacht hatten – ein Kuchen, ein Delphin aus Pappmaché –, wurden Thomas zeremoniell vorgeführt, damit er sie lobte. »Schau, was *wir* gemacht haben«, sagte Elinor und sonderte ihn durch die

Verwendung des Pronomens von ihnen ab. Und zu Alexander – anders, da er ihr Publikum und ihren Zeugen darstellte: »Schau, was wir gemacht haben.«

Thomas' Reaktionen waren ebenfalls zeremoniell. Er dankte Elinor für das gute Essen, dankte sorgfältig und genau, machte klar, daß er wußte, wieviel Arbeit es bedeutete, die Suppe zu pürieren, die Sauce zum richtigen Zeitpunkt fertigzustellen, den Salat anzurichten. Er debattierte mit den Kindern über ihre Bilder und Bastelarbeiten, schlug Ausflüge vor, um Dinge in London zu erkunden, den Zoo, die Uhren im Britischen Museum, die Kristalle im Naturwissenschaftlichen Museum. Das Leben der Kinder war voll von verblüffenden und interessanten *Dingen*.

Eines Morgens beim Frühstück formulierte es Alexander klar für sich selbst, daß die Verbindung der Menschen in dieser Wohnung sich auf Dinge gründete und mittels Dingen aufrechterhalten wurde. Er hatte keine richtige Vorstellung davon, was Elinor über Thomas dachte oder über Anthea oder auch über ihn selbst, aber er wußte genau, was sie über Kartoffeln, Kaffee, Wein dachte. Er selbst war so sehr daran gewöhnt, Dinge in Sprache wiederzugeben, daß er es schwierig fand, sie ohne inneres Namengeben und Vergleichen mit Worten zu sehen oder zu berühren.

Er hatte das undeutliche Gefühl, daß es möglich war, sich eine Situation vorzustellen, in der dieses geschäftige Namengeben und Vergleichen weniger als biologische Notwendigkeit erscheinen mochte, als ein gedankenloser Mensch wahrscheinlich vermutete. Die Arbeit mit Worten über einen Maler, der ausgezeichnet zu schreiben verstand, hatte ihn das gelehrt: Man konnte Dinge sehen, bevor man sie aussprach, ja, ohne sie auszusprechen.

Zum Frühstück gab es Müsli mit frischem Obst, frischgebrühten Kaffe in einer dunkelgrünen französischen Filterkanne mit Goldrand, Croissants, ungesalzene Butter, selbstgemachte Marmelade. Das Obst entsprach stets den Jahreszeiten: dunkle Burgunderkirschen, goldgrüne Reineclauden, wachsgolden gefleckte Pfirsiche, Pflaumen, neblig überhaucht auf Purpurschwarz. Er betrachtete Elinor, wie sie die Früchte anordnete, und dann betrachtete er die Früchte. Elinor stellte ihren Joghurt in einer weißen Schale, die mit einem perlenbestickten Musselintuch bedeckt war, selbst her; es war eine Zeit, als die Engländer im allgemeinen Joghurt nie gesehen hatten, geschweige denn in sterilen bunten Plastikbechern geliefert bekamen. Alexander dachte darüber nach, daß es eine Kultur war. Er reifte in der weißen Schale, er war von anderem Weiß, eine geronnene, herb schmeckende, glänzende Masse. Er war lebendig – mehr als die noch nicht abgestorbenen Pflaumen mit ihrer atmenden Haut, obwohl es den Keim gab, der im Inneren des Steins wartete. Der Frühstückstisch war ein Stilleben, mit dem einfachen Leben von Pflanzen und Kultur. Thomas reichte Elinor blasse gelbe Butter; Elinor hob den Deckel der Kaffeekanne; Alexander ließ Joghurt in die staubigen Samen und Flocken seines Müslis gleiten. Zwei Zitronen lagen zwischen den Pflaumen, um die Farbe zu betonen.

Wie sollte man das genaue Wort für die Farbe der Pflaumenschale finden? (Noch eine Frage war, *warum* man es wohl finden wollte, warum es nicht genug war, die Pflaume anzuschauen oder zu essen und zu genießen, aber Alexander empfand keinen Wunsch, sich dieser Frage zu widmen, nicht heute. Tatsache war, daß die Zitronen und die Pflaumen zusammen ein Muster bildeten, das er mit Vergnügen erkannte, und das Vergnügen war so zutiefst menschlich, daß es danach verlangte, bemerkt und verstanden zu werden.) Es gab die Schwierigkeit exakter Bezeichnung, die zum Teil die Schwierigkeit der Tauglichkeit von Adjektiven war. Haben wir genug Wörter, Synonyme, annähernde Synonyme für Purpur? Was ist eigentlich der gräuliche oder vielleicht weiße oder weißliche oder silbrige oder staubfarbene Nebel oder Schleier oder die Dunstigkeit über dem purpurnen Glanz? Wie beschreibt man die dunkle Furche von der Vertiefung am Stiel zum ovalen Ende, ihren tintigen Schatten? Teils mit Adjektiven; es ist interessant, daß man glaubt, Adjektive seien im Stil einer Prosa oder Lyrik Zeichen von Unklarheit und Verschwommenheit, wo sie in Wahrheit das Gegenteil sind, im besten Fall ein Präzisionsinstrument.

Ein Schriftsteller, dem es auf schmucklose Direktheit ankommt, könnte sagen: eine Pflaume, ein Pfirsich, ein Apfel, und indem er sie benennt, rufen diese Dinge im Geist jedes Lesers eine verschiedenartige Pflaume beziehungsweise Zwetschge hervor, eine matt tomatenrot- und grün-gefleckte Victoriapflaume oder eine sämiggelbe kugelrunde Pflaume oder eine feste und schwarz-purpurne Damaszenerpflaume. Wenn er die Vorstellung einer spezifischen Pflaume mit seinen Lesern zu teilen wünscht, muß er ausschließen und evozieren: eine matte, ovale, purpurschwarze Pflaume mit ausgeprägter Furche.

Man könnte das Wort »Hauch« für den Schleier auf dieser Pflaume benutzen, und im Geist jedes kompetenten Lesers würde die Vorstellung wachgerufen, daß die Pflaume schimmert, überhaucht von einer matten Seidigkeit. Man könnte von der festen Textur des Fleisches sprechen, und die Worte »Hauch und Fleisch« wären keine Metaphern, wie das obige »Furche« bestimmt keine Metapher war, sondern die Beschreibung einer gewachsenen konkaven Vertiefung. Aber man kann von dem geschäftigen, automatisch Verbindungen knüpfenden Gehirn mögliche Metaphern nicht fernhalten – menschliches Fleisch für Fruchtfleisch, den Hauch einer Stimme, rosig überhauchte Haut, den Hauch des Lebensatems für jenen pudrigen Schleier, menschliche Furchen, Höhlungen, Spalten für jenes einfache Substantiv. Die Farbe, die für Alexander auf der Suche nach dem genauen Wort dem Purpur der Pflaume am nächsten kam, war in der Tat die dunkle Mitte eines frischen und kräftig hervortretenden blauen Flecks auf menschlicher Haut. Aber die Pflaume war weder ein blauer Fleck noch menschlich. Deshalb vermied er – oder versuchte es – auf Menschen bezogene Worte, wenn es um die Pflaume ging.

Andererseits gefiel ihm das Wortspiel nicht übel, das ihm durch die Verknüpfung von der Joghurtkultur mit dem Frühstückstisch und seinen Reflexionen über T.S. Eliot und Elizabeth David geglückt war. Sprache stellte Beziehungen her, und dann stellte er reflektierend Beziehungen her zwischen Bakterienkultur, organischer Kultur, menschlichen Artefakten in einer Kultur, dem Leben des Geistes. Keineswegs faßte er das Wortspiel mit der Kultur – wie es romantische Verfechter der organischen Metapher vielleicht getan hätten – als tiefe Einsicht auf in das unvermeidliche Wachstum und die Lebensweise jedes einzelnen Wesens, Bakteriums, der menschlichen Sprache, des Lebens. Doch die Analogie war eine Methode des Denkens, und ohne Analogien war Denken unmöglich. Dessenungeachtet beunruhigte ihn das Wissen, daß es – zum Beispiel – Vincent van Gogh möglich war, dem Leben der Pflaumen näher zu kommen, als er es je können würde. Metaphern und Benennen mit Farbe waren etwas anderes, als sie es in der Sprache waren.

Die Sprache könnte die Pflaume mit dem Nachthimmel in Beziehung setzen oder mit bestimmten Weisen, eine brennende Kohle zu sehen, oder mit einer weichen Hülle, die einen harten Klumpen kostbaren Materials umgibt. Oder sie könnte einen abstrakten Begriff einführen, eine Reflexion – des Geistes, nicht des Spiegels. »Vollendung ist alles«, könnte die Sprache sagen, nachdem sie bemerkt hat: »Wir müssen leiden, daß wir gehn von hinnen, wie daß wir einst zu diesem Orte kamen.« Auch Farbe könnte so etwas tun. Gauguin machte eine Frau aus zwei Pfirsichen und einem Blumenstrauß. Magritte machte Brot aus Steinen und Steine aus Brot, eine Analogie, die ein Wunder bewirkt. Van Goghs Gemälde vom Schnitter in der Backofenhitze des weißen Lichts und dem wogenden Korn sagte ebenfalls: »Vollendung ist alles.« Aber der Unterschied, der Abstand faszinierte Alexander. Die Farbe als solche erklärt sich als Kraft der Analogie und Verbindung, eine Art Metaphernbildung zwischen der flachen Oberfläche purpurfarbenen Pigments und gelben Pigments und der Feststellung: »Das ist eine Pflaume.« »Das ist eine Zitrone.« »Das ist ein Stuhl.« »Das ist ein Frühstückstisch.« Pinselstrich, Können, die Signatur des einzelnen Bewußtseins, das sagte: »Das ist *meine* Pflaume, meine Zitrone, mein Tisch, mein Stuhl«, waren ebenfalls Verbindungsglieder, kleine Linien der Kraft, die Vorstellung eines Menschen von der Welt. Es ist unmöglich, *nicht* über den Abstand zwischen Farbe und Dingen nachzudenken, zwischen Farbe und Leben, zwischen Farbe und der »wirklichen Welt« (die andere Gemälde einschließt).

Es ist überhaupt nicht unmöglich, sondern durchaus üblich, nicht über den Abstand zwischen Wörtern und Dingen, zwischen Wörtern und Leben, zwischen Wörtern und Wirklichkeit nachzudenken. Ein Trompe-l'œuil-Gemälde bewundert man wegen seiner gekonnten mimetischen Täuschung. Im Schreiben kann es kein Trompe-l'œuil oder irgendeine andere Form vergnüglichen mimetischen Kitzels und Sinnenbetrugs geben. Sprache verläuft am Bekannten entlang, um es herum und durch es hindurch und ahmt es auf eine Weise nach, wie Malerei es nicht tut: Keiner hat je *gemalt*: »Legen Sie die Äpfel in den Korb und bedienen Sie sich!« Keiner hat sich je das Haus in Combray, den Wohnsitz des Vaters Goriot, Bleak House oder Fawns mit dem *gleichen* Gefühl vorgestellt, sie zu sehen, obwohl sie nicht real waren und nicht da waren, wie es sich beim Sehen des Gelben Hauses, der Meninas oder Vermeers stiller Frau einstellt, badend in stillem Licht, ewig Briefe lesend, die ewig unbeendet bleiben. Sogar diejenigen, die sich in Mr. Rochester verliebten oder mit Madame Bovary verzweifelten, haben jene Phantome in ihrer Vorstellung nicht auf dieselbe uneingeschränkte Weise wahrgenommen, wie sie sich – getrennt voneinander – Saskia oder Manets Berthe Morisot vorgestellt haben. Wir wissen von Anfang an, daß diese Geschöpfe aus Wörtern gemacht sind, wie die Sonnenblumen aus Farbe gemacht sind, aber Wörter sind unsere gewöhnliche Währung, wir alle verfügen über Wörter; wir sind vielleicht nicht fähig, einen Apfel zu malen, aber wir können bestimmt eine Ansicht darüber äußern, warum Elinor nichtpasteurisierten Joghurt mochte oder der junge Proust neurasthenisch war, weil sie weniger wirklich und unmittelbarer sind.

Wir wissen, daß Farbe kein Fruchtfleisch ist. Wir wissen nicht mit der gleichen Gewißheit, ob unsere Sprache sich nicht einfach auf mimetische Weise mit unserer Welt deckt. Es gab einen kulturellen Schock, als Maler ihre Aufmerksamkeit von der Nachahmung von Äpfeln abwandten, um sich der Beschreibung des Sehens selbst und der Eigenarten von Farbe und Leinwand zu widmen. Aber der Ekel, den Jean-Paul Sartre empfand, als er entdeckte, daß er mit der Sprache eine Kastanienbaumwurzel nicht adäquat beschreiben konnte, ist ein Schock anderer Art. (Es sollte vermerkt werden, daß es ihm zwar nicht gelang, die Sache mathematisch oder mit Nomen und Farbadjektiven zu beschreiben, daß er es aber schließlich mit Metaphern evozierte – Seehundfell, Schlangenwindung, eine Baumwurzel, zur Welt in Beziehung gebracht von einem Mann, der eine Empfindung der Beziehungslosigkeit beschreibt.)

Er hatte Schwierigkeiten mit der Anordnung von Farbadjektiven in seinem Stück.

Er versuchte, die häuslichen Ansichten der frühen schwarzen *Kartoffelesser* mit den häuslichen Hoffnungen seiner Bilder vom *Gelben Haus* in Arles zu kontrastieren. Van Gogh, der Maler, hatte das Häusliche gefürchtet und war davor geflohen, hatte es aber auch idealisiert und sich seine Ordnung, sein Zeremoniell ersehnt. *Die Kartoffelesser* sind im schwarzen Licht des Nordens gemalt; die Figuren darauf – gemalt »in der Erde, in die sie gesät wurden« – begegnen einander nicht mit Blicken und sind doch fest verbunden durch das Brechen des Brots, das Einschenken des Kaffees in ihrer dunklen Hütte, Individuen, untergeordnet im gemeinschaftlichen Leben. Das Bild hat eine moralisierende Absicht: Es ist eine Predigt in Farbe über die fundamentalen Bedürfnisse menschlichen Lebens. Alexander achtete es, aber er war zunehmend besessen von einem kleinen Bild eines Frühstückstisches, *Stilleben mit Kaffeekanne*, auf dem van Gogh die Haushaltsgegenstände malte, die er für sein Künstlerhaus kaufte, ein reines, lichtes Paradox, still und sehr lebendig, zusammengehalten durch Kontrast und Kohärenz von Blau und Gelb. Vincent beschrieb es Theo:

> Eine Kaffeekanne aus blau emailliertem Blech, eine Tasse (links davon) königsblau und gold, ein hellblau und weiß karierter Milchtopf, eine weiße Tasse – rechts – mit blauem und orange Muster auf einem graugelben irdenen Teller, ein Topf aus Ton oder Steingut mit rotem, grünem, blauem Muster, und schließlich zwei Apfelsinen und drei Zitronen; auf dem Tisch liegt eine blaue Decke, der Hintergrund ist grüngelb, also sechs verschiedene Blaus und vier oder fünf Gelbs und Oranges.

Für Alexander sangen diese Farbwörter wie ein Gedicht, jedoch nicht wie irgendein Gedicht, das er geschrieben haben könnte, weder in seinem Stück noch außerhalb davon.

Ein paar Tage arbeitete er zu Hause, redigierte zum Teil Sprechertexte für den Rundfunk, kämpfte zum anderen Teil seinen eigenen Kampf mit Farbadjektiven. Damals erschienen ihm die anderen Bewohner der Wohnung schattenhaft, was durch den Schnitt der Wohnung verstärkt wurde, da sein Zimmer, in dem die *Sonnenblumen* in Miniaturformat glühten und das *Gelbe Haus* fahl und verloren vor dem Kobaltgewicht des Himmels stand, volles Licht bekam, während der fensterlose Hauptgang immer im Dunkeln lag, auch wenn das Dunkel gefällig und kühl war. Immer wenn ihn Unruhe packte, kam er heraus, kniff die noch geblendeten Augen zusammen und sah das lange Rechteck fast wie im Dunst. Während einer dieser Ausflüge hörte er eine Elinor, die er nicht wiedererkannte, sie redete in scharfem Ton am Telefon offenbar mit einer von Thomas' Studentinnen, sagte, daß sie keine Nachrichten entgegennehme, daß sie es nicht gern sehe, daß man Thomas zu Hause anrufe, daß es eine Institutsnummer gebe mit einer Sekretärin, deren Aufgabe es sei, Anrufe für ihn entgegenzunehmen, vielen Dank.

Bei einer anderen Gelegenheit, am frühen Nachmittag, kam er aus seinem Zimmer und sah am anderen Ende des Ganges, sich auf ihn zubewegend, eine nackte Frau, schattenhaft und bleich, mit lose herabhängendem dunklen Haar, eine Frau, deren Rundungen und dreieckige Flächen auf unterschiedliche Weise beleuchtet wurden, als die Lichtfelder hintereinanderliegender offener Türen auf sie fielen und sich dann die Schatten wieder um sie schlossen. Es war ein voller und selbstsicherer Körper, der auf zarten Füßen mühelos im Gleichgewicht gehalten wurde, großbrüstig, üppig in den Hüften, doch schmal und zierlich an den Übergängen von Taille, Hand- und Fußgelenk. Die Brüste, das Bleichste an ihm, waren hoch angesetzt, mit großen, dunklen ovalen Warzen. Sein Auge, vielleicht weil sein Geist sich noch mit Oberflächen beschäftigte, sah sich wiederholende liebliche Ovale und Rundungen, den Glanz auf der Schulter, das Licht auf einem gehobenen runden Knie, die Senke des inneren Oberschenkels. Und die hellen Ovale und Kreise kamen näher, das tiefviolette umgedrehte T zwischen den Brüsten, die einwärts gekrümmten Arabesken des Schlüsselbeins, ein braunschwarzes, samtenes gewölbtes Dreieck in der Mitte des Nackens, das flache Dreieck dunklen Haars zwischen den Schenkeln, das schmaler und breiter wurde, während sie ging. Er betrachtete die nackten Füße, wie sie sich hoben und senkten, die Muskeln von Wade und Gesäß, wie sie sich zusammenzogen und ausdehnten, das helle, schwingende Haar. Er sah tatsächlich nicht, daß sie Elinor war, bis sie ihm den halben Gang entlang entgegengekommen war.

Sie kam direkt auf ihn zu und blieb nicht sehr weit von ihm stehen.

»Entschuldige. Ich war in der Badewanne. Ich habe das Shampoo vergessen.«

»Entschuldige.«

»Nein, nein. Es macht nichts. Es macht mir nichts aus.«

Sie stand da und lächelte ihn an. Sie war mehr und vielfältiger, als er es erwartet hätte, wenn er an die beschürzte Adrettheit mit aufgestecktem Haar dachte, die er kannte. Sie lächelte, vielleicht wehmütig. Sie ging, kam ihm nah, ging an ihm vorbei zum Bad, und ihre linke Brust berührte seinen Arm. Er streckte schweigend eine Hand aus und berührte die Brust; dabei stockte ihr Atem, und sie blieb wieder stehen.

»Du warst ein Bild«, sagte er. »Als du durch die Strahlen des Lichts aus den Türen gingst.«

Woraufhin sie an ihm vorbeiging, in sein Zimmer, und dastand, direkt hinter der Tür, zwischen den Papieren auf dem Boden im gelben Licht des Vorhangs und der Drucke. Er folgte ihr hinein und schloß die Tür und berührte dann jene Oberflächen, die Rundungen, die Linien von Muskel und Sehne, die vorspringenden gepolsterten Knochen. Er dachte schnell und ergebnislos über Thomas Poole nach, seinen Freund, über das Zeremonielle in diesem Haushalt, über sein eigenes nicht sehr großes Interesse an Sex, über den Mut, den sie haben mußte, hier zu stehen, so sittsam, so aufrecht, so bestimmt. Fast verlangte es die Höflichkeit, daß er nahm, was ihm angeboten wurde. Er würde ihr kaum noch in die Augen sehen können, wenn er es nicht tat. Er würde kaum noch weiterleben können in dieser Wohnung. Was geschehen würde, wenn er es tat, war noch verwirrender.

»Bist du sicher...?«

Sie legte ihm die Hand auf den Mund. Er zog sich aus. Sie legten sich unter die gelbe Bettdecke, der dunkle Kopf nah den geometrischen Blumen. Sanft und sehr langsam berührte er die Flächen, die im Schatten aufgeleuchtet und sich verlagert hatten, und sanft und sehr langsam berührte sie ihn, alles schweigend und beinahe träge, beinahe geistesabwesend. So daß es, als Alexander in sie eindrang, war, als ob es nur deshalb geschähe, um alles noch inniger und bequemer zu machen, vollständiger, die letzte hervortretende Stelle des Fleisches im letzten weichen Zwischenraum verstaut. Zum erstenmal in seinem Leben spürte Alexander, daß dieser Akt ihn biologisch vollständig machte, daß zwei eine fehlende Stelle oder ein fehlendes Teil fanden, eins wurden, sich gemeinsam bewegten. Er neigte mehr als üblich dazu, den sexuellen Akt absurd zu finden, herausstehende Hinterteile, quietschende Laute von rutschendem Fleisch oder Luft, die ächzend am falschen Ort entwich, doch mit dieser schweigenden Frau war es einfach eine Sache friedlichen wiederholten Sich-Beugens und Sich-Wiegens, bis sie sich schloß wie eine Zange, erschauerte, wieder und wieder und wieder, noch immer schweigend und lächelnd, schwitzend am Haaransatz, augenscheinlich kaum aus der Fassung gebracht. Alexander sah und fühlte alles in Gold getaucht, und es entfuhr ihm endlich ein Schrei, der das Schweigen brach, und er hörte die Frau schluchzen. Er dachte zweierlei: Das ist es, wofür ich da bin, und, weniger deutlich: Das ist es nicht, was ich wirklich will.

»Hat es dir weh getan?«

»Überhaupt nicht.«

»Du weinst.«

»Weil ich glücklich bin. Ich bin sehr glücklich. Beweg dich nicht.«

Also legte er sich zurück, ermattet, mit einem gebogenen Arm um den dunklen Kopf, mit dem anderen die Beuge ihres Oberschenkels berührend, und eine Zeitlang ruhten sie im Halbschlaf. Und dann sagte sie:

»Ach, danke –«, zog ihre Beine an, drehte sich zur Seite und ging fort, zur Tür hinaus, und er hörte sie das Bad betreten. Er fühlte sich friedlich und glücklich. Er sah sich in seinem Zimmer um, sah seine Papiere und Bilder und dachte an Vincent van Gogh, der geschrieben hatte:

> Wie die Wogen sich verzweifelt gegen die tauben Felsen stürzen, so überkommt mich zuweilen ein Strom von Begierde, etwas zu umarmen, eine Frau vom Typ Haushuhn – nun, das muß man nehmen als das, was es ist, als einen Ausfluß hysterischer Überreizung, und nicht als wahres Bild der Wirklichkeit.

Vincent hatte sein Schlafzimmer in jeder Farbe gemalt. ».... die Wände blasses Lila, der Fußboden ein gebrochenes Rot, Stühle und Bett chromgelb, Kissen und Laken sehr helles Zitronengrün, die Bettdecke blutrot, der Waschtisch orange, das Waschbecken blau, das Fenster grün. Wissen Sie, mit all diesen sehr verschiedenen Tönen habe ich eine vollkommene Ruhe ausdrücken wollen ...«

Sehr wenige Menschen haben gefunden, daß dieses Bild, was immer seine Intentionen sein mögen, ein Ausdruck vollkommener Ruhe sei. Was der Maler zu tun beabsichtigte, war zweifellos, *alles* in diesem kleinen Raum zu versammeln, in der Gestalt aller Farben des Spektrums, die er so ausbalancierte, daß sein Bild von Ruhe oder Schlaf die Komponenten des weißen Lichts umfaßte; er sagte, es solle weiß gerahmt werden, da es im Bild kein Weiß gebe. Er schrieb auch, daß die klaren Konturen der Möbel unverletzliche Ruhe ausdrücken sollen, aber die willkürlichen Verzerrungen der Perspektive lassen die Wände und die Decke und sogar die Gemälde an der Wand drohend und erdrückend erscheinen. Es sind zwei Kopfkissen auf dem Bett und zwei gelbe Stühle im Zimmer, als ob es wünschenswert oder möglich wäre, es mit jemandem zu teilen. Alexander lag auf seinem eigenen zerwühlten Bett, nackt, mitten am Nachmittag (er wartete höflich darauf, daß das Bad frei wurde), er sah sich in seinem großen Zimmer um und streckte seinen einzelnen Körper aus, um den ganzen Raum einzunehmen.

Er dachte auch an Vincents Schmerz, wie verborgen auch immer, bei der Heirat seines Bruders, bei der Geburt von dessen Kind. Es stimmt, daß Vincent glaubte oder behauptete, der Ausfluß von Samen beim Koitus schwäche das Malvermögen, eine naiv reziproke Sicht der Beziehung zwischen Malen und Sexualität, über die Alexander sich, ohne weiter darüber nachgedacht zu haben, erhaben wähnte. Aber das Gefühl, nicht menschlich zu empfinden, peinigte ihn.

> Ach, ich glaube immer mehr, daß die *Menschen* die Wurzel von allem sind; es bleibt ewig ein wehmütiges Gefühl, daß man nicht im wirklichen Leben steht, nämlich, daß es besser wäre, im Fleisch selbst zu schaffen statt in Farbe oder Gips, daß es besser wäre, Kinder zu fabrizieren, statt Bilder zu fabrizieren oder Geschäfte zu machen; aber trotzdem fühlt man, daß man lebt, wenn man daran denkt, daß man Freunde an denen hat, die auch nicht im wahren Leben stehen.

Während der nächsten paar Tage schien es zunächst beschlossene Sache, daß jedermann weitermachte, als wäre nichts geschehen. Beim Abendessen war er ängstlich gewesen, hatte mit Poole über Probleme des Unterrichtens geredet und Elinor – vielleicht um ein geringes förmlicher als sonst – zu ihren *œufs florentins* komplimentiert. Während der nächsten ungefähr zehn Tage bemerkte er, daß im Zeremoniell des Hauses eine Veränderung stattgefunden hatte. Elinor hörte im großen ganzen auf, Dinge zu tun und zu verkünden, die Thomas erfreuen sollten. Ja, sie konferierte viel direkter – aber nicht mit nervöser Überbesorgtheit – mit Alexander über seine geschmacklichen Vorlieben und Wünsche. Poole wiederum begann zu lächeln. Er sagte Dinge zu Elinor wie: »Du warst immer der Meinung, ich würde dazu neigen, mich zu sehr in seelsorgerische Belange hineinziehen zu lassen«, was deshalb ungewöhnlich war, weil solche persönlichen Worte seit Alexanders Einzug noch nie gefallen waren. Alexander blieb aus, traf sich mit Dichtern im Fitzroy zum Trinken und kehrte mit Kopfschmerzen zurück. Zwei Tage danach traf er auf Elinor, die wieder nackt war und auf seinem Bett saß, als er von einem Streifzug in die Küche in sein Zimmer zurückkam.

»Meine Liebe – ich weiß nicht – ich bin mir nicht sicher, ob das möglich ist.«
»Doch, es ist –«
»Ich fühle mich wohl hier. Ich will das nicht kaputtmachen.«
»Du hast nichts dergleichen getan. Es wird so bleiben. Du machst alles nur besser.«
Er war schon dabei, sich auszuziehen. Als er sie in seinen Armen hielt, sagte er:
»Was mache ich besser?«
»Alles.« Ausweichend.

Sie liebten sich. Es war wie zuvor – langsam, entspannt, harmonisch, befriedigend, schweigend.
»Ich hätte nie geglaubt, daß du so schön bist, ohne Kleider.«
»Ist das wahr?«
»Ich war überwältigt. Ich bin es immer noch. Es *ist* wahr.«
»Ich hätte es dir sagen sollen. Ich – ich konnte nicht – ich konnte ihn nicht berühren. Nicht nach – diesem Mädchen – letzten Sommer. Nicht daß es nicht verständlich wäre, aber dadurch kam ich mir alt und häßlich und unnütz vor.«
»Das mußt du nicht.«
»Ich wußte, du würdest es nicht wollen, daß ich darüber spreche. Nur – jetzt ist es nicht mehr so. Ich fühle mich nicht alt. Das ist alles.«
»Das ist gut.«
»Ich habe dich benutzt.«
»Wir alle benutzen einander.«
»Das erstemal benutzte ich dich. Heute bin ich wiedergekommen, weil – »
»Weil?«
»Es war so schön, ich hätte es nicht ertragen, es nicht noch einmal zu tun.«
»Oh«, sagte Alexander. »Und jetzt?«
»Ich hoffe – es würde mir schwerfallen zu glauben – ich darf wiederkommen, darf ich?«
»Natürlich«, sagte Alexander. »Bitte komm.«

Während der nächsten Monate wurde Alexanders Leben sowohl auf intensivere Weise genußvoll als auch unwirklicher. Später erinnerte er diese Zeit in sehr hellen, klaren Primärfarben, aber alles sanft gedämpft oder mit einer Haube bedeckt, wie durch weißen Schleierstoff gesehen. (Auch seine Arbeit war genußvoll, aber unwirklich, und auch sie, in ihren faden olivgrünen und grauen Gebrauchsfarben, wurde durch transparente Medien gesehen: Zigarettenrauch, Türfüllungen aus Milchglas, die schalldichte Glasscheibe zwischen Aufnahmeraum und Außenwelt.) Man brachte ihn dazu, sich mehr als »Teil der Familie« zu fühlen: Die Kinder gaben ihm einen Gutenachtkuß nach dem Abendessen wie einem dritten Elternteil, man holte seinen Rat ein und bezog ihn in Gespräche ein, in denen es um absolut nicht ihn betreffende Entscheidungen ging – Wahl der weiterführenden Schule, der neue Küchenboden, die Gästeliste für eine Dinnerparty. Und doch wußte er besser denn je, daß er kein Teil der Familie war, daß er beobachtete, von außen – nicht mit irgendeiner habsüchtigen oder feindseligen Absicht – in ihre Leben hineinsah, die sie mit bewußt perfektionierten Gebärden für ihn oder vor ihm ausbreiteten wie eine Salonkomödie oder ein Gesellschaftsspiel gleich denen, die man auf dem schwarz und weiß und flüchtig leuchtenden rauchgrauen Glaskasten des Fernsehbildschirms sehen konnte. (Es gab kein Fernsehen in der Wohnung. Dies war die Zeit, bevor sich ein Kind beraubt oder geächtet fühlte, weil es Batman oder Muffin the Mule nicht kannte.)

Auch Alexanders Zimmer wurde mehr in den Haushalt einbezogen. Einmal traf er die Frau dort an mit einer Vase mit Tigerlilien und mehrmals mit Tassen voll Kaffee. Aber er hörte auch, was er früher nicht gehört hatte – Thomas und Elinor, wie sie angeregt redeten hinter ihrer geschlossenen Tür, in einem heiteren Strom verworrenen Geplauders und Gelächters.

Er wurde in die Zimmer der Kinder eingeladen. Sie hatten drei, zwei kleine, helle Schlafzimmer und ein großes Spielzimmer in der Mitte des Gangs. Er wurde geholt, um zu bewundern, was sie gebastelt hatten, oder um sie lesen zu hören oder um ihnen vorzulesen. Seine Erinnerung an klare Farben hatte ihren Ursprung besonders im Spielzimmer, obwohl die Farbe natürlich zum Teil notgedrungen Eigenschaft der neuen, unverblichenen Dinge in der Wohnung war, der Kissen, Stühle, Wandanstriche. Das Spielzimmer hatte Läden und Vorhänge aus dicker weißer Baumwolle, glattgespannt, leicht aufgerauht, mit einem einfachen, doch angenehmen Muster aus kleinen Zweigen bestimmbarer englischer Blumen – hellroter Klatschmohn, blaue Kornblume, dunkeläugige goldene Maßliebchen. Viele der von den Kindern gebastelten Dinge standen in diesem Raum: ein Ritter in voller Rüstung mit geknüpftem Kettenhemd aus Silberfäden und einem Helm aus Metallfolie, mit scharlachroten Federn besetzt, ein schillernder Pfau aus Pfeifenreinigern und Seidenstickgarn, mit glänzenden Pailletten besetzt, ein riesiges Bonbongefäß voller Papiertaschentuchblüten auf grünen Stengeln aus Pflanzstöcken, weiß, cremefarben, zitronengelb, buttergelb, mandarinengelb, ringelblumengelb, tieforangegelb. Jedes Kind hatte eine Staffelei; sie standen im Dreieck in der Mitte des Zimmers, mit einer Sammlung von hellen Plastikbechern, in denen Farbpulver angemischt wurde, und einem hellroten Blechtablett mit den Farbschachteln. Sie bastelten ihren eigenen Buchstabenfries, der sich über alle Wände hinziehen sollte. Lizzie hatte ein paar einfache Sachen hergestellt – E wie Ei, ein goldener Klecks in einem weißen Oval auf violettem Papier, O wie Olive, Pimentrot auf Grün auf Papier aus dunklerem Grün, G wie Goldfisch, ein massiver orangegelber Umriß auf kompromißlosem Blau. Chris, der ältere Junge, der sich für Schwerter und Rüstungen begeisterte, hatte gemalt: R wie Ritter, H wie Helm, silbrige Formen auf blutrotem Grund, und D wie Drache und S wie Schlange, gewundene Formen in unterschiedlichen Grüntönen mit roten Mäulern und weißen Zähnen und sich überlappenden gezeichneten Schuppen (eine Spezialität) auf gelben Feldern. Und Jonathan, der stille Junge, hatte graue und braune Tiere gemalt – F wie Falke, P wie Pinguin, Z wie Zebra, weichere Gebilde aus verwischten Kreiden, aufgezogen auf gelbem Ocker oder Beige. Alles im Zimmer war beschriftet; Schilder mit Namen, in Elinors klarer, großer schwarzer Handschrift, waren mit Reißzwecken an Dingen befestigt: Spiegel, Spielzeugschrank, Fischbassin, Senf und Kresse, Chris' Staffelei, Jonathans Staffelei, Lizzies Staffelei.

Alexander fand Gefallen daran, am frühen Abend mit ihnen in diesem Zimmer zu sitzen und ihnen Gedichte vorzulesen. Sie saßen in einer Reihe auf großen Kissen und hörten zu – sie waren gute Zuhörer –, und ihre Mutter saß bei ihnen, vier träumerische, ernste Gesichter zwischen den Wörtern und Farben, während er *How They Brought the Good News from Ghent to Aix* und *The Pied Piper*, *Jabberwocky* und *Welsh Incident*, Reime und Rätsel las. Es war, als ob das Natürliche des Zimmers und der Zauber der eigenartigen Rhythmen dieser frühen Gedichte von einer Komplementarität waren, so wie der Drache sowohl furchterregend als auch selbstgebastelt war. Einmal aßen sie alle frischgebackenen Teekuchen mit Johannisbeergelee, und Chris hatte auf seiner Staffelei ein angefangenes Gemälde von einer grün-weißen Orchidee: Elinor war nicht der Ansicht, daß das Malen nach der Natur zugunsten des kreativen Einfallsreichtums vernachlässigt werden sollte. Alexander dachte, daß in diesem Zimmer der Anfang dessen zu sehen war, was ihn jetzt mehr als alles andere beschäftigte, des menschlichen Bedürfnisses, Bilder zu machen. Ein Stichling kann durch den Anblick eines roten und blitzenden Stücks Metall zu Mordabsichten verleitet werden; der herrliche Goldfisch in Lizzies Bassin mit Schwanz, Flossen, Schuppen, Kiemen, schielenden Augen, eingezogenen runden Lippen und einer zarten dunklen Linie von Ausscheidungen kann vielleicht nur Horizontalen und Vertikalen sehen, das Glimmen anderen Golds, das Grün von Wasserpflanzen, die zitternden Ringe auf der glatten Oberfläche seiner Welt durch Flocken von Nahrung. Er mag von anderen Fischen nur als vorbeiflitzende goldene Bedrohung oder unwiderstehliche sexuelle Präsenz oder kleines Hindernis in einer Strömung wahrgenommen werden. Doch wir sehen soviel von der Schönheit seiner Beschaffenheit und fühlen uns dazu getrieben – warum? –, die Deutlichkeit und Begrenzung seines Sehvermögens zu messen. Und ihn zu malen. G wie Goldfisch. Und ihn niederzuschreiben, das auch. Alexander dachte an die stilisierten Blumen auf seiner provenzalischen Bettdecke und an die stilisierten Blumen auf diesen englischen Vorhängen, die Papiertaschentuchblüten, Jonathans Schwierigkeiten beim Abmalen der zusammengefalteten grün-weißen

Orchideenblätter, die Sonnenblumen. B wie Blumen. Haben wir diese Bilder gemacht, um die Welt zu verstehen, sie zu schmücken oder uns mit ihr in Beziehung zu setzen? Die Blumen auf den Kinderzimmervorhängen sagten, daß sie Sommerblumen waren; die Blumen auf seiner Bettdecke waren Geometrie, erkennbar als Blumen, weil Blumen eine geometrische Struktur haben. Die *Sonnenblumen* waren genaue Zeugnisse bestimmter welkender Blütenköpfe im Jahr 1888, sie hießen in den Begrenzungen ihrer gelben Vase Vincent, sie waren, wie Gauguin gesagt hatte, Sonne auf Sonne.

Er las:

> In Marmorhallen weiß wie Kreide
> Die Wände weich wie Schleierseide
> Es gibt kein Tor, die Festung zu verschließen
> Doch brechen Diebe ein, Gold zu genießen.

E wie Ei. B wie Blume. S wie Schlange.

Er bemerkte, daß er an Elinor so dachte, als ob auch sie in unterschiedlichen Umgebungen mit reinlichen Beschriftungen versehen wäre – »die Frau« in seinem Schlafzimmer, »ihre Mutter« im Kinderzimmer, »Elinor« (Teil von »Thomas und Elinor«) in der Küche, bei Mahlzeiten. Sex wurde ihm geschenkt, wie ihm Nahrung und Licht und Farbe geschenkt wurde. Manchmal entstand in ihm ein Gefühl, als ob diese sorgfältig gepflegten Oberflächen so undurchdringlich wären wie die ungebrochene Schale des Eis im Rätsel, wie der seidene Ballon ohne Türen, in dem junge Spinnen wohnen und wachsen. Vielleicht war das – er konnte es nicht sagen – Folge seiner eigenen Entscheidung. Er konnte berühren, er konnte sogar aus genehmigter Distanz an genehmigten Plätzen eindringen, aber einmal überkam ihn während des Liebesaktes mit der Frau die Vorstellung, daß sein Penis, lang und schlank wie er selbst, nur ein Pseudopodium sei, das seine elastische, blasse dünne Hülle in die Spalten hineinstreckte, sich stumpf bis zur harten Barriere und dem engen Schlitz der Cervix dehnte. Auch die Innenseite war eine Oberfläche. Eine gefütterte Sackgasse. Es war die Weichheit der Oberfläche und die umhüllte, doch bestimmte Form, was ihm bei der Liebe mit dieser Frau soviel Genuß bereitete.

Er dachte nebenbei kurz und desinteressiert, während er sich Gedanken über gefütterte Flächen machte, über das profanere Thema der Empfängnisverhütung nach und ließ es auf sich beruhen; sie wußte, was sie tat. Seine lange Spitze streichelte die dunkle innere Öffnung, die ihr eigenes Leben und ihre eigenen Ziele hatte. Zu Zeiten dachte er an sie wie an ein getrenntes Wesen. Die einäugige Schlange ist ein profaner Witz. Wordsworth nannte das neugeborene Kind ein Auge unter den Blinden. Man konnte sagen – Poesie direkt aus dem Kinderzimmer –, daß die einäugige Schlange sich ihren Weg ins Innere der torlosen Marmorhalle gebahnt hatte. Oder man konnte sagen, daß Gamet zu Gamet strebte, Genotypus zu Genotypus, auf daß da seien Zygote und Phänotypus. Man konnte sich fragen, wie Alexander es sich so vorausahnend im Augenblick des Erblühens beinahe fragte, wofür ein Mann da ist, was ein Mann will.

15. Wijnnobel

Das *Stilleben mit Kaffeekanne* wurde in ein merkwürdiges Licht gerückt, durch Zufall, bei einem offiziellen Mittagessen der BBC. Ich schreibe »durch Zufall«. Es gibt, wie ich vermute, Zeiten in jedem Leben, in denen konzentrierte Aufmerksamkeit auf ein Problem – menschlich, abstrakt, praktisch – eine kaum zufällig zu nennende Serie »glücklicher« Zusammentreffen mit verwandten Leuten, Büchern, Ideen hervorruft. Das mag ein Phänomen sein, verwandt den anscheinend konzentrischen Kratzern auf George Eliots metaphorischem Spiegel, die sich um die Kerze und den selbstbezogenen Blick des Egoisten herum zu versammeln scheinen, wie van Goghs Pinselstriche sich um die sich selbst betrachtenden Augen herum sammeln. Es ist jedoch ein Gefühl wie das Gegenteil von Egoismus, eine privilegierte Einsicht in die Ordnung der Dinge, wobei alle Dinge sich als Teile eines Ganzen erfahren lassen. Es kann ein Gefühl sein wie ein magisches Sich-Behaupten des Geistes gegen die Materie, ein telekinetisches Anordnen des Inhalts einer Bibliothek oder wenigstens der eigenen Spur durch ihre Bestände. In solchen Zuständen entdecken wir, während wir mechanisch oder abwesend den Blick über Regalwände wandern lassen oder nur den Katalog konsultieren, ein unvermutetes Buch oder eine überraschende Beweisführung oder eine Reihe von Tatsachen, die für unser Problem durchaus relevant sind und uns dennoch bisher entgingen. Etwas von einer solchen Erleuchtung kam Alexander durch einige zufällige Bemerkungen Professor Wijnnobels, zu dessen Ehren das Essen veranstaltet wurde.

Es war kein Zufall, daß Alexander sich in der Situation sah, mit Wijnnobel zu sprechen. Der Professor war in zweifacher Eigenschaft da. Er war der Autor einer Reihe klar umrissener, doch weitreichender Vorträge über die Darstellung von Licht in westlicher Malerei. Und er war designierter Rektor der neuen Universität von North Yorkshire. Die Universität war schon dabei, in das Gebäude in Long Royston umzuziehen, auf dessen Gartenterrasse Alexanders *Astraea* uraufgeführt worden war. Alexander hatte die Texte der Vorträge gelesen, hatte aber nicht vermutet, daß er sich mit ihnen näher einlassen würde: einen über Leonardo, Raphael und Platonische Ideen zu mathematischer Ordnung und Wahrheit, einen über Vermeer van Delft, Optik im siebzehnten Jahrhundert, die Camera obscura, das Teleskop und das Mikroskop, einen über postimpressionistische Ikonen und die Lichtmalerei, der van Gogh einschloß. Die BBC-Verantwortlichen waren der Meinung gewesen, daß Alexander sich mit dem Professor sowohl über seinen neuen Posten wie über seine ästhetischen Interessen ganz gut unterhalten könnte.

Wijnnobel, ein Holländer, war einer der europäischen Intellektuellen, die während des Krieges auf die Britischen Inseln gekommen und dort geblieben waren; mittlerweile schrieb und sprach er englisch. Diese Emigranten – Wijnnobel bildete eine Ausnahme, er war weder mitteleuropäisch noch jüdisch – waren möglicherweise die letzten Universalgelehrten. Sie waren auch die letzte Generation, wie es später schien, die sich darüber einig war, was menschliche Kultur hieß, was wesentlich zu lernen, zu erhalten und weiterzugeben sei. Wijnnobel war sowohl Grammatiker wie Mathematiker, tatsächlich hieß es, er sei an einer Darstellung menschlicher Wissensvorgänge und Zeichensysteme interessiert, die beide Fächer kombinierte. Auch bei seinem Interesse an Malerei war diese Reihung zu erkennen, von den elementaren Partikeln von Blick und Licht zu den Verwicklungen von Metaphysik und Ideen und Wirklichkeit. Die Sendungen waren mit schönen Details illustriert, sehr bewundert von Alexander, der sich zu einem Connaisseur der Übertragung des Sichtbaren und Berührbaren in die seltsam körperlose Sprache der Radiowellen entwickelte. Es gab eine Beschreibung der winzigen Perlen weißer Farbe auf den dunkelbraunen Formen der Schiffe der *Ansicht von Delft*, die ganz unvergeßlich war.

Die im Radio zu hörende Stimme war dünn und klar, und sie sprach perfekt englisch, die Konsonanten artikuliert, die Vokale ein wenig zu schallend. Alexander hatte sich einen kleinen, zarten Mann vorgestellt und war erschrocken, als er einem säulenförmigen Riesen gegenüberstand, einem Mann von etwa einem Meter fünfundneunzig in einem dunklen Anzug, mit einem langen, quadratischen Gesicht, einem dichten, doch nicht übertriebenen Schnurrbart, einem eckig geschnittenen Schopf schwarzen Haars und einem Paar dicker Augenbrauen über tiefliegenden dunklen Augen. Lange, strenge Falten waren von der Nase zu den Mundwinkeln und entlang der äußeren Seite der Wangen in die Haut eingekerbt. Die äußeren Umstände bestanden, wie die BBC selbst, aus einer Mischung des schmucklos Nützlichen mit dem Kultivierten. Der Raum war kahl, ein Sitzungssaal mit staubigen Fenstern, die graues Straßenlicht einließen, Stühle mit steifen Lehnen, ein viereckiger Tisch. Zum Mittagessen wurde weißes Leinen aufgelegt, es gab geschliffenes Glas, schweres Silber und Blumensträußchen, was so unangemessen schien wie jene Festessen, die in Wüsten als halluzinatorische Versuchungen vor Heiligen oder Reisenden aufsteigen. Die anderen Gäste waren der Dechant von St. Paul, ein Oxford-Absolvent und Mitarbeiter einer wissenschaftlichen Fernsehreihe und eine Schriftstellerin, die auf Reisen für den British Council Vorträge über zeitgenössische Literatur hielt. Ihr Name war Juliana Belper, und ihr Gesicht über dem rosenroten Seidenhemd und schwarzen Kostüm war lang und edel und gequält, ein Nachklang von Bloomsbury. Sie aßen Krebspastete, Tournedos Rossini und Birne Hélène. Der Rotwein und der Stilton waren ausgezeichnet. Die Steaks waren zäh. Sie wurden von Kellnerinnen mit gestärkten weißen Häubchen und Schürzen über schwarzen Wollkleidern bedient. Jedermanns Stimme – ausgenommen Wijnnobles überdeutlicher Akzent – war gleich, jedermann verfügte über die gleiche Mischung von Understatement, die eigene Person betreffend, und unausgesprochener Gewißheit der Existenz moralischer, geschmackvoller und konventioneller Verhaltensnormen. Sie wußten, worauf es ankam: Bildung, gute Kunst, guter Geschmack. Wijnobel erklärte die Idee der neuen Universität mit strenger Miene und steifem Körper, so daß wegen eines leicht militärischen Schnarrens beim Aufzählen der Ziele der Eindruck entstand, er sei ein pensionierter oder beurlaubter Beamter der Kolonialverwaltung. Er sei gegen die englische frühzeitige Spezialisierung, sagte er. Wissen werde nicht in abschließbaren kleinen Schachteln versiegelt. Von seinen Studenten würden Grundkenntnisse in Naturwissenschaften und Mathematik, in mehr als einer Sprache verlangt werden. Und die Universität werde Techniken, Fertigkeiten vermitteln – Architektur und Ingenieurswesen, aber auch Malerei, Radio, Film. Es werde auf allen Ebenen zwischen den Disziplinen Austausch geben. Er war liebenswürdig, ein wenig zerstreut. Er hatte das alles schon vorher erklärt, viele Male.

In den sechziger Jahren, nach regelrechten Schlachten auf dem Campus von North Yorkshire, aber nicht nur dort, nach Satire und Verhöhnung der BBC mit ihren Prinzipien Lord Reith', nachdem die Erziehung sich bis zur Unkenntlichkeit verändert hatte, dachte Alexander mit Staunen an die allen gemeinsamen Gewißheiten dieses Essens zurück, mit Wehmut an das gleichmäßige Grau, das ihn damals leicht nervös gemacht hatte. Er erinnerte sich auch an den einen Moment von Gewalttätigkeit, der überraschenderweise in Form eines Angriffs von Wijnnobel selbst auf Juliana Belper kam. Sie hatte dem Gespräch über die neue Universität nicht allzu aufmerksam zugehört, hatte sich ganz ungefähr auf eine Bemerkung Wijnnobels über die Allgemeine und Spezielle Relativitätstheorie bezogen und gesagt – die gleichen Worte gebrauchte sie in ihren Vorträgen, dessen war sich Alexander sicher –, daß es sehr wahr sei, daß sich in Kunst und Wissenschaft große Veränderungen vollzogen hätten, daß heute alles relativ sei, daß wir unser Gefühl von Gewißheit und absoluten Werten verloren hätten, die Welt als fließend, zufällig und chaotisch wahrnähmen und daß die Formen der Kunst notwendigerweise den fragmentarischen und subjektiven Charakter unserer Wahrnehmung der Welt reflektierten...

Wijnnobel richtete sich auf und sagte zu den vor ihm aufgestellten Weinflaschen:

»Das ist die Art von sehr törichten Argumenten, die ich nicht ertragen kann. Das ist die Art von vereinfachendem Gerede, das ich meide wie die Pest. ›Alles ist relativ.‹ Es kann nur relativ im Verhältnis zu *etwas* sein. Wir sind relativ, das stimmt. Unsere Maßstäbe hängen von unserer Biologie ab; von der Fertigkeit derer, die unsere Werkzeuge herstellen; von der geographischen Herkunft und chemischen Zusammensetzung ihrer Materialien. Aber selbst Sie müßten in der Lage sein zu erkennen, daß es keine Theorie der Relativität gäbe ohne die absolute, unveränderliche Idee der Geschwindigkeit des Lichts – die in dieser Theorie zu einer Konstante wird. Wir können nicht die Idee zufälliger Ereignisse oder chaotischer Bedingungen entwickeln, ohne gleichzeitig – in Wahrheit vorzeitig – einen Begriff von Ordnung entwickelt zu haben, einer Ordnung der Zahlen, der Form, des Gesetzes.«

»Aber unsere menschliche *Erfahrung*«, sagte Juliana Belper, »ist chaotisch.« Sie interessierte sich nicht für Zahlen. »Wir kennen unsere eigene Natur nicht – Freud hat uns gezeigt, daß wir unser eigenes unbewußtes Leben nicht kennen. Wir fangen zufällige Eindrücke auf...« Ihre großen Augen glänzten verdächtig unter einem Schleier weichen Haars, das sich aus einem lockeren Knoten gelöst hatte.

»Sigmund Freud«, sagte Wijnnobel, »war wie Johannes Kepler ein Wissenschaftler und glaubte an die Wahrheit. Kepler beobachtete, daß die scheinbar unregelmäßigen Abweichungen in den Bewegungen der Planeten auf die Form der Linse des Auges zurückzuführen sind. Das heißt nicht, daß wir die Planeten nicht erforschen können, sondern nur, daß wir auch das

Auge erforschen müssen. Freud glaubte daran, daß es Gesetze menschlichen Verhaltens gebe, die genau beobachtet und verstanden werden können. Seine Resultate sind schwieriger nachzuprüfen, aber seine Absichten waren präzise und ehrenwert. Ihr verwaschener Begriff von Chaos und Unbestimmtheit ist bedingt durch Unwissenheit und Schwäche des Denkens. Gute Kunst kann daraus nicht entstehen.«

Er hatte sich von einer konventionellen, soldatisch steifen Erscheinung in eine unnachgiebig prophetische verwandelt; Alexander erinnerte er an Freuds Moses, und Juliana Belper brachte er dazu, daß sie mit hochrot gefleckten Wangen dasaß und mit den Tränen kämpfte.

»Ich bin unbeherrscht«, sagte er, offenbar ohne Bedauern. Später sollte dieses Wort häufig im Zusammenhang mit ihm benutzt werden, während der Studentenrevolte der sechziger Jahre, von der an diesem Tisch niemand etwas ahnte, während der er als Verkörperung der Autorität schlechthin wirkte.

Nach diesem Essen führte Alexander Wijnnobel in sein Büro, um den letzten Vortrag mit ihm zu besprechen, über Mondrian. Sein Büro lag im obersten Stock des Rundfunkgebäudes, das Licht kam durch ein schräges Dachfenster, unter das sein Schreibtisch genau paßte. Auf dem Schreibtisch stand der kleine Druck des *Stillebens mit Kaffeekanne*, auf den Wijnnobel nach bündiger Erörterung Mondrians seine Aufmerksamkeit richtete. Alexander erklärte sein Stück und sagte, daß ihm das Bild gefalle wegen seiner Stille. Wie konnte man Stille dramatisieren? Wijnnobel zog an einer großen Pfeife und lachte.

»Ich habe einen Freund – einen phantasievollen Freund –, der ein Psychodrama aus Ihrem Bild machen könnte, Mr. Wedderburn. Er sieht das aufgerichtete Männchen in jeder einzelnen Flasche und das empfängliche Weibchen in jedem runden Topf. Was sollen wir von der Kaffeekanne halten? Eine blaue französische *cafétière*, aus zwei Teilen bestehend. Mein phantasievoller Freund würde sagen, daß der obere männliche Abschnitt genau in den kugelförmigen weiblichen paßt, und die Zitronen schmiegen sich unten an wie die Eier, die van Gogh in der Jugend malte. Ein komplettes Fruchtbarkeitssymbol?«

»Das zerstört ihre dingliche Besonderheit.«

»Sogar der Eindruck des Lichts ist erotisch interpretiert worden. Vermeers Damen sind kompakt, entrückt und unberührbar und von einem warmen Licht umfaßt, das eine Art Liebe ist, nicht? Sigmund Freud, von dem wir eben sprachen, setzt in *Jenseits des Lustprinzips* Licht und Eros gleich. Licht ist das, was unsere steinige, anorganische Welt sich regen und lebendig werden läßt, Licht mobilisiert komplexe Formen und hält sie zusammen. Eine seltsame Arbeit ist das, die mit bösen Träumen und zerrütteten Nerven beginnt und mit einer Vision der Genesis und des Ursprungs unserer zwiespältigen Natur endet. In Freuds Mythos kam der Friede des Unbelebten vor dem mühevollen Streben des Lebens und der Friede des Aristophanischen Hermaphroditen vor den Konstruktionen und Zellteilungen des Eros. In der Sicht Freuds nehmen es die Dinge heimlich übel, daß sie vom Licht zum Leben erweckt werden; sie wünschen sich, zurückzukehren zu dem Zustand, in dem sie waren – Instinkte sind konservativ, jeder Organismus, sagt er, will nach der eigenen Fasson sterben. Vielleicht könnten wir unsere Faszination für Stilleben – oder *natures mortes* – in einem solchen Sinn verstehen? Vielleicht ist dieses leblose Leben von im Licht badenden *Dingen* eine weitere Version des Goldenen Zeitalters – eine unmögliche Stasis, eine Welt ohne Begehren und Zwiespalt? Ich habe aus Ihrer Kaffeekanne den unversehrten kreisrunden Hermaphroditen von Platons Symposion gemacht. Ist das dramatisch?«

»Vincent glaubte«, sagte Alexander, »daß durch sexuelle Enthaltsamkeit sein Samen den Bildern zugute käme.«

»Wie anschaulich das gedacht ist. Was hat Ihr Kaffeekannengemälde damit zu tun? Ich glaube das nicht. *Nature morte*, Mr. Wedderburn. Thanatos.« Er hielt inne. »Armer Vincent. Eine höchst unangenehme Persönlichkeit, dachte ich immer. Eine rauflustige, zum Bersten aufgeladene Persönlichkeit. Ein Mann, von dem man sich schnell wegsetzen würde, wenn er neben einem im Café säße. Haben Sie *das* dramatisiert, Mr. Wedderburn?«

»Ich habe es versucht. Es gelingt mir nicht, alles unter einen Hut zu bringen.«

In dieser Nacht hatte er einen schrecklichen und komischen Traum. Er verfolgte den langen, nun ins Unendliche ausgedehnten Flur der Wohnung hindurch etwas, was wie eine Kugel rasender Flammen erschien, die mit ruckhaften Bewegungen immer weiterrollte. Als Alexander näher kam, hing das brennende Geschöpf still in der Luft, als ob es ihm Gelegenheit geben wollte, es sich gut anzusehen; zuerst, da es wie ein vervielfachter Vogel aussah, zusammengerollt in einer Eierschale aus Flammen, bestimmte er es als eines der geflügelten Geschöpfe Ezechiels, einen flammenden Cherubim, und dann, als es wegrollte, verwandelte es sich und wurde ein stachelschweinähnliches sphärisches Geschöpf, starrend von kleinen menschlichen Gliedern und Genitalien, der Aristophanische Zwitter, schwankend wie ein Akrobat von Fuß auf Fuß auf Fuß, mit seinen zwei Gesichtern auf dem zylindrischen Hals, brennend, brennend. Alexander folgte diesem grotesken und doch bedrohlichen Geschöpf und entdeckte, daß es kurz vor der weit entfernten Küche eine weitere Metamorphose durchlief und ein mitternachtsblaues, holperndes, überall anstoßendes Ding wurde, auf einer Seite in die Länge gezogen, noch immer starrend von Armen, Beinen, Tüllen, ein Kaffeekannenteufel. Und es stieß ein zischendes, spuckendes, bedrohliches Geräusch aus, und es taumelte, noch immer umstrahlt von seiner flammenden Kugel, an der Küchentür vorbei und verschwand.

16. Erste Ideen

Fredericas außerstudienplanmäßiges intellektuelles Dasein wurde etwas willkürlich von Männern geregelt, die sie einluden oder zu Veranstaltungen begleiteten. So nahm sie, angespornt von Alan und Tony und Owen Griffiths, in einer Woche an zwei wichtigen Tagungen am King's College teil – eine über die Frage, ob es wünschenswert sei, im Fach Soziologie die Magisterprüfung einzuführen, die andere über den Humanismus in Cambridge. Sie hatte eigentlich keine Vorstellung davon, was Soziologie und Humanismus waren. Zwanzig Jahre später wunderte sie sich darüber, wie sehr sich damals beides überschnitten hatte. Dies war die ruhige, vergessene, statische Zeit der mittleren fünfziger Jahre, nach den Notzeiten, vor dem Wohlstand, auch vor Suez und Ungarn, was beides dem nächsten Jahr bestimmt war. Eine Zeit, in der politische und soziologische Denker sagten, es gebe keine großen Streitpunkte mehr, nur praktische Probleme der ökonomischen und sozialen Planung, keine Ideologie, nur einen breiten Konsens, keinen Klassenkampf, nur die in absehbarer Zeit erreichbare Chancengleichheit. Eine Zeit, in der die meisten Leute in England bescheiden und unaufgeregt daran glaubten, daß alles besser werden würde, wie alles schon besser geworden war – es gab Bananen, Orangen, Butter, das Gesundheitswesen, die Erziehungsgesetzgebung Butlers, Pläne, die Hochschulausbildung zu erweitern, Automobile für Arbeiter. Es war eine schwerfällige und unbewußte Zeit, wenn man jene großen Worte kritisch betrachten wollte, die nicht Teil von Fredericas eingeschränkter Erziehung gewesen waren: liberal, gerecht, human, frei, demokratisch. Alles, was man sie zu tun gelehrt hatte, wurzelte im Speziellen, in der genauen literarischen Lektüre. Sie wußte nur genug, um mit jenen großen Worten *vorsichtig* umzugehen, zu beobachten, wie sie von wem benutzt wurden, aus einer Art nachwirkenden Feingefühls heraus. Man hatte sie Mißtrauen gelehrt, nicht wie ein guter Marxist heute Mißtrauen jeglicher ehernen unhinterfragten Ideologie gegenüber lehren würde, sondern ein pingeliges, bohrendes literarisches Mißtrauen gegenüber jedem einzelnen Wort eines Satzes.

Die humanistische Tagung verstrickte sich zu Fredericas Erstaunen in eine umständliche und weitschweifige Debatte darüber, ob Humanismus eine Religion sei. Sollte es ein Glaubensbekenntnis geben, Zeremonien, eine Hierarchie? Es verstand sich für Frederica von selbst, daß es das alles nicht geben sollte – ging es denn nicht gerade darum? Humanisten, sagten sie, glaubten, daß die Quelle aller Werte und die Richtschnur des Verhaltens das Menschliche sei. Jeder einzelne Mensch und sein Wohlergehen waren von größter Bedeutung, und beides konnte am besten befördert werden in einer Demokratie, wo alle gleich waren und Toleranz als erste soziale Tugend galt. Es klang alles so einfach, so selbstverständlich, so glatt. Sie waren sich einig, daß sie an Planung glaubten; ein junger Mann sprach von der analogen Struktur eines zentralen Planungsbüros und der menschlichen Großhirnrinde. Es war das King's College; jemand zitierte G.E. Moore – »Persönliche Gefühle und ästhetische Genüsse umfassen *alle* größten und *bei weitem* die größten Werte, die wir uns vorstellen können«. Nichts an Fredericas Verhalten zu jener Zeit hätte darauf hingedeutet, daß sie diesem Glauben nicht anhing, und doch hätte sie nicht sagen können, daß sie es tat. Ihr Verhältnis zur Sprache hinderte sie daran. Marius Moczygemba sagte, daß Paulus und Christus den Menschen aufgegeben hätten, einander zu lieben. Brauchten wir Gott, damit dieses Gebot in Kraft trete? O nein, sagten sie alle eilig, und nur einer fügte hinzu, daß Forster gemeint habe, Toleranz sei das Äußerste, was man zur Pflicht machen könne – der Humanismus könne nur eine Gesellschaft schaffen, in der Liebe für alle möglich sei. Alan Melville sagte: »Aber ohne Gott oder ohne einen Glauben wie den Marxismus, wer gibt die Befugnis für unsere moralischen Gebote?« »Die menschliche Natur«, sagte jemand. »Das Individuum«, sagte ein anderer. »Die Vernunft«, sagte ein dritter. »Wir *wissen*, was richtig und anständig ist«, sagte ein letzter, die anderen paraphrasierend.

»Wirklich?« sagte Alan Melville. »Wie denn?«

Frederica betrachtete ihn, als er das sagte, voller Zuneigung. Er saß auf der Kante seines Stuhls, als ob es nötig sein könnte, unbehindert zu fliehen. Sein Ausdruck war höflich fragend, und doch spürte sie in ihm, dem Gefälligen, Liebenswürdigen, etwas wie Verachtung für sie alle. Er hatte ihr ein wenig über seine Kindheit und Jugend erzählt: Der Trost der Bande, die sich auf bombardiertem Gelände trifft, Sätze allgemeinen Hasses und körperlichen Triumphs auf den Lippen – dort bestand der Wert des einzelnen darin, daß er eine Kette herumzuwirbeln oder ein Messer ruhig zu halten verstand, damit es die Haut bis zum Knochen aufschlitzte, als Zeichen oder – schlimmer – für immer. Er wußte, er wußte, daß Menschsein nicht einfach war. Woher die Befugnis, wer hatte die Autorität dazu?

Die meisten Leute auf der Soziologietagung wußten nicht, was Soziologie war. Sie nahmen an, es bedeute das Studium des

Menschen in der Gesellschaft und daß das eine gute Sache sein müsse und außerdem, daß es zu effizienter Planung führen würde, was Tugend und Freiheit nach sich ziehen würde, wie man es bei der ersten Tagung schon vom Humanismus erwartet hatte. Frederica beobachtete auch hier die Leute: Was »Klasse«, was »Kultur«, was »Elite« bedeutete, war für sie schwieriger herauszufinden, obwohl es unter ihnen keine Meinungsverschiedenheiten darüber gab; aber sie erkannte, daß es Unterschiede gab zwischen – zum Beispiel – Tony Watson und Owen Griffiths, wenn sie über die »Kultur der Arbeiterklasse« sprachen. Für Tony waren die abstrakten Worte lebendige Kräfte – Kultur der Arbeiterklasse war gut, im Gegensatz zur Massenkultur, die schlecht war. Kultur der Arbeiterklasse umfaßte handgemachte Gerätschaften, Lieder und Geschichten, Eßgewohnheiten, Kochgewohnheiten, die als sakrosankt galten, weil sie sich so entwickelt hatten, wie sie waren. Massenkultur, das waren Radio, Schlager, Fernsehen, abgepackte Lebensmittel, Schundromane. Für Owen hingegen war die Kultur der Arbeiterklasse die Kraft von Männern wie seinem Vater, der andere Männer zu straffen Kampfgruppen zusammengeschlossen hatte, um bessere Bezahlung und bessere Arbeitszeiten zu erlangen, was Fernseher und Freizeit bedeutete. Owen sagte so oft »mein Vater«, wie Tony es nie tat, obwohl die abstrakten Worte von Tonys Vater in Tonys Leben ebensolche Kräfte waren wie der brennende Ehrgeiz, die drängende Eloquenz, das Machtbedürfnis von Owens Vater in Owens Leben. Für beide Männer war »Kultur der Arbeiterklasse« ihr Vater. Aber offensichtlich sah Tony in dem aggressiven, glühend musikalischen und spöttischen Owen jene Arbeiterklasse nicht, von der er sprach. Und doch – wo sonst stand Owen? Und was war mit Frederica?

Bill Potter glaubte, daß der christliche Glaube eine unwahre und schädliche Sicht der Welt, der Menschen, der Gesellschaft hervorbringe. Frederica, in direkter Nachfolge, glaubte das auch, hatte aber ein skeptisches Mißtrauen entwickelt gegenüber der übertriebenen Ehrfurcht ihres Vaters für Leavis'sche »Werte« und das »Leben«, das bei D.H. Lawrence so einfach ausgemacht und dargelegt wird. Diese Dinge, Werte und Leben, schienen, bei bestimmtem Licht betrachtet, Moral und Gott ohne Namen und Autorität zu sein.

Frederica fand sich in der verbreiteten und schwierigen Lage, die Aspekte der Kultur, denen sie sich zugehörig fühlte, stärker abzulehnen als jene, deren Gegner sie war. Sie sah sich selbst als klug, klassenlos, frei von dem künstlichen Bedürfnis, eine illusionäre Leiter zu erklettern, oder der romantischen Identifikation mit dem, was gut war am Vergangenen. Sie revoltierte natürlich gegen »Autorität«, und doch fühlte sie sich bei T.S. Eliots hierarchischen Gewißheiten wohler als bei den Luftschlössern von *Scrutiny*, wo sie hingehörte, wie sie sich bei Witz und Bosheit von *Brideshead* wohler fühlte als bei den minderen Gehässigkeiten und Anständigkeiten von *Glück für Jim*, einem Buch, von dem gesagt werden könnte, daß es der Welt, die sie am besten kannte, literarische Form gab. Wenigstens Eliot und Waugh interessierten sich für die Totalität der Dinge, fochten ihre Sache, wie absurd auch immer, nach einem kosmischen Maßstab aus. Man hatte sie das Mißfallen am schlampigen Verwischen von Begriffen gelehrt. Sie kannte keine klaren Begriffe, die ihr gefallen konnten.

Es blieb die Liebe, nach der sie suchte. Man belehrte sie über Eros und Agape, *caritas*, Minne, Selbstliebe und den Verlust des Selbst, und sie wünschte ganz einfach, verliebt zu sein. Sie glaubte weiterhin nicht an die Liebesbeteuerungen von Männern, mit denen sie schlief oder sprach, und fand Vergnügen an der Gesellschaft derer, die sich für etwas anderes als sie interessierten, die in der Verlegenheit des Abwehrens nicht allzu schnell eingeordnet werden konnten. Es gab Marius, der Künstler werden wollte. Und es gab Owen, der eine Vorstellung von seinem Geschick hatte.

Marius malte sie in seiner Bude im Souterrain, und es kam ein Modigliano-Pasticcio dabei heraus, mit pflaumenfarbenen Augen, was Frederica ärgerte, weil ihre Augen nicht diese Farbe hatten. Als das Gemälde zu Ende gemalt war – später wurde es etwas Abstraktes im Stil von Jackson Pollock –, saß er mit Frederica auf seinem Bett und streichelte sie, wobei er sie gelegentlich fragte, warum sie ihm das erlaube. Er war katholisch erzogen worden; er wollte, daß Sex traurig und gefährlich sei; die praktische Frederica gewöhnte sich allmählich an diese männliche Ambivalenz. Owen Griffiths führte sie zum Abendessen bei der Cambridge Union aus, wo man sie, da sie eine Frau war, nur als seinen Gast einließ. Er sprach über die Zukunft des Sozialismus, die Gründe, warum die Regierung Attlee gewählt worden war und durchfiel, und sagte, das Beste, was Frederica tun könne, sei, ihn, Owen Griffiths, zu heiraten. Er sagte es, während sie das zähe Steak und die wäßrige gegrillte Tomate aßen, als ob die Sache damit beschlossen wäre. Frederica widerstrebte es bezeichnenderweise zu erkennen, daß es sich um einen ernstgemeinten Antrag handelte, und sie erwiderte, wie es ihre Art war, sie sei sicher, daß er bei näherem Nachdenken nicht ernsthaft wünschen könne, einer so streitsüchtigen Person wie ihr jeden Tag beim Essen gegenüberzusitzen. Owen versicherte ihr, daß genau dies das Anziehende an ihr sei, und sagte, sie solle an die Zukunft denken. Er nahm an, daß Frederica wußte, wie er selbst es wußte, daß ihm eine außerordentliche Zukunft bevorstand. Die einzige außerordentliche Zukunft, für die sich Frederica so intensiv interessierte, war jedoch ihre eigene, aber es ist zweifelhaft, ob ihm das bewußt war, wie es zweifelhaft ist, ob er sich die außerordentliche Inhaltslosigkeit und Geringfügigkeit dessen, was als Fredericas politische Ansichten durchging, überhaupt vorstellen konnte. Was die leicht egozentrische Beschränktheit anging, waren sie sich vielleicht ähnlich, wie sie beide die Neigung hatten, bei Aufregung viel zu reden. Owen Griffiths sah in Frederica ein sehr intelligentes Mädchen, das einem ehrgeizigen Mann als Frau gut anstehen würde. Frederica erkannte den Ehrgeiz und fand ihn bedrohlich. Owen war noch auf andere Weise bedrohlich: Er pflegte sich Zugang zu ihrem Zimmer zu verschaffen, um seinen Vorschlag zu wiederholen, und zwar zu Zeiten, wenn in Newnham Männer keinen Zutritt hatten, was einmal dazu führte, daß Frederica – nicht das erste- und nicht das letztemal – von ihrer Tutorin einen Verweis erhielt. Daß sie nicht noch mehr Schwierigkeiten bekam, verdankte sich zum Teil der Tatsache, sagte ihr die Tutorin, daß man gute Prüfungsergebnisse von ihr erwarte te. Später – nicht zu jener Zeit, als das Urteil ihr völlig natürlich erschien – fragte sich Frederica, welche Prioritäten man da gesetzt hatte. Weiter den Gang entlang wohnte ein stilles braunes Mädchen, das nie mit jemandem sprach – eine Geographin vielleicht oder eine sanfte Theologin, Frederica war sich nicht sicher –, von dem man im gleichen Semester herausfand, daß es in aller Stille einen Restaurantbesitzer geheiratet hatte, einen Sarden, der im Kirchenchor sang und, wie gerüchteweise verlautete, wie ein Engel kochte. Diese verheiratete Frau wurde tatsächlich relegiert – nicht weil sie mit ihrem Mann in ihrem Zimmer ins Bett gegangen war, noch weil sie nachts nicht heimgekommen war, denn beides hatte sie nicht getan, sondern einfach deshalb, weil sie verheiratet war (mit dem falschen Mann). Aber worauf werden wir wirklich vorbereitet, fragte sich Frederica und dachte an ihre Tutorin, eine beeindruckende Frau mit scharfer Zunge und einem so unbestechlichen Auge wie dem des reizenden Freddie für billige Kleider, Handschuhe aus Imitat, falsche Formulierungen. Sie hatten keinen Begriff davon, was es bedeutete, eine Frau zu sein. In späteren Jahren, im Licht des unkritischen liebenden Interesses, mit dem jegliche weibliche Aktivität bedacht wurde, jeglicher weiblicher Gebrauch des Selbst, welches das eindeutig angenehmste Resultat des literarischen Feminismus ist, wurde es möglich, sowohl Miss Chiswick wie die kleine braune Signora Cavelli, geborene Brill, als Heldinnen von Format zu betrachten, Verteidigerinnen unterschiedlicher Prinzipien. Miss Chiswick hatte mindestens eine Sache dem Geistesleben geopfert; Miss Brill hatte es sich gegen ihren Willen wegnehmen lassen. Im Jahr 1955 empfand Frederica Verachtung, gemischt mit Furcht, für beide. Gewiß doch, sagte sie sich mit einem Anflug von Panik, mußte es möglich sein, etwas aus seinem Leben zu machen *und* eine Frau zu sein. Gewiß doch.

17. Feldforschung

Menschen, denen es schwerfällt, von sich aus gesellschaftliche Bande zu knüpfen, werden für gewöhnlich von anderen mit künstlichen versorgt. Marcus fand sich als Teilnehmer eines langen Wochenendkurses wieder, den Gideon Farrar beim Zentrum für Feldforschung in den Mooren südlich von Calverley organisiert hatte. Mittlerweile brachte Marcus seine Tage damit zu, in einem langen braunen Kittel Bücherwägelchen durch das Calverley General Hospital zu schieben, den engen Gang zwischen den langen Reihen der Betten entlang und im quietschenden Eisenlift neben Bahren mit bewußtlosen Patienten aus dem Operationssaal oder Rollstühlen auf dem Weg zur Physiotherapie oder zur Röntgenabteilung auf und ab fahrend. Es gelang ihm, Bücher auszuteilen, ohne mit der Kundschaft zu sprechen. Er sprach auch nicht mit seinen Eltern, obwohl er spürte, daß sie besorgt darauf warteten, daß er etwas sagte, und, wenn es nicht geschah, darauf, daß er in sein Zimmer zurückging. Er ging dorthin, wo Gideon ihn haben wollte, weil es ihm so am einfachsten erschien und weil es ein Wochenende ohne Bills nervöse Höflichkeit bedeutete. Als er das Zentrum erreichte, dachte er, daß es ein Fehler gewesen war zu kommen. Die Forschungsstation bestand aus einer Reihe nach Kreosot riechender Holzhütten rund um ein zentrales weißgestrichenes Betongebäude. Den ersten Schock erlebte er, als er feststellte, daß er das Schlafzimmer mit drei anderen Jungen teilte, was er noch nie getan hatte.

Am ersten Abend gab es eine schüchterne Teemahlzeit, an der etwa sechzehn Jungen und Mädchen aus verschiedenen Schulen und Gemeinden teilnahmen. Der Tee wurde aus großen Aluminiumkannen ausgeschenkt, und es gab Brot und große Mengen Margarine und rotgefärbte Erdbeermarmelade und viereckige Kuchenstücke industrieller Fertigung. Marcus setzte sich zwischen zwei leere Stühle, deren einen daraufhin ein Mädchen mit langen braunen Rattenschwänzen und großen Brillengläsern einnahm, das ihn zu kennen schien. Gleichmütig nahm sie zur Kenntnis, daß er sie nicht wiedererkannte.

»Du erinnerst dich nicht an mich. Ich bin Jacqueline. Wir haben bei Gideons Familienmahlzeit nebeneinander gesessen. Was machst du zur Zeit?«

»Ich fahre Bücher im Krankenhaus spazieren.«

»Da begegnest du sicher interessanten Leuten.«

»Nicht wirklich.« Er nahm sich zusammen. »Was passiert hier?«

»Na ja, bei diesem Ausflug erfahren wir uns gegenseitig.« Marcus zog über seinem Teller die Schultern zusammen. »So drückt Gideon es aus. Ich komme, weil es mir hier gefällt, weil ich die Moore mag und die Projekte.«
»Projekte?«
»Die große Sache hier ist eine Langzeitstudie über Ameisen. Wir haben mehrere künstlich angelegte Kolonien und ein paar, die wir draußen beobachten. Christopher Cobb – der neben Gideon oben am Tisch – ist eine weltweit anerkannte Kapazität. Er ist *faszinierend*. Du mußt ihn erleben, wenn er redet.«
»Hmm, ich weiß nicht.«
»Hast du was gegen Ameisen? Sie sind wirklich ganz erstaunlich. Ich zeig' sie dir.«
»Ich hab' nichts für sie und nichts gegen sie. Ich sehe sie mir gerne an.«

Nach dem Tee gingen sie im Licht des späten Tages spazieren. Sie stapften über Moorgebiet, einen Felspfad hinunter und rannten lärmend den Strand bei Boggle Hole entlang, einem kleinen, trichterförmigen Felseinschnitt, wo ein Bach aus dem teeblattfarben und goldbraun gefleckten Torf ins Meer stürzt und sich langsam der kalten, grauen, salzigen, klaren steigenden Flut vermählt. Auffallend an diesem Ort ist eine sonderbare Felsformation, Haufen und Hügel und fossile Rasenplätze aus fast kreisrunden schweren Gesteinsbrocken, rauh anzufassen oder vom Meerwasser geglättet, wie ein Lager primitiver Kanonenkugeln. Flache Felsterrassen mit einem Zickzackmuster aus kleinen Spalten und Rinnen auf ihrem mattglänzenden Grün und Schwarz, rosa und sandfarben von Flechten und Unkraut gesäumt, ragten ins Meer hinaus, das sich vor- und zurückbewegte, mit einer dünnen Schicht erkundenden Wassers über sich. Marcus wog einen Stein auf der Handfläche und lauschte Wasser und Wind. Jacqueline erschien neben ihm. »Sieh nur, wie alles Leben erhält. Sieh nur die Seeanemonen. Soviel Bewegung.«
Marcus wog seinen Stein und betrachtete gehorsam die Kleckse dunkelbraunen und rötlichen und bisweilen goldfarbenen Gallerts, wie angeklebt auf ihrem einen Fuß und mit ein

paar Wedeln oder Tentakeln, die an der Öffnung der nabelähnlichen Vertiefung in der Mitte bebten. Jacqueline sagte:
»Sieh mal, da ist Ruth.«
»Ruth?«
»Ruth, du weißt schon, wir haben uns doch alle bei Gideons Essen kennengelernt.«
Marcus beobachtete die jungen Leute, die in kleinen Gruppen umherwanderten. Er hatte keine Ahnung, wer Ruth war, die er schon einmal gesehen hatte. Sie sahen alle gleich aus. Windjacken und Wanderstiefel.
»Du achtest nicht auf das, was du siehst, oder?«
»Nein.« Er zauderte. »Es fällt mir ziemlich schwer, Leute wiederzuerkennen. Vor allem Leute in Gruppen auseinanderzuhalten.«
»Mich faszinieren sie«, sagte Jacqueline. »Keiner ist wie der andere, das ist das Interessante, keiner. Ruth ist die mit dem langen Zopf und den großen dunklen Augen. Und der roten Jacke.«
Marcus machte die – oder eine – rote Jacke aus, ohne allerdings Ruth zu erkennen. Jacqueline blieb bei ihm und machte ihn auf alles mögliche aufmerksam, auf einen Seeschwamm, einen Einsiedlerkrebs. Er mochte sie jedenfalls, weil sie diese Dinge mochte. Er legte seinen schweren Stein von einer Hand in die andere und machte sich Gedanken darüber, wie es kam, daß die Welt für sie voll erregender Dinge war, während er sie durch einen Schleier der Unwirklichkeit und Furcht sah. Als auf dem Rückweg eine kleine Herde von Bergschafen, deren wollige Körper auf den dünnen schwarzen Beinen schaukelten, auf sie zutrottete, versuchte er einen Scherz zu machen.
»Und die Schafe – kannst du die auch auseinanderhalten?«
»Selbstverständlich. Das da ist alt – sieh nur die Knubbel und Vertiefungen an seinem Schädel. Das da ist bockig – das fette ganz vorne. Keine zwei sehen gleich aus. Das bockige würde uns am liebsten mit dem Kopf rammen. Sieh nur, was für schöne Augen sie haben.«
Sie hatten gelbe Augen mit einer schmalen vertikalen Pupille. Er suchte nach der Schönheit und entdeckte die bernsteingelbe Farbe.

»Was meinst du, was sie sehen, wenn ihre Pupillen Schlitze sind?« fragte er.

»Ich weiß nicht. Aber irgendwann werde ich es wissen. Bei ihnen kann man den Schädel viel besser erkennen als bei uns. Das ist interessant.« Sie wandte ihm ihr Gesicht zu. »Kannst du dir meinen Schädel vorstellen?«

Strähnen braunen Haars über einer offenen Stirn, das warme Durcheinander der in der Mitte gescheitelten Kaffeehaube aus Haar und die langen Rattenschwänze hinter den Ohren, die ernsten Fenster der Brillengläser, die seine Brillengläser spiegelten, der schmale lächelnde Mund.

»Nein. Das kann ich nicht. Nein.«

»Oder deinen eigenen?«

Er berührte seine Kinnlade, den Scheitelpunkt seines Wangenknochens.

»Wenn ich Asthma oder Heufieber habe. Wenn es weh tut. Die Stirnhöhlen. Aber nur von innen. Ich könnte es nicht zeichnen. Es fühlt sich länglich und spitz und entzündet an.«

Sie legte eine Hand an seinen Kiefer und eine an ihren, um zu vergleichen.

»Deine Kinnlade ist länger als meine.«

Die Schafe trabten weiter; ihre grauwollenen Rümpfe schaukelten ununterscheidbar, wandernde Matten aus Heidekraut und verfilzter Wolle, altem verklebten Blut und Teerbröckchen.

»Kannst du sie auch von hinten unterscheiden?«

»Wenn ich mir Mühe gebe. Sie sind eine Herde. Das da geht anders als die anderen. Das da ist schmutziger. Das da ist übermütig. Wenn man sich Mühe gibt, kann man das sehen.«

Er versuchte, das schwarze gekreuzte Muster der trottenden Beine zu entwirren, bevor sie dem Blick entschwanden.

Nach dem Abendessen versammelte Gideon sie alle um den heißen Ofen, eine schwarze Tonne mit einem beißend riechenden Ofenrohr. Heiße Milchgetränke wurden angerührt und ausgeteilt: Milchtropfen, die auf das Metall fielen, dehnten sich, wurden zu Blasen, wurden kaffeebraun, dunkelbraun, rochen nach Milchreis und dann nach Küchenkatastrophe. Die bloße Wärme, die Mischung aus Schläfrigkeit und Sauerstoffarmut in diesen Gerüchen verband sie: Sie saßen in der Mehrzahl auf dem Fußboden und blickten zu Gideon. Der gerade sagte, er schlage ihnen ein Spiel vor, das kein Spiel sei, sondern ein Weg, um den Kokon von Schüchternheit und Konventionen zu durchbrechen, der jedermann von seinen Nachbarn fernhielt, ein Spiel der Wahrheit. Jeder sollte eine Geschichte erzählen, eine wahre Geschichte, eine Geschichte über sich selbst, die seiner Meinung nach den anderen helfen würde, ihn – oder sie – wirklich besser kennenzulernen. Er selbst wolle den Anfang machen. Die Geschichte, die er erzählte, war die Geschichte eines Kampfs – wie er es schilderte, eines wochenlangen Kampfs – mit seinem Adoptivsohn Dominic, der sich Gideons Fürsorge verweigert hatte, dreimal weggelaufen und gefunden worden war, einmal im Wagen eines Bauarbeiters, einmal unter einem Baum im Park, einmal in einem Schuppen auf dem Schulgelände. Gideon schilderte, wie er jedesmal das Kind zurückgebracht hatte, das um sich schlug, brüllte und ihn, Gideon, beschimpfte, weil er nicht sein wirklicher Vater war; worum es in der Geschichte ging, war, wie schwer es Gideon gefallen war zu akzeptieren, daß er offenbar Haß erntete, wo er Liebe einzuflößen gehofft hatte, daß er abgelehnt wurde, wo er Harmonie hatte stiften wollen. »Und zuletzt konnte ich erst dann handeln«, sagte er, »als ich mir meine eigenen Gefühle *eingestand*, als ich aufhörte, nett zu ihm zu sein, ihm *echten* Zorn zeigte und zu ihm sagte: Ich liebe dich, aber das hier lasse ich mir nicht länger gefallen; ich verstehe deinen Kummer, aber du hast mir weh getan.« Und dann, so endete die Geschichte tröstlicherweise, hatte das Kind sich beruhigt, denn es war sein Eindruck von der Allmacht und unerschütterlichen Selbstbeherrschung seines Vaters gewesen, der es so unter Druck gesetzt hatte, und es kam nach Hause zurück und setzte sich ihm aufs Knie und boxte ihm freundschaftlich gegen die Brust, und sie waren wieder eine Familie.

Manche der junge Leute waren mit Gideons Methoden vertraut. Ein Junge erzählte eine Geschichte, die perfekt zur vorausgegangenen paßte und die er nicht zum erstenmal erzählte, wie er im Krieg evakuiert worden war, wie seine Mutter bei den Bombenangriffen umgekommen war und seine Pflegefamilie –

die ihn nicht besser leiden konnte als er sie – ihn aufgenommen hatte und er nicht dankbar gewesen war, nicht gewußt hatte, wer er *war*, sich fehl am Platze fand, ein Cockney in Yorkshire, und fürchtete, er werde nur geduldet, aber nicht wirklich geliebt. Ein anderer Junge erzählte, daß er es als einziger in seiner Familie nicht geschafft hatte, in eine Kricketmannschaft aufgenommen zu werden, und daß seine Eltern nichts von ihm wissen wollten und sich für nichts, was er tat, interessierten. Sofern es einen gemeinsamen Grundtenor dieser formal vollendeten Spontangeständnisse gab, bestand er in der Unzulänglichkeit der Eltern, ihrer Abwesenheit, ihrer mangelnden Zuversicht. Gideon instrumentierte das Erzählen: Er stellte eine Frage – »Und was hast du da empfunden?« –, lockte ein kontrastreiches Bild hervor und trieb die Erzählung so voran, daß sie in die Entdeckung der eigenen unabhängigen Identität des Erzählers mündete, seiner oder ihrer Fähigkeit, das Versagen der anderen als etwas Unvermeidliches zu begreifen. Er machte die Geschichten *aufregend* und zugleich erträglich, verlieh ihnen dramatische Bedeutung. Ein mürrisches dunkelhäutiges Mädchen erzählte, daß seine Mutter oben im Haus wohnte und sein Vater unten mit einer anderen Frau und wie es zwischen beiden Parteien vermittelte, schriftliche Botschaften beförderte, um Geld bettelte, ausgeliehene Töpfe zurückholte. Gideon gelang es, ihr die Erzählung so zu strukturieren, daß sowohl der Eindruck entstand, sie habe die Situation mit einer Art Galgenhumor aufgefaßt, als auch der, sie sei die einzige normale und menschliche Person im Hause. Was als Abfolge unwirscher Ein-Satz-Aussagen begonnen hatte, wurde zu einer ausgelassenen Wiedergabe schlagfertiger Treppenwitze. Ihr folgte der Junge, der mit angesehen hatte, wie sein Vater von erbosten Arbeitskollegen überfallen und mit Messerstichen verletzt worden war, weil er sie als Denunziant bei der Firmenleitung angeschwärzt hatte; wieder gelang es Gideon, eine Erzählung von gräßlicher Angst in eine Erzählung miterlebter Tragödie zu verwandeln und durch die Überzeugungskraft seines seidenglatten Lächelns und seiner löwenhaften Aufmerksamkeit den Eindruck zu erwecken, als habe der Junge etwas Heldenhaftes geleistet, Erkenntnisse gewonnen. Er wandte sich

Marcus zu und fragte, ob er eine Geschichte zu erzählen habe. »Nein«, sagte Marcus. »Nein, eigentlich nicht. Nein, danke.« »Vielleicht ein andermal«, sagte Gideon freundlich und wandte sich zu Ruth.

Diesmal achtete Marcus etwas mehr auf Ruth. Sie stand da wie ein Kind, das in der Schule aufgerufen worden war, mit dem langen Zopf zwischen den Schulterblättern, sah geradeaus, Gideon ins Gesicht, und hielt die Hände vor dem Schoß gefaltet, ruhig, ohne sie zu ringen. Sie hatte ein gefaßtes, nordisches kleines Gesicht mit geraden blonden Augenbrauen und sehr blauen Augen; ihr Mund war gerade und weich und friedvoll. Sie sagte, sie wolle von ihrer Mutter im Krankenhaus erzählen, und begann ohne Einleitung und eher monoton davon zu sprechen, wie schwer es »uns« gefallen war, sich damit abzufinden, daß zu Hause niemand für sie sorgte, daß alles verdreckte, niemand einkaufte, wie sie trotz aller guten Vorsätze böse auf »meine Mutter« gewesen waren und wie sehr sie jetzt darunter litten. »Was ich sagen will, ist, wie schlecht wir sie so lange behandelt haben. Sie wurde immer dünner und war nicht mehr dieselbe. Und sie wollte immer noch mit uns sprechen, sie guckte uns so komisch an – richtig hungrig –, und wir hatten Angst vor ihr, wir wollten nichts von ihr wissen, wir wußten nicht, was wir sagen sollten. Sie lag da drinnen, und ich sorgte für Einkaufen und Kochen und Saubermachen und versuchte, meine Hausaufgaben zu machen und mich um Daddy zu kümmern. Und dann merkten wir, daß sie sterben würde, es war nichts zu machen, und wir wollten, daß es schnell ging, sich nicht länger hinzog, wir wollten, daß sie schnell starb, wenn sie schon sterben mußte, und sie versuchte mit uns zu sprechen. Sie hat sich aufgeregt, als ich Christine die Haare schneiden ließ, aber sie waren immer verfilzt und fast nicht zu kämmen. Und dann hieß es, sie sei friedlich gestorben, als wir hingingen, und man gab uns ihre Sachen in einer Tüte. Ich habe überhaupt nichts gefühlt. Ich habe nur überlegt, was zu tun war, den Herd putzen, den Schrank unter der Treppe aufräumen, kaputtes Spielzeug wegwerfen, solche Sachen. Und eines Tages fand ich beim Aufräumen in einer Schublade einen halben Pullover.«

»Sprich weiter«, sagte Gideon.

»Er war gestreift, und ich hatte sie darum gebeten. Sie hatte an ihm gestrickt, bevor ... Und da habe ich geweint.«

»Und jetzt hast du ein schlechtes Gewissen, weil du dich im Stich gelassen gefühlt hast und wütend warst – was ganz natürlich und unausweichlich ist«, sagte Gideon.

»Nein, das tue ich nicht. Ich –«

»Natürlich tust du es. Du hast dich um alles gekümmert, und jetzt hast du ein schlechtes Gewissen, weil du nicht nur tapfer warst, sondern auch Angst hattest.«

Ruth sagte nichts. Gideon – kannte er die Antwort etwa? – sagte: »Und jetzt bist du die Stütze deines Vaters und hast neben deinen Prüfungen in der Schule die Verantwortung für den Haushalt...«

»Nein«, sagte Ruth. »Nicht mehr. Er hat Mrs. Jessop geheiratet. Er –« Sie setzte sich mit einer exakten Bewegung. Gideon wandte sich dem nächsten Teilnehmer zu. Es war fast, als wären alle Geschichten ein und dieselbe Geschichte: ein Vater, eine Mutter, ein Kind oder Kinder, ein Ideal, das sich als keineswegs ideal herausstellte. Jacqueline vergeudete die Geschichte eines Geschenks in Form eines Mikroskops an einen Lieblingsbruder und wie sie schließlich selbst an ein Mikroskop kam, eine Geschichte, die von Gideon abgetan wurde, als hätte Jacqueline geschummelt. Marcus machte sich Sorgen; er begann sich vor dem Schlafengehen zu fürchten. Er hatte noch nie das Schlafzimmer mit drei Jungen teilen müssen.

Die Jungen in seinem Zimmer waren ganz vernünftig; sie kannten einander nicht und waren durch die emotionale Aufladung der Atmosphäre etwas aufgeregt. Gideon hatte die Stränge von Geschichten zusammengeführt, hatte von der Zerbrechlichkeit des Lebens und der Beziehungen gesprochen, vom Bedürfnis nach Sicherheit, Beständigkeit, Unveränderlichkeit, vom Wissen um Christus in einem jeden von uns. Die Jungen unterhielten sich beifällig über ihn: »Bei ihm hat man das Gefühl, daß das, was wir tun, wichtig ist«, sagte einer von ihnen. Sie machten sich mit ihren Kulturbeuteln zum Waschraum auf und kehrten mit glänzender Haut und nach Pfefferminz duftend zurück. Marcus hockte zusammengekauert auf dem Bettrand. Einer der

Jungen sagte: »Du bist nicht sehr gesprächig. Ist alles mit dir in Ordnung?«

»Ich habe – Asthma. Krieg' keine Luft. Störe euch – hoffentlich – nicht.«

»Tu dir keinen Zwang an«, sagte der munterste der Jungen. »Der Ofen ist ein richtiger Stinker. Geht jedem an die Lunge. Hoffe, es geht dir bald besser.«

Er nahm eine Kapsel Ephedrin und legte sich einen kleinen Adrenalin-Halbmond unter die Zunge. Die Jungen im Zimmer machten sich zum Schlafen fertig; zwei von ihnen veranstalteten einen kleinen Ringkampf um den Raub eines überzähligen Kissens, und Marcus, der die Fingerknöchel gegen den Brustkorb gepreßt hielt, sah, wie ihre Pyjamas sich öffneten, als sie rangen, die Finger ineinander verschränkt, Schultern und Hüften windend. Ein flaumiger dunkler Bauchnabel, ein kurz sichtbarer Penis, kürzer und feister als seiner, vor Erregung leicht angehoben. Herabhängende weiße Pyjamakordeln. Wie brachten sie es fertig, einander zu berühren? Wie? Er atmete pfeifend. Er schämte sich. Er sah zu, wie sie alle ins Bett gingen, Laken und graue Decken über sich zogen, schnauften und still wurden. Er atmete flach und versuchte, gelassen zu bleiben. Ihm kam der verrückte Gedanke, daß die anderen seine ganze Luft verbrauchten. Sein rechter Lungenflügel tat besonders weh; jeder tiefe Atemzug mußte seine verzweigte Wundheit verletzen. Die Vorstellung von den Knaben im Raum verdrängte alles andere: Pfefferminzatem und verborgenes blasses und dunkles Knabenfleisch und der Geruch von Füßen, die gelaufen waren, drang von überallher auf ihn ein. Er keuchte. Er stellte die Füße auf den Dielenboden. Der Junge im Nachbarbett öffnete die Augen und machte eine Armbewegung; Marcus' übersensibilisiertes Riechorgan folgte der Bewegung der Achselhöhle.

»Alles mit dir in Ordnung?«

»Krieg' keine Luft. Geh' ein bißchen raus.«

»Brauchst du irgendwelche Hilfe?«

»Nein. Kann bloß nicht liegen. Tut weh.« Er keuchte.

»Klingt ja furchtbar.«

»Klingt schlimmer, als es ist.«

Er ging von seiner Hütte zu den Hauptgebäuden, in denen noch vereinzelt Lichter brannten; die Nachtluft war zwar schmerzlich zu atmen, doch sie duftete nach Kiefern und Heidekraut. Leise Geräusche waren zu vernehmen – ein Quietschen, ein Rascheln, ein abrupt endendes Klappern. Er ging dorthin, wo er die Küche vermutete, und tastete sich die Wand entlang, während er bemüht war, seine ratternden, zischenden Atemzüge zu regulieren. Statt zur Küche gelangte er zu einem der großen Vortragssäle mit langen Labortischen, einem Pult und Glasbehältnissen, die im Dunkel an den Wänden schimmerten.

Jemand sprach. »Wer ist da?«
»Marcus Potter.«
»Was machst du hier?«
»Ich kann nicht schlafen. Ich habe Asthma.«
»Ich bin's, Jacquie. Ich suche Ruth. Sie hat geweint. Laß mich Licht anmachen.«

Die Lampen mit ihren konischen Metallschirmen warfen runde Lichtflecken auf die Tische. Die nackten, großen Fenster spiegelten die weißen Kreise in anderer Form und aus anderen Winkeln wider. Marcus erblickte im unscharfen samtigen Schwarz des Fensters unter etwas, was wie eine unendliche Prozession weißer Kugeln aussah, Jacqueline als graues Gespenst in einem langen Wollmorgenrock. Und er sah sich selbst, bleiche pyjamabekleidete Schultern, die zusammengepreßt bebten, fahles herabhängendes Haar, reflektierende Brillengläser, die immer kleinere weiße Kugeln reflektierten. Die Behältnisse an den Zimmerwänden enthielten die Ameisenkolonien.

»Du siehst ja furchtbar aus. Soll ich dir was zu trinken holen? Hast du die Ameisen gesehen? Ich mach' ihr Licht an.«

Abgeschirmte Streifen hellen Lichts wurden über den Behältern sichtbar. Die Seitenwände der Ameisenkolonien waren leuchtend golden; erklärt wurde es durch ein ordentlich beschriftetes Kärtchen.

Es handelt sich hier um eine Kolonie der in England heimischen braunschwarzen Wegameise *Lasius niger*. Das Glas des

Beobachtungsnestes ist gelbrot, da diese Ameisenart für diesen Bereich des Farbspektrums blind ist, während sie die zum Ultravioletten tendierenden Farben gut wahrnimmt. Im Unterschied zu *Lasius fuliginosus*, der Holzameise, die Geruchsspuren folgt, orientiert sich *Lasius niger* mit Hilfe des Gesichtssinns. Ihre großen Facettenaugen können aufrechte Bilder von Dingen, die sich bewegen, bilden. Man hält es für möglich, daß das Insekt in Ruhestellung blind ist, da das lidlose Auge eigens dafür eingerichtet zu sein scheint, Bewegungen wahrzunehmen.

Marcus betrachtete die Ameisen mit der reglosen, bedächtigen Aufmerksamkeit, die eine Folge der Unbeweglichkeit ist, zu der das Asthma zwingt. Neben dem merklichen und unregelmäßigen Klopfen seines Herzes bewirkte das Adrenalin auch ein Gefühl der Dringlichkeit bei allem, was er gerade tat. Die Ameisen waren voller Bedeutung. Sie befanden sich oder schienen sich infolge des gelbroten Glases in rötlichem Erdboden zu befinden, auf dessen Oberfläche Obststückchen verstreut lagen, Orangen- und Apfelschnitze und welke Salatfetzen. Auf dem Boden wimmelte es von verschieden großen Ameisen, die eifrig umherrannten, Erkundungen einzogen, sich umdrehten, rannten, zurückkehrten. Die Glaswand des Behälters zeigte Schichten von Gängen und Höhlen; in zwei Höhlen wurden die ovalen, blassen und weißlichen Puppen aufgeräumt, weder in ordentlichen Reihen noch zu einem beliebigen Haufen, sondern zu – wie es Marcus scheinen wollte – undechiffrierbaren systematischen Haufen. Ameisen rannten in den Gängen wie auf der Oberfläche umher, bewegten kleine Erdkrumen mit ihren zarten Beinen und trugen Puppen wie riesige Prozessionskerzen aufgerichtet vor sich her. Es sah alles zufällig und unübersichtlich aus, was ihn bedrückte. Ameisen tauchten wie aus dem Nichts auf, ein Gewirr heftig kämpfender Borsten, das aus einem unerkennbar dünnen Tunnel hervorbrach. Eine Ameise, die ein eiförmiges Gebilde trug, das wesentlich größer als sie selbst war, ließ es im Stich, um sich eines Erdkrümels zu bemächtigen, worauf mehrere andere Ameisen herbeieilten, um in gemeinsamer Aktion, wenn auch unter kleineren koordinatorischen Schwierigkeiten, das Ei einen anderen Gang entlangzubefördern. Marcus starrte auf ihr bewegtes, unbegreifliches Leben. Sie liefen und rannten und regten sich auf und funkten und kommunizierten. Sie waren so zahlreich. Immer zahlreicher, während er hinsah. Er hätte nicht sagen können, ob er ein strudelndes Chaos oder eine unbegreifliche Ordnung beobachtete.

Jacqueline kehrte mit zwei Bechern dampfendheißen Tees zurück. Marcus sagte:

»Hast du Ruth gefunden?«

»Nein. Aber ich finde sie. Wahrscheinlich ist alles in Ordnung. Manchmal ist es zuviel für sie. Gideon bringt die Leute aus der Fassung. Er denkt, daß es ihnen guttut, aus der Fassung zu geraten.«

Vor seinem inneren Auge sah Marcus einen großen Stecken, mit dem die Gänge zerstört und aufgestöbert wurden.

»Vielleicht auch nicht.« Er keuchte und trank einen Schluck. »Dich bringt er nicht aus der Fassung.«

»Mein Privatleben ist nicht aufregend. Nicht der Rede wert. Komm, wir sehen uns die Ameisen an.«

Ein Teil der Wand der Kolonie bestand aus einem runden Vergrößerungsglas, durch das Marcus dem ungesehenen riesigen Auge einer Arbeiterin in einer mit gesponnenen Kokons ausgelegten Höhle zwar nicht begegnete, aber es erblickte. Es sah aus wie ein riesengroßer Apfelkern. Die Ameise selbst war glänzend schwarz und gepanzert, mit spitzen und buckligen Segmenten und sechs zierlich befestigten Gliedmaßen. Die Form, die Samenform, wiederholte sich, wohin er blickte. Die Ameisen streichelten die Kokonhülle.

»Wo ist die Königin?« fragte Marcus.

»Irgendwo in der Mitte, im Dunklen. Du kannst sie nicht sehen. Wir haben ein Foto von ihr.«

Da hockte sie in ihrer Kammer, aufgeblasen zur Größe von Marcus' beiden Händen, ein monströs gedehnter Bauch, von dem ein zwergiger Kopf und dünne Füßchen wegragten und über den emsige kleine dienende Töchter hinwegkrabbelten wie über einen gelandeten Ballon oder ein gestrandetes Schiff.

»Gräßlich«, sagte er. »Gräßlich.«

»Warum denn? Schau mal hier, das sind ›Honigtöpfe‹ – Ameisen, die als hängende Vorratsgefäße für andere Ameisen ihr Leben verbringen.« Da hingen sie in der Tat, ebenfalls so groß wie Marcus' Hände, lebende Krüge und Behältnisse für den Blattlausnektar, den ihre geschäftigen und beweglichen Artgenossen in sie hineinträufelten, mit geschwollenem Unterleib, der ihre Chitinplatten auseinanderzwängte.

»Ist das nicht *spannend*?« sagte Jacqueline.

»Ja. Aber es gefällt mir nicht. Ich meine, sie.«

»Das kommt, weil du sie wie Menschen siehst. Wenn du das nicht tust, sind sie einfach nur faszinierend.«

Marcus betrachtete die geschwollene Eierlegemaschine und das unablässige Gewühl in den Röhrengängen.

»Ich kann nicht verstehen, wie man das nicht kann – sie auf uns beziehen.«

»Du mußt es nur versuchen.«

Marcus und Jacqueline gingen leise und freundschaftlich mit ihren Bechern zur Küche zurück. Es war Licht angeschaltet und ein leises Geräusch zu hören, das Schniefen und hervorbrechende Gurgeln eines weinenden Menschen. Jacqueline erhob die Hand, um Marcus Schweigen zu gebieten, was unnötig war; gemeinsam stellten sie sich auf die Zehenspitzen, um durch die Glasscheibe der Schwingtür zu sehen. Ruth saß am Küchentisch, den Rücken ihnen zugekehrt, das gelbe Haar ungebändigt über ihre blauen Schultern ausgebreitet. Und Gideon Farrar beugte sich über den Ofen, wo er Milch in einem Topf umrührte. Sie sahen ihm dabei zu, wie er Kakao kochte; sie sahen zu, wie er ihr eine Tasse reichte und sich einen Stuhl herbeiholte und ihr einen Arm um die Schultern legte.

»Ich hasse sie«, sagte die klare Stimme, die ihre Märchengeschichte von der toten Königin und der bösen Stiefmutter erzählte und einen altvertrauten Aufschrei der Menschheit wiederholte. »Ich hasse die Frau, die mein Vater geheiratet hat. Alles war in Ordnung, bis sie kam. Wirklich. Wir waren sauber und ordentlich und auf unsere Weise glücklich. Und jetzt sind wir dreckig und schlampig und gemein untereinander und vertragen uns nicht mehr. Ich hasse sie. Ich bin so unglücklich.«

»Nicht doch, Kleines«, sagte Gideon, »tu das nicht. Tu das nicht. Du mußt dein eigenes Leben leben, dein eigenes Leben *entdecken*. Du kannst so viel Liebe und Glück geben ...«

Er faßte ihr Kinn mit seinen Fingern, hob ihr Gesicht, schloß sie in seine Arme, legte sein lächelndes Gesicht auf den gefangenen goldenen Schopf. Marcus spürte Erregung und Unwohlsein und eine unangemessene Ergriffenheit – nicht wegen der Worte, sondern wegen der physischen Gewißheit, Trost zu spenden, von der dieses Geste kündete. Selbst durch die Glastür gesehen, war Gideon unerschütterlich davon überzeugt, daß er, Gideon, die Antwort auf den Hilferuf war, die Liebe, um die im Dunklen geweint wurde, der Trostspender. Marcus spürte, wie kleine Finger sich um seine stahlen. »Komm, weg hier«, sagte Jacqueline. »Komm. Wir haben hier nichts verloren.« Ihre Hand war trocken und warm und fest; sie war nicht schlaff und preßte seine Finger nicht. Er hielt sie fest. Er keuchte. Er hatte das Gefühl, daß er etwas Wichtiges miterlebt und es nicht begriffen hatte.

Am nächsten Tag hielt Christopher Cobb einen Vortrag über Ameisen. Er hatte einen rundgeschnittenen, wolligen Bart, der in Dichte und Lockigkeit an die Wolle südländischer Schafe erinnerte, in einem lebendigen, kräftigen Muskatbraun, in dem seine gerundeten Lippen rot wie Hagebutten leuchteten, aber klein und verborgen wie ein unzugängliches Sexualorgan. Seinen Kopf bedeckte eine Wollmatratze in einem wieder anderen Braun, dem Braun eines einheimischen Tierpelzes, dem Braun des sandfarbenen Streifens unter den Stacheln des Igels. Seinen Bart hätte Edward Lear mit schmarotzendem Leben gefüllt, mit einer rundlichen Drossel, ein paar Wachteln, einer Meise. Sein fülliger tonnenförmiger Körper steckte in einem Norwegerpullover aus naturbelassener Wolle. Er sprach vom Sozialverhalten der Ameise. Er warnte davor, das Leben von Ameisen mit dem von Menschen zu vergleichen, obwohl seine Sprache von Anthropomorphismen gefärbt und belebt war. Wir haben die Ameisen nach unseresgleichen benannt als Königin, Arbeiterinnen, Soldaten, Parasiten, Sklaven. Wir benennen ihr Sozialverhalten nach dem unseren: Wir sprechen von Klassen und

Kasten. Cobb interessierte die Frage der lenkenden Intelligenz der Ameisengemeinschaft. Woran erkennt sie, wie sie es tut, fragte er, wie viele befruchtete Weibchen vonnöten sind? Wie entscheidet sie, ob ein Ei oder eine Larve zu einer Arbeiter- oder Soldatenameise oder zu einer Königin werden soll? Es gibt Hinweise, daß diese Entscheidungen durch die genetische Ausstattung des Eis vorprogrammiert sind, aber auch durch die Beschaffenheit der Nahrung bestimmt werden, die die Arbeiterinnen den Larven in der allerersten Zeit verabreichen. Es gibt das, was vorherbestimmt ist, und das, was gemeinsam beschlossen wird, aber wer oder was trifft die Entscheidung? Ameisenkolonien wurden hin und wieder mit dem Zellenverbund verglichen, aus dem ein menschliches Wesen besteht. Ist so ein Vergleich hilfreich oder irreführend? Wo hat die Intelligenz ihren Sitz? Ist es sinnvoller, das Ameisennest als Maschinerie zu betrachten – so wie ein großes Telefonnetz, sagte Christopher Cobb, in der Zeit vor der Erfindung des Computers – oder, wie Maurice Maeterlinck es tat, als Gemeinschaft zusammenwirkender Jungfrauen, die sich einem außergewöhnlichen Altruismus verschrieben haben und bereit sind, ihr Leben für das Wohl der »idealen Republik« zu geben, »der Republik, wie wir sie niemals erleben werden, der Republik der Mütter«? T. H. White waren sie als Insassen eines totalitären Arbeitslagers erschienen. Heute, im Jahr 1984, sind die Biologen dazu übergegangen, alle Organismen, ob Menschen, Amöben, Ameisen, Singvögel oder Riesenpandas, als »Überlebensmaschinen« zu bezeichnen. Die statistische Wahrscheinlichkeit altruistischen Verhaltens bei Pavianen und Rebhühnern messen sie mittels Computeranalysen der Verwandtschaftsgrade und des Weiterbestehens bestimmter Gene. Das Bewußtsein erklären sie als Ergebnis der Bilder, die das computergleiche Gehirn der Überlebensmaschine von sich selbst machen muß, um zu funktionieren. Kann man von einem Ameisenhügel behaupten, er habe ein Bewußtsein? Christopher Cobb führte den aufmerksamen jungen Leuten nachdrücklich die Notwendigkeit der Objektivität vor Augen (ein Begriff, der aus der Mode gekommen ist). Die Notwendigkeit phantasiebegabter, vorurteilsloser Neugier. Als ob das möglich wäre.

Und wenn man Christopher Cobb mit phantasiebegabter

Neugier betrachtete? Er war fraglos weit mehr an Ameisen interessiert als an Jungen oder Mädchen, jungen Männern oder Frauen. Er war ein Hagestolz von Natur aus – eine Aussage, die ein Romancier ohne Wenn und Aber treffen kann, während eine andere Art Menschenwesen mit der Neugier, die einer anderen Disziplin eignet, ein nachfreudianisches Menschenwesen, nach einem Grund für Christopher Cobbs Wahl der zölibatären Einsamkeit in der Heide mit Glasbehältnissen voll nichtkommunizierender Myriaden suchen und ihn im Rahmen seiner Disziplin finden würde. Welche Ausprägung der Libido bewegte Christopher Cobb dazu, von nichtmenschlichen Lebewesen fasziniert zu sein und innerhalb dieses großen Bereichs ausgerechnet von Ameisen? Oder, um die Disziplin zu wechseln, welches soziale Muster prägte ihn so, daß er für diese Rolle in Frage kam? Warum interessierte Christopher Cobb sich nicht für Süßwasserperlenmuscheln oder Radiowellen oder Transformationsgrammatik oder die Herstellung feinster Nadeln oder die Linderung von Kwaschiorkor?

Wie wenig wir wissen. Marcus fand Christopher Cobb interessant und die Ameisen faszinierend, und das sollte sein Leben verändern, ohne daß Christopher Cobb davon je die geringste Ahnung haben würde.

Sie machten einen naturkundlichen Ausflug; Marcus ertappte sich dabei, daß er die jungen Leute so beobachtete, wie er in der ruhelosen Dunkelheit das anscheinend sinnlose Herumlaufen der Ameisen beobachtet hatte. Sie verstreuten sich auf der Heide, bildeten Grüppchen, die sie wieder aufbrachen, gesellten sich anderen Gruppen bei, bewegten sich, verharrten. Gideon als begeisterter Wanderer vollzog lange Schleifen und Umwege, tauchte hinter zwei verbissen dahintrottenden Knaben auf und legte ihnen die Arme um die Schultern oder quetschte kurz den Kopf eines Mädchens gegen seine Brust. Ameisen erkennen und begrüßen einander mittels Vibration und Berühren ihrer Fühler – um genauer zu sein: mit Hilfe des Geruchssinns, der hauptsächlich in den letzten sieben Gliedern der Keule am Ende des Fühlers situiert ist. Außerdem erkennt jedes Glied einen bestimmten Geruch wieder, und das letzte Glied erkennt den des

Nests. Ein neugieriger Forscher, der die Fühlerglieder der Reihe nach amputiert, wird feststellen, daß die Verwirrung und Orientierungslosigkeit der Ameise oder ihr unvermitteltes Losgehen auf erschrockene Genossinnen beweist, daß das vorletzte Glied die Alterszugehörigkeit der Arbeiterinnen in Kolonien aus verschiedenen Familien derselben Spezies wahrnimmt und das vorvorletzte den Geruch, mit dem eine Ameise ihre eigene Spur versieht. Weitere Glieder identifizieren den Geruch der Ameisenkönigin im Nest, den der Spezies der jeweiligen Ameise, der sich vom Geruch des Nests unterscheidet, und den angeborenen heimischen Geruch, der nicht unbedingt mit dem der Königin identisch ist und den die Ameise vom Ei bis zum Tode an sich trägt. Ob die Kameraderie und das Tätscheln des gutaussehenden Geistlichen eine menschliche Entsprechung zu solchem Binnenartenkontakt und -austausch darstellte, ist schwer zu sagen. Stephanie, an die er sich beim Abwasch mit seinen Hüften gedrängt hatte, war darin eine, wie ihr scheinen wollte, primitive, alte und wirksame Form menschlicher körperlicher Verständigung aufgefallen. Marcus hoffte lediglich, nicht berührt zu werden. Er stellte den Mantelkragen hoch und zog die Schultern in die Höhe und steckte den Kopf zwischen die Schultern wie in ein Gehäuse, um zu erkennen zu geben, daß er nicht da war. Jacqueline kam trotzdem zu ihm und ging neben ihm, von Ruth begleitet.

Er sah Ruths Zopf, ein Gebilde, das zwischen ihren Schultern spitz zulief. Seinen Blick färbte die dünn gedehnte Klarheit von Asthma, Ephedrin und Adrenalin. Ein Effekt dieser Dreierverbindung besteht darin, daß sie die Umrisse akzentuiert, während sie den Gehalt verschwimmen läßt. Samuel Palmer, ein Asthmatiker, war in der Lage, die Vision sowohl eines Getreidehaufens, eines fruchttragenden Baumes, eines helleuchtenden Mondes und einer weißen Wolke in einem Käfig oder Netz dunkler Umrisse zu fassen und zugleich zu unterstellen, daß diese Dinge nur durch unterschiedliche Helligkeitsgrade des Lichts zustande kommen und vom Auge in Form der geradlinigen Abbilder ihrer Peripherie wahrgenommen werden. Und so sah Marcus Ruths Haar mit seinem Glanz, seinen geflochtenen runden und konischen Segmenten, die sich immer wieder zu dem einen Zopf vereinigten und schimmerten. Ruth, die in der Nacht zuvor verstört und verwirrt gewesen war, war nun adrett und ordentlich und blank. Sie sagte nicht viel: Sie blickte gelassen zu Boden. Jacqueline besorgte das Reden. Er hörte Jacquelines Stimme und sah Ruths Zopf hin und her schwingen. »Schaut mal«, sagte Jacqueline, »da wächst Farn ... wie der Wind den Dornbusch zugerichtet hat ... da ist ein Brachvogel ... da ist Kaninchenlosung ...« Ihr Gerede war informativ.

Marcus kehrte zurück im Zwiespalt ansteckender gemeinschaftlicher Erregung und eines eingewurzelten unwillkürlichen Potterschen Mißtrauens gegenüber Gideons Methoden. In der Sicherheit seines weißen Zimmers lag er im Bett und dachte über Gott nach, was er nicht mehr getan hatte, seit er es aufgegeben hatte, Lucas Simmonds' visionären, messianischen Ansprüchen an seine Gaben zu entsprechen zu versuchen. In seinem Geist wimmelte es von einem gefährlichen und aufregenden Muster sich wiederholender Formen, wie es zu Zeiten der Fall gewesen war, die er früher als beginnenden Wahnsinn gefürchtet hatte. Alles ließ sich als Wiederholung von Ovalen erinnern und definieren, so als würde man die Welt einteilen, indem man sie durch das regelmäßige Tropfenmuster einer Sichtschutzglasscheibe betrachtete. Aufeinandergeschichtete weiße Ameisenpuppen, die Rümpfe trottender Schafe, die ineinandergewobenen schimmernden Segmente von Ruths Zopf, Brustkorb und Bauch, weiße, Gideons Funkeln im Feuerschein zugewandte Gesichter. Er berührte das Oval seiner Wange und sah im Fenster den unregelmäßigen Höcker eines Mondes zwischen Voll- und Halbmond. Plötzlich erkannte er, daß es einen Gott gab, einen Gott der unermeßlichen Ordnung und Kompliziertheit, einen Gott der ovalen Formen und Ameisen. Er sah zwei Götter nebeneinander, Gideons Gott, der Gideon ähnelte – ein goldfarbener Mann mit trostbereit ausgebreiteten Armen –, und einen Gott der zarten Borsten in dunklen Gängen, der Segmente, der ineinandergreifenden Fasern und Formen, der Kraft, die Gestalt, die eine unendliche Formenvielfalt annimmt. Lucas' Wahnsinn hatte sich in seinem Glauben geäußert, es gebe eine Möglichkeit der Kommunikation mit diesem

Gott, der in und um Marcus und die Welt existierte. Das war gefährlich. Aber es war seine Funktion gewesen. Marcus dachte an Jacquelines Neugier und an die Schönheit von Ruths Zopf. Adrenalin begann ihn zu durchströmen, sein eigenes, nicht das der halbmondförmigen Tablette.

18. Hic ille Raphael

In ihrem zweiten Jahr in Cambridge wurde Frederica berühmt – oder berüchtigt – wegen ihrer Ornithologie. Sie kam auf die Idee, als sie mit Edmund Wilkie über Versuchstauben sprach, bei einer Party des reizenden Freddies, auf der sie die taxinomischen Bezeichnungen lernte; dieses Lernen sollte ihr gestochen scharf im Gedächtnis bleiben, lange nachdem die Gesichter und die Möbel, die sie dabei umgaben, zu einer ununterscheidbaren flickenteppichartigen Cambridge-Party verschwommen waren. Wilkie berichtete begeistert über eine Reihe von Experimenten zum Vogelflug. Man nahm an, sagte er, daß Vögel magnetischen Feldern folgen konnten. Wilkie erzählte, mit welchem Ausmaß zulässiger Abweichungen man rechnen mußte, je nach der individuellen Taube, und Fredericas Vorstellung erfüllte ein Bild lärmender Vogelscharen, alle gleich, in die gleiche Richtung fliegend, in unterschiedlichem Federkleid, mit unterschiedlichen Geschwindigkeiten. Genau wie die Männer in Cambridge, die eine Sache wollten oder gar *nur* eine, verschwenderisch, nervös, sich in Positur setzend, gehemmt, klug, brillant, manipulatorisch, verschwindend hinter schützendem Farbanstrich. Die Ornithologie war ein ziemlich gewöhnlicher Erstsemesterwitz, doch Frederica adelte ihn durch eine gewisse frostige Präzision in der Identifikation von Haltungen und erotischen Kriegslisten, Chamäleon, Fälschung, Rhetoriker, Glückspilz. Marius Moczygemba illustrierte diese Skizzen – die freundlicherweise von Tony und Alan in ihrem Magazin publiziert wurden – mit einer Reihe von Federzeichnungen, die ebenso gekonnt waren wie seine Ölgemälde unschlüssig und zweifelnd. Dies ereignete sich vor der Heraufkunft dessen, was wir in den sechziger Jahren gern »satirische

Literatur« nannten. Das Beste, was man zugunsten von Fredericas Taxinomie sagen kann, war, daß sie die Witzigkeit von Schülerzeitungen vermied: Tatsächlich fehlte es auffallend an jeglicher Unterstellung einer Komplizenschaft mit ihren Lesern. Erst viel später sagte sich Frederica, nachdem sie in einer ruhigen Stunde eine Reihe dieser Texte wiedergelesen hatte, daß das, was nach ihrer Erinnerung mit einer Mischung aus gereizter Liebe und ästhetischer Erregung geschrieben worden war, oder ihre Fähigkeit, so viel zu *bemerken*, aus der Distanz als zurückgehaltener Haß gedeutet werden konnte. Sie hatte es nicht so gemeint, aber es hatte so aufgefaßt werden können. Die andere sonderbare Sache war folgende: Obwohl sich der Schwung ihrer Ornithologie teilweise der Tatsache verdankte, daß sie eine Reaktion auf männliches Klassifizieren von Beinen und Busen in Kneipen und Kantinen war, fiel ihr bis fast zum Ende der Reihe nicht ein, daß junge Männer Mädchen als lockere Vögel oder dumme Hühner bezeichneten. Als sie ihre Entdeckung Marius mitteilte, sagte er: »Aber ich dachte, das wäre der springende Punkt!« Frederica sagte wahrheitsgemäß, daß sie an Ornithologie gedacht habe wegen Wilkies Tauben, und Marius sagte: »Das soll einer glauben!« und zeichnete einen Wirbel fettiger Haare mit zwei ökonomischen Linien. »Wirklich, ich mag Männer«, sagte Frederica. »O ja, man sieht, daß du Männer magst«, sagte Marius ungerührt.

Im Herbst 1955 lernte Frederica den Dichter Hugh Pink kennen, ging mit ihm in die Universitätsbibliothek – einen Ort, den sie selten besuchte – und verliebte sich. Sie verliebte sich trotz all ihrer sexuellen Experimente und trotz all ihrer schlauen Ausflüchte ganz kindlich in ein Gesicht und eine Idee.

Hugh Pink hatte an ihre Tür geklopft mit einem Stapel von mehreren Nummern der Literaturzeitschrift *Fine*. Er war dünn und hielt sich leicht gebeugt, hatte helle blaue Augen und rotgoldenes Haar mit vielen Wellenkämmen und Wellentälern, das auf den ersten Blick so aussah, als ob eine Dauerwelle im Stil der dreißiger Jahre furchtbar schiefgegangen wäre, und dem man dann sofort ansehen konnte, daß es unerbittlich das war, was es war, und so wuchs, wie es wuchs, in einer einzigen möglichen

Form. Frederica kaufte eine Zeitschrift, bot ihm Kaffee an, fragte, was der Titel zu bedeuten habe. Es sei *Fine* genannt worden, sagte er, wegen der Doppeldeutigkeit des Wortes. Man sei an Dichtung interessiert, die mit präzisen Bildern arbeite, fein und genau, nicht verwaschen, und man hoffe, sich nicht zu eng an Englischem zu orientieren, also könne *Fine* auch als italienisches Wort, in dem das lateinische *finis*, Grenze, Ziel, Höchstes, anklinge, gelesen werden. Es war ein Gedicht von ihm selbst darin, die Beschreibung eines Werkes des Malers Fantin-Latour von einer weißen Tasse mit Untertasse im Fitzwilliam Museum; er zeigte es Frederica, und es gefiel ihr. Es bestand aus kurzen Zeilen, nicht aus den damals schon üblichen Pentametern des lyrischen Konversationstons. Es beschrieb Fantin-Latours Beschreibung einer Tasse. Es gab keine offensichtlichen Emotionen darin, und die Wörter waren leicht zu behalten. Ebenfalls in dieser Ausgabe von *Fine* war eine Übersetzung von Mallarmés *Ses purs ongles*, unterzeichnet mit Raphael Faber. Frederica konnte mit alledem überhaupt nichts anfangen. Aber sie mochte Hugh Pink, der ihren Nescafé trank und ihrer Angriffslust die Spitze nahm, indem er sagte – ironisch und mit vollem Mund –, daß Pink ein unmöglicher Name sei für einen Dichter, besonders für einen Dichter, der, wie er selbst, das wußte er, ziemlich volle rosa Backen hatte. Er sagte: »Ich denke, es ist ein Hindernis, das ich überwinden muß, ich denke, ein Name ist eine gegebene Größe, man hat sich dem anzupassen, was einem gegeben ist, oder? Meinst du nicht? Schon wenn ich nur ein paar mehr Initialen hätte, wäre es besser. Man könnte ein Gedicht mit H.R.F. Pink unterschreiben, und das wäre besser als zwei Einsilber. Aber meine Eltern haben alles einfach gehalten. Ein Vorname – weniger Theater mit den Banken.«

»Ich habe immer gedacht, daß Potter nicht besonders aufregend klingt.«

»Du könntest heiraten und den Namen ändern. Du könntest sogar Frederica Pink heißen.«

»Nein, ich will einen Namen wie Bowen oder Sackville oder Middleton, wohlklingend, aber schlicht.«

»Pink ist nicht wohlklingend. Ich hatte einmal eine Freundin, die mich Rosy nannte. Das war auch nicht gut.«

»Du mußt aus Pink etwas Bemerkenswertes machen.«
»Mein Vater ist ein bemerkenswerter Chirurg.«
»Bemerkenswert für die Literatur. So daß die Leute nicht an Farben oder Blumen oder Backen denken, sondern an Yeats und Eliot und Pink.«
»Ein Pink ist ein Pink ist ein Pink.«
»Wenn du es oft genug sagst, klingt es wie Zink oder Fink oder Wink. Einfach ein Wort mit einem K am Ende.«
»Es ist nicht einmal eine Farbe, die ich mag.«
»Aber ich. Als kleines Mädchen mochte ich es sehr gern, bis man mir sagte, daß es sich mit roten Haaren beißt.«
»Du mochtest es, weil Pink eine Farbe für Mädchen ist. Und ich habe rotes Haar – oder rötliches – und außerdem das falsche Geschlecht.«
»Ich mag Ihr kleines grau-weißes Gedicht, Mr. Pink.«

Hugh Pink schrieb eine frivole Ballade für Frederica: »Lied für eine rothaarige Frau«. Er lud sie zu Curry und zu Chop Suey ein und führte sie in die Universitätsbibliothek. Er zeigte Anzeichen von Verliebtheit, die Frederica nicht als solche erkannte, und offerierte ihr, in der Absicht, etwas, was er schätzte, mit ihr zu teilen, eine schwärmerische Vision.

Das Restaurant im Untergeschoß der Bibliothek ist ein angenehmer Ort, erfüllt vom Geruch warmen Gebäcks. Sie saßen hinter einer gläsernen Wand mit einer Tür, die auf einen Hof mit hohen Ziegelmauern hinausging, der das kleine Viereck in seinem Inneren noch kleiner erscheinen ließ. Zwei Gestalten in akademischen Talaren standen neben der Magnolie – damals noch ein niedriges Bäumchen – mitten auf dem Gras, die Arme auf dem Rücken verschränkt. Hugh Pink sagte:
»Da ist der klügste Mann, den ich kenne.«
»Welcher?«
»Der dunkle. Raphael Faber. Der Mallarmé-Spezialist.«
»Ich kenne ihn nicht.« Die beiden Männer begannen einen langsamen Rundgang um das Grasstück.
»Er ist Fellow von St. Michael. Absolut brillant. Ein wunderbarer Lehrer. Und ein Dichter. Ein *wirklicher* Dichter. Er macht Lesungen abends bei sich für ein paar von uns – es ist schwer,

eingeladen zu werden. Wir haben mit *Fine* angefangen aufgrund seiner Ideen, weil wir nach seiner Art schreiben wollten . . .«

Die beiden Männer hatten ihren Rundgang beendet, so daß sie jetzt hinter dem Glas zwischen ihnen und Frederica standen. Den einen, klein und mit schütterem Haar, erkannte Frederica wieder, es war Vincent Hodgkiss, der Philosoph von der weit entfernten Strandparty in der Camargue, der über Wittgensteins Farbtheorie gesprochen hatte. Der andere hatte ein Gesicht, das ihre Träume und Tagträume seit Kindheitstagen heimgesucht hatte, bis es teilweise ersetzt worden war durch Alexander Wedderburn oder sich mit diesem amalgamiert hatte. Es ist schwierig, dieses Gesicht nicht klischeehaft zu beschreiben, denn klischeehaft hatte Frederica ihn entdeckt, erfunden, phantasiert, konstruiert, interpretiert und ihm eine schriftliche Form gegeben, also: asketisch, düster, etwas streng, melancholisch, mit schwarzen Brauen unter feinem schwarzen Haar über schwarzen Augen. Auch ein wirklicher, unbekannter Mann.

»Oje«, sagte Frederica.

Hugh Pink erhob sich schon, als die beiden zur Tür hereinkamen. Seine Stimme zitterte vor Ehrfurcht. »Raphael.«

»Hugh«, sagte Dr. Faber. »Guten Morgen.« Klar. Mit leichtem Akzent.

»Das ist Frederica Potter.«

Raphael Faber unterließ es, Frederica Potter zu bemerken. Er ging weiter, den Kopf zu seinem Gefährten geneigt.

»Was sagtest du, woran er arbeitet? Was ist das Thema seiner Vorlesungen? Wann finden sie statt?«

Ein Wanderfalke für die Ornithologie.

»Mallarmé. Die Vorlesungen gehen über die Symbolisten, in der Mill Lane. Dienstags um elf.«

»Wie wird man zu den Dichterlesungen abends eingeladen?«

»Man schreibt ein Gedicht, das ihm gefällt. Wenigstens habe ich das getan. Was ist los?«

»Ich habe noch nie einen so schönen Mann gesehen.«

»Solche Sachen sollte man nicht laut sagen.«

»Wenn wir beide Männer wären und er wäre ein Mädchen, dürfte ich es.«

»Aber wir sind hier nicht unter Männern, und ich dachte,

Mädchen sollten sich eigentlich nicht um das Aussehen kümmern. Bei Raphael ist nicht das Aussehen wichtig. Sondern geistige Eigenschaften. Ich werde dich ihm nicht noch einmal vorstellen.«

»Dann werde ich einen anderen Weg finden müssen«, sagte Frederica, bevor sie sich zurückhalten konnte.

»Es würde nichts helfen.«

»Wahrscheinlich nicht«, sagte Frederica, die ihre Gelassenheit wiedergewann und die beträchtlichen Kräfte ihres Willens zusammennahm.

Raphael Fabers Vorlesungspublikum bestand aus der passenden Anzahl von Leuten, wenn es auch relativ wenige waren, die sich mit den zwei ersten Reihen eines großen, im Halbrund steil ansteigenden Hörsaals begnügten. Die einzigen beiden Personen, die Frederica in dieser ungewöhnlich aufmerksamen Versammlung kannte, waren Alan Melville, das Chamäleon, und Hugh Pink, der sichtlich unentschlossen war, ob er ihr neben sich einen Platz freimachen sollte oder nicht, es dann aber tat.

Frederica besuchte ungern Vorlesungen. Sie zog der Rede Bücher vor, und ohnehin waren die meisten Vorlesungen an der Universität schon Bücher oder würden Bücher werden. Sie hatte schauspielerische Darstellungen gesehen: Dr. Henn, der mit dem Kopf auf dem Lesepult über das Schicksal des *Lear* weinte, Dr. Leavis, der mit spitzen Fingern ein Exemplar von *Frühe viktorianische Schriftsteller* in den Papierkorb verfrachtete und seinem Publikum dringend empfahl, es ihm gleichzutun. Raphael Faber war nicht wirklich ein Schauspieler, obwohl ein distanzierter Beobachter hätte denken können, daß er sein Spiel trieb mit dem Improvisierten, dem Untertriebenen, dem unbeendeten Satz. Er sagte, seine Vorlesung gehe über Namen und Nomen: *les mots et les noms*. Er sprach über einen Dichter, der glaubte, daß die Welt existierte, um in einem Buch zusammengefaßt zu werden, einen Dichter, der alles auf ein endgültiges ideales Buch bezog, das ungeschrieben war und nach Raphael Fabers Ansicht notwendig ungeschrieben bleiben mußte. Wenn der Dichter Adam im Garten Eden war, die Dinge benennend, die dort wuchsen, welche Sprache sprach er?

Seine physische Schönheit war genauso bestürzend, wie Frederica sie erinnerte, eine Schönheit, die eine ganze Reihe von theatralischen Gesten oder feurigen Schilderungen vertragen hätte, wenn er sich beides nicht versagt hätte. Er schritt, gleichmäßig und stetig, von einer Seite des Podiums zur anderen, während er redete, die Augen starr nicht auf die Zuhörer gerichtet, sondern in die leere Luft, leidenschaftlich und leise mit sich selbst diskutierend, als ob er der einzige Mensch im Raum wäre. Das hätte gefährlich sein können, war es aber nicht; die Zuhörer waren hingerissen.

Sprache, sagte er, sei einst gedacht worden als Benennungen Adams, von Wörtern habe man angenommen, daß sie ein Teil des Dings seien, das sie benannten, das Wort Rose auf der Rose blühend wie die Rose auf dem Stiel. Dann, später – er gab Beispiele, eine gelungene und brillante Geschichte von Wörtern, die sich aus der Tauglichkeit der Übereinstimmung mit Objekten lösten –, waren die Menschen sich ihrer Sprache bewußter geworden, hatten sie als etwas Gemachtes erkannt, losgerissen von der Welt, ein Netz, von uns gewebt, um Dinge zu bedecken, die wir nur teilweise evozieren oder andeuten konnten. Und die Metapher, unsere Wahrnehmung von Ähnlichkeit, die wie Verständnis aussah, konnte einfach ein netzartiges System unseres beabsichtigten Herstellens von Sinn sein. Wir waren weit weg von Platon und seiner Hierarchie von der gemalten Blüte zur wirklichen Blüte zur gedachten Form der Blüte. Er zitierte Mallarmé, der in einer Strophe Rose und Lilie nannte, sie in einer anderen poetisch evozierte, ungenannt, Metaphern, *pourpre ivre*, *grand calice clair*, deren Wörter immer präziser hindeuteten auf ein Gebiet von Undefinierbarkeit, Abwesenheit, Schweigen. Er schien einen Garten zu feiern und zu betrauern, einst voll imaginierter Blüten, Farben, Lichtern, Körperlichkeit, jetzt bewohnt von den Geistern dieser Dinge. Frederica hatte tatsächlich Angst – als ob das, was ihr am meisten am Herzen lag, auf die schönste, liebevollste Art entwendet und weggewischt würde. Sie schrieb eine Notiz auf ihren Notizblock an ihren Nachbarn Hugh Pink. »Gehörte Melodien sind süß, doch singen noch süßer jene, die nie angestimmt.« »Sei still«, sagte Hugh Pink, obwohl Frederica kaum mit dem Papier geraschelt und kein Wort gesprochen hatte. Raphael Faber kam zur Vorderseite des Podiums und schien kurz zu ihnen hinzusehen. Er zitierte:

»Je dis: une fleur! et hors de l'oubli où ma voix relègue aucun contour, en tant que quelque chose d'autre que les calices sus, musicalement se lève, idée même et suave, l'absente de tous bouquets.«

Er erlaubte sich diesen einzigen Moment der Rhetorik, ein Zauberer, der im Leeren heraufbeschwor, was nicht da war, ein Wort, ein Ding, fern aller Bouquets. Sie sollte im Lauf der Zeit entdecken, daß er sich stets diesen einen letzten Moment erlaubte und daß die Worte dann stets nicht seine eigenen waren. Er verbeugte sich leicht vor ihnen, raffte seinen Talar und entfernte sich gewandt.

»Das war wunderbar«, sagte sie zu Hugh Pink, der traurig aussah.

»Ich dachte, du kommst nie zu Vorlesungen«, sagte Alan Melville.

»Ich wollte sehen, wie er ist.«

»Und warum das?«

»Neugier. Warum kommst du?«

»Wegen der Prüfungen. Und weil der Mann mit beiden Beinen auf dem Boden denkt. Mit Leidenschaft. Ich achte das.«

Frederica war zeitweilig ratlos, wie sie Raphael Faber kennenlernen konnte. Sie spürte, daß Hugh Pink es bedauerte, je ihre Aufmerksamkeit auf den Don gelenkt zu haben. Sie kehrte in die Universitätsbibliothek zurück, wo sie seine Schriften auslieh, zwei dünne Bände Gedichte und einen sehr kurzen Roman, *Übungen*, *Das Treibhaus*, *Fremde Teile*. Sie entdeckte, daß er regelmäßig viele Stunden im Anderson Room arbeitete, und begann, das auch zu tun, wobei sie sich umsichtigerweise zwei Tische weiter setzte, mit klarer Sicht auf die glatte schwarze Rückseite seines Kopfes. Die Gedichte und ebenso der Roman machten den Eindruck von etwas wie erhabener Reinheit auf der Seite – wenige, gewöhnlich nicht sehr lange Wörter, hauptsächlich Nomen, umgeben von großzügigen weißen Rändern. *Übungen* war eine Reihe kurzer Bilder – ein Speisetisch nach einem Essen, ein Ölfleck auf einer Durchgangsstraße, ein knisternder Getreidespeicher, ein Gebrauchtwagenkompressor, einige nicht länger als ein *haiku*, andere zusammengefügt zu zwei sauberen vierzeiligen Strophen. Das *Treibhaus* war, für einen so strengen Autor, glühend: Es enthielt eine Reihe von miteinander verbundenen Gedichten über Heizsystem, Bewässerung, Wachstum und Tod von Pflanzen in einem Gewächshaus. Beide Sammlungen waren über die Maßen kalt und bedrohlich, überlegte Frederica. (Dem Dichter selbst hätten Begriffe, die so direkt eine Vorstellung hervorriefen wie »kalt« oder »bedrohlich«, sicher nicht gefallen, es waren Fredericas eigene Worte.) Sie verstand, worin Hugh Pinks distanziertes kleines Teetassengedicht seinen Ursprung hatte. Die Kraft – es lag Kraft darin – war die eines präzisen Vokabulars und eines Ohrs für den Rhythmus, das Frederica erkennen konnte, obwohl ihr eigenes Ohr dem nicht nahekam. (Das ist ein weiteres Geheimnis, unsere angeborenen Fähigkeiten und die Macht des Lernens betreffend – woher kommt das exakte Ohr für Größenverhältnisse, ist es angeboren oder erworben?)

Fremde Teile gefiel ihr weniger. Protagonist und einzige handelnde Person darin war ein namenloser Forscher, der durch unvollkommen wahrgenommene Landschaften mit jähen atmosphärischen Veränderungen reiste, wobei er abwechselnd in einem bestimmten Rhythmus wiederholte, daß er die Quelle finden müsse, daß er weitergehen müsse. Nach zweimaligem Lesen kam Frederica zu dem Schluß, daß der Titel ein etwas vulgäres Sprachspiel beinhaltete, wie sie es nur widerstrebend mit dem anspruchsvollen Faber in Verbindung bringen mochte. Der Makrokosmos war ein Mikrokosmos, dieser Mann war seine eigene Insel, er reiste niemals jenseits der Grenzen seines (oder ihres) Körpers. (Beide Anschauungsweisen waren möglich.) Die besten Stellen handelten von undefinierbaren Grenzen: vom Rand des Gesichtsfelds, von Berührung und Doppelberührung, Echo, weit entfernt, im Inneren des Kopfes, Luft auf Haut. »Es gibt nichts darin«, notierte sich Frederica nach der zweiten Lektüre, »was so geistvoll wäre wie Marvells ›im eignen Abgrund gehe ich‹.« Liebe oder das, was sie voller Düsterkeit Liebe nannte, schaltete die kritische Fähigkeit nicht aus, machte sie nur noch schärfer. Sie zupfte ihn am Ärmel nach einer Vorlesung über Herodias und Narzißmus. Sie sagte: »Darf ich Sie für die *Cambridge Notes* interviewen? Die Vorlesungen machen mir soviel Freude. Ich –«

»Interviews machen mir keine Freude«, sagte Raphael Faber. »Ich habe noch kein Interview nicht bereut. Verzeihen Sie mir.«

Sie schrieb. Sie sagte, sie wolle eine Doktorarbeit über die Metapher schreiben und sei besonders interessiert an dem, was er gesagt hatte über die Beziehung zwischen einigen von Mallarmés visionären Bildern und seinen eigenen symbolischen Formen besonders in *Das Treibhaus*, den Blüten. Sie sagte, sie habe sein gesamtes Werk mehrmals gelesen und sei davon beeindruckt. Er schrieb zurück. Er sei einverstanden mit dem Interview.

»Liebe Miss Potter,
    ich danke Ihnen für Ihr Interesse an meiner Arbeit. Ich bin immer in meiner Wohnung anzutreffen an Werktagen zwischen 6 Uhr und 6.30 Uhr, wenn Sie so freundlich wären, mich dort aufzusuchen.«

Sie ging zum Friseur und las verschiedene in Zeitschriften erschienene Aufsätze Fabers über die Metapher der Jahrhundertwende. Sie war aufgeregt und hatte Angst.

Ich habe geschrieben, daß Frederica sich in ein Gesicht und in eine Idee verliebte. So stellte sie es für sich selbst dar. Dann versuchte sie darüber nachzudenken, was sie damit meinte. Zum Teil besteht die Wonne des Verliebtseins – für die Klugen, die Beobachter, die Einsichtigen – im genußvollen Zulassen dessen, daß etwas über das klare Denken gesetzt wird, das Vergnügen, getrieben zu sein, ergriffen, überwältigt. Frederica, trotz ihrer tolpatschigen Anfälle taktloser Leidenschaftlichkeit, war dazu verurteilt, klug zu sein, eine Beobachterin, einsichtig, und indes sie dieses Los erkannte, sehnte sie sich im gleichen Maß danach, davon befreit zu sein, unbestreitbar zu *fühlen*. Es gibt Momente biologischen Irrtums zwischen zwei Leuten, wenn sie gewahr werden, daß sie ihre Hände nicht voneinander lassen können, daß sie, mindestens zeitweilig, nicht anders tasten, riechen, schmecken, hören können als vermittels des anderen, und diese Momente sind ebenfalls Liebe und betreffen einen ebenfalls direkt und unbestreitbar. Frederica hatte solchen Schrecken oder solche Hingabe noch nicht erfahren, und tatsächlich machten es ihre vorsichtigen physischen Experimente in gewisser Hinsicht zunehmend eher unwahrscheinlich, daß sie so etwas je kennenlernen oder provozieren würde. Und dennoch verliebte sie sich in Raphael Faber. Wie? Warum?

Es gab viele Gründe und viele Arten von Gründen. Ein guter Soziologe hätte bemerkt, wie viele der abstrakten Maßstäbe, die sie an einen Gefährten anlegte, er erfüllte. Sie hatte Alan und Tony erzählt, sie beabsichtige, einen Don zu heiraten. Sie war dazu prädestiniert, sich in jemanden zu verlieben, den Hugh Pink als »den intelligentesten Mann, den ich kenne« beschreiben konnte, wer immer es gewesen wäre. Ein Teil von ihr, allerdings nur ein Teil, wünschte sich sein Leben, die Bibliothek, die Einsamkeit im Renaissanceturm, das Leben der Begriffe.

Es gab einen psychoanalytischen Aspekt. Der Mann war älter als sie; ein Lehrer und ein guter Lehrer; eine Autoritätsperson. Fredericas Vater war ein Lehrer und ein guter Lehrer. Sie hatte schon Alexander geliebt; er hatte mit ihrem Vater zusammengearbeitet und war als Autorität betrachtet worden, die man untergraben oder verführen konnte. Sie war eine gute Schülerin.

Auf den ersten Blick war Raphael Faber ebenso »passend« wie irgendeiner von Jane Austens wohlhabenden Junggesellen mit Landsitz, gemischt mit etwas von der väterlichen Würze des beschützenden Mr. Knightley.

Wenn das zu vernünftig ist, gibt es noch den Aspekt des Gesichts. Alexander war ein sehr gutaussehender Mann gewesen (das war er noch immer, aber im Augenblick war er mit van Gogh und den Charakteristika zufriedengestellten Begehrens in Bloomsbury beschäftigt). Das hatte einen sozialen Wert, unabhängig von jeglicher sexuellen Neigung, die einer von ihnen beiden fühlen mochte oder nicht. Frederica benutzte das Wort »schön« sowohl für Alexander wie für Raphael ohne die Ironie, mit der sie vom »schönen Freddie« sprach, der, wie sie wußte, genauer als »hübsch« zu bezeichnen gewesen wäre. Wie wählen wir ein Gesicht aus? Es gibt Gesichter in der Geschichte, die übermäßig viel Zuneigung erregt haben. Schöpfer von Filmstars wissen um die machtvolle Geometrie – den Abstand zwischen den Augen, das Verhältnis von Länge zu Breite, die Form der harten Knochen unter weichem Fleisch. Helenas Gesicht oder das von Maud Gonne oder Marilyn Monroe. Biologen sagen uns, daß wir unseren Partner aufgrund von zahlreichen kleinen Übereinstimmungen wählen – gleich wählt gleich, doch nicht *zu* gleich. Wir wählen Menschen, deren Fingergelenke, Wirbel, Mundbreite, Stimmtimbre, Größe und – fast sicher – Geruch unseren eigenen Eigenheiten näherkommen, viel näher als die eines zufällig ausgesuchten menschlichen Körpers. Nicht gänzlich nah – Narzißmus und Inzest sind eng verwandt, und kluge Singvögel wählen Partner, deren Gesang dem ihrer Erzeuger bis auf eine Variation oder eine Verschiebung in der Tonfolge ähnelt.

Bill Potter hatte dünnes rotes Haar. Frederica hatte dünnes rotes Haar geerbt. Frederica brachte es nicht über sich, dünnes rotes Haar bei Männern annehmbar zu finden. Sie hätte es nicht gewollt, daß Hugh Pink sie berührte, nicht weil er unfertig und unsicher war wie ein Tier, obwohl er das war, sondern weil seine Gelb- und Rosafarbigkeit, seine Hautfarbe und seine blauen Augen jenseits einer Tabugrenze lagen, deren sie sich damals noch nicht bewußt war. Doch sie war bereit, aufgrund irgendeiner unterschwelligen Identifikation mit Pink das zu glauben, was er über die Verdienste des olivblassen und dunkelhaarigen, edlen und brillanten Raphael Faber sagte.

War es sexuelle Anziehung, was sie verspürte, als sie dieses Gesicht bei der Magnolie vor der Bibliothek »erkannte«, den nervösen Hochmut darin auf der Bank im Hörsaal zu entziffern lernte? Sie hatte Phantasien über Raphael Faber. Es waren gemächliche Tagträume, Tagträume mit Aufschüben und Verzögerungen, komplizierte Situationen, in denen sich Nähe nur sehr, sehr langsam und beinahe uneingestanden herstellte, in denen er etwa auf der engen Treppe zum Café an ihr vorbeistreifte oder sie in der Bibliothek sitzen sah und kam, um neben ihr stehenzubleiben, dann vielleicht spürte, bemerkte ... (Es gibt schnelle Tagträume – sich im Gras in der Sonne wälzen, nackt schwimmen, simple Bettszenen –, die sie früher mit Alexander und einigen Unbekannten besetzt hatte – mit Moczygemba eine sonderbare geile Woche lang –, doch nie mit Raphael Faber.)

Neben dem Soziologischen und dem Psychologischen und dem Ästhetischen: das Mythische.

Als Mädchen hatte sie sich nachts zum Schlafen gebracht, indem sie sich selbst ein endloses Märchen erzählt, indem sie einen Mythos erlebt hatte. In diesem Mythos ging sie unendlich allein durch einen wilden Wald, begleitet von den Tieren – Löwen, Panthern, Leoparden, wilden Pferden, Gazellen. Die Tiere waren ihr Volk. Im Mythos war sie diejenige, die Waldbrände abwendete und Wasser fand, Streit schlichtete, Wunden verband, an der Spitze des anmutigen Rudels über sonnengefleckte Lichtungen sprang. Sie trug stets ein fließendes rosafarbenes Gewand mit weißem Schleier und Rosen, dessen Original sie voller Entsetzen im Alter von fünfunddreißig entdeckte, auf einem handgemalten Teller, der zu einem der wenigen Erbstücke Winifreds gehörte und eine dralle blonde Nymphe darstellte, an einer Klippe hängend, die Hand auf einem mageren Busch ruhend und hinter ihr blauer Himmel und ziehende Wolken. Dadurch war es möglich, die Epoche der Tiere auf einen sehr frühen Zeitpunkt zu datieren – als sie drei oder vier war und noch niemand ihr gesagt hatte, daß Rothaarige kein Rosa tragen sollten. Später, als sie vielleicht acht oder neun war, erschien die männliche Figur im Wald, mit Raphael Fabers edlem, dunklem, anziehenden Äußeren und einem widersprüchlichen Sortiment von Charaktereigenschaften, die von Mr. Rochester stammten, vom tragischen und sündigen Lancelot du Lac, von Athos, dem traurigen Musketier und von anderen fiktiven unschuldigen Wüstlingen. Der Ritter war schön, aber fehlbar, und brauchte oft Rettung. Wenn er gerettet würde (wie Lancelot von Elaine le Blank gerettet wurde, wie Artegall von Britomart gerettet wurde), würde er wieder stark werden, ein wenig grausam, einzig auf seine eigenen Ziele bedacht. Die Dame würde trauern, der Ritter würde in einen Hinterhalt gelockt, von Morgane, von irischen Bauern, von Zauberern, und würde wiederum hilflos sein und Rettung brauchen. Der zusammengesetzte Ritter aus Fredericas frühen Mythen hatte, mehr als der renaissance-georgianische Wüstling ihrer Jugend, Raphael Fabers Gesicht. Wie war es hervorgerufen oder gebildet worden? War es die männliche Ausführung ihres frühen solipsistischen Selbst, das gleiche und doch verschieden? Ich glaube nicht: Ich glaube, es wurde aus fluktuierenden kulturellen Klischees zusammengestückt. Es war dunkel und mager, weil diese Eigenschaften zu einer gefälligen Dämonie gehörten, Satan und Byron schwangen darin mit. Es war auch »sensibel«. Sein Gegenteil war vierschrötige, blonde robuste Gesundheit, Ehre, Standhaftigkeit, was in Fredericas weiblichen Dramen keine Rolle spielte. Es ist erstaunlich – wenn wir innehaltend die Vielfalt, die ausgefallenen Unterschiede, die heimlichen Vorlieben und emotionalen Geschichten hinter oder unter individuellen Gesichtern betrachten –, daß eine Kultur so beharrlich eine bestimmte Physiognomie einer bestimmten Geistesverfassung oder Moral zuschreibt. Aber das tun und taten wir immer, und es muß seinen Einfluß auf die unschuldigen Herren und Besitzer archetypischer Gesichter ausüben. Was, wenn Hugh Pink den Knochenbau von Raphael Faber gehabt hätte? Und ist das ein Gedanke über den Zufall oder wackliger Determinismus?

Sie klopfte an die Tür seines Zimmers mit entzücktem Klopfen ihres Herzens; er öffnete und sah aus, als würde er sich gleich wieder zurückziehen und ihr die Tür vor der Nase zuschlagen, und dann lächelte er, als er an ihr Geschäft und ihren Namen erinnert wurde.

»Kommen Sie herein, kommen Sie herein, Miss Potter, bitte nehmen Sie Platz. Diesen Stuhl, denke ich, den großen. Setzen Sie sich. Möchten Sie ein Glas Sherry?«

»Sehr gern.«

Das Zimmer sah auf das bleiche, wäßrige Licht über dem Fluß hinaus; es gab in der verfeinerten Wüste eine Ecke, wo die philosophische Kuh graste. Es war ein staubfreies, tadelloses, farbloses Zimmer, sieht man von einer blassen kubistischen Collage über dem Kaminsims ab, eine himmelblaue Flasche, eine Geige aus altem Zeitungspapier, eine Rosette aus hellrotem Faden, festgeklebt und -gesteckt entlang feiner Tuschelinien. An den Wänden reihten sich Bücher, denen etwas ungewöhnlich Geometrisch-Säuberliches und Zusammenhängendes anhaftete, was teilweise, aber nur teilweise den einförmigen Gestaltungsprinzipien französischer Verlage zuzuschreiben war. Es gab quadratische Sessel, die mit ungebleichtem Leinen bezogen waren. Der Schreibtisch war fleckenlos und leer. Es gab ein paar weiße Fresien in einer Rauchglasvase auf dem Tisch, an dem Raphael Faber den Sherry ordentlich in schmucklose Stielgläser einschenkte. Nichts war rot oder gelb oder grün oder blau; es war alles grau, hellbraun, schwarz und reinweiß, sogar die Leinenvorhänge. Frederica strich sich über den Rock, bevor sie sich setzte. Raphael Faber brachte ihr das Glas Sherry und – überraschenderweise – ein Stück dunklen, krümeligen, würzigen Kuchen auf einem weißen Porzellanteller. Frederica beobachtete ihn, wie er die Kuchenbüchse sorgfältig schloß und einige Krümel von seinem Tisch wischte. Dann setzte er sich auf den Schreibtischstuhl zwischen Frederica und dem Licht und wartete. Er sah zuerst auf seine Füße und dann aus dem Fenster und dann, kurz, und nur um den Blick augenblicklich wieder zu senken, auf Frederica, die sich dessen bewußt war, daß am Träger ihres Büstenhalters eine Sicherheitsnadel steckte, daß ihre Strumpfnaht womöglich verrutscht war, daß sie im Nacken zu sehr schwitzte. Er wartete, höflich und distanziert, und half ihr nicht.

Es war Fredericas erstes Interview, und sie entwickelte sehr bald eine retrospektive Sympathie für Alans und Tonys verpfuschte Darstellung ihrer selbst. Sie fragte ihn, ob er glaube, daß es einen Bruch gebe zwischen Schreiben, Lesen und Lehren. Ob Cambridge ein guter Ort sei für einen Schriftsteller.

»Warum sollte es das nicht sein? Ich verstehe Ihre Frage nicht. Gute Schriftsteller sollten gute Leser sein. Schreiben ist eine zivilisierte Handlung. Cambridge ist ein zivilisierter Ort.«

Frederica ließ nicht locker. »Ich habe bemerkt, daß viele Leute meiner Generation es schwierig finden, hier zu schreiben. Es gibt vielleicht zuviel Kritik. Sie trocknen aus.«

»Vielleicht sind sie nicht wirklich Schriftsteller; oder noch nicht.«

Er war sehr höflich; aber es gab in seinen Antworten etwas, was ein wenig – feindselig? scharf? destruktiv? war, und sie enthielten stets einen leisen Hinweis darauf, daß der Gedanke, der zu der Frage geführt hatte, erst einmal töricht sei. Sie hatte Angst vor ihm. Und sein schönes Gesicht verursachte ein Ziehen in ihrem Bauch, das störende nadelfeine Schauer schickte. Sie fragte ziemlich verzweifelt nach Einflüssen auf sein Werk.

»Ich hoffe, mein Geschmack ist weltoffen genug, um keinen überwältigenden Einfluß zuzulassen. Ich bewundere bestimmte moderne französische Schriftsteller. Und bestimmte unterschätzte Amerikaner. William Carlos Williams.«

Er redete, als sei es unmöglich, daß sie von William Carlos Williams gehört oder ihn gelesen hätte. Als sie nach frühen Leseerfahrungen fragte, sagte er, daß er als Junge hauptsächlich deutsch gelesen habe, heute tue er das nicht mehr. Er starrte aus dem Fenster.

»Ich bin ein Flüchtling und ein Verbannter. Ich habe das Deutsche vergessen. Ich bin ein Mensch ohne Muttersprache.«

Dieser letzte Satz, doch nicht der Ton, in dem er gesprochen wurde, interessierte Frederica, die spürte, daß er Dinge sagte, die er immer sagte, Dinge, die er abgeschliffen hatte zu präzisen Feststellungen, um Neugierige rasch abzufertigen, und die er, während er sie sagte, nicht mehr fühlen mußte. Ein journalistischer Instinkt, von dem sie nicht gewußt hatte, daß sie ihn besaß, mischte sich mit dem weiblichen Ärger der nicht wahrgenommenen Frau. Er mußte aufgehalten werden; er war gelangweilt und drohte zu entgleiten.

»Die Gedichte in *Übungen* –«, sagte sie, »sind Gedichte über Dinge, die den menschlichen Körper erweitern. Werkzeuge und Maschinen, in die wir steigen und aus denen wir steigen. Ich weiß nicht, wie sie so bedrohlich werden können, da sie so berechenbar wirken.«

»Es gab eine Besprechung«, sagte er, »in der gesagt wurde, diese Gedichte drückten die moderne Abneigung gegenüber der industriellen Zivilisation aus.«

»Aber nein. So grobschlächtig meine ich das nicht. Es geht

um – sie handeln von der Erweiterung unserer Körper in diese Dinge hinein – Zirkel, Zangen, Kameralinsen –, über *Grenzen*. Wie *Fremde Teile*, nur ganz anders.«

»Vielleicht.« Er straffte sich. »Nehmen Sie noch ein Glas Sherry. Sie handeln auch von der Verwüstung Europas, durch Fabriken und durch Kriege.«

»Das Gedicht, das mir gefällt, das ich als das zentrale verstehe, ist das von dem Öl auf dem Asphalt.«

»Weshalb?«

Frederica sagte eine Menge Dinge, von denen sie nicht gewußt hatte, daß sie in ihren Gedanken vorhanden gewesen waren.

»Weil es so *flüssig* ist. Und metaphorisch. Sie stellen das Öl durch Bilder her – die Regenbogenfarben, der reflektierte Himmel –, und wenn Sie von der Schwärze und Nässe des Öls sprechen, denke ich an vergossenes Blut – ich weiß nicht, warum – irre ich mich?«

»Nein, nein. Sie haben ganz recht.« Er goß noch einmal Sherry ein und wandte sich ihr zu; sein Gesicht war durch ein Lächeln verklärt. »Keine der Besprechungen erwähnte dieses Gedicht. Ich mag es.«

»Es ist so präzis und bedeutet soviel mehr –«

»Richtig. Genauso versuchte ich es im *Treibhaus* zu machen, aber ich glaube, von diesen Gedichten funktioniert keines so gut, denken Sie nicht auch?«

Frederica war überrascht – vielleicht hätte sie es nicht sein sollen – von der lebhaften Fröhlichkeit, die Raphael nach ihrem Lob seines reflektierenden Gedichts über ausgelaufenes Öl an den Tag legte. In ihrer späteren Laufbahn sollte sie noch oft Gelegenheit bekommen, die außerordentliche Wärme, das plötzliche Aufblühen mit damit einhergehender veränderter Geschwindigkeit bei Menschen einzuschätzen, die erkennen, daß etwas Kompliziertes oder Dunkles, das sie gedacht oder verfertigt haben, endlich bemerkt und verstanden wurde. Zu jener Zeit war sie mehr mit ihren eigenen Gefühlen beschäftigt. Es liegt etwas ebenso Befriedigendes wie Demütigendes darin, zu beobachten, wie ein Mann, der einen als gewöhnliche dumme

Frau betrachtet hat, einen allmählich ernst nimmt, dachte Frederica. Das passierte ihr dauernd; ihr Gesellschaftsleben war der Kampf um die Verankerung der Idee, daß sie intelligent war, fähig zur intelligenten Rede, im Bewußtsein von anderen. Sie übernahm jetzt die Führung im Gespräch, sagte, daß die Maschinen in *Übungen* in Beziehung stünden zur mechanischen Umwelt in *Das Treibhaus*. Raphael Faber nahm in seinem Sessel keine ausbalancierte Pose mehr ein. Er ging herum und redete, flüssig, scharf, erregt über Pumps, Boiler, Heizkörper, Glasplatten, Telefonzellen, Autos, Federhalter. Er erzählte Frederica die Geschichte von Metaphern der Pfropfung und der Vererbung, sagte, daß er vorhabe, einen Essay über das menschliche Herz als Pumpe zu schreiben, wörtlich und metaphorisch. Er schenkte ihr noch einmal Sherry ein. Es gab einen peinlichen Moment, als er plötzlich gereizt auf die Hypothese reagierte, daß der Mikrokosmos von *Das Treibhaus* verwandt sei mit dem von *Fremde Teile*.

Frederica berührte an diesem Punkt eine weitere geheime und interessante Schwierigkeit des literarischen Interviews. Es betraf die Wurzeln. Das unheimliche Hervortreten der Wurzeln hatte sie dazu bewogen, die Körperbilder von *Fremde Teile* zurückzubeziehen auf die gefangenen Organismen in den früheren Büchern. Eine Pflanze in Raphaels Treibhaus hatte blind suchende Luftwurzeln, mit häßlicher Haut, aufgerichtet. Einige der Wortmuster, ein Teil der Beschreibung des Kolbens beim Füllfederhalter in *Übungen*, der mit einem atmenden Geräusch Luft und Tinte einsog, hatten den Anlaß gegeben, daß sie zu äußern wagte, Federhalter und Wurzeln hätten etwas gemeinsam. Das Ekelhafteste, aber auch das *Dinglichste*, das zentrale Ding in *Fremde Teile*, war ein riesiger Banyanbaum, der immer mehr Schößlinge austrieb, die verfilzte Brücken bildeten, das geschwollene Versteck eines Baums, eine Reihe organischer Fallen, Netze, Schlingen. Der Reisende war in seine vielfachen Höhlen gezogen und von Lotusesserträgheit ergriffen worden. Es war kein schönes Bild. Frederica saß da und lauschte dem unbefangen und mit kultiviertem Vergnügen von den Feinheiten seiner Arbeit sprechenden Raphael und wußte sich bei ihrer Interpretation der Wurzeln im Besitz von Kenntnissen, die er womöglich nicht bei ihr vermutete oder wünschte. Oder bei sich selbst. Sie war sich viel weniger sicher als vorher, daß er von allem, was vorging, wußte. Er schien nicht jemand zu sein, der sich in der Praxis mit dem Gedanken anfreunden konnte – wie sehr er es theoretisch auch einräumen mochte –, daß es in seinem Werk wichtige Dinge gab, deren er sich nicht bewußt war.

Intellektuelle Revolutionen brauchen lange, bis sie uns beeinflussen, und es gibt in ihrem Prozeß keinen Stillstand. Daß Freud uns etwas Neues, Befreiendes und Bedrohliches über die Beziehung zwischen den Quellen der Energie und unserer eigenen heillosen Sexualität zeigte, ist unbestreitbar. (»Heillos« ist ein Wort aus dem Kontext einer ganz anderen intellektuellen Revolution, einer viel früheren, die heute nur vereinzelt anerkannt oder befolgt wird.) Heute ist es unter Intellektuellen Mode, vom Begehren und vom anderen zu schreiben, vom Begehren eines Textes nach sich selbst oder einem anderen, von der Sprache, die ein ungreifbares Referens ausdrücken soll. Als Stella Gibbons *Cold Comfort Farm* schrieb, sah der arme schreckliche Mr. Mybug in jeder Wolke, jedem Busch und jeder Biene den Phallus, in jeder Weichheit der Erde Busen oder Hügel der Venus. Professor Wijnnobel quälte und irritierte Alexander Wedderburn mit phallischen oder mütterlichen Flaschen, Krügen und Kaffeekannen. Als Frederica Studentin war, beschäftigte sich das Denken – durchschnittliches Denken – mit geistigen »Bildern«. Und Bilder wurden freudianisch gedeutet von Männern und Frauen, die Freud nie gelesen hatten, jedoch wußten, daß Federhalter, Hüte und Schlüssel Penissymbole waren, die aus früheren Wiener Träumen stammten, aber auch universelle Gültigkeit hatten, wie Getreidegarben und goldene Zweige durch Frazer universelle Gültigkeit hatten. Die in die Seite stoßende Lanze des Longinus und der mit Blut gefüllte Gral waren männliche und weibliche Symbole der Fruchtbarkeit, und das war bekannt, wie es nicht mehr bekannt war, was heil und was heillos war. Genauso Wurzeln. »Dürre Wurzeln wecken mit Frühlingsregen.« Frederica wußte so gut wie nichts über Raphael Faber, aber sie wußte, was sie von Wurzeln zu halten hatte. So daß sie jetzt, bei der Betrachtung des Banyangestrüpps in *Fremde Teile*, einen verknoteten Klumpen von Sexualorganen darin sah, für die der Autor selbst die Wörter dick und geschwollen, undurchdringlich und gefährlich gebraucht hatte. (Da er Adjektive sparsam verwendete, war dies um so überraschender.) Frederica hatte Momente, in denen sie wünschte, Federhalter als Federhalter, Hüte als Hüte, Schlüssel als Schlüssel zu sehen. Einmal, als sie mit der kurz zuvor erfundenen doppelfädigen Wolle etwas strickte, hatte sie die stumpfe, dicke Nadel rhythmisch in die verknoteten Maschen hineingestoßen, an Sex gedacht und sich dabei geärgert, hatte sich eingeschränkt gefühlt ohne Not. Aber sie konnte die Konsequenz daraus nicht ziehen: Sie dachte an literarische Analogien; konkret und in ihrer Verschiedenartigkeit stellte sie sich die Exemplare des männlichen Organs, mit denen sie in Kontakt gekommen war, vor. Dünne, schwache weiße; kurze, geäderte Stäbe, stumpfe, dunkle zylindrische; rosige, nach oben gebogene; glänzende, dunkelrote und violette, aufgerichtet und zornig, konkrete Universalien. Veranlaßte sie diese Phantasie, sich das bestimmte, in Raphael Fabers reinlichen grauen Flanellhosen verstaute Organ vorzustellen? Nein, aber sie veranlaßte sie, das verfilzte Gestrüpp um den Banyanbaum wahrzunehmen, das nach Verfall und toten Blättern roch, Angst und Ekel des Autors zu bemerken, die zu kennen oder über die zu spekulieren sie kein Recht hatte.

»Der Banyanbaum«, sagte sie zu Raphael Faber, »ist besonders eindrucksvoll.«

»Es ist der Baum des Irrtums aus dem *Verlorenen Paradies*«, antwortete Faber überraschenderweise. »Nicht der Baum des Lebens oder der Baum des Wissens um Gut und Böse, sondern der Feigenbaum, aus dessen Blättern sich Adam und Eva ihre Kleider machten. Er steht in Verbindung mit dem unfruchtbaren Feigenbaum, den Christus verfluchte. ›Der Feigenbaum, nicht der, den man für seine Früchte rühmt...‹«

»Fahren Sie fort.«

> ... die Art, die bis auf diesen Tag
> In Malabar die Inder kennen, wo
> Der Baum so breit und lang die Äste reckt,
> Daß diese, wieder niederwärts gebeugt,
> Im Boden Wurzel schlagen und dermaßen

>   Wie Töchter ihren Mutterbaum umstehen,
>   Hochüberwölbte Säulengänge und
>   Dazwischen Flüstergalerien bildend ...

»Irrtum, weil es ein vielfacher Baum ist – Wahrheit ist eins, wie der Baum des Lebens –, das bringt die Töchter aus ihm selbst hervor, wie Sünde und Höllenhunde.«

»In der Mallarmé-Vorlesung sagten Sie, wir können uns kein Bild davon machen – le bois intrinsèque et dense des arbres.«

»Es gibt noch Sartres Baum in *Der Ekel*, der nicht benannt oder beschrieben werden kann – erschreckend anders, maßlos.«

»Ich habe *Der Ekel* nicht gelesen. Ich lese gerade Mallarmé.«

»Ich werde es Ihnen leihen. Möchten Sie vielleicht etwas essen? Mittags esse ich gewöhnlich Käse und Rettich in meinem Zimmer, ein Glas Wein dazu. Wäre das annehmbar?«

Das war es. Raphael Faber holte diese Sachen und redete, jetzt ganz entspannt, fröhlich und scharfzüngig über die kulturelle Isolation und Beschränktheit der Engländer. Frederica kostete Käsebröckchen und stimmte fröhlich zu, daß sie wirklich beschränkt seien; sie führte die übermäßige Bewunderung englischer Anständigkeit an, die sie in *Glück für Jim* ärgerte. Raphael hatte *Glück für Jim* nicht gelesen. Er schenkte Frederica Wein ein und sagte:

»Und doch haben die Engländer kein Gefühl für Wurzeln.«

»Ich doch. Ich habe ein sehr starkes Gefühl für Wurzeln.«

»Oh, Sie, aber ich nehme doch an, Sie sind jüdisch.«

Frederica starrte ihn an. Sie sah ihr rotes Haar und ihr scharfgeschnittenes, sommersprossiges Gesicht, ihren intellektuellen Hunger einen Moment so, wie er es sah. Ihre Blicke begegneten sich, und sie wurden beide rot.

»Nein. Aber nein. Rein angelsächsisch, echt englisch, soweit bekannt. Aus dem Norden, wissen Sie. Wir sind uns unserer Wurzeln sehr bewußt im Norden. Untere Mittelklasse aus dem Norden. Nonkonformistisch.«

All die Etiketten, von denen sie halb hoffte, daß sie sie nicht beträfen. Er wirkte verständnislos und verwirrt, als ob diese Dinge unvorstellbar seien.

»Wie sonderbar. Was für ein merkwürdiger Irrtum mir da unterlaufen ist. Ich irre mich gewöhnlich nicht – in diesen Dingen. Ich frage mich, warum ich annahm, sie seien Jüdin.«
Das konnte sie nicht beantworten. Er runzelte die Stirn. Es paßte ihm nicht, sich geirrt zu haben.
»Sie werden ein ganz anderes Bewußtsein Ihrer Wurzeln haben.«
»Ich wurde in Lübeck geboren. Thomas Manns Heimatstadt. Kennen Sie Thomas Mann?«
»Wir haben *Tonio Kröger* im Deutschunterricht gelesen.«
»Dann wissen Sie über deutsche Wurzeln Bescheid, ein bißchen. Ich hatte keine sehr jüdische Erziehung – meine Eltern waren nicht religiös –, aber wir waren Juden. Ich kam 1939 nach England. Mit nichts. Eine Stiftung der Quäker ermöglichte mir den Besuch einer Public School in Suffolk.«
»Gingen Sie allein?«
»Ich habe eine Mutter. Und Schwestern. Mein Vater – und alle anderen Männer, mein Großvater, meine Onkel ... mein älterer Bruder ... wurden in Bergen-Belsen ermordet.«
Es lag etwas Herausforderndes in dieser letzten Feststellung. Und, wie ihr schien – sie konnte sich irren –, etwas Feindseliges, nicht sie direkt Anklagendes, doch Anklagendes, und sie fühlte sich schuldig, mit ihren ahnungslosen nonkonformistischen Wurzeln aus dem Norden, obwohl sie nicht hätte sagen können, wie oder wofür.
»Und Ihre Mutter und Schwestern?«
»Sie leben jetzt in Cambridgeshire. In einem Cottage.« Er dachte nach. »Von den Leuten in East Anglia heißt es, sie seien besonders ablehnend Fremden gegenüber.«
Sie hatte ein sehr präzises Bild vor Augen von einer dunklen, traurigen Königin und einer Schar dunkler, trauriger Prinzessinnen in weißen Schürzen und Spitzenhauben. Einen Cottagegarten bestellen, auf fremdem Boden. Sie wollte sagen: Erzählen Sie mir, erzählen Sie mir, und seine Erfahrung war so weit weg, so fremdartig, daß sie nicht die richtige Frage fand. Doch er erzählte ihr, ein bißchen, präzise und ausdruckslos, Dinge, die sie anderswo über andere gelesen hatte, das zu Tode erschrokkene Kind, das sich im Schrank versteckt, während die Bewoh-

ner des Hauses zusammengetrieben und weggeschleppt wurden, eine Reise zu Fuß und versteckt unter Pferdedecken in Karren, in Scheunen schlafend, zu einem Trawler, der ihn und andere in einer kalten Nacht auf ein schwarzes Meer hinaus weitertransportiert hatte.

»Die Leute waren unglaublich freundlich und unglaublich grausam, und ich hatte immer Angst, *immer*«, sagte er. Frederica wußte, daß sie es sich falsch vorstellte, aber sie versuchte, es sich vorzustellen, dachte in den Klischees zweitklassiger Filme, vermochte sich der Angst nicht einmal von fern zu nähern. Er fragte nach ihren Wurzeln, und plötzlich konnte sie sich auch die Wurzeln nicht mehr vorstellen, all die unbedeutenden Details kleiner Yorkshire-Häuser, nörgelnder Redlichkeit, bohrenden Ehrgeizes verblaßten und konnten nicht wiedergegeben werden. Es gab eine zu tiefe Kluft zwischen Bill Potter und seinen Höhenflügen des Zorns und dem, was in Bergen-Belsen geschehen war. Stockend sagte sie etwas und beobachtete ihn scharf dabei; sie sah, daß er »untere Mittelklasse« nicht einmal definieren konnte, niemals wissen würde, wie ein breiter Dialekt oder ein vornehmer Akzent ein Leben formen konnten. Sie sagte ziemlich verzweifelt: »Es war wie D. H. Lawrence; ich habe Wurzeln wie bei D. H. Lawrence; bei mir daheim verbessern sich die Leute immer ein bißchen, wie die ehrgeizigen Frauen bei Lawrence.«

Sie hatte noch nie Gelegenheit gehabt, das so zu sagen: Bei mir daheim.

»Ich kann D. H. Lawrence nicht lesen. Mir mißfällt sein prahlerischer Ton. Und ich finde seine Figuren unglaubwürdig. In der Kunst kann es wahrhaftig nicht mehr darum gehen, Leute zu erfinden und ihnen Namen und einen sozialen Hintergrund zu geben und Beschreibungen von Kleidern und Häusern und Geld und Partys anzuhäufen. All das ist vorbei.«

Er war wirklich wütend. Er haßte Lawrence. Auch das war etwas Neues für sie. Sie fragte demütig, was sie seiner Ansicht nach lesen solle, während er die Lichter eins nach dem anderen ausknipste: Tolstoi, George Eliot, Jane Austen, totes Detail. Bücher voller Leute, die sie kannte und liebte, in- und auswendig, Prinz Andrej mit seiner kleinen Frau und seiner Pflicht und seinen Zweifeln, Dorothea, die abstrakt aus moralischen Gründen einen seelenlosen Mann wählte, Henry Tilney, der Liebe erwiderte aus keinem anderen Grund, als daß es ihm gefiel, geliebt zu werden. Es war ein seltsames Gespräch, dieses erste Gespräch mit Raphael Faber; er war peinlich auf ihre Gefühle bedacht, er bot ihr mit nervöser Entschlossenheit Fragmente von Informationen, Dinge über ihn selbst, die sie sich, da ihr das Rüstzeug dafür fehlte, einfach nicht vorstellen konnte, wie sie sich Birkin oder Pierre vorstellen konnte. Seine Stimmung wechselte von Satz zu Satz – im einen Moment schleuderte er theoretische Zornesblitze gegen Geschichten mit Figuren, gegen Plauderei, gegen Beschränktheit, gegen verbale Trägheit, dann wieder wurde er plötzlich mild. Es hätte eines jener ersten Gespräche zwischen Liebenden sein können – Elemente davon besaß es –, in denen eine Lebensgeschichte gegen eine andere Lebensgeschichte eingetauscht wird. (Nie wieder sollte er auf solch leichte, solch bewußte Weise *offen* sein mit ihr über sich selbst.) Und Frederica spürte ihre Sprache schwer in ihrem Mund. Er hatte keine Muttersprache; sie hatte die Effizienz der ihren nie in Frage gestellt, bis er es ihr zeigte, nur ihre eigene Geschicklichkeit. Aber ihre Worte bedeuteten ihm nichts, und ihre Art von Geschichte verachtete er aus Prinzip.

Er lieh ihr Bücher. *Der Ekel*, *Murphy*. Außerdem den Durchschlag eines mit Maschine geschriebenen Gedichts.

»Ich würde gern wissen, was Sie davon halten. Es heißt *Die Glocken von Lübeck*; es handelt von den Glocken der Marienkirche in Lübeck. Ich ging 1950 dorthin zurück, um zu sehen – um meinen Herkunftsort zu sehen. Die Bombenangriffe waren fürchterlich gewesen. Man vergrub den Kirchenschatz unter dem Glockenturm – um ganz sicher zu gehen –, und die Glocken fielen herab und sind eingebettet im Pflaster – Tonnen verkrümmten Metalls wie riesige Teigreste. Man läßt sie dort und baut eine Kapelle um die Ruinen. Ich wollte über europäische Geschichte schreiben. Das Ziel ist noch nicht erreicht.«

Sie war sich nicht klar darüber, ob dieser letzte Satz sich auf das Gedicht oder die Geschichte bezog.

Sie wanderte zurück durch das helle, graue Cambridge. Er hatte ihr Kopfschmerzen verursacht. Er hatte ihr Bücher geliehen – das war ein Anfang, das Leihen von Büchern war ein universelles Zeichen des Anfangs von etwas. Leihen implizierte Zurückgeben. Sobald er nicht mehr da war, wurde sie von Liebe überflutet, was wie Schmerzerleichterung wirkte. Sie benannte, was sie liebte: Traurigkeit, präzises Denken, erinnerte Angst, ein unbändiges Innenleben. Sie erinnerte sich daran, wie sie seinem Blick begegnet war, als sie erklärte, daß sie nicht jüdisch sei. Sie waren Fremde. Sie liebte einen Fremden. Die Welt war größer, als sie gewesen war.

Frederica wählte den Zeitpunkt, um *Murphy* und *Der Ekel* zurückzugeben, sehr sorgfältig. Das Gedicht brachte sie nicht zurück, weil sie nicht alle Gründe wiederzukommen aufbrauchen wollte und weil sie es nicht verstand. Die einzige Zeile, von der sie sicher war, daß sie sie verstand, war Ophelias: »Mißtönend wie verstimmte Glocken«. Die Worte des Gedichts waren in kleinen Blöcken gesetzt, ohne Satzzeichen, eine Seite setzte sich zusammen aus Rechteck- und Treppenmuster wie ein visueller Code, den sie nicht zu knacken vermochte. Es gab deutsche Namen und Wörter, die vielleicht hebräisch waren; Entfernungen in Meilen und Kilometern. Es gab einige an Worten orientierte Muster: Grimm, grim, grimmig, grimoire – sie hatte dieses Wort nachgeschaut, als sie sich mit Mallarmés *Prose pour des Esseintes* abplagte: »1. Zauberbuch. 2. unverständliches, obskures Werk; ungereimtes Geschwätz.« Es gab graue Samen von Umbelliferen wie helle Asche, eine erkennbare Metapher, doch sie war sicher, daß die Asche finster war. Es gab Mann, man, männlich, mannigfaltig. Sie erkannte Faustus und Adam Kadmon. Sie wußte, daß das Gedicht von den Gasöfen und den Bomben, den Kirchen und dem Lager handelte, aber sie konnte nicht sagen, welchem Prinzip es gehorchte. Sie grübelte darüber, brachte die Romane zurück, klopfte an seine Tür.

Er öffnete und sah sie mit der aufrichtig ausdruckslosen Miene des Nichterkennens an.

»Ich bringe Ihnen Ihre Bücher zurück«, sagte Frederica.

»Danke«, sagte Raphael Faber und streckte die Hand aus.

»Ich habe das Singen am Ende von *Der Ekel* nicht verstanden«, begann Frederica; damit führte sie etwas an, was sie in

Wahrheit verstanden hatte und worüber sie notfalls weiterreden konnte.

»Bitte entschuldigen Sie. Ich habe einen Gast.«

Er stand so, daß er den Eingang versperrte. In dem schwach erleuchteten Zimmer befand sich, unordentlich im Sessel ausgestreckt, der Philosoph aus der Camargue, Vincent Hodgkiss.

»Oh, Entschuldigung. Ich gehe schon.«

»Ein andermal vielleicht«, sagte Raphael mit wohlbedachter Unbestimmtheit und trat einen Schritt zurück.

»Ich habe noch das Gedicht.«

»Gedicht?«

»Es ist schwer zu lesen.«

Er lächelte, spöttisch, distanziert.

»Das wird Ihnen guttun«, sagte er und dann: »Sie müssen mich wirklich entschuldigen.« Er schloß die Tür.

Liebe ist schrecklich. Frederica analysierte und überdachte diese höflichen Sätze des Rückzugs. Hatte er gemeint: »Ein andermal«? Sollte »Sie müssen mich wirklich entschuldigen« weh tun, wie es weh getan hatte? Die einfache Erklärung, daß Raphael Faber es vorzog, mit Vincent Hodgkiss zu reden, stellte das rasende Verlangen zu wissen, welche Gefühle er für Frederica Potter hegte, einfach nicht zufrieden. Der Gedanke kam ihr nicht, daß es Männer gab, die mit ebensolchen Schmerzen ihre eigenen ungeschickten oder selbstgefälligen oder verworrenen Gründe analysierten, daß sie Verabredungen nicht einhielt oder sich mit anderen Männern umgab, wo man mit ihr allein zu sein gehofft hatte.

Eine Woche später versuchte sie es mit dem Gedicht. Wieder versperrte er die Tür. Sie war höflich.

»Ich bringe Ihnen Ihr Gedicht zurück, das Sie mir freundlicherweise liehen. Es gibt da ziemlich viel, was ich überhaupt nicht verstehe, und ich wäre Ihnen sehr dankbar, wenn ...«

»Welches Gedicht?«

»*Die Glocken von Lübeck*.«

»Das habe ich Ihnen nicht geliehen.«

»Es war, nachdem wir gegessen hatten, und Sie haben mir

erzählt, wie sie aus Lübeck herkamen ... nachdem wir darüber redeten, daß ...«

»Warum habe ich das getan?« Er sah ärgerlich und bedrückt aus. »Bitte geben Sie es mir zurück. Es ist nicht fertig und noch privat.«

»Natürlich.«

Er riß es ihr fast aus der Hand und überflog das Papier.

»Es tut mir leid. Ich fand es wirklich sehr aufregend. Ich verstehe nicht alle Bedeutungsebenen, aber ich –«

»Es war mein Verschulden. Ich kann mir nicht vorstellen, wie ich Ihnen das leihen konnte. Es ist noch gar nicht in einem Zustand, daß es gelesen werden kann. Ich bin froh, daß ich es zurückhabe. Es tut mir leid, Sie damit belästigt zu haben.«

»Nein, nein, ich –«

»Danke, daß Sie es mir unversehrt zurückgebracht haben.«

»Ich wollte mit Ihnen reden.«

»Natürlich. Nicht jetzt. Ein andermal – Wie steht es mit Ihrem Artikel?«

»Er kommt in der nächsten Nummer.«

»Ich freue mich darauf.«

»Ich –«

»Guten Tag, und danke.«

Sie besprach die Episode mit Alan Melville. Alan schien von Raphaels Verleugnung des eigenen Tuns nicht überrascht. Ein Schritt vorwärts und zwei Schritte schnell zurück, das sei Raphael Faber, sagte er wissend. »Du mußt ihm Angst eingejagt haben.«

»Sei nicht albern.«

»Es gibt keinen Grund, Raphael Faber zu lieben, es sei denn, man hat ein ausgeprägtes Interesse an unerwiderter Leidenschaft.«

»Vielleicht habe ich das«, sagte Frederica, die traurig erkannte, daß es vielleicht so war, und undeutlich erkannte, was es bedeutete.

Das Interview erschien pünktlich: »Dichter und Gelehrter«, ein Porträt des Don von St. Michael, Raphael Faber, von Frederica

Potter. Frederica hatte Stunden daran gearbeitet. Tony und Alan hatten dann Absätze weggekürzt und kritischen Kommentar und persönliche Beschreibung ineinandergemixt. Frederica schrieb gut über die Gedichte, verglich Mallarmés Sprachblüte des Geistes mit D.H. Lawrence' in höchstem Grad sexualisierten und anthropomorphen Gedichten und beschrieb den Schock, mit jemandem zu sprechen, der keine Muttersprache hatte, dessen kulturelle Wurzeln ausgerissen waren. (Bei dieser letzten Metapher hatte sie einen leichten Schauder verspürt. Sie ersetzte sie durch »Bindungen«, die gelöst waren.) Sie beschrieb außerdem seinen Vorlesungsstil und seine karge Einrichtung; das machte man so in Interviews.

Sie erhielt einen weiteren Brief.

Liebe Miss Potter,
 es drängt mich zu schreiben, um Ihnen zu sagen, daß Ihre Anspielungen auf mein persönliches Leben in Ihrem Essay in den *Cambridge Notes* mir entschieden mißfallen. Hätte ich gewußt, daß Sie beabsichtigen, in diesem Stil zu schreiben, hätte ich meine Bemerkungen auf Probleme der poetischen Technik beschränkt, die Sie mit erheblich mehr Taktgefühl behandeln.

Raphael Faber.

Frederica zeigte es Alan und Tony. Sie war entrüstet. »Ich habe nichts geschrieben, was nicht allgemein bekannt ist. Ich weiß nichts darüber hinaus. Ich habe es geschrieben, weil ich ihn so *bewunderte*.«

»Die Leute erzählen einem Dinge«, sagte Tony. »Sie erzählen einem Dinge, und dann können sie es nicht ausstehen, wenn sie es gedruckt sehen.«

»Was kann ich nur machen?«

»Warten«, sagte Alan.

»Wozu? Er haßt mich.«

»Wenigstens weiß er, wer du bist.«

Sie besuchte weiterhin regelmäßig den Anderson Room. Sie beobachtete ihn bei der Arbeit – und las selbst ziemlich viel. Es überraschte sie nicht, aber es verletzte sie schrecklich, wenn er auf dem Weg zum Mittagessen oder in die Kaffeepause an ihr vorbeikam, ohne ihr Lächeln zu erwidern, ohne irgendein Zeichen zu geben, daß er sie wiedererkannte. Einmal, als sie annahm, er werde mindestens eine Viertelstunde wegbleiben, stand sie auf und ging zu seinem Tisch, um zu sehen, was er las. Es nützte wenig: Da gab es hebräische und einige griechische Bände, Mallarmés Briefwechsel, Rilkes Briefwechsel, die *Duineser Elegien* (kein Bibliotheksexemplar). Seine Notizen waren wie seine gedruckten Gedichte, zart und schwarz und klein und klar inmitten leerer Flächen weißen Papiers. Einige der schwarzen Zeilen waren Griechisch, einige waren Hebräisch. Menschlich erschien eine Reihe kleiner Zeichnungen am Fuß einer Seite: Vasen, Krüge, Flaschen, Urnen, dick, hoch, mit Rand, mit Tülle, gedrungen. Und darüber, umrahmt von einem ordentlichen schwarzen Viereck, die Worte »konkrete Universalie«. Raphaels Handschrift war für Frederica magisch; wenn sie sie auf einem Umschlag sah, fühlte sie Bestürzung; hier hatte sie sie vor sich, wie sie sich Zeile für Zeile mit alltäglicher Leichtigkeit entrollte. Raphael trat geräuschlos hinter sie und fragte in kühlem Flüsterton, ob er ihr irgendwie helfen könne. Sie nahm die Hand von den weißen Blättern, als ob sie gestochen worden wäre.

»Es tut mir wirklich leid. Ich wollte auf einmal wissen, was Sie lesen. Ich möchte wissen... Ich dachte über Ihre Gedichte nach, und auf einmal wollte ich wissen... Wie schrecklich.«

»Lesen und Schreiben sind private Angelegenheiten, Miss Potter. So habe ich es jedenfalls immer aufgefaßt.«

»Es tut mir *wirklich* leid.«

»Fanden Sie Ihre Nachforschungen aufschlußreich?«

»Ich kann Hebräisch und Griechisch nicht lesen. Und ich weiß nicht, was eine konkrete Universalie ist.«

»Dann müssen Sie es herausfinden, nicht?« Er setzte sich. »Lassen Sie es mich wissen, wenn Sie zu einem Ergebnis gelangt sind.«

»Wegen dieses Interviews, Dr. Faber – ich – ich habe es nur aus *Bewunderung* geschrieben –«

»Es wird um Ruhe gebeten«, sagte Raphael, wie es am Tisch der Aufsicht stand. Er wandte sich zu seinen Büchern. »Denken Sie nicht mehr daran, Miss Potter.«

19. Dichter lesen

Sie erhielt zu ihrer Überraschung wieder einen Brief.

Liebe Miss Potter,
vielleicht haben Sie Lust, an einem Treffen im kleinen Kreis zum Lesen und Diskutieren von Lyrik teilzunehmen, das Donnerstag abends in meinen Räumen stattfindet. Wir beginnen pünktlich um 20.30 Uhr.
Freundliche Grüße, Raphael Faber.

Sie erwog, diese Einladung mit Hugh oder mit Alan Melville zu erörtern, und beschloß, es doch nicht zu tun. Sie würde einfach hingehen. Sie würde sich nicht aufhalten lassen. Um halb neun am Donnerstag klopfte sie an Raphael Fabers Tür, die von Hugh geöffnet wurde, dessen Rosigkeit sich bei ihrem Anblick verstärkte.

»Ich bin eingeladen«, sagte Frederica hastig und unumwunden. Sie hatte den Einladungsbrief sicherheitshalber in ihrer Tasche.

»Dann kommst du am besten rein.«

Sie legte ihren Umhang zu den anderen Mänteln auf einen Stuhl mit gerader Lehne hinter der Tür. Es mußten fünfzehn bis zwanzig Leute sein, die sich in dem Zimmer versammelt hatten, in Sesseln saßen, gegen das Bücherregal gelehnt auf dem Teppich, artig Seite an Seite auf dem Collegesofa. Außer ihr gab es nur eine weitere Frau, eine Doktorandin, die sie flüchtig kannte. Die jungen Männer gehörten eher zu der eleganten Sorte als zu den betonten Kleidungsverächtern; Frederica hatte die Vorstellung, flüchtig einer Reihe von ausweichenden, hellen, mandelförmigen Augenpaaren zu begegnen, als wäre der Raum voller Siamkatzen. Raphael Faber servierte Weißwein in einem großen gekühlten Glaskrug. Auf seinem Schreibtisch stand ein silbernes Tablett mit grünstieligen Gläsern. Das Licht – es kam hauptsächlich von Deckenlampen – war trüb und ungemütlich. Ein nicht herpassender parfümierter Duft rührte, wie Frederica herausfand, von drei weißen Porzellantellern her, auf denen runde Kuchen mit bröckeligem weißen Zuckerguß lagen. Raphael trat über die Beine der halb liegenden jungen Männer hinweg, um Frederica willkommen zu heißen und sie zu einem hochlehnigen Sessel zu führen. Er reichte ihr Wein und bot ihr ein Stück Kuchen an, das sich in ihrem Mund als leicht, trocken und sehr würzig erwies. »Meine Mutter und meine Schwestern schicken mir immer Kuchen. Sie glauben offenbar, daß ich in diesem College an chronischer Unterernährung leide.«

Es war kein unbeschwerter Abend. Verschiedene junge Männer lasen Gedichte, eins über Anemonen auf Paphos, eins über den Abschied von einer Geliebten, eins über die alte Kinderfrau des Verfassers auf einer Pflegestation. Die Diskussion war pointierter und konkreter als die Gedichte; ihre Kritik war von einem unzimperlichen Witz, der ihrer Lyrik völlig fehlte. Sie zergrübelten und zergliederten die Bilder der anderen; keinem gefiel die Metapher des seines Liebesobjekts beraubten Liebenden, die eines von der Wunde abgelösten Verbands, und sie waren höchst einfallsreich im Erklären, warum sie unpassend war.

Frederica entging die tiefere Bedeutung von Hugh Pinks Gedicht, das, wie er abwehrend sagte, eine »Schlangenhaut« zum Thema habe, »die ich als Junge hatte, eine ganze leere Vipernhülle«.

Der anfängliche Impuls für Hughs Gedicht war die äußere Ähnlichkeit zwischen Fredericas zerknülltem, durchsichtigem braunen Strumpf mit seiner dunklen Naht und verstärkten Ferse, der sich in einem Abbild von Leben oder Seelenpein um das Bein ihres Stuhls gewunden hatte, und der transparenten, papiernen Hülle, die die Schlange zurückgelassen hatte, gewesen. Doch er hatte nicht den Mut – oder, wie er es ausgedrückt hätte, den schlechten Geschmack – gehabt, den Strumpf zu erwähnen. Er war kein geistreicher Kopf; er konnte es nicht »Auf ihren abgestreiften Strumpf« betiteln. Er hatte bemerkt, daß eine bestimmte stumpfe Schäbigkeit das Gemeinsame von Strumpf und Schlangenhaut war. Er hatte über die Schlangenhaut geschrieben und den Strumpf ausgespart und hatte damit sein Gedicht jenes objektiven Korrelats beraubt, das in Essays zu jener Zeit unentwegt erörtert wurde. Statt dessen hatte er Anspielungen auf die Schlangenhaut im *Sommernachtstraum* und auf Keats' *Lamia* und ihre aufglänzenden Silbermonde und funkelnden Streifen und Flecken eingebaut. Er hatte versucht, Glanz, Farbe, Glätte einzubringen, und den Versuch dann aufgegeben, so daß etwas »Bräunliches und Steif-Zerbrechliches, Zurückgelassenes« übrigblieb. Raphael Faber sagte mit Recht, daß die Anspielungen auf Keats das Gedicht überfrachteten; Pink konnte nicht sagen und wußte nur halb, daß sie dem sexuellen Gehalt so nah kamen wie irgend möglich. »Ist es Sehnsucht nach der Kindheit?« fragte jemand. »Den Vergnügungen des Knabenalters?« »Wie das«, sagte jemand anderes, »es geht um eine Schlange. Schlangen sind böse.« »Nicht in den Taschen kleiner Jungen«, sagte ein geistreicher Kopf zu Fabers Füßen. »Vielleicht geht es um Masturbation.«

»Nein, tut es nicht«, sagte Hugh hitzig, während rotes Blut zur glühenden Linie seines Haaransatzes aufstieg. Es gab eine Diskussion über die Denotationen und Konnotationen von Schlangen oder über das, was sie immer »Schlangenmetaphorik« nannten. Hugh sagte, seine Schlange sei seine eigene Schlange, und der geistreiche Kopf sagte, daß das sehr naiv sei und daß es in dem Gedicht *unbewußt* um Masturbation gehe. Alan Melville sagte, in dem Gedicht gehe es um Abwesenheit. »Man könnte behaupten, daß alle Gedichte von Gedichten handeln, genau wie man behaupten könnte, daß alle Gedichte von Sex handeln. Es handelt von der *Abwesenheit* von Keats und Shakespeare, deshalb stört sich Dr. Faber an ihrer Gegenwart. Es ist eine Ansicht.«

»Ist es Ihre Ansicht?« sagte Raphael.

»Ich weiß nie, ob ich eine Ansicht habe«, sagte Fredericas Chamäleon. »Nur ob es eine Ansicht ist, die man haben kann.«

Man bat ihn, sein eigenes Gedicht zu lesen. Er führte es elegant in wohlgesetzten Worten ein.

»Dies ist ein Gedicht über Spiegel. Es gibt eine Menge Gedichte über Spiegel. Dieses hier ist teilweise inspiriert von der brillanten Vorlesung Dr. Fabers über Mallarmé und Herodias mit ihren Spiegeln und den Narzißmus. Mein Gedicht arbeitet mit zwei Bildern. Eines davon hat seinen Ursprung in George Eliots Spiegel in *Middlemarch*. Das andere fiel mir beim Lesen einer Sammlung chinesischer Gedichte ein: Offenbar gibt es einen chinesischen Glauben, wonach hinter Spiegeln eine Welt existiert, die eines Tages durchbrechen könnte – schattenhafte Krieger, Drachen, riesige Fische. Ich habe überlegt, das Gedicht »Narkissos« zu nennen, aber dann fand ich, daß es zu hübsch und blumig und mythisch klingt. So nannte ich es »Narziß«, womit ich ebenfalls nicht glücklich bin – es ist ein bißchen brutal. Ich wollte den Spiegel des Narkissos darin haben, ohne ihn im Gedicht ausdrücklich zu erwähnen. Gut.«

Wie *gescheit* er war, dachte Frederica, wie gebieterisch er die Diskussion in seinem Sinne vorab lenkte, kanalisierte und vorschrieb – etwas, wozu Hugh Pink nicht schlau genug gewesen war. Sie würden sich auf seine Vorgaben stürzen wie Schafe im Wolfspelz.

Das Gedicht bestand aus einer Reihe deutlich abgegrenzter Bilder: Ein gerahmter Spiegel auf einer Kommode in einem dunklen Raum mit vorhanglosen Fenstern, einige Scheiben zeigten den Nachthimmel, einige reflektierten Kerzenlicht: Silberne Flecken auf dem Glas, die zu silbernen Flecken auf einem gefährlichen Wassertier wurden, als der Spiegel zu Wasseroberfläche wurde. Gesicht und unbeleuchtete Gestalt des aufsteigenden Ungetüms erwuchsen zusammen aus der gemusterten Substanz von Glas oder Wasser. Die Kreise. Ein sonderbarer Vers beim Durchbruch des Ungetüms an die Oberfläche. »Denn nur konzentrisch reihn sie sich um dieses Maul«. Alans Stimme klang unüberhörbar schottisch, als er das las, schwungvoll, wie jemand, der genußvoll eine Gruselgeschichte erzählt, weshalb sich Raphael Faber vielleicht veranlaßt sah zu sagen – ob anerkennend oder naserümpfend, war nicht ganz klar –, daß das Gedicht der Tradition der Schauerromane sicher genauso viel zu verdanken habe wie Mallarmé. Ein Spitzfindiger sprach über den Unterschied zwischen den konzentrischen Kreisen von Eliots Kratzern und dem aufsteigenden Wassertier. Jemand sagte, das Wort Maul sei ordinär und häßlich; ein anderer erwiderte erwartungsgemäß, daß das gerade der Punkt sei. Raphael Faber stellte eine Reihe von Fragen zu Skandierung und falschen Verseinteilungen, die alle, wie Alan demütig zugab, berechtigt waren. Faber sagte auch, der Titel gefalle ihm nicht, in welcher Form auch immer. Frederica hatte inzwischen herausgefunden, an was die verstörende Zeile sie erinnerte. Sie platzte mitten in eine von Raphaels klaren Kadenzen hinein.

»Es ist John Donne, das ist es, es ist *Der Liebe Wachstum*.« Alan lächelte sein spitzes Lächeln. »Wie wahr. Erzähl uns was darüber.«

Es war aus demselben Gedicht wie das schöne Bild von der Wurzel, so klar in seiner unumwundenen Obszönität, das sie nicht losgelassen hatte, als sie über den Banyan nachgedacht hatte. »Die Liebe setzt nur neue Blüten an,/Weil die erwachte Wurzel treiben kann.« Die Kreise waren die nächste Metapher. Frederica sagte die Verse auf.

> Wie Kreise im gestörten Wasser sich
> Aus *einem* mehren, so wächst Liebe an.
> *Ein* Himmel schuf der vielen Sphären Bahn,
> Denn nur konzentrisch reihn sie sich um dich.

Kein Mensch könne all diese Dinge aus diesem Gedicht herauslesen, sagte jemand und brachte damit einen Einwand vor, der stets gegen jeden ungedruckten, noch nicht kanonisierten Text vorgebracht wird, und Alan Melville gab die Standardantwort: Man kann ein Gespür, eine Ahnung von etwas haben, was einem als Gegenstand des Denkens noch nicht bewußt ist. Nur wenn das Gedicht beendet ist, sagte Raphael. Ich muß noch daran arbeiten, sagte Alan. Frederica dachte wieder: Wen liebt er?

Nach dem Kaffee las Raphael einen Teil aus den *Glocken von Lübeck*. Wie Alan Melville und mit mehr Berechtigung leitete er seine Lesung mit Informationen ein, um die Reaktion seiner Zuhörer zu lenken. Er erklärte, was es mit den Glocken und seinem Geburtsort auf sich hatte. Die rätselhaften Zahlen seien aus dem Zusammenhang gerissene Angaben: die geschätzte Zahl der Toten von Bergen-Belsen, Bombenopfer in Lübeck, Kilometer zwischen beiden Orten ... Die Namen seien Gelehrte, Rabbis, unbekannte Namen der Toten. Er hatte Fragmente von Thomas Mann eingefügt: die Beschreibung eines bürgerlichen Interieurs aus den *Buddenbrooks*, einen Satz über Adrian Leverkühns unerträgliche Musik; es gab kleine Stücke aus *Faust* und den Brüdern Grimm, Betrachtungen über die

Wurzeln deutschen Volkstums und deutscher Sprache wie auch Fragmente von Hitlerreden. Er hatte in zusammenhanglosen Fragmenten geschrieben, aber das sagte er nicht so, weil diese Dinge als zusammenhanglose Fragmente wahrgenommen werden. Er las seine kurzen Verse und Echos mit glockenklarer monotoner Stimme vor. Diesmal bemerkte Frederica einen wiederholte Hinweis auf die kleinen weißen Steine oder Brotkrumen, die den Weg nach Hause wiesen, was sie, in Verbindung mit dem Wort Ofen, an Hänsel und Gretel denken ließ. Es war eine Kunst des materiellen Verweisens, weniger ein Heraufbeschwören. Mit Fabers Nicht-Führer bewaffnet, konnte man im Geist Artigkeiten und Ungeheuerlichkeiten, tägliches Leben und täglichen Tod, Ordnungen von Sprache und menschlichem Brauchtum konstruieren, die auf schmerzliche Weise nicht in dem Gedicht waren. Was beim ersten Lesen unzugänglich erschienen war, war jetzt unfaßlich. Wieder Abwesenheit. Privates und Öffentliches, Animalisches und Kultur, auf solch verkürzte und ephemere Weise wachgerufen, daß sich keine Ordnung daraus herstellte. Noch eine ungehörte Melodie. Frederica war wachsam und ängstlich. Sie zog Überfluß natürlich vor, das Zuviel von John Keats in Hugh Pinks Schlangengedicht. Diese Kunst war wie jene Bilder auf billigem Papier, die sich in der Kindheit als ein Schwarm bedeutungsloser Ziffern präsentiert hatten. »Nimm einen Stift und verbinde alle Zahlen von 1 bis 89, um zu sehen, was John und Susan am Strand/beim Picknick/in der Höhle soviel Angst machte.« Eine Krake, ein Stier, eine riesige Fledermaus. Eine verlorene Kindheit, ein Stück von einem Krieg, ein Schrecken, eine verformte Glocke in einem verbrannten Glockenturm. Es war nicht da, es war häßlich, es war schön. Die jungen Männer wendeten ihre Katzenaugen nach oben; als er zu Ende gelesen hatte, sah er Frederica ins Gesicht, ein privater Blick an einem öffentlichen Ort, vorsichtig, zögernd, hoffend. Bestimmt? *Er* war da, in Fleisch und Blut, ein wirklicher Mann in Cambridge, lächelnd. Sie lächelte zurück.

Als sie ging, sagte er: »Sie kommen wieder, hoffe ich.«
»Ich kann keine Gedichte schreiben, wie Sie wissen.«

»Das macht nichts.«
»Hugh sagte, doch.«
»Ach, Hugh. Er hängt an Ihnen.«
»Oh, nicht wirklich, ich hoffe es jedenfalls – ich.« Zuviel.
»Gut.«
»Ihr Gedicht – Ihr Gedicht ist wunderbar.«
»Danke.« Er war noch erregt davon, daß er es vorgelesen hatte. »Ich schätze Ihr Urteil.«
»Das taten Sie nicht immer.«
»Oh, ich war dumm. Sie müssen mir das verzeihen. Ich mag es nicht aus der Hand geben. Ich kann es nicht ertragen, von ihm getrennt zu sein. Ich kann mir nicht vorstellen, was mich – dazu gebracht hat, es Ihnen mitzugeben. Oder vielleicht doch.« Er trat einen Schritt zurück. »Es gibt keine Entschuldigung für meine Grobheit. Keine.«
»Es macht nichts. Nichts macht etwas, ich –«
»Bitte kommen Sie wieder. Ich rechne auf Sie.«

Hugh holte sie ein auf den dunklen Straßen, dann Alan. Sie radelten, den Verkehr gefährdend, zu dritt nebeneinander die Silver Street entlang, über den Fluß.

»Was hältst du davon, Frederica?« (Alan).

»Wie schrecklich viel Genuß wir aus der *Kritik* ziehen«, sagte Frederica. »Wie schlau und brutal und selbstzufrieden wir sind, wenn wir es tun. Aber einige von den Gedichten waren Gedichte. Die von euch beiden.«

»Ich fühle mich geschmeichelt«, sagte Alan.

»Es war ein Liebesgedicht«, sagte Hugh. »Das entscheidende Stück fehlte.«

»Wie schrecklich viel Genuß wir aus der Liebe ziehen«, sagte Alan. »Der Raum war zum Bersten voll damit. Jeder liebt Raphael.«

Frederica schwankte und brachte sich wieder ins Gleichgewicht. Sie sagte:

»Manchmal frage ich mich, wen du liebst.«

»Ich?«

»Du.«

»Das würde ich nicht gerade dir sagen, Frederica Potter. Die Liebe ist eine fürchterliche Angelegenheit.«

Diesmal schwankte Hugh Pink; alle drei klirrten ineinander, lösten sich voneinander, radelten weiter.

20. *Wachstum*

William wuchs, dehnte sich aus, veränderte die Gestalt. Dies schien sich im Handumdrehen zu ereignen und mit der genießerischen Langsamkeit, mit der er selbst das Kriechen einer Raupe beobachtete. Die schwachen Händchen, die sich festklammerten, wurden zu pummeligen, klebrigen, neugierigen Fingern, die die kleinste Krume zu ergreifen vermochten. Die zuckenden krummen Beine wurden zu Fettringen und dann durch den Gebrauch zu Muskelfleisch. Stephanie sah zu, wie seine Wirbelsäule wuchs. Er saß auf dem Boden und schlug mit einem Kegel, mit einem blauen Becher darauf. Wochenlang lag er wie gestrandet auf seinem Buddhabauch, und eines Tages richtete er sich auf und schwankte Blakes Nebukadnezar vergleichbar besorgniserregend auf zielstrebigen Händen und jungfräulichen weichhäutigen Knien. Den Blick auf den Kohleneimer fixiert, bewegte er sich flink rückwärts, bis er an der Zimmerwand mit einem Bücherregal kollidierte. Mit zitternden Händen und eingeknickten Knien stand er da. Er ging vom Rock der Mutter zum Stuhl, umrundete bedächtig den Raum, hielt sich unterwegs fest und keuchte, hob den rundlichen Fuß hoch empor und setzte ihn fest auf. Sie dachte, daß sie keinen dieser Augenblicke, dieser Entwicklungsschritte, dieser Orientierungspunkte in der vergehenden Zeit je vergessen würde, und vergaß sie allesamt bei der nächsten Stufe, die William und immerwährend zu sein schien.

Er war ein stirnrunzelndes Kind mit wechselnd gefurchter Haut über einem glatten, langsamer wachsenden Schädel. Wenn er versuchte, Daumen und Zeigefinger um eine gelbe Plastikscheibe herum zusammenzuführen, runzelte er vor Konzentration die Stirn und sah aus wie Daniel, wenn dieser überlegte. Die rußigschwarzen Brauen, die großen dunklen Augen, die ausgeprägten Wimpern trugen dazu bei, daß sein Stirnrunzeln dem Daniels ähnelte. Aber es gab ein anderes Stirnrunzeln, ein anschwellendes, sich verdichtendes Runzeln, Vorbote von Wut- oder Frustrationsgeheul, begleitet von den unglaublichsten Veränderungen der Hautfarbe von Marmorblaß über Zartrosa und sattes Karmesin bis zu bläulichem Purpur, und dieses Runzeln erinnerte an Bill – Bill, der Theater machte, Bill, dem etwas nicht paßte, Bill, der sich nach Herzenslust in seinen Zorn hineinsteigerte. So schnell die Farben entstanden, so schnell konnten sie verebben und verblassen, um abermals das unfertige Gesicht erkennen zu lassen, das trotz allem Wills Gesicht war und nicht das eines anderen. Es gab auch ein nachdenkliches Stirnrunzeln beim Lernen, das seine Nasenwurzel nur unmerklich streifte. Er saß auf ihren Knien, sah ihr Gesicht an und betastete dessen Umrisse mit Fingern, die anfänglich in Unkenntnis der Entfernung gegen ein helles Auge stupsten oder an einen Mundwinkel stießen und schnell Geschick darin erwarben zu streicheln, ihre Wange zu tätscheln, ihr Haar zu zerzausen. Sie sah sich selbst in ihm: Das aufnehmende Gesicht war ihr Gesicht. Sie blickten einander in die Augen, und sie sah sich selbst reflektiert, ein verschwommenes Licht, ein liebender Mond, Teil von ihm? Sein Fleisch war ihr Fleisch, aber seine Miene war nicht ihre Miene.

Er benutzte seine neue Stimme, indem er Mund und Zunge an Abfolgen einfacher Silben übte: Ba, Ga, Da, Ma, Pa, Ta, die er in Ketten verschieden wiederholter Muster anordnete und variierte, Bagabaga, Abababa, Pamatamaga, Kombinationen von Elementen, Abrakadabra, Sprachkeime. Einmal hörte sie seine nachdenkliche Stimme in der frühmorgendlichen Stille eine umfangreiche und komplexe Aussage mit fragenden und bejahenden Betonungen machen, eine Lektion, eine Predigt, aus steigenden und fallenden Abfolgen von Silben gebildet. Beim Hören dieser Rhythmen fiel ihr der merkwürdige Umstand ein, daß sie sich halbvergessene Gedichte nicht über Substantive ins Gedächtnis zurückrief, wie man vielleicht meinen könnte, sondern über Syntax und Rhythmus und indem sie Konjunktionen, Präpositionen und Verbindungen einsetzte, bevor die Substantive oder das Hauptverb sich einstellten. Satzgebilde brabbelte er, Substantive lernte er. Wenn er weinte, hielt sie ihn hoch, Fenster oder Lampe entgegen, und sagte: »Schau, Will, das ist Licht, schau, das ist Licht.« Und schon früh in seinem Leben wiederholte er: »Ih«, »Ih«. Sie brachte ihm auch früh die Wörter Buch, Katze und Blume bei, und er verwendete sie ausschließlich und sagte »Buu« zu Bildern und Zeitungen, »Katte« zu allen Tieren und »Bume« zu Gemüse, Bäumen, Federn und einmal zum Spitzeneinsatz am Kleid seiner Großmutter, der aus dem Ausschnitt herausragte. Er thronte auf Stephanies Knien und benannte Bauernhöfe und Dschungel voll gemalter Tiere – Ku, Fert, Unt, Uhn, Sseba, Ee-fant, Ssange, Ii-affe, Alfiss. Solche Dinge sind alltäglich genug, und es ist schwer zu beschreiben, mit welchem Staunen eine Frau, wenn sie Alltag und Gewohntem entrückt ist, eine Stimme sprechen hören kann, wo vorher nur Jammern, Schnüffeln, Schreien, Silbengebrabbel war. Wills Stimme war eine neue Stimme, die Wörter sprach, die Generation um Generation gesprochen hatte. Schau, da ist Licht. Ich liebe dich.

Sie war plötzlich wie versessen darauf, Dinge wachsen zu sehen. Das Häuschen besaß einen trostlosen kleinen Garten, zwei tischtuchgroße Rasenstücke zu beiden Seiten eines asphaltierten Wegs und zwei häßliche einzementierte Wäschestangen. Im Frühjahr und Sommer 1955, als Will ein Jahr alt war, versuchte sie, auf diesem trübseligen Flecken bunte Blumen für seine Augen erblühen zu lassen und frische Gemüse und Kräuter anzupflanzen, die er essen sollte. Sie pflanzte Möhren und Radieschen, Salatköpfe und Reihen von Erbsen und Bohnen. Will saß oder krabbelte auf dem Gras hinter ihr, während sie harkte und bohrte und hackte und die winzigen Samenkörner aussäte. Hie und da packte er eine Handvoll Erde und stopfte sie sich in den Mund. »Nein, nein, das ist schmutzig«, sagte Stephanie, deren Gedanken sich mit der erstaunlichen Fruchtbarkeit ganz gewöhnlicher Erde beschäftigt hatten, mit dem verblüffenden Wachstum gefiederter grüner Wedel und langer, süßer orangegelber Wurzeln aus braunen Fitzelchen. Will rief zornig: »Nein« und wiederholte kummervoll: »Nein, ssmuzzig«, als sie ihm den Mund auswischte.

Die Radieschen wuchsen – manche zu monströsen Ausmaßen – und wurden Daniel zum Tee serviert, rot und weiß, scharf auf der Zunge und kühl im Biß. Die Möhren wurden durch die

Möhrenfliege dezimiert und am Wachsen gehindert, und Erbsen und Bohnen wuchsen schwächlich und unregelmäßig. Es fiel Stephanie schwer, erbarmungslos zu sein. Es fiel ihr schwer, Dinge zu töten, die sich in der Erde schlängelten und wanden, und noch schwerer, ihre Setzlinge gehörig auszudünnen und die einen herauszureißen, damit die anderen leben konnten.

Ihre erfolgreichste Anpflanzung war die rankende Kapuzinerkresse. Sie pflanzte die kleinen, runden, gefurchten, dreiteiligen Samenkörner in Kompost in hölzerne Blumenkästen, die überall in der Küche herumstanden. Aus ihnen sprossen sodann die stumpfen Knospen und doppelten schirmförmigen Blätter, zart und geädert. Die Pflanzen des ersten Kastens, die nicht früh genug gelichtet worden waren, welkten und vergingen auf ihren dünnen, langen Stengeln, die wie verworrene Spaghetti aussahen. Die zweite gelichtete Aussaat brachte Setzlinge hervor, die sie entlang der Hausmauer und am Fuß der Wäschestangen auspflanzte, begleitet von bunten Kapuzinerkressebildchen auf Holzspießen, die zeigten, wo die Pflanzen waren. Will stolperte hinter ihr her, riß die hölzernen Markierungen heraus, zerriß die Bildchen und stammelte: »Bume.« Er zerpflückte auch ein paar Setzlinge. Aber es gediehen genug. Im Sommer bedeckten die rückseitige Hausmauer grüne Scheiben, ineinandergewundene zylindrische Stengel und gefranste seidige Trichter, scharlachrot und orangerot, elfenbeinbleich und mahagonirot, tiefgelb und bräunlichgelb, mit schwarzen Linien, die Schmetterlingen den Eingang wiesen, und mit Staubfäden, die dunkel und bestäubt in ihrem Schlund bebten.

Stephanie betrachtete sie, wie sie sich im Morgenlicht entfalteten und abends zu schlaffen Dreiecken zusammenlegten, und dachte an das Märchen von Jack und der Bohnenstange, an die nüchterne und zänkische Mutter, die für eine Kuh ein paar Samenkörner erhalten hatte und sich am Fuß einer leuchtendbunten Himmelsleiter wiederfand.

Marcus, der hin und wieder vorbeikam, bisweilen mit Ruth und Jacqueline zusammen, brachte die Katze. Sie hatten sie, wie Jacqueline erklärte, im Rinnstein vor ihrer Schule gefunden, wohin sie gelangt war, nachdem ein Wagen sie angefahren hatte. Der

Tierschutzverein war bereit, sie auf humane Weise von ihren Schmerzen zu erlösen. Jacquelines Mutter, auf deren Gutherzigkeit sie gebaut hatten, stellte fest, daß die Katze schwanger war, mit schief verzogenem Bauch, und sagte, der Tierschutzverein habe zweifellos recht. Jacqueline hatte das Tier bis zum Krankenhaus geschleppt, wo sie mit Marcus verabredet war, der es nicht gewohnt war, um Rat gefragt zu werden, und sagte, am besten wende man sich an Stephanie. Die Katze krümmte sich und maunzte und fauchte. Es war eine Tigerkatze, deren Augen böse funkelten. »Ich will keine Katze«, sagte Stephanie und wischte dem Tier mit Williams Watte und Babylotion Motoröl vom Fell. »Daniel will sicher auch keine.« »Mit einem Kleinkind im Haus kann man keine Katze brauchen«, rief Mrs. Orton aus ihrem Sessel. »Die läuft einem nur vor die Füße, und wir brechen uns alle den Hals.«

Als Daniel heimkam, begrüßte ihn quäkendes Geheul, und seine Frau kniete neben einem Wäschekorb, in dem die Katze in einer Blutlache lag und ein wimmelndes, naßglänzendes dunkles Päckchen anfunkelte. »Weiter«, sagte Stephanie. »Los, weiter, hilf ihm.« Und die Katze verengte den Schlitz ihrer gelben Augen und schnappte mit scharfen Zähnen nach dem Amnion und leckte das stumpfköpfige, stummelbeinige, fischähnliche Etwas ab, das quiekte und blind zu ihr hinkroch, und sie begann leise und keuchend zu schnurren.

»Stephanie«, sagte Daniel, »*muß* das sein?«

»Ich kann sie nicht sterben lassen.«

»Als ich dich zum erstenmal sah, wolltest du die ganzen Kätzchen retten.«

»Das stimmt.«

»Ich habe mich in dich verliebt, als ich sah, wie unbeirrbar du in dieser Sache warst.«

»Sie sind gestorben.«

»Ich weiß.«

»Aber die hier sterben nicht. Die Katze hilft ihnen. Sie ist gesund. Sieh nur.«

Und zwischen blutigem Geheul und urtümlichem Schnurren gelangten fünf weitere Päckchen ans Licht der Welt, und alle bis auf eines, ein nasses, weißes, wurden ins Leben geleckt. Zwei schwarze, zwei getigerte, ein weißes mit Streifen und Flecken, ein blasses, unfertig aussehendes Geschöpf, das ein paar Minuten lang entschlossen stampfte und schrill kreischte und sein blutiges Schnäuzchen und ohrenloses Köpfchen über die wogenden Körper seiner Geschwister erhob, bis die Katze ihm einen Platz einräumte. Das Genick des weißen Kätzchens war verdreht wie eine Papiertüte. Seine rosa Lider waren geschlossen. Stephanie, die mit einemmal der Mut verließ, bat Daniel um Hilfe. Er nahm den kleinen Leichnam mit einem Stück Zeitungspapier auf und trug ihn hinaus; Stephanie kauerte mit verdächtig glänzenden Augen noch immer vor dem Korb. Hinter ihr sahen Marcus und Jacqueline zu. Jacqueline sagte: »Schau, wie sie atmen«, und Marcus, der Ekel hätte empfinden können und früher Ekel empfunden hätte, sagte, er sei froh, daß es ihnen gutgehe.

Wie die Kapuzinerkresse gediehen auch die Katzen im Sonnenlicht ihrer Zuwendung. Um die Katzenmutter warb sie mit Fisch- und Hühnerstückchen; später setzte sie die herumlaufenden, zittrigen Katzenkinder um einen Teller mit warmer Milch herum, tauchte ihre Schnauzen hinein und sah zu, wie sie sich verschluckten, sich putzten und die Milch aufschlabberten. Wuchs William schnell, so wurden diese Tiere täglich größer, von augenlosen Embryos, die wie Zwergflußpferde aussahen, zu kletternden, laufenden, purzelnden, weichen Geschöpfen mit aufgerichteten Ohren, gesträubten Schnurrbarthaaren und kühlen kleinen rosa Polstern an münzgroßen Pfötchen. Sie sah den Katzen beim Wachsen zu und dachte über das Lernen nach. William übte, indem er Krumen ergriff, einen Löffel zum Mund führte, zum Teller zurückbugsierte, kleine Gegenstände in große Behältnisse legte, große Gegenstände in kleine Behältnisse zu stecken versuchte und dabei vor frustrierter Konzentration zu weinen begann. Am einen Tag kauerten noch alle Kätzchen in ihrer Kiste. Am nächsten Tag konnte ein schwarzes springen, mehr noch, sich festhalten, mehr noch, das Gleichgewicht verlieren und auf allen vieren landen. Am nächsten Tag konnten es drei und am wieder nächsten alle. Was am Montag auf unsicheren Beinen gestakst war, rannte und sprang am Sonntag und kletterte den halben Vorhang hoch. Sie hätte vor Freude fast geweint, als sie eines Tages die kleine weiße Katze beobachtete, die sich putzte, wie Katzen es zu tun pflegen, eine gekrümmte Vorderpfote leckte, ein Hinterbein wie einen Schinkenknochen nach vorne streckte, rosige junge Haut unter dem dichten, weichen, kurzen Fell der Leisten. Die Haut an der Innenseite der jungen weißen Ohren war rosa und kühl wie die geöffneten Muscheln, die bei Ebbe auf dem Strand von Filey verstreut sind. Wills Bewegungen waren daneben unbeholfen und ziellos. Weder rannte er, noch sprang er. Und doch besaß er die Sprache. Sie saß zwischen spielenden Katzen auf dem Rasen und beobachtete sein Näherkommen, drei Schritte und ein schwerfälliger Plumps auf den Hintern, wieder drei Schritte, wobei seine ungefügen Hände sich wie die eines Akrobaten an ausgestreckten Armen bewegten. »Bume«, sagte er, »Katte.« »Aam«, sagte er. »Willaam.« Sie deutete es. »Will will eine Katze haben.« »Katte«, stimmte er zu. »Willkattaam.« Wenn er eine Katze erwischte, was häufig geschah, denn sie krochen auf ihn zu wie Wespen zum Honigtopf, packte er sie, und das Kätzchen wurde schlaff, und er hob es nachdenklich an den Mund, als wäre er als Kleinkind, das alles oral erforscht, ein Riese, der Fleisch und Knochen zermalmt, und die Katzenmutter lief miauend hin und her, und Stephanie befreite das Katzenkind und gab ihrem Sohn einen Kuß. Mrs. Orton fand die Katzen unhygienisch. Stephanie sagte zu Daniel: »Sieh nur, wie voller *Leben* sie sind.« Daniel hängte im Kirchenvestibül einen Zettel aus: »Gesunde Kätzchen abzugeben.«

Pflanzlich, tierisch, menschlich. Stephanie begann allmählich eine buntgemischte Sammlung verlorener Existenzen zu beherbergen, die besonders hilflosen und passiven Fälle unter Daniels sozialen Sorgenkindern, alte oder geistesschwache Ausgestoßene, die kamen und stundenlang am Küchentisch oder im Sessel saßen, von Daniels Mutter angeknurrt, von Daniel hin und wieder unwirsch abgefertigt. Stephanie schenkte ihnen Tee ein und ließ sie kleine Aufgaben erfüllen, Bohnen putzen, Erbsen pulen, Linsen nach Steinchen durchsuchen. Sie sortierten Sachen für den Wohltätigkeitsbasar, etikettierten Marmeladengläser und befestigten mit zittrigen Fingern Preisschilder an gestrickten Strampelanzügen, Topflappen, Wollschühchen. Zwei oder drei waren Stammkunden. Da war die bläßliche, unscheinbare Nellie, um die sich immer ihre ältere Schwester gekümmert hatte, die kürzlich gestorben war. Nellie war vierzig und hatte den Verstand eines Kindes, das älter war als William, aber ein undeutliches Bewußtsein davon, daß sie Dinge nicht tun konnte, die ihm in ein paar Monaten oder Jahren eine Selbstverständlichkeit sein würden. Nellies Schwester Marion hatte Nellie als Kreuz, Last und Kleinkind betrachtet; sie hatte alles für sie getan: anziehen, füttern, kochen, einkaufen. Daniel hatte einen Kreis von Helfern organisiert, um Nellie davor zu bewahren, in ein Heim zu kommen; Stephanie brachte ihr bei, Dinge zu tun, die sie teils dankbar, teils furchtsam lernte, als könne das Lernen sie unversehens ganz aus der Welt der Menschen entfernen, die Hände entfernen, die sie jetzt zumindest berührten, um ihr den Büstenhalter anzuziehen, die Strickjacke zurechtzuzupfen, einen Schnürsenkel zu binden. Da war Morris, der seit einer Kopfverletzung bei Dünkirchen unter wiederkehrendem Gedächtnisverlust litt, der keine Arbeitsstelle behalten konnte und zwei Selbstmordversuche hinter sich hatte. Und da war Gerry Burtt.

Auch Gerry fiel es schwer, eine Arbeit zu behalten, selbst wenn ein anderer ihm die Stelle besorgte. Eine Zeitlang war er zunehmend häufig in der Kirche erschienen, um Daniel mit der stets gleichen Mischung aus ohnmächtigem Zorn, dem Wunsch, gerichtet zu werden, und Abscheu vor Barbara wieder und wieder zu erzählen, wie seine Tochter getötet worden war, als könne er es durch die Wiederholung bannen. Eines Tages kam er unaufgefordert zum Haus, wo er Stephanie, Will und die Katzen antraf, die im Garten spielten. Er stand auf dem Weg und betrachtete sie. Stephanie sah von einer Gänseblümchenkette auf und fragte, ob sie etwas für ihn tun könne.

»Ich suche den Vikar. Also eigentlich Mr. Orton.«

»Er ist nicht hier. Er kommt gegen Abend zurück. Haben Sie in der Kirche nachgesehen?«

»Ja, hab' ich.«

»Haben Sie Probleme? Kann ich Ihnen helfen?«

»Ich bin Gerry Burtt«, sagte er im gleichen bedeutungsschwangeren Ton wie zu Daniel. Anders als Daniel erinnerte Stephanie sich an seinen Namen aus den Zeitungen, die sie inzwischen mit einem Gefühl der Dringlichkeit las, weil sie nun in der Welt lebte, von denen sie handelten, einer Welt menschlicher Vorkommnisse wie Geburten, Unfälle, Hochzeiten, Todesfälle. Sie hatte um Gerrys Tochter geweint, wie sie um die Frau geweint hatte, deren zwei Kinder in einem überschwemmten Steinbruch ertrunken waren und die zwischen Morgen und Abend in fünf Druckzeilen von einer Frau wie jede Frau mit zwei Kindern in eine Frau verwandelt worden war, deren ganze Vergangenheit auf diese schreckliche Gegenwart zulief und deren Zukunft das Leben nach diesem absoluten und zufälligen Schicksalsschlag war.

»Mögen Sie eine Tasse Tee?« sagte sie zu Gerry Burtt und rückte William auf dem Gras aus seinem Schatten. »Ich wollte gerade welchen machen.«

»Wär' nett von Ihnen«, sagte er vorsichtig.

Man durfte sich im Leben nicht von der Unterstellung beeinflussen lassen, daß Unglück oder Schlimmeres ansteckend sein könnte, obgleich dies ein zutiefst menschliches Instinktverhalten ist. Stephanie schrak physisch vor Gerry Burtt zurück und bot ihm dennoch Tee und Gebäck und einen Stuhl in der Ecke an und redete gelassen und gleichmütig über das Wetter und den Garten. Mitten in eine dieser gemurmelten Platitüden platzte er mit den Worten heraus: »Was für einen süßen Sohn Sie haben, Mrs. Orton. Einfach süß!« Sie spürte seine erregte und hilflose Ergriffenheit. »Ich weiß«, sagte sie. »Das Schicksal hat es gut mit mir gemeint. So gut, daß mir fast etwas angst ist.« William warf einen Plastikschwan von seinem Hochstuhl, und Gerry Burtt brachte ihn zurück und reichte ihn ihm mit spitzen Fingern. Will schlug ihn gegen das Tablett am Stuhl, krähte und schleuderte ihn fort. Gerry Burtt brachte ihn zurück. Stephanie sah zu. »Er mag Sie«, sagte sie scheinfreundlich. »Hier, Kleiner«, sagte Gerry Burtt andächtig, und Will nahm den Schwan würdevoll entgegen, schwenkte ihn und rief: »Da-da-da-da-da!«

Eines Tages, als alle bei ihr versammelt waren, Nellie und Morris und Gerry und die ewige Mrs. Orton, setzte sie Will beiläufig und absichtlich auf Gerrys Knie, während sie Teekuchen röstete. Daniel kam unerwartet nach Hause und fand sie so vor, Gerry mit einem furchtsamen Lächeln und Will mit einem zweifelnden, aber insgesamt einverstandenen Gesichtsausdruck. Daniel widerstand der Versuchung, sein Kind an sich zu reißen, aber nachts, als er mit Stephanie allein war, sagte er zu ihr, es sei nicht nötig, daß sie Burtt ins Haus lasse. Ebensowenig Nellie oder Morris, die sich absonderlich und unberechenbar aufführen konnten. Sie erwiderte gleichmütig: »Ich tue, was ich kann. Bei vielen Dingen kann ich dir nicht in deiner Arbeit helfen. Aber diese Leute kann ich ertragen, und ich kann ein wenig helfen. Sie stören mich nicht. Ich tue, was ich kann.«

Diese Antwort war nicht ganz aufrichtig. Zumindest teilweise ertrug sie die Anwesenheit der Verlorenen in ihrem Haus, weil sie Daniels Mutter neutralisierten, die als eine unter vielen zwischen ihnen saß. Diese Verlorenen waren schlagende Beispiele für die Unzulänglichkeit der Theorie, daß die Sprache in erster Linie der Kommunikation diene. Wenn sie sprachen, monologisierten sie. Die arme Nellie, die das Gefühl hatte und manchmal auszudrücken versuchte, daß ihr Kopf in eine Art weiche, dicke Masse eingeschlossen war, die ihr Seh- und Hörvermögen schwächte und dämpfte, benutzte die Sprache, um in der dritten Person zu beschreiben, womit sie beschäftigt war, was wie ein wiederholter Befehl klang. »Jetzt nehmen die Erbsen, nimmt die Erbsen. Jetzt drücken mit Daumen, jetzt raus, da sind sie, wie viele, sechs Erbsen, das ist gut, sechs Erbsen ist gut, keine Maden.« Wenn Morris einen guten Tag hatte, redete er großspurig und hastig in abstrakten Worten, die er mit abgehackten Gesten begleitete, von der Ungerechtigkeit des Lebens, das einem übel mitspielte, manchen übler als anderen, einfach so, ohne Grund. An schlechten Tagen wiederholte er immer das gleiche, sprach von seiner Angst vor Granaten, vor dem Meer, vor Lärm und Blut. Mrs. Orton sprach von Mahlzeiten, die vor langer Zeit verzehrt worden waren. Gerry Burtt sprach in Kleinkindersprache zu Will, was nicht viel anders klang als Nellie. »Schöne weiche Banane, brauner Zucker drauf und

Milch, fein, was?« Wiederholung, Rekapitulierung, eine Art statisches Suchen nach einem Ausweg aus dem Erstickten, dem Schmerzlichen, dem Unerträglichen, Stimmen in einem Raum. Und mitten darunter trompetete und sang Will seine Silben und Wörter in immer komplexeren Rhythmen, offenbar zum eigenen ästhetischen Vergnügen. Sie spielten ein Spiel, bei dem Stephanie ihn auf ihren Knien stehen ließ und unerwartet in die Höhe lüpfte, und er lachte aus vollem Hals und mit erstaunlich tiefer Stimme. »Ha. Ha. Ha-*ha*, ha-*ha*, ha-*ha*. Ha. Ha. Ha-*ha*, ha-*ha*, ha-*ha*.« Einmal kam sie in den Garten, wo er in seinem Kinderwagen saß, und hörte, wie er voll Inbrunst und Tragik rief: »O *Gott*!« Und dann, in einem Crescendo: »O Gott. Ogottogottogottogott. O *Gott*!« Und dann keckerndes Gelächter wie Gewieher zwischen Trompetenstößen. »Ha-*ha*, ha-*ha*, ha-*ha*.«

Daniel war unzufrieden und schämte sich seiner Unzufriedenheit. Ihm war, als hätte er Dinge eingebüßt, die einzubüßen er vielleicht hätte voraussehen müssen – sein Alleinsein, die unumschränkte Hingabe an seine Arbeit und in gewisser Weise seine Frau. Durch Willenskraft hatte er eine Situation herbeigeführt, in der, wie er nun feststellte, kein Platz für diesen Willen war. Gideons unbändige Energie deprimierte ihn. Wie Daniel schuf Gideon soziale Beziehungen, Verantwortlichkeiten, die vorher nicht bestanden hatten. Doch während Daniel sich auf das Gebiet des Praktischen beschränkte – Nahrung und Wäsche, Beförderung und Geselligkeit –, schuf Gideon das Gefühlsleben der Leute. Er inspirierte die Jungen. Er munterte die Traurigen auf. Die Gemeindemitglieder, die ihn anzogen, waren Suchende, Verstörte, emotional Ausgehungerte. Er sammelte sie in Gruppen und »ließ sie los«, aufeinander, auf sich selbst. Daniel hatte das Gefühl, daß das in vielem gefährlich und falsch war; dies wiederum ließ ihn die eigenen Absichten, die Verwendung der eigenen Energie in Frage stellen. Er erinnerte sich, daß er den Wunsch gehabt hatte, sein Leben aufzugeben, zu bereinigen, zu kanalisieren. Er hatte nicht beabsichtigt, es Wohltätigkeitsbasaren, Kaffeekränzchen, Teenagerausflügen und dem Verheiraten anderer Leute zu weihen. Auch Daniel litt unter den Konventionen. Er wollte, daß sich etwas ereignete. Als Kind hatte er seine Mutter gefragt: »Warum passiert denn nichts?« Und sie hatte unweigerlich geantwortet: »Sei bloß still; mach mir bloß keinen Ärger, wo alles gerade so schön ruhig ist.« Ihre Anwesenheit in seinem gegenwärtigen schönen ruhigen Leben verschärfte seine Gereiztheit nur.

Stephanies körperliche Gelassenheit irritierte ihn. Anfangs hatte ihn das angezogen und irritiert. Er spürte ihre Stärke; er fürchtete ihre Indolenz; er wollte sie aufrütteln. Er hatte ihre Heirat zuwege gebracht. Er hatte sie dazu gebracht, ihn zu lieben. Er hatte seinem eigenen sexuellen Drang vertraut, weil es eine bislang ungekannte Erfahrung gewesen war. Er hatte sich der Leidenschaft überlassen und umgekehrt Leidenschaft geweckt. Er war in aller Unschuld nicht auf etwas wie nachgeburtlich bedingte verminderte Zuwendung oder Energie vorbereitet. Daß seine Frau sich im Bett von ihm abwandte, sich auf ihre Seite zurückzog, sich zusammenrollte, erklärte er sich mit einer Vielzahl von Gründen. Enge: seine schnarchende Mutter, der umherschleichende Marcus, das brüllende Kind. Erschöpfung. In den ersten Wochen Blutungen und Wundheit. Das Steigen und Sinken des Hormonspiegels kam ihm nicht ernsthaft in den Sinn, obwohl er sich auf einem kreatürlichen Niveau sehr wohl dessen bewußt war, daß ihre Sinnlichkeit sich in Nahrungsreichtum, Sauberkeit, Erde und Bewässerung, Katzenfell und Blütenblättern und der frischen Haut, dem Milch- und Malzgeruch seines Sohnes erschöpfte. Und das in Burtts Händen war ein Übergriff auf sein Territorium, der ihm im Geist die widerspenstigen Haare zu Berge stehen ließ.

Als er an diesem Abend zu Bett gehen wollte, lag sie von ihm weggerollt und las *Good Things in England*. Er stand da und sah zu ihr hin, und dann zog er sich einen Pullover über sein geistliches Hemd und darüber seinen Dufflecoat und ging hinaus, ohne die Tür zuzuschlagen. Er ging durch enge Straßen mit Arbeiterhäuschen, in deren Fenstern kein Licht brannte, mit dem Geruch erkalteten Kohlenfeuers, über seinen eigenen dunklen Kirchhof, der nach kalter Erde, Buchs und Taxus roch, die dunkle Hauptstraße entlang, deren Schaufenster glänzende schwarze Flächen waren, den dunklen Kanal entlang. Es roch nach fauligem Gemüse, nach Gasen, die sich im üppigem Unkraut verfangen hatten, nach noch mehr kaltem Kohlenrauch. Er ging weiter und betete unterwegs zu dem Gott, der ihn antrieb, um Geduld bei Untätigkeit, um ein Neuordnen der Dinge, um ruhigen Schlaf, was, wie er sehr wohl wußte, bedeutete: Zuwendung von seiner Frau. Beten hieß nicht erbitten: Beten hieß die Knoten der Sorgen zu einem dunklen steten Energiestrom auflösen, der zwischen Ihm und ihm verlief, so daß er auf diesem Weg Dinge Ihm überantwortete. Er ging weiter. Er konnte wieder durchatmen. Er kam mit kalten Wangen und kalten Händen zurück und brachte den Kohlengeruch mit.

Sie schlief nicht.

»Hat jemand nach dir gerufen?«

»Nein.«

Er zog sich aus.

»Bist du verstimmt?«

»Nein. Ich bin spazierengegangen. Um Luft zu kriegen. Um nachzudenken.«

»Du bist doch verstimmt.«

»Nicht wirklich.« Er konnte diesen Ton nicht leiden. Kindisch. Verheiratet.

»Komm ins Bett.«

Wenigstens sah sie ihn jetzt an. Er stieg ins Bett, viel kaltes Fleisch, das auf einmal zur Ruhe kam. Sie streckte die Arme aus.

»Ist es wegen Gerry Burtt?«

»Ich sehe ihn nicht gern mit Will zusammen.«

»Er tut niemandem was zuleide. Er ist traurig.«

»Er hat zugelassen, daß sein Kind umgebracht wurde.«

»Er kann Will nichts antun.«

»Ich habe mit der Sozialarbeiterin gesprochen. Einer Mrs. Mason. Über seine Frau. Sie ziehen in Betracht, sie rauszulassen. Demnächst. Ich weiß nicht, was er anstellen könnte, wenn er –«

»Was für ein Mensch ist sie? Barbara Burtt.«

»Ich kenne sie nicht. Er spricht von ihr. Hat eine Heidenangst vor ihr. Kein Wunder. Er bringt mich aus der Fassung; ich kann mit Leuten umgehen, die durchdrehen, verstehst du, aber nicht mit Leuten, die es einfach nicht fertigbringen, ein Kind am

Leben zu halten ... Ich glaube, er würde nicht mehr zu mir kommen, wenn ich mit ihr sprechen würde. Deshalb habe ich es bleiben lassen. Sprich nicht über sie, nicht hier.«
»Irgend jemand muß sich doch um sie kümmern –«
»Mrs. Mason kümmert sich um sie. Ausgiebig. Mach dir keine Gedanken darüber.«
»Daniel –«
»Was ist?«
»Möchtest du, daß ich ihn nicht mehr herkommen lasse?«
»Nein. Darum geht es nicht. Vergiß es.«
»Worum geht es. Daniel?«
»Alles ist so unbelebt.«
Sie ließ alles vor dem inneren Auge Revue passieren: Haus, Garten, Kirche, Gideon, Will. Sie breitete die Arme aus.
»Sag so etwas nicht. Du sagst nie solche Dinge.« Er hatte alles für sie mit Leben versehen.
»Dafür sind die Dinge nicht da«, sagte er, aber sein Fleisch regte sich, sie hielt ihn an sich gedrückt, an das Nachthemd, das sich unter ihren Achseln bauschte. Erregung durchströmte beide.
»Es kommt wieder, Daniel, *bestimmt*«, sagte sie so überraschend, daß er lachen mußte.
»O ja, das tut es«, sagte er.
Und durch den in seiner Härte sperrigen, hervorstehenden fleischenen Verbindungskolben ergossen sich die Myriaden von Fortpflanzungszellen, die erwachten und ausschwärmten, Erlöschen oder Tod in ungastlich saurer Umgebung entgegen oder einem kurzen Nachleben in schützenden Wirtszellen, Sackgassen entgegen, dem Gebärmutterhals entgegen, die blinden Köpfe suchend, die Geißelschwänzchen wippend und flatternd, todgeweiht alle bis auf eine, die sich einige Stunden darauf in die Wand einer weiblichen Zelle einnisten würde, um sich dort festzukrallen, zu schmarotzen, zu vereinigen, zu teilen, zu verändern, zu spezialisieren. Daniel, dem plötzlich leichter ums Herz war, küßte Augen und Mund seiner Frau und urteilte milder über Gerry Burtt. Stephanie lag behaglich warm und feucht da und streichelte Daniels Haar, seinen feuchten Schenkel und dachte, daß sich alles einrenkte, daß sie schließlich freie Men-

schen waren, daß sie einander liebten, daß sie sich ein paar Monate gemütlicher Nähe und Kommunikation verschaffen konnten. Sie hatte auch einen Mann, nicht nur einen Sohn. Ihr Geist plante gelassen, rückte Prioritäten zurecht. Allem Anschein nach wollte Charles Darwin es vermeiden, die Kraft zu personifizieren, die Eizelle und Sperma, Embryo und Nachwuchs, Gefährten und Opfer aussucht, und in diesem Zusammenhang keine Verben verwenden, die eine bewußte Absicht nahelegen, so wie ich eben »aussucht« schrieb, um nicht »wählt« zu schreiben. Die Sprache ist gegen uns. Im klassischen Roman wären Mann und Frau bis zur Hochzeitszeremonie begleitet worden oder, wie beispielsweise in *Roderick Random*, den Frederica in den Furchen zwischen den Weinstöcken ihrer Provence inmitten von Bücherwürmern und Zikaden gelesen hatte, bis zum Lüften des seidenen Nachthemds und dem Öffnen der Bettvorhänge. Heute gehen wir weiter und weiter darüber hinaus, Romanciers so gut wie Ethiker. Wo aber hält unser Denken über Zufall und Wahl, über Kräfte und Freiheit inne? Wir brauchen keine Mutter Natur, um zu entscheiden, ob die Anwesenheit des Eis im Eileiter und nicht Gerry Burtt oder *acedia* oder freier Wille für Daniels, für Stephanies Handeln verantwortlich war, für den Grad von Wärme, Säure, Weichheit und Energie an jenen dunklen Stellen. Wir sind in der Lage, Spermien oder Triebkräfte nicht zu personalisieren und so der Sprache, über die wir verfügen, nicht Gewalt anzutun. Aber wir sind nicht in der Lage, auf die Verbindungen und Vergleiche, die unser Geist gewohnt ist, zu verzichten.

Diese Vorgänge wurden mittlerweile von innen mikroskopisch aufgenommen. Wir können auf unseren Bildschirmen in Lebensgröße – was heißt in einem Maßstab, der unserem Wahrnehmungsapparat und unserer Vorstellung vom eigenen Platz in der Welt entspricht – das Sprießen der Samenpartikel in den Hoden sehen, das plötzliche Zusammenziehen und Explodieren des Orgasmus, die unfertigen halbgeformten Zellen, die dem blütenartigen Ei entgegengleiten, die seetanggleichen Wedel, die sie aufhalten, einfangen, lenken, selektieren, nähren. Es gibt Infrarotfotos vom Blut, das den Penis zu einem umgedrehten Südafrika mit brennenden Wüsten und grünen Oasen versteift. Zu was für extravaganten Bildern hätte dieser Anblick Donne oder Marvell wohl verleitet? Oder der Spermafluß, auf zartem Porzellangraublau gefilmt, der sich dem dunkelroten Schoß und seiner menschlichen Flora entgegenbewegt, die nicht zu sehen, nicht erkennbar und doch vertraut ist. Im Film ruhte der Kopf des Spermiums in der Zellwand des Eis wie Daniels Kopf auf der Brust seiner Frau. Biologen haben sich darüber Gedanken gemacht, daß männliche und weibliche Formen sich immer weiter reproduzieren. Beweglich und eindringend wie das Sperma ist auch das Organ, dem es entstammt; groß (im Verhältnis) und ruhig und empfänglich wie das Ei sind die inneren Gefäße und Höhlungen, die es wiederum aufnehmen und nähren. Behältnisse enthalten Behältnisse, Eindringlinge senden Eindringlinge aus. Emanuel Swedenborg glaubte, alle Körperteile und Weltenteile bestünden aus kleineren Einheiten gleicher Natur: die Zunge aus Myriaden von Zungen, die Leber aus kleineren Lebern, denn die Welt war geordnet und gehorchte dem Prinzip der Entsprechung. Goethe wußte und entdeckte, daß die verschiedenen Formen einer Pflanze – Staubgefäße, Kelchblätter, Eier und Stempel – Abwandlungen einer zugrundeliegenden Blattform, der Urform, sind. Zur Zeit gibt es eine Theorie, der zufolge sexuelle Funktionen eine Abweichung vom parthenogenetischen Hermaphroditismus darstellen, dem Produkt »parasitärer DNS«, die eine Verlängerung erzeugt, eine »genetische Injektionsnadel«, um in Schmarotzermanier die eigene Erbanlage in die Nukleinsäure eines fremden Organismus zu befördern. Während sie schliefen, die Köpfe nebeneinander auf dem Kissen, vermehrten und teilten sich die Zellen, brodelten und verdrängten einander, gestalteten Gene, Chromosomen, Proteine, Pläne, Muster, ein neues Leben, das gleiche Leben in anderer Form. Und indes das unsterbliche Leben des Genotyps, wie es heißt, dem Phänotyp übermittelt wird, so wird der individuelle Organismus entbehrlich, überflüssig; es ist sachdienlich, daß er altert, seine Funktionen einstellt und stirbt.

Die Keimzelle dieses Romans war ein Sachverhalt, der zugleich eine Metapher war: eine junge Mutter mit ihrem Kind, die einen

Blumenkasten betrachtet, in dem ungenügend pikierte Setzlinge auf bleichsüchtigen Stengeln im Kampf ums Überleben eingingen. In der Hand hielt sie das Bild einer Blume, die Samentüte mit der bunten Abbildung. Kapuzinerkresse, *majus*, rankend, gemischt.

Will saß auf dem Rasen, während die Blattläuse dichte Trauben unter den Kapuzinerkresseblüten bildeten, ein klebriger dunkler Saum aus kleinen Körpern, und in Stephanies Innerem die Zellen geschäftig wirkten und einander unterrichteten. Wenn er seinen Kopf schnell hin- und herdrehte und dann plötzlich stillhielt, so hatte Will herausgefunden, bewegte die Welt sich mit leuchtendbunten mahagoniroten, scharlachroten, rosenroten, orangeroten, goldgelben, blaßgelben, grünen und schwarzen Streifen, deren Farben er selbstverständlich nicht benennen konnte, doch die farbigen bewegten Bänder gefielen ihm, ihr Summen und Zittern und verebbendes Beben wie kleine Wellen, wenn er aufhörte, den Kopf zu schütteln. In den Augenwinkeln sah er die farbigen Bänder, die die Bewegung erzeugte, mit langen, flatternden Schwänzen. Wenn er den Kopf nach oben und nach unten bewegte, ließ sich das leuchtende Schwindelgefühl nicht so gut herstellen. Die menschliche Wahrnehmung ist als Fähigkeit definiert worden, »aus Lärm Ordnung« zu gewinnen; vielleicht aber besteht sie im Gegenteil darin, die Welt mittels einer vorgegebenen Karte einzuteilen, einer in den Genen vorgeformten Karte, Gesetzen gehorchend, die den entstehenden Geist bereits prägen. Will schuf Unordnung und ließ sie zu Form gerinnen. Er konnte die Rose, die Iris, die Sonnenblume, die Feuerlilie, das Gänseblümchen benennen, wenn auch mit einem einzigen Namen: »Bume«. Später, als er zu zeichnen begann, zeichnete er fünf flache Schleifen um einen ungefähren Kreis, bis sich ihm die Freude an den mit dem Zirkel gebildeten einander überschneidenden Bögen erschloß, die auf ihre Weise eine kartesianische Blume bilden – eine platonische Blume gar?

21. Ein Baum, von vielen einer

Von Zeit zu Zeit ertappte Marcus sich dabei, daß er glücklich war. Dieses Gefühl erschreckte ihn; er war es nicht gewohnt. Er war glücklich, wenn er mit den zwei Mädchen – Jacqueline und Ruth – zusammen war. Es war Jacquelines Art, persönliche Fragen zu stellen und auf Antwort zu drängen – »Und was machst du dann?« –, aber auch, ihm zu demonstrieren, wie es sein mußte, wenn man etwas tat, was man gern tat, mit Begeisterung. Jacqueline war normal. Sie war der erste normale Mensch, mit dem er sich je länger unterhalten hatte. Sie zeigte ihm Dinge – Dias von Blattabschnitten, Diagramme von Pflanzenzellen, die atmenden Spaltöffnungen, die Chloroplasten. Sie bat ihn, ihr bei den Mathematikaufgaben zu helfen. Ruth sah er fast nie allein; hin und wieder kam sie mit Jacqueline. Manchmal dachte er, sie bildeten das übliche Paar aus Anführer-Ideengeber und ergebenem Anhänger. Jacqueline suchte sich zu vergewissern, daß Ruth glücklich war. Ruth war im großen und ganzen mit Jacqueline einverstanden. Manchmal erinnerte ihn Ruths Art, gelassen zu schweigen, an seine eigene Strategie des Schweigens und Nichtkommunizierens; er erkannte an ihr eine ähnliche Politik, Abstand zu halten, und sogar Furcht. Und zugleich war er sich dessen gewahr, daß sowohl er als auch Jacqueline Ruth beobachteten, als sei ausschlaggebend, was *sie* empfand, als seien Dinge nur von Bedeutung, wenn sie sie guthieß. Sie hatte etwas ganz leicht Autokratisches. Er erinnerte sich vor allem an etwas, was sie unmittelbar zu ihm gesagt hatte. Jacqueline ermahnte ihn oft, seinen Verstand nicht ungenutzt zu lassen. Ruth sagte nichts über seinen Verstand; sie forderte ihn auf, sich normal zu benehmen.

»Du tust nicht genug normale Dinge, Marcus. Du gehst nicht gern ins Kino, du fährst nicht gern Fahrrad, du magst keinen Backfisch mit Pommes frites und –«

»Klatsch und Tratsch«, sagte Jacqueline.

»Stimmt. Marcus beim Klatschen, das kann man sich nicht vorstellen.«

»Ich nehme die Dinge nicht so wahr, wie ihr es tut.«

»Du bist nur ein Mensch, Marcus Potter. Wenn du normale

Dinge nicht von dir aus tun kannst, dann mußt es eben durch Übung lernen. Ich weiß Bescheid.«

»Wieso weißt du Bescheid?«

»Als meine Mum starb – wollte ich – von gar nichts etwas wissen. Aber ich mußte für Dad und die Kleinen den Haushalt führen, und das waren lauter normale, gewöhnliche Dinge ... einkaufen, Wäsche waschen ... und ich habe gemerkt, daß ich ein ganz normaler Mensch bin. Dann kam sie und hat alles an sich gerissen, aber das eine hatte ich gelernt.«

»Normale, gewöhnliche Dinge«, sagte Marcus, »es fällt mir schwer –«

»Wissen wir. Du kannst gerne üben, mit uns.«

Außerdem fand er sie anziehend. Er dachte gerne an sie, wenn sie nicht da war, an die Spirale ihres Zopfs, das ovale Gesicht, die gesenkten Lider, den kleinen, geschlossenen, vollen Mund, ihre Gelenke in Ruhestellung, die Distanz zwischen Schultern und Brüsten, Brüsten und Taille. Am meisten beschäftigte ihn jedoch das Bild des dicken, glänzenden Haarschwanzes, der sich zwischen ihren Schulterblättern schlängelte. Er verspürte den Wunsch, ihn zu berühren. Er hätte ihn gerne gelöst, Windung um Windung, und auseinandergeschüttelt, wie er es in jener Nacht durch die kleine Glasscheibe in der Küchentür gesehen hatte.

Er hatte seine Vision eines ameisengleichen Gottes nach dem Ausflug zum Zentrum für Feldforschung auf sich beruhen lassen – was hätte er auch tun sollen? Er hatte sein Wägelchen mit Büchern durch die Flure geschoben. Und dann war er eines Sommertags den langen Weg nach Blesford geradelt, an Long Royston vorbei, wo Frederica vor zwei Sommern Elizabeth gespielt hatte und wo Bulldozer Weideland umgruben, damit die neue Universität von North Yorkshire entstehen konnte. Entlang den grasbestandenen Böschungen ergoß der Wiesenkerbel seinen weißgrünen Blütenstaub aus Spitzendolden, dort gab es Margeriten, kleine zitronengelbe wilde Löwenmäulchen, lavendelgraublaue Skabiosen und Klatschmohn in seinem knittrig-dünnen Seidenkleid. Marcus empfand, was er aus früheren Erfahrungen als trügerischen Eindruck körperlichen Wohlbefindens wiedererkannte, der eine gesteigerte Sensibilität seiner Atmungsorgane gegenüber dem umherfliegenden Pollen sowohl ankündigte als auch abzuwehren versuchte. Er erfuhr die gewohnte Schärfung des Blicks: Er sah die ausgewogenen Muster der grauen Steine in der langen Trockenmauer, er sah Verbindungen zwischen Rot und rotem Klatschmohn und Mohn, die im Dunst von Blau, Weiß und Grün Dreiecke und Schleifen bildeten. Die Höhlung hinter den Knochen seiner Nase fühlte sich mit einemmal größer und leerer an, sauerstofferfüllter und gereizter, kurz davor zu jucken, anzuschwellen, zu schmerzen wie eine Frostbeule oder eine Ansammlung von Mückenstichen. Er bog auf einen Feldweg ein, der durch junge Getreidehalme mit glasgrünen Ähren und feinen Härchen einen Hügel hochführte. Oben auf der Hügelkuppe ragten eine alte und mehrere jüngere Ulmen, insgesamt etwa sieben Bäume, mit wolkigen unregelmäßig geformten Kronen und umgreifenden Ästen aus dem struppigen Gras empor. Marcus setzte sich am Fuß eines der Bäume hin und hielt sich sein Taschentuch als Atemschutz vor Mund und Nase. Er vermerkte ein Glücksgefühl, das auf seine Weise nicht weniger gefährlich war als das körperliche Wohlbefinden; beide machten sich in Form leerer Stellen hellen Lichts vor dem inneren Auge bemerkbar, umrandet von einem prismatischen Flackern von Farbe und Gefahr. Er bemühte sich, stillzusitzen. Er betrachtete den Baum.

Unten um den Stamm herum befand sich ein unordentlicher Kranz von Zweigen und Schößlingen, und zwischen und unter diesen, denn viele sprossen über der Erde aus dem Baum, klammerten die großen, starren, zangengleichen Wurzeln sich an den Erdboden und drangen in ihn ein. Er sah am Stamm hoch, der mit narbiger, geborstener, wulstiger Rinde und dennoch letztlich unaufhaltsam emporragte – ein hygroskopischer Baumstamm, der sich verzweigte und abermals in eine Vielzahl wiederholter Stämme verzweigte, die emporragten oder -wuchsen. Diese stoffgewordene Fontäne besaß zahlreiche Kronen aus dichten Nebenästen, die sich zu langen Zweigen aufspalteten, zu Zweiglein, zu Blättern, Blättchen, Trieben. Die Geschichte des Baums wuchs mit ihm, Materie geworden im unbeweglichen Stamm, in verheilten Wunden, gesplitterter Rinde, gebrochenen Ästen, neuen Windungen und Verzweigungen.

Er berührte die dicke Haut des Baums, die sich weder warm wie Fleisch noch kalt wie Stein anfühlte. Zum größten Teil besteht ein Baum aus abgestorbenen Zellen, die unter der Rinde ein dünnes Futteral lebender, sich teilender, wassersammelnder Zellen umhüllt, indes naseweise, vorwitzige Zellen an den suchenden Enden von Zweigen und Wurzeln neue Formen bilden. Die Blätter waren lebendig; er pflückte eines von einem Schößling, goldgrün, mit dicken Adern und gezahntem Umriß, mit rauher und dennoch glänzender Oberfläche und an seinem Stengelansatz asymmetrisch geformt. Die Äderung gefiel ihm. Er blickte wieder zur Baumkrone hoch, die ihm anfangs riesenhaft und formlos vorkam und dann, als er länger hinsah, in ihren geballten Klumpen, ihren drängenden Ästen und Schichten von flächigen grünen Blättern eine Ordnung aufwies. Er wußte, daß es eine innere Geometrie gab – Jacqueline hatte ihm Zeichnungen vom Kambium gezeigt –, doch nun begann er eine äußere Geometrie zu erkennen.

Betrachtete man es genau, enthüllte das Wachstum der Blätter von den Zweigen, der Zweige von den Ästen, der Äste vom Baumstamm dem geometrisch geschulten Auge in aller knorrigen Willkür eine ungebrochene Regelmäßigkeit. Die Blätter wuchsen in abwechselnden Reihen aus den Zweigen, in einem Winkel von 180° zueinander, und auch die Zweige konnte man – sah man von Bruchstellen, Narben, Variationen im Umfang und Beschädigungen ab – einer gleichmäßigen Spirale zuordnen, in der sie im gleichen Winkel den Ästen entsprossen. Marcus riß die Augen auf und folgte dem Muster, schaute und folgte und lernte den Baum auswendig. Er zog ein Notizbuch hervor und machte eine Skizze von der Spirale; dieser abstrakte, lineare Skizzenbaum bereitete ihm beträchtliches Vergnügen. Bisher hatte er die Geometrie immer nur als etwas betrachtet, was sich von seinem Geist aus über das bedrohliche, formlose Chaos der Welt legte, um es seiner Ordnung zu unterwerfen.

Er blickte wieder zu den Blättern hoch. Für einen Augenblick brachte er Form und Hintergrund durcheinander und sah ein Mosaik von Grün auf Blau, hellblaue Verzierungen auf grünem Fond. Wo diese Farben einander berührten, verliefen goldene Linien, als wäre jedes Blatt oder jedes Stück Himmel von gelbem Licht umrandet wie in einer Umkehrung des verbindenden dunklen Netzes bleigefaßter Glasfenster.

Als er krank geworden war, hatte er sich kurzzeitig voll Entsetzen in einem Feld gleißenden Lichts befunden und das Gefühl gehabt, er sei ein Trichter, durch den das Licht fließen mußte, und sein Auge ein Brennglas. Er hatte sich eine Art geometrisches Schema ausgedacht, um gefahrlos über diese Dinge nachdenken zu können, zwei einander überschneidende Kegel, in deren Zentrum sein Auge und sein Verstand sich gewissermaßen zufällig aufhielten. Er berührte die Baumrinde mit der Hand und machte sich klar, daß er sich am selben Ort befand, den er anders wahrnahm. Nur daß er keine Angst hatte. Und das hatte zwei ganz eindeutige Gründe. Der eine Grund war der, daß der Baum selbst die sich überschneidenden Kegel, die Schnittstelle zwischen Licht und Erde war. (Mit beinahe lächerlicher Logik kam ihm das Wort »geerdet« in den Sinn.) Der andere war, daß er jetzt imstande war – wenn auch noch so unzulänglich –, darüber *nachzudenken*, die Ordnung dieses Sachverhalts festzuhalten.

Der Baum, den er sah, war Materie gewordene Geometrie, mit Licht konfrontiert. Der Baum in seinen Gedanken war gebändigte und bewegliche Kraft und Energie, stabil und doch veränderlich, verbrauchend, ohne verbraucht zu werden. Blätterdach über Blätterdach waren die einzelnen Blätter dazu bestimmt, ihre Oberseite dem Licht zuzuwenden und Platz und Berührungswinkel zu schaffen, daß alle Licht erhalten konnten. Sie aßen und tranken Licht. Sie dünsteten Wasser aus und atmeten Luft und Licht ein. Das Wasser stieg ungehindert von den dunklen Wurzeln zum tanzenden Grün. Jacqueline hatte gesagt, daß Apfelbäume mehr als dreizehn Liter Wasser pro Baum und Stunde tranken. Das Wasser stieg nicht durch Ansaugen oder Druck, sondern weil es eine ununterbrochene zusammenhängende Säule bildete, die vom Fuß zur Krone des Baums aufstieg. Einen Moment lang sah er den geometrischen Brunnen des steigenden Wassers, einen Strahl, der schwankte und sich verzeigte, die innere Gestalt – nein, *eine* innere Gestalt, denn es gab gewiß viele – des Lebens und der Form des Baumes.

Das Sonnenlicht hatte eine Geschwindigkeit von 186.000

Meilen oder 300.000 Kilometern in der Sekunde, und das Grün, das er sah, war gebrochenes Licht, denn das Chlorophyll absorbierte die roten und blauvioletten Wellen, die von der Sonne kamen. Das Grün war das Licht, das der Baum nicht verbrauchte. Vor seinem inneren Auge sah er das Drama des Baums, bei dem das Licht homogen in schrecklicher Geschwindigkeit geräuschlos herbeiströmte und auf die materialisierte aufsteigende Wassersäule in der toten und lebendigen Form des Baums traf.

Er selbst war nicht umsonst da: Seine Augen, ihre Stäbchen und Zapfen, verliehen dem Chlorophyllicht auf den Ulmenblättern die grüne Farbe. Seine Augen erblickten durch ein Prisma von Wassertropfen und Staubpartikeln Blau in der leeren Luft über ihm. Die Ameisen sahen unvorstellbare Blautöne und waren blind für alles Rot und Gelb. Ebenso soll es sich mit den Bienen verhalten, denen eine Löwenzahnblüte purpurn erscheint und denen sich ein Universum von Blütenmustern und Zeichen enthüllt, für das wir blind sind. Was hätte mit diesem Wissen Vincent van Gogh angefangen, der gelbe Pigmente als Entsprechung der wirbelnden Sonnenscheibe, der Blütenblätter und Samen und sonnengleichen Form der Sonnenblume benutzte und dem die Komplementärfarben Gelb und Violett die Vereinigung der Gegensätze grundsätzlich bekräftigten, der grüne Lichtsamenkörner auf sein gepflügtes violettes Feld unter goldenem Himmel säte? Marcus betrachtete die bräunlichrosa Knospen an den Schößlingen, deren Farbe eine Mischung aus Bronzefarben und Altrosa war, und spürte, daß er seinen Platz gefunden hatte, daß er zu etwas gehörte.

Die Geometrie konnte er *sehen*. Vom Wasser und den Eigenschaften des Lichts *wußte* er. Er mußte mehr in Erfahrung bringen. Bloße Neugier ist einfacher und klarer als die Begierde und dem Leben näher. Psychologen haben Parallelen zwischen allen menschlichen Begierden und ihrer Befriedigung gezogen. Das Verlangen schafft Spannung – in der Nahrungsaufnahme, der Sexualität, der Wahrnehmung. Das Menschenwesen erfährt ein Nachlassen der Anspannung, sobald der Organismus in ästhetischem Sinn Erleichterung verspürt, nicht erst wenn das eigentliche Ziel – Nahrung, Befruchtung, Erkenntnis – erreicht ist. Konsum, Orgasmus, das, was so treffend »Aha-Erlebnis«

heißt, wenn ein Gefüge, das als unfertig oder mit Mängeln behaftet erschien, mit einemmal als vollendet und harmonisch erkannt wird. Etwas von diesem Seelenfrieden wurde Marcus zuteil, der die Schönheit der Gestalt des Baums im Sonnenlicht betrachtete.

Ein Ulmenhain besitzt noch andere Qualitäten erwünschten Seelenbalsams. Ein englischer Ulmenhain besteht aus einem einzigen Individuum, das sich durch Schößlinge fortpflanzt. Der Baum weist zwar Blüten auf, sogenannte vollständige Blüten, die zwittrig sind und sowohl Staubblätter als auch Fruchtblätter ausbilden, und im zeitigen Frühjahr, wenn die Blüten sich öffnen, etwa im Februar, kann der Wind den Pollen verbreiten, um andere Bäume zu befruchten, aber die englische Ulme pflanzt sich unterirdisch fort und wurde wahrscheinlich in der Steinzeit von Stämmen eingeführt, denen die Ulmentriebe für Umzäunungen zupaß kamen. Man könnte sie für einen besonders glücklichen und selbstzufriedenen Baum halten, der in sich eine Art Ewigkeit verkörpert. Das Fehlen von Variationen innerhalb der Klone macht sie jedoch besonders anfällig für dieselbe Krankheit. Im Jahr 1955 aber war die Ulme ein immerwährender und unverzichtbarer Bestandteil unserer englischen Landschaft.

22. *Namen*

Der Winter 1955 und der Frühling 1956 waren rauh. Sogar in der Provence wurden die Blüten schwarz, die Lavendelernte mißriet, die Weinblätter welkten. Stephanie, die dieses zweite Mal schwerer war, radelte langsamer zum Krankenhaus und hatte den Kopf voll mit Zeiten und Gewichtsschwankungen, Vorsichtsmaßnahmen, Vitaminen, Blutproben, Wills Ernährung, Hefe, kleinen Kuchen für die Zusammenkunft der Mothers' Union. Brauchtum und Frost, Frost und Brauchtum. Sie feierte wieder Weihnachten, staubte Marcus' Polyeder ab, polierte Gläser aus dem Schrank. Frederica kam aus Cambridge und erzählte von darstellerischen Glanzleistungen, Humanismus, Leuten. Sie redete, schnell und schrill, dachte Stephanie, um sich selbst davon zu überzeugen, daß diese Dinge im frostigen Norden wirklich waren. Sie sagte häufig: »Raphael sagt...« Stephanie versuchte, sich zu erinnern, mitzufühlen, zuzuhören. Doch ein Gefühl von Enttäuschung beschlich sie, als ob sie, ihr Haus, gut und schlecht, leuchtende Blumen und warmes Gebäck wie auch Genörgel und Verantwortung das seien, was Frederica fürchtete. Sie antwortete nicht immer auf Fredericas literarische Fragen.

Marcus andererseits gab Anlaß zu Hoffnung, er wohnte wieder in Blesford Ride, nahm Mathematik-, Biologie-, Chemieunterricht statt seiner früheren geisteswissenschaftlichen Fächer. Er besuchte noch immer Mr. Rose; sie hatte keine Ahnung, was zwischen ihnen gesprochen wurde. Er sah Jacqueline und Ruth und gelegentlich andere junge Christen. Er versuchte es mit Bill, erzählte ihm, welche Noten er in der Woche bekommen hatte – es waren gute Noten –, ganz ohne Zittern, dachte Stephanie manchmal, mit einer fast beleidigenden wohlerwogenen Freundlichkeit. Er übte Normalität; er machte Bemerkungen über das Wetter oder die Pünktlichkeit der Busse oder den Plan der Schulleitung, das Schwimmbad zu vergrößern, mit der gleichen pflichtschuldigen und erstaunten Freundlichkeit, mit der er Bill über seine Fortschritte informierte. Er fragte Stephanie, ob sie einen Jungen oder ein Mädchen wolle und was der Name des Kindes sein werde. Stephanie konnte sich nur Jungen vorstellen und hatte sich mit Daniel auf Jonathan geeinigt. Bei Mädchen waren sie sich weniger sicher. Stephanie mochte klassische Namen – Camilla, Antonia, Laura –, die Daniel nicht mochte. Einmal einigten sie sich auf Rachel, eher unbestimmt. Sie oder er sollte am Valentinstag kommen. Frederica sagte, Valentine passe für beide Geschlechter. Mrs. Orton sagte, das sei ein gekünstelter Name, und gefragt (von Frederica), wie sie heiße, sagte sie Enid. Stephanie saß da und strickte und dachte nach über Enid, was bei ihr Assoziationen von Barmädchen und edwardianischen Kleinbürgern weckte, und dahinter die blasse Artussagen-Schönheit von Tennyson, die walisische Enid. Es war tatsächlich ein schönes Wort, doch als Name mit einer Kruste von unerwünschten Assoziationen bedeckt wie eine Keksdose mit lackierten Muscheln, eine Erinnerung an Scarborough oder Brighton oder Llandudno.

Auch in der Wohnung in Bloomsbury wurde ein Kind erwartet. Gespräche über Namen kreisten um Saskia, gewünscht von Elinor. »Ich will, daß sie glücklich ist, daß sie jemand ist, glücklich wie eine zufriedene Katze, wie Rembrandts Saskia.« Thomas sagte, so ein Name würde dazu führen, daß das Mädchen sich in der Schule wie ein Fremdkörper fühlte. Elinor sagte, man könne immer Jane oder Mary oder Ann anfügen. Sie fragte Alexander, was seine Namen seien. Er zählte sie auf: Alexander Miles Michael; und fügte hinzu, wie er immer hinzufügte, daß sie sehr militärisch seien, bis hin zum militärischen Erzengel. Thomas war für Mark oder David. Elinor versuchte erfolglos, sich ein männliches Äquivalent für Saskia auszudenken, das nicht nach Georgette Heyer oder der *Forsyte-Saga* klang. Wie wäre es mit Gerard, sagte Alexander. Er habe einen Holländer namens Gerard Wijnnobel kennengelernt. Das erinnerte Thomas an ein Pferd namens Brigadier Gerard; er wiederholte, daß er einfache Namen mochte. Mark oder Simon oder David. »*Jeder* heißt David«, sagte Elinor. »Das bedeutet, daß dein David noch mehr der deine ist«, sagte Thomas. »Saskia wird immer die von Rembrandt sein.«

Elinors Sohn wurde geboren, ohne Komplikationen, am 12. Januar 1956 im University-College-Krankenhaus. Er wurde um sechs Uhr morgens geboren. Thomas war im Krankenhaus, allerdings nicht auf der Station. Alexander kümmerte sich um Chris, Jonathan und Lizzie, wenigstens beim Frühstück; später kam eine Gemeindeangestellte, die aushalf. Er zog eine Schürze an und servierte den Joghurt, das Müsli, das Obst und fühlte sich dabei wie ein entfernter, körperloser Angehöriger. »Das Baby ist da«, sagte er den dreien. »Ein Junge, ein großer Junge. Beide sind wohlauf.« Die Kinder plapperten und fragten, wann sie ihn besuchen könnten; Alexander sagte, er wisse es nicht; Lizzie kletterte auf sein Knie und fing wieder mit ihrem unerbittlichen Katechismus an. Wo würde das Baby schlafen? Würde es eine Menge Krach machen? Würde es ihren Babybecher haben wollen, der *ihr* gehörte? Alexander sagte, er sei sicher, es würde nicht allzuviel Krach geben, und floh zur BBC, als Thomas wiederkam und die Gemeindeangestellte gleichzeitig an der Tür klingelte. Thomas sagte, Elinor wolle ihn sehen. Alexander sagte, später, wenn sie sich erholt habe. Er hatte vor, hinzugehen, hinter einem großen Blumenstrauß, morgen oder übermorgen, mit Thomas oder mit Jonathan und Chris.

Sein Dienstapparat klingelte am selben Nachmittag. Er redete gerade mit Martina Sutherland, einer beeindruckenden Kollegin, die mit der Abschlußnote Eins aus Cambridge gekommen war, einen scharfen Verstand besaß, ein gemeißeltes Gesicht und einen beträchtlichen Ruf als Regisseurin. Es war bekannt, daß sie ihre Untergebenen hetzte und quälte; Gleichgestellten gegenüber trug sie eine kühle Freundlichkeit zur Schau, die ihn anzog und beunruhigte. Er nahm den Hörer ab.

»Alexander Wedderburn.«

»Alexander. Hier ist Elinor. Ich wollte mit dir sprechen.«

»Ich bin wirklich froh, daß alles in Ordnung ist.«

»Ich hab's geschafft, daß sie mir so einen fahrbaren Apparat gebracht haben. Ich wollte nur mit dir sprechen. Ich will, daß du herkommst und diesen Jungen siehst.«

»Natürlich. Ich hatte vor, mit Thomas zu kommen. Morgen abend? Heute, wenn du willst.«

Eine Pause.

»Alexander. Kannst du nicht *jetzt* kommen, allein? Ich will, daß du ihn *siehst*.«

»Wie ist er?« sagte Alexander etwas töricht und in der Hoffnung, Zeit zu gewinnen.

»Vollkommen. Er selbst. Überhaupt nicht wie irgend jemand anders – ein vollkommenes Individuum.« Ihre Stimme brach nicht ab. »Er ist so *schön*, ich muß weinen.«

»Ich werde tun, was ich kann. Es ist gerade jemand in meinem Zimmer.«

»O Gott, das tut mir leid. Hör zu – *bitte komm*. Du kommst doch, nicht wahr?«

»Natürlich komme ich.«

»Meine Vermieterin«, sagte er zu Martina Sutherland. »Sie ist gerade niedergekommen. Ziemlich aufgeregt.«

»Wie interessant«, sagte Martina gleichgültig. »Also – glauben Sie nicht, daß dieses Skript zu schwerfällig ist – zu viele Namen von Philosophen, immer wieder dieselben, zu eng beieinander ... ?«

»Würden Sie mit mir zum Essen gehen?« hörte sich Alexander sagen. »Morgen vielleicht? Um das Ende – na gut, fast das Ende – von meinem Stück zu feiern?«

»Mit Vergnügen.«

So machte er sich auf, den Jungen zu sehen, an dem Tag, an dem er geboren worden war. Er war sehr aufgeregt. Elinor hatte geklungen, als wäre sie nicht ganz sie selbst, überreizt und gefährlich freudig erregt. Wegen dieses Tons in ihrer Stimme ging er allein, vor Thomas und den Kindern. Er kaufte einen großen Strauß verschiedener Frühlingsblumen, Narzissen wie geschlossene Regenschirme, Schwertlilienähren, gedrungene grünblättrige Tulpenknospen, flammenfarbig an den Rändern, alle eingehüllt in knisterndes Zellophan. Er wußte nichts über Babys. Das einzige, das er gut kannte, war der unglückliche Thomas Parry in Blesford, der mit gutem Grund gegen ihn protestiert hatte. Er hatte törichte Phantasien von seinem eigenen Gesicht, mäuschenklein. Es war eine kleine, helle Station mit vier Frauen; er durchschritt sie in ganzer Länge; Elinor in einem geblümten Nachthemd erhob ein müdes und glänzendes Gesicht, unter zusammengedrücktem Haar, und ließ sich küssen. Sie roch nach Milch, nach saurer Milch. Er versuchte, ihr die Blumen und eine riesige Schachtel bitterer, pfefferminzcremegefüllter Pralinen zu überreichen, und sie versuchte, seine Aufmerksamkeit auf das kleine Kinderbett zu lenken, Segeltuch mit Metallgestänge, das ein fest in Baumwollflanell eingewickeltes Bündel enthielt, steif wie ein Bleistift, Mund und Augen gerunzelt, Haut hochrot, voller Ekzeme. Auf diesem Kopf wuchsen ein paar, nicht viele, blonde Haare.

Elinor beugte sich hinüber und setzte sich auf.

»Nimm ihn. Nimm ihn in den Arm.«

»Nein, nein.«

»Man staunt, was sie alles mit sich machen lassen.«
»Sie jagen mir Angst ein.«
»Ich will sehen, wie du ihn im Arm hast.« Überreizt, hartnäckig.
»Nein, ich kann nicht. Ich kann einfach nicht. Ich hab' keine Ahnung davon. Bei dir ist er besser aufgehoben.«
»Schau, er hat die Augen aufgemacht. Ist er nicht wunderhübsch?«
Das Kind hatte, wie Alexander bemerkte, einen langen, spitz zulaufenden Kopf und eine breite Stirn. Seine Augen waren von dunkler, unbestimmter Farbe. Er war völlig formlos, sogar die Knochen. Sie waren gequetscht oder gepreßt worden, nicht wahr, bei dem unvorstellbaren Vorgang des Austreibens aus jenem engen Loch? Sein Mund bestand nur aus Kräuseln und Runzeln. Er war erbärmlich *klein*. Fast alles konnte ihn verletzen. Er war kaum da. Alexander streckte einen Finger aus und berührte die weiche kalte Wange.
»Elinor – laß uns zur Abwechslung mal klipp und klar darüber reden. Stimmt es, daß du mir sagen willst, daß das mein Sohn ist, oder stimmt es nicht?«
Diese Frage mußte in knappem, verschwörerischem Flüsterton gestellt werden. Elinor zischelte zurück.
»Ich weiß es wirklich nicht.« Sie keuchte und kicherte. Sie beugte sich über den Jungen und sagte in Alexanders Ohr: »Ich habe dafür gesorgt – ich habe immer ganz sicher dafür gesorgt, daß es keine Möglichkeit geben würde, zu wissen . . . zu wissen, *wessen* . . . wenn durch irgendeinen Zufall . . . ich dachte, ich würde es sehen, wenn ich ihn sehe. Oder sie, ich war sicher, es würde eine Sie werden, Saskia.«
»Für mich sieht er niemandem besonders ähnlich.«
»Oh, schau dir das nächste Baby an, und du wirst den Unterschied merken. Es ist ein Märchen. Sie sind nicht die gleichen, und sie sehen nicht wie Winston Churchill aus. Schau dir Mrs. Kogans Baby an.«
Mrs. Kogans Baby hatte ein Büschel schwarzer Haare, volle Wangen, riesengroße Augen, es war rundlich. Mrs. Kogan grüßte und lächelte Alexander an, der sein Wispern wieder aufnahm.
»Chris und Jonathan sehen mir nicht unähnlich.«

»Auch Thomas nicht, letzten Endes. Große Stirn, nachdenklicher Ausdruck, blond-bräunlich, gerader Mund? Du bist größer. Was *fühlst* du, von wem er ist?«

»Wirklich –«, sagte Alexander, der außer Furcht und Zittern nichts für das Wickelkind empfand.

»Das einzige Mittel, es herauszufinden, wäre ein Bluttest.«

»*Nein*«, sagte Alexander instinktiv und mit voller Lautstärke. Ebenso wie er sich körperlich vor dem Baby fürchtete, war er verlegen und ängstlich angesichts dieser neuen, unbesonnenen, sprudelnden, aufgeregten Elinor.

»Oh, mein Gott, ich habe das nicht im Ernst gemeint . . . Ich fühle mich schwindlig. Vielleicht ist es das Gas. Und der Druck der letzten Monate.«

»Druck –«, wiederholte er automatisch.

Die Türen der Station wurden krachend aufgestoßen. Lizzie und Jonathan und Chris platzten herein, mit Pralinenschachteln und Obsttüten.

»Ich gehe –«, sagte Alexander.

»Nein, bitte –«

»Ich gehe. Ich muß nachdenken.«

»Es gibt nichts, worüber man nachdenken müßte. Kommst du morgen?«

»Ich habe eine Verabredung zum Abendessen mit jemandem vom Büro. Ich versuche, auf eine Minute vorbeizuschauen. Thomas, wie geht es dir? Ich war gerade am Gehen. Nein, wirklich.«

»Ist er nicht wunderschön und winzig?« sagte Lizzie. »Er hat meinen Finger gehalten.«

»Wirklich wunderschön und winzig«, stimmte Alexander zu und berührte das farblose Maushaar des kleinen Mädchens mit den langen Fingern, die die Mutter dieses Mädchens erregt hatten. »Ihr seid eine wunderschöne Familie.«

Er saß in seinem gelben und weißen Zimmer und dachte über das nach, was er jetzt als wütende Aktivität von Elinors Seelenleben im ganzen letzten Jahr erkannte. Bis sie das Wort »Druck« benutzte, hatte er nicht versucht, sich vorzustellen, was neun Monate Ungewißheit darüber bedeuteten, wessen

Kind in ihr heranwuchs, Schrecken bei dem Gedanken an eine möglicherweise unleugbare Ähnlichkeit, Schrecken angesichts seiner eigenen Reaktion, die schließlich weniger als gnädig gewesen war. Er nahm an, daß sie so sicher gewesen war, daß das Kind Saskia sein würde, weil das Kind dann, als Mädchen, vor allem ihr Kind wäre, ihr ähnlich sähe... Sie hatte ihn benutzt. Er hatte gewußt, daß sie ihn benutzte – um mit Thomas und Anthea Warburton fertig zu werden, mit der Angst vor Alter, Schwerfälligkeit, mütterlicher Unsichtbarkeit. Aber jetzt schien es, als hätte sie es darauf abgesehen gehabt, das Kind bei ihrem schweigenden, zivilisierten Geschlechtsverkehr zu empfangen. Warum? Um Thomas zu bestrafen? Oder empfand sie – wie ein Schauspieler, den er kannte – das zwanghafte Bedürfnis, von jedem Partner, mit dem sie ins Bett ging, ein Kind zu haben? Ein kostspieliges Bedürfnis für eine Frau. Hatte er alles falsch gedeutet? Liebte sie ihn, wie andere Frauen ihn geliebt hatten? Sie hätte es sagen sollen, bei diesem aufkeimenden Gedanken ertappte er sich, mißbilligte seine eigene Verdrießlichkeit und änderte den Kurs.

Thomas. Was wußte Thomas, was erriet oder dachte oder spürte er? Thomas war sein Freund, nicht die Frau, Thomas mochte und achtete und brauchte er. Es war möglich, daß sich einfach weil sie Engländer waren, alles in Luft auflöste, weil die Stimme zu erheben oder energisch Stellung zu beziehen, als charakterlich geschmacklos galt. Das Kind war das Kind von Thomas und würde es bleiben. Elinor würde sich vielleicht beruhigen. Er selbst würde natürlich die Wohnung so schnell wie möglich verlassen. Das warf das Problem des Endes – jetzt auf solch drohende Weise – von *Der gelbe Stuhl* auf. Er dachte an Vincent van Gogh und konnte sich nur an klassische Porträts erinnern, ein braunes Gesicht mit durchdringendem Blick unter einem Strohhut, ein blasses Gesicht, rätselhaft verdüstert zwischen bläulichgrünen Wirbelwinden und goldenen Monden und Sternen. Er wurde heimgesucht von einer lebhaften Erinnerung an Frederica Potter, in der Zeit seines elisabethanischen Stücks, drahtiges rotes Haar, von erläuternd gestikulierenden Händen in Unordnung gebracht, als sie ihm Racines Metrik erklärte und ihre Liebe.

Thomas ging mit ihm ins Marlborough auf dem Weg zum University-College-Krankenhaus. Auf Thomas' Weg, heißt das – Alexander war mit Martina im Escargot Bienvenu verabredet. Als er Thomas sagte, daß er nicht mitkomme zum Krankenhaus, antwortete Thomas ruhig, das sei schade, seine Gegenwart bedeute Elinor eine Menge, doch sie würde natürlich Verständnis haben. Alexander sah seinem Freund ins Gesicht, das eine höfliche, ernste Maske war, und spürte Zorn – so stark wie nie zuvor – gegen die Frau in sich aufsteigen. Er drückte es auf seine Weise aus.

»Vielleicht sollte ich doch bald ausziehen. Ihr werdet den Platz brauchen.«

»Das sagtest du schon. Elinor mag es, wenn du da bist. Ehrlich.«

»Und du, Thomas?«

Thomas erwiderte, vorsichtig: »Ich bin dir immer dankbar gewesen. Ich wäre aus dem Spiel gewesen ohne dich.«

»Aber jetzt?«

»Ich denke, du solltest das tun, was du für richtig hältst. Vielleicht benutzen wir dich.«

Alexander, erschrocken durch das Wort, das er für Elinors Kriegslist gefunden hatte und das Thomas im Plural benutzte, leerte schweigend sein Glas.

»Jedenfalls hoffe ich, du wirst dem Jungen ein guter Taufpate sein. Elinor ist sehr entschieden, auch was das betrifft.«

»Ich kann nicht. Ich bin kein Christ.«

»Ein weltlicher Taufpate. Sie glaubt an Zeremonien. Es wird eine konfessionslose Zeremonie in der University Church geben.«

»Ich –«

»Denk darüber nach.«

»Gut. Habt ihr den Namen schon?«

»Oh, ja. Simon Vincent Poole.«

»Vincent?«

»Seinetwegen. Wegen deines Stücks. Wegen Vincent van Gogh.«

»Wie sonderbar«, sagte Alexander.

Stephanies Wehen begannen pünktlich am Valentinstag. Sonst lief nichts nach Plan. Stephanie, methodisch und mutig, hatte sich auf die kommenden Schmerzen und Qualen eingestellt. Daher hielt sie es anfangs besser aus – das kalte, nasse Ziepen des Rasiermessers, die Würdelosigkeit des Einlaufs. Sie brachte es sogar fertig, in einem Buch zu lesen, in Erwartung des Augenblicks, wenn sie allein bleiben würde mit den rhythmisch wiederkehrenden Schmerzen und dem verordneten Griesgram der Schwestern. Das Buch war *Unser gemeinsamer Freund*, von dem sie sehr wenig las, doch mit jener eigenartig qualvollen Aufmerksamkeit des Schmerzes, die Bilder vermischt, so daß der sich allmählich entwickelnde Alptraum einer Geburt mit Komplikationen, eine verdrehte Nabelschnur, arrhythmische Schmerzwellen, Atembeklemmungen, Erschöpfung und schließlich die ziehenden Zangen sich in ihrem Kopf mit Lizzie Hexams Kohlenfeuer verwickelten, mit der trägen Themse und ihrer Leichenlast, mit Enterhaken, Seilen, Laternen und nächtlichem Gemunkel. Es gab keinerlei Gefühl einer Kraft, mit der sie arbeiten und kooperieren konnte; jeder Kontraktion folgte eine sie negierende Gegenbewegung, während ihr Rückgrat loderte und glühte und ihr zeitweise sich verdunkelndes inneres Auge das bewegte schwarze Wasser unter der London Bridge beim Wechsel der Gezeiten sah. Als sie das Kind schreien hörte, nach dreiundzwanzig Stunden, in der Morgenfrühe, glaubte sie, es schreie vor Schmerz. Sie fühlte sich wie ein betäubter Sack verknoteter und zerrissener und durchgesackter Muskeln, die nach kurzer Erholungszeit wieder anfangen würden weh zu tun.

»Es ist ein Mädchen«, sagten sie, mäßig freundlich. »Es geht ihr bald besser.«

»Kann ich sie sehen?«

»Später. Sie ist erschöpft, und Ihnen geht es nicht besser. Später.«

Sie rollten sie weg in einen anderen Raum, wo sie genäht wurde. Sie dachte, sie könnten sich unmöglich der Grausamkeit bewußt sein, die es bedeutete, ihre dicken, gespaltenen Beine auf ihre Fleischerhaken und in ihre Leinwandschlingen zu hieven. Sie nannten sie Mutter. »Atmen Sie jetzt ein, Mutter.« »Ist es so bequem, Mutter?« Sie rollten sie zurück. Da war Daniel, mit dunkel umschatteten Augen, in irgendeinem Vorraum zwischen Fleischerei und kommunalem Schlafsaal.

»Es ist ein Mädchen. Hast du sie gesehen?«
»Nein. Sie sagen, es geht ihr gut. Wirklich.«
»Dann ist alles in Ordnung.«
»Du siehst schrecklich aus. Liebste.«
»Oh, Daniel. Es wird schon wieder werden.«
»Bestimmt.«
»Wie geht's Will?«
»Er hat nach dir geweint. Deine Mutter ist gekommen. Meine ist eine schöne Hilfe. Deine fragte, ob es nicht besser wäre, wenn sie ihn mit zu sich nach Hause nähme.«
»Ich kann nicht denken. Es würde ihn erschrecken. Entscheide du.«

Das Glück, als es kam, war nicht das Leuchten, das es bei Wills Geburt gegeben hatte, keine Klarheit, kein Wissen, sondern die Entspannung, die Wärme und Unwirklichkeit einer Schmerzspritze. Verse eines Gedichts geisterten durch ihr ermattendes Bewußtsein. »Gehabte Schmerzen, die hab' ich gern.« Behagen und Schläfrigkeit schwanden, als sie versuchte, den Rest zu erinnern; sie seufzte und versuchte eine bequeme Lage zu finden, ohne Erfolg.

Als sie das Kind brachten, konnte sie ihre Besorgnis fast riechen.

»So, da bringen wir Ihnen Ihr kleines Mädchen, Mrs. Orton. Sie ist ein wunderhübsches kleines Mädchen, wirklich niedlich, ein wenig schläfrig, aber nur deshalb, weil es so schwer für sie war...«
»Aber?« sagte Stephanie.
»Sie hat ein – einen Fleck auf dem Gesicht. Der Arzt sagt, es ist ein Hämatom, eine Art Bluterguß, und es wird fast sicher mit der Zeit verschwinden, wahrscheinlich vollständig. Es ist nur, daß es so aussieht – wissen Sie...«
»Ich will sie sehen.« Ich will sie vorzugsweise nicht unter dem neugierig starrenden Blick zweier Gefängniswärterfrauen

sehen – ein Bauerntrampel die eine, hastig unter die Haube gebracht, und die andere die penetrant neugierige Mrs. Wilks.

»Hier ist sie.«

Sie brachten sie. Von Kopf bis Fuß in ein Baumwolltuch eingehüllt, mit einer Sicherheitsnadel zusammengepinnt. Das Gesicht im Schatten... Das linke Auge geschlossen, mit einer bis zur Unsichtbarkeit blassen Braue. Der Mund nach oben gebogen wie der Bogen eines Rokokokupidos. Das rechte Auge mit einem Mal, das am äußeren Augenwinkel begann. Stephanie nahm das Bündel und wickelte das Tuch langsam auf. Gallertartig, geschwollen, lila und rot, so haftete das Ding wie ein Blutegel über der Hälfte der kleinen Stirn bis zum Scheitel wie ein Hautlappen über dem Auge. Man sah Spuren an der Seite des kleinen Schädels, wo die Zangen angesetzt hatten. Das Kind rührte sich nicht. Stephanie empfand Mitleid – es war nicht das Erkennen wie bei Will, nicht Staunen, sondern beschützendes Mitleid. Sie hielt das Kind fest. Es hatte zwei lange, kaum ausgeprägte Haarsträhnen neben den feinen Ohren; die Haare waren noch mit wächsernen Körnchen angeklebt, aber sie hatten eine Farbe.

»Sie hat rotes Haar.«

»Man kann es noch nicht erkennen.«

»Sie hat rotes Haar.« Dann:

»Sie ist gesund, oder? Außer diesem – ist sie gesund?«

»Sie ist ein wunderhübsches, gesundes kleines Mädchen.«

Stephanie hielt das Kind an ihre Brust, sie drehte den Kopf so, daß das Mal ihre Haut berührte, spürte, wie sich die kleinen Beine anfühlten, die schwachen Schultern.

»Ich werde für dich sorgen«, sagte sie. »Ja, das werde ich.«

Das Kind schlief weiter.

Als Besuchszeit war, kamen Daniel und Winifred und Will.

Stephanie gab das Baby ihrer Mutter zum Halten, die sagte, man habe ihnen versichert, das Mal werde verschwinden. Will kletterte murrend und eigensinnig auf Stephanies Bett und schlang seine kleinen Arme fest um sie. Es gab eine Schmutzspur auf der grünen Bettdecke. Daniel nahm seine Tochter von Winifred entgegen und drehte wie Stephanie das Gesicht zu seinem eigenen Körper hin.

»Sie hat ein süßes Gesicht«, sagte er; es waren keine leeren Worte, er meinte es ernst. Das Kind öffnete ein Auge und schien in Daniels Dunkelheit hineinzustarren. »Sie ist dir sehr ähnlich.«

»Ich dachte, eher Frederica. Sie hat rotes Haar, siehst du?«

»Niemand würde es einfallen, Frederica süß zu nennen. Sie ist wie du.« Er betrachtete sie aufmerksam. »Ihr Name ist Mary.«

Es war keiner von den Namen, über die sie gesprochen hatten. Stephanie sagte: »Warum? Laß uns noch mal darüber reden. Valentine gefällt mir immer noch.«

»Sie sieht eben so aus, als würde sie Mary heißen.«

Und auf irgendeine Weise wurde akzeptiert, ohne Diskussion, daß das Kind so aussah, als heiße es Mary.

Man löste Will von seiner Mutter und zeigte ihm seine Schwester. Er zeigte mit seinem dicken Finger auf das Mal, berührte es fast, und fragte schrill: »Warum hat sie Blut auf dem Kopf? Warum?«

»Es ist kein Blut. Es ist ein blauer Fleck.«

»Ich mag sie nicht. Ich mag sie nicht. Ich will nicht –«

Er fing an zu brüllen, durchdringend und anhaltend. Winifred führte ihn weg.

Das Muster der Gene ist biologische, chemische, menschliche Geschichte. Namengebung ist kulturell, auch historisch, ein anderes Muster. Sowohl Simon Vincent Poole wie Mary Valentine Orton wurden von ihrer Kultur aufgenommen mittels des ererbten Rituals der Kindstaufe, obwohl Daniel an der Wirksamkeit von Stellvertretergelöbnissen zweifelte und Thomas, Elinor und Alexander zumindest agnostisch waren, was die Abwehr von Welt, Fleisch und Teufel betraf. Aber Rituale müssen sein. Mary wurde in St. Bartholomew's von Gideon Farrar getauft, in Abwesenheit ihres prinzipientreuen Großvaters und in Anwesenheit zweier gerührter Großmütter. Sie weinte nicht; sie war ein außergewöhnlich »braves« Baby, das lang schlief und rasch und tüchtig trank, obwohl Will während ihrer Mahlzeiten im Kreis um sie herumschlich und trotz der Unterbrechungen, die durch seine Entscheidung herbeigeführt wurden,

Blase oder Darm zu entleeren, wenn sie gerade friedlich nukkelte. Manchmal dachte Stephanie, daß die Bravheit Lethargie sei, hervorgerufen durch perinatale Gehirnschädigung. Das schien weniger wahrscheinlich, als sich ein süßes Lächeln einstellte, sonnig unter der geröteten dunklen Wolke auf ihrer kraftlosen Stirn. Sie wurde in einer von Stephanie selbst bestickten Haube getauft, die das Mal bedeckte und abschirmte. Die Großmütter wie auch Clemency Farrar fanden sie »süß«. Sie weinte nicht, wie ich schon sagte, aber Will weinte, er schlug mit den Fäusten gegen das Schlüsselbein seiner Mutter und verdrehte die goldene Uhrkette von Bills Vater, die sie als Halskette trug, so stark, daß sie fast erstickte. Mr. Ellenby war Taufpate; Mrs. Thone und Clemency waren Patinnen. (In Daniels Fall war der Glaube an das Sakrament eine Vorbedingung.) Es gab Eistorte von Clemency und danach trockenen Sherry. Will wurde schlecht. Bill kam, als Torte und Sherry serviert wurden, und äußerte sich zu den Namen, William und Mary. »Wie die Orange in *1066 And All That*.«

»Unsinn«, sagte Stephanie. »Warum nicht William und Mary Wordsworth?«

»Lieber seine Frau als seine Schwester, wenn man modernen Theorien glauben darf. Besser als sie Dorothy zu nennen.«

»Mary war Daniels Idee.«

»Tatsächlich. Wegen der Heiligen Jungfrau oder derjenigen, die den heiligen Leib salbt?«

»Das habe ich ihn nicht gefragt.«

Daniel, der sich in Hörweite befand, sagte gelassen: »Nicht wegen irgend jemandem. Es schien mir nur der richtige Name für eine Frau. Sie sah so sehr wie eine kleine Frau aus. Ich war so überrascht. Nach Will.«

»Mary ist ein guter Name«, sagte der neue versöhnliche Bill.

Die Bloomsbury University Church, ein gefälliges Werk gelber viktorianischer Gotik, wurde auf dem Höhepunkt der viktorianischen religiösen Inbrunst von den Irvingianern errichtet, den Anhängern des charismatischen Predigers Henry Irving, der die Katholische Apostolische Kirche gründete, wo man das Handauflegen praktizierte. Leider wurden nicht genug Handauflegungen vollbracht, und heute sind die Irvingianer nur noch eine verstreute ältliche Gemeinde. Die Kirche am Tavistock Square wird von der Universität genutzt. Ein praktisch denkender, energischer Kaplan, gütig zu jedermann, der den von Paulus stammenden Satz vom tönenden Erz und der klingenden Schelle zitierte, was Frederica auf sich selbst bezog und wovon sie irrtümlich annahm, es sei ein Vers der Kleopatra von Shakespeare, träufelte Wasser über Simon Vincent, der wütend schrie, Wasser aus einer vorgewärmten gehämmerten Messingschale.

Keiner bat Alexander um seinen Segen. Es gab ein angenehmes Zusammensein mit Lehrern und Universitätsdozenten und genug Poole- und Morton-Verwandtschaft, daß Alexander sich fühlen konnte, wie es ihm am liebsten war, peripher. Er genoß eine kultivierte Unterhaltung mit dem Kaplan über Drehbücher und führte ein angenehmes Gespräch mit einer Dozentin für Theaterwissenschaft des Crabb-Robinson-Instituts, die *Astraea* fast auswendig konnte. Elinor lächelte und war elegant; sie hatte ihr gutes Benehmen wiedergefunden.

Vincent van Gogh war etwas bekümmert wegen des Namens seines Neffen, Theos Sohn, Vincent van Gogh. Er schrieb seiner eigenen Mutter: »Viel lieber wäre es mir gewesen, Theo hätte seinen Jungen nach Pa genannt, an den ich in diesen Tagen so oft gedacht habe, statt nach mir, aber da es nun einmal so ist, hab' ich mich gleich darangemacht, ein Bild für ihn zu malen, das sie in ihr Schlafzimmer hängen sollen, große Zweige weißer Mandelblüten gegen einen blauen Himmel.« Diese Geste der Liebe hatte ihrem Urheber nicht gutgetan. »Mit der Arbeit ging es gut, das letzte Bild waren Blütenzweige – du wirst sehen, unter meinen Arbeiten vielleicht diejenige, die ich am geduldigsten und am besten gemacht habe, es ist mit Ruhe und einer größeren Sicherheit des Pinselstrichs gemalt. Und am nächsten Tag hingeschmissen wie ein Vieh ... Ich bin krank geworden, als ich die blühenden Mandelzweige malte.«

Gab es, fragte sich Alexander, so etwas wie einen unglückbringenden Namen? Und wer würde zu sagen wagen, Vincent sei unglückbringend, angesichts des noch existierenden Glanzes der kostbaren Mandelblüten? Alexander schenkte Simon Vincent Poole einen schlichten silbernen Servierteller, in den seine Taufnamen eingraviert waren, und ging ein weiteres Mal mit Martina Sutherland zum Abendessen.

Alexander formulierte die letzten Worte seines Stücks zwei Wochen nach der Taufe Simon Vincents, dessen Weinen man durch stabile Wände und Türen hindurch hören konnte, als Alexander schrieb.

Er hatte die Sprache so genau wie möglich gehalten. Als er die Seiten stapelte und paginierte, dachte er, daß Vergleiche mit der Geburt eines Kindes die Art, wie ein Stück vollbracht wird und ein eigenes Leben erhält, in keiner Weise erhellten. Dieses Stück war wie ein Puzzle zusammengefügt worden, wie ein Flickwerk, mit einer Schablone, nicht aus einer Keimzelle, die sein Wachstum leitete. Seine Schuppen waren von Hand befestigt wie bei dem Prachtkleid des Pearly King, sie waren nicht organisch gewachsen wie Fischschuppen oder Hühnerfedern. Es war aus Sprache gemacht, die immer noch verändert werden konnte, angepaßt, neu geordnet. Es war *gemacht*, das war entscheidend, sein »Wachstum« war metaphorisch. Oder nicht?

So oder so, es war beendet.

23. *Comus*

»Betrüger«, sagte Frederica zu ihrem Spiegel, »Klag Unschuld der Natur nicht an, Als wollte sie, die Kinder sollten prassen Im Überfluß.« Das Drohende war glaubhaft, nicht aber die Empörung.

Sie spielte die Dame bei einer May-Week-Freilicht-Inszenierung von *Comus* unter freiem Himmel, im St. Michael and All Angels College. Der Regisseur dieses *Comus* war ein amerikanischer Doktorand namens Harvey Organ, der von Cambridge entzückt war und sich entschlossen hatte, die wechselnden Sitten und Gebräuche hier zu meistern, sich einen Namen zu machen. Er besuchte Raphael Fabers Lyrikabende, wo er Gedichte vorlas, die von einem technischen Vermögen zeugten, mit dem die Stammgäste nicht mithalten konnten, und erregte

Heiterkeit durch den Gebrauch langer literaturwissenschaftlicher Wörter. »Ich kann ein Bild einfach nicht konzeptualisieren«, war ein geflügeltes Wort, das zwischen Alan und Hugh Pink und Frederica hin und her ging, und keiner von ihnen konnte sich vorstellen, daß diese Schwierigkeit ein ernstes Problem darstellen könnte und nicht nur Unsinn war. Man behauptete auch, er sei »unaufrichtig«, weil seine Gedichte nicht von Dingen handelten, von denen man annehmen konnte, daß er sie kannte oder authentische Erfahrungen darüber besaß. (Die Wüste Gobi, Segelregatten, die Züchtung von Ratten.) Er war stiernackig, bebrillt, nicht groß genug, um seine Muskeln mit Anmut zu tragen.

Der Comus hingegen war außerordentlich und gefährlich schön, ein Geschöpf mit mehr Kolorit von Haut und Haar, als Frederica je bei einem Mann gesehen hatte. Sein Teint war olivbraun, sein Haar schwarz und schimmernd wie der rabenschwarze Flaum der Amsel, mit der er, wenn er seinen Text je behalten hätte, die Dunkelheit verglich, besänftigt von Fredericas keuscher und nichtexistierender Singstimme. Seine Lippen waren rot. Bis sie Harold Manchester sah, hatte Frederica keine Vorstellung davon gehabt, sagte sie sich, wie rot Lippen sein konnten ohne Theaterschminke oder Lippenstift. Seine Nase war griechisch, auch wenn sein Mund orientalisch war wie seine Locken, die lang waren für die Zeit. Und er hatte überdies rote Wangen, dunkelglühend über der ausgezeichneten Knochensubstanz. Er besuchte planlos Juravorlesungen, hatte das Recht, bei Lacrossespielen das Cambridge-Blau zu tragen und spielte Tennis für sein College.

Leider behielt er seinen Text nicht.

Harvey Organ machte das weniger aus, als es sollte, da es ihm die Möglichkeit gab, unsterbliche Verse mit transatlantischer Großspurigkeit selbst zu rezitieren:

> Streut die Natur nicht ihre Gaben aus
> Mit voller Hand, zieht nimmer sie zurück,
> Bedeckt das Land mit Düften, Früchten, Herden,
> Und füllt die See mit zahllos reicher Brut,
> Nur zu erfreun, zu sätt'gen den Geschmack?

Harvey klang wie ein lüsterner Pedant, Harold Manchester wie ein charakterlich einwandfreier Gymnasiast, dem der erschrekkende Reichtum der Sprache so wenig bewußt war wie seine eigene barocke Schönheit. Alan Melville, der den Schutzgeist spielte, wechselte höchst eindrucksvoll seinen Akzent, von einem Gielgud-klaren Geist *in propria persona* zu einem sehr schottischen Pseudoschäfer zu einem geradezu militärischen Organisator des Handstreichs am Ende. Frederica trat nicht mit Alan zusammen auf. Ihre Proben verbrachte sie mit Harvey und Harold, einem schizophrenen Versucher, was die Stimme und was den Körper betraf. Das machte ihr nichts aus; sie war abgelenkt, weil sie darauf wartete, Raphael zu sehen, der abends im Garten spazierenging, mit nachschleifendem Talar, im Gespräch mit Gruppen anderer Fellows.

Die Aufführungen – es gab drei – waren kein Erfolg. Fredericas Kostüm – bedauerliches Endergebnis einer ursprünglich hübschen, vagen Skizze – war unvorteilhaft. Es sollte aussehen wie ein Maskenspielkostüm aus der Zeit Jakobs I. und sah in Wahrheit wie das Partykleid eines kleinen Mädchens aus den vierziger Jahren aus, matte himmelblaue Kunstseide, blumenumkränzter runder Saum, Taille und Ausschnitt mit schlaffen rosa-weißen Kunstseidenrosen. Frederica war gezwungen, sowohl ihren eigenen als auch Harold Manchesters Text aufzusagen, den er ihr dann nachsprach.

Bei der letzten Vorstellung, als Frederica, betrübt und verloren in einem dunklen Wald, zwischen den Stuhlreihen durch den warmen Abend zum Spielort an der Ufermauer wanderte, registrierte sie – allmählich und mit Schrecken –, daß die vorderen zwei, drei Reihen von ihren Freunden, Liebhabern und nahen Bekannten besetzt waren. Da, neben Tony, Owen, Marius und Hugh, saßen, unglaublich, der Mediziner-Martin mit Colin vom Amateur Dramatic Club und die Freunde der Englischen Fakultät, die sie später für sich als die Kleine Bande bezeichnen sollte. Da, weiter hinten, saßen der reizende Freddie Ravenscar und eine Gruppe seiner eigenen Oberschichtfreunde und, breit lächelnd, Edmund Wilkie mit Caroline, und hinter diesen und anderen, bestimmt durch Zufall, kerzengerade, Raphael Faber und Vincent Hodgkiss. Ihre Stimme zitterte. Immer wenn sie einen Absatz beendet hatte, klatschte und schwatzte diese unglaubwürdige Claque. Als sie »die ernste Lehre der Jungfräulichkeit« heraufbeschwor, hörte man ein Donnern männlichen Gelächters.

Man hätte meinen können, daß Comus zu diesem Zeitpunkt seinen Text gekonnt hätte. Frederica bezweifelte es düster. Er hatte einfach ein schlechtes Gedächtnis, und schroff fragte sie sich, wie er je hoffen konnte, einen akademischen Grad zu erlangen. In der vergangenen Nacht war er wegen Trunkenheit am Steuer festgenommen worden, es hieß, er sei mit hundert über die King's Parade gefahren, teilweise auf dem Bürgersteig, und habe zwei Fahrräder demoliert. Das hatte ihn beflügelt und durcheinandergebracht; er lächelte von Zeit zu Zeit und richtete sich bei seinen Ein- und Schlüsselsätzen sklavischer denn je nach Frederica. Man könnte das ganze verdammte Ding neu inszenieren, dachte sie übellaunig, als Phantasie im Kopf der Dame, als modernes schizophrenes Drama über Echos und gespaltene Persönlichkeit. Sie zischte seine Verse und deklamierte ihre eigenen, und das männliche Gelächter wurde lauter und breitete sich aus. Das Publikum schüttelte sich und schrie und lachte. Frederica sah Harvey Organ mit dem Kopf in den Händen, den schönen Freddie *wiehernd* neben einem verwirrt dreinschauenden, dunkel umschatteten Mann, den sie nicht kannte, und weiter weg Raphael Faber, der mit zurückgeworfenem Kopf lachte, wie sie ihn nie lachen gesehen hatte. Sie erwog, die ganze Aufführung platzen zu lassen, ihre bis zur Entrüstung tugendhafte Rolle lächerlich zu machen, nur um des Lacherfolgs willen zu spielen, und tat es dann doch nicht aus einer verrückten Loyalität dem toten John Milton gegenüber, dem »Fräulein« vom Christ's College, der geschrieben hatte, um ein anderes verrücktes Zeitalter in unvergleichlichen Jamben von anderen Tugenden zu überzeugen. Sie starrte verärgert auf die Spötter, den Mob, den kollektiven Feind, und fragte sich: »Wer?« Die Antwort kam. Es war Tony Watson, »die Fälschung«, Journalist, falscher Freund, der sie den Löwen zum Fraß vorgeworfen hatte. Hatte er es getan, weil Alan ihm erzählt hatte, wie komisch es bei der ganzen Sache zugegangen war? Sie vermutete nicht einen Moment, daß er all diese Männer aufgespürt hatte, um ihr Unterstützung oder Bewunderung zu verschaffen. »Ich bring' ihn um dafür«, dachte sie, während sie Comus' Verwünschungen murmelte, damit er sie wiederholen konnte, und ihre eigene zornige Geduld laut und traurig sprach. Nachdem der Vorhang gefallen war, rief man sie lange und lärmend auf die Bühne. Blumen wurden ihr zugeworfen; sie bedachte Watson mit finsteren Blicken und hob sie auf.

Bei der anschließenden Party erschien eine erstaunlich große Anzahl dieser Zuschauer.

Harvey redete mit Edmund Wilkie und Vincent Hodgkiss.

»Tapferes Mädchen«, sagte Wilkie.

»Was für ein Schlachtfeld«, sagte Harvey.

»Man sollte dich als Circe besetzen«, sagte Hodgkiss. »Als diese undankbare Prüde warst du eine Verschwendung.«

»Was ich denke«, sagte Frederica, »ist, daß Keuschheit – persönliche Integrität bedeutet – das ist das Thema.« »*Integer vitae.*«

»Weißt du«, sagte Wilkie, »daß unser Vincent Hodgkiss in deinen Teil der Welt zieht?«

»Meinen Teil?«

»Ich habe einen Ruf der Universität von North Yorkshire bekommen, für den Lehrstuhl für Philosophie. Mir gefällt der interdisziplinäre Gedanke.«

»Ich denke selbst daran, dorthin zu gehen«, sagte Wilkie. »Man hat mir ein Laboratorium und ein bißchen Geld angeboten, damit soll ich über Wahrnehmung und Hirnstruktur arbeiten. Mir gefällt es da oben. Die Luft ist erfrischend. Amtsbeginn ist bei ihnen im September.«

Raphael trat lautlos hinter Frederica. Seine Stimme war zum erstenmal warm und persönlich.

»Ich habe Sie so sehr dafür bewundert, daß Sie einfach *weitergemacht* haben. Ihr Mut erschreckt mich. Ich hätte mich bestimmt geduckt und wäre davongeschlichen. Ich hätte es nie geschafft, stehenzubleiben und weiterzumachen –«

»Was hätte ich sonst tun sollen? Wie dem auch sei, ich habe Sie lachen sehen.«

»Es war so absurd. Verzeihen Sie mir. Und ich verstehe auch, schrecklich demütigend. Sie sind eine tapfere Frau.«

»Ich war eine verärgerte Frau. Es war ein alberner Scherz von einem Freund.«

»Wie, ein Scherz? Ich verstehe nicht.«

Sie wollte nicht, daß er es verstand.

»Es macht nichts. Nur ein Scherz.«

Freddie Ravenscars Freunde sagten, es sei alles wahnwitzig komisch und Frederica sei ganz schön sportlich und die Handlung sei ziemlich dämlich und könne ein bißchen mehr Pep vertragen. Freddie stellte Frederica dem dunklen jungen Mann vor.

»Nigel Reiver. Ein alter Schulfreund. Er ist zur May Week hergekommen, und als ich diese Karte bekam, daß du uns bittest zu kommen, um dich bei der Vorführung zu unterstützen, habe ich ihn mitgebracht, damit er auch Beifall klatscht.«

»Es hat mir gefallen«, sagte Nigel Reiver.

»Du hast eine *Karte* bekommen«, sagte Frederica. »Ich habe keine Karte geschrieben...«

»Es war nicht deine Schrift. Aber ich dachte...«

»Es war ein gemeiner Scherz von Tony Watson.«

»Es hat mir gefallen, wie Sie mit Manchester umgesprungen sind«, sagte Nigel Reiver, der nicht zugehört hatte. »Er ist ein unheimlich guter Fahrer, wenn er nüchtern ist, aber für solche Eskapaden nicht geeignet.«

»Er paßt für die Rolle«, sagte Frederica. »Er sieht maßlos gut aus.«

»Sieht maßlos gut aus«, wiederholte Nigel Reiver, den Ausdruck auskostend. »Glauben Sie wirklich?«

»Natürlich. Nicht mein Typ, aber sicher gutaussehend.«

»Was ist Ihr Typ?«

Frederica sah sich im Raum um, sah Freddy, Wilkie, Hugh, Marius, Tony und Alan, Raphael Faber, der sich ernst mit Ann Lewis unterhielt, und wandte sich wieder an ihren Gesprächspartner.

»Ich weiß es, wenn ich sie treffe. Ich bin eklektisch.«

»Eklektisch.« Er kostete auch dieses Wort aus. »Aber Sie wissen, was Ihnen gefällt.«

»Weiß das nicht jeder?« Sie war ein wenig betrunken.

»Manchmal erleben wir Überraschungen.«

Er sah sie nicht an; wie so viele Männer bei so vielen Partys durchkämmte er, nur auf eine trägere, weniger nervöse Weise, die Gesellschaft, um auf Interessantes, Bedrohliches, Attraktives zu stoßen. Er war kräftig und nicht groß, dunkel und ein wenig düster blickend, mit vollen bläulichen Wangen. Dann hob er den Kopf und sah ihr offen ins Gesicht.

»Manchmal erleben wir Überraschungen. Man muß immer in Betracht ziehen, daß man durchaus überrascht werden kann, morgen oder übermorgen.«

Sie sah weg.

»Das werde ich tun. Ich bin sicher, daß ich es immer tue. Ich werde es in Betracht ziehen.«

»Gut.«

Es war Alan, der sie heimbrachte zum Newnham-College. Dort angekommen, sagte er:

»Das war nicht sehr nett von Tony.«

»Es wäre nur wirklich gemein, wenn ich mein Leben *heimlich* gelebt hätte, was ich nicht getan habe. Aber es war ziemlich entsetzlich. Ich habe mich wie ein *Objekt* gefühlt, wie zum Objekt gemacht.«

»Manchmal benimmst du dich, als ob du das einzige Subjekt wärst.«

»Das tun wir alle.«

»Bei dir ist es so offensichtlich.«

»Ach, Alan. Ich will Teil von Dingen sein. Man wird ausgeschlossen als Frau.«

»Du bist in der Mitte. In gewisser Weise können die meisten Männer das nicht sein.«

»Ja, aber sie sind zusammen, und ich bin allein.«

»Newnham ist voller Frauen.«

»In Gruppen leben Frauen nicht zufrieden.«

»Unsinn. Sie würden zufrieden sein, wenn sie es frei wählen könnten. Weine nicht, Frederica, du kannst nicht weinen.«

»Doch, ich bin beschämt.«

»Unsinn. Gehst du mit mir auf den Maiball? Wir könnten uns einen geselligen Abend machen.«

»Vielleicht. Ich gehe zum Ball des Trinity College, mit Freddie.«

»Es wird traumhaft sein. Wir werden uns richtig amüsieren.«

»Alan – du bist mein Freund – für immer – du bist mein echter Freund.«

»Bitte hör auf zu weinen. Ja, ich bin dein Freund. Kein durchweg angenehmes Individuum, aber dein Freund. Na mach schon, geh rein und geh ins Bett, und träum von –«

Sie träumte, sie sei in höchster Not, verfolgt und in die Enge getrieben von Tieren mit Männergesichtern, Unzen und Pardel, Tony und Alan, Harvey und Nigel Reiver. Sie versuchte, Raphael Faber in dem dunklen Wald zu finden, und Bäume wurden zu Männern, und Männer wurden zu Panthern und Sportwagen, doch Raphael Faber blieb unfaßbar.

Frederica trug auf ihren beiden Maibällen das gleiche Kleid. Jedes Jahr ließ sie sich ein Cocktailkleid und ein langes Ballkleid machen. Das von 1956 wurde nach Fredericas Anweisungen von einer Freundin geschneidert, die auch bei den Theaterkostümen geholfen hatte. Der Stoff war Baumwolle, damals ein neuer Stoff für Abendgarderobe. Die Farbe war Graphit, mit einem leichten Glanz, wie mit weichem Bleistift gemalte Seen auf Linienpapier. Als sie diesen Stoff gesehen hatte, hatte Frederica sofort gewußt, daß es der richtige war. Nicht daß er seinen Zweck erfüllen noch daß er sich mit blasser, rötlicher Haut und ebensolchem Haar nicht beißen würde, aber er war der richtige. Er fühlte sich fest an und doch nicht so steif wie Taft oder Popelin; er konnte schwingen. Frederica hatte viele Lektionen gelernt und beherzigte sie, einschließlich der Ansicht des Mediziner-Martins über Mädchen, die den eigenen Körper nicht wahrnahmen. Sie paßte das Oberteil ihrer Magerkeit an, mit einem strengen runden Halsausschnitt, nicht zu tief dekolletiert, und einfach geschnittener, schnörkelloser Schulterpartie. Die Taille war leicht nach unten versetzt, so daß ihr langer Rumpf gerade und silbern wirkte wie ein Bleistift, und von dort schwang und schwebte der Rock, schräg geschnitten, über versteiftem Tüll. Es war die Zeit der steifen, verlängerten

Mieder, was Frederica erlaubte, sowohl ihre Taille bis zur Hüfte herunter zu glätten, als auch ihre kleinen Brüste hochzuschieben, so daß sie unter dem grauen Schimmer wie hübsche, sittsame Kegel wirkten und ihr sommersprossiger Ansatz nur gerade eben sichtbar war. Von Freddie hatte sie gelernt, keine dreiviertellangen Handschuhe aus imitierter Spitze zu tragen; sie trug kurze weiße aus Baumwolle. Von Marius hatte sie gelernt, daß ihr Mund mit hellem Lippenstift besser wirkte, und von den Schauspielern, die Augenbrauen zu verlängern, kleine Dreiecke in die Augenwinkel zu malen, ihr Haar über einen weichen Ring zu ziehen, damit ein lockerer Knoten entstand. Im Spiegel von Newnham sah sie vor dem Trinity-Ball die hübsche Farbe, die aus ihrem Ingwerrot geworden war, das sich vom Graphit abhob, und seufzte vor Zufriedenheit. Sie packte eine schwarze Zigarettenspitze in eine schwarze Unterarmtasche und zog schwarze Tanzschuhe an. Es war der beste Augenblick des Balls.

Während der ziellosen Stunden, die folgten, merkte sie immer wieder, daß sie an Jane Austens Bälle dachte, vierzehn Paare und ein unerschütterliches Muster von festgelegten Tänzen, wodurch jedermann Teil einer einzigen Gruppe wurde. Freddie tanzte ängstlich, und Freddie betrachtete sich selbst mit ängstlicher Besorgnis – die Wurzel seiner Kritik an anderen. Sie waren Teil einer Gruppe von sechs oder sieben, die sich in einem heißen Zelt an einem Kartentisch zu Räucherlachs und Champagner, Erdbeeren und Sahne setzten. Sie unterhielten sich fast nur über gemeinsame Bekannte, die Frederica nicht kannte. »Wart ihr bei Heps buntem Abend?« »Wußtet ihr, daß Madeleine jetzt was mit Dereck hat, was für Julian und Debbie wirklich gräßlich ist?« Sie sprachen über Kleider, darüber, wo man sie kaufte; sie trugen halterlose Kleider mit kurzen, gefältelten Oberteilen; alle anderen Frauen waren höhere Semester. Jemand, der Roland hieß, trat ihr auf den Fuß und verursachte eine Laufmasche. Jemand, der Paul hieß, erzählte eine furchtbar komische Geschichte von einem geräuschvollen Wasserkasten am Klo eines Provinzhotels, in dem irgendwelche Leute ein Wochenende zusammen verbracht hatten. Bälle wären nicht übel, wenn man sich im Stadium der ersten absoluten Besessenheit vom Körper des Partners befände – sie hatte mehrere Fälle beobachtet, strahlende, engumschlungene Paare, die zwischen all dem Gehopse und Getrotte schwebten. Oder wenn man ein professioneller Tänzer wäre, obwohl sich der Raum zum Schautanzen nicht eignete. Oder wenn man ein Schriftsteller mit einem Ohr für beschränkte Wiederholungen beschränkter Sätze wäre, was sie nicht war und nicht sein wollte. Als sie etwa die Hälfte des Abends hinter sich hatte, wurde sie unerwartet von einem Unbekannten am Arm berührt, der sagte: »Darf ich um diesen Tanz bitten?«

Freddie sprach gerade mit seinem Tischnachbarn. Frederica sagte: »Ich weiß nicht.«

»Sagen Sie Freddie, nur diesen Tanz.«

Sie erkannte Nigel Reiver wieder, dessen Abendanzug ihm paßte, der nicht lächelte. Freddie drehte sich um und lächelte, und Frederica stand auf.

Nigel konnte tanzen. Er schaffte es, daß Frederica, die kein Naturtalent, aber auch kein Stoffel war, tanzen konnte. Er paßte auf sie auf.

»Zwei kleine Schritte, *gleiten*, zurück in meinen Arm, drehen, jetzt die Kurve, sehr schön. Sie lassen sich sehr gut führen für eine unabhängige Frau.«

Sein Becken schob ihres. Seine Hand war kühl und leicht und hart auf ihrem Rücken. »*Sturzflug*«, sagte er, einer Ecke ausweichend, »drehen Sie sich auf der Stelle, ich mache das, schön, jetzt von vorn.«

»Woher wissen Sie, daß ich eine unabhängige Frau bin?«

»Sie sind doch unabhängig, nicht? Außerdem habe ich mich erkundigt. Sie sind jemand.«

»Und Sie? Was sind Sie?«

»Oh, ich habe ein Haus. Auf dem Land. Ich mache viel für das Haus. Familie im Schiffsgeschäft. Ich arbeite für meinen Onkel, mit den Schiffen. Achten Sie auf den Rhythmus, gehen Sie nicht vor, bevor ich – *jetzt*, gleiten, Schritt, Schritt – frag' mich, wer das Tanzen erfunden hat.«

»Menschen haben immer schon getanzt, bestimmt.«

»Bei den Engländern wirkt es peinlich und unnatürlich.« Das paßte nicht zu seinem Charakter, wie sie ihn eingeschätzt hatte.

»Bevorzuge griechischen Volkstanz. Das ist mein Fuß. Sie könnten ein paar Tanzstunden vertragen. Freut mich, daß Sie nicht in allem perfekt sind.«

»Das einzige, worin ich gut bin, sind Prüfungen, glauben Sie mir.«

»Aber nein. Ich weiß nicht, wie Leute sind, die gut in Prüfungen sind, fällt nicht in mein Gebiet. Aber ich weiß, wie Leute sind, die sich auf was verstehen.«

»Worauf?«

»Egal. Ich warte ab und werde sehen, ob ich recht hatte.«

Und das schroffe und gepolsterte Becken, ganz intim und höflich distanziert, stieß gegen ihres, und sie spürte ein Beben der Erregung, wahrgenommen und unterdrückt.

»Bring Sie zu Freddie zurück«, sagte Nigel. »Bis bald.«

Freddies Becken verlor an Spannkraft wie ein abgenutztes Federkissen. Freddies Hand war feucht, wenn auch seine Haare gut geschnitten, seine Schuhe gut geputzt waren. Auf den Tischen zwischen silbernen Schalen mit Punsch welkten Blumen und wurden weniger durch Diebstahl und Zufall. Die lange Nacht drehte sich langsam weiter, unterbrochen durch Gänge zur Toilette, wo sie beim fünften Besuch den grauen Morgen durch ein hochgelegenes Fenster erblickte. Dann gingen sie zu spät, niedergeschlagen, nach alter Tradition an den Backs entlang und sahen die Weiden im ersten Rosa und Gelb des Morgens und kamen in Freddies Zimmer zurück und gähnten sich, gesund und jung, wie sie waren, durch ein richtiges Frühstück – weiße Bohnen, Rührei, Schinken, Pilze, Kaffee, Toast, das zweite sinnliche Vergnügen dieser langen Nacht des Vergnügens, dachte Frederica grimmig; das erste war natürlich der zufriedenstellende Anblick ihrer selbst gewesen, in ihrem grauen Kleid im Spiegel.

Sie hatte vierundzwanzig Stunden, um sich vor dem Ball von St. Michael and All Angels zu erholen, und Frederica verschlief katzengleich zwölf davon, bevor sie in Panik geriet, weil sie ihr einziges Kleid noch bügeln und auffrischen mußte. Wenn der Anblick im Spiegel ihr auch weniger gefiel – Grau war unter den

Augen, passend zur schieferfarbenen Baumwolle –, so war der Ball doch besser.

Das Trinity-Zelt war grün und weiß. Das von St. Michael war tiefrosa; die Leute, die in seinem Licht aßen, sahen warm und fleischig aus. Im grauen Saal war die Beleuchtung ebenfalls rosig, vertiefte Holzbraun, füllte die grauen Rippenfächer der Säulen und des Gewölbes mit Licht. Zu Swingmusik mit Alan Melville zu tanzen war eine Sache freundlichen und unbestimmten Fingerspitzenkontakts, harmonischer, berührungsloser Parallelen der Bewegung, war getrenntes und friedlich-einsames Kreisen. Mit ihm zu tanzen war wie mit dem Fächergewölbe zu tanzen, mit einem kühlen Knochengefüge, von Luft und Licht umhüllt. Seine Berührung war trocken und warm und kaum spürbar.

Sie saßen im Zelt und aßen geräuchertes Hühnerfleisch.
»Geht Raphael Faber auf Maibälle?«
»Ich bezweifle es. Kannst du ihn dir beim Tanzen vorstellen?«
»Oh, er wäre ein ausgezeichneter Tänzer. Wenn er wollte.«
»Aber er würde nicht wollen. Er ist wahrscheinlich verreist. Um Ruhe und Frieden zu finden. Wie viele Dons.«
»Wohin ist er wohl gefahren?«
»Zu seiner Mutter und seinen Schwestern.«
»Sollen wir nachsehen?«
»Wozu wären wir sonst hier?«
St. Michael's war ein kleines, abgeschlossenes College. Raphaels Wohnung befand sich im obersten Stock eines Gebäudes, das auf einer Seite auf einen Hof mit Kopfsteinpflaster sah, auf der anderen über die Backs. So konnte man sowohl vom Hof wie vom abfallenden Rasen und dem ummauerten Garten aus den erleuchteten Umriß seines Fensters sehen, wenn er da war. Während der Proben, wenn sie Hugh oder Alan oder Harvey Organ besuchte, hob Frederica immer den Kopf, um nach diesem Lichtviereck Ausschau zu halten. Heute abend war es da, Gelb in Weiß auf Grau. Die Lampe des Gelehrten. Das Innen, außerhalb dessen sie sich befand.
»Laß uns hochgehen.«

»Wird es ihn nicht stören?«
»Wenn, dann sagt er es.«

Es war nicht klar, ob Raphael seine äußere Tür geschlossen hatte, die schwere zweite Tür, deren zivilisierte Anwesenheit ungestörte Ruhe verbürgt. Sie war nur angelehnt. Alan öffnete sie und klopfte an die innere Tür. Keine Antwort. Er klopfte noch einmal und trat ins Zimmer, als er einen für Frederica unhörbaren Laut von innen vernahm. Raphael war allein, ausgestreckt auf dem Sofa, in einem grauen, hochgeschlossenen Pullover und grauen Hosen. Er klang gereizt.

»Wer ist da?«
»Alan und Frederica. Wir wurden es leid, uns zu amüsieren, und wollten Sie besuchen. Werfen Sie uns raus, wenn Sie zu tun haben.«

Musik wirbelte vom Hof herauf, ein tönendes und melodisches Gesumm.

»Wie soll ich bei diesem Krach arbeiten können? Mögen Sie Tee oder Kaffee? Ich habe versucht, Pascal zu lesen. Es ist mir nicht gelungen.«

Er ging in seine kleine Küche. Frederica ging zum Kamin, um sich im Spiegel darüber zu betrachten, und schob lose Haarsträhnen in den Knoten zurück. Alan kam und stellte sich neben sie. Raphael kam aus der Küche und stand zwischen ihnen, einen Arm auf jeder Schulter, der dunkle Mann, die nackte Frau mit ihrem silbernen Träger. Da waren ihre drei Gesichter: Alan dreieckig, ein wenig durchtrieben, über seiner schiefen Frackschleife, sie selbst weiß, gierig, hungrig aussehend, über ihrem nackten Dekolleté und den herausschauenden Brüsten, und dahinter der dritte, der dunkle Raphael, seinem eigenen Blick im Spiegel begegnend. Alans seitenverkehrter Blick begegnete dem von Frederica, und beide lächelten über Raphaels unverwandte Betrachtung Raphaels. Zum erstenmal hatte er sie berührt; sein wollener Arm lag leicht auf ihrer Haut, seine zarten Finger glätteten kurz, ganz kurz ihren Oberarm, drückten eine Liebkosung darauf, flatterten davon. Sie setzten sich und sprachen, hauptsächlich über Pascal. Es war ein entspanntes Gespräch, der Kaffee war gut, es gab wie immer

Gewürzkuchen. Es war die Quintessenz von Cambridge, Musik, Tanz, geschlossene Höfe und hoch über allem zivilisiertes Sprechen über Pascal. Als sie gingen, berührte Raphael sie wieder, kurz, bestimmter. »Bitte kommen Sie wieder, Sie sind immer willkommen.« Er fügte hinzu: »Ich hoffe, Sie kommen zum Seminar in den Sommerferien.« Und Frederica sagte sofort: »Ja. Natürlich.«

Frederica reiste mit Edmund Wilkie nach Blesford zurück, der an der neuen Universität zu tun hatte und sie liebenswürdigerweise auf einem Gepäckwagen vom Zug zum Ausgang des Bahnhofs von Calverley schob, als sie von Brechreiz und Schwindel überwältigt wurde. Der Hausarzt diagnostizierte Röteln. »Es ist gut, junge Frau, dagegen immun zu werden, bevor Sie heiraten wollen und eine Familie gründen.« Frederica warf ihr wundes und glühendes Gesicht hin und her und sagte nicht, daß sie eigentlich keinerlei Wunsch verspürte, diese Dinge zu tun. Stephanie und ihre Familie kamen nicht zu Besuch, weil sie fürchteten, sich anzustecken. Frederica war in gewisser Hinsicht froh darüber. Will und Mary verstörten sie. Sie wollte sie nicht hätscheln, aber die Tatsache, daß sie da waren und lebten, verschaffte ihr ein naives Vergnügen. Röteln schädigen Embryos. Sie dachte an den Mischmasch von Samen und empfängnisverhütender Creme, der in sie hinein und aus ihr herausgeflossen war, und hielt Embryos für unwahrscheinlich. Sie glaubte an ihr »Glück«. Glück war das Nichterzeugen von Embryos.

Winifred dachte sich lindernde Speisen aus, Hühnersuppe und Kraftbrühe und abends warmes Brot und Milch mit darüber gestäubtem Zucker, ein Krankenessen, das in Fredericas Kindheit »Pobs« geheißen hatte. Winifred fragte nichts über Cambridge, und Frederica erzählte nichts. Was sie fragte, war, ob Frederica bequem liege, und sie schüttelte die Kissen auf. Frederica empfand ihre eigene Gegenwart dort als geduldete Kontinuität: Winifred, gute Proviantmeisterin, tat, was sie immer getan hatte. Frederica entdeckte nicht, damals oder jemals, daß die schweigsame weibliche Gestalt, die Teller und Serviette brachte, in Wahrheit brannte. Winifred verabscheute den Anblick des jungen, allzu langbeinigen Körpers, der sich dort in seinem feuchten Nachthemd lümmelte, wo einst ihr Kind gewesen war.

Sie stand in der Küche mit dem trockenen, blutlosen Feuer, das in ihr aufstieg, und zwang sich aus purem Stolz, dieses am wenigsten bedürftige ihrer Kinder zu bedienen. Für sie war die Zeit der Kinderpflege vorbei, ihr Körper war nicht mehr fähig zu gebären. Und da war dieses Geschöpf, das so lange Glieder hatte, daß es fast eine Beleidigung war, und ließ es sich für kurze Zeit gefallen, bedient zu werden. Ich bin wie ein vertrockneter Stock, sagte sich Winifred. Man sollte mich in Ruhe lassen. Sie wußte ebensogut wie ihre Tochter, daß dies keine Heimkehr war.

Selbst Bill kam, ihre Schmerzen taten ihm weh, und wie sie sich glühendrot hin und her warf, war ihm peinlich. Er gratulierte ihr für ihre Eins im ersten Teil der Prüfungen, fast routinemäßig, als ob er nicht weniger von ihr erwartet hätte, und fragte, wie es gelaufen sei. Sie erzählte ihm verärgert, daß sie so viel gelernt habe, so viel auswendig, und habe es in der Klausur nicht hingeschrieben, und jetzt erinnere sie täglich weniger davon. Seiten um Seiten: *Das Märchen von der Tonne*, *Piers Plowman*, *A Death in the Desert*, *Empedocles on Etna*. Wozu? Das interessierte Bill. Ein gutes Gedächtnis, sagte er, sei eine unschätzbare Gabe, ein wesentlicher Bestandteil menschlicher Kultur. Er selbst, vertraute er seiner fiebrigen Tochter an, vergesse zunehmend Namen. »Warum entfallen einem *Namen* zuerst? Ich habe gestern minutenlang nach Leslie Stephen gesucht, bin in Panik geraten, habe auch noch Virginia Woolf vergessen und das *Dictionary of National Biography* und mich am Ende idiotischerweise auf ›den berühmten Vater der Autorin von *Zum Leuchtturm*‹ bezogen. Absurd. Du hast das gute Gedächtnis von mir geerbt. Ihr alle. Pflege es. Trainiere es. Es ist unser Bindeglied mit unseresgleichen.«

Frederica dachte, daß sie es in der Form geerbt hatte, die der, die es bei ihm auszeichnete, am ähnlichsten war. Sie hatte Lerngier, Gier nach Wissen und Kenntnissen, ebenso gewiß wie rotes Haar, Intelligenz und etwas, was man euphemistisch Ungeduld nennen konnte, von ihm geerbt. Wo hören ererbte Charaktermerkmale auf und fangen erworbene Charaktermerkmale an? sollte sie später fragen. Das Leben der englischen Literatur lebte in ihr wie der genetische Code für rotes Haar und nervöse Bewegungen von Händen und Mund. Von Bill hatte sie gelernt, Gedichte zu lernen, einem Gedanken Form zu geben, Strukturen des Denkens zu erkennen. Wo ist die Grenzlinie zwischen Natur und Kultur? Gerard Wijnnobel glaubte, daß die Synapsen des Gehirns selbst aller Wahrscheinlichkeit nach die stofflichen Fusionen und Verbindungen bereitstellen, die es allen Menschen erlauben, so gewiß bestimmte grammatische Strukturen zu erkennen, wie sie von Geburt an die geometrische Fähigkeit besitzen, Wahrgenommenes nach Horizontalen und Vertikalen, runden Formen und Kuben zu ordnen. War es möglich, ein Ohr für Sprache zu erben, wie man das absolute Gehör oder mathematische Intuition erben kann? Und hieß dies, daß man Shakespeares Vokabular und seinen Rhythmus, Lawrence' Kampflust, Miltons Kunstfertigkeit und Selbstsicherheit erben konnte?

Sie sprach mit Bill auch über Marcus. Bill sagte: »Er macht offenbar Fortschritte. Ich vermute, es geht nur unter der Bedingung, daß ich kein Interesse zeige.«

»Das ist ein bißchen übertrieben. Er muß seinen eigenen Weg finden. Es ist normal.«

»Ich weiß allerdings, Frederica, im Gegensatz zu dem, was ihr alle zu denken scheint, daß Kinder nicht von uns in die Welt gesetzt werden, damit sie tun, was man selbst nicht erledigt hat. Aber was ich wichtig finde, ist eine gewisse Kontinuität. Das Weitergeben von Werten.«

»Ich weiß nicht. Du bist selbst deine Gegenwart und deine Zukunft. Und ich bin meine. Wie Napoleon, der seine eigene Dynastie war.«

Sie wollte, daß Bill sagte: »*Du* bist die, die wie ich ist, die, die unsere Sache weiterführt«, obwohl sie es sofort bestritten hätte, wenn er es gesagt hätte. Doch sie hatte ihm mit aller Sorgfalt diesen Satz unmöglich gemacht. Und er war entmutigt durch Marcus' Rückzug und Stephanies Abkehr vom Wettlauf.

»Du bist bald gesund«, sagte er schließlich, mit seinem alten großspurigen Feuer, doch mit besorgter Anmaßung, als ob der Umstand, daß er es sagte, die Wahrscheinlichkeit erhöhte, daß es nicht zutraf. Er blickte nachdenklich auf sie herab; vielleicht sah er in ihrem verheerten Gesicht mit seinen Wirteln tiefrosafarbener Pünktelung, seiner heißen und kiesigen Haut ein unannehmbares Spiegelbild seiner selbst. Frederica unterstellte – und litt zeitweilig darunter –, daß Bill in seiner verqueren, leidenschaftlichen, pedantischen Art Stephanie und Marcus mehr mochte als sie. Etwas von ihm war für Stephanies fügsame Fraulichkeit ebenso empfänglich wie, dachte sie, für seine stille Gattin. Marcus hatte er versucht anzutreiben, wie er sich selbst antrieb. Als ob die Unsterblichkeit des Körpers durch die Tochter und das Leben des Geistes durch den Sohn vermittelt würde. Und sie, Frederica, ihm ähnlicher, gewiß, gewiß? beeindruckte ihn weniger, als Frau wie als Verstandeswesen.

Ihr Geist spielte ihr Streiche während dieser Krankheit. Sie genoß die Pobs und fragte sich, ob sie die Yorkshire-Version der Proustschen Madeleines sein könnten. Sie hatten etwas, was sie immer als einen weißen Geschmack bezeichnet hatte, die verschiedenen Weißen von weichem Brot, glitzerndem Zucker, sahniger Milch. Sie erinnerte sich deutlich an frühere Fredericas, beim Abendessen mit Halsweh in verdunkelten Kriegsnächten, die von Winifred geduldig dazu angehalten wurden, nach dem Keuchhusten wieder zu Kräften zu kommen. Aber es gab keine Erleuchtung, teilweise – so hätte es zweifellos Proust gesagt – weil sie zu bewußt danach strebte, teilweise weil sie ihre kurze Vergangenheit nicht wollte, sie wollte ihre unbekannte Zukunft, deren Gewicht auf ihr lastete, wie das Gewicht der riesigen ungelesenen Weite von *A la recherche*, unternommen für Raphael, ihr Formgefühl belastete. Während der schlimmsten Tage las sie weder Proust noch etwas anderes. Sie trieb phantasierend dahin, von sich selbst entfernt, mit dem deutlichen Eindruck, daß jemand im Zimmer schwitzte und sich feucht und unangenehm anfühlte. Sie hörte sich selbst, aus der Entfernung, immer wieder den ganzen *Comus* deklamieren, all die Wörter ausdruckslos und rhythmisch herunterleiernd, ohne Wechsel in Tempo und Betonung zwischen Versuchung und Erwiderung, Entfaltung von Überfluß und Plädoyer für Mäßigung. Alles kam zusammen. Raphaels sanftes Kneifen, Alans distanziertes Tanzen, Hugh Pinks rosiger Ernst, die Schar der Freier in ihrer Stuhlreihe, das Fräulein vom Christ's College, Marcel Proust und die halbgelernte Ordnung der italienischen Grammatik, vermischt mit der Unentschiedenheit ihres Gefühls für Cambridge, ihrem Verlangen, eingelassen zu werden in seine geschlossenen Höfe, ihrem Gefühl, daß es eine gefährliche Laube der Glückseligkeit sei, ganz wie Comus' magische Gebilde. Fiebrig deklamierte sie und dachte über die jungen Männer nach, die schönen, die lebhaften, die ernsthaften, die behutsamen, die weichen, die prahlerischen, die liederlichen, die heiß atmenden, Samen vergießenden, drängenden jungen Männer. (Sie sagte nicht: die liebenden, die verletzten, die angstvollen, obwohl sie es hätte sagen können.) Des falschen Verführers Rhetorik des Zuviel verband sich mit dem Zuviel des männlichen Cambridge, die Meere füllend mit Gezücht unzählbar...

Sie sah junge Männer, die sie an den kahlen Wänden ihres kleinen Zimmers umstanden wie die tanzenden Figurenfriese, Hände und Knöchel verbunden, aus gefaltetem und geschnittenem Papier, die sie als Kind angefertigt hatte, oder, blasser, wie ein Satyrtanz auf einem griechischen Gefäß. Sprache ergriff und lenkte sie.

> ... Wenn sich alle Welt
> Begnügt' in launenhafter Mäßigkeit
> Mit Brei, mit dem klaren Bach, nichts trüg' als Fries,
> So würde der Allspender danklos, ruhmlos sein ...

Das Wort Fries rief vielleicht wirklich den Fries der tanzenden jungen Leute hervor; ihre Phantasie steckte oder malte die verschiedenen einzelnen Schwänze und Penisse darauf, die sie im spontanen Erfassen konkreter Universalität in Raphaels Mangroven entdeckt hatte. Irgendwie kamen Marcus' Pollen und Prousts Mädchengarten, *les jeunes filles en fleurs*, zu dieser Vision hinzu, die jungen Männer tanzten im Garten der Fellows zwischen rosaroten Blumenkelchen und hohen blauen Spitzen. Der überschüssige Goldstaub verstreute sich auf vorüberschwebende weichgeflügelte Wesen. Sie beschatteten nicht, sondern leuchteten. Im Lichte junger Männerblüte. Was könnte das richtige französische Wort sein? Lumière, brillant, luisance... Die Erde beschwert, beschwingte Luft von Federn verdunkelt... Sie wäre ganz erdrückt durch ihr Gewicht... Erstickt an ihrer vergeudeten Fruchtbarkeit...

24. Zwei Männer

Die meisten ihrer Freunde waren während des Sommers nicht in Cambridge. Sie waren in Stratford und Orkney, Basingstoke und Athen, Dublin, Bayreuth und Perpignan. Raphael, dem sie in der Universitätsbibliothek begegnete, äußerte huldvolles Lob, als er hörte, daß sie Italienisch lernte, um Dante zu lesen, und lud sie – in unregelmäßigen Abständen und mit unterschiedlichen Graden von Herzlichkeit – zum Tee ein. Sie hatte weder das Gefühl, daß sie vorankam, noch daß es völlig hoffnungslos und lächerlich sei. Er sagte ihr, sie solle Dinge lesen, und sie las sie. Er erörterte die Fortschritte, die sie mit Proust machte. Und eines Tages überraschte sie Nigel Reiver, der einfach auftauchte und sie zu einer Fahrt aufs Land einlud.

»Ich wollte arbeiten.«

»Es ist ein herrlicher Tag. Ich habe ein neues Auto. Wir könnten Tee trinken, wo alle Leute Tee trinken. Oder woanders.«

Sie sagte ja, weil der Gedanke, aus Cambridge herauszukommen, weg von seinen Gesetzen und leidenschaftlichen Prioritäten, sie anzog. Er hatte einen schwarzen Sportwagen mit offenem Verdeck; Frederica saß neben ihm im Luftstrom und sah nicht zu ihm hin; seine Hand bewegte den Schaltknüppel, seine Füße berührten und drückten mit Entschiedenheit Gashebel, Bremse und Kupplung. Er nahm Kurven schnell, scharf und auf eine Weise, die sie immer schockierte, so daß sie sich mit einer Hand abstützen, das Gleichgewicht wiederfinden mußte. Er entschuldigte sich nicht für diese Unbequemlichkeiten. Sie tranken Tee, nicht in Grantchester, das unerträglich viele Touristen bevölkerten, sondern in Ely, im Schatten der Kathedrale. Er stellte höfliche Fragen über Cambridge, ihre Ferienpläne.

Frederica fragte nach einer Weile, warum er sie zum Tee eingeladen habe. Er erwiderte, daß ihm ein Mädchen gefalle, das mehr im Kopf habe als Kleider und sich den nächstbesten Mann zu angeln. Frederica hatte das Gefühl, daß seine Aufmerksamkeit nicht bei diesem Gespräch war, obwohl sie auch spürte, daß seine Aufmerksamkeit sich auf sie richtete, auf eine Weise, die sie nicht einschätzen und auf die sie nicht reagieren konnte. Er enthüllte ein wenig mehr über sich selbst. Sein Vater, schon gestorben, war Oberst gewesen, Berufsoffizier. Seine Mutter wohnte in Hereford. Er hatte zwei Schwestern. Er hatte einen unter Denkmalschutz stehenden Wohnsitz geerbt, ein altes Haus im West Country, Tudor und später. Er beschrieb es und gab der Beschreibung seine volle Aufmerksamkeit: das Empfangszimmer, das Wohnzimmer, die Wendeltreppen, die Galerie, die Meierei, der Blumengarten, der Kräutergarten, der Obstgarten, und zählte Äpfel- und Pflaumensorten auf. »Und es gibt einen Burggraben«, fügte er hinzu. »Einen richtigen. Es war kein Wasser drin, nur grüner Glibber und Lehmklumpen. Ich habe mich darum gekümmert.« Frederica stellte sich ein maßstäblich verkleinertes Long Royston vor, eine Geschichte von Generationen privater Leben. Die Ställe hätten auch eine Menge Arbeit gebraucht, sagte Nigel, aber jetzt seien sie picobello. Reite sie? Nein, sagte Frederica. Sie hatte nie Gelegenheit dazu gehabt. Nigel Reiver sagte, er sei sicher, sie würde es gut können, wenn sie es versuchte. Er sagte das ernsthaft, nicht spottend, und erneut bemerkte sie die Unproportioniertheit seines Gesichts, das leicht Grobschlächtige seines dunklen Unterkiefers, die Raschheit von Hand und Auge, die Aufmerksamkeit, die auf etwas wartete.

Sie sahen sich die Kathedrale von Ely an, wo er unerwartete Eigenschaften an den Tag legte, wenn Frederica sich bei diesem Wort später auch streng am Riemen riß, als sie sich fragte, was »unerwartet« an jemandem sein sollte, über den sie so gut wie nichts wußte. Als Besichtiger einer Sehenswürdigkeit studierte er Details sorgfältig, klappte Miserikordien um und untersuchte sie mit Augen und Fingern, lachte über eine Frau, die einen Fuchs schlägt, kommentierte die Mischung von hölzerner Steifheit und lebendigen Formen bei einer Eule mit Maus, fuhr mit dem Finger über das Geheul eines gequälten Dämons oder um eine pralle eichelförmige Verzierung, ohne mit historischen oder ästhetischen Informationen aufzuwarten, sondern um zufrieden zu schauen und sich an der Darstellung zu erfreuen. Frederica erinnerte das an Alexander Wedderburns Finger, der über die Schultern und Hüften der *Danaïde* von Rodin fuhr. Sie hätte Holz und Stein nicht so liebkost; ihre sinnliche Lust lag darin, ein Wort für die Form zu finden; »prall« war ihr Wort, auch »Geheul«. Nigel dagegen sagte: »Schau dir das an, das ist *gut*, hm?«, doch sein Finger kannte, wie seine entsprechende Grimasse bewies, das Wissen des mittelalterlichen Künstlers um die Verzerrung von Hals und Lippen im Todeskampf.

Er nahm sie mit ins Arts Cinema, wo sie die *Sieben Samurai* in einer ungekürzten Fassung sahen. Frederica betrachtete es anfangs als Cambridge-Student, achtete auf Struktur, wiederkehrende Motive, Moral. Nigel saß sehr still, selbstvergessen. Nach einer Weile geschah etwas Seltsames mit Frederica, was sie, da sie Frederica war, beobachtete, ohne das Geschehende zu hindern. Sie begann den Film zu glauben, mit seinen Personen zu leiden, Furcht zu empfinden, Hoffnung, Liebe und Haß, wie sie es so einfach seit der Kindheit nicht mehr getan hatte, seit *Robin Hood* und *David Copperfield*, *Redgauntlet* und *Ivanhoe*. Vielleicht war es der Wunsch nach Fortdauer dieses willentlichen zeitweiligen Außerkraftsetzens der Skepsis, was Menschen wie sie dazu bewog, sich dem Studium der Literatur zu widmen. Danach sprach Nigel mit präziser Erinnerung und ganz so, wie er gesprochen hätte, wenn die Männer, die sie gesehen hatten, echte Soldaten gewesen wären, nicht Schauspieler, nicht Zelluloidschatten von Schauspielern, in einem Viereck angeordnet, verteilt in einem erzählerischen Rahmen. »Das war der spannendste Moment«, sagte er. »Und man sah das Grasstück so deutlich, es ist komisch, wie das passiert in solchen Augenblicken –« oder: »Man verstand, daß er irgend jemandem weh tun konnte, ohne sich etwas dabei zu denken.« Und Frederica, benommen durch poetischen Glauben, verwirrt durch die Klarheit, mit der sie wahrnahm, daß die Unschuld durch das Studium verloren war, empfand diese Sprache als die angemessenste Sprache, die man verwenden konnte, direkt, scharf urteilend, begeistert.

Er führte sie zum Abendessen in ein Restaurant außerhalb von Cambridge aus, von dem sie gehört, das sie jedoch nie besucht hatte, und bestellte Leckerbissen mit dem gleichen präzisen und wohlüberlegten Vergnügen, das er bei der geschnitzten Maus oder der Beschreibung der Bäume in seinem Obstgarten an den Tag gelegt hatte. »Lassen Sie mich für Sie bestellen«, sagte er, »ich kenne die Speisekarte.« Und er machte Frederica mit einer Räucherforellenmousse bekannt, einem Steak im Blätterteigmantel, einer Apfelcrêpe – Dinge, die sie, wenn sie selbst gewählt hätte, nicht bestellt hätte und an die sie sich genau erinnerte und die sie genoß.

Er erzählte ihr von einer Expedition zu den Quellen des Nils, an der er mit fünf anderen Männern teilgenommen hatte, die in seinem Regiment in der Armee gedient hatten. Er war kein besonders guter Erzähler. Frederica gewann keinen plastischen Eindruck von irgendeinem seiner Kameraden – ein richtiger Dreckskerl, ein ganz anständiger Bursche, sturer Bock, echter Sadist –, und die Einzelheiten des Aufbauens und Zusammenlegens von Faltbooten überforderten sie. Sie konnte auch nicht nachempfinden, wie die durchsichtigen und nach oben heller werdenden Himmel über weißem Sand oder dunkler Vegetation aussahen – »Die Sterne waren sehr nah und hell; so sind sie draußen«, sagte Nigel. Ebensowenig konnte sie den berstenden Brustkorb, die Austrocknung, die schweren Beine und das überquellende Wohlgefühl kräftiger Männer nachempfinden, deren erschöpfte Körper nach Kämpfen mit tosenden Wasserfällen oder langen, schweißtreibenden Klettertouren zur Ruhe kamen. Er sagte: »Es war in Ordnung, da draußen, es war wirklich gut, man wußte, was man war«, und sie spürte, daß er eine Wahrheit aussprach, ohne zu wissen, welche Wahrheit. Er gefiel ihr, als er diese karge Geschichte großer Anstrengungen in einer fremden Welt erzählte. Er gefiel ihr weniger, als er ihr eine Geschichte aus seiner Schulzeit erzählte, über einen dummen Scheißkerl, den sie in eisiger Kälte die ganze Nacht in den Pausenhof eingesperrt hatten, um ihn für seine Kleidung oder sein Benehmen zu bestrafen. »Das war nicht sehr nett«, sagte Frederica. »Wahrscheinlich war es das nicht, wenn man es heute bedenkt«, sagte Nigel Reiver. »Aber es war verdammt komisch damals, wenn man ihn hörte, wie er um Hilfe schrie und brüllte. Ich muß schon sagen, verdammt komisch.« Er legte den Kopf zurück und lachte, fröhlich und allein.

Er setzte sie vor dem Eingang zum Newnham-College im Dunkeln ab. Sie bot ihr Gesicht an, als Bezahlung, aus Neugier, aus Gewohnheit. Er berührte ihre Wange, wie er den heulenden Dämon berührt hatte, streifte mit warmen, trockenen Lippen über ihr Nasenbein und ihren Wangenknochen und sagte: »Noch nicht« mit der Autorität eines Verhaltenskodexes, den sie nicht kannte und den für ohnehin irrelevant zu halten sie geneigt war.

Beim nächstenmal, als sie Raphael zum Tee besuchte, war Vincent Hodgkiss da. Er war oft da und ging meist, wenn sie erschien. Sie war nicht ganz sicher – obwohl sie nach dem *Comus*-Debakel mit ihm gesprochen hatte –, ob er sich wirklich an sie erinnerte oder an die Umstände ihres ersten Zusammentreffens bei dem fernen sonnenbeschienenen Mittagessen in Les Saintes-Maries-de-la-Mer. Heute wandte er sich plötzlich direkt an sie und bewies, daß er sehr wohl wußte, wer sie war und wie sie sich kennengelernt hatten.

»Wir werden Sie hoffentlich«, sagte er, »bei den Eröffnungsfeierlichkeiten in North Yorkshire sehen? Crowe sagt mir, er hofft, die Darsteller von Alexanders Stück wieder zu versammeln. Recht erfreulich. Ich versuche gerade, Raphael hier die Sache schmackhaft zu machen. Es wäre eine Chance, den Universitätsunterricht zu verändern. Sie könnten einen Dichter gebrauchen, der viele Sprachen spricht und kein ganz unbedeutender Kunstkenner ist. Aber ich glaube, es wird mir nicht gelingen. Ich glaube, Raphael ertrüge es nicht, Cambridge zu verlassen – dieses schöne College –, aus welchem Grund auch immer.«

»Das ist nicht wahr«, sagte Raphael, »ich bin nicht unwiderruflich an diesen Ort gebunden. Ich glaube nicht, daß man sich allzuviel aus seiner Umgebung machen sollte.«

»Dann komm raus hier. Komm in den Norden und übe deine

Einbildungskraft an Beton und Trägern und einem elisabethanischen Saal von exquisiter Schönheit. Komm, wage dich hin. Komm und bewege deine Beine über die Moore. Ist belebend, nicht wahr, Frederica?«

»O ja, das ist es...«

»Ich würde es sehr gern tun. Sehr gern.«

»Aber du wirst es nicht tun«, sagte Hodgkiss, etwas zu scharf. »Oder? Im letzten Moment wird es einen Grund geben, daß du nicht kommst...«

Die beiden Männer sahen einander an. Frederica spürte ein Ringen von Willenskräften, dessen Wurzeln und Form ihr unverständlich waren. Sie wartete geduldig.

»Du könntest bei Crowe wohnen.«

»Frage ihn auf jeden Fall.«

»Vielleicht tue ich das.« Es klang drohend. Hodgkiss wandte sich zu Frederica. »Ich zähle auf Sie«, sagte er, ohne deutlich zu machen, ob er auf sie zählte, um Raphael zu überreden, oder darauf, daß sie sich zur Eröffnung einstellte.

Als er gegangen war, schien Raphael aus dem Gleichgewicht zu sein. Er schritt auf und ab, stellte Frederica dabei kurze Fragen über den Norden und hörte den Antworten kaum zu. Er sagte: »Glauben Sie, Cambridge macht einen für die Welt untauglich?«

»Natürlich. Es ist wirklicher – und weniger wirklich –«

»Mallarmé kam hierher. Er schrieb einen Essay über Klöster. Er sagte, die Idee sei für den Demokraten in ihm abstoßend, das Privileg, die einzelnen aufragenden Türme, die Vergangenheit... Und dann sagte er, vielleicht seien diese alten Institutionen das Bild einer idealen *Zukunft*... Er sah die Türme als Pfeile, die aufstiegen in diese Zeit hinein – aber in Wirklichkeit gefiel es ihm nicht. Er sagte, zum Denken und für den Akt des Schreibens sei nichts nötig als Einsamkeit. Ich versuchte, seine Worte über Türme und Stille in *Die Glocken von Lübeck* zu zitieren, aber ich konnte es nicht. Ich konnte diesen Zufluchtsort nicht mit dem verbinden, was wir – sie – durchmachten, in Europa. Märchenland. Vincent weiß, daß ich – er weiß, daß ich nicht – er sollte nicht...«

»Ich denke – über Cambridge –, man ist entweder eingeschlossen oder ausgeschlossen –«

»Ich glaube, ich bin bestimmt eingeschlossen. Ich bin furchtbar untauglich für jedes Leben außer diesem.«

Frederica streckte eine Hand aus. Sie sagte: »Es *muß* Männer wie Sie auf der Welt geben –«

Und Raphael nahm ihre Hand und sagte, während er sie hielt, neben ihr stehend und auf Rasen und Fluß hinabsehend: »Vincent hat recht, ich fürchte mich vor der Außenwelt. Vor der Innenwelt auch, letztlich vor allem, aber vor der äußeren anders. Ich möchte fast sagen – er hat recht damit, daß ich eine fast krankhafte Angst davor habe, bis zum Bahnhof zu gehen und zu dieser neuen Universität zu fahren . . .«

»O nein, Sie können nicht so sein, Sie dürfen es nicht«, sagte Frederica. »Wissen Sie – der Norden dort oben, mein Land, ist schön – wenigstens diese Gegend ist schön – es ist auf eine andere Art wirklich – ich kann es nicht ertragen, daß Sie es nicht gesehen haben – Sie müssen einfach kommen –«

Und sie legte ihre Hände auf seine Schultern.

»Ja, es liegt Ihnen wirklich etwas daran«, sagte Raphael, und langsam und unglaublich beugte er den Kopf, streckte seine eigenen Arme aus, zog sie an sich und küßte sie auf den Mund. Frederica war nicht Marcel Proust, der Albertines Kuß in seitenlangen Querverweisen aus Psychologie, Ästhetik, Selbstanalyse und Vergleichen mit anderen Küssen auflöste. Sie atmete mühsam und nahm es wahr; sie streckte eine Hand aus, um das dunkle Haar zu berühren, und fand es gröber, als sie es sich vorgestellt hatte. Den Kuß charakterisierte sie als »dünn« – er wurde scheu gegeben und sofort vogelgleich zurückgenommen. Frederica sagte: »Oh, *bitte*« und ergriff seine Dünnheit fest mit beiden Armen – da war eine weitere Überraschung, die Zerbrechlichkeit, die Schwäche matter Knochen und frostiger unsicherer Hände. Der Vogelkopf beugte sich zaghaft wieder herab, Augen geschlossen wie ein leidender Heiliger, und wieder rieb der dünne scheue Mund an ihrem, hin und her, nicht zielbewußt. Frederica erwog, »Ich liebe dich« zu sagen, und dachte, das wäre sicher zuviel für ihn und würde ihn dazu bringen, sich zurückzuziehen, sagte also seinen Namen, ihre eigene Stimme dröhnend in den Ohren, Raphael, Raphael.

»Es hat keinen Sinn«, sagte er, »ich kann nicht...«

Kann nicht lieben? Kann mich nicht einlassen? Weiß nicht, wie man in der Praxis liebt? Kann keine Frauen mögen? (Eine unabweisbare Möglichkeit.)

»Bitte –«, sagte sie, »bitte – geh nicht weg, geh nicht.«

»Frederica«, sagte er und führte sie – oder wurde geführt, es war unklar, wer ihr taumelndes Vorrücken initiierte – zu seinem Sofa, wo sie sich nebeneinander hinsetzten, sich an den Händen haltend. Raphael war gedankenverloren.

»Du hast hübsch ausgesehen in deinem Abendkleid, mit Alan. Du bist keine schöne Frau, natürlich, aber als ich dich gesehen habe...«

Du hingegen bist schön, wollte Frederica sagen. Ich liebe dich. Soviel Direktheit wäre wie eine Ohrfeige. Sie streichelte die passive Hand, die in der ihren lag. Man könnte ihn womöglich von dieser schläfrig-gefrorenen Beklommenheit erlösen, wenn man älter wäre oder klüger oder weniger verliebt. Sie hatte nie gewußt, was sie mit Männern anfangen sollte, die nicht wußten, was zu tun war. Sie erinnerte sich, daß jemand zu ihr gesagt hatte: »Sie lassen sich gut führen«, beim Tanzen, und es ärgerte sie später, als sie sich erinnerte, daß es Nigel Reiver gewesen war. Sie dachte, sie gehe am besten. Sie wandte sich zu Raphael und küßte sein leidendes Gesicht auf den Augenwinkel, auf den Mundwinkel, der zuckte – zurückzuckte? Zeigte das überwundenen Abscheu? Passive Lust? Sie stand auf.

»Ich muß gehen. Darf ich wiederkommen?«

»Du mußt. Du mußt.« Augen geschlossen. »Es tut mir leid. Etwas hat mich durcheinandergebracht.«

»Bitte entschuldige dich nicht. Das ist das letzte, was ich – du bist es doch, an dem mir am meisten liegt –«

»Danke.« Kein Anzeichen einer Veränderung.

Mehr oder weniger floh sie.

25. Kultur

Die Amtseinführung des neuen geschäftsführenden Rektors fiel im September in die Woche, in der das Parlament einberufen wurde, um die Ausweitung der Suezkrise zu erörtern, der Zusammenschluß der Benutzer des Suezkanals erfolgte und Präsident Eisenhower der Welt erklärte, daß die Vereinigten Staaten sich nicht in einen Nahostkrieg einzumischen gedachten. Zu jener Zeit bestand die neue Universität aus drei fertiggestellten Gebäuden und einem Innenhof, die in einiger Entfernung von Long Royston ins Moor gesetzt worden waren und zu denen man über einen teils definitiv und teils behelfsweise gepflasterten Weg durch aufgewühlten Schlamm und geeggte Felder gelangte. Es gab verschiedene Straßen, auf denen Lastwagen und Zementmischer angerumpelt kamen, im Staub und im torfdurchsetzten Schlamm. Es gab ein halbes Dutzend vorgefertigte Gebäude, in denen Studenten unterrichtet und – in schlichtester Form – verköstigt werden sollten. Die drei vorerwähnten Gebäude waren sechseckige massive Türme aus dunklen Betonplatten, um den Hof angeordnet, der mit bläulichschimmerndem Eisenklinker gepflastert war. Zwei von ihnen stießen aneinander, das dritte stand für sich allein. Nicht unbeabsichtigt erinnerte ihr Anblick an Burgtürme und Verliese des Nordens und an Mühlsteine, Dinge, die älter waren als die gefällige, lange, niedrige Fassade von Long Royston, und zugleich unmittelbarer und neuer. Auf den ersten Blick wirkte ihre Beleuchtung bizarr, zumindest von außen. Große Flächen von Fensterglas, die gewundene Treppen oder sogar Räume enthüllten, wechselten ab mit engen, verschwiegenen Sehschlitzen. Der Architekt, Stanley Murren, ein Mann aus Yorkshire, hatte gesagt, daß die großen Fenster auf die eindrucksvolle, wuchtige Fassade von Hardwick Hall, des Denkmals für Bess von Hardwick, zurückgingen, die mehr aus Glas als aus Stein bestand. Stephanie und Frederica gingen über Landstraßen nach Long Royston und schoben Will und Mary in ihren Buggys, schauten in schwarze, wassergefüllte Schächte hinunter und spähten durch Holzverschalungen. Von einer niedriger verlaufenden Landstraße hatte man eine gute Sicht auf den fertiggestellten hohen Turm, der von dort aussah, als stünde er allein auf dem Kamm eines Hügels im Moor, beinahe fensterlos und mit einer bronzefarbenen Kuppel gekrönt. In der öffentlichen Bibliothek von Calverley und in Long Royston House waren Pläne des Gesamtprojekts ausgestellt – Ansammlungen sechseckiger Türme verschiedener Höhe, die in die Landschaft hinein ausgriffen, begleitet von überdachten Wandelgängen, die sechseckige Innenhöfe umschlossen und dem Blick verbargen. Eine Bienenwabe: ein Modell eines komplexen Moleküls. Frederica gefiel es. Stephanie fragte sich, wie es sich auf Long Royston auswirken würde, das es schrumpfen ließ, und auf Moore und Heide, in die es sich hineinfraß.

Der Festakt fand im Theater statt, das hoch genug im freistehenden Turm untergebracht war, um nur von oben Licht zu erhalten, durch ein Glasdach, das Tageslicht einließ oder sich mit gebogenen Lukentüren wie die Kuppel eines Observatoriums dagegen abschließen konnte. Die Bühne war beinahe ganz von einem Kreis von Sitzbänken umgeben, mitternachtsblau gepolsterten Betonrängen, und die Betonwände belebten weder Fenster noch Wandschmuck. Auf der erhöhten Bühne befanden sich auf einem erhöhten Podium zwei sehr neue schlichte Sessel, die skandinavisch anmuteten, mit hellem Leder bezogen und mit dem erhaben aufgeprägten Wappen der neuen Hochschule versehen. Musik ertönte – ein greller, hoher Trompetentusch –, und die neuen Professoren und der neue geschäftsführende Rektor begaben sich zu ihren Sitzen und begrüßten die Prinzessin, die gekommen war, um ihnen die königliche Urkunde auszuhändigen. Die seidenen und samtenen Talare und Barette der Professoren raschelten auf geziemend pseudomittelalterliche Weise, das Scharlach, das Coelinblau, der Hermelin. Die königliche Hoheit trug einen dem Anlaß vollendet angemessenen alten goldenen Umhang und einen schmucken Hut mit Feder. Begleitet wurde sie von einer Hofdame in negerbrauner und cremefarbener Kleidung, und die Handtaschen der beiden funkelten im Lichtstrahl, der in den dunklen, hohen, zylindrischen Raum fiel. Im Mittelpunkt des Lichtstrahls stand der geschäftsführende Rektor in schwarzer Seide mit violettem Barett und violettem Besatz, vornehm und prunkvoll. Es war Fredericas erste Begegnung mit Gerard Wijnnobel. Der Anblick eines außergewöhnlich hochgewachsenen und imposanten Mannes im Gelehrtentalar wirkte auf Frederica etwas verblüffend, fast so, als müßte man erwarten, ihn von Begleitumständen und Berufsleiden gezeichnet zu sehen, gebeugt und schlurfend, oder erwarten, daß er eine andere Verwendung für soviel dem Geist entgegengesetzte Körperlichkeit gefunden hätte. Sein Haar war dunkel, ordentlich frisiert, mit silbernen Schläfen. Er nahm das quastenbesetzte Barett ab, setzte eine silbergefaßte ordentliche Brille mit eckigen Gläsern auf und klopfte mit professioneller Geste an das silbrige Mikrofon, das einen mechanischen Räusperlaut ausstieß, der wie ein Seufzer im ganzen Inneren des Turms widerhallte. Die Idee einer Universität, sagte Wijnnobel, sei ein Thema, zu dem Gelehrte sich geäußert hatten und weiterhin äußern würden. Er wolle ein paar Worte zur Vorstellung des Universitätsgründers und seiner eigenen Vorstellung von dieser neuen Universität an diesem alten Ort sagen. Seine Stimme klang nicht unbedingt englisch und keinesfalls transatlantisch. Sie besaß nicht die gläserne Klarheit von Raphael Fabers ungefärbtem Englisch, das wie Wasser in einem Glas wirkte. Sie war ein dichteres Medium: Hausenblase, Fischleim, in ihr konnten Kristalle wachsen. Nicht guttural, nicht temperamentvoll, völlig korrekt, aber wo Raphaels Stimme die Silben überging, die man überging, betonte Wijnobels Organ alles, auch das, was die Engländer üblicherweise verschlucken.

Er sprach über die Bildung des ganzheitlichen Menschen. Über das Aufbrechen starrer Studien- oder Berufsmuster. Die Idee dieser Universität war in ihrer Architektur verkörpert. Ihre Gebäude, die in ähnlichen, aber nie identischen Gruppen angeordnet sein würden, an Wegen entlang, die sie immer wieder ganz verschieden miteinander verbanden, erinnerten sowohl an die Geschichte der menschlichen Kultur, des Wohnens von Menschen in Gebäuden, als auch an die Ordnung in der Wissenschaft mit ihren wiederholten funktionalen Mustern.

Das Wichtige waren die Querverbindungen. Im neunzehnten Jahrhundert hatte die Geschichte eine bedeutende Verbindungsfunktion innegehabt: Die Gedankenwelt hatte sich eingehend mit der Suche nach Ursprüngen befaßt, dem Ursprung der Arten, der Sprachen, der Gesellschaften, der Glaubenslehren. In modernen Neuausrichtungen alter Studienfächer war die Geschichte zu einem leicht zugänglichen und unvermeidlichen Anlaufpunkt geworden. Aber es gab auch andere Wege der Annäherung. In der Renaissance hatten Künstler wie Wissenschaftler die Gesetze erforscht, denen die Welt gehorchte. Leonardo glaubte, daß der Künstler eine unveränderliche, wenn auch energieträchtige und unendlich vielfältige Ordnung der Dinge unmittelbar wahrnehme. Kepler hatte die Gesetze der Bewegung der Himmelskörper entdeckt und tiefes ästhetisches Entzücken ob ihrer Schönheit geäußert sowie seine Überzeugung, daß sie der platonisch-pythagoreischen Sphärenmusik entsprachen. »Schön« und »elegant« sind Wörter, mit denen Mathematiker häufig Beweise und deren relative Validität charakterisieren. Einstein selbst hat den Hunger der menschlichen Seele nach Gesetzen als etwas bezeichnet, was Künstler, Wissenschaftler, Philosophen und Liebendem gleichermaßen eignet. Er sagte: »Der Mensch war stets bestrebt, sich ein einfaches und übersichtliches Bild von der ihn umgebenden Welt zu machen. Es ist sein Bestreben, ein Abbild dessen zu schaffen, was der menschliche Geist in der Natur sieht. All diese Tätigkeiten bringt er durch Handlungen der Versinnbildlichung in Einklang.«

Versinnbildlichung. Formen von Gedanken. Als Grammatiker, sagte Wijnnobel, der sich für seinen Gegenstand erwärmte, war er selbst Erforscher eines der machtvollsten Symbolsysteme des Menschen. Die Forschung beschäftigte sich zur Zeit einerseits mit der Beziehung zwischen natürlichen Sprachen und vom Menschen ersonnenen Sprachen und andererseits mit den Formen der Vorgänge im Gehirn und der Entwicklung der Wahrnehmung. Man könnte ins Nachsinnen kommen angesichts des Umstands, daß unsere kognitiven Fähigkeiten der Wahrheit oder Realität nur auf vereinzelten Gebieten entsprechen, beispielsweise im numerischen und räumlichen Denken. Auf vielen Gebieten ermangelt das menschliche Eindringen auffallend der intellektuellen Tiefe. Wijnnobel wollte in diesem

Kontext nur an unsere augenscheinliche Unfähigkeit erinnern, eine wissenschaftliche Theorie zu finden, die den normalen Sprachgebrauch oder den Erwerb linguistischer Formen erklären könnte. Und zwischen der biologischen Beschaffenheit des Menschen und einer umfassenden oder gründlichen Erforschung seiner Gedächtnisfunktionen scheint eine Barriere zu bestehen.

Unstreitig erscheint uns die Bedeutung von Bildern. Der Physiker Max Planck war der Überzeugung, daß seine Suche nicht ohne das Konzept einer realen Welt möglich sei, die wir nie kennenlernen werden und dennoch unablässig zu entwerfen und entdecken versuchen müssen. Er spricht immer wieder vom »Weltbild« und von dem, was er »die beständige Reduzierung des Intuitiven und Leichtigkeit der Verwendung des Weltbildes« nennt. »Die unmittelbar wahrgenommenen Sinneseindrücke, die ursprünglichen Quellen wissenschaftlicher Betätigung, sind dem Weltbild nicht länger inhärent; in ihm spielen Gesicht, Gehör und Tastsinn keinerlei Rolle mehr.«

Vielleicht können wir uns kein Bild davon machen, wie wir uns unsere Bilder machen. Auch durch all unsere Fenster können wir nur Ausschnitte der Wirklichkeit erfassen. Wie Planck bin ich davon überzeugt, sagte Wijnnobel, daß sie real und existent ist und daß es uns ein Bedürfnis und eine Pflicht und eine Freude ist, sie in ein Bild zu fassen. Es wird uns nicht möglich sein, die Frage zu beantworten, was der Mensch ist, oder die noch schwerere Frage, was real, was wahr ist, aber die Vielfalt unserer Fenster sollte uns zweifellos vor solipsistischer Verzweiflung bewahren und sie nicht etwa herbeiführen. Bäume wachsen auf dem Hof, ob gesehen oder ungesehen, das ist meine Überzeugung, Blumen blühen, und Äpfel fallen. Ich hoffe, daß wir Apfelbäume pflanzen werden. Eine junge Frau in einem gelben Kleid überquert den Hof, und man kann sie optisch sehen, mit den Augen der Liebe, medizinisch oder soziologisch. Sie ist ein System aus Masse und Kraft, sie besteht aus Zellen, die sich teilen und absterben, sie ist ein Motiv auf einem holländischen Gemälde oder in einer modernistischen Analyse von Farbe und Sichtweise, sie spricht Holländisch oder Englisch, sie studiert Maschinenbau, sie gehört zur sozialen Klasse A, sie ist ein unverwechselbares Individuum, sie ist eine unsterbliche Seele. Was Kepler über die Geometrie entdeckt hat, hat Vermeer in Licht und Farbgebung seiner *Ansicht von Delft* angewandt und demonstriert. Und auf diesem Gemälde sucht Marcel Proust den gelben Mauerfleck aus, um ihn für alle Zeit – oder alle uns vorstellbare Zeit – mit einer genauen und unverrückbaren Vorstellung von Wahrheit, Ordnung und Ähnlichkeit zu assoziieren. Große Intuition vermag auf allen Gebieten Ordnung und Ähnlichkeit in der Verschiedenartigkeit und den vielzähligen Bewegungen im Universum zu sehen. Eine Intuition für Ordnung als solche ist nicht möglich und wird von anderen Intuitionen abgelöst, aber wir geben es nicht auf, nach ihr zu suchen. Eine Universität ist ein Universum in Miniaturformat mit vielzähligen Ordnungen und Intuitionen – oder sollte es sein. Unsere diversen Fakultäten sind Glieder eines Menschen, eines nicht möglichen und doch vorstellbaren Menschen.

Ein anonymer Spender hatte der Universität ein großes Paar Figuren von Henry Moore gestiftet. In der Nachbarschaft war man sich nicht einig gewesen, ob sich hinter dieser Anonymität Matthew Crowe verbarg. Zu diesem frühen Zeitpunkt hatte das Geschenk seine Nachteile: Die Bulldozer und Traktoren wühlten auf, was später Terrassen und Höfe sein würden. Stephanie und Frederica gingen die Statuen an ihrem temporären Platz besichtigen, begleitet von Will, der als schweigsamer Zweijähriger neben ihnen trottete, und Mary in einem zusammenklappbaren Buggy. Hinter dem freistehenden Turm durchquerten sie einen Hof und gelangten über Planken auf eine unfertige Terrasse über Heideland. Die Figuren waren in eine Art Bühnendekoration in Form eines leicht geschwungenen Mauerstücks eingepaßt, und zu ihnen führten Stufen, die sich in Heidekraut und Wollgras verloren.

Es waren eine männliche und eine weibliche Figur. Die weibliche saß in anmutiger Haltung auf den Stufen, mit massivem Körper, breitem Kreuz und zarten Knöcheln und Handgelenken. Ihren Schwerpunkt bildete das untere Ende ihres Rückgrats, das in vielschichtigen Falten von Hüften und Bauch versank. Ihr kleiner Kopf besaß runde Augen wie die einer eindrucksvollen starr blickenden Puppe oder gar eines nistenden Vogels. Von Knie zu Knie spannte sich der steinerne und paradox zarte Faltenwurf ihres Gewands wie Linien im Sand, die bei Ebbe zurückbleiben. Hinter ihr stand aufrecht die männliche Figur wie eine Schachfigur, teils aus gleichgewichtigen Kuben konstruiert, mit der Andeutung eines Brustpanzers oder Schildes. Der gespaltene Kopf war gen Himmel gereckt – ein Helm, ein wacher, großäugiger, kammbesetzter Vogel, ein Reptil, von dem der Vogel abstammte, dessen aufgerissenes Maul oder gespaltener Scheitel offen unter dem Himmel lag.

Will kletterte auf Händen und Füßen die Stufen hinauf und herunter, zwischen den Figuren hindurch und um sie herum, und hob hier einen Stein auf, dort ein Schneckenhaus, eine Feder. Beide Frauen verspürten mit einemmal den Drang, an der weiblichen Figur herumzukritteln. Stephanie sagte, sie erinnere sie daran, wie ihre eigenen Hüften seit der Schwangerschaft in die Breite gegangen waren. Frederica sagte, eine Erdgöttin mit einem Spatzenhirn sei wohl kaum ein ermutigender Anblick für eine Generation von Studentinnen. Will warf sich beinahe horizontal über eine Stufe und hielt sich am steinernen Knie fest, so wie er sich zu Hause in der Küche zu seiner und Stephanies nicht geringen Gefährdung an ihren Beinen festhielt, wenn sie etwas auf dem Herd briet oder einen Braten aus dem Ofen holte.

»Er weiß, was sie bedeutet«, sagte Stephanie. »Beständigkeit.«

»Könnten Frauen doch nur ein einziges Mal Feuer und Luft sein!« sagte Frederica zu ihrer Schwester.

»Nicht bevor sie sterben, falls du darauf anspielst«, sagte Stephanie gelassen. »Wir sind Erde und Wasser, und ich glaube, das stimmt.« Sie dachte nach. »Jedenfalls mag ich die Erde. Fels und Stein und Baum, ich mag die Erde.«

Frederica, die Will davon abhielt, auf den großen, einladenden Schoß aus Stein zu klettern, mußte an Mutter Natur denken, die das allseits verehrte und begehrte Erz in ihren Lenden wusch, um ihre Söhne damit zu schmücken. Von oben begrüßte sie eine Stimme. Die Gesellschaft aus Long Royston stieg zu ihnen hinunter: Matthew Crowe, Alexander Wedderburn, Edmund Wilkie, Vincent Hodgkiss, Thomas Poole.

»Ein fürstliches Geschenk«, sagte Crowe, der auf die Figuren deutete. »Guten Morgen, meine Damen.«

Frederica war durch den widerspenstigen Will abgelenkt. Alexander fragte Stephanie, wie sie die Plastik finde. Eindrucksvoll, sagte Stephanie, und Frederica rief von oben, daß sie beide die weibliche Figur bedrohlich fanden.

»Die männliche Figur«, sagte Wilkie, »hat Ambitionen. Er reckt die Steinmasse in einer verblüffenden Spirale empor. Er fügt sich nicht in sein Los, wie sie es tut.«

Thomas Poole bewunderte das Baby. Er hatte ein eigenes Kind, einen Jungen, etwa im gleichen Alter, wie er sagte. Ein herrliches Alter, nichts entging ihrer Aufmerksamkeit. Mary breitete die Arme aus und drehte die kleinen Hände an den fettgepolsterten Handgelenken, so daß es aussah, als wolle sie die Luft sieben und festhalten. Die weiche rote Seide auf ihrem Köpfchen wurde von einer Heidebrise bewegt; sie murmelte Silben, Ba, Ma, Da. Wills kleine Hand, die Fredericas Hand fest umfaßt hielt, war warm und trocken. Sein Körper war noch immer ein einziges störrisches Wagenrad.

Alexander bot an, Marys Buggy zu schieben. Thomas sagte, er habe darin Übung; Alexander beugte sich über Mary, um sein Gesicht zu verbergen, und sah zum erstenmal den roten Flekken auf ihrem Antlitz; er war nicht mehr geschwollen und gallertig, sondern beinahe wie ein Farbtupfer über der unsichtbaren hellen Augenbraue, ein rosig-rötlicher, goldgesprenkelter Farbtupfer.

»Man hat mir gesagt, daß es verschwinden wird«, sagte Stephanie. Mary verzog das Gesicht mißtrauisch bei Alexanders Anblick, der es mit zarter Hand berührte, und Frederica beobachtete, wie das Baby Für und Wider erwog und sich entschied, nicht zu brüllen. Ihren gemeinsamen Rückweg begleitete Crowe mit blumigen Schilderungen der noch nicht errichteten Gebäude. Hier, wo Sand und lehmverschmierte Balken in einer feuchten Grube seufzten und knarrten, würde der Turm der Sprachwissenschaften entstehen. Drüben, hinter einem langen Bretterzaun, der mit Ketten und Schlössern gesichert und mit Anschlägen bepflastert war, die den Zutritt untersagten, würden sich die Naturwissenschaften befinden.

»Und Professor Wijnnobels Apfelbäume?« fragte Frederica, noch im Bann der konkreten Bildersprache des Antrittsvortrags – die breiten und engen Fenster, durch die man hinein- oder hinaussah, das Mädchen im gelben Kleid unter Apfelbäumen, Max Plancks paradoxes Weltbild einer Wirklichkeit, die nicht mit dem Sinnesorgan des Auges, Ohrs oder Tastsinns gemessen wird, sondern mit Instrumenten, die sie sich eigentlich nicht vorstellen konnte.

»Meinen Obstgarten gibt es noch«, sagte Crowe. »Meine Rötlinge, meine Ellison's Oranges, Reinetten und Laxtons. Ich habe keine Ahnung, wo der Rektor seine Bäume pflanzen will. Irgendwann wird er ein eigenes Wohnhaus mit Garten haben, aber augenblicklich ist seine Residenz die Gästesuite in meinem Westflügel. Heute abend ist er mein Gast zum Dinner in meinem altmodischen Turm. Ich hoffe, Sie kommen nachher alle zum Kaffee und auf einen Drink vorbei. Das würde mich freuen.«

Frederica ging hin und hörte zu, wie über die Zukunft gesprochen und über Lehrstühle und Auszeichnungen geklatscht wurde. Raphael war nicht gekommen. Sie hatte im Theaterturm Hodgkiss fragen müssen, und er hatte gesagt: »Er hat es einfach nicht über sich gebracht – ich wußte, daß es so sein würde. Er verbringt sein Leben zwischen St. Michael's und der Bibliothek. Ein Ideal von einem Leben, erschreckend in seiner Eintönigkeit.«

Auch Stephanie war nicht gekommen. Sie hatte zu ihrer nicht geringen Überraschung bei der Vorstellung, in Crowes Treibhaus einer Abendunterhaltung beizuwohnen, einen Anfall sozialer Furcht empfunden. Sie war inzwischen das Gestammel der sozialen Außenseiter gewohnt, die Geschichten aus dem Leben von Daniels Mum, Williams Geplapper und Marys Gemurmel. Daß Alexander ihre Abwesenheit wahrnahm und bedauerte, hätte sie überrascht. Flüchtig, sehr undeutlich, war ihm der Gedanke gekommen, daß er ihr von Simon Vincent Poole erzählen konnte; sie konnte Dinge beurteilen, konnte zuhören, etwas für sich behalten. Aber sie war nicht gekommen, sondern Frederica. Er erzählte Frederica von van Gogh.

26. Geschichte

Fredericas letztes Jahr in Cambridge begann mit der Suezkrise und beinhaltete weitere Einbrüche aus der Welt draußen wie auch Ausflüge in sie hinein. Später sah sie dieses Jahr in einem Bild der Isolation dieser Stadt in den Fens auf dem Weg nach nirgendwo versinnbildlicht, mit ihren gemeißelten weißen Colleges und unberührten Rasenflächen unter einem bedrohlichen Himmel, wie er finster über El Grecos Toledo oder Turners winzigem, die Alpen überquerenden Hannibal hing, eine kosmische Schlacht zwischen Licht und Dunkel. Irgend jemand hatte ihr erzählt, es gebe keine nennenswerte Anhöhe zwischen den Winden Sibiriens und diesem flachen Fleck von England, nur die kalte Nordsee. Im Jahr von Suez, das auch das Jahr von Ungarn war, drang die Außenwelt nicht in Form von Telegrammen und Ärger ein, sondern in Form von Truppenbewegungen, versenkten Schiffen, erschossenen Männern, einem plötzlichen dringenden Bedürfnis, über nationale Identität nachzudenken, von Ängsten vor Gewalt, von Verantwortung. Es war natürlich nicht wirklich neu, doch Frederica nahm wie viele ihrer politisch apathischen Zeitgenossen vom Aufstand in Ostberlin oder dem Gewittergrollen in Polen nichts wahr. Der Ungarnaufstand war wie Suez eine Nachricht, nicht mehr und nicht weniger. Sie – wir – waren eine Generation, die bezeichnenderweise (Raphael Faber und Marius Moczygemba sind selbstverständlich davon auszunehmen) ahnungslos und nichtsahnend ein erschütterndes und erschöpfendes Stück Geschichte durchlebt hatte. Angesichts der Bilder und Dokumente von Bergen-Belsen und Auschwitz, Hiroshima und Nagasaki, vor denen die einen ihre Sprößlinge zu schützen versuchten, während die anderen es notwendig gefunden hatten, sie ihnen auszusetzen, hatte die meisten nacktes Entsetzen vor der menschlichen Natur an sich gepackt. Frederica hatte diese schrecklichen Bilder mit angelesenem Bücherwissen verbunden und daraus den Glauben bezogen, daß die menschliche Natur gefährlich und unberechenbar sei. *König Lear* weitete kleinliche Bosheit, gewöhnliches kindliches Aufbegehren gegen tyrannische elterliche Torheit zu einem Universum hirnloser Grausamkeit und düsterer Hoffnungslosigkeit. Tapferkeit und Heldenmut in der *Orestie* trafen auf blinde Leidenschaft und Haß, um ein Schlachtfeld des Grauens zu erzeugen. Die Kameradschaft von Männern in Owens Schützengräben endete in schäumenden Lungen und verstümmelten Gliedern. Ich führe diese gewohnten Bilder des Unsagbaren auf, weil ich mich frage, welche Art von Wissen sie für Frederica darstellten – machtvoll, mittelbar, unbezweifelbar. Denn zweifellos gingen die aus diesem Wissen herrührenden Überzeugungen in ihr Hand in Hand mit einer halb enttäuschten, halb bourgeoisen gedankenlosen Gewißheit, daß prufrocksche Bequemlichkeit und langweiliger Hausverstand sich öffentlich wie privat durchsetzen würden. (Wenn ich »bourgeois« schreibe, meine ich das Wort in dem Sinn, in dem Frederica es als Schmähbegriff aus der Lektüre von *Der Ekel* zu verstehen gelernt hatte.) Langeweile, um es kraß auszudrücken, Langeweile, Selbstzufriedenheit und Verdummung waren die eigentlichen Feinde, die es zu bekämpfen galt, nicht Irrsinn und Rücksichtslosigkeit im großen Maßstab. »Die Langeweile, der Schrecken und der Ruhm«, hatte Eliot geschrieben. Es war kein Zufall, daß man in Cambridge über die Sünde der *acedia* debattierte, daß das Wort den Weg in zahllose literarische Briefe jüngerer Studenten fand, zusammen mit »Unaufrichtigkeit«, »Relevanz« (bezogen worauf in dieser apolitischen Zeit?) und anderen diffusen Ängsten. Als die ersten Ungarn im Dezember an die Universität kamen mit ihren Berichten von Straßenkämpfen, Panzern und der tapferen, zum Verstummen gebrachten einzigen Stimme im Radio, fiel die Außenwelt ein wie eine Besatzungsarmee. Mehr als ein junger Mann hieß Attila, und Ildikos schienen von den stetig wehenden Winden hergeblasen worden zu sein. (Fredericas geographische Vorstellungen waren verschwommen.)

Das war Fredericas erste Erfahrung mit leidenschaftlichen politischen Ansichten. Freunde hatten – oft unerwartet – unterschiedliche Meinungen zu Suez; sie teilten sich auf in die, die an die Briten als »Verantwortungsträger« glaubten, die sich vor den Implikationen des Wortes Appeasement fürchteten, und in die, die das »Eingreifen« als zynischen Opportunismus betrachteten oder als Folge einer überholten Vorstellung von imperialem

Glanz. Owen Griffiths, Tony Watson, Alan Melville nahmen mit unterschiedlich ausgeprägter Furcht und Belustigung Einberufungsschreiben entgegen, in denen sie instruiert wurden, sich auf Abruf bereit zu halten. Andere, darunter Freddie, meldeten sich freiwillig. Dies könnte den Eindruck wecken, daß sich Zustimmung oder Entrüstung ob des Tuns der Regierung den Klassengrenzen entlang verteilten, was nicht ganz stimmt. Ideen von nationaler Ehre, leise oder ausgeprägte Xenophobie, pragmatische Einschätzungen ökonomischer Vorteile existieren in schroffen Gegensätzen in allen Teilen der englischen Gesellschaft. In späteren Jahren sollte Frederica sich darüber Gedanken machen, wie es dazu kommen konnte, daß Fragen verletzter Grundsätze, der Eingriffe in Freiheit, Leben, Tod, der Finanzierung des Assuanstaudamms, des Überlebens Israels und des Fortbestands des Einparteien-Satellitenstaates Ungarn in England unauflösbar mit Fragen des kulturellen Stils verknüpft wurden. Ihre eigenen Ansichten über die Suezereignisse waren ebensosehr von Stil wie von der Moral diktiert. Sie hatte aus *Auf der Suche nach Indien* erfahren, daß das Empire zwar in beschränktem und lokalem Maßstab gerecht handeln konnte, aber aus mangelnder Phantasie und Weitsicht unsensibel, anmaßend und böse war. Sie hatte gelernt, daß der Erste Weltkrieg aus dem Zusammentreffen von edlen Idealen wie Ehre, Mut und Patriotismus mit den Realitäten von Maschinengewehren, Schlamm und dem Niedermetzeln von Rekruten zustande gekommen war. Damals war man der Ansicht – was immer wir heute denken mögen –, daß Kipling ein schlechter Künstler sei, weil Chauvinismus und Burschikosität ihm den Blick trübten. Die Spielfelder von Eton waren dazu da, verspottet, nicht idealisiert zu werden. (Frederica haßte Sport.) Solches Lernen führte dazu, daß man die englische und französische Einmischung in ägyptische Angelegenheiten als schuljungenhafte Anmaßung betrachtete, was Frederica tat. Ältere als sie, die sich an anderen Vorbildern orientierten, hielten Oberst Nasser, den Demagogen und Nationalisten, für einen neuen Hitler, einen potentiellen Versklaver seiner Nachbarn. Frederica und ihresgleichen hielten ihn für einen feurigen Rebellen gegen das exklusive *mana* und fürsorgliche Wir-wissen-es-am-besten des Schulvorstehers.

Doch schon damals – und im nachhinein in zunehmendem Maß – fand Frederica es unangenehm, sich mit dem kindischen Genörgel und geschwollenen Gerede eines Jimmy Porter oder Jim Dixon auf einer Stufe zu sehen. Die Nachahmer dieser Figuren wollten das Ererbte, das kulturell anmaßende »Establishment«, die Schulvorsteher, zu Fall bringen, und sie taten es – in der Kunst – mit einer Mischung aus scherzhafter Grobheit und männlicher Inbesitznahme der entgegenkommenden Vorsteherfrauen. (Tatsächlich hielt ein polnischer Politiker das bizarre Gehabe Jims für eine äußerst treffende Entsprechung zu den ohnmächtigen Gesten, die alles waren, was seinen eigenen jungen und intelligenten Landsleuten zur Verfügung stand.) Es fiel Frederica nicht leicht, für dieses divergierende Auftrumpfen britischer Männlichkeit Verständnis aufzubringen.

Die Cambridge Union, bei der Frauen nicht zugelassen waren, hielt eine Notstandsversammlung ab. Owen Griffiths ging hin und protestierte in flammenden und wohltönenden walisischen Wendungen laut gegen lumpigen Chauvinismus, wo saubere Luft und Bildungschancen vordringliche Anliegen seien. Tony Watson ging hin und erzählte Alan und Frederica später händereibend von einer Art Rugbygetümmel zwischen aufgeregten Exoffizieren in Dufflecoats, die wirre Befehle riefen, denen niemand nachkam, weil keine Untergebenen anwesend waren. Am Newnham College war das leidenschaftliche Eintreten für beliebige Belange in Fredericas Erfahrung auf die evangelische und collegeübergreifende Christian Union, die sich Fremden mutig beim Kaffee nach dem Mittagessen näherte, und die ernsthaften Gefolgsleute des kulturell exklusiven Gedankenguts des Dr. Leavis über das Englische und die Universität beschränkt geblieben. Aber sie wurde Zeuge eines lautstark ausgetragenen Rededuells zwischen zwei Frauen in Talaren, die im Saal auf Tischen standen, was sie – wiederum im nachhinein – als ihre erste nähere Bekanntschaft mit einem echten Zusammenstoß zwischen gegensätzlichen politischen Ansichten betrachtete. Sie konnte später nicht sagen, worum gestritten worden war oder wer für welche Seite geschrien hatte. Nur Worte – »naiv«, »Megalomanie«, »kriminelle Verantwortungslosigkeit«, »infantiler Chauvinismus« – flogen mit ungewohnter Schrillheit über die Köpfe einer erregten, wenn auch furchtsamen Zuhörerschaft junger Frauen, deren Hauptinteressen vermutlich oder gewiß Liebe und Heirat waren, Familiengründung und verschwommen, möglicherweise: »meine Karriere«.

Frederica hatte auch eine kurze Unterhaltung mit einer der eleganten Verwandten des reizenden Freddie, seit neuestem Mitglied eines Komitees, das sich zum Tee im Blue Boar traf, um sich um Zukunft und Unterkunft für ungarische Flüchtlinge zu kümmern. Dieses Mädchen, eine porzellankundige Belinda Soundso, hatte noch nie ein Wort an Frederica gerichtet außer während des Salatgangs beim Maiball. Jetzt warb sie um ihre Unterstützung für die neue Aufgabe, beugte sich vor Eifer leicht errötet vor und sagte: »Es hat mein Leben verändert, es gibt mir einen Grund zu leben.«

Tränen standen in ihren Augen. Frederica war erschüttert und gerührt. Sie war an weltüberdrüssige junge Leute gewöhnt, aber Belinda hatte so sicher gewirkt, daß die Partywelt, der Heiratsmarkt wichtige und feine Dinge waren, voller Leben und Bedeutung. Frederica dachte, wie wenig man über Leute wußte. Wie leicht es war, einen gewissen bellenden Vokallaut und ein nur mit den Lippen ausgeführtes Lächeln für Selbstgefälligkeit zu halten. Andererseits, wenn man an Bill, an Alexander, an Raphael Faber, an Daniel Orton dachte, schien es ein wenig absurd, daß es einen Aufstand in Mitteleuropa brauchte, damit man einen Lebenszweck entdeckte. Ihr eigenes Problem war die Existenz von zu vielen und einander widersprechenden Zwecken.

Zu behaupten, daß sich Fredericas Leben oder Bewußtsein in diesem Jahr durch Suez oder Ungarn tiefgreifend gewandelt hätte, wäre Unsinn. Sie war in Anspruch genommen von den Auswirkungen der Spannung zwischen Cambridge und der Außenwelt auf sie selbst. Und sie liebte Raphael. Sie hatte so viel anderes aufgegeben, einschließlich der Schauspielerei und der sexuellen Abenteuer mit Zufallsbekanntschaften – ob wegen Raphael oder aus Angst vor einer Schwangerschaft oder einem rudimentären Bewußtsein, daß sie Menschen – Männern – Kummer machte, läßt sich schwer sagen.

Es gab zwei hypothetische zukünftige Fredericas – eine im Gehäuse der Universitätsbibliothek vergraben, die etwas Elegantes und Raffiniertes über den Gebrauch der Metapher in religiösen Erzählungen des siebzehnten Jahrhunderts schrieb, und eine in London, verschwommener, die ganz andere Dinge schrieb, geistreichen Kulturjournalismus, vielleicht sogar einen neuen Großstadtroman wie die Romane von Iris Murdoch. Das Problem war, dachte sie manchmal, daß die zwei Fredericas in Wahrheit unauflöslich eine waren. Die Doktorandin würde ohne den Ehrgeiz der weltlichen Schreiberin an Ziellosigkeit und seelischem Schwindel zugrunde gehen; diese andere käme sich ohne reiches Innenleben wie ein berstender lackierter Panzer vor. In der Welt einer fiktiven und hypothetischen Zukunft konnten sie miteinander existieren, und Frederica bemühte sich, beiden den Weg zu ebnen. Sie meldete sich zur Promotion an. Und auf Anregung Alan Melvilles schrieb sie im Januar 1957 einen Beitrag für den *Vogue*-Talentwettbewerb, der aus einer Autobiographie von 800 Wörtern und zwei kürzeren Texten bestand.

Einer davon war ein Reisebericht über die Provence, die Landschaften van Goghs, Aioli, Boule, Mistral, das unveränderte Saintes-Maries und die hölzerne Sarah le Kâli. (Frederica liebte diese unzureichend abgesicherte mythische Zuschreibung.) Der andere war eine Liste von Höhe- und Tiefpunkten des Jahres 1956, die Iris Murdoch, *Warten auf Godot*, bunte Schuhe in allen Spielarten und die neuen Stimmen der Ungarn unter den Höhepunkten verzeichnete und ungehobelte Grobheit, Schlagzeilen über Suez, Faltenröcke, die knitterten und die Vornehm-oder-nicht-vornehm-Debatte unter den Tiefpunkten. »Ich komme mir vor«, sagte sie zu Alan Melville, »als würde ich Listen schreiben wie Eliots *Beiträge zum Begriff der Kultur*, Rote Bete und Windhunde, Elgar und geschnittener Kohl. Was ist an Listen so zwingend?«

»Seine ist die sehr schwache Liste eines *Fremden*«, sagte Alan, der kosmopolitische Schotte. »Er sah, was sich aufdrängte. Gekochter Kohl bedeutet letzten Endes nicht viel, außer daß er gräßlich schmeckt.«

»Er könnte bedeuten, daß die Engländer auf Geschmack nicht viel geben.«

»Abgesehen von der Doppeldeutigkeit des Wortes ›Geschmack‹ an diesem Punkt«, sagte Melville, »bringt uns das nicht viel weiter. Nicht so, wie wenn man erklären würde, warum wir an der Bushaltestelle so geduldig Schlange stehen, ohne zornig zu werden, und in Fußballstadion mit Fäusten aufeinander losgehen, oder warum wir glauben, Polizisten seien gütig, obwohl ich aus meiner delinquenten Jugendzeit sehr wohl weiß, daß sie einem so gut wie jedem Verbrecher die Ohren abreißen und einen dazu bringen können, das Frühstück auszukotzen, falls man eins gehabt hat.«

Sie konsultierte Raphael Faber wegen der Anmeldung zur Promotion, die in derselben Woche abgeschickt wurde, der Woche, in der Raphael ein langes und aufwühlendes Gespräch mit Vincent Hodgkiss über die Ambivalenz seiner Haltung gegenüber Israel führte, über sein Gefühl, daß er dort sein sollte, mit anderen Überlebenden wie ihm, um für das Überleben zu kämpfen, und seine Angst vor jenem Gemeinschaftsgefühl, sein übermächtiges Bedürfnis, dort zu bleiben, wo er war, und so zu denken, wie er dachte, europäisch, international, intellektuell. Dieses Gespräch ist nicht Teil des Stoffs dieses Romans, und Frederica war sein Thema ebensowenig bekannt wie der Umstand, daß es stattgefunden hatte, so wenig bekannt wie die Geschichte der Gründung des Staates Israel mit ihren Abscheulichkeiten und Triumphen, da ihr von einer enthusiastischen Religionslehrerin am Mädchengymnasium von Blesford nur eine spärliche Bibelerzählung und eine vereinfachte Karte jenes (militärisch gesprochen) nicht zu haltenden Landes nahegebracht worden waren.

Frederica sagte Raphael nichts von *Vogue*. Sie war sicher, daß er präzise und prüde Ansichten über die Wertlosigkeit eines solchen Lebensstils hegte. Sie benutzte das Wort »prüde« und nicht »puritanisch«, weil Raphael Jude war. Auch »heikel«, aber das war nicht deutlich genug.

Wie viele andere Vorhaben jener Zeit hatte Fredericas hypothetische Doktorarbeit ihren Ursprung in einem Diktum T. S. Eliots, und zwar dem über die Spaltung des Empfindens zwischen einerseits Shakespeare und Donne, die ihr Denken so unmittelbar erfuhren wie den Duft einer Rose, und andererseits Milton, der dies nicht tat. Es war 1956 fast so schwer, nicht an diese geistige Umwälzung, verwandt den Eiszeiten und dem Verzehr des fatalen Apfels, zu glauben, wie nicht an das freudsche Unbewußte zu glauben, selbst wenn man es mit eingefleischter Skepsis versuchte, selbst wenn man – wie Frederica von Bill – dazu erzogen worden war, solchen Behauptungen mit verbissenem, störrischen Widerspruchsgeist entgegenzutreten. So machtvoll war der Mythos dieser Scheidung der Namen von den Dingen, daß es fast unmöglich war, Shakespeares Dichtung in dieser Hinsicht nicht als qualitativ verschieden von der Keats' zu verstehen, Tennyson nicht wie einen gescheiterten Donne zu lesen. Frederica hatte beim Lesen von Donne immer wieder authentische Erfahrungen sinnlicher Unmittelbarkeit des Denkens und beim Lesen von Tennyson nicht. (Das trifft meines Wissens nicht auf heutige Studenten zu, die Donne als Verschlüsseler sehen, als Philosophen des Begehrens oder als Geschichtenerzähler, die nicht mit des Geistes Auge einen Reif goldnen Haars ums Gebein sehen noch die klare Luft, die Engel kleidet, noch Gold, zu luft'ger Verdünnung geschlagen, die nicht erschauern angesichts der Fähigkeit des Geistes, eine Sonne in einer Schlafkammer, einen Stern in der Gruft heraufzubeschwören.)

Dennoch sagte Frederica zu Raphael, als sie neben ihm auf seinem Sofa im reinen, regnerischen Licht von Cambridge saß, sie sei nicht sicher, ob Eliot recht habe. Besonders bezüglich Miltons. Man habe ihm in diesem Jahrhundert die Rolle des Bösewichts zugewiesen, aber vorher sei er der Meister gewesen. Er sei das, was die Leute ablehnten, und offenbar müßten die Leute immer übertreiben, wenn sie jemanden oder etwas ablehnten.

Raphael hielt ihren Antrag zwischen seinen schmalen Händen und glättete ihn. Es sei ein großes Thema, sagte er. Wie wollte sie es begrenzen?

Frederica sagte, es gebe zwei Arten von Metaphern. Vergleiche zwischen sinnlichen Dingen – Wordsworth' wunderbares Meeresungeheuer und sein Stein in der Sonne. Und diejenigen, bei denen eine menschliche Abstraktion mit einer sinnlichen Erfahrung verglichen wird: Betrübnis mit einem stumpfen Messer, Liebe mit Kompassen, Begehren mit einem Staubkorn, das sich vom Himmel zur Hölle erstreckt. Das siebzehnte Jahrhundert hatte sich mit der zweiten Art schwergetan, weil die sinnliche Welt die gefallene Welt war und man dennoch Metaphern von Lieblichkeit oder Glanz bilden mußte, wie unrein auch immer, um Tugend und Himmel zu beschreiben. Hier gab es einen echten Unterschied zwischen Miltons Metaphern und denen Marvells. Und dann das Problem mit der Inkarnation. Unermeßlichkeit, eingezogen in deinem teuren Schoß. Oder im *Wiedergewonnenen Paradies*, wo Christus eine *Figur* war, in die, wie sie zu vermuten neigte, die ganze Welt aus der Vorstellung unbegrenzter Fassungskraft, eingefangen in verderbliches und begrenztes Fleisch, eingeschrieben war. Miltons Christus war das wiedervereinte gespaltene Empfinden. Möglicherweise. Blieb zu sehen.

Raphael sagte, wovon sie spreche, sei eine Arbeit von unvorstellbarer theoretischer Komplexität, eine Lebensarbeit, und daß seit dem Krieg nur neun Doktortitel in Englisch verliehen worden seien. Frederica erwiderte, nicht ganz wahrheitsgetreu, was sie sich wünsche, sei eben ein Lebenswerk, vergleichbar dem seinigen, und daß es eines Tages einen zehnten Doktortitel geben müsse, oder? Sie fügte hinzu, sie habe gehofft, es würde Raphael möglich sein, diese Arbeit zu betreuen.
»Kaum«, sagte Raphael. Er stand auf und stand am Kamin, die Hände auf dem Rücken, und lächelte zu ihr hinunter. Er hatte die Angewohnheit zu lächeln – in sich hinein –, wenn er sich in der Lage sah, eine scharfe Bemerkung zu machen. Es war kein nervöses Lächeln, sondern das Lächeln von jemandem, der dabei ist, einen Wurfpfeil präzise zu plazieren. Frederica nannte es bei sich sein engelhaftes Lächeln, unter anderem weil es einem Ausdruck ähnelte, den sie auf dem Gesicht des monumentalen heiligen Michael als Drachentöter an der Place Saint-Michel in Paris gesehen zu haben meinte.

»Warum nicht?« sagte sie.
»Also erstens ist es weder mein Gebiet noch meine Zeit. Du brauchst einen Theologen.«
»Ich habe mehr von dir gelernt als von irgend jemandem sonst hier.«
»Das ist möglich. Es hat nichts mit meiner fachlichen Zuständigkeit zu tun. Zweitens würde es einen Zusammenprall unserer Temperamente geben.«
»Oh, bestimmt nicht.«
»Du bist eine sehr eigensinnige junge Frau. Du würdest weder Belehrungen noch Verbesserungen leichtnehmen. Aber ich pflege die Arbeiten der höheren Semester sehr genau zu leiten. Die englische Achtung vor amateurhaftem Sich-Durchwursteln ist ein Hauptgrund dafür, daß es so wenige gute Abschlüsse gab.«
»Ich *brauche* Anleitung, wirklich.«
Raphael lächelte wieder und sagte: »Du hast keine Ahnung, was Anleitung ist.«
»Ich bewundere dich. Von Leuten, die ich bewundere, *kann* ich lernen.«
»Du hast starke Gefühle für mich. Eine Übertragung außerhalb einer Analyse zu erfahren ist weder mein Wunsch noch mein Ehrgeiz.«
Das Wort beleidigte und verletzte Frederica. Sie suchte nach einer Antwort. »Es ist *keine* Übertragung«, war schwach. Auf geistiger Unabhängigkeit zu beharren konnte als eigensinnig klassifiziert werden. Eigensinnig war eine von Raphaels Bezeichnungen – stets abschätzig, tauchte sie an überraschenden Stellen auf, wo Frederica nichts als wertfreies Ausüben freier Wahlmöglichkeiten sah. Sie erinnerte sich, daß eine Frau gesagt hatte: »Natürlich machen ihm Frauen dauernd intellektuelle Avancen«, und sie sah sich selbst, wie sie ihm ihren gedruckten Antrag vorlegte, als ob sie nackte Beine auf seiner Couch ausgestreckt hätte oder hüftenwackelnd hereingekommen wäre wie die Zigarettenmädchen in Filmen, mit dem vorstehenden Tablett in der Netzschlinge zwischen Spitzbusen und Geschlecht. Raphael glättete seinen Talarkragen.
»Drittens oder vielleicht erstens ist mir das Thema zuwider.«
»Weshalb?«

»Ich bin Jude. Ein Jude mit einer Erziehung, die mich für und gegen Milton voreingenommen hat. Englisch wurde mir beigebracht von einem lutherischen Gelehrten, der seine theologischen Ansichten akzeptabel und seine Dichtung überwältigend fand und mich lange Passagen auswendig lernen ließ, als ich viel zu jung war, um sie zu verstehen. Halbwegs bewundere ich noch immer den Wunsch dahinter. *Tout existe pour aboutir à un livre*. Er besaß die Dreistigkeit, die Bibel neu schreiben zu wollen. Aber dabei ist er so plump, so hochtrabend, so absurd. Alles, was es nicht geben darf, Gott und die Heerscharen der Engel, so fürchterlich konkret und trivialisiert.«

»Ich dachte – Dinge konkret zu machen sei gegen seine Auffassung. Von *Comus* zum *Wiedergewonnenen Paradies* ist es ein so großer Schritt. Von einer Welt, die von Dingen strotzt, zu solch einer strengen Anschauung von – von Bildern, von der Wüste.«

»Oh, er wußte Bescheid. Du sollst dir kein Bildnis machen. Die Puritaner waren Bilderstürmer, sie zerstörten die schönen Bilder, von denen die frühe Kirche voll war, die Jungfrauen und Heiligen und Engel. Aber – so sehe ich es – die christliche Religion selbst ist das endgültige vermessene Bildermachen. Ich finde die Inkarnation absurd. Ich sage nicht, daß es nichts wäre – die metaphorische Schwierigkeit, aus dem fleischgewordenen Christus eine *Figur* zu machen. Aber du kannst nicht erwarten, daß es mich nicht ein wenig abstößt. Von meinem Standpunkt aus ist es nun einmal das Götzenbild schlechthin.«

In Frederica wallte plötzlich Verständnis auf: für dieses Verbot, den Grund, Figuren nicht zu erfinden und nicht zu benennen. Für diese Furcht vor dem konkreten Abbild, für die Liebe zu den schwindenden Geistblumen Mallarmés.

»Ich habe keinen Augenblick daran *geglaubt*.«

»Es ist aber dein Erbe, ob du es annimmst oder ausschlägst. Nicht meins.«

Er sprach von sich selbst. Ihre Gespräche – die guten – nahmen gelegentlich diese Form an. Zuerst die Abfuhr, dann der kleine Raum für eine persönliche Aussage aus sicherer Entfernung. Dann gelegentlich eine scheue Wärme. Er verabscheute, wie ihr schien, direkte Fragen zur eigenen Person. (Nicht daß sie – seit dem Interview – gewagt hätte, sie zu stellen.) Doch hin und wieder erzählte er ihr Dinge, die sie hütete, genau erinnerte. Daß er einmal in den Ferien in Wales gewesen war. Daß seine Schwestern jedes Wort lasen, das er schrieb. Daß er sich als Kind vor der Dunkelheit und vor ungeöffneten Flaschen gefürchtet hatte. Das mochte mit Genien (Genius) zu tun haben. Hatte er das gesagt, oder hatte sie es so gedeutet? Daß er – an seinen Texten – vom Morgengrauen bis zehn Uhr morgens arbeitete. Daß er George Eliot überhaupt nicht mochte. Daß er auch Merrydown-Apfelwein nicht mochte. Kleine Teile eines Puzzles. Und neben diesen zusammengestückelten Figuren lebhafter kleiner Schnörkel und Schrullen die farbige und leuchtende Weite der Mallarmé-Vorlesungen, geordnet, verschlungen, flammend, beherrscht. Was ist ein Mensch? Es gab auch die zarten Bilder der Banyans in *Fremde Teile*, die mit den wechselnden Penissen, dem imaginierten Papierfries von *jeunes gens en fleurs* während ihres Röteln-Deliriums entsprossen, eine verruchte Allianz eingegangen waren. Was ist ein Mensch? Wie wollen wir das wissen?

»Du könntest mich lehren, wie man die Theologie zu betrachten hat.«

»Ich könnte dich nicht lehren, wie ich sie sehe. Es liegt einem im Blut.«

»Aber wir können über Metaphern *reden*, zivilisiert reden. Wir leben in derselben Welt.«

Er lächelte, ein gelassenes, gütiges Lächeln.

»Selbstverständlich könnten wir über Metaphern sprechen. Wir tun es.«

»Es gibt Metaphern im Alten Testament, die zu dem gehören, was ich untersuchen will. Das Hohelied.«

»So«, sagte Raphael.

»Es gefällt dir nicht«, sagte Frederica tapfer, »Bilder von Dingen zu machen – unwirkliche Leute zu benennen – du magst die Inkarnation nicht – aber das – sie sind so konkret.«

»Aber ja«, sagte Raphael. »Dein Schoß ist wie ein runder Becher, dem nimmer Getränk mangelt. Dein Leib ist wie ein Weizenhaufen, umsteckt mit Rosen. Deine zwei Brüste sind wie zwei junge Rehzwillinge. Vergleiche, nicht Metaphern.«

Seine Stimme hatte beim Rezitieren eine klare Schärfe, sie klang präzis, musikalisch, nicht pedantisch, sondern anspruchsvoll und distanziert. Sein Gesicht zeigte noch immer das engelhafte Lächeln.

»Oder der Mann«, sagte er. »Seine Hände sind wie goldene Ringe, voll Türkise. Sein Leib ist wie reines Elfenbein, mit Saphiren geschmückt. Seine Beine sind wie Marmelsäulen, gegründet auf goldenen Füßen. Seine Gestalt ist wie Libanon, auserwählt wie Zedern.«

Wie fremd, dachte Frederica, die erschrak, wie fremd in ihrem kühlen Reichtum diese Vergleiche waren. »Ein Reif goldnen Haars ums Gebein« ließ sie erschauern; das hier auch, doch voll Furcht vor einer Empfindsamkeit, von der sie nichts wußte.

»Mir gefallen die einfachen Zeilen zwischen den prachtvollen konkreten Dingen. Wie schön ist dein Gang in den Schuhen. Und: daß auch viele Wasser nicht mögen die Liebe auslöschen noch die Ströme sie ertränken. Wenn einer alles Gut in seinem Hause um die Liebe geben wollte, so gälte es alles nichts. Raphael – ist es wirklich ein religiöses Gedicht? Ich dachte früher, es sei offensichtlich einfach erotisch, aber heute denke ich . . .«

»Natürlich ist es religiös. Es behandelt die undenkbare Erfüllung jenseits der Sinne. Du wirst am Kern deiner Doktorarbeit darauf stoßen.«

Die Worte hingen losgelöst im Raum, der Leib aus blankem Elfenbein schimmerte absurd und gefährlich neben dem Banyan-Penis und den blühenden Jungen. Ich bin krank vor Liebe, dachte Frederica, und gleichzeitig: Es gibt keinen Raum für die Phantasie zwischen all diesen Mineralien und fruchtbaren Tieren, Zähne wie eine Herde Schafe, die aus der Schwemme kommen und allzumal Zwillinge tragen. Sie sah Raphael an und lachte.

»Es ist exotisch und sinnlich und sehr *kalt*, alles zugleich, für mein Empfinden«, sagte sie.

»Und für meins«, sagte er, vielleicht traurig. »Ich mag die Geister davon lieber, in Mallarmés Träumen und Wahnbildern –«

»Raphael – ich habe nicht gebetet – ich meinte nicht – ich wollte nur –«

»Ach, ich weiß.« Er kam zu ihr, er ging in einem Gewimmel aus Elfenbein und Gold, Myrrhe und Brüsten, Seide und weichen jungen Geschöpfen, ein schmaler dunkler Mann in einem sehr sauberen, weich schimmernden Kordsamtjackett. Er legte eine Hand auf ihre Schulter. »Ich weiß. Du willst nur alles. Du bist ein beeindruckendes Mädchen, Frederica.«

»Aber du wirst wenigstens mit mir über die Arbeit *sprechen*.«
Er entspannte sich plötzlich. »Ich bezweifle wirklich, ob ich in dieser Sache überhaupt eine Wahl habe, du nicht? Wir werden kameradschaftlich und schweigend im Anderson Room sitzen, Jahr um Jahr, und von Zeit zu Zeit über Theologie und Ästhetik diskutieren –«

»Du kannst mich immer hinauswerfen, wenn ich dich langweile.«

»Aber nein, das tust du nicht.« Er strich mit seinen Lippen über ihre Stirn. »Langeweile ist das letzte Gefühl, das du in anderen hervorrufst. Ich bin – weißt du – ein sehr furchtsamer Mensch. Außerhalb meines eigenen kleinen Bereichs.«

»Gut, laß mich hinein.«

»Wo sonst bist du denn? Du sitzt auf meinem Sofa, trinkst meinen Wein, erörterst meine Gedanken. Schenk dir noch ein Glas ein, und dann mußt du schnell fort, wir beide haben zu arbeiten.«

Nigel Reiver kam wie die Ungarn von der Luft der Außenwelt umhüllt wie von einem Umhang, der ihm besonders große Sichtbarkeit verlieh. Er kam an einem Tag, an dem Frederica mit Menstruationsschmerzen im Bett lag, in schützender Haltung zusammengerollt unter einem Stapel Decken, mit einem pfauenblauen Pullover oberhalb der Taille und darunter Unterhosen und Watte. Eine Schmerzbahn zog sich wie ein Schwerthieb über die Leisten zum Schambein, und wehe Knoten dichteren Schmerzes machten sich in Lenden- und Gehirnganglien bemerkbar. In ihrem Zimmer herrschte das übliche Durcheinander aus abgeworfenen Kleidern, offenen Büchern, benutztem Geschirr. Sie versuchte zu lesen, ein wenig Proust, ein wenig Racine, ein wenig Platon, und dabei wurden die Zeilen der Wörter von den schwebenden Schmerzwellen angezogen, wie

Klebestreifen dank der winzigen Nylonhaken eines Klettverschlusses an Stoffbahnen haften. Sie hatte entdeckt, daß unter diesen Bedingungen ein kurzes Auflodern von Konzentration immer wieder möglich war. Die Absätze selbst gingen vom Zufall bestimmte Verbindungen ein: Prousts Berma spielte die Phädra in einer meergrünen Höhle, während Frederica Phädras Monolog über das Feuer der Sonne in ihrem Blut und das versiegelte Licht las und sich dann Platons Mythos vom Feuer in der Höhle zuwandte. Ihr eigenes Gasfeuer brodelte und brauste in sporadischen Abständen; sie spürte warmes, klumpiges Blut, das aus ihr heraussprudelte. Im Fenster über dem Schreibtisch tanzten und kreisten geometrische Fischformen, die Marius Moczygemba gemacht hatte, an dünnen Fäden. Nigel klopfte und kam herein und sagte:

»Bei dir ist es wie im Treibhaus.«

»Ich bin krank. Ich mag es, wenn mir heiß ist beim Kranksein, es tröstet mich. Ich habe dich nicht erwartet.«

»Wie solltest du? Ich war in Tanger. Jetzt bin ich zurück, und ich bin gekommen, um dich zu besuchen. Auf gut Glück natürlich.«

»Ich müßte bei einer Textrevision sein. Ich bin wie tot. Du hast mich nur erwischt, weil ich gerade sterbe.«

»Woran?«

»Blutung«, sagte Frederica, zu deren Credo es gehörte, Dinge beim Namen zu nennen.

»Das ist etwas ganz Natürliches, das nicht weh tun sollte.«

»Was weißt *du* schon davon? Manchmal tut es weh, manchmal nicht. Diesmal ist es die Hölle.«

»Wo?« sagte Nigel, der weiter ins Zimmer trat. Er trug einen weiten und ziemlich konventionellen Mantel aus Kamelhaar, einen Mantel, wie ihn Männer in Cambridge nie trugen; das ließ ihn für einen Augenblick vulgär aussehen, obwohl der Mantel teuer und schlicht war. Frederica war verwirrt. Alan oder Tony oder Marius oder sogar Hugh Pink hätte sie aufgefordert, sich auf ihr Bett zu setzen, um sie zu trösten, oder sich Kaffee zu machen oder sich als hinausgeworfen zu betrachten. Aber sie hatte nicht das Gefühl, Nigel Reiver zu *kennen*, und hatte keine Ahnung, wie er ihre Beziehung einschätzte. In ihrem dritten

Jahr in Cambridge hatte sie endlich entdeckt, daß Frauen nicht das einzige Geschlecht mit einem starken Phantasieleben waren. Männer träumten oder glaubten, es gebe eine besondere Beziehung, Einvernehmen, Vertrautheit, auf der zerbrechlichsten Basis: der eines intellektuellen Bekenntnisses, das jedem, der gerade zufällig anwesend war, hätte gemacht werden können, eines gutmütigen betrunkenen Kusses, der als Bezahlung dafür gedacht war, daß man von einer Party heimgebracht worden war, einer kindisch hingekritzelten Nachricht während einer Vorlesung über Mallarmé. Doch welchen Gesetzmäßigkeiten Männer wie Nigel Reiver gehorchten, davon hatte sie keine Ahnung. Sofern es andere Männer wie Nigel Reiver gab. Gegenden, die sie nicht kannte und die ihr vage als die mittelländischen Grafschaften in den Sinn kamen, mochten voller Nigels sein; Berufe wie das Militär, Orte wie die Londoner City mochten sie in Scharen aufweisen. Doch die Männer, die Frederica kannte, waren alle – sogar die unglücklichen, sogar die Versager – Männer von Cambridge.

»Wo tut es weh?« sagte er geduldig, näher kommend.

»Überall. Hier unten – über dem Bauch – den Rücken entlang bis zum Nacken. Ich fühle mich scheußlich. Wenn ich du wäre, würde ich gehen.«

»Nachdem ich so weit gefahren bin, um dich zu sehen? Aber nein. Ich kann eine Menge Schmerzen heilen. Ich habe gute Hände. Laß mich machen.«

Er zog den Mantel aus und hängte ihn mit Sorgfalt über einen Bügel an der Tür. Darunter trug er einen roten Rollkragenpullover und schwarz-weiße Tweedhosen; er war muskulös und schwerfällig und untersetzt. Er streckte die Hände aus.

»Laß mich.«

»Nein.«

Sie hatte Angst. Sie wollte ihn nicht in der Nähe des süßlichen Blutgeruchs und des zerwühlten Lakens und ihres ungekämmten Haars und ihres heißen Kopfkissens haben. Sie fühlte sich verletzlich wie eine Meerjungfrau in ihrem halbbekleideten Zustand, mit ihren nackten Beinen, die kalt waren in der heißen Deckenhülle.

»Nein, nein.«

Er lächelte und kam näher. Es war ein grimmiges und leicht verächtliches leises Lächeln, als ob ihr Nein eine sinnlose Geste gewesen sei, die besser ganz unterblieben wäre. Er bahnte sich vorsichtig einen Weg durch ihr Chaos, ohne irgendeines der verstreuten Dinge zu berühren, hob Proust und Racine auf, entfernte sie vom Kopfkissen und setzte sich neben ihre Schulter.

»Also dreh dich um, auf den Bauch.«
»Nein, ich –«
»Mach schon. So ist es gut.«

Als ob sie ein Pferd wäre oder ein Schaf in den Wehen. Sie drehte sich um. Blut quoll. Sie schloß kurz die Augen. Nigel breitete die Hände aus, Handgelenke aneinandergelegt, Finger ausgestreckt, und stieß mit ihnen herab auf ihre Schultern, als vermutete er dort eine Wasserader.

»Mach dich nicht so hart. Spür diesen großen Knoten. Du machst ihn größer. Gut, laß mich ihn auflösen. Entspann dich.«

Er hatte tatsächlich gute Hände. Frederica hatte nie etwas ähnliches erfahren. Es war, als ob er das ganze komplizierte Gewebe aus Muskeln und Nerven, das ihre schmalen Schultern zusammenhielt, genommen, jede Faser einzeln berührt und geglättet und zurückgelegt hätte in warme Hüllen, so daß sie ihr Zusammenwirken und Zusammenspielen in milder Hitze spüren konnte.

»Du kannst all diese Bücher nicht auf einmal lesen.«
»Doch, ich kann. In ein paar Monaten hab' ich Prüfung. Ich bin gut. Ich werde gute Noten kriegen.«
»Und dann?« Seine Finger, das regelmäßige warme Reiben, ihre Halswirbel sondierend. Sie dachte das Wort: unpersönlich, und fragte sich dann, ob es das sei. Sie schloß die Augen.
»Keine Ahnung. Manchmal denke ich, ich bleibe hier. Und mache den Doktor. Ich habe ein Thema. Ich habe mich angemeldet. Ich habe auch beim Talentwettbewerb von *Vogue* mitgemacht, zum Spaß.«
»Und worauf hoffst du am Ende?«
»Ich weiß nicht.« Sie wollte das Wort nicht sagen: heiraten, und wollte, konnte vielleicht an keine überzeugende Zukunft ohne es denken –

»Das ist wunderbar, was du machst. Ich wußte nicht, daß es möglich ist –«
»Was? Was ist möglich?«
»Schmerzen auf diese Weise loszuwerden.«
»Ich sollte den ganzen Rücken machen.«
»Nein.«
»Ach, komm.«
»Nein.«
»Warum nicht?«
»Es ist alles schmutzig. Ich bin nicht angezogen. Ich –«
»Du wirst nicht die erste Frau sein, die ich sehe. Mich interessiert dein Rücken. Im Moment. Ich habe eine Menge gelernt von einem Hufschmied, den ich kenne. Er konnte den Rücken eines Pferdes von oben bis unten bearbeiten – so –«, er schob die Decke weg, »alle Wirbel lockern, dem Rückgrat einen scharfen Klaps mit der Handkante geben«, er demonstrierte es, ohne sie zu berühren, »und du konntest sehen, wie der alte Gaul vor Erleichterung seufzte. Klick, klick, Freiheit. Komm schon. Laß mich.«
»Es ist alles schmutzig.«
»Macht mir nichts aus.«
Er arbeitete. Frederica entspannte sich und glühte, Haut und Fleisch und Knochen. Er redete.
»Ich würde nicht hier bleiben, an deiner Stelle. Genug ist genug, würde ich denken. Was willst du am Ende machen? Du wirst heiraten wollen.«
»Ich weiß nicht.«
»Du würdest sehr aus dem Rahmen fallen, wenn du es nicht wolltest.«
»Das ist meine Sache. Ich könnte einen Don heiraten und hierbleiben.«
»Und was ist mit der wirklichen Welt?«
»Das hier ist wirklich. So wirklich wie irgendwo sonst.«
Seine Hände waren jetzt warm und trocken. Er redete.
»Ich war mit meinem Onkel in Tanger. Er wußte, daß diese Suezgeschichte kommen würde – er hat Freunde in Israel, aber auch in Persien und Oman und Ägypten. Er hat es richtig gemacht – wußte, daß Nasser den Kanal schließen würde, ver-

kaufte eine ganze Flotte von kleinen Schiffen, die auf den Golfhandel angewiesen waren, spekulierte an der Börse und hatte Erfolg damit. Ist ein alter Pirat, mein Onkel Hubert. Lebt in großem Stil in Tanger. Mein Vater hat ihn zum Verwalter von unserem Geld bestimmt, dem der Mädchen und meinem; er sorgt für uns, auf seine komische Art. Das Haus gehört allerdings mir. Ich werde eine Frau brauchen, die sich um mein Haus kümmert.«

»Vielleicht wird es ihr nicht passen, daß sie um eines Hauses willen geheiratet wird.«

»Ich werde sie nicht deshalb heiraten. Es wird um meinetwillen sein. Ich weiß, was ich will.«

»Was willst du?« Eingelullt und ausgestreckt, die lange Linie spitziger Knochen geschmeidig und pulsierend.

»Ich will etwas, was vor allem nicht langweilig ist. Sexy natürlich und warm und gut, aber jede Menge Frauen sind das. Nur sind die meisten Frauen so langweilig.«

»Vielleicht finden sie dich langweilig.«

»Möglich. Das ist nicht der Punkt. Ich bezweifle, daß du überhaupt verstehst, wovon ich spreche. Du langweilst dich nicht, und du langweilst nicht – du würdest überall für deine eigene Unterhaltung sorgen, nehme ich an. Oder?«

Nicht in Blesford.

»Ja. Das würde ich. Aus Prinzip.«

»Ich wußte es.«

Sie wollte sagen: Ich werde dich nicht heiraten, dich und dein Haus, du solltest nicht daran denken. Aber er hatte sie nicht gebeten, sie zu heiraten, und seine Art, ihren hypothetischen Mangel an Langeweile zu erörtern, machte es sehr klar, daß das Ganze hypothetisch war. Er bat sie nicht, ihn zu heiraten. Er erklärte weder, warum er so lange weggeblieben war ohne Nachricht, noch, warum er jetzt zurückgekommen und so sicher war, willkommen zu sein.

»Jetzt fühlst du dich besser«, sagte er zu ihr, und sie stimmte mit angemessener Demut zu, denn es entsprach der Wahrheit. Er schlug vor, daß sie aufstand und daß sie eine Spazierfahrt machten, raus aus Cambridge, und auch dem stimmte sie zu, hauptsächlich wegen des Autos, der Geschwindigkeit, der Überwindung jener unsichtbaren Hecke zwischen dem Garten und der Welt. Sie fühlte sich vor ihm geschützt durch die Blutung und ihm nah wegen der Wärme seiner Fingerspitzen.

Sie fuhren wieder nach Ely, in die wirkliche Welt, die in diesem Landesteil aus einem Gitter gerader schmaler Straßen bestand, Dammkämmen folgend, wo die schwarze, schwarze sumpfige Erde aufgeworfen war und neben denen das Wasser der Abzugskanäle dunkel glänzte. Es war eine lichte, unbewegte Wirklichkeit, gleichbleibend viele Meilen lang über Dörfer, die aus verarmten Katen bestanden, mit einem Bahnübergang und einer betonierten Fahrstraße mit dem Aussehen einer aufgegebenen Landebahn. Die Dörfer trugen Namen wie Stripwillow, hübschere und grünere Namen, als sie waren.

Als der Hügel von Ely in der Ferne sichtbar wurde, sprach Nigel plötzlich von Hereward – meistens fuhr er schweigend. Er sagte: »Es sieht alles kleiner aus, als ich es mir als Junge vorstellte, als ich *Hereward the Wake* las. Ich bin wirklich aufgegangen in diesem Buch, weißt du. Toll. Hereward der Berserker, der Hirnklopfer, der Landräuber, der Seeräuber.«

Er hielt an; es war das Ende der Dämmerung; ihre Blicke folgten der grauen Straße und dem mit Adlerfarn und Brombeeren bewachsenen Damm und dem verborgenen schwarzen Wasser. Sie dachte, er würde versuchen, sie zu küssen, aber er sagte nur:

»Schau.«

Rund und weich, schwer an Gestalt, leicht in seinem geräuschlosen Auftauchen, schwebte ein großer weißer Vogel in der Luft und verschwand hinter dem Damm.

»Warte«, sagte Nigel.

Es gab ein leises Geräusch und dann eine Art erstickten Schrei, und ein zweiter Vogel, cremefarben im sich verfinsternden Licht, flog in einer Kurve über der Bahn des ersten.

»Schleiereulen«, sagte Nigel. »Ich mag ihre stämmigen Hinterteile und die Art, wie sie ihre großen Köpfe drehen. Gilbert White sagt, wie weich und geschmeidig ihre Schwungfedern sind – damit es beim Beuteflug möglichst wenig Luftwiderstand gibt. Also, er ist wirklich ein großartiger Autor. Ich las ihn in unserer Bibliothek. Und Parson Kilvert. Und W. H. Hudson. Ich begreife, um was es in solchen Büchern geht. Sie lassen einen die Dinge besser erkennen. Kennst du Hudson?«

»Nein.«

»Solltest du aber. Ich kenne ein erstklassiges Hotel in Huntingdon. Willst du mit mir zu Abend essen?«

»Oh, sehr gern.«

»Sie machen einen guten Entenbraten dort, nicht fett, sondern knusprig. Und Rehpastete. Wenn du Hunger hast.«

»Ich sollte eigentlich bei einer Party im Caius College sein.«

»Du warst krank. Wenn ich dich nicht geheilt hätte, wärst du zu krank gewesen, um hinzugehen.«

»Das stimmt.«

Das Hotel war so gut, wie er gesagt hatte; beim Brandy nach einem abwechslungsreichen und schmackhaften englischen Abendessen vor dem Kaminfeuer in einem getäfelten Raum empfand Frederica Wärme für Nigel Reiver, der ihr einen Tag in der Außenwelt geschenkt hatte, ihren Rücken behandelt hatte, ihr eine Eule gezeigt hatte, sie an Kindheitslektüre erinnert hatte. Sie hatte das lebhafte Bild eines kleinen, ernsthaften Jungen vor Augen, in einer Bibliothek mit getäfelten Wänden und Fensterbänken, die eine riesige Rasenfläche überblickte mit einem Burggraben dahinter – einen geheimnisvollen, verschlossenen, phantasierenden kleinen Jungen.

»Welches Buch mochtest du am liebsten?« sagte sie. »In eurer Bibliothek?«

»Machst du dich über mich lustig?«

»Nein. Warum?«

»Du klangst ein bißchen gönnerhaft. Ein bißchen zu freundlich. Ich kann das nicht leiden.«

»Ich meinte es nicht so. Ich habe mich nur daran erinnert, was ich in diesem Alter las – Sir Lancelot und *Puck vom Buchsberg* und die Geschichten von Asgard –«

»Hast du Tolkien gelesen?« sagte Nigel. »Tolkien ist ein Genie. Meiner Meinung nach.«

Frederica hatte Tolkien nicht gelesen. Raphael hatte seine

Prosa »häßlich« genannt, und Tony hatte gesagt, daß seine sozialen Ansichten simplizistische wagnerianische Ideen von Gut und Böse seien, von Herrenrassen und Dienerrassen und eine alberne Vergötterung des bukolischen England und einer nichtexistenten lustigen Bauernschaft. Nigel Reiver lehnte sich zurück – das Huntingdonfeuer tanzte auf seinem dunklen Gesicht – und sagte, daß nach seiner Meinung die Bücher lebendig seien wie *Puck*, weil sie eine wirkliche Geschichte erzählten, weil sie einfach von Gut und Böse handelten, weil es viele Kämpfe mit der Landschaft gab und keine Maschinen, keine Politik, keinen Sex.

»Sie geben einem ein sauberes Gefühl«, sagte er. »Jetzt lach schon.«

»Warum sollte ich lachen?«

»Ich sagte einem Mädchen in Oxford, ich fände ihn wunderbar, und sie lachte sich tot. Sagte, ich sei ein hoffnungsloser Fall. Schmiß mich mehr oder weniger auf der Stelle raus.«

»Du hast das falsche Mädchen in Oxford gehabt«, sagte Frederica. »Meistens mögen sie ihn dort. Er kommt von Oxford.«

Das Mädchen in Oxford interessierte sie. Wie viele Mädchen hatten mit ihm in wie vielen Hotels zu Abend gegessen und über *Puck vom Buchsberg* geredet? Seine Zusammenfassung von Tolkien war – zu dieser Ansicht kam sie – klug und nicht naiv. Man konnte sich sehr wohl erfrischt fühlen von einer Geschichte, in der jede Menge Kämpfe, keine Politik, keine Maschinen, kein Sex vorkamen. Sie beobachtete Nigel Reiver verstohlen und merkte, daß er sie mit kühl abwägender Belustigung betrachtete. Es gab etwas in Nigel, was ihn Puck sehr ähnlich machte: sein dunkler Teint und die dunklen Haare, seine muskulösen Schultern und der untersetzte Körper, seine großen Ohren, etwas Verschmitztes und Humorvolles und schwer Faßbares bei seiner ganzen englisch-praktischen Art. Auf der Fahrt zurück nach Cambridge dachte sie über seinen Namen nach. Nigel war ein Name, der ihr nicht gefiel; ein Name für ehrbare kleine Knaben aus wohlanständigem Elternhaus, die sie nicht mochten und deren Schwestern Patricia oder Gillian oder Jill hießen. Jetzt sah sie es plötzlich anders, ein Name von Sir Walter Scott, ein Name für einen Piraten oder einen Freibeuter – hatte Wordsworth nicht *The Borderers* in *The Reivers* umbenannt?

»Heißt dein Onkel auch Reiver?« fragte sie, gegen die einschläfernde Wirkung des Brandys ankämpfend.

»Ja. Warum fragst du?«

»Du hast gesagt, er sei ein richtiger Pirat. Plötzlich kommt mir das alles wie Hereward vor.«

»Ich verstehe nicht ganz, was du meinst«, sagte Nigel, schattenhaft neben ihr in dem dicken Kamelhaarmantel, mit diesen festen Händen, die in Lederhandschuhen das Steuer hielten. Als sie in Newnham ankamen, hielt er unter einer Lampe, wandte sich zu ihr und sagte:

»Was jetzt?«

Sie drehte sich nicht weg. Sie hatte plötzlich ein bißchen Angst. Er griff nach ihr, selbstsicher und entschlossen. Der Geruch seiner Haut war warm und trocken und irgendwie vertraut, ein guter Geruch, ihrem eigenen nicht ähnlich, doch angenehm wie ihr eigener.

»Meistens mag ich keine Zungenküsse«, sagte er. »Aber du –«

Während des Geküßtwerdens steigerte sich Fredericas Angst noch. Sie war sich nicht sicher, warum; tatsächlich hing es damit zusammen, daß sie bei ihren Abenteuern keinerlei wirkliches Begehren gefühlt hatte, nur ein allgemeines Bedürfnis nach Sex, und daß sie das hin und wieder mit etwas Spezifischerem verwechselt oder sich selbst getäuscht hatte. Sie dachte nach. Ihre Hände und Knie zitterten. Sie dachte, sie sollte lieber verschwinden, und dann, daß sie wollte, daß er sie festhielt, und dabei nahm sie sogar den unpassenden Mantel in Kauf. Er saß ziemlich steif da und sagte noch einmal: »Und jetzt?«

»Was heißt: und jetzt?«

»Ich meine, was willst du?«

»Was *ich* will?«

»Willst du nicht?«

»Ich weiß nicht, was du meinst.«

»Solltest du nicht lieber reingehen?« sagte er verärgert. Frederica stieg aus dem Auto, einem Impuls des Selbstschutzes gehorchend. Als sie um den Kühler herumgegangen war, rief er:

»Komm zurück.«

Sie kam.
»Sei nicht zickig. Wir haben einen schönen Tag gehabt.«
»Stimmt.«
»Komm her. Ich sehe dich wieder.«
Sie wollte nicht fragen, wann.
»Gib mir einen Kuß bis zum nächstenmal.«
Sie hielt es nicht aus, ihn nicht noch einmal zu berühren. Sie küßten sich, eher förmlich, durch das Autofenster, sie stehend, er zurückgelehnt im Fahrersitz.
»Ich sehe dich wieder«, sagte er noch einmal.
Sie ging steif in das Collegegebäude zurück, geplagt von allen möglichen widerstreitenden Schmerzen.

Figuren sind fiktiv und hypothetisch. Ebenso verhält es sich mit dem kleinen Bündel Einladungskarten auf jedem Kaminsims in Cambridge, das vom Futurum, welches eine Fiktion ist, nächsten Samstag, Freitag in einer Woche, Mittwoch um acht, zur Vergangenheit wechselt oder zur möglichen Vergangenheit, wie im Fall der Geburtstagsparty im Caius College – Jeremy Laud, einundzwanzig –, der Frederica ewig fernblieb, da sie mit Nigel Reiver nach Ely und Huntingdon gefahren war, oder mit einem ernsthaften Treffen in Harvey Organs Wohnung, um unter den Auspizien des Critical Club über *Seven Types of Ambiguity* zu diskutieren, das sie versäumt hatte, weil sie ihre Anmeldung zur Promotion mit Raphael Faber hatte diskutieren müssen, oder mit einer Karte blaßblauer gemalter Striche, die eine gebeugte Gestalt im Regenmantel darstellten, einen gefälligen langhaarigen Dichter, einen schlampig gekleideten bebrillten Journalisten, die Frederica zu einem Abend mit Musik mit den drei Englischstudenten einlud, die sie mittlerweile als *la petite bande* bezeichnete. Als sie diese Karten mischte, die verlorene Vergangenheit, *paradis perdu*, hinter die hoffnungsvolle oder furchterregende Zukunft steckte, fragte sie sich, was sie verpaßt hatte – ein weiteres Gespräch mit Harvey über Weltmetaphern, Singen zur Gitarre, einen Kater, einen neuen Freund. Es war reiner Zufall, berichtet Forster uns von Ricky, der Agnes in Umarmung mit ihrem Geliebten imaginiert, daß ihn nicht Ekel überkam. Doch er sollte nichts davon erfahren. Forster selbst übersah diesen Zufall, da er plante, verteilte und urteilte. Es war Zufall, daß Frederica Ralph Tempest nicht traf, bei Jeremy Lauds Gesellschaft, bei Harveys Diskussion, bei Mikes, Tonys und Jolyons verrauchter Unterhaltung mit auf den Wänden klebenden Sinnsprüchen. Wer war Ralph Tempest? Er war schüchtern und klug. Es fiel ihm nicht leicht zu sprechen, aber wenn er sprach, hatte er viel zu sagen. Auch er konnte sich nicht entscheiden, ob er an der Universität bleiben oder in der Welt leben sollte, und mußte seinen eigenen Weg finden, um die beiden Bereiche zu versöhnen, lehrend und auf Forschungsreisen. Er war Anthropologe mit der Begabung, sich präzise auszudrücken, der zum Vergnügen Gedichte las. Er hatte einen Mund, der nach einigen Jahren Selbstsicherheit freundlich werden würde, und einen Geist, der sich 1957 vollständig privat äußerte, in Mitteilungen an einen einzigen alten Schulfreund in ausgedehnter Korrespondenz. (Er war ehemaliger Schüler sowohl Etons wie des Gymnasiums von Manchester, was den Wechselfällen bei der Stipendienvergabe und der sonderbaren Laufbahn seines Vaters in der Armee, der Werbebranche und zuletzt der Kirche zu danken war.) Er wußte wenig über Sex und hätte nicht gewagt, Frederica zu berühren – er war zu jung für sie, das wird man noch sehen –, aber er sollte eine Menge von der weinenden Gattin eines Anthropologieprofessors in Tripoli lernen, die er lieben sollte, kurz, zärtlich und hoffnungslos. Er hätte Frederica glücklich gemacht und ihr ihre Freiheit gelassen. Ralph Tempest bei Harvey Organs Diskussionsveranstaltung, ungeschickt-graziös tanzend mit des reizenden Freddie ungarnbesessener Kusine Belinda bei Jeremy Lauds Geburtstagsfeier, sitzend auf Mike Oakleys Bett im Christ College, den Arm um die Taille eines Mädchens mit beginnendem Doppelkinn in einem dunklen pfauenblauen Brokatkleid gelegt, eines Mädchens, das wie Frederica an einem Essay über Blut und Licht in *Phädra* schreibt, doch Proust nicht gelesen hat (auch Ralph Tempest hat Proust nicht gelesen) und das seine Gründe hat, einen in Cambridge zu erwerbenden Doktortitel nicht in Erwägung zu ziehen.

27. Gräsernamen

Im Frühsommer 1957 absolvierte Marcus seine Prüfungen in Mathematik, Höherer Mathematik, Chemie und Botanik. (Diese idiosynkratische Auswahl verdankte sich teilweise seinem Abscheu davor, Gewebe zu zerlegen. Die Schulbehörden, erfreut, ihn überhaupt etwas tun zu sehen, und im Wunsch, seinen Vater zu trösten und ihn selbst halbwegs normales menschliches Verhalten annehmen zu sehen, hatten ihn unter einigen Mühen und mit zusätzlichen Botanikstunden am Mädchengymnasium untergebracht, wo er dieselbe Klasse wie Jacqueline, aber nicht wie Ruth, besuchte.) Im Sommer absolvierte Frederica ihre Prüfungen in Cambridge und führte ordentliche Büchlein, randvoll mit Zitaten und Querverweisen, über die Tragödie, über Literaturtheorie, Dante und die englischen Moralisten, was in jener Zeit Platon, Aristoteles, Augustinus und ein paar Brocken Kant mitbeinhaltete. Stephanie stellte fest, daß das Mal auf Marys Stirn entschieden schwächer und flacher geworden war. Der dreijährige Will hatte eine Leidenschaft für Bücher entwickelt. Er kannte das Alphabet und identifizierte die Buchstaben auf Reklameflächen lauthals von Bus oder Fahrrad aus. Mein W, Mummys S, D für Daddy, M für Mary. Stephanie las ihm vor, Grimms Märchen, alte englische Märchen, Balladen und Zaubergeschichten. Es gab kein Fernsehen, keine Kindersendungen mit herumhopsenden Maultieren und Männchen in Blumentöpfen. Es gab ein behaglich abscheuliches East-Anglia-Phantom namens Yallery Brown und ein schottisches Seeungeheuer ohne Haut namens Nuckelavee, die er besonders liebte, vielleicht wegen des Rhythmus ihrer Namen. Was er liebte und was Daniel auf die Nerven ging, war die Wiederholung – die guten Taten des roten Hühnchens, die endlosen törichten Reden des dummen Hans, die drei Schweinchen oder die drei Prinzen, die drei Wege entlang galoppierten und drei Tiere trafen, die ihnen halfen, drei Riesen in drei Burgen zu überwältigen und drei Bräute von unterschiedlicher Schönheit und Tugendhaftigkeit zu gewinnen, auch im Besitz unterschiedlicher Fähigkeiten, Seide so fein zu weben, daß man sie durch einen goldenen Ring ziehen konnte, oder Stroh zu Gold zu spinnen.

Als er seine Prüfungsarbeit in Botanik schrieb, gestand Marcus sich ein, daß er zum erstenmal in seinem Leben glücklich und zufrieden war. Er hatte einen erschöpfenden Aufsatz zu den verschiedenen Aspekten der Sexualität von Pflanzen geschrieben und näherte sich jetzt seinem Lieblingsforschungsgebiet, den Gramineen oder Gräsern. Die große Vielzahl sexueller Formen und sexuellen Verhaltens in der Pflanzenwelt lenkten Marcus' Aufmerksamkeit auf ihre Weise weit mehr von der Zwangsvorstellung weg, er sei »homosexuell«, als irgend etwas, was der Psychiater sagte oder aus ihm herausholte. (Dies lag nicht daran, daß Marcus die Pflanzen vermenschlicht hätte, sondern im Gegenteil daran, daß er sich für sie interessierte, und jedes mit Wissen verbundene Interesse an etwas, vielleicht egal woran, führt zu moralischer Beruhigung.) Gelassen schrieb er über die einhäusigen und zweihäusigen Haushalte der Bäume und die exzentrischen mimetischen Fähigkeiten der Bienenragwurz.

Er schrieb über zwittrige Blüten und unterteilte sie mittels ihrer komplizierten Vorkehrungen gegen die Selbstbestäubung, die nur als äußerste Maßnahme erwünscht ist – besser der eigene Samen als gar keiner. In diesem Zusammenhang beschrieb er das Verhalten der Glockenrebe, eines Geschöpfs, das er noch nie gesehen hatte und das für gewöhnlich durch Chiropterogamie bestäubt wird; die Bestäubung vollendet es durch ein letztes konvulsivisches Zucken der Staubblätter, bevor die Blüte abfällt. Er beschrieb auch mit unauffälligen klaren Diagrammen den Sonderfall der Kleistogamie, der Selbstbestäubung und Befruchtung bei geschlossener Blüte. Hierzulande ist die Kleistogamie bei Veilchen und Waldsauerklee verbreitet, die sich auf diese Weise befruchten, weil sie sich im Waldesinneren zu spät entwickeln, um für Sonnenlicht und fremdbestäubende Instanzen erreichbar zu sein.

Die Gräser zu benennen und zu unterscheiden bereitete ihm ein Vergnügen, das sich mit jenem Vergnügen, welches er am Mathematikunterricht empfand, zu einer Einheit fügte. Auch Gräser und das Benennen von Pflanzen reichten in seinem Leben weit zurück. Seine Mutter hatte ihn die Namen gewöhnlicher Wildpflanzen gelehrt; die vom Wind verstreuten Grassamen waren an die Schleimhäute seiner Nase und seiner Bronchien gelangt, die sie reizten, und das entzündete Gewebe hatte bei ihrem Eindringen geweint und gezittert und gejuckt, aber jetzt konnte er sie unterteilen, benennen und deutlich erkennen. Die Graspflanzen, »Ordnung der Einkeimblättrigen, enthält eine Familie, die Gramineae oder Gräser. Die Blüten sind zwittrig, seltener eingeschlechtlich, nackt, in viel- bis einblütigen Teilblütenständen (Ährchen) angeordnet, von Spelzen umgeben, die an der Ährchenachse zweizeilig gestellt sind; die untersten Spelzen, meist zwei, sind steril und heißen Hüllspelzen, die folgenden – viele bis eine – sind fertil und heißen Deckspelzen« ...

Woher kommt die tiefe Befriedigung, die sich bei dieser Art von Auflistung einstellen kann? Oder noch schlichter beim Verfassen von Listen und Zeichnungen wie dieser, die Marcus erstellte:

    Alopecurus – Fuchsschwanzgras
    Phalaris – Glanzgras
    Phleum – Lieschgras
    Lagurus – Hasenschwanzgras
    Milium – Flattergras
    Gastridium – Nüßchengras
    Stipa – Federgras
    Aira – Schmiele
    Arrhenatherum – Glatthafer
    Hierochloe – Liebfrauengras
    Panicum – Hirse
    Poa – Rispengras
    Briza – Zittergras
    Cynodon – Hundszahn
    Triticum – Weizen
    Lolium – Lolch
    Anthoxanthum – Ruchgras

In jenem Sommer hatte Marcus ein Bild von der Welt als einer Kugel, die nicht nur Streifen fließenden Wassers und verknotete Wurzelgebilde, gleitender Sand und dräuende Felsmassen kennzeichneten, sondern auch eine Art menschlicher Liebe, die nichts Besitzergreifendes, nichts Verzehrendes hatte, nicht einmal den Menschen galt, sondern nur die vielfältigen Dinge, die es zu sehen gab, *benannte*, um sie klarer erkennbar zu machen. Nachts im Bett sah er diese Kugel vor unendlich vielen Benennungen glitzern und funkeln, und er sah sich selbst auf einer sommerlichen Heuwiese schreiten, die ihm weder als Meer furchterregender homogener Helligkeit erschien noch als Ort, wo sich neben ihn zu legen er Ruth beschwatzen konnte, noch gar als Hürde, die es zu nehmen galt, sonders als das, was sie war, mit all den hohlen Stengeln der benannten Gräser, die in ihrer individuellen Verschiedenartigkeit glitzerten – *Poa, Panicum, Arrhenaterum, Anthoxanthum, Phalaris*. Er hätte Jean-Paul Sartres existentielles Entsetzen angesichts der formlosen Andersartigkeit der Wurzeln eines Kastanienbaums ganz gewiß nicht verstanden, und in seiner Verfassung und seinem Alter hätte er auch Sartres Ahnung nicht verstehen können, daß die Materie sich unserem Benennen entzieht, daß sie darüber hinausquillt, alles zu verschlingen droht, weshalb es sinnlos ist zu sagen, der Himmel sei blau, oder Kastanienbäume zu zählen und sie von Platanen zu unterscheiden. Die Geometrie erschien ihm jetzt als Bestandteil der Stofflichkeit der Dinge – in seinem Geist, in den Grasstengeln (zylindrisch, nie dreieckig). Es hatte eine Zeit gegeben, als er sich vor der Angst vor dem aufgewühlten Boden des Brühls kaum zu retten wußte; durch die geometrische Anordnung aufgemalter weißer Linien und der Torpfosten hatte das Feld ihn an die tödlichen Schlachtfelder von Passchendaele erinnert. Jetzt fiel ihm auf, daß Mohnblumen auf flandrischen Wiesen und Feldern besonders gut gediehen, weil der granatenzerfetzte Boden die Samen stärker dem Sonnenlicht aussetzte.

Als ich diesen Roman zu schreiben begann, hatte ich die Vorstellung von einem Roman des Benennens und der Genauigkeit. Ich wollte einen Roman schreiben, der so war, wie Williams es von einem Gedicht verlangte: keine Ideen, die sich nicht in Dingen ausdrückten. Ich spielte sogar mit dem Gedanken, auf sprachliche Bilder zu verzichten, mußte dieses Vorhaben aber schnell aufgeben. Vielleicht ist es möglich, Dinge zu benennen, ohne Metaphern zu verwenden, sie schlicht und klar zu beschreiben, zu kategorisieren und zu unterscheiden, ein Exemplar vom anderen, *Arrhenaterum, les jeunes gens en fleurs*. Die Betonung würde in einem solchen hypothetischen Buch auf den Substantiven liegen, auf den Namen, und, so vermute ich, auch auf den Adjektiven, diesen unbeliebten Kategorisierern. Marcus, der seine Prüfungsarbeiten schrieb, befand sich in einer seelischen Verfassung, in der klare und deutliche Gedanken und nicht vermengte Visionen etwas Erregendes hatten. Es gefiel ihm, Exemplare zu etikettieren – anders gesagt, die Vertreter ihrer Spezies. In der Welt, in der Frederica ihre Arbeiten schrieb und T. S. Eliots Idee des Dichters als Katalysator bei der pseudochemischen Verschmelzung von Bildern oder Coleridges Idee des Symbols (wo sich das Allgemeine im Einzelnen, das Besondere – oder Spezielle – im Allgemeinen und das Universelle im Besonderen widerspiegelt) oder Platons Höhlengleichnis oder Racines Tropen über Phädras schuldiges Blut und die verfinsterte Sonne mit gescheiten Wendungen bedachte, verstand es sich beinahe von selbst, daß man über große Macht verfügte, ein kleiner Gott war, der neue Einheiten schuf, wenn man vergleichende Bilder bildete. Fredericas Freunde hätten sich auf Marcus' Geschichte und die kleistogamen Blüten gestürzt und geglaubt, sie hätten etwas erkannt, weil sie einer Analogie habhaft geworden waren, während tatsächlich ein Effekt dieser Art von Augenblickserleuchtung der ist, daß sie andere Sichtweisen ausschließt.

Im Garten Eden benannte Adam Flora und Fauna (und vermutlich Felsen und Gestein und vielleicht auch gasförmige und flüssige Stoffe, Atome und Moleküle, Protonen und Elektronen). Doch sogar beim Benennen bilden wir Metaphern. Man nehme nur die Gräser, die so sorgsam voneinander unterschieden sind. Sie sind kleine Sprachbilder. *Pennisetum*, Federborstenhirse, ist eine Ableitung von *penna* für Feder oder Fittich. Der Hirsename *Panicum* leitet sich von *panus*, Büschel, ab oder von *panis*, Brot, denn es handelt sich um ein Grundnahrungsgetreide. *Triticum*, Weizen, ist ursprünglich das lateinische Wort für Dreschgetreide. *Arrhenatherum* setzt sich zusammen aus *arrhen* für männlich und *ather*, der Bezeichnung für Granne. Es war naheliegend, daß ich ein Gras mit solchem Namen auswählte, um es in einem Satz im Schatten der *jeunes gens en fleurs* unterzubringen. Und das frühlingshafte Ruchgras *Anthoxanthum* – *anthos*, Blume, und *xanthos*, gelb – neben *Phalaris*, dem Glanzgras – von *phalos* für glänzend, leuchtend –, haben wir da nicht unvermittelt eine Beschreibung oder Beschwörung von Feldern des Lichts?

In der Renaissance war die Ansicht verbreitet, daß die Sprache ein gottgegebenes System von Symbolen zur Beschreibung von Dingen sei, die wiederum selbst eine Sprache darstellten, wie Hieroglyphen, vom Schöpfer der Oberfläche der Dinge eingeschrieben, so daß Blumen wie Sonnenblume oder Heliotrop die spirituelle Wahrheit der Seele versinnbildlichten, die sich dem Quell des Lichts und des Lebens zuwandte. Zufallsentsprechungen, Entsprechungen, die auf der Enge oder Eingleisigkeit unserer Sicht beruhten, Entsprechungen, die Wissenschaftler auf der Suche nach den Gesetzen des Wachstums, des Lichts, der Bewegung, der Schwerkraft erforschten – all das war Bestandteil einer göttlichen Sprache, des Wortes, das unfertige Materie beseelte und belebte. Die bescheidenen Sprachbilder der Gräsernamen sind eine andere Materie; sie entstammen offenkundig dem unstillbaren menschlichen Bedürfnis zu verbinden und zu vergleichen (Fuchsschwanz, Hasenschwanz, Hundszahn), auch wenn sie zugleich Material des Poetischen sind (zittern, glänzen, flattern). Wie Vincent van Gogh sagte: Olivenbäume können in unserer Welt für sich selbst stehen, müssen es vielleicht sogar, und das gleiche gilt für Zypressen, Sonnenblumen, Weizenfelder, Menschenkörper. (Obwohl er sie alle nicht von den kulturellen Metaphern befreien konnte, die ihnen so unlösbar anhaften wie ihr Schatten und so, wie er beinahe sagte, die alte Aura ersetzen.)

Auch Marcus sah davon nichts. Ihn interessierte jedoch die Ähnlichkeit, etwas, was er Nachahmung nannte, ohne zu wissen, ob es einen Willen zur Nachahmung gab und wo er zu finden sein sollte. Man nehme die Bienenragwurz, diese Falle in Form einer weiblichen Biene, die die erregte Drohne einlädt, sich in das Fleisch der Blüte zu krallen, in es einzudringen, sich damit zu bedecken, woraufhin diese sie in ein pflanzliches Gefängnis wirft, in dem sie sich wälzen muß, um sie zu bestäuben, bis die Blüte zu welken beginnt. Wie die meisten Menschenwesen konnte Marcus nicht umhin, darin das Wirken von Intelligenz und nicht das bloßen Zufalls zu sehen. Wenn die Form der Blüte sich über Jahrtausende hin immer genauer der täuschend ähnlichen Gestalt einer Biene angenähert hat und der lebende Mechanismus immer mehr vervollkommnet wurde, übersteigt es unser Fassungsvermögen zu glauben, daß so etwas ohne Intelligenz vonstatten gehen kann. Der blinde Zufall ist so viel schwerer vorstellbar als Schicksalsschläge oder Glückstreffer, gefallene Würfel oder zugeteilte Karten mit diesem oder jenem Ergebnis und hat so wenig gemein mit dem, was wir für gewöhnlich als Zufall bezeichnen. Jahrhundertelang haben wir geglaubt, daß unser Geist die Ordnung der Dinge widerspiegelt und sie deshalb zu erfassen vermag. Die Pflanze hat keine Augen, mittels deren sie die Genauigkeit ihrer Parodie zu erkennen vermöchte. Wie sie das erkennt, falls sie es tut, übersteigt unser Begriffsvermögen. Wegen der Bienenragwurz, wegen dieser verstörenden übergenauen Trope (in gewissem Sinne wie Coleridges Marmorpfirsich eine Kopie und nicht ein Bild) hatte Marcus seine Ameisengottheit zu einer alles durchdringenden ordnenden Intelligenz erweitert. Er war noch immer davon überzeugt, daß sie mit ihm nichts zu tun hatte. Er mußte sich bemühen, nicht zu sagen: »Die Pflanze sollte wie eine weibliche Biene aussehen«, aber es war fast nicht möglich, nicht zu glauben, daß jemand dies so bezweckt hatte.

Er nahm Ruth und Jacqueline zu seinen Ulmen mit. Er erzählte ihnen nichts von Licht oder Ordnung, obwohl er ihnen zeigte, wie gleichmäßig die gewundenen Zweige und Äste bei all ihrer Idiosynkrasie angeordnet waren. Alle drei lagen sie im Gras am Fuß des Baums, kauten Äpfel und unterhielten sich über ihre hypothetische Zukunft. Ruth hatte vor, Krankenschwester zu werden. Jacqueline und Marcus bewarben sich um Studienplätze an der Universität von North Yorkshire, Marcus, weil er dort sowohl die Mathematik als auch seine Pflanzenstudien fortsetzen konnte, Jacqueline, weil sie an der Gegend hing. Außerdem hatte Marcus, wenn es darauf ankam, Hemmungen, sich allzu weit von dem Zuhause zu entfernen, das er als so bedrückend empfand. Jacqueline legte Marcus und Ruth den Arm um die Schultern und zog beide zu sich heran; Ruth wehrte sich, ob zum Spaß oder aus dem Wunsch, nicht berührt zu werden, hätte Marcus nicht sagen können, und alle drei rollten über das stachelige Gras, ein Wirrwarr aus Beinen, einander berührenden Handflächen, nahem Atem. Im Verlauf dieser harmlosen Balgerei konnte er mit der Hand den schimmernden Zopf entlangfahren und spüren, wie das Rückgrat darunter erschauerte und sich straffte – wovor? Vergnügen? Verärgerung? Jacquelines warme braune Hände ruhten auf seinen Schultern, ihr Gesicht berührte das seine, und seine Hand griff erneut nach dem dichten Haar, das sich sogar in der Sonne kühl anfühlte. Ruth rollte sich weg und setzte sich auf, wobei sie ihren Rock glattstrich. Jacqueline blieb für einen Augenblick liegen, an den körperlosen Marcus geschmiegt, bevor auch sie sich aufsetzte und lachte. Es war das erstemal, soweit Marcus sich erinnern konnte, daß er vor einer Berührung nicht zurückscheute. Sie drei fühlten sich wohl miteinander.

Winifred hatte Will eine Spielzeugeisenbahn geschenkt, die aus großen hellblauen Plastikschienen in Achterform mit Weichen, einer Drehscheibe und Flügelschienen bestand. Auf diesen Schienen zockelte eine scharlachrote Lok mit zwei gelben Frachtwaggons, einem grünen Kesselwagen und einem dunkelblauen geschlossenen Güterwagen. Manchmal langten die Katzen – sie hatten die Katzenmutter und ihr weißes geflecktes Junges behalten, das inzwischen geschmeidig, verzogen und kapriziös war – nach den Waggons, wenn Will sie im Kreis fahren ließ, so daß sie aus der Spur sprangen und Will sich furchtbar aufregte und Bauklötze und andere Spielsachen nach den Katzen warf. Auch Mary stolperte herbei und hockte sich schwerfällig in warmem Plastik und Windeln auf die Fahrbahn oder packte die Lok und krähte. Stephanies Mitgefühl galt Will: Sie war selbst ein älteres Kind gewesen, dem ein stures jüngeres Geschwisterchen Dinge weggenommen hatte. Aber sie erschrak angesichts des Ausmaßes und der Intensität seines Zorns bei diesen Anlässen. Sein Gesicht wurde puterrot, er knirschte mit den Zähnen, runzelte und senkte die kleinen Brauen. Sein Zorn war maßlos. Er zerstörte die eigene Eisenbahnanlage und warf die Einzelteile im Zimmer herum, er biß – nicht nur Mary in ihre feiste Schulter, auch die helfende Hand der Mutter und bisweilen sogar die eigene Hand. Oder er schlug mit der Stirn so lange gegen die unterste Treppenstufe, bis sich purpurne Blutergüsse und blutige Aufschürfungen zeigten. Für Stephanie war das schwer zu ertragen. Sie konnte ein krankes Kind in Schlaf singen und ein Märchen zum zwanzigstenmal so ausdrucksvoll wie beim erstenmal vorlesen, doch Wut lähmte sie. Sie reagierte auf ihren Sohn wie auf ihren Vater, stumpf und passiv, hob seine Wurfgeschosse auf, entfernte Mary aus seinem Wirkungskreis und bot weder Bestrafung noch unverlangten und unerträglichen Trost an. Eines Tages warf Will die scharlachrote Lok nach Mary, als Daniels Mum aus dem Badezimmer die Treppe herunterkam. Die Großmutter setzte einen fetten und knubbeligen Fuß im Schnürschuh auf die Lok, die fortglitt, und ihr Körper verdrehte sich, als sie die Beine grätschte und stürzte, begleitet vom Geräusch ihres zerreißenden Unterrocks und unter Schmerzgeheul. Ihr verzerrtes Gesicht war blauschwarz, und sie schrie: »Jetzt habt ihr es endlich geschafft«, »Keine Rücksicht«, bevor sie wortlos zu keuchen begann. Stephanie lief zu ihr und wurde mit wütenden Handbewegungen abgewehrt.

»Das nützt gar nichts. Meine Hüfte ist kaputt. An der gleichen Stelle wie letztesmal. Faß mich bloß nicht an, die Schmerzen sind die reine Hölle. Ruf Hilfe, steh nicht rum und glotz mich an.«

Alle weinten und schrien, Mary aus Furcht, die Großmutter vor Schmerz, Will aus schrecklichen Schuldgefühlen und vor Wut. Stephanie rief die Sanitäter; Daniels Mum, rotgesichtig und schnaufend, wurde auf eine Bahre gehievt, in scharlachrote Denken gehüllt und zur Tür hinausgetragen. Stephanie, die Mary auf einer Hüfte hielt, während Will an ihrer freien Hand zerrte, trat auf den Gehsteig. Die kleinen Augen in ihren Fettfalten sahen sie schräg und verschlagen an.

»So«, sagte Daniels Mum. »Jetzt kannst du zufrieden sein.« Sie rang nach Luft und sammelte sich. »Jetzt hast du, was du wolltest. Du wirst mir keine Träne nachweinen.«

»Bitte«, sagte Stephanie, »*bitte* –«

Das Gesicht, das im Rettungswagen verschwand, schien vor lauter Bosheit zu glitzern.

»Denk bloß nicht, ich wüßte nicht, was du denkst. Oh, wir sind ja so höflich, aber du kannst mich nicht brauchen, ich bin ein Kreuz, das du auf dich nimmst, eine Last und eine Plage, die man lieber heute als morgen loswird. Seit ich hier bin, habe ich kein böses Wort von dir gehört und nicht ein herzliches Wort, nicht ein wirklich warmes Wort, weil es dir egal ist, was aus mir wird, solange du nur deine Pflicht tust, du kalter Fisch. Läßt mich mit den ganzen Geisteskranken an einem Tisch sitzen. Wir sind ja sooo gut. Niemand kann sich vorstellen, was ich in diesem Haus durchgemacht habe, niemand, du ...«

»Kommen Sie, Mum«, sagten die Sanitäter. »Der Schock«, sagten sie zu Stephanie, während sie die weißen Wagentüren schlossen. »Denken Sie sich nichts dabei.«

Aber sie tat es, denn es war wahr. Sie hatte Daniels Mum ertragen und hatte sie als Menschen nicht erkannt. Mary plärrte. Will zerrte an ihrer Hand.

»Tun sie Oma *reparieren*, Mama? Tust du meine Eisenbahn reparieren? Mary hat sie weggenommen. Oma ist draufgetreten. Die Eisenbahn ist ganz schlimm – *beschädigt*.« Mit Wörtern konnte er gut umgehen.

»Sie tun sie reparieren, Mama, oder?«

Und so saß Stephanie zum erstenmal, seit Marcus gekommen war, mit ihrem Mann allein beim Abendessen. Es war spät, weil Daniel seine Mutter und verschiedene andere Leute besucht hatte. Er saß schweigend in seinem Priesterkragen und seiner glänzenden schwarzen Kleidung da, mit unordentlichem schwarzen Haar, einem von Bartschatten dunklen Gesicht, gleichermaßen auffällig gekleidet wie ungepflegt. Stephanie betrachtete ihn abwesend, wie sie jemand Fremden betrachtet hätte, und konnte sich nicht vorstellen, was sie mit ihm reden sollte. Sie wollte nicht mit den üblichen Namen Will oder Mary, Mum oder Marcus beginnen, sie wollte nicht den üblichen Kleinkram von Mieten, Flohmärkten, schwierigen Fällen oder den Farrars hervorkramen. Sie war mit diesem kauenden, stirnrunzelnden dicken Mann verheiratet. Sie war mit ihm verheiratet. Verrücktheit stieg in ihr auf, zur Hälfte uneingestehbare Euphorie über die Abwesenheit der alten Frau, zur Hälfte der Eindruck, daß ihr unbeachtetes Selbst schmerzlich zum Leben erwachte wie ein ertaubter Körperteil. Wie so oft drückte sich dies in Form von Verärgerung aus.

»Du könntest ruhig mit mir sprechen. Wir sind nicht oft allein miteinander.«

»Worüber? Sprechen bin ich nicht gewohnt. Es war ein schlechter Tag.«

»Ich weiß. Aber wir reden nie miteinander.«

»Kann ich noch Gemüse haben? Die Böhnchen sind wirklich gut.«

»Ich habe nachgedacht. Ich leide darunter, daß ich ein begrenztes Vokabular benutzen muß. Die ganze Zeit. Was denkst du, wie groß der durchschnittliche Wortschatz ist? Tausend Wörter? Zweitausend? So viele Wörter kennt Will sicher nicht, von Mary ganz zu schweigen. Und die Leute, denen ich begegne – beim Einkaufen –«

»Und meine arme alte Mum –«

»Und deine arme alte Mum«, sagte sie mit fester Stimme, »und die meisten Gemeindemitglieder würden fast keines der Wörter verstehen, an denen mir gelegen ist, wenn ich sie plötzlich aussprechen würde, einfach so, aus heiterem Himmel. Und deshalb werden die Wörter zu Gespenstern. Sie verfolgen mich.«

»Vielleicht würde ich sie auch nicht verstehen«, sagte Daniel unfreundlich. »Mein eigener Wortschatz ist seit dem Studium verkümmert. Oder seit unserer Verlobungszeit.«

»Genau. Nimm dir noch Bohnen.« Essen bessert die Laune. »Wir werden zum Denken ausgebildet und können unser entsprechendes Vokabular dann nicht verwenden –«

»Beispielsweise?«

»Oh«, sagte sie, übermütig und verzweifelt. »Diskurs. *Le Discours de la méthode*. Sophistisch. Ideal – im Platonschen Sinn. Katalytisch. Anakoluthisch. Lügnerisch. Realismus. Am schlimmsten sind die Wörter, die in dem Zwergenwortschatz, den ich benutze, etwas bedeuten, Wörter wie ›real‹ und ›ideal‹, die die Hälfte ihrer Assoziationen einbüßen... Daniel, verstehst du mich denn nicht?«

»Doch, ich verstehe dich«, sagte er. Er schob seinen Teller weg. »Ich hätte dich nicht dazu bringen sollen, mich zu heiraten. Ich hatte geglaubt, *das* sei real genug, Gott verzeih mir.«

»Das war es.« Schnell.

»Tja. Aber deine großen unbenutzten Wortschatzverzeichnisse sind nicht weniger real.«

»Daniel – das kann ich alles Will und Mary beibringen.« Sie fürchtete die Folgen dessen, was sie angerichtet hatte. Sie hatte etwas Liebevolles sagen wollen, von ihr zu ihm. Wer war er? Was beschäftigte ihn? Er war ein guter, praktisch veranlagter Mann. Sie liebte ihn. Oder etwa nicht?

»Ich kann es nicht verstehen. Das wollte ich nicht. Das hier.« Er deutete auf das gemütliche kleine Zimmer, wo Wills Besitztümer, darunter die rote Lok, in einen Wäschekorb gehäuft waren und wo Marys Windeln auf einer Wäscheleine neben dem Feuer hingen. Er lachte. »Ich weiß nicht, wie ich es nennen soll. Alles ist so – *dumpf* geworden.«

»Dumpf ist ein gutes Wort.«

»Sei bitte nicht so gönnerisch, Steph. Das kann ich nicht leiden.«

»Daniel, ich liebe dich.«

»Das nehme ich an. Es war keine gute Idee von dir. Das meine ich ernst.«

»Die Liebe kann man sich nicht aussuchen.«

»Kann man nicht? Sollte man aber besser. Ich habe das nie für so wichtig gehalten, bis... Ich ertrage das *Gerede* zur Zeit einfach nicht. Gideon redet für sein Leben gern und organisiert lauter Redeveranstaltungen, Diskussionsgruppen und was weiß ich nicht, aber... So hatte ich mir das nicht vorgestellt...«

»Du wußtest immer genau, wie deine Arbeit aussehen würde. Bevor du mich geheiratet hast... Du hast auch auf etwas verzichten müssen, etwas nicht weniger Schwerwiegendes als mein Wortschatz.«

»Tja.« Er starrte auf die Tischplatte. Am besten für sie selbst als Person, dachte sie, wäre es gewesen weiterzuschwatzen, ihn dazu zu bringen, mit ihr zu sprechen, aber sie fürchtete zu sehr, daß es mißlingen könne, und war mittlerweile selbst der Worte zu entwöhnt, um es zu wagen. Und deshalb tat sie das – wie sie wußte – Zweitbeste und kniete neben seinem Stuhl nieder, legte eine Hand auf seine Hände, ihren blonden Kopf auf seine Knie.

»Ich liebe dich. Und jetzt sind wir allein.«

Er streichelte ihr Haar, streckte wie blind die Arme aus, und sie schmiegten sich aneinander. Schweigend standen sie auf und stiegen die Treppe hoch und taumelten in den neuen freien Raum ihres Schlafzimmers. Im Bett waren sie glücklich, sie erkannten einander, liebten einander. Und die Worte geisterten ungebunden und ungebraucht umher. Peripeteia. Todesangst. Morphologie. Wie unbegrenzt an Fähigkeiten. Im Begreifen wie ähnlich einem Gott. Uns selber mästen wir für Maden, doch nicht um der Liebe noch der Schmälerung des Wortschatzes willen. Sie schlief unter dem Gewicht seines Arms ein.

28. *Der gelbe Stuhl*

Wilkie reichte Frederica den *Manchester Guardian*. Sie tranken Kaffee im Friar's House, wo die Espressomaschine neuer war als im Alexandra und der Kaffee durch weißen Schaum und Flocken von Zimt und bitterer Schokolade frisch und spritzig schmeckte, nicht verdorben und fade, wie Kaffee schmeckt, wenn er nicht frisch gemahlen ist.

»NEUES VERSDRAMA VON ALEXANDER WEDDERBURN. Dramatiker Alexander Wedderburn und Regisseur Benjamin Lodge, das Gespann, das im Krönungsjahr mit soviel Erfolg *Astraea* auf die Bühne brachte, präsentiert dieses Jahr im Dolphin Theatre etwas ganz anderes, *Der gelbe Stuhl*, ein intensives, klaustrophobisches Stück über die wilden und tragischen Ereignisse der letzten Jahre van Goghs. Der Maler selbst, eine höchst anspruchsvolle Rolle voll lyrischer Intensität, aber auch schwerblütiger Brutalität, wird von Paul Greenaway gespielt, den man aus dem sympathischen Fernsehporträt D. H. Lawrence' in *Sieh an, wir haben überlebt* des vielversprechenden ›zornigen‹ Jim Cobb noch kennen wird. Gauguin wird von Harold Bomberg dargestellt, den man zuletzt als Laertes in der Stratford-Produktion des *Hamlet* sah und der somit eine Shakespeare-Pause einlegt. Michael Witter, eben zurückgekehrt von den Dreharbeiten zu *Hornblower im Nordmeer*, ist Theo van Gogh. Die angehende junge Starschauspielerin Debbi Moon spielt verschiedene Rollen, unter anderem die Prostituierte Rachel, der van Gogh sein abgeschnittenes Ohr schenken wollte. Wedderburn sagt, das Sujet habe sich ihm während eines Urlaubs in der Provence ›mehr oder weniger von selbst angeboten‹, dort habe er sich hineinziehen lassen in die ›elektrisch aufgeladenen Debatten‹ zwischen den Malern. Benjamin Lodge sagt, das Stück sei ein wunderbares Vehikel für einen wandlungsfähigen Schauspieler und Greenaway habe das Zeug, damit Triumphe zu feiern.«

Es gab ein Foto von Greenaway mit durchdringendem Blick über einem Bart im Stil von D. H. Lawrence neben einer Grau-Weiß-Reproduktion von Vincents letztem meergrünen Selbstporträt mit durchdringendem Blick und schmallippig vor einem charakteristischen Hintergrund aufsteigender Spiralen, die durch den gerasterten Schleier des Zeitungspapiers in Unordnung gebracht waren.

»Das klingt, als wäre es etwas ziemlich Gewöhnliches«, sagte Frederica.

»Du mußt am Feuilleton Gefallen finden«, sagte Wilkie, der in das Geheimnis des *Vogue*-Projekts eingeweiht war, »und es dann retten. Wenn ich meine Kultursendung im Fernsehen habe, kannst du dort auftreten und dich über Alexanders künstlerische Integrität auslassen, ohne ein einziges Mal die Wörter intensiv, brillant, Vehikel oder Christopher Fry zu benutzen. Sollen wir uns den *Gelben Stuhl* ansehen? Sollen wir einen Ausflugsbus mieten und eine Cambridge-Party auf die Beine stellen, um den Premierenabend anzuheizen? Weißt du noch, wie platt du warst an dem sternklaren warmen Abend in Avignon bei seinem und meinem Anblick, als wir von den Zinnen herunterkamen wie fallende Engel? Fühlst du immer noch ein bißchen Wärme für ihn in deinem Herzen? Mir ist nie klargeworden, wie die Sache zwischen euch endete.«

Frederica überhörte den persönlichen Teil dieser Rede.
»Ja, laß uns einen Bus mieten. Kennst du Raphael Faber? Glaubst du, du könntest ihn dazu überreden, mitzukommen?«
»Ja, und ja, das könnte ich. Er wurde bei *Warten auf Godot* gesehen, also ist es offensichtlich nicht unmöglich für ihn, nach London zu gelangen. Der Bus könnte unter seiner Würde sein. Allerdings mußt du wissen, daß es bei ihm aussichtslos ist.«
»Aussichtslose Sachen haben ihren Vorteil. Sie beanspruchen weniger von dem Leben, das man hat.«
»Du hättest mit mir zusammenbleiben sollen, wenn es dir darum geht. Ich würde auf sehr angenehme Weise sehr wenig beanspruchen.«
»Nein, danke.«
»Das ganze Blut«, sagte Wilkie. »Mein Gott, das ganze Blut. Aber besser ich als der niedliche Hugh Pink, meinst du nicht? Ich hab' mehr Einfälle.«
»Ich gehe nicht mit Hugh Pink ins Bett.«
»Warum nicht?«
»Es würde ihn durcheinanderbringen.«
»Was für ein überaus sittsames Mädchen du doch bist.«
»Aber das bin ich wirklich!« rief Frederica mit echter Entrüstung. Wilkie lachte.

Das Zur-Welt-Bringen einer dramatischen Idee ist immer auch der kleine Tod einer größeren Idee, wie Alexander bereits festgestellt hatte. Es gab aber einen wunderbaren Augenblick, die Beleuchtungsprobe im fertigen Bühnenbild. Das Dolphin war ein kleines, renoviertes Theater in der City, in Themsenähe, abseits vom angestammten Theatergebiet, das experimentelle neue Stücke beherbergte, bis sie, wenn sie beim Publikum ankamen, in größere Häuser mit längeren Spielzeiten umzogen. Der Bühnenbildner von Alexanders Stück, der auch für das Licht und verschiedene Spezialeffekte verantwortlich zeichnete, war ein junger Mann namens Charles Koninck, der an der Slade School of Arts unterrichtete und verstanden hatte, was Alexander gemeint hatte, als er sagte, er wolle die Bühne voll von Licht. Es gab drei Akte, und in allen dreien war die Bühne als ein geschlossener, nach hinten enger werdender Kasten zu sehen; den Prospekt hatte man mittels verschiedener Vorrichtungen klein, hell und weit weg erscheinen lassen. Es gab drei Gegenstände auf der Bühne: Vincents gelben Stuhl, massives Holz und Stroh, Gauguins opulenteren Stuhl, runder in der Form, mit grünem Sitz, rotbraun lackiert, hie und da ins Violette spielend, und eine Staffelei mit großer unbemalter Leinwand, auf die in Abständen kurzzeitig vergrößerte Dias verschiedener Arbeiten geworfen wurden, die riesige, schwarz gemalte Bibel von Vincents Vater, der Haufen gelber Romane auf einem leuchtendrosa und weißen Grund, gemalt in Paris, der Frühstückstisch.

Es gab drei Akte: Während des ersten war alles schwarz und weiß, dunkel mit aufgesetzten Lichtern, holländisch, winterlich und düster. Der Prospekt hatte die Farben der Kartoffelesser mit seinen schwarzen Erdfarben, seinem dunklen Licht, seiner Klaustrophobie. Die Seitenkulissen, geometrisch verzerrt, damit es aussah, als ob sie kleiner würden und in dem engen Raum in der Ferne verschwänden, waren nach van Goghs frühen Zeichnungen gestaltet, Weidenreihen an Kanälen entlang, verfilzte Wurzeln an gestutzten Bäumen, gefrorene Zweige, an denen Maschenwerke aus Eis hängen, im Garten in Nuenen. Bäume und Wurzeln ragten auf wie Käfigstäbe, schön und das Gefühl verstärkend, in der Falle zu sitzen. Im zweiten Akt flutete Farbe hinein. Über die ganze Breite der Rückseite der Bühne erstreckte sich der purpurne und goldene Sämann; an der linken Wand waren die Sonnenblumen, größer als die Landschaft, leuchtende Kreise aus Gold auf Blau; an der rechten Wand waren die Schwertlilien, gemalt in St. Rémy, »der andere violette Strauß (der bis ins Karmin und Preußischblau geht)... hebt sich von einem leuchtend zitronengelben Hintergrund ab...« Er, Vincent, nannte das ein furchtbares Bild und sagte, er fürchte sich davor. Koninck, ein strenger junger Mann mit beginnender Glatze und Nickelbrille, hatte Mittel entdeckt, dieses Bild zu verstärken, indem er ein zweites Dia davon über das erste projizierte oder indem er es mit goldenem oder violettem Licht überflutete, so daß es wirkte, als ob es Gold ausstrahlte oder wie ein purpurnes Meer wogte.

Im dritten Akt standen die Blumenstücke still, doch der Sämann war durch den Schnitter ersetzt worden, die dunkle goldene Sonne durch das helle weiße Gold der brennenden Garben. Er hatte es durch Stäbe hindurch gesehen, von seiner Anstaltszelle aus, und Koninck hatte es ermöglicht, von Zeit zu Zeit Stäbe aufleuchten zu lassen über der Helligkeit des Bildgrundes, in die der Schnitter sich vom Zuschauer wegbewegt, wie der Sämann von der Sonne her auf ihn zuschreitet.

> Ich sehe in diesem Schnitter – einer unbestimmten Gestalt, die in sengender Hitze wie der Teufel dreinhaut, um mit der Arbeit fertig zu werden –, ich sehe in ihm ein Bild des Todes in dem Sinne, daß die Menschen das Korn sind, das er niedersichelt. Es ist also, wenn man will, das Gegenstück zu dem Sämann, den ich früher versucht habe. Aber dieser Tod hat nichts Trauriges, das geht bei hellem Tageslicht vor sich, mit einer Sonne, die alles mit feinem Goldlicht überflutet. . . . Mein lieber Bruder – ich schreib' dir immer zwischen der Arbeit – ich schufte wahrhaftig wie ein Besessener, ich habe eine verbissene Arbeitswut wie nie zuvor. . . . Es ist ganz gelb, außer einer violetten Hügellinie, ein blasses, blondes Gelb. Drollig, daß ich das durch die Eisenstäbe einer Irrenzelle gesehen habe!

»Gefällt es Ihnen?« wollte Koninck von Alexander wissen. »Ich hoffe es. Mir gefällt es ziemlich gut.«

»Ich bin überwältigt«, sagte Alexander wahrheitsgemäß. »So dunkel und so hell.«

»Es gab einige interessante Probleme dabei«, sagte Koninck. »Es gibt ein paar Tricks, die ich bei der Beleuchtung der Schauspieler ausprobieren will, in der Art, wie man es beim Ballett macht. Wenn man die Bühne mit einem roten Scheinwerfer und einem weißen Scheinwerfer beleuchtet und zwei Figuren hat, von denen jede das Licht eines Scheinwerfers absorbiert, könnte man sich vorstellen, man bekäme einen roten Schatten und einen weißen Schatten auf rosa Grund. Aber das Auge paßt sich an und sieht rosa Licht als Weiß, so daß es das absorbierte rote Licht als Weiß minus Rot sieht – Dunkelblau. Daraus könnte sich ein hübscher Tanz roter und türkisblauer Schatten auf Weiß ergeben. Ich habe versucht, etwas von van Goghs Komplementärfarben hinzukriegen, in seiner und Gauguins Nachfolge – oder zwei Schatten von ihm auf verschiedene Bildschirme zu werfen. Die furchtbaren Rots und Grüns menschlicher Leidenschaften, die wir mit den Primärfarben des Lichts machen können. Mit Violett und Gold ist es schwieriger, aber ich habe ein paar Kreuzstrahler eingebaut. Und wir können mit Spots ein ganzes Drama um die beiden Stühle herum inszenieren, absolut blitzend vor Elektrizität, buchstäblich. Wir können die Komplementärfarben zusammenführen in einem einzigen weißen Bild. Wir können Gloriolen machen. Wir können die Farbe seiner Kleider und des Hintergrund verändern, wie er es in den Selbstporträts gemacht hat. Es gibt nicht sehr viel Handlung in Ihrem Stück, mehr reinen Sprechtext – also werden wir es mit dem Licht ausfechten. Wird bestimmt faszinierend.«

»Bestimmt«, sagte Alexander. »Es könnte sehr verwirrend sein – sein Wort, nicht meins –«

»Verwirrend und harmonisch, abwechselnd«, sagte Koninck. Er fügte zu Alexanders Freude hinzu: »Ich hatte vergessen, was für ein wirklich großer Mann er war. Wahrscheinlich haben wir uns zu sehr an ihn gewöhnt. Wenn man diese dreidimensionalen Bilder herstellen muß, sieht man ihn ganz neu. Wußten Sie, daß Maler heutzutage ihre Kunst durch die Farben von Dias lernen, nicht durch Ölfarben? Wir leben in einer Welt von projiziertem Licht. Sie haben einen konzentrierten Kasten von modernem Kunstlicht da drin. Es strömt herein. Es ist ein Traum.«

Das Premierenpublikum war wie jedes Premierenpublikum sowohl ungewöhnlich huldvoll wie bereit zu Gehässigkeit und Herablassung. Alexander, der zurückgezogen auf einem Seitensitz mit Martina Sutherland im Rang saß, lächelte geistesabwesend Thomas und Elinor Poole zu und sah plötzlich in der Mitte der ersten Rangreihe das rote Haar und scharfgeschnittene Gesicht Frederica Potters, die zwischen Wilkie und einem schlanken, dunklen Mann saß, den er nicht kannte. Die ganze erste Reihe des Rangs war tatsächlich Wilkies Ausflugsbusgesellschaft, die jedoch im Zug angereist war, in reservierten Abteilen, mit Weißwein und Räucherlachssandwiches. Da saßen Wilkies Caroline und Ann Lewis, Alan Melville und Tony Watson, Marius Moczygemba und Hugh Pink und auf der anderen Seite des dunklen Mannes Vincent Hodgkiss, den er plötzlich erkannte und nervös anlächelte. Er hätte ein anonymes Publikum vorgezogen. Frederica winkte, und er winkte zurück. Der Vorhang hob sich.

Es sollte als ein statisches Stück kritisiert werden und auch, paradoxerweise, zu seinem Nachteil mit *Warten auf Godot* verglichen werden, wo nichts passierte, während es in *Der gelbe Stuhl* Wahnsinn, Zerstörung und Tod gab. Greenaway blieb die ganze Zeit auf der Bühne, zwischen den Bildschirmen, in den Kulissen mit dem Weidenkäfig oder der Dekoration von Sonnenblumen und Schwertlilien. Er blieb im vollen Schein des grellen Lichts oder in der Mitte des dunklen Schleiers des schwarzen Lichts ihrer holländischen Jugend. Ebenfalls die ganze Zeit auf der Bühne, doch außerhalb der Konstruktion aus Seitenbildern, Prospekt und Bildschirmen, war Michael Witter als Theo van Gogh, fast immer allein, auf der Vorbühne, in den Kulissen, doch gegen Ende in Begleitung seiner neuen Frau, Johanna van Gogh-Bonger mit ihrem Kind auf dem Arm, dem neugetauften Vincent van Gogh, eine Familie. Zweimal im Verlauf des Stückes trat Theo in den Kasten aus Licht, einmal im zweiten Akt, nach der einzigen gewalttätigen Szene, als Vincent Gauguin schweigend neben seinem Bett mit dem Rasiermesser bedroht hatte und eingeschüchtert fortgestürzt war, um sein eigenes Ohr abzuschneiden. Am Ende des dritten Akts, nach dem endgültigen Gewaltakt, legte er sich zu seinem sterbenden Bruder, verharrte Wange an Wange mit ihm auf seinem Kopfkissen. »Ich wünschte, ich könnte so fortgehen«, sagte Vincent, im Leben, auf der Bühne, und starb. Andere schweigende Leute, der bärtige Postmeister Roulin, die beiden Doktoren, Rey und Gachet, eine Reihe Frauen, alle, wie Johanna Bonger, gespielt von Debbi Moon, erschienen fast wie Gespenster zwischen inneren Kulissen und äußeren gemalten Grenzen, beleuchtet von Vincents Aufmerksamkeit und Charles Konincks Scheinwerfer, durch Gaze hindurch.

Alexander fiel hauptsächlich auf, was Lodge aus seinem Stück gemacht hatte. Er hatte einiges verändert, subtil und weniger subtil, zugunsten einer sexuellen Erklärung von van Goghs Geistesgestörtheit. Er hatte die schweigende »gerettete« Prostituierte Sien (wiederum Debbi Moon), zusammengekrümmt und nackt, wie Vincent sie als *Sorrow* gezeichnet hatte, viel länger, als von Alexander beabsichtigt, während der holländischen Sequenz halb verhüllt hinter einer Kulisse auf der Bühne behalten, so daß das, was Vincent über Liebe und Einsamkeit sagte, an diese teilnahmslose Figur gerichtet war.

Er hatte Balletteffekte im zweiten Akt eingefügt, wo Gauguin und van Gogh zusammenlebten und stritten. Alexander hatte eine einzige schweigende Frau hineingenommen, die das blutige Ohrstück empfangen sollte. Lodge hatte ein ganzes Schattennachtcafé bevölkert mit Toulouse-Lautrec-Huren, denen Gauguin in blaugrünen Handschuhen die Kunst des Degenfechtens demonstrierte, während Vincent zu Hause mißmutig mit einem offenen Rasiermesser spielte, in »seiner« Hälfte der Bühne, auf dem gelben Stuhl sitzend. Vincent hatte tatsächlich von sich als von einem Ochsen und von Gauguin als von einem Bullen geschrieben.

Lodge hatte Schwierigkeiten gehabt, Greenaway davon zu überzeugen, Vincent so unfreundlich zu geben, wie er in Gesellschaft gewesen sein muß. Alexander hatte Wijnnobel zitiert. »Wenn er neben einem im Café sitzen würde, würde man sich wegsetzen, nicht wahr, es wäre höchst unangenehm.« Greenaway hatte sich einen sehr guten Kunstgriff angeeignet, indem er Gauguin ganz nah kam, um ihn zu tyrannisieren und ihm Vorträge zu halten, ganz dicht vor seinem Gesicht sprach, seine körperliche Sphäre verletzte. Er spuckte Worte – Delacroix, Gethsemane –, die in Form von Speichel auf Bombergs Kleidern landeten und kurz aufleuchteten. Lodge hatte ihm van Goghs Vergleich seiner eigenen Malerei mit der Schauspielerei zitiert. »Arbeit und trockene Berechnung, und wo der Geist extrem angespannt ist, wie ein Schauspieler auf der Bühne in einer schwierigen Rolle, wo man an tausend Dinge zugleich denken muß in einer einzigen halben Stunde ...«

Weder Greenaway noch Alexanders Verse vermittelten das, was das Wesentliche war, die Arbeit, die trockene Berechnung,

die Anstrengung. Wenn Alexander weniger von van Goghs Intelligenz gehalten hätte, hätte er seine schmuddelige, wenig einnehmende Präsenz wirkungsvoller gestalten können. Ihn interessierte das isolierte Bewußtsein. Lodge interessierte die fehlgeschlagene Kommunikation. Greenaway vermittelte letzteres. Bei ihm gingen Alexanders Worte in einem Schwall antrainierter Emotionalität unter, doch sein ängstliches Betasten von Gauguin und Theo, die abrupten, heftigen Rückzieher, durch die er den Kontakt abbrach, waren eindrucksvoll und denkwürdig. Alexander spürte, daß es gut war und daß etwas verlorengegangen war – ein Gefühl, an das er gewöhnt war. Wilkie, der beflissen hinter die Bühne eilte, Lodge begrüßte, Alexander nachjagte, schaffte es irgendwie, daß die Cambridge-Gruppe zu dem Essen für Schauspieler und Bühnenstab eingeladen wurde, das in einem der oberen Räume im Bertorelli in der Charlotte Street stattfand. Frederica nahm ein Taxi mit Raphael, der nichts über das Stück sagte, aber sehr beunruhigt war wegen der Etikette, weil er bei einer Party erscheinen sollte, zu der er nicht ausdrücklich eingeladen worden war, und mehrere Versuche machte, das Taxi zur Liverpool Street umzuleiten oder auszusteigen und Frederica allein weiterzuschicken. Frederica sagte, er müsse unbedingt Alexander kennenlernen, es sei immer ein Traum von ihr gewesen, daß er Alexander kennenlerne. Alexander habe *Astraea* geschrieben, in dem sie die Elizabeth gespielt hatte. Raphael hatte nicht von *Astraea* gehört und schien im voraus anzunehmen, daß es nichts war, was ihn interessieren müßte. Er ließ spröde Belustigung erkennen bei der Vorstellung von Frederica als Elizabeth und fragte, ob es so ähnlich gewesen sei wie das Desaster als Dame in *Comus*. Frederica sagte: »Damals war ich schrecklich in Alexander verliebt.«
»Wußte er davon?« fragte Raphael, wobei er zu erkennen gab, daß für ihn der normale Zustand der Liebe der war, unausgesprochen und unerkannt zu bleiben.
»Ich habe dafür gesorgt, daß er es erfuhr.«
»Das hast du getan. Natürlich.«
»Es kam zu nichts«, sagte Frederica hastig. »Oder besser, es kam zu etwas Schrecklichem, auf das ich nicht näher eingehen will.«

»Nein«, sagte Raphael. »Tu's nicht. Ich bin *sicher*, daß wir nicht zu dieser Party gehen sollten.«

Sie hatten einen Raum mit vier langen Tischen entlang der Wände. Im großen und ganzen saßen die Schauspieler an einem Ende und Cambridge und Freunde des Autors am anderen, obwohl Elinor Poole es irgendwie geschafft hatte, neben Paul Greenaway zu sitzen, der unaufhörlich ihre Hand auf der Tischdecke streichelte. Frederica, die wegen der Schwierigkeiten mit Raphael ziemlich spät kam, saß neben ihm in der inneren Runde, mehr oder weniger direkt gegenüber Alexander, der sich selbst in eine Ecke plaziert hatte und müde aussah. Sie machte sie miteinander bekannt.

»Alexander, das ist Raphael Faber. Er ist Fellow von St. Michael's. Ich besuche seine Mallarmé-Vorlesungen. Er ist Dichter.«

Alexander stellte Martina Sutherland vor, die neben ihm saß. Dunkelhaarige Kellnerinnen in schwarzen Kleidern und kleinen weißen Schürzen brachten *moules marinière* und Avocado mit Krabben und Räucheraal und Pastete, und alle aßen. Frederica versuchte, Alexander zu sagen, wie sehr das Licht sie ergriffen hatte. Alexander sagte wenig und Raphael nichts, bis Martina sich zu ihm beugte im weichen rosa Licht über ihren Krabben und dabei die dunkle Kurve zweier sommersprossiger Brüste in einem schwarzen runden Ausschnitt zeigte.

»Und Sie, Dr. Faber. Was ist Ihre Meinung über das Stück?«

Raphael sah auf seinen Teller und zerlegte mit Messer und Gabel ein Stück geräucherten Fisch. Er sprach mit leicht erstickter Stimme und sah nicht auf.

»Ich schätze Vincent van Gogh nicht sehr hoch«, sagte er.

»Das sollte nichts ausmachen. Sie könnten dennoch das Stück bewundern. Warum mögen Sie van Gogh nicht?«

Es war Martinas Beruf, Leuten Meinungen zu entlocken. Alexander wußte, daß sie der Phrasierung und der Melodie von Fabers Antwort mit professionellem Ohr lauschen und dabei in Betracht ziehen würde, ob er sich präzise ausdrückte, ob er etwas Neues zu sagen hatte, ob er »äh« oder »em« sagte oder ein potentieller Rundfunkmitarbeiter sein könnte. Alexander hatte inzwischen fast selbst ein solches professionelles Ohr entwikkelt und nahm bei Raphaels folgenden Ausführungen für eine kurze Weile mehr die Art und Weise wahr, wie sie vorgebracht wurden, als das Gesagte selbst.

Raphael, noch immer mit niedergeschlagenen Augen, legte Messer und Gabel zusammen.

»Ich glaube nicht, daß er zu den allergrößten Künstlern gehörte, vielleicht wegen eines Elements von Absichtlichkeit, von aufdringlicher Selbstbetrachtung, von *Persönlichkeit* – was ihn natürlich für einen Dramatiker anziehend macht. Rilke hat einmal bemerkt, daß die hypnotisch-eingängige Qualität von van Goghs Briefen letztlich gegen ihn und seine Kunst spreche. Er war immer so sehr damit beschäftigt, sich zu rechtfertigen – sein Verhalten, seine Arbeit –, als ob sie nicht für sich stehen könnten. Er strebte immer danach, etwas zu *beweisen*. Rilke macht darauf aufmerksam, daß – verglichen mit Cézanne, der ein viel größerer Künstler ist – van Gogh ein von einer Theorie besessener Mann ist. Er hat die Beziehungen komplementärer Farben entdeckt, aber er mußte unbedingt ein dogmatisches Schema daraus machen, ein metaphysisches Schema. Und sein Wunsch, Bilder zu malen, die ›tröstlich‹ sein sollen, wie er es nennt, ist genauso halsstarrig, ein Wiederaufwärmen der Reste seines priesterlichen Anliegens, seiner religiösen Obsession. Er spricht davon, daß er etwas von jenem Ewigen wiedergeben wolle, das früher der Heiligenschein symbolisierte. Er ist ein post-christlicher Romantiker in einer Welt, mit der er sich nicht hat abfinden können. Und er drängt *sich selbst* dauernd auf –« Raphaels gekerbte Oberlippe kräuselte sich in größter Verachtung –, »sein Stil gehört zu den *persönlichsten* Malweisen der großen Kunst. Es fehlt ihm die endgültige Klarheit und Selbstlosigkeit. Rilke traf es erneut, als er von Cézanne sprach. Beim Vergleich zwischen Cézanne und van Gogh lobte er Cézanne, weil er nicht ›Ich liebe das‹ gemalt hatte, sondern ›Hier ist es‹. Van Gogh erreichte diese Einsicht niemals. Das Stück macht das überdeutlich, ja, bis zum Überdruß deutlich.«

Frederica konnte nichts sagen. Martina war kühner. Sie sagte, noch immer mit professionellem Blick auf Faber als Debattenteilnehmer:

»Auch wenn wir das akzeptieren, können wir kaum von Alexander erwarten, daß er ein Stück über ›Hier ist es‹ oder die Anonymität großer Kunst schreibt. Stücke behandeln Persönlichkeit und Streben und Konflikte. Was halten Sie von dem Stück?«

Raphael schien scharf nachzudenken, ohne jeden Bezug zu den Männern und Frauen, an die er sich wandte. Ein kalter Satz zog den nächsten nach sich. In seinem Zimmer im St. Michael's College liebte Frederica diese kühle Integrität, den Mann, der dachte. Im Bertorelli zwischen Weingläsern und verschmierten Pastetenresten und aufgehäuften leeren Muschelschalen war es etwas anderes.

»Ich glaube, daß das Stück das vulgarisiert hat, was an van Gogh interessant ist. Es war auf sehr clevere Weise freudianisch. Alles ging zurück auf die Mutter, den toten Bruder Vincent, die symbiotische Verbindung mit Theo. Viele Leute haben solche Probleme und bringen keine bedeutenden Kunstwerke hervor. Es gab so viele verpaßte Gelegenheiten. Heidegger schrieb glänzend über Wesen und Bedeutung von van Goghs Stiefeln; von Artaud gibt es ein brillantes Stück über seinen Wahnsinn als Produkt des gesellschaftlichen Mißverständnisses von Kunst. Aber hier gibt es keinen Sinn für die großen Bewegungen von Denken und Kultur – nur persönliche Beziehungen und Bühnenlicht. Leider muß ich sagen, daß es ein sehr englisches Stück ist. Es gibt eine Art von – wie soll ich sagen – ziemlich erdverkrusteter englischer Naturmystik, die mir vielleicht ungerechtfertigterweise unsympathisch ist, weil ich kein Engländer bin. Sie haben es immer sehr leicht gefunden, van Gogh für diese Tradition zu vereinnahmen und ihr einzuverleiben. Ich denke in der Malerei an die Schule, die sich vom Werk Blakes und Samuel Palmers inspirieren läßt, und bei den Schriftstellern an Romanciers, die ich nahezu unlesbar finde, John Cowper Powys, Lawrence natürlich. Van Gogh kannte Rembrandt und verstand den Impressionismus – er war kein Engländer. Es ist so überaus leicht für die Engländer, sich auf ganz ernsthafte Weise für Korn und Blumen zu begeistern, ohne jede Vorstellung von weiteren Horizonten. Es ist eine provinzielle Kunst.

Und dann die Versdichtung. Ich hätte gedacht, daß es heutzutage so gut wie unmöglich ist, in Versen, die auf dem jambischen Pentameter basieren, gut zu schreiben; ich hätte gedacht, daß man fast unvermeidlicherweise nicht umhin könne, im Tonfall der pseudoromantischen Rhapsodien georgianischer Dichter zu schreiben. Ich glaube nicht, daß man durch diese Art von bukolischer Begeisterung der Bedeutung Vincent van Goghs gerecht wird. Ich kann mich irren.«

»Aha –«, sagte Martina etwas atemlos. Und dann trocken: »Zweifellos legen Sie uns Ihre Sache überzeugend dar.«

Raphael blickte nun nervös auf, und man sah, wie er das Haar aus der Stirn warf und die Schultern versteifte in dem Maß, wie er sich seiner Umgebung bewußter wurde. Er sah einen Moment lang aus wie ein verängstigtes Kind, das man bei einem Streich erwischt hat, und dann nahm er wieder den Ausdruck gedankenschwerer Strenge an, mit dem er gesprochen hatte. Frederica beobachtete das alles und wandte ihre Aufmerksamkeit Alexander zu, der Raphaels nervösem und stechendem Blick mit erschöpfter Geduld begegnete.

»Sie können recht haben«, sagte er. »Ich kann es nicht sagen, zu diesem Zeitpunkt, mit einem Stück. Ich hatte das nicht gewollt – all die englischen Gesten, auf die Sie hinweisen –, aber ich kann völlig verstehen, daß ich es vielleicht trotzdem getan habe. Das Freudianische wurde wohl durch die Inszenierung so betont. Aber bestimmt drängt es sich auf. Ich wollte . . .« Er konnte den Satz nicht vollenden. »Es ist egal«, sagte er. Martina legte ihre Hand warm auf die seine, die auf der Tischdecke lag, und drückte sie.

Frederica brauchte einige Wochen, um sich über ihre Reaktion auf diesen Angriff eines Geliebten auf einen anderen klarzuwerden. Zu keinem Zeitpunkt – das sprach für sie – sah sie sich selbst als in irgendeiner Weise wichtig in dieser Auseinandersetzung. Zunächst, sofort, hatte sie Angst um Raphael, Angst davor, was er empfinden würde, wenn er merkte, daß er dabei war, die Gesetze der Gastfreundschaft zu brechen, die ihm allem Anschein nach im Taxi soviel Kopfzerbrechen bereitet hatten. Dann empfand sie reine Eifersucht, als sie die besitzergreifende Bewegung von Martina Sutherlands Hand wahrnahm. Sie sah Raphael an, dem gegenüber sie immer unterwürfig gewesen war wie nie Alexander gegenüber, und versuchte, die Waage zu halten zwischen dem beschützenden Impuls wegen seines Fauxpas und einem starken Verlangen, ihn zu schlagen, zu kratzen, zu verletzen. Wegen Alexander. Sie hatte jeden Zweifel an seinem Stück, das eine wilde Schlacht zwischen Licht und Erde dokumentierte, zeitweilig ausgeschlossen. Sie sagte:

»Wenn du wie van Gogh bist, Raphael, mußt du durch ›Ich liebe das‹ oder ›Ich habe das‹ hindurchgehen zum ›Da ist es‹. Niemand hat das Recht, ihn zu kritisieren, der das nicht erreicht hat.«

»Und wie willst ausgerechnet du das wissen?« fragte Raphael. »Normale Menschen sollten angesichts des Genies nicht mit Denken und Urteilen aufhören, weißt du.«

»Ich weiß es unter anderem durch das Stück. So wirkt es jedenfalls auf mich.«

»Du hast einen großzügigen Charakter«, sagte Raphael. Es war dieser letzte gedankenlose, fühllose Satz, der Frederica bewog, ihren Blick wieder Alexander zuzuwenden, der lächelte. Ohne Befangenheit, ohne Zorn, müde und mit Wärme *lächelte* er. Frederica wollte ausrufen: »Ich liebe dich, Alexander«, doch seine Hand lag in der von Martina, nicht reglos, sondern deren Fingerspitzen streichelnd.

Später, in Cambridge, als die Besprechungen herauskamen, dachte sie eingehender darüber nach. Die Kritiken – die ernstzunehmenden – waren im großen und ganzen Alexander gegenüber feindselig, während Lodge und Greenaway besser wegkamen. Es gab jene Anhänger des neuartigen sozialen Zündstoffs, wie man ihn in *The Entertainer* entdecken konnte, die gewillt waren, Alexander vorzuwerfen, daß er über Kunst, die Vergangenheit und sogar das Individuum schrieb. Van Gogh war der Maler für gewöhnliche Männer und Frauen. Tony Watson schrieb eine lange und eloquente Kritik in diesem Sinn für die *Cambridge Review*; schlau und geschickt hatte er Raphael Fabers nebenbei gemachte Bemerkungen über die Ansichten von Artaud und Heidegger nachgeschlagen und benutzte sie in seinem Text.

Sie dachte über Raphaels Gedanken nach. »Nicht ›Ich liebe

das‹, sondern ›Hier ist es‹«, hatte er zitiert, und es gab etwas daran, was richtig und weise war und zu dem Raphael gehörte, den sie liebte. Aber etwas hatte sich verändert; immer häufiger gegen Ende ihres letzten Jahres betrachtete sie Raphael ohne Liebe. Er hatte Alexander beurteilt, ohne Alexander zu *sehen*, und Frederica, die ihn geliebt hatte mit dem aufgehobenen Urteilsvermögen des Liebenden, der Bereitschaft, unendlich interessiert und entzückt zu sein, nahm ihre Toleranz zurück. Im Geist zitierte sie giftig Aussprüche des Neuen Testaments, die in seinem Kanon nicht vorkamen, »Richtet nicht, auf daß ihr nicht gerichtet werdet« oder die kurze Parabel über das Sehen des Splitters im Auge des anderen und das Nichtsehen des Balkens im eigenen. Er hatte van Gogh herabgesetzt, weil er sich von einer Theorie hatte beherrschen lassen – traf das nicht auf ihn selbst zu? Er hatte sich gegen »persönliche« Malerei und Dichtung ausgesprochen und schrieb selbst heimlich, höchst persönlich, höchst privat. Und so fort. Das Urteil, einmal entfesselt, hört nicht auf, es geht immer weiter, unbarmherzig. Eine Folge davon war, daß sie, als der Brief von *Vogue* kam, der sie zu einem Lunch für die zwölf Finalisten des Wettbewerbs ins Hyde-Park-Hotel einlud, mit Begeisterung zusagte.

In den zwei oder drei Wochen, die dem *Gelben Stuhl* folgten, liebte sie Alexander in der alten Weise. Sie hielt es aus, als ob es sich um Menstruationsschmerzen oder einen Anfall von Seekrankheit handelte, eine Heimsuchung, die sich ihrem Willen entzog. Sie erinnerte sich an die ineinander verschlungenen Finger auf der Tischdecke. Als die *Vogue*-Einladung kam, erwog sie, ihm zu schreiben, ihn zu bitten, daß sie ihn besuchen dürfe, und hätte es vielleicht getan, wäre nicht Nigel Reiver wieder aufgetaucht, genau zum richtigen Zeitpunkt, mit dem Vorschlag, in London zusammen auszugehen, falls sie dorthin führe. Sie richtete es so ein, daß sie am Tag vor dem Lunch bei einer Freundin übernachten konnte, und fuhr mit dem Zug, und auf der Fahrt war sie von dem Gedanken in Anspruch genommen, einen Hut zu kaufen, den sie sicher für das Essen brauchen würde, und ängstlich wegen Nigel Reiver. Alexander schwand wieder aus ihrem Gedächtnis und wurde zu einem Teil dessen, was sie war und wußte, verlor an Eindringlichkeit außer als Bezugspunkt.

29. London

London erregte Frederica. Sie kannte es schlecht und war nicht in der Lage, das, was sie kannte, zu einer zusammenhängenden Karte in ihrem Kopf zu verbinden. Jung und stark und neugierig und lebenshungrig, wie sie war, gefielen ihr Anonymität und Vielfalt ihrer möglichen Reisen von Territorium zu Territorium. Es gefiel ihr, sich in erleuchteten Kästen im Getümmel zwischen endlos verschiedenartigen Fremden zu bewegen, von Camden Town zum Oxford Circus, von der Liverpool Street zum Leicester Square oder, nach dem *Vogue*-Lunch, vom Hyde Park zur St.-Paul-Station, um Nigel Reiver in der City zu treffen. Unterschiede entzückten sie. Sie übernachtete bei Wilkies Caroline in einer Wohnung in Camden Town, die Wilkies Stützpunkt während seiner Verhandlungen mit der BBC war. Diese Wohnung war das unproportioniert verkleinerte Erdgeschoß eines Reihenhauses der mittleren viktorianischen Zeit mit schlechtgebauten hohen Trennwänden, die schlauchartige kleine Küchen- und Badräume aus den Winkeln dessen machten, was einmal große Schlafzimmer gewesen waren, und hohe, karge Raumschachteln übrigließen, die nicht sauber waren und in deren unteren Achteln die niedrigen Möbel von übergeworfenen bunten skandinavischen Wolldecken und indischen Webteppichen belebt wurden. Carolines Freundinnen gingen in engen Stretchhosen und Ballerinaschuhen herum; Frederica zog ihr Lunchkleid an, ein Kleid aus marineblauem Popelin mit zu reich gefälteltem Rock, um streng zu wirken, und ohne weißen Pikee, weil sie fand, daß er sie sekretärinnenhaft aussehen ließ. Sie fuhr in die Oxford Street und kaufte einen schlichten, schulmädchenhaften Hut mit Krempe bei John Lewis, einen rehfarbenen Hut, der nicht ganz das war, was sie wollte, aber die blauen waren im falschen Blau, und die grauen waren vom Farbwert her ihrem Marineblau zu nah, so daß beides finster wirkte. Der Hut war gelblich-rehbraun. Sie schnitt das Hutband mit der Nagelschere ab und heftete ein marineblaues Band an, das paßte. Sie wußte, daß sie studentisch-behelfsmäßig aussah – das Kleid war von der hobbyschneidernden Freundin aus der Theatertruppe genäht worden. Aber sie sah gepflegt und selbstbeherrscht aus und dünn, aber wohlproportioniert. Es mußte gehen.

Der Lunch war eine ganz andere Welt. Sie saßen, zwölf Finalisten, alles Frauen, zwischen den *Vogue*-Redakteurinnen in einem riesigen Raum mit Tafelglasfenstern und schweren Ballsaalkronleuchtern in Vierergruppen um freundliche Tische mit schweren rosa Tischtüchern und rosa-weißen Nelkensträußchen. Bei den anderen Wettkampfteilnehmerinnen gab es die ganze Bandbreite von den Gesetzten und Teuren zu den unverfälscht Tantenhaften, was Frederica überraschte. Es gab Lachs und Erdbeeren, und die Redaktionsmitarbeiterinnen gingen von Tisch zu Tisch in ihren guten Kleidern und angenehmen Parfums, abschätzend und taxierend, wie sie Martina Sutherland Raphael Faber hatte abschätzen und taxieren sehen, Fähigkeiten erlauschend, Ideen, Originalität, sanft und hart, mit ausgezeichneten Manieren und einer besonderen Entschiedenheit, die ihr durchaus gefiel. Sie redete. Sie redete über den *Gelben Stuhl*. Sie redete über das, was man wissen müsse über ein Stück oder einen Film, darüber, warum ein Verriß fast immer amüsanter sei als eine Lobeshymne, darüber, wie man letzteres umgehen könne. Sie sah sich noch immer als die potentielle Autorin des definitiven Werks über religiöse Metaphern der Renaissance; sie speicherte die Hüte und Redegewohnheiten der Mitbewerberinnen für Alan und Tony. Sie wurden alle zu einer Pyramide zusammengestellt wie für ein Schulfoto, wie ein Früchtebecher, und anläßlich des feierlichen Ereignisses fotografiert. »Wenn Sie zu uns kämen«, sagte eine Frau in Federkappe und cremefarbenem Leinenkostüm, das bei Frederica keine zwanzig Minuten fleckenfrei geblieben wäre, »würden wir Sie zuerst mal zum Redigieren an die Reportagen setzen, denke ich.« Frederica sagte, das würde ihr gefallen, und trank in kleinen Schlucken kalten Weißwein. Alles war unwirklich, scharf und schmeichelnd, sehr angenehm. Die Gewinner wurden verkündet. Frederica war nicht die Gewinnerin, sondern die ehrenhafte Zweite. Die Redakteurinnen kamen und sprachen mit ihr und sagten, sie hofften, sie hofften sehr, daß sie ein Jahr für sie arbeiten werde; sie habe eine Zukunft im Journalismus. Sie sah Raphaels strenges und Alexanders müdes

Gesicht, das Bild der weißen Stadt mitten in den Fens, das Bild der Geschäftigkeit und Helligkeit all dieser verschiedenen Straßen. »Ich muß nachdenken«, sagte sie. »Es klingt wunderbar. Ich muß nachdenken.« Sie wollte leben, aufhören zu denken, etwas Unmittelbares haben. Hier war alles möglich.

Nigel wartete an der St.-Paul's-Kathedrale. Er sah anders aus in seinem dunklen Anzug; noch kompakter, mächtiger, fremd. Er habe die ganze Zeit Informationen über Schiffsgeschäfte für seinen Onkel gesammelt, sagte er; er sprach zu ihr mit einer gewissen förmlichen Distanz, verbeugte sich ritterlich, nahm ihren Ellbogen, führte sie. Sie hatte die Kathedrale besichtigt, hatte jedoch die City nie wirklich im einzelnen gesehen und war überrascht und – weil sie dazu bereit war – fasziniert und erregt von der Verschiedenheit der Leute in diesen dunkleren und bedeutenderen Straßen. Niemand bummelte. Die meisten Leute, besonders die jungen, von denen es viele gab, Männer in dunklen Anzügen und Frauen in dunklen Röcken und hübschen Blusen, beeilten sich, um irgendwohin zu gelangen. Sie dachte, sie habe *keine Ahnung*, wohin sie gingen oder wie sie lebten oder was sie taten, und starrte jeden entgegenkommenden jungen Mann an, wie um irgendeinen Eindruck von seinen Gewohnheiten, seinen Neigungen aus ihm herauszuziehen. Alles, was sie feststellen konnte, war, daß ein billiger Anzug an jeder Stelle Falten wirft, an der der menschliche Körper sich biegt und krümmt, und daß Nigel Reiver neben ihr in seinem Anzug weich und geschmeidig war. Er wollte ihr die alte Stadt zeigen, die City von London, die dagewesen war vor Shakespeare und vor Dick Whittington, niedergebrannt und reformiert, die Stadt der Zünfte und der Geldverleiher, des Stadtbürgerstolzes und des Widerstreits persönlicher Interessen. Er führte sie durch enge, gekrümmte Gassen und halbverborgene Passagen in und zwischen Gebäude, in Höfe und aus Höfen heraus, vorbei an zerbombten Kirchen und stehengebliebenen Kirchen – so viele Kirchen. Vorbei an St. Giles Cripplegate, bombardiert im Jahr 1940, wo Cromwell geheiratet hatte und wo John Milton begraben lag. Es war die Zeit, als das Barbican Centre erst ein Entwurf war, eine Utopie in den Köpfen von

Architekten und hoffnungsvollen Planern. Sie gingen über den Schutt der Bombenschäden, gesprenkelt mit dem Rosapurpur von Weidenröschen, dem hartnäckigen Senfgelb von Kreuzkraut. Verfall und die Glastüren mit gewichtigen Griffen und vergoldeten Ladenschildern traten Seite an Seite auf.

Nigel führte sie weiter, hinunter zum Fluß. Er nahm sie mit zu den Lagerhäusern und zeigte ihr Pelze und Häute, die gehäuft und gebündelt im Inneren von Fenstern lagen, die schwarz von Ruß waren. Er sagte: »Jetzt. Riechst du das?«, und sie standen nebeneinander, und von irgendwoher, über den Fisch-und-Schlammgeruch des Flusses hinweg, über Staub und Benzin der Straße hinter ihnen, kam ein Wind von Gewürzen, von altem Holz, getränkt mit Gewürzen, schwer und reich, stechend und scharf, Zimt, Kassie, Muskat, Nelken. Es kam in Wellen. Nigel schnüffelte und atmete es. Frederica assoziierte es für immer mit seinem kompakten Körper in der weichen, dunklen Kleidung, Pelze und Gewürze, ein fremdartiges Mysterium.

»Ich mag die Vorstellung der Schiffe«, sagte er. »Der Schiffsladungen, die von der ganzen Welt hierherkommen. Ich sehe die Rohstoffhändler gern arbeiten. Tee und Kaffee und Pfeffer und Kokosnüsse. Hast du jemals eine richtige Kokosnuß geschmeckt, Frederica? In die Nuß gebissen? Glatt und bitter – ein schwarzer Geschmack auf der Zunge, sehr nahrhaft, doch auch sehr rein und leicht –«

Sie kamen zu einem Platz, wo eine schmale Gasse auf den Fluß mündete, bei einer geschwärzten Mauer und einem Landungssteg, wo ein Lastkahn unter einer Persenning vertäut war. Nigel setzte sich auf die Ufermauer, und sie setzte sich neben ihm, ein unpassendes Paar, wenn jemand dagewesen wäre, der sie hätte sehen können, er fast wie ein Seehund mit seinem dunklen Haar und Körper, sie, ihren Hut haltend, ihr Gestöber von Röcken festhaltend in der leichten Brise. Einige Jahre später sollte Anthony Armstrong-Jones schöne Frauen in fließenden Gewändern auf zerbrechlichen Stühlen fotografieren, halb eingetaucht in dieses dickflüssige Wasser bei Rotherhithe. Frederica betrachtete es, wie es an glitschigen Mauern und eisernen Pfosten und Ringen leckte, an die Seiten des Kahns klatschte, schlammige kleine Wirbel in den Strom zurückführte.

»Die Flut kommt«, sagte Nigel Reiver. »Hier gefällt es mir. Seit der Römerzeit gibt es hier eine Furt. Händler haben hier jahrhundertelang, auch während des ganzen Mittelalters den Fluß überquert, immer wieder kamen Leute, brachten Dinge, nahmen Dinge mit. Ich mag diesen Fluß.«

Noch nie hatte sich Frederica einem solchen Sturm entgegengesetzter Düfte ausgesetzt gesehen: blühende Gewürze, verfaulendes Gemüse, reiner Morast, unreiner Morast, ein Hauch frischgebeizter Tierhäute, das Salz des hereinflutenden Meeres und näher und subtiler der Geruch von Nigel Reiver, zusammengesetzt aus sonnenerwärmtem Tuch, ganz leichtem Old Spice, einem Anflug von Schweiß, etwas von der Wärme angenehmer Haut. Sie hatte es vergessen und wurde sich jetzt dessen bewußt, daß er wollte, daß sie sich seiner erinnerte und ihn wahrnahm.

»Ich komme allein hierher«, sagte Nigel Reiver. »Um über Dinge nachzudenken.«

»Und jetzt mit mir«, sagte Frederica.

»Und jetzt mit dir«, sagte Nigel. »Ich mag es, mit dir zusammenzusein.«

Er küßte sie, und sie hielt sich an ihrem Hut fest. Er fügte ein schwarzes Tuchknie in das flatternde Popelin und hielt sie mit festem Griff. Er strich ihren Kragen glatt und schob den Hut an seinen Platz und führte sie durch würzige Luft und an staubigen Pelzballen vorbei zurück, um nach einem Taxi Ausschau zu halten. Sie dachte: Er ist ein Freibeuter. Das Wort löste einen Schauer romantischen Vergnügens in ihr aus.

Er verfügte über ein Zimmer in einer Wohnung voller junger Börsenmakler und Anwälte, in einem Haus, das von außen wie ein reizendes Eigenheim im typischen Stil von Kensington aussah, mit großen Fenstern und weißen Mauern. Als sie die Tür aufschlossen, kamen zwei junge Männer heraus, geschniegelt und gebügelt, mit ihren polierten Schuhen im Takt die hohe Vordertreppe hinunterklappernd. Sie grüßten Nigel mit einem höflichen Wort und einem wissenden Lächeln. Frederica schienen sie nicht zu sehen.

»Bedauerlich«, sagte Nigel. »Normalerweise ist keiner hier zu dieser Zeit. Ich seh' mal in der Küche nach. Ich könnte dir so was wie ein Sandwich machen. Bleib eine Minute hier stehen.« Er ging und kam wieder. »Die Luft ist rein.«

Frederica folgte ihm in die Küche; auf unbestimmte Weise beleidigte es sie, daß er diese Heimlichtuerei ihretwegen für nötig hielt. Die Küche überraschte sie, weil sie groß war, gut ausgestattet und schmutzig. Das Waschbecken war voll von angebrannten Töpfen, das Vinyl befleckt von verschütteter Suppe und übergelaufenem Kaffee. Es gab einen Kalender über dem Kühlschrank mit dem Bild eines anscheinend auf einem Ziegenfell sitzenden blonden Mädchens in einem durchsichtigen schwarzen Hemd, das in keiner Weise geeignet war, die glänzenden und schattigen Wölbungen von Brüsten und Schenkeln, die Spalte von Busen und rasierter Scham zu bedecken. Es gab Zettel, die mit Klebestreifen und Reißzwecken am Kühlschrank und an den Schranktüren befestigt waren. »Das Schwein, das ANDYS Zucker geklaut hat, wird freundlichst gebeten, den Verlust zu ersetzen und zwar DALLI!« »Butter NICHT aufbrauchen, ohne neue zu besorgen!« »Toddy schuldet Vic eine halbe Kanne NESCAFÉ und Milch.« »Wer hat meine Butterkekse?« Frederica entschloß sich schnell, hier ihre Hilfe nicht anzubieten, und beobachtete Nigel, wie er, ungeschickter, als er bei irgend etwas sonst erschienen war, dicke Scheiben Brot und Scheiben bröckeligen weißen Käses schnitt.

»Jemand könnte einen Apfel haben. Willst du einen Apfel?«
»Wenn du sicher bist, daß wir –«
»Jemand hat gut drei Viertel einer Flasche von meinem Cognac ausgetrunken, als ich das letztemal hier war. Ich habe das Recht auf ein paar Äpfel. Komm mit nach oben.«

Sein Zimmer war staubig, ein möbliertes Zimmer mit einem Klapptisch, einem mit dünner Farbe überstrichenen Garderobenschrank, einer nichtssagenden Lampe mit Pergamentschirm, einem ungemachten Bett, sehr zerwühlt, und Männerkleidern, die an jedem Vorsprung hingen, an der Außenseite des Schranks, über den Rücken des einzigen Sessels. Aufgereihte Männerschuhe nahmen fast die gesamte Länge der Scheuerleiste ein, und über dem Bett hingen Handtücher. Nigel zog zwei alte Eßzimmerstühle hervor und klappte den Tisch auf, und sie saßen nebeneinander und kauten die Brote, und dazu gab es zwei Gläser mit Rotwein, den Nigel aus dem Inneren der Garderobe herausgeholt hatte. Ihre Knie berührten sich. Frederica wußte, was passieren mußte, und war im Hinblick auf ihre Person nervös. Sie war nervös aus zwei Gründen. Der erste war, daß sie eigentlich nicht wußte, wovon Nigel erwartete, daß es passierte oder passieren würde. Spaß? Eine kurze Liebesnacht? Das Vorspiel zur Einladung, die Herrin seines burggrabenumschlossenen Landsitzes zu werden? Die Art und Weise, wie die beiden jungen Männer sie nicht gesehen hatten, schien darauf hinzuweisen, daß Nigel – sie alle vielleicht – zu unmöglichen Tageszeiten mit wenig ehrbaren Frauen hierherzukommen pflegte. Der zweite war, daß sie körperliche Angst empfand. Es könnte alles, dachte sie voll unklarer Verzweiflung, »zuviel« sein. Nigel fragte, ob sie ins Bad gehen wolle. Er riet ihr, ein Handtuch mitzunehmen. »Da unten kann man sie nicht hängenlassen – sie werden geklaut, damit man Schuhe putzen oder verschüttetes Wasser aufwischen kann.« Das Bad war ebenfalls teuer ausgestattet und von Ruß und schmierigem Dreck überzogen. Das Waschbecken hatte einen Rand aus altem Schaum und abrasierten Barthaaren. Die Badewanne war voll mit Stoff, den Frederica, vom Klositz aus darauf starrend, schließlich als eine Masse ineinander verschlungener blauer und weißer Hemden in trübem Wasser identifizierte. Jemand hatte es offensichtlich nach einer Weile aufgegeben, den Kragen eines dieser Hemden zu schrubben; es gab eine dick eingeseifte Nagelbürste, und das Kleidungsstück hing über dem Wäscheständer. Frederica bemerkte plötzlich, warum das Haus vertraut roch. Es roch wie die Umkleideräume der Blesford-Ride-Schule, ein Geruch aus Männerschweiß, Männerurin, alter Seifenlauge.

Als sie wieder hinaufging, hatte Nigel das Bett gemacht, mit bemerkenswertem Geschick, dachte man an seine Sandwichbauten, und saß darauf. Schweigend zogen sie sich aus und legten sich unter die Decke. Nach einiger Zeit schloß der Geruch von Sex, salzig wie das Meer, die anderen Gerüche aus. Nach einiger Zeit schloß Nigel alles andere, Alexander, S. T.

Coleridge, die graziösen und klugen *Vogue*-Damen, John Milton, Raphael Faber, den Schimmer von Cambridge, das Rätsel des ungespaltenen Empfindens, aus ihrem geschäftigen Bewußtsein aus. Sie hatte recht gehabt, Angst zu haben. Ihr letzter Gedanke, bevor sie mit dem Kopf auf seiner fremden Brust in tiefen Schlaf fiel, war, daß sie nicht gewußt hatte, daß Hitze einen ganz durchdringen konnte, ausgehend von zwei Rückgraten, um in den gedehnten und entspannten Dreiecken an der Vorderseite zusammenzutreffen. »Hör auf, dich zu wehren«, hatte er gesagt, immer wieder, »Hör auf, dich zu wehren«, nicht aggressiv, nicht strafend, sondern mit praktischer Behutsamkeit von Hand und Hüfte und Penis. Sie dachte, arme Frederica, daß sie eine Frau war ohne die grundlegende Fähigkeit, sich hinzugeben, und gab während dieser heißen und geduldigen Schlacht einige Male künstliche kleine Stöhnlaute von sich; doch das und ihre gespielten Zuckungen der Lust wurden von diesem unbekannten Mann ignoriert, der sie unerbittlich suchte, sie faßte, sie kannte. »Nein, noch nicht«, sagte er, als sie kämpfte und sich versteifte und von ihm wegstrebte, »noch nicht, nicht jetzt, *warte*, so ist's gut, warte.« Und als sie endlich die Gewalt über sich verlor, über die getrennte Frederica, und sich hob, um mit ihm zusammenzutreffen, zurückfiel, um ihm Platz zu machen, aufschrie und sich schreien hörte, sagte er: »*Gut*« und »*jetzt*« und wandte sein Gesicht von ihr ab und wurde steif und fiel. Sie schlief wie ein Stein, ohne zu wissen, wer oder wo sie war, und als sie aufwachte, geriet sie in Panik wegen der unbekannten Haut und des stetigen dumpfen Pochens des unbekannten Blutes eines unbekannten Herzens unter ihrem Ohr.

In dem Augenblick, bevor er sie erneut zu sich zog, als ihre Gier nun seinem Drängen Antwort gab, fühlte sie: »Oh, ich sterbe« und begriff eine der ältesten Metaphern.

Stunden später, bei einer weiteren glanzlosen Mahlzeit an dem schmutzigen Tisch, erzählte sie ihm von *Vogue*. Ich habe heute einen Job bekommen, sagte sie, ein Jahr bei *Vogue*, wenn ich will. Alles prickelte in ihr, sie fühlte Blut, heiß und stechend an seltsamen Stellen, in den Falten der Lenden, der Achselhöhle, den Brustmuskeln. »Gratuliere mir«, sagte sie. All ihre Gelenke waren schwach, nicht nur die augenfälligen, Knie und Fußgelenke, sondern Handgelenke und Becken und der Knoten des Nackens.

»Okay. Ich gratuliere dir.«

Er lächelte. Sie hatte ihn kaum je einmal lächeln sehen. Er lächelte, doch ohne ihr dabei in die Augen zu sehen. Wie in die Ferne starrend, ganz zufrieden, durch eine Wand mit Blattmuster und einen streifigen Spiegel hindurch.

»Ich weiß nicht, was ich tun soll. Ob ich in Cambridge bleiben oder weggehen soll, nach London. Ich bin mir nicht sicher, ob ich mich zur Journalistin eigne.«

»Ach, komm nach London. Wir könnten Spaß haben.«

»Spaß war nicht das erste, woran ich dachte.«

»Nicht das erste, woran du dachtest«, sagte er, ihren Satz wiederholend, wie er es früher getan hatte. »Vielleicht nicht. Aber du hast daran gedacht, oder?« Er seufzte vor Befriedigung. Er war zuversichtlich. Frederica nahm ein Weinglas mit ihren unsicheren Fingern und verschüttete es. Nigel wischte es mit einem weißen Taschentuch auf, das so sauber war wie sein Tisch staubig.

30. *Unus passerum*

Einer der Samstage vor Weihnachten war ein langer Tag. Stephanie war wie gewohnt damit beschäftigt, die Kostüme für die kleinen Darsteller des Krippenspiels zusammenzusuchen; sie hockte inmitten von Pappkartons voll Frotteestoff und Jute, Rayon und Taft. Sie entdeckte den Mohrenturban, den sie aus der Stola ihres alten Maiballkleids geformt hatte, blaugrün, gelb durchschossen und mit einer Straßschnalle festgesteckt. Er war verstaubt, und die Federn, die sie in seine Falten gesteckt hatte, waren verbogen und zerzaust. Sie zog die Federn heraus, besserte die Nähte aus und setzte das Stoffgebilde ihrem Sohn William auf den Kopf. Seine dunklen Augen lächelten sie an, ernst unter dem Kopfputz. Moment, sagte sie, sie wolle auch den Umhang hervorholen. Sie wickelte ihn ihm um die schmalen Schultern, und er marschierte davon, um die Treppe hochzuklettern und sich im Spiegel zu betrachten. Mary zog an ihrem Rock und sagte: »Haben, haben.« Gleich, sagte Stephanie, die emsig nähte.

Es war der Tag, an dem Gideons Jugendgruppe sich zu treffen pflegte, die seit ihrer Gründung angewachsen und lebhafter geworden war. Sie trafen sich in der Kirche, und es gab Tanz und Apfelwein ebenso wie ernsthafte Diskussionen zum Thema des modernen Lebens. Die Gruppe betrieb Projekte – Wändestreichen in den Wohnungen alter Leute – und Seminare – Wochenendveranstaltungen, bei denen das moderne Leben und die Schwierigkeiten von Beziehungen im säkularen Bereich diskutiert wurden und die meist im Zentrum für Feldforschung abgehalten wurden. Zu Stephanies Überraschung besuchte Marcus, der mittlerweile an der neuen Universität studierte und eines der ehemaligen Gesindezimmer im Dachgeschoß des alten Teils von Long Royston bewohnte, diese Veranstaltungen ziemlich regelmäßig. Sonntags kam er auch in die Kirche und saß meistens mit Jacqueline und Ruth und anderen von Gideons jungen Leuten zusammen. Zur Zeit seiner »Krankheit« war Marcus mit Lucas Simmonds in die Kirche gegangen. Jetzt saß er bei den Mädchen. Stephanie hatte keine Ahnung, was er denken oder glauben mochte. Er unterhielt sich mit der vernünftigen und lebhaften Jacqueline, die ebenfalls studierte und in Long Royston untergebracht war – der Name blieb im öffentlichen Bewußtsein bestehen. War er möglicherweise verliebt? Es gab keinen Grund, warum das nicht so sein mochte; sie konnte nicht verstehen, wie sie hatte denken können, er könne niemals normale Leidenschaften empfinden. Vielleicht in Jacqueline? Sie war sich ziemlich sicher, daß er nicht wegen der unstreitigen charismatischen Gaben Gideon Farrars kam, selbst wenn er auch darüber ihr gegenüber nichts hatte verlauten lassen. Tatsächlich war er ihr seit der Zeit, als er in ihrem Haus gelebt hatte, weitgehend ausgewichen, was vielleicht normal war. Seine Unabhängigkeit war noch nicht gefestigt. Sie war Teil dessen, wovon er sich zu befreien versuchte, wovor er sich fürchtete.

Daniel kam vormittags in Begleitung eines Mädchens mit pockennarbigem Gesicht und fettigem Haar, das er nicht gleich vorstellte. Er war sehr verärgert: Sie spürte seinen Ärger, der flackerte wie unsichtbare Hitze am roten Ende des Farbspektrums. Er fragte, ob sie Gideon gesehen habe. Er sagte, Gideon sei schon wieder unauffindbar, obwohl verschiedene Entscheidungen zu den Weihnachtsgottesdiensten und Zusammenkünften noch nicht getroffen waren. Die Zusammenkünfte waren ja wohl Gideons Domäne. Gideon war nie da, wenn man ihn brauchte. Er, Daniel, mußte das machen, was Gideon schon gestern hätte tun müssen, und er brauchte die doppelte Zeit dafür, weil er das Ganze schließlich nicht organisiert hatte, und danken tat es ihm sowieso niemand. Der kleine Will erschien vor Daniels Beinen in seidenem Umhang und mit Turban und sagte: »Schau mich an!« Daniel sagte: »Verschwinde!« und zu Stephanie: »Kannst du uns Kaffee machen? Das ist Angela Mason«, und er stieß seinen Sohn unsanft fort, der zu weinen begann, sich am stämmigen Pfeiler des väterlichen Beins festklammerte und dagegenhämmerte, wobei der Turban seine Fasson verlor. Stephanie stand auf, um Kaffee zu machen, und sagte zu Daniel: »Sei nicht so grob zu Will. Er hat nichts Schlimmes getan. Er wollte dir nur sein Kostüm zeigen.«

Ihre Stimme zitterte. Daniel schlug seine Fäuste gegeneinander; er wußte, daß sie Wutausbrüche nicht ertrug, daß sie sich vor Gebrüll und dem blind geführten Schlag nach irgend jemandem oder irgend etwas fürchtete. Er hob Will hoch, der beleidigt verlangte, abgesetzt zu werden, hob statt seiner Mary auf, die ihn küßte, und stellte Angela Mason vor.

»Angela ist die Sozialarbeiterin, die sich um Barbara Burtt kümmert. Barbara ist in ihrem Wohnheim nicht mehr aufgetaucht. Würde mich nicht wundern, wenn sie sich auf die Suche nach unserem Gerry gemacht hätte. Ich dachte mir, daß du vielleicht eine Idee hast, wie wir mit ihm Verbindung aufnehmen können.«

Stephanie rief aus der Küche: »Er hat eine Postkarte geschickt. Vor Monaten. Aus London. Es stand nichts weiter drauf als ›Die Krypta von St. Bennet's ist ein guter Ort mit guten Leuten. Wenn Sie mal nach London kommen, können Sie mich dort finden.‹ Ach ja, Will und Mary hat er natürlich extra grüßen lassen.«

Daniel nahm diese Information in eher grimmigem Schweigen auf. Angela Mason sagte, die Geistlichkeit von St. Bennet's sei vielleicht in der Lage, sie mit Gerry Burtt zusammenzubringen, damit sie herausfinden konnte, ob er Kontakt zu seiner Frau aufgenommen habe oder inzwischen bereit sei, sie wiederzusehen. Stephanie sagte, sie sei überzeugt, daß er nach London verschwunden war, um seine Frau *nicht* wiederzusehen, und daß man es am besten dabei belasse. Angela nippte an ihrem Nescafé und machte geistesabwesend mit den Fingern Gebärden für Mary, die ihr Gesicht mit seinem verblassenden roten Mal an Stephanies Brust verbarg.

»Ich glaube, in dieser Sache sollten wir nicht so defätistisch sein. Barbara war sehr *krank*, und jetzt benötigt sie ganz dringend normalen menschlichen Kontakt, damit sie wieder ins Leben zurückfindet. Sie will unbedingt ihren Mann sehen, damit sie ihm erklären kann, daß sie krank war, nicht bei Bewußtsein, nicht sie selbst. Sie ist kein starker Mensch, sehr abhängig von dem, was andere von ihr denken, sehr stimmungsabhängig. Ich habe es mit den Eltern versucht – sie leben noch –, aber sie sind zur Kooperation nicht bereit. Die Mutter hat sich nur ein einziges Mal blicken lassen.«

»Was ist passiert?« fragte Stephanie. Angela Mason nahm wieder ihre Sozialarbeiterinnenstimme an. »Barbara wollte einen Kontakt herstellen, aber die Mutter war damit überfordert und begann leider, Barbara zu beschimpfen, die daraufhin einen Zusammenbruch hatte. Die Zurückweisung hat ihr die Möglichkeit genommen, sich irgendwie zu verhalten. Sie hat das Gefühl, daß sie zu nichts nutze ist. Sie verliert schnell den Mut.«

»Gerry kann ihr da keine Hilfe sein«, sagte Stephanie.

»Ich möchte ihn sehen, damit ich das selber entscheiden kann«, sagte Angela Mason. »Er muß sie mal geliebt haben.«

Man kam überein, daß Miss Mason den Verantwortlichen von St. Bennet's schreiben sollte. Daniel machte sich wieder auf den Weg und ließ sie bei Stephanie sitzen, die neuen Kaffee machte und sich eine weitere halbe Stunde lang einen überaus wohlmeinenden und löblichen Bericht von Barbara Burtts Einsamkeit und Ängsten anhörte. Trotz Gerrys Schilderungen, diverser Anrufe im Krankenhaus vor der Entlassung und nun Miss Masons psychologischer Erklärung von Traumata und Minderwertigkeitsgefühlen – »als ich die Mutter sah, wurde mir klar, daß sie nie die Möglichkeit gehabt hatte, sich selbst als Frau zu sehen, Mrs. Orton, man hat ihr Rüschennachthemden geschenkt, aber keine Selbstachtung ermöglicht« – konnte Stephanie sich Barbara Burtt nicht vorstellen. Sie nahm undeutlich an, daß auch ihre Phantasie sich in die menschlich unmenschlichen Elendszustände, Ängste, Verweigerungen und Wellen körperlicher Panik hineinversetzen würde, die zum Tod Lorraine Burtts in ihrem verdreckten Bettchen geführt hatten, wenn sie Barbara Burtt kennenlernen würde. So aber hatte sie Alpträume von Barbara, einer Traumgestalt mit üppigem, loderndem roten Haar und in durchsichtigem rüschenbesetzten Négligé, einer Kreuzung zwischen einem wütenden Bill und der ersten Mrs. Rochester, die sich tief über Wills oder Marys Bettchen beugte, die Bettwäsche fortschleuderte und kalte, verschrumpelte Leichen im Licht der Fackel, die sie schwenkte, enthüllte. Stephanie wußte, daß es moralische Feigheit war, aber sie scheute davor zurück, sich Barbara Burtt vorzustellen. Sie war peinlich berührt, aber zugleich erleichtert, weil Angela Mason nur in Stereotypen sprach, in vorgefertigten Begriffen. *Sie* konnte nicht bewirken, daß in Stephanies Geist eine wirkliche Frau dem Gegenstand von Gerrys Schrecken und ihren eigenen ansteckungsbedingten Alpträumen gegenübergetreten wäre. Stephanie drückte Mary an sich, um Trost zu finden, und Mary verrieb einen aufgeweichten Löffelbiskuit auf ihrem Kleid, was nicht zum erstenmal geschah.

Nach Angela Masons Aufbruch kam Clemency Farrar zu Besuch und bot an, bei den Kostümen für das Krippenspiel zu helfen. Im vergangenen Jahr hatte Clemencys halbschwarzer Sohn Dominic im seidenen Turban und Umhang Balthasar gespielt – er war das letzte der Farrar-Kinder, das von der Grundschule auf die Oberschule kam. Stephanie hatte von Lehrern aus der Gemeinde erfahren, daß Dominic, der groß für sein Alter war, im Ruf stand, die kleinen Jungen in der Schule, die er und Jeremy Farrar besuchten, zu terrorisieren. (Jeremy war viel kleiner als Dominic, aber zwei Jahre älter.) Die Lehrer hatten sich bei Stephanie vergewissern wollen, ob es ratsam sei, diese Gerüchte an die Eltern heranzutragen; sie hatten Hemmungen, weil Dominic ein Adoptivkind und farbig war. Wahrscheinlich hatten sie nichts gesagt, denn Clemency eröffnete das Gespräch damit, daß sie erzählte, wie begeistert jedermann an der Schule von Dominics schauspielerischen Fähigkeiten sei, wo er in einer ehrgeizigen Aufführung des *Wizard of Oz* den ängstlichen Löwen spielte. »Er lebt sich richtig in die Rollen hinein, Stephanie. Letztes Jahr, beim Krippenspiel, kam er mir wie der echte schwarze König vor, so stark war seine Präsenz, seine Würde; finden Sie nicht auch?«

Stephanie stimmte zu und wartete geduldig darauf, die Leistungen Daisys, Tanias und Jeremys aufgezählt zu bekommen. Sie machte neuen Kaffee und begann, Heiligenscheine für verschiedene Engel zu sortieren. Clemency sagte: »Haben Sie Gideon gesehen?«

»Nein. Daniel hat ihn auch gesucht. Hat er nicht heute abend das Treffen mit den jungen Leuten?«

Clemency nickte. Sie fädelte Goldfaden in ein Nadelöhr und nahm ein Plastikstirnband, das sie mit gelbem Band umwand, um es sogleich wieder abzuwickeln.

»Ihr Bruder geht hin, nicht wahr? Marcus. Zu den Treffen der jungen Leute.«

»Es scheint ihm zu gefallen.«

»Ach, ja.« Will hob eine Hand zu den Stoffbündeln, und Clemency schubste sie weg. »Stephanie, meine Liebe – darf ich offen sprechen?«

»Aber natürlich.«

»Ist Ihnen irgend etwas – zu Ohren gekommen?«

»Zu Ohren gekommen?«

»Über die jungen Leute. Über Gideon.«

»Nein.« Aber mir ist etwas zu Augen gekommen, dachte sie, ohne es zu sagen.

»Ich weiß nicht, wie ich es ausdrücken soll. Man hat sich bei mir – beschwert. Eine Mrs. Bainbridge.«

»Die Mutter von Tom Bainbridge.«

»Die Mutter von Milly Bainbridge. Milly geht hin und wieder

zu den Zusammenkünften. Der jungen Leute. Mrs. Bainbridge behauptet, Gideon würde – Gideon hätte Milly belästigt.«

»Mrs. Bainbridge ist eine ausgesprochen unangenehme Person«, sagte Stephanie wahrheitsgemäß und ohne zu zögern.

»Aber darum geht es nicht«, sagte Clemency, »oder?«

Stephanie erinnerte sich. Sie hatte die Kirche durchquert, weil sie etwas holen wollte, was Daniel liegengelassen hatte – ein Buch? Notenblätter? –, und hatte leise den kleinen Raum betreten, der vom Schiff abgeteilt lag. Alle Lichter waren gelöscht gewesen, in der Kirche selbst und in dem kleinen Nebenraum, aber jemand hatte, wie sie zuerst dachte, das Gasfeuer brennen lassen, was ein schwerwiegendes finanzielles Vergehen darstellte. Sie sah die glühende unscharfe Aureole von blaugrünem, rotem, weißem Licht und dann die zwei Körper auf der Bank am Pult hinter dem Feuer, Gideon Farrar mit bis zur Taille geöffnetem Hemd und das Mädchen, dessen Hemd ebenfalls offen von den nackten Schultern heruntergestreift war. Nur war es nicht Milly Bainbridge gewesen, eine ungestüme brünette Primanerin des Mädchengymnasiums von Blesford, sondern Marcus' Freundin mit dem hellblonden Zopf, die so still war und so ruhig wirkte, die Krankenschwester werden wollte.

»Glauben Sie, was sie sagt?« fragte Stephanie Gideons Frau, um Zeit zu gewinnen.

»Wahrscheinlich ja«, sagte Clemency. »Es wäre nämlich nicht das erstemal. Ich muß sagen, daß *Sie* nicht gerade schokkiert oder überrascht wirken. Mrs. Bainbridge könnte uns gewaltig viel Ärger machen.«

Sie starrte Stephanie herausfordernd an, als wäre diese es, die den Ärger machen konnte oder wollte. Stephanie erinnerte sich an die Zeit von Gideons Amtsantritt, an die kundige Hand, die sich ihr um die Taille legte, den Arm um ihre Schulter, den Blick, der sich auf ihren Ausschnitt heftete. An jenem Abend hatte sie die Flurtür hinter sich geschlossen, war nach Hause gegangen und hatte geschwiegen. Seitdem war Gideon ihr aus dem Weg gegangen. Clemency hatte das möglicherweise bemerkt und die falschen oder sogar die richtigen Schlüsse daraus gezogen.

»Gideon«, sagte sie vorsichtig, »ist ein sehr *expressiver* Mensch. Das ist mir aufgefallen. Er tanzt gern und berührt gern andere auf freundschaftliche Weise, er stellt gern Kontakt her. Es ist Teil seines Erfolgs.«

»Es ist Sexbesessenheit und Lüsternheit.«

»Energie *ist* Sexualität, auf vielfältige Weise, im Guten wie im Schlechten«, sagte Stephanie voller Scham ob der eigenen Platitüden. »Clemency – glauben Sie, daß Milly Bainbridge wirklich etwas angetan wird, was nicht wiedergutzumachen ist? Ihr oder sonst jemandem?«

Clemencys hübsches kleines Gesicht verhärtete sich. »Wahrscheinlich empfinden diese dummen Hühner es ganz und gar nicht so. Sie wollen es gar nicht anders. Wahrscheinlich steht es in keinem Verhältnis zu dem Schaden, den er sich selbst zufügt, sollte das Ganze ruchbar werden. Aber mir macht es etwas aus, *mir*. Er widert mich an.«

Sie beugte ihren Kopf auf den Flitterkram und begann zu weinen, trocken und würgend, aber hemmungslos, und sagte Dinge, die sie später bei ihrem Stolz und ihrer Zurückhaltung bereuen würde, dessen war Stephanie sich gewiß.

»Er ist ein geiler Bock. Ich habe es gewußt. Seit Jeremy. Immer hinter mir her. Es war meine Schuld – seit Jeremys Geburt war ich zu nichts zu gebrauchen. Ich war fast froh, daß es diese Mädchen gab, weil er mich auf diese Weise in Ruhe ließ, nicht dauernd herumstolzierte, mich anfaßte, sich an mich drängte . . . Sie werden nicht verstehen können, wovon ich spreche. Sie sind glücklich. Ich habe Sie und Daniel beobachtet. Sie sind ein glückliches Paar. Bei uns stimmt nichts. Nun ja, nicht wirklich. Gideons Karriere klappt, falls er sie nicht noch ruiniert . . .«

»Die Kinder –«

»Sie können sich untereinander nicht ausstehen. Sie rotten sich gegen den armen Jeremy zusammen. Sogar Dominic – er zeigt ihm sein – *Ding* – und sagt, Jeremy sei nicht normal, weil seines viel kleiner sei, und Gideon lacht auch noch darüber. Ich habe Jeremy vernachlässigt, weil die anderen keine Mutter gehabt hatten, und jetzt haßt er mich, er haßt jedermann, er ist Bettnässer und kommt in der Schule nicht mit – mein kleiner Junge – es tut mir leid, ich hör' schon auf.«

Stephanie versuchte sich auf den praktischen Aspekt zu konzentrieren.

»Sie müssen mit Gideon sprechen. Ihn warnen. Wenn Sie können. Oder soll ich Daniel darum bitten?«

»Vor Daniel hat er Angst. Er denkt, Daniel würde ihn die ganze Zeit beurteilen. Bei Daniel versucht er den Spaßmacher abzugeben. Sprechen Sie besser mit ihm.«

»Wie soll ich das können?«

»Vor Ihnen hat er keine Angst. Auf Sie hört er vielleicht. Sprechen Sie mit Mrs. Bainbridge.«

Wenn man einen Mann heiratet, heiratet man seinen Job mit. In diesem Fall noch mehr als sonst. Aber dennoch ...

An diesem Punkt brachte die weiße Katze den Sperling herein. Sie hatte sich nie als Jäger hervorgetan. Eine Zeitlang hatte sie krabbelnde Wesen aus dem Garten hereingebracht und auf dem Läufer vor dem Feuer ausgelegt, eine Reihe rosigfeuchter Würmer, ein Häufchen hellbrauner Nacktschnecken, zwei große höckrige, getupfte schwarze Schnecken mit Haus. Will setzte sie liebevoll wieder draußen aus, in der Kapuzinerkresse, die kleineren auf Sonnenblumenblätter. »Da«, sagte er, »gute Erde, schöne Blätter, ja?« Es war gut denkbar, daß es sich bei den Exemplaren, die das Katzenjunge abends mitbrachte, um genau dieselben handelte.

Der Sperling hing reglos aus dem weichen weißen Maul und flatterte dann heftig mit den Flügeln.

»Oh, armes Ding, das ertrage ich nicht«, sagte Clemency Farrar.

»Ein Vogel, ein Vogel«, sagte Will. »Nimm ihn weg, Mummy.«

Stephanie näherte sich der Katze, die sogleich auf Flucht aus war und sich unter Mrs. Ortons Sessel verzog. Stephanie langte unter den Sessel und bekam einzelne Gliedmaßen zu fassen – ein Hinterbein, einen peitschenden Schwanz. Ihr Handgelenk wurde zerkratzt, und unterdrücktes Knurren und Tschilpen waren zu vernehmen.

»Laß los«, sagte sie und schüttelte den Sessel.

»Laß los«, rief Will in seinem seidenen Kostüm in hilflosem Befehlston.

Katze und Sperling tauchten jeder für sich hinter dem Sessel auf; der Vogel hopste zitternd und geduckt.

»Raus mit dir«, sagte Stephanie, die nach der Katze trat und mit den Armen wedelte. »Raus, raus, verschwinde.«

»Böse Katze«, sagte Will, der näher kam.

»Paß auf, daß sie dich nicht kratzt«, sagte Clemency.

Die Katze faßte plötzlich einen Entschluß und sprang durch die Katzentür wie ein schmollender Tiger durch seinen Reifen. Stephanie schob den Kohleneimer vor die Öffnung. Will streckte die Arme nach dem Vogel aus, der plötzlich zum Leben erwachte und auf das Bücherregal flog.

»Laß ihn zu sich kommen«, sagte Stephanie atemlos. »Wenn er sich beruhigt hat, machen wir das Fenster auf, und dann fliegt er vielleicht nach draußen.«

»Können wir ihn nicht behalten?« fragte Will.

»Nein, das würde er nicht mögen. Es ist ein wilder Vogel, der draußen in der Natur lebt.«

»Ich mach' mich auf den Weg«, sagte Clemency, die während des Kampfes ihre Selbstbeherrschung und ihr Pfarrhausgehabe wiedererlangt hatte. »Würden Sie – könnten Sie – ein Wort mit Gideon sprechen?«

»Oh, können *Sie* das nicht besser?«

»Ich trau' mich nicht. Ich trau' mich nicht. Und auf mich würde er nicht hören. Er würde – er könnte statt dessen sogar – ich gehe ihm auf die Nerven, und ich würde alles nur noch schlimmer machen, wenn ich den Mund aufmachte.«

»Kann ich mit Daniel darüber sprechen?«

»Wenn es sein muß. Mir wäre lieber, Sie behielten es für sich, aber wenn es sein muß, sprechen Sie mit ihm.«

Daniel kam nicht nach Hause. Statt seiner kamen irgendwelche Mütter, die mit dem Krippenspiel zu tun hatten, und nähten ein wenig. Daniel rief an und sagte, er werde nicht zum Abendessen kommen, und Stephanie, die Makkaroni mit Käsesauce vorbereitet hatte, fütterte Will und Mary damit, badete sie, las Will aus »Hänsel und Gretel« vor und brachte sie ins Bett. Will streckte zweimal die Arme zum Gutenachtkuß aus. Er sagte: »Wird der Vogel wieder ganz gesund, Mummy?«

Der Vogel saß noch immer auf dem Bücherregal. Früher am Tag hatte sie auf Wills Bitten hin einen gefährlich wackelnden Stuhl erklommen und versucht, ihn zu fassen zu bekommen. Er war aufgeregt im Kreis geflogen, hatte Lampen und Vorhangschienen gestreift und war mit einem herausfordernden Laut kurzfristig auf dem Herd gelandet. Von dort war er zum Bücherregal zurückgeflogen. Im Zimmer war es kalt, weil Stephanie das Fenster so weit wie möglich aufgerissen hatte.

»Daddy wird ihm helfen, nach draußen zu gelangen«, sagte sie. »Schlaf jetzt.«

»Er hat sich doch nicht weh getan?«

»Wenn er verletzt wäre, könnte er nicht fliegen.«

»Die Katze ist aber nicht böse, oder?«

»Nein. Das ist ihre Natur. Katzen fressen Vögel. Aber nicht bei uns, stimmt's, Will, nicht, wenn wir es verhindern können. Morgen früh ist der Vogel draußen im Garten. Und jetzt schlaf schön.«

Daniel erschien nicht, aber Marcus, gegen elf, nach dem Treffen von Gideons jungen Leuten. Sie machte Kaffee für ihn und fragte sich, ob sie durch ihn irgend etwas über Ausmaß oder Tragweite von Gideons Fehltritten in Erfahrung bringen konnte. Sie fand, daß Marcus bedrückt und geistesabwesend wirkte. Er saß in Daniels Sessel und blickte mißmutig ins Feuer.

»Wie war es heute abend?«

»Ganz in Ordnung.«

»Das klingt nicht gerade begeistert.«

»Es ging um Liebe. Verschiedene Arten von Liebe. Eros und Agape. Erbarmen. Familienliebe. Sachen, die wir schon diskutiert haben. Du weißt schon.«

»Waren viele da?«

»Nicht wenig. Nicht wenig.«

»Haben alle geredet?«

»Na ja, du weißt ja, wie es ist. Er – Gideon – will ja immer, daß wir unsere Erfahrungen miteinander teilen. Also haben wir sie geteilt. Die einen haben von ihren Erfahrungen mit der Liebe geredet. Er meint, wir seien eine nichtkommunizierende Gesellschaft. Wir teilen nichts. Und folglich haben wir geteilt.«

»Das klingt fürchterlich. So, wie du darüber spricht, klingt es fürchterlich, Marcus. War es so fürchterlich?«

»Ich weiß nicht. Du weißt doch, wie er ist. Er versteht sich drauf, alles irgendwie – groß – bedeutsam – wirken zu lassen, du weißt schon.«

»Hast du gesprochen?«

»Du lieber Himmel, nein.« Marcus sah schockiert aus. »Das könnte ich nicht. Lieber wäre ich tot. Liebe ist etwas Privates. Für mich jedenfalls.«

»Warum gehst du hin, Marcus?«

»Weil meine Freundinnen hingehen. Du weißt doch, Jacquie. Ruth.«

»Sprechen sie dort?«

»Manchmal.«

Er hatte sich gewünscht, jemandem, einem Außenstehenden, zu erzählen, was Ruth als Antwort auf Gideons Aufforderung über die Liebe gesagt hatte, und jetzt konnte er es nicht. Es hätte ihn, es hätte Ruth als Tölpel dastehen lassen. Vielleicht sogar Gideon, dessen ermunterndes Lächeln in seinem visuellen Gedächtnis einen leicht dämonischen Beigeschmack hatte, während er Ruth dazu ermunterte, weiterzusprechen. Immer weiter. Von draußen hörte man Geklapper und Gemaunze. Die Katze versuchte, ins Haus zu gelangen. Von der Liebe abgelenkt, hatte Marcus weder den Vogel auf dem Bücherregal noch den Luftzug im ganzen Haus bemerkt. Jetzt deutete Stephanie nach oben und sagte: »Wir müssen ihn nach draußen schaffen. Er kann fliegen. Das habe ich gesehen.«

»Ich steige auf einen Stuhl.«

Der Vogel stieg zur Decke auf und flog weg, nicht aus dem Fenster, sondern weiter ins Haus hinein, in die Küche. Stephanie lief ihm nach und scheuchte ihn vom Herd fort. Flieg raus, flieg *raus*, du dummer Vogel. Er flog auf, stieß gegen die Decke, fiel herab und hopste flügelschlagend über den Boden und unter den Kühlschrank.

Stephanie zog den Kühlschrank von der Wand weg, während Marcus sich hinter ihr linkisch in der Türöffnung herumdrückte. Kein Geräusch, keine Bewegung. Sie kniete nieder und spähte unter die Rückseite des Kühlschranks. Die Verkleidung bildete unter dem Gerät an allen Seiten eine zwei bis drei Zentimeter breite, nach innen gebogene Kante, und auf ihr kauerte zitternd in einer Ecke das Vögelchen. Stephanie legte sich auf den Fußboden, rollte den Ärmel hoch und streckte den Arm unter die Verkleidung; mit den Fingerspitzen faßte sie nach dem kleinen Wesen, dessen Auge sie im Schatten lebendig glänzen sah.

Und dann versetzte der Kühlschrank ihr den Schlag. Als der Schmerz sie durchdrang, als ihr Arm, mit dem Metall verschmolzen, brannte und pochte, als ihr Kopf sich füllte, dachte sie: »Das ist es also« und dann, als sie in einer plötzlichen Eingebung Köpfe auf Kissen vor sich sah: »Was soll aus den Kindern werden?« Und dann das Wort Altruismus und Erstaunen darüber. Und dann dunkle Schmerzen und noch mehr Schmerzen.

Marcus reagierte mit Verzögerung. Später dachte er den Gedanken zu Ende, wie er, wenn er Daniel gewesen wäre, das Gerät möglicherweise abgeschaltet hätte, statt dazustehen und den Geruch des verbrannten Fleischs zu atmen, das unbegreifliche starre Zucken seiner Schwester zu sehen, das Keuchen zu hören und dann die schreckliche entspannte Stille voll Brandgeruch. Er ging zur Haustür, riß sie auf und rief mit tonloser Stimme und trockener Kehle: »Hilfe!« Er ging zurück, weil der Brandgeruch stärker wurde, und deshalb und zu spät zog er den Stecker des Kühlschranks aus der Steckdose. Er konnte sie weder berühren noch ansehen und vergeudete beschämenderweise Zeit damit, zwischen Küche und Haustür hin- und herzugehen, bevor ihm endlich das Telefon einfiel und er es fertigbrachte, die Sanitäter zu rufen. Während er auf ihr Kommen wartete und Stephanies Bein mit halbausgezogenem Schuh auf der Schwelle der Küchentür betrachtete, erinnerte er sich an die Kinder, die oben in ihren Betten schliefen, und der Schreckensgedanke ergriff Besitz von ihm, daß sie aufwachen könnten, daß sie etwas hören, sehen, riechen könnten ... daß sie ihn, Marcus, auffordern könnten, etwas zu tun ... zu sein ... Es wurde vordringlich für ihn, Daniel zu finden. Ihm fiel nichts Besseres ein, als Gideon Farrar zu fragen, wo Daniel stecken könnte, und er zwang sich, die Telefonnummer auf Stephanies Küchentafel nachzusehen.

Clemency nahm den Hörer ab. Er hustete. Kein Ton war zu hören.

»Sprechen Sie bitte.«

»Marcus Potter am Apparat. Ist Daniel bei Ihnen?«

»Nein, er ist nicht da, aber ich frage Gideon.«

Stille. »Gideon weiß auch nicht, wo er ist. Ist irgend etwas nicht in Ordnung?«

»Es hat einen, äh, einen Unfall gegeben. Glaube ich. Stephanie – ich glaube –«

»Ist mit Ihnen alles in Ordnung?«

»Nein. Ich glaube, sie ist tot.«

Und dann teilte sich Clemency durch die Leitung der Schock mit.

»Ist irgend jemand bei Ihnen?«

»Nein. Ich hab' die Sanitäter gerufen. Daniel –«

»Wir kommen sofort. Legen Sie auf.«

Das kleine Haus füllte sich mit Menschen. Sanitäter drehten Stephanie um – Marcus sah nicht hin – und versuchten es mit künstlicher Beatmung. Gideon Farrar brachte eine Flasche Brandy mit und flößte Marcus etwas davon aus einer Teetasse ein. Es sei nutzlos, sagten die Sanitäter. Sie würden sie ins Krankenhaus bringen, aber es sei nutzlos. Ein Schlüssel drehte sich in der Eingangstür, und Daniel trat herein, der vor Überraschung, Mißtrauen und Verärgerung die Stirn runzelte, als er Gideon und Marcus erblickte, über deren Köpfe unvermittelt ein Sperling in die Dunkelheit hinausflog.

31. Daniel

Am nächsten Morgen erwachte Daniel in einem lichtdurchfluteten Schlafzimmer. Er dachte an das, was zu tun war, Kommunion, Morgenandacht, und dann kam ihm zu Bewußtsein, daß das Licht schrecklich war, etwas, was nicht sein durfte, nicht jetzt, wie die Dinge standen. Aber er zog nicht die Vorhänge zu, als das Licht hereinströmte, sondern sah entschlossen hin, kleidete sich an und ging seine Kinder wecken. Am Abend zuvor hatte Clemency Farrar versucht, die Kinder mitzunehmen oder andernfalls über Nacht zu bleiben, aber er hatte beides abgelehnt.

Er erinnerte sich. Es war das erstemal, daß er sich erinnern mußte, und deshalb am hellsten und am schmerzendsten, wie das teilnahmslose Sonnenlicht.

Er erinnerte sie auf dem Fußboden mit ihrem verbrannten Arm und dem Mund, der vor Schmerz verzogen und erstarrt war. Er erinnerte den weichen Glanz des blonden Haars, das ihr Skelett bedecken würde, und einen milchigen Flecken vorne auf ihrem gelben Kleid, einen Makel, Marys verschmierten Biskuit, obwohl er das nicht wußte. Er wußte und benannte, was geschehen war, schnell und ohne zu zögern. »Sie ist tot.« Der Schock bewirkte in ihm nicht Schwäche, sondern das Gegenteil, etwas wie vermehrte geistige Klarheit und physische Energie, ließ seinen Adrenalinspiegel steigen wie bei jemandem, der vor einem langen Rennen steht, was auf ihn, wie er wußte, in gewisser Hinsicht zutraf. Für einen langen Augenblick spürte er seine ganze gesammelte Kraft wie die siebte Woge, die im Begriff ist, sich gegen die Hafenmauer zu werfen, und erkannte vorausschauend, daß diese Kraft die Quelle seines Leidens sein würde, daß er lange brauchen würde, um zu begreifen und zu leiden, daß er nachdenken und sich erinnern und im Geiste sehen würde und daß es keine Möglichkeit gab, den Prozeß zu verkürzen. Die Zeit vor ihm war von nun an die Zeit danach. Er beugte sich zu ihr und berührte kurz ihr Haar, ihre kalt-warme Hand, nicht das Gesicht, nicht dieses Gesicht.

Er war ein praktisch denkender Mann. Als sie sie forttrugen, dachte er an das, was zu tun war, denn seine erschreckende und sinnlose nervöse Energie verlangte danach, daß etwas geschah. Wir müssen ihrer Familie Bescheid sagen, sagte er und griff ohne Zögern zum Telefonhörer, um Bill und Winifred anzurufen. Teils trieb ihn dazu das zwanghafte Gefühl, daß es, wenn Stephanie jetzt wirklich tot war, niemandem erlaubt sein dürfe, in jenem Zustand illusionsbedingter Ahnungslosigkeit zu verbleiben, in dem er vom Pub nach Hause und den Gartenweg entlang gekommen war und den Schlüssel ins Schloß gesteckt hatte. Einer der abstoßenderen Aspekte seiner Tätigkeit war es, Trauernden Trost zu spenden, die sich weigerten, die Realität des Todes anzuerkennen. »Das muß ein Irrtum sein«, sagten selbst die Vernünftigsten und Einsichtigsten oft genug. Oder Witwen: »Ich warte immer noch abends nach der Arbeit auf ihn.« Er mußte sich selbst die *Wahrheit des Sachverhalts* vor Augen führen, erbarmungslos, ohne Ausflüchte, ohne tröstliche Phantasiegebilde. Bill nahm den Hörer ab.

»Ja, bitte?«

»Hier spricht Daniel.« Ihm fiel nicht einmal ein mildernder Einleitungssatz ein; er konnte es nicht ertragen, ein paar Halbwahrheiten zu sagen, die es Bill vielleicht erlaubt hätten, die Möglichkeit eines Todesfalls zu erahnen, bevor er mit der Tatsache konfrontiert wurde. »Ich rufe an, um euch zu sagen, daß Stephanie bei einem Unfall ums Leben gekommen ist. In der Küche. Der Kühlschrank war nicht geerdet.«

Er lauschte dem Schweigen am anderen Ende der Leitung, konzentriert, erprobte die Kraft des anderen. Bill sagte mehr oder weniger tonlos:

»Stephanie ist tot?«

»Ja.« Wie hätte er sagen können: »Es tut mir leid«? Wie absurd. »Ich wollte, daß ihr Bescheid wißt.«

»Ja. Das war richtig. Kann ich mich einen Augenblick – damit vertraut machen?«

Bewegte sich das Adrenalin jetzt in Bills alten Adern? Er lauschte dem Schweigen im Hörer. Dann sagte die scharfe und leise Stimme mit leichtem Zittern: »Ich habe es Winifred gesagt. Sie – sie fragt, ob wir irgend etwas tun können. Jetzt gleich. Für dich und die Kinder.«

»Nein, danke. Ich komme schon zurecht.«

Sie lauschten jeder dem Schweigen des anderen. Daniel sagte: »Ich glaube, ich kann nicht länger reden.«

»Nein«, sagte Bill, »gute Nacht, Daniel.«

Er versuchte Frederica zu erreichen, die inzwischen eine kleine Wohnung in Kensington hatte, aber nicht ans Telefon ging. Wahrscheinlich ausgegangen, auf einer Party, mit einem Mann. Er sah sich in seinem Wohnzimmer um, sah die verängstigten, formlosen Gesichter der Farrars und Marcus'. In diesem Augenblick schlug Clemency vor, die Kinder mitzunehmen, und er sagte nein. Gideon sagte:

»Sind Sie sicher, Daniel? Sie wissen, es dauert seine Zeit – für jeden von uns, bis wir begreifen, daß das, was geschehen ist, geschehen ist. Wir können Sie jetzt nicht allein lassen.«

»Ich weiß sehr gut, was geschehen ist. Und ich weiß auch, daß es mir später viel schlechter gehen wird. Trotzdem möchte ich jetzt lieber allein sein.« Er blickte um sich und sah Stephanies liegengebliebene Arbeit, die Kostüme für das Krippenspiel. »Nehmen Sie dieses ganze Zeug mit. Bitte.« Er sah zu Marcus, der Brandy aus der Teetasse nippte. Auch ihn wollte er aus seinem Haus hinaushaben. Marcus zitterte.

»Ich – ich hätte ihn abschalten müssen. Ich habe nicht begriffen, was passiert ist. Ich – ich hätte den Stecker rausziehen müssen.«

»Sie hätte wissen müssen, daß er nicht geerdet war. Und ich auch. Unfälle kommen vor. Daran ist niemand schuld, aber das einzusehen fällt uns schwer. Wir fürchten uns vor Dingen, die außerhalb unserer Macht liegen.«

Clemency sagte: »Wollen Sie mit uns kommen, Marcus?«

Marcus sah zu Daniel, der den Kopf schüttelte wie ein gepeinigter Stier.

»Ich will nach Hause«, sagte Marcus.

Am Morgen ging er durch den Flur zu dem Zimmer, wo seine Kinder schliefen, Mary in einem großen Gitterbett, Will in seinem Bett. Mary stand in ihrem Bettchen und schaute über die Gitterstäbe; er hob sie hoch, roch ihren Nachtgeruch, einen Geruch nach Babypuder und Ammoniak, und ging zu Will. Auch Will wollte er die Wahrheit ohne Beschönigen klar und deutlich sagen. Nie sollte er den Augenblick vergessen, als das Kind ihn schlaftrunken anlächelte und sich streckte, ahnungslos, im Begriff, einen normalen Tag zu beginnen, während

Daniel es vom Kerker seines Wissens aus ansah. Er dachte, daß er Will wecken müsse, ihm etwas zu essen geben, etwas zu ihm sagen – was? –, etwas Sanftes, nichts, was ihn erschrecken konnte. Will sagte:

»Wo ist Mummy?«

»Mummy hat einen Unfall gehabt. Sie ist im Krankenhaus.«

»Sie machen sie wieder gesund, so wie Oma. Gehen wir sie besuchen?«

»O nein, Will. Es war ein sehr schlimmer Unfall. Mummy ist tot.«

Mary benäßte sein Hemd. Wills dunkle Augen begegneten seinem Blick, und Will sog die Luft ein, ein, ein. Er sagte: »Nein.«

»Es ist schwer für uns zu glauben.«

»Nein«, sagte Will, drehte sich aufs Gesicht und zog sich die Decke über den dunklen Kopf. »Nein. Nein. Nein.«

Es war ein schlechter Tag. Zuletzt konnte er Will, der schwieg, dazu bewegen, nach unten zum Frühstück zu kommen; Mary aß etwas von ihrem Frühstück und warf etwas davon auf den Boden, verängstigt und verstört. Leute kamen, viele Leute, Bill und Winifred, die Farrars, die Ausgestoßenen, Kirchenvorsteher, Ehefrauen. Er fand sich in der Lage eines Menschen wieder, der eine Art unaufhörlicher Teegesellschaft veranstaltete (ohne selbst daran teilzunehmen), deren Gäste abwechselnd schweigend dasaßen oder mit aufgesetzter Munterkeit über andere Dinge sprachen, das Krippenspiel, Weihnachten, wie man Honigkuchen backt (jemand hatte welchen mitgebracht). Winifred kümmerte sich um Will und Mary, während er zur Morgenandacht ging, was sich als Fehler herausstellte, weil Gideon Farrar sich am Pult erhob und sagte:

»Mein Herz ist heute morgen zu voll, als daß ich zu Ihnen über das Thema sprechen könnte, das ich vorgesehen hatte. Die meisten von Ihnen werden inzwischen erfahren haben, daß Daniel Ortons Ehefrau Stephanie gestern abend unvermutet bei einem Unfall ums Leben gekommen ist. Sie war eine schöne und begabte Frau, die bescheiden und voll Mitgefühl für jeden Mitmenschen da war, der ihren Weg kreuzte. Wir haben sie alle geliebt und müssen in dieser harten Zeit des Leides diejenigen stützen, die ihr am nächsten standen, ihren Mann, ihre Kinder, Eltern und Geschwister.«

Er sagte noch mehr: gewöhnliche Wörter, wie Steine, die die lebende Stephanie in eine erinnerte Stephanie verwandelten, gutgemeint, Distanz schaffend. Für Daniel waren die Worte eine weitere Lektion in Sachen Wahrheit. Sie war, sie war. Sie entfernte sich von ihm. Es war richtig so. Er hatte noch nicht zu begreifen begonnen, daß sie nicht zurückkehren würde, obwohl sein Intellekt ihm diesen Umstand hartnäckig wiederholte, bis er ihn als Tatsache anerkannte. Schlimmer war es, als Gideon Anekdoten über Stephanies Nützlichkeit in der Gemeinde zum besten gab. Hier erlaubte er sich zum erstenmal die Erinnerung an ihre Klage über den reduzierten Wortschatz, die er mit Sex zum Verstummen gebracht hatte und die zu erinnern er sich jetzt zwang.

Mit der zielstrebigen Rastlosigkeit, die diesen Zeitabschnitt kennzeichnet, begann er, Dinge umzustellen. Er leerte ihre Schubladen und Schrankfächer mit erstaunlicher Gründlichkeit aus und packte die Kleidung ordentlich in große Pappkartons für die Heilsarmee. Beim Berühren ihrer Nachthemden, ihrer Unterwäsche empfand er fast Zorn und etwas anderes, ein Würgen, das er um der Selbstbeherrschung willen unterdrückte, als ihm das rosa Popelinkleid in die Hände geriet, das sie getragen hatte, als er sie in Felicity Wells' heißem kleinen Zimmer im alten Pfarrhaus zum erstenmal geliebt hatte. Das Ausmaß, in dem er bei all diesen Tätigkeiten gewalttätige Gefühle unterdrückt hatte, wurde ihm erst bewußt, als er eine Woche darauf den Wäschekorb im Bad öffnete und darin am Boden zusammengerollt wie angriffsbereite Schlangen einen Büstenhalter, ein Höschen und einen Unterrock fand. Es war das erstemal, daß ihm Tränen in die Augen traten, weil er unvorbereitet war. Dann heule, sagte er sich, als er im Badezimmer stand und die Gespenster der Behausung ihres Körpers in seinen ungeschlachten Fingern hielt, heule. Er konnte es nicht.

In London prallte Alexander Wedderburn beim Überqueren des Russel Square mit einer taumelnden, schwankenden weiblichen Gestalt zusammen, die er zuerst für betrunken hielt und in der er dann Frederica Potter erkannte, deren tränenüberströmtes Gesicht vom Weinen purpurn und gerötet war. »Stephanie ist tot«, rief Frederica laut mitten auf dem Platz, so daß Tauben aufflogen und unbeteiligte Spaziergänger den Kopf drehten. »Oh, Alexander, Stephanie ist tot.« Er nahm sie mit in seine Wohnung in der Great Ormond Street, machte ihr Kaffee, wickelte sie in eine Decke und entlockte ihr die Information, daß sie zum entsprechenden Zeitpunkt »versumpft« gewesen war, mit »irgendwem« geschlafen hatte. »Dabei hätte ich es *spüren* müssen, irgendwie *merken* –«, klagte Frederica, und sie ließ sich von Alexander trösten und ließ sich versichern, was sie bereits wußte, daß sie den Unfall unmöglich hatte voraussehen können, daß sie keine Schuld traf, daß es ein Unfall war. Alexander sagte, er wolle mit ihr zur Beerdigung fahren, wenn es ihr recht sei.

Er erinnerte sich an Stephanie, wie sie an ihrem Hochzeitstag gewesen war, als sie in ihrer weißen Kleidung im Wohnzimmer des Hauses in der Masters' Row stand, reglos und mit runden Formen, während er auf der Suche nach kleinen goldenen Sicherheitsnadeln die Treppe hoch- und hinuntereilte. Der Schmerz, den dieses Bild ihm bereitete, veranlaßte ihn, Daniel zu schreiben, ohne daß er es erwähnte, da er sich zu Recht dachte, daß Daniel die Vorstellung von ihr als lebend nicht ertragen konnte, so wie er in größerer Ferne sie nur mit Mühe ertragen konnte. Er schrieb einen untypisch grimmigen knappen Brief an Daniel, der besagte, daß er nicht wisse, wie man mit solchen Dingen zurechtkommen könne, daß Menschen es aber fertiggebracht hatten und fertigbrachten und daß Daniel, wie er wisse, stark sei. Dieser Brief berührte auf seine abstrakte, flüchtige Art Daniel in einer Weise, wie es andere, liebevollere, die die Frau, die Ehefrau, die Mutter ansprachen, nicht taten. Im Unterschied zu den anderen, die er schnell beantwortete, schnell, und dann wegwarf, behielt er ihn bei sich.

Er erklärte Gideon, daß er den Trauergottesdienst selbst abhalten wolle. Gideon äußerte seine Zweifel: Daniel meisterte alles großartig, aber mutete er sich nicht zuviel zu, die Kinder, das Haus, die Beerdigung? Konnte er denn keinen Trost, keine Hilfe von jemand anderem annehmen? Daniel funkelte ihn kampflustig an. Unter anderem konnte er es nicht ertragen, daß Gideon sie mit seinem albernen Geschwätz in irgendeiner Weise berührte, daß er sich erdreistete, irgend etwas über die Frau zu sagen, über sie, *seine* Frau, Stephanie. Es fiel ihm immer schwerer, ihren Namen zu denken oder auszusprechen. Er sagte »sie« oder »meine Frau«. »Meine Frau« bezog sich auf ihn, Daniel, auf die Erfordernis, den Verlust einzugestehen und weiterzuleben. Er mußte sagen: »Meine Frau ist tot«, denn das war etwas, was andere wissen mußten. Aber ihr Name gehörte zu ihr, und ihn auszusprechen hieß, sich am Rand der Notwendigkeit und Unmöglichkeit der Erkenntnis zu bewegen, daß *sie* lebendig gewesen war und jetzt tot war, sich gefürchtet hatte und ... Er erklärte Gideon, daß es besser war, wenn er beschäftigt war, er war nicht krank, er mußte etwas zu tun haben.

Zu Winifreds Entsetzen verfügte er auch, daß Will an der Beerdigung teilnehmen sollte. Er erinnerte sich – in gewisser Hinsicht erlebte er es automatisch und willenlos wieder – an die unwirklichen Tage nach dem Tod seines Vaters, als man ihn abgesondert, vom Geschehen ferngehalten, gezwungen hatte zu »spielen«. Will sollte nicht spielen, sollte nicht verwirrt werden, sollte wissen, daß seine Mutter tot war. Winifred, die sich im leergeräumten Häuschen umsah und feststellte, wie gründlich jede Spur der Anwesenheit ihrer Tochter aus diesem Ort, den sie bewohnt hatte, getilgt worden war – ihre Fotos waren verschwunden, ihr Schreibtisch war aufgeräumt und leer, sogar ihr Korb mit Gartensachen war verschwunden –, sagte, Will werde sich fürchten, es sei in seinem Alter erschreckend, an Leichname in der Erde zu denken, sie wisse es aus eigener Erfahrung und er sei noch so klein. Daniel sah sie mit seinem finsteren Zorn an, der so gänzlich anders war als Bills Tobsuchtsausbrüche, und man konnte ihm ansehen, daß er sich gewaltsam daran erinnern mußte, daß sie eine Tochter verloren hatte.

»Als mein Vater starb«, sagte Daniel, »hielt man mich fern. Niemand hat mir irgend etwas gesagt. Ich habe nicht getrauert. Das war nicht gut für mich. Leute kommen unter die Erde und kommen nicht zurück. In früheren Zeiten durften Kinder so etwas wissen. Will weiß es. Ein Mädchen von Gideons jungen Leuten wird sich um Mary kümmern. Mary weiß es nicht, nicht auf diese Weise. Will muß durch diese Sache hindurch.«

»Mach es ihm nicht zu schwer«, sagte Winifred.

»Er sagt nicht viel«, sagte Daniel, der zum erstenmal für einen Moment Unsicherheit verriet. Dann: »Er hat mich gefragt, ob dem Vogel auch nichts passiert ist. Er hat sich um den Vogel Sorgen gemacht.«

»Wenn ich irgend etwas für Will tun kann –«, sagte Winifred.

»Ich würde mich freuen, wenn er bei dir sitzen könnte«, sagte Daniel.

Die meisten Besucher des Trauergottesdienstes erinnerten sich an Daniel, wie er bei seiner Hochzeit gewesen war, lebhaft in seinem schwerfälligen Körper, mit einem Lächeln für seine Kirche und seine Leute. Die meisten bestürzte die Art, wie er den Gottesdienst abhielt. Er stand bereits auf der Kanzel neben dem Sarg, schwarz und schweigend, als die Kirchentür geöffnet wurde und ein letzter Gottesdienstbesucher sich hereindrückte. Bill Potter hatte es nicht über sich gebracht, zur Hochzeit seiner Tochter mit einem Hilfspfarrer zu erscheinen, dessen Glauben er verachtete und den er als Schwiegersohn nicht gutheißen konnte. Jetzt blickten die beiden einander über die Köpfe der Anwesenden hinweg an: Frederica und Alexander, Gideon und Clemency, Marcus und Mrs. Thone, Winifred und der kleine Will, der den Sims der Kirchenbank umklammert hielt. Daniel sagte beinahe brutal:

»Wir sind nackt von unserer Mutter Leibe gekommen, und nackt werden wir wieder dahinfahren. Der Herr hat's gegeben, der Herr hat's genommen; der Name des Herrn sei gelobt.«

Diese Worte waren ein dünner Schutz zwischen ihm und der Grube. Sie waren Handeln, gewohntes und rettendes Handeln, nicht weil er noch an die tröstlicheren unter ihnen geglaubt hätte, sondern weil die schrecklichen etwas über die Wahrheit der Dinge sagten. Denn tausend Jahre sind vor dir wie der Tag, der gestern vergangen ist, und wie eine Nachtwache. Du lässest sie dahinfahren wie einen Strom, sie sind wie ein Schlaf, wie ein Gras, das am Morgen noch sproßt, das am Morgen blüht und sproßt und des Abends welkt und verdorrt.

Habe ich nur um menschlicher Dinge willen zu Ephesus mit wilden Tieren gefochten, was hilft's mir? Wenn die Toten nicht auferstehen, dann »lasset uns essen und trinken, denn morgen sind wir tot!«.

Nicht ist alles Fleisch einerlei Fleisch; sondern ein anderes Fleisch ist der Menschen, ein anderes des Viehs, ein anderes der Vögel, ein anderes der Fische. Und es gibt himmlische Körper und irdische Körper; aber eine andere Herrlichkeit haben die himmlischen und eine andere die irdischen... Der erste Mensch ist von der Erde und irdisch; der andere Mensch ist vom Himmel...

Was hatte er sich erwartet? Daß die Worte ihn trösten würden, wie er andere mit ihnen getröstet hatte, daß die Auferstehung, die Verwandlung in einem Augenblick, das Korn, der Weizen, den man säet, ihm wirklich erscheinen würden, wenn auch noch so schwach? Er ging neben ihrem eingesargten Leichnam bis zum Rand der Grube, und sein rastloser Verstand sagte ihm, daß er nichts von alledem glaubte, nichts von alledem, es möglicherweise nie geglaubt hatte, denn er war, wie sie einst lachend gesagt hatte, von der Erde und irdisch.

Der Mensch, vom Weibe geboren, lebt kurze Zeit und ist voll Unruhe, geht auf wie eine Blume und fällt ab, flieht wie ein Schatten und bleibt nicht.

Er blickte auf die Erde, auf die lächerlichen Soden unnatürlichen gezüchteten Grases, die abzubestellen er vergessen hatte. Er blickte auf die Blumenkränze, herbstliche Chrysanthemen, gemischt mit winterlichen Treibhausfrühlingsblumen, wie es um diese Jahreszeit üblich war, weiße Kreise von unnatürlicher Dauerhaftigkeit. Er sprach weiter bis zum Ende der Beisetzung, sah hinab in diesen engen Raum und dachte und versuchte nicht zu denken. Als die Worte gesprochen waren, blieb er stehen und blickte beherrscht und ausdruckslos vor sich auf die Erde, während die anderen auf dem Kiesweg in Stöckelschuhen unsicher schwankten oder mit kalten Füßen auf dem Lehmboden stampften.

Es war Bill, der ihn am Ellbogen ergriff und sagte: »Komm jetzt, Daniel. Laß uns gehen.«

Unter der Eibe versuchten Winifred und Frederica, einen kleinen, furcht- und wuterfüllten Jungen zu packen, der um sich schlug und schrie und biß.

Eine Beerdigung, hatte er immer gesagt, war ein Zusammenkommen der Lebenden, sie war ein Ritual, das diese benötigten. Er hatte Gemeindemitglieder aufgefordert, von den Toten abzulassen, sie in Ruhe zu lassen. Er ging neben Bill einher, der die Pflastersteine anstierte, als wolle er sich ihr Muster einprägen, und dachte, daß er keine Ahnung gehabt hatte. Wie konnte er mit diesen Leuten zusammenkommen wollen? Sein Platz war draußen, in Dunkelheit, Nässe und Kälte. Er sah die winterlichen Bäume, die Grabsteine, den Umriß der Kirche durch einen rußigen Schleier, auf dem kleine Lichtfunken tanzten, die er in einer Art Benommenheit mit den Worten identifizierte, die er kurz zuvor gesagt hatte.

Bill sprach. »Ist dir auch aufgefallen, daß auf den alten Grabsteinen ›gestorben‹ steht, während die neuen von ›dahingegangen‹ oder sogar ›entschlafen‹ faseln? Wir sind dafür nicht gerüstet, nicht wahr?«

»Ich hatte geglaubt, das zu wissen.«

»Im Nahen Osten streut man sich Asche aufs Haupt, zerreißt die Kleider, schreit und weint. Wir gehen gesittet nebeneinander her. Ich könnte jetzt sagen, daß ich wünschte, ich hätte mich dir gegenüber anders benommen, aber das kann nichts an dem ändern, was jetzt mit uns geschehen ist, nicht wahr?«

»Nein«, sagte Daniel schroff und ging weiter in der dunklen Luft, ohne es zu merken, als Bill zurückfiel und sich den anderen anschloß.

32. Verschwinden

Beim Roman verlangt das Dekorum mehr oder weniger, daß dem Schmerz, dem Kummer keine Zeit eingeräumt wird. In Detektivgeschichten, wo die Todesfälle schnell und dicht aufeinanderfolgen, in den Text fallen wie Blätter in Vallombrosa, ist niemand durch Kummer gelähmt, ändert niemand sein Verhalten, der Text bewegt sich auf den nächsten Todesfall zu, wenn wir uns *in medias res* befinden, oder der intellektuellen Lösung, der Enthüllung dessen, wer verantwortlich war, wenn wir uns dem Ende nähern. Wie der Glaube an die Erbsünde trösten und beruhigen Detektivgeschichten die Menschen ob des Todes, weil irgend jemand immer dafür verantwortlich ist, daß es ihn gibt (im Roman), und wir unsere Trauer auf Vergeltung oder Sühne verwenden können. Eine der vielen unangenehmen Eigenschaften des Kummers ist das mit ihm einhergehende Bedürfnis, sich verantwortlich oder schuldig zu fühlen – und deshalb konzentrierte Marcus' Trauer um seine Schwester sich teilweise auf die eigene Torheit, den Stecker nicht gezogen zu haben, und teilweise und irrational auf seinen Wunsch, ihr seine Liebe zu Ruth zu offenbaren. Als er im Haus der Farrars zum Totenschmaus und -wein eintraf, überraschte es ihn unangenehm, Ruth dort anzutreffen, die Gläser verteilte und die kleine Mary auf dem Arm trug, die mit einer Hand den glänzenden Zopf hielt und mit der anderen ein Sandwich mit Huhn. Auch Daniel verspürte Verantwortungs- und Schuldgefühle, obwohl sein Verstand sich dagegen wehrte, er sich selbst sagte, was er anderen sagte, daß das Leben seiner Frau ihr Leben gewesen war, das er ihr nicht wegnehmen durfte, daß sie es gelebt hatte, daß sie für sich selbst verantwortlich gewesen war. Später brachte er dennoch viel Zeit damit zu, darüber nachzugrübeln, daß sie durch ihre Heirat dazu gebracht worden war, gegenüber Wordsworth und Shakespeare zu verstummen, daß er es versäumt hatte, eine Stunde früher nach

Hause zu kommen, daß er Will in den Resten ihres leuchtenden Ballkleids an jenem Morgen weggestoßen hatte. In den ersten Tagen empfand er Schuldgefühle nur angesichts des eigenen Überlebens. Das andere kam im zweiten Stadium, nach dem ersten Eindruck von – soll man es Freude nennen? –, als er begriff, daß er ein Überlebender war, worüber keine unnötigen Schuldgefühle zu empfinden er später ebenfalls bemüht war.

Es gibt die Versuchung, den nächsten Abschnitt in ihrem Leben flüchtig zu behandeln, insbesondere was Daniel betrifft. Dies kommt einem ein wenig wie Diskretion vor: Es ist sowohl englisch als gelassen, sich für eine Zeitlang abzuwenden und den Erzählstrang erst wieder aufzunehmen, wenn es etwas zu erzählen gibt. Einst endeten Romane mit Heiraten; heute wissen wir es besser und verlieren uns ohne Konklusion im Sand und in den Sümpfen des Ehelebens, um mit einer Frage, einer Ungewißheit, einem Zwiespalt der Möglichkeiten zu enden, die es dem Leser erlauben, die Geschichte mit seiner eigenen bevorzugten, gewünschten Projektion selbst zu beenden. Der Tod ist ein eindeutigeres Ende als eine Heirat. Tragödien enden mit Toden. Wenn wir das Ende des blinden Ödipus betrachten, die vielzähligen »Niemals« des gepeinigten alten Lear, dann empfinden wir, wie Aristoteles uns zutreffend erklärt hat, etwas wie Erleichterung, ein Nachlassen der Anspannung von Mitleid und Schrecken, Raum möglicherweise für das Eindringen hellen, ruhigen Lichts. Licht aber verletzt die wachenden Augen der Trauer. Tennyson wußte das. Auf der kahlen Straße der nackte Tag bricht an. Jetzt, wo ich darüber schreibe, wird mir klar, daß es Shakespeare gelang, den anderen Schmerz der Trauer in die Lösung der Tragödie einzuarbeiten. Das schlimmste Leid in *Lear* ereignet sich am Ende, der Unfall nach der Auflösung, das Unannehmbare. Warum sollte ein Hund, ein Pferd, 'ne Maus Leben haben, und du nicht einen Hauch? Cordelias Tod – wenn wir uns Cordelia vorstellen und nicht nur Lear – macht das Stück zu unerquicklich für aristotelische Erleichterung. Wir können Lear frohgemut und gnädig abtreten lassen, aber nicht, wenn wir uns sie, Cordelia, vorgestellt haben. Oh, du kehrst nimmer wieder. Daniel hatte *König Lear* gelesen, angestachelt von Bills verächtlicher Haltung zu seiner Bildung. Er hatte vorgehabt, viel mehr zu lesen, sich mit seiner Frau als der, die sie war, unterhalten zu können, und hatte es nicht getan – wegen der Kinder und ihrer Mitbewohner, wegen der Arbeit, weil er Stephanies Verstand als etwas fürchtete, was sie von ihm absonderte. Auch *Hamlet* enthält den Kummer in der Tragödie – Hamlets Trägheit und sein zielloses hingezogenes tatenloses Leiden ließen sich ebensogut als psychische Folgen des Trauerns erklären wie mit den üblicheren (und keineswegs uneinleuchtenden) Erklärungsmustern der uneingestandenen Furcht um die Mutter und des Verlangens nach ihr. Hamlet erwacht auf verblüffende Weise zum Leben, wenn er in die Welt des Todes eintritt. Nicht ohne tieferen Sinn zeigen ihn Schauspielerporträts aus dem neunzehnten Jahrhundert unweigerlich mit Yoricks Schädel, am Rand des Grabes, in das er springen wird und aus dem er mit einer eigenen Identität zurückkehren wird. Das bin ich, Hamlet, Prinz von Dänemark. Und kein ganzer Akt mehr durchzustehen.

Überleben in diesem Sinn ist eben nicht eine Frage der Entschlossenheit. Über die nächsten Wochen hinweg erzählte er sich seine eigene Geschichte rückwärts von jenem Augenblick an und vorwärts in eine Zukunft, deren Ursprung dieser Augenblick war. Der Rest seines Lebens war das Leben nach diesem Tod. Und was vorher gewesen war, wurde quälend, gespenstisch und unvorstellbar in ebenjenem Maße, in dem es zuvor hell, wichtig oder nur glückerfüllt gewesen war. Erinnerungen waren wie der Geist des Sonnenlichts, schmerzlich für verwundete Augen. Sie waren in Filey im Tosen von Wasser und Wind den Strand entlanggegangen. Sie hatten sich in seinem Zimmerchen im Pfarrhaus wärmesuchend aneinandergedrängt. Sie hatte sich im Krankenhausbett aufgesetzt, die Schwertlilien, die er mitgebracht hatte, neben ihr, und hatte Will im hohen Lichtkreis der Leselampe im Arm gehalten. All diese Bilder verseuchte, überlagerte jenes andere Bild, die zurückgeschobenen schwärzlichen Lippen, die feuchten Zähne, das aufgelöste Haar, das befleckte Kleid, der verbrannte Arm. Er war ein Mensch, der geglaubt hatte, sein Leben sei dem einsamen Helfen geweiht, und er hatte einmal, ein einziges Mal nur, geliebt – einen sanften Blick, runde Brüste, volle Hüften und friedliche, lebendige Bewegungen; es war zu ertragen, diese vereinzelten Fragmente beinahe zu erinnern, doch unerträglich gefährlich, die ganze lebende Frau herbeizubeschwören, zu erfassen, zu suchen, zu benennen. Sein Denken arbeitete unablässig daran, raffinierte Manöver und Überlebensstrategien zu entwerfen, die es ihm erlaubten, gleichzeitig zu wissen und nicht zu wissen, was ihn verlassen hatte. (*Wer* ihn verlassen hatte. Selbst das Pronomen zeugte von der Notwendigkeit des Verminderns.) Er konnte seine Vergangenheit nicht einfach ungeschehen machen – zumindest schien es ihm so –, er mußte sie in diesem neuen, grausamen Licht Stück für Stück durchdenken und alles betrachten als etwas, was zwangsläufig zu nichts anderem als diesem einen Ergebnis führte. Aber er durfte nie die Wahrheit aus dem Auge verlieren, sich nie dem hingeben, ihre Gegenwart auch nur für einen Augenblick zu imaginieren oder zu ersehnen. Solche Wünsche, das spürte er, hätten seinen Zugriff auf die Zusammenballung von Willenskraft und biologischer Kontinuität gelockert, der seine Person ausmachte. Er mußte weiterhin aufstehen, den Kindern zu essen geben, arbeiten.

Er befahl sich, nicht einmal im Traum zu denken, sie könne zurückkehren. Kritiker haben darauf hingewiesen, daß es denkbar ist, daß Lear in der Illusion stirbt, sie sei zurückgekehrt, seht ihre Lippen, seht hier, und daß sein Herz wie das Glosters lächelnd in der Illusion einer Rückkehr bricht. Daniel marterte die Angst vor einer solchen Illusion, der das ähnliche Aussehen von Frauen am anderen Straßenende Vorschub leistete, blondes Haar, das unter Hut oder Regenkappe hervorlugte, ebenso wie Halluzinationen, bei denen ein Badetuch auf dem Haken an der Badezimmertür zu ihrem Nachthemd wurde. Er konnte sich nicht vorstellen, daß er aus einem Traum von ihrer Gegenwart oder Wiederkehr erwachen und das Erwachen überleben würde. Und deshalb träumte er nicht. Seine Wille drang ins Schattenreich ein und vertrieb die Träume. Oder falls er träumte, dann in solcher Finsternis, daß davon am Morgen nichts ans Licht gelangte.

Neben dem durchdringenden Licht brachte der Morgen andere Schwierigkeiten mit sich. Eine gefährliche Zeit war die Zeitspanne des Halbdämmerns beim Erwachen, wenn er sich Tag für Tag auf eigenen Befehl ins Gedächtnis rief, daß etwas Schreckliches geschehen war, an das er sich erinnern mußte, aber nicht allzu detailgetreu erinnern durfte, daß er weder verträumt noch verwirrt, noch hoffnungsvoll erwachen durfte. Wenn er dies zufällig vergaß, spulte sich die ganze Abfolge des Geschehens in seinem Kopf ab, seine Schritte auf dem Gartenpfad, sein Schlüssel in der Tür, der Anblick Gideons und Marcus' und dann das, an was er sich ebenfalls erinnern mußte, das weiche Haar, der verbrannte Arm, der halbausgezogene Schuh, das beschmutzte Kleid, das Gesicht.

Eines der Dinge, die er erfahren hatte, berufsbedingt hatte erfahren müssen, war der Umstand, daß die anderen sich der Langsamkeit des Trauerns nicht bewußt sind, der zunehmenden Schwierigkeit, weiterzuleben. Zu Anfang, als er nichts als dumpfen Erduldens- und Überlebenswillen empfunden hatte, waren sie häufig gekommen und hatten Blumen mitgebracht, etwas zu essen, hatten gefragt, ob sie die Kinder einladen konnten, hatten ihn zum Essen eingeladen, was er abgelehnt hatte. Später, als er begonnen hatte, an ihren Leichnam zu denken – noch nicht an sie selbst, sondern nur an ihren Leichnam –, und es hin und wieder nicht ertragen konnte, in die Wände seines Hauses eingesperrt zu sein, kamen sie seltener und schienen zu erwarten, daß er wieder zum Alltagsleben zurückfand. Sie legten ihm wieder ihre Probleme vor, Probleme, die mit Sexualität und Liebe und Einsamkeit und Geld zu tun hatten, und er sagte zu ihnen, was er gesagt hätte, wenn er wirklich bei der Sache gewesen wäre, statt in seinem verfinsterten Geist insgeheim die Gleichförmigkeit, Geringfügigkeit und das unvermeidlich dräuende Ende all dessen mit Hohn zu bedenken.

Wie schnell, wie gar so schnell wird in England aufgehört, über Trauer zu sprechen, dachte er, ungerechtfertigterweise, denn er wußte sehr wohl, daß er ihnen ihre unangemessenen, manchmal mehr als unangemessenen Worte verargt hatte. Vielleicht, hatte eine Diakonissin gesagt, war Stephanie, so jung und so glücklich, gestorben, weil der Herr Daniel zeigen wollte, wie ein Leben ohne solche Liebe beschaffen war. Cordelia, erklären christliche Kritiker, muß sterben, um Lears Versöhnung mit den himmlischen Mächten zu ermöglichen, um ihn zu erlösen. Einen schrecklichen Augenblick lang dachte Daniel an Stephanie, die mit ihrem schweren Band Wordsworth im Fahrradkorb zur vorgeburtlichen Untersuchung fuhr. Sie hatte ihr eigenes Leben gelebt. Wer konnte an einen Gott glauben, der dieses Leben auslöschte, um Daniel Orton eine Lektion im Leiden zu erteilen? Shakespeare läßt Cordelia sterben, um zu zeigen, daß es in unserem Leben Schlimmeres gibt als Schuld und Sühne, daß Lears Erkentnnisse, so schmerzlich erworben und nicht gerade beeindruckend sie sein mögen, nicht viel zu bedeuten haben nebem diesem Aufschrei – warum sollte ein Hund, ein Pferd, 'ne Maus ... Und selbst *das*, dachte Daniel, nachdem er den Ausführungen der Diakonissin ein abruptes Ende gemacht hatte, führte nicht über sich selbst hinaus. Es gab Zeiten, wo er sich wunderte, daß überhaupt etwas lebendig war, eine Blattlaus oder eine frühe Narzisse, die jemand mitbrachte, wo er um ihr grünseidenes schwereloses Leben nicht minder fürchtete als um das seiner Kinder. Die Kinder werden Ihnen ein großer Trost sein, hatten sie gesagt und sagten sie weiterhin. Die Kinder waren das, wofür er da war. Dies zumindest stand außer Frage. Er wusch und kleidete und ernährte die Kinder; er las Will vor; er kümmerte sich darum, daß Mädchen auf sie aufpaßten, und brachte sie – nicht oft – zu Winifred, wenn seine Arbeit ihn wegrief. Vielleicht hatte er selbst geglaubt, sie könnten ihn trösten. Statt dessen machten sie ihm angst, Angst um ihretwillen und vor ihnen.

Sein Kochen war ungeschickt, beschränkt und einfallslos. Es gab regelmäßig Eier mit Speck, Würstchen jeder Art, Dose um Dose weiße Bohnen in Tomatensauce. Die Zeit würde kommen, in der er kochen lernte, aber soweit war es noch nicht. Es fiel ihm sogar schwer, mit dem – mit ihrem – Herd umzugehen. Fast hätte er sich gefragt, was sie dachten, wenn sie ihn sich an ihrem Herd abmühen sahen. Die Leber war hart und bitter, die Koteletts waren angebrannt. Sie schoben das Essen weg, das Daniel ihnen aufzunötigen versuchte. Daß er selbst nichts aß und nur von Toastresten und Tee lebte, fiel niemandem auf.

Er fürchtete um sie, wie er um das Leben von Fliegen und kleinen Wesen fürchtete, nur schlimmer, viel schlimmer. Er hatte sie wachsen sehen, sie selbst sein sehen, Will mit seinem emsigen Gerede, Mary mit ihren Patschhändchen, ihm und Stephanie ähnlich und doch strahlend sie selbst. Und jetzt kamen sie ihm hauptsächlich und erschreckend verletzlich vor. Er ließ nicht zu, daß Will dem Postboten die Tür öffnete oder auf den Gartenzaun kletterte; einmal, als Will versuchte, einen Krug mit heißem Wasser vom Spülstein zum Eßzimmertisch zu tragen, schlug er ihn. Mary als Lebewesen war noch nicht ganz von ihrer Mutter zu unterscheiden gewesen, und wenn er sie nun hochheben wollte, zuckte er stets zusammen, weil er sich an *ihre* Hände erinnert fühlte, an ihre Schulter, an der Marys Kopf ruhte, an ihr Haar, in das klebrige Finger faßten. Mary, die bis dahin still gewesen war, wollte sich nicht hochheben lassen und wehrte sich heftig mit Handflächen und winselndem Geheul gegen ihn. Das war weniger schlimm als Will, der ihn über den Eßtisch hinweg beobachtete, eine Familie, die keine war. Sogar das elektrische Licht wirkte verdüstert und unheilschwanger. Wills finsterer Kinderblick war eine einzige Anklage.

»Wo ist Mummy hingegangen?«
»Sie hat Frieden. Sie ist beim lieben Gott. Gott sorgt für sie.«
»In einer Kiste. Kommt sie wieder aus der Kiste raus?«
»Dort ist ihr Körper. Sie selber ist frei und beim lieben Gott, Will.«
»Ist der liebe Gott gut zu ihr?«
»Gott ist zu uns allen gut. Er liebt uns alle.«
»Uns nicht. Uns liebt er nicht.«
Starrer Blick.
»Will, iß deine Cornflakes.«
»Ich mag sie nicht. Sie schmecken komisch. Ich mag sie nicht.«
»Andere kriegst du aber nicht. Iß jetzt.«

»Und wenn sie aus der Kiste raus will?«

»Das kann sie nicht.« Er versuchte, das zu sagen, was er zu seinen Schäfchen sagte, daß es nicht sie, Stephanie, ihre Mummy, war, aber weil er es selbst nicht glaubte, brachte er die Worte nicht über die Lippen. »Mach dir bitte keine Sorgen, Will. Iß jetzt.«

»Aber vielleicht will sie doch zu uns zurückkommen – vielleicht will sie das wirklich.«

»Nein, Will, das kann sie nicht. Wenn man tot ist, kann man nicht zurückkommen. Das geht nicht.«

Und Will, der sein ungegessenes Essen wie nebenbei vom Tisch auf den Boden praktizierte, sagte: »Ich will aber, daß sie zurückkommt. *Ich will sie zurückhaben.*«

»Ich bin doch da. Ich werd' mir Mühe geben. Ich will –«

»Ich will meine Mummy zurückhaben.«

Nein, die Kinder waren kein Trost. Für sie zu sorgen war etwas, was getan werden mußte, und er tat es. Er las Hänsel und Gretel vor, wieder und wieder, ohne auf Wills wiederholte Versicherungen zu achten, daß für Hänsel und Gretel alles gut geworden war, obwohl ihr Daddy und ihre Mummy sie allein in einen wilden Wald geschickt hatten, zu einer Hexe, die versucht hatte, sie aufzufressen, sie waren ihr entkommen und nach Hause zurückgekehrt, und alles war gut geworden, stimmt's? Daddy, *stimmt's, stimmt's?*, denn er war keinem Trost mehr zugänglich. Alles war gut geworden, sagte Daniel mit erstickter Stimme und versuchte Will zu streicheln, der voll Abwehr mit den Fäusten gegen seine schwarzgekleidete Männerbrust trommelte.

Auch ihn beschäftigte die Kiste. Es war kein Thema, über das er sich mit Will verständigen konnte, und jedem anderen gegenüber schien es ihm unansprechbar. Er war kein phantasievoller Mensch und hatte das Erwähnen der körperlichen Verwesung als dem ewigen Licht entgegengesetztes Phänomen beim Beerdigungsgottesdienst eigentlich immer als wohltätig empfunden. Erst als dieses Fleisch betroffen war – das er nur in Fragmenten erinnerte, den Anblick ihres Rückgrats, wenn sie sich von ihm entfernte, den ihrer Knöchel beim Radfahren, den ihres Haars, ihres Haars auf seinem Kissen –, merkte er, daß sein Geist sich nicht vom Bild der Kälte und Dunkelheit, des Vergehens, des Aufweichens und Zerfließens befreien konnte, es wird gesät verweslich und wird auferstehen unverweslich, es wird gesät ein natürlicher Leib und wird auferstehen ein geistlicher Leib? Er liebte seinen Sohn Will, Fleisch von seinem Fleisch, Fleisch von ihrem Fleisch, und er hatte das Gefühl, daß er selbst und seine Zwangsvorstellungen ungut und schädlich für Will sein könnten, der – vielleicht noch – Schutz vor der verderbten und scheußlichen Beschaffenheit der Dinge in den gruseligen Grimmschen Märchen finden konnte, in denen die Jungen und Hoffnungsvollen wiederkehren, aus Schloß und Höhle, mit dem goldenen Ring, dem seidenen Gewand, der Krötenbraut, die in eine liebliche Prinzessin verwandelt wurde. Daniel hingegen ekelte und verstörte jeder abgeschlagene Kopf, jedes gemetzelte Ungeheuer nicht viel anders als zertretene Käfer, aus dem Nest gefallene Spätzlein, die verkohlten Leberdreiecke auf seinem Teller. Er träumte nicht von Stephanie, aber er träumte aufs abscheulichste vom Kopf des Pferdes Fallada, lebendig und blutig über dem Tor des Schlosses, warm zu berühren, zu weich, zu endlos ... Er wollte Enid Blyton vorlesen und wurde von seinem Sohn zurechtgewiesen, der sagte: »Dieses Buch mag Mummy nicht, das lesen wir nicht. Wir lesen *dieses* Buch, dieses Buch hier.«

Wann kam ihm zu Bewußtsein, daß er möglicherweise nicht so überleben würde, wie er es sich als selbstverständlich vorgestellt hatte? In der Helligkeit jenes erschreckenden ersten Tages hatte er in die Zukunft gedacht und sich eine Zeit vorgestellt, *nachdem* das, was war, so schlimm wie irgend möglich geworden war und er sein Leben wieder beginnen müssen würde, indem er gewohnte Dinge auf vernünftige Weise tat und seine Gedanken auf die Außenwelt richtete. Aus der unbegrenzten Energie seines kraftvollen Lebens hatte er sich eine unbegrenzte Zeit des Trauerns zugestanden und sich dabei mit jenem Teil seiner selbst, der noch dem Tod abgewandt und mit seiner Arbeit befaßt war, die Unterbrechung der Tätigkeit, zu der er berufen war, fast verübelt. Dann, als er seine Vergangenheit in diese nichtige Gegenwart zwängte, hatte er sich gesagt, daß gerade seine Kraft es war, die die Erfahrung des Schmerzes hinauszögerte, so wie körperliche Widerstandsfähigkeit eine tödliche Krankheit hinauszögert. In der anfänglichen Schreckenszeit lebte er Augenblicke des Vergessens in der gleichmütigen Vergangenheit, Augenblicke verbissener Zielstrebigkeit angesichts der Zukunft, die er sich jenseits des Gegenwärtigen vorstellte. Danach begann er, von sich selbst als von jemandem zu denken, der sich in einem luftlosen braunen Tunnel abkämpfte und nach Luft rang, beleuchtet von den phantasmagorischen Blitzen, die er zum erstenmal in Form der Worte des Trauergottesdienstes auf Lehm gesehen hatte, und der Tunnel war eng, er zwängte sich hindurch wie ein Maulwurf, mühsam, aber er war stark, er bahnte sich seinen Weg, keinem Ziel entgegen, nicht einmal dem, in einer Sackgasse zur Ruhe zu kommen.

Er muß den Wunsch gehabt haben, sich zur Erschöpfung zu bringen; er muß den Wunsch gehabt haben, fähig zu sein, sich selbst in Ruhe zu lassen. Wenn er früher Unstimmigkeiten mit seiner Frau gehabt hatte, wenn er verdrießlich oder übellaunig gewesen war, dann war er gewandert, meist des Nachts, und hatte sich mit dem Rhythmus der eigenen Schritte beruhigt. An den langen Abenden, wenn die Kinder im Bett waren und er allein dasaß, kam ihm sein kleines Haus, das er einst als zerbrechliche Hütte in einem Sturm gesehen hatte, wie etwas Solideres und Bedrückenderes vor, etwas, was sich auf ihn häufte wie die Erde in jenem engen Spalt. Dann blickte er vom Stuhl zum Tisch zur Küchentür und zum Fliesenboden der Küche, wo sie ausgerutscht war, zu Boden geglitten war und die Hand nach dem Vogel ausgestreckt hatte, und er konnte nicht länger dort verweilen, ohne – ohne auf unvorstellbare Weise in Lärm oder Gewalttätigkeit auszubrechen, wie sie die Kinder auf keinen Fall miterleben durften. Dann ging er nach draußen und machte kurze Ausfälle zur Kirche, zum Friedhof, zum Kanal, stets gehemmt von der schweren Kette seiner Furcht um die Kinder, die mit jedem Schritt schwerer wog.

In der Kirche versuchte er zu beten. Nicht zu Jesus Christus, sondern zu dem alten, unzugänglichen, undifferenzierten Gott, der die Steine des Gebäudes zusammenhielt, der wie Elektrizität in der schweren Luft hing, dessen Gegenwart er nur selten spürte, der ihn jedoch angespornt hatte. Der du die Menschen lässest sterben und sprichst: Kommt wieder, Menschenkinder! Oh, du kehrst nimmer wieder! Nicht daß die Kirche unbewohnt gewesen wäre: Etwas machte sich in ihr zu schaffen, wie es schon immer der Fall gewesen war, etwas, was sich die schmächtigen menschlichen Stimmen, die dort piepsten und seufzten, einverleibt und sie zunichte gemacht hatte. Es gab mehr auf der Welt und außerhalb der Welt als die Menschen und ihre jämmerlichen Angelegenheiten; Daniel konnte dieses Leben hinter dem Klopfen seines eigenen Herzens hören, dem Erlöschen des eigenen Atems. Zu denken, daß Menschen hier gekniet und darum gebetet hatten, von der Schande der Akne erlöst zu werden, darum, daß ein Mädchen im Chor ihnen zulächelte, daß sie eine Prüfung bestanden, auf die sie sich ungenügend vorbereitet hatten, daß dem Vikar ihr neuer Hut auffiel, *jetzt* oder *jetzt* oder jetzt. Für diese Kleinigkeiten gab es Gesetze: Ungeerdete Elektrizität schlug durch Fleisch und feuchtes Blut in die Fliesen des Bodens ein. Aber er konnte sich nicht hinstellen und mit lauter Stimme verlangen, daß er getroffen wurde, dort, wo er stand, noch daß das Geschehene ungeschehen gemacht, die Tote zurückgebracht wurde. Alles, worum er bitten konnte, war, was er selbst tun konnte und mußte: dafür sorgen, daß er auf nützliche Weise weiterlebte. Nicht etwa, daß er nicht wirklich an diese Macht geglaubt hätte. Doch sie glaubte nicht sonderlich an ihn. Sie hatte Gesetze für ihn. Jesus Christus hatte gesagt, der Vater trage Sorge um jeden Sperling, doch wenngleich nicht daran zu zweifeln war, daß Christus Sorge darum getragen hatte, war es weit weniger unstreitig, daß diese Macht es tat. Sie schlug zu und erfüllte ihr Gesetz. Menschen hatten zerbrechliche Schädel, ihre Herzen pumpten fleißig, zart, robust, und ein Luftbläschen konnte ihr Ende bedeuten. Das Bild der hängenden Gestalt am Kreuz war ein Schrei des Menschen, daß die Dinge anders beschaffen sein möchten, daß das Leid der Menschen im Mittelpunkt stehen solle, daß der Mensch für sein eigenes Schicksal verantwortlich sein solle und daß die Vernichteten wiederkommen sollten wie Gras, wie der Weizen des Paulus, der gesät ward verweslich. Habe ich nur um menschlicher Dinge willen zu Ephesus mit wilden Tieren gefochten, was hilft's mir, wenn die Toten nicht auferstehen?

Daniel glaubte, daß die Toten nicht auferstanden. Weil er die Angst auf eine unerträgliche Spitze getrieben hatte, stapfte er eilig durch die kalte Nachtluft zu seinem Häuschen zurück und dachte dabei an die Verletzlichkeit kleiner Schädel, das Ersticken kleiner Lungen, an jene verzogene Lippe, den verbrannten Arm, das weiche tote Haar.

Gideon und Clemency kamen zu Besuch. Daniel bot ihnen keinen Kaffee an, aber sie blieben, und Clemency trat ohne zu fragen in seine Küche, als wäre es ihre eigene, und machte Kaffee für alle. Sie hatte selbstgebackene Kekse mitgebracht und sagte zu Daniel, er sehe übermüdet und unterernährt aus. Sie stellte die Kekse auf einem Teller auf den staubigen Tisch; Daniel lehnte sie ab, indem er einfach keinen nahm. Will kam her und nahm drei, einen nach dem anderen, und stopfte sie sich in den Mund, als fürchte er zu verhungern. Clemency reichte Mary einen Keks. Sie saß auf Stephanies Stuhl und lockte Mary, zu ihr zu trippeln und einen schönen Keks mit einem verzuckerten Veilchen zu nehmen. Mary kam, lutschte am Keks, lehnte eine rosige Wange an Clemencys zitronengelben Leinenrock und verschmierte ihn. Clemency wischte mit einem kleinen Taschentuch unaufgeregt an dem Flecken. Wut stieg in Daniel auf, so daß der Raum vor seinen Augen zu schwanken begann und hinter Clemencys Kopf zwei Fensterrahmen zu tanzen schienen. Gideon sagte, jedermann mache sich Sorgen um Daniel, der sich selbstverständlich ganz großartig gehalten hatte, aber machte die Anspannung ihm nicht allmählich zu schaffen? Gideon fragte sich, ob vielleicht ein Urlaub? Ob die Kinder vielleicht Lust hatten, für eine Zeitlang zu ihnen zu kommen und Teil ihrer großen Familie zu sein? Und er fragte sich, ob Daniel vielleicht mit einem Psychologen sprechen sollte, mit jemandem, der Erfahrung im Umgang mit Trauer hatte ...

»Nein«, sagte Daniel.

»Ich weiß«, sagte Gideon, »wie schwer es für Sie sein muß, über unsere liebe Stephanie zu sprechen, aber ich glaube, es könnte Ihnen helfen. Wir sind nur allzu bereit, unsere Toten wegzuräumen, sie aus unseren Herzen und Köpfen zu verbannen. Ich habe mich gefragt, ob es eine Hilfe sein könnte, wenn wir hier um den Tisch herum uns einfach gemeinsam an das Wunderbare ihrer Existenz erinnern, für ihr Leben, für die Kinder und für das Glück, das sie so vielen gab, danken würden.«

»Am Tag, als sie starb«, sagte Clemency, deren Stimme fast keine Unsicherheit anzuhören war, »hatte ich sie noch mit einem persönlichen Problem aufgesucht, mit etwas, was großes Fingerspitzengefühl erforderte, und sie war so *klug*, so sanft und geduldig dabei, bei dieser wirklich ziemlich unerfreulichen Geschichte –«

Spürte Daniel in diesem Moment, daß sein Überleben sich entfaltete? Wind rauschte in seinen Ohren; dunkle Stäbe, zwischen denen Feuer aufleuchtete, zeichneten sich vor seinen Augen ab und tranchierten Gideons huldvolles Gesicht in brennende Teile, hier ein Auge, dort ein halber gelber Bart.

»Sie gehörte uns allen«, sagte Gideon, »und wir alle trauern um sie und möchten mit Ihnen zusammen trauern. Lasset uns beten: Inniggeliebter Vater im Himmel, der Du um die Trauer der Menschen weißt, der Du den eigenen Sohn hingegeben hast um unserer Erlösung willen ...«

»Raus hier«, sagte Daniel. Er stand auf und machte eine drohende Handbewegung zu Clemency, die Stephanie gesehen hatte, nachdem er sie gesehen hatte, die Wörter aufgebraucht hatte, die Stephanie vielleicht ...

»Ich glaube, Sie benötigen dringend Hilfe«, sagte Gideon.

Daniel schlug ihn. Etwas ergriff Besitz von ihm; seine schwere Hand krachte knirschend gegen Gideons Gesicht und kam blutig zurück. Für einen Augenblick empfand er ein Gefühl des Friedens. Und dann loderte die Wut wieder auf.

»Raus hier«, sagte er zu Clemency, »raus mit euch, raus hier.«

»Es wäre besser, wenn ich die Kinder mitnehmen könnte«, sagte Clemency mit ihrem verschmierten Rock.

»Macht, daß ihr rauskommt«, sagte Daniel.

Mary stand weinend hinter Mrs. Ortons Sessel. Will war in der Küche, den Körper an die Wand gepreßt, die Wange an der kalten weißen Kühlschrankwand, das kleine Gesicht bleich, mit versteinerter Miene.

33. Drei Szenen

Es gab wieder Tee im Familienkreis in dem kleinen Haus in der Masters' Row. Die große braune Teekanne glänzte verhalten auf einem blaukarierten Tischtuch. Toastscheiben steckten im Toastgestell, und gebutterte Brotscheiben waren auf einem Teller mit Weidenmuster dachziegelförmig ausgelegt. Winifred hatte wieder Marcus' alten Teller mit schwerem Rand hervorgeholt, auf dem ein verblaßter Christopher Robin zusammen mit Alice der Wachablösung vor dem Buckingham-Palace zusah. Diesen Teller hatte Mary bekommen, während Will Fredericas Tasse, Teller und Eierbecher mit Peter Rabbit bekommen hatte. Winifred schnitt Toast in Stäbchen, damit Will sie in sein gekochtes Ei tunken konnte. Es gab gewürzduftende Lebkuchenmänner. Sie hatte Mary an den Tisch gehalten, damit sie Rosinen als Augen in die flach daliegenden Gestalten drücken konnte, die Will ausgerollt und ausgestochen hatte. Sie lächelten mit Mündern aus kandierter Orangenschale. Dort, wo sie und Bill früher in kaltem Schweigen mit nur einem eingeschalteten Heizstab des elektrischen Feuers gesessen hatten, gab es jetzt wieder ein Kohlenfeuer. Sein Widerschein funkelte auf polierten Löffeln und warmem, wenn auch abgenutztem Holz. Auf dem Tisch standen Blumen, exzentrische Kugeln aus flammengleich emporstrebenden Segmenten rötlichbrauner und goldener Chrysanthemen, nach denen Mary die Hand ausstreckte und von denen sie liebevoll zurückgehalten wurde. Winifred hätte nicht sagen können, ob sie glücklich war. Wie sollte sie glücklich sein können? Aber sie wurde gebraucht, und das hatte sie mit neuem Leben beseelt.

Drei Monate zuvor hatte sie eines Nachts den Telefonhörer abgenommen. Er hatte schnell und entschieden gesprochen.

»Ich will, daß du sofort herkommst und die Kinder abholst.

Ich will, daß sie bei dir sind und daß du dich um sie kümmerst. Du mußt sofort kommen, auf der Stelle. Ich muß mich darauf verlassen können.«
»Was willst du –«
»Oh, ich mache keine Dummheiten, ich kneife doch nicht. Aber so kann es nicht weitergehen. Sonst geschieht noch ein Unglück. Das mußt du mir glauben.«
»Ja, aber ich, aber sie –«
»Bei dir sind sie besser aufgehoben. Ich gehe jetzt. Ich gehe einfach. Wirst du kommen?«
»Selbstverständlich.«
»Sofort. Versprich mir das.«
»Ich verspreche es.«
»Ich werde mich melden.«

Sie hatte ein Taxi genommen. Als sie das Häuschen erreichte, waren beide Kinder im Bett. Sie hatte ihre Sachen zusammengepackt und sie mit zu sich nach Hause genommen. Sie hatte gewußt, daß sie das tun mußte, aber sie hatte nicht ahnen können, wie sehr es sie verändern würde.

Hin und wieder erhielten sie Postkarten. Nie wieder einen Anruf. Er schien sich langsam nach Süden zu tasten. Haworth, Nottingham, Staffordshire, Kathedralen, Landschaftsaufnahmen von Heide und Mooren, nichtssagende Stadtzentren mit Straßenbeleuchtung auf Betonmasten. Herzliche Grüße an Will und Mary.

Und sie hatte nicht geahnt, was es bei Bill bewirken würde. Sie war eine geduldige, schweigsame Mutter gewesen; sie war eine zärtliche, nachsichtige, liebevolle Großmutter. Er hatte als Vater getobt, bestraft, seine Erwartungen unmißverständlich klargemacht. Jetzt spielte er. Gewiß, er hatte sich bemüht, mit Marcus »kreative« Spiele zu spielen, Blöckchen gezählt, die Geschichte von Beowulf oder Siegfried oder Achill erzählt, dem Kind seine Bildung angeboten und war abgewiesen worden. Will liebte Geschichten. Und Bill war nicht länger unerbittlich fordernd. In der Anfangszeit war Mary leicht zu unterhalten und gefällig, während Will finster vor sich hinbrütete. Aber er ließ es zu, daß Bill ihm vorlas, sogar Gedichte, er reagierte auf den »Rattenfänger von Hameln« und auf die »Dohle von Reims« und ließ Bill wieder und wieder die Geschichte vom treuen Thomas erzählen, der bis über die Knie im Blut watet. Sie saßen zu viert im Feuerschein über ihrem Tee und hielten die Dunkelheit fern.

Marcus kam hin und wieder vorbei und saß in der Ecke, schweigend, aber anwesend, und sah die Kinder, insbesondere Will, nicht ohne Furchtsamkeit an, ob sie Kissenschlachten ausfochten oder, was vorkam, beim Geräusch einer Tür, die zuschlug, unkontrolliert in Tränen ausbrachen.

Der Tod seiner Schwester hatte die Beziehung zwischen Marcus, Ruth und Jacqueline verändert. Er war in Ruths Welt eingetreten, in das, was sie offenbar für ihre Welt hielt, wo das Ertragen von Verlusten, Geduld und verständnisvolle Sanftmut das wichtigste waren. Jacqueline hatte sich vor ihm zu fürchten begonnen. Ruth besuchte ihn in seiner Studentenmansarde in Long Royston, nahm ihn in ihre kühlen Arme, lag neben ihm auf dem Bett – mehr verlangte er nicht –, strich ihm übers Haar, sagte zu ihm, daß es vorbeigehen werde, daß alles vorbeigehe. So spricht sie wohl mit ihren Patienten, dachte er, und für einige bewahrheitete es sich und für andere nicht oder nicht so, wie sie es beabsichtigte. Niemandem, weder Ruth noch Jacqueline, noch Winifred, noch Mr. Rose, dem Psychiater, konnte er sagen, daß er an jenem Abend Stephanie aufgesucht hatte, weil er mit ihr über Ruth, Gideon und die Liebe sprechen wollte. Er kam sich wie taub und allzu unbedeutend vor; es war, als hätte Daniels zornige Trauer ihn des Rechts und des Willens beraubt, sich Kummer oder Schuldgefühle anmerken zu lassen.

Er besuchte seine Eltern, weil es ihn sowohl schmerzte als auch freute, sie mit den Kindern spielen zu sehen, wie sie es mit ihm nicht vermocht hatten. Will saß auf Bills Knien, in die Beuge seines sehnigen Arms gekuschelt, wie Marcus es nie getan hatte, den kleinen Kopf unter Bills spitzem Kinn wachsam emporgereckt.

Bill rezitierte, hauptsächlich an Winifred gewendet, ein Gedicht von Hardy, das ihm bei der Suche nach Gedichten, die er für Will aufsagen konnte, untergekommen war. »Er war kein besonders guter Romancier, aber ein echter Dichter«, sagte Bill, »trotz seines erschreckenden Hangs zu abgegriffenen Klischees und Gemeinplätzen.«

> Ich bin das Familiengesicht
> Fleisch vergeht, ich lebe fort
> Und trage Merkmale und Züge
> In künftige Zeiten
> Und finde mich hier wie dort
> Stärker als das Vergessen.
>
> Die über Jahre vererbte Miene
> Die der Lebenszeit spottet
> In Form und Stimme und Auge
> Des Menschen – das bin ich
> Das Ewige am Menschen
> Das keinen Ruf des Todes hört.

Er inszenierte seinen Vortrag richtiggehend; sie waren zu ihm getreten, hielten den Blick auf ihn gerichtet.
»Ein sehr abstrakter Trost«, sagte er. »Aber immerhin.«
Winifred war davon gerührt. Marcus nicht.

Frederica saß in der kleinen Bibliothek, die sie sich ausgemalt hatte, auf einer Fensterbank mit einem breiten, abgenutzten Kissen mit Gobelinbezug und sah hinaus über gemähte Rasenflächen im Frühlingsregen zu einer kleinen gemauerten Brücke über dem Burggraben, der Wasser enthielt. Der Raum war schön und fremdartig, grün und mattgolden und rosafarben eingerichtet, mit liebevoll gepflegten alten Mahagonimöbeln, chinesischen Vasen voller Potpourri und den Büchern, der ungeöffneten Bibliothek eines toten Edelmannes, den Briefen

Lord Chesterfields, Gibbon, Dr. Johnson, Macaulay, Scott, Kingsley und den *Sagen aus dem alten Rom*, in denen Nigel Reiver als Kind an Regentagen wie diesen ersten Tagen ihres Besuchs geschmökert hatte. Nigels zwei Schwestern, Olive und Rosalind, die in dieser Geschichte nicht vorkommen und nichts von dem, was geschehen war, wissen konnten, hatten den Vorsitz beim Tee geführt, dessen Überreste sich vor ihnen auf einem niedrigen Beistelltisch befanden. Eine georgianische silberne Teekanne, in der sich Feuerschein und trübes Tageslicht spiegelten, zierliche Spode-Tassen, eine Platte mit dünn geschnittenen Sandwiches, ein bröseliger halber Schokoladenkuchen auf einem leicht gestärkten Damasttuch auf einem großen dunklen Tablett. Es gab ein silbernes Sahnekännchen und einen Unterteller voll glitzernder, saurer, halber Zitronenscheiben. Die zwei Schwestern, in heidefarbene Tweedröcke und Kaschmirstrickjacken gekleidet, sahen aus wie Nigel, dunkel und untersetzt, etwas verdrießlich und voll physischer Energie.

Frederica war sich nicht sicher, warum sie gerade jetzt eingeladen worden war oder warum sie zugesagt hatte. Nigel war der einzige Mensch, der fähig zu sein schien, sie dazu zu ermutigen, zu weinen oder auf ihn einzuschlagen. Aber das hier war kein Ort für sie. Am ersten Tag hatte die Größe des Guts sie erschreckt; anders als Long Royston war Bran House ein normal bewohntes Gebäude, was bewirkte, daß die Meiereiräume und Treibhäuser, Nebengebäude und Stallungen ihr endlos vorkamen, was bei Crowes prunkvolleren, palastartigeren Anlagen nicht der Fall war. Sie war mit Nigel über die Felder zum Bauernhof des Guts gewandert, überrascht, daß einem Menschen so viele freiwachsende Bäume, soviel wildes Gras, ein so großer Teil der Erde *gehören* konnten. Sie hatte diese Überraschung nicht zum Ausdruck gebracht. Sie hatte vor einem Fasanengehege gestanden, wo die farbenfrohen Vögel hinter dem Maschendraht aufgeregt durcheinanderstolzierten, lächerlich in ihrem Gefängnis, hatte Krähenschwärme heranfliegen und tote Maulwürfe auf einem Torpfosten vertrocknen sehen.

Sie hatte ein hübsches Schlafzimmer mit einem Himmelbett mit weißen Vorhängen und gehäkelten Baumwollkissenbezügen, alles in Weiß. Es war wie im Märchen. Nachts kam Nigel barfuß zu ihr, schweigsam und kraftvoll von Anfang bis Ende. Sie hatte Stephanie um die Gewißheit ihres Verlangens nach Daniel beneidet, der, so schwer vorstellbar es auch sein mochte, das gewesen war, was Stephanie *gewollt* hatte, gewollt auf eine Weise, wie sie, Frederica, noch nie jemanden gewollt hatte. Verwirrt dachte sie, daß sie vielleicht erwartet hatte, Stephanie könne Dinge für sie beide tun, die zu tun sie selbst fürchtete, die sie vielleicht gar nicht tun konnte. Laß mich hinein, laß mich hinein, sagte Nigel immer, und manchmal konnte sie tatsächlich nicht unterscheiden, wo er begann und sie endete – in gewisser Weise waren sie eins. War es *das*, was Stephanie gesucht hatte, besessen hatte? Die Vorstellung ihrer Schwester war immer grauenhaft, weil es immer die einer Sterbenden war. Wenn sie sich an etwas Gutes erinnerte, gemeinsame Fahrradfahrten, Tee bei Wallish & Jones, ein Streitgespräch über *Das Wintermärchen*, das Stephanie liebte und das Frederica gräßlich fand, wurde die imaginierte Stephanie starr und furchterregend, und dann bekam sie einen Schweißausbruch und begann zu weinen. Sie hatte es nicht über sich gebracht, sie in ihrem Sarg zu sehen, bevor er verschlossen wurde. Sie hatte geglaubt, mutig genug zu sein, sich den Dingen stellen zu können, aber das hatte sie nicht fertiggebracht. Nigel war der einzige Mensch, dem sie dies gestanden hatte, und er hatte es verstanden, wie er, so glaubte sie, Anwandlungen von Todesangst oder blindwütiger Leidenschaft verstehen konnte. Mitten unter seinen langanhaltenden Vorstößen in dieser Nacht dachte sie wieder daran und begann zu weinen, versuchte, kein Geräusch dabei zu machen, und er hielt sie an sich gedrückt, zum Schutz vor dem Dunkel. Er war so lebendig. Sein Haus und seine beobachtenden Schwestern waren ihr fremd, aber er war so lebendig. Nachts klammerte sie sich an ihn, und tagsüber gingen sie auf seinen Ländereien im Regen spazieren, folgten den alten Wegen und entdeckten Spuren von Leben, flatternde grüne Flügel, einen aufgescheuchten Hasen, einen Falken, der zitternd in der Luft stand.

Später als all dies läutete es in Alexanders Wohnung in der Great Ormond Street, und er mußte die Treppe hinunter zum Eingang gehen, wo sein Besucher einen hartnäckigen, penetranten Klingelsturm veranstaltete. Auf der Außentreppe stand eine schwarze, ungepflegte Gestalt, bärtig und zerzaust, in einem abgetragenen Regenmantel und in mitgenommenen, schmutzverkrusteten Schuhen. Alexander trat einen Schritt zurück und erkannte erst da Daniel, der viel von seinem Fett verloren hatte und dessen Kleider unter dem Regenmantel lose um seine Knochen hingen.

»Kann ich für eine Weile reinkommen? Ich muß mich aufwärmen. Und rasieren. Und telefonieren. Da sind Sie mir eingefallen. Sie haben mir einen guten Brief geschrieben, das war der Hauptgrund. Kann ich reinkommen?«

Alexander bat ihn herein, ließ die Badewanne ein, machte etwas zu essen. Er hätte auch Kleider angeboten, aber die hätten nicht einmal jetzt gepaßt. Er richtete einen großen Teller voll Räucherschinken, Rührei, braunem Brot, Pilzen und Tomaten her, und Daniel aß alles an einem niedrigen Tisch vor Alexanders Kaminfeuer. Er hatte sich einen langen, verfilzten Bart wachsen lassen, den er im Badezimmer gestutzt, aber nicht entfernt hatte. Zwischen den einzelnen Bissen sprach er schnell und abgehackt. Die Wohnung war hell und ruhig, strohfarben und golden und helles Holz; hohe georgianische Fenster mit schmalen Rahmen ließen viel Licht herein. Alexander hielt seine Wohnung auf minimalistische, aber pingelige Art und Weise in Ordnung. Er machte Joghurt, wie er es bei Elinor gelernt hatte, und stellte eine Vase mit Schwertlilien auf den Tisch neben seinem kleinen Bild des Frühstückstischs.

»Ich bin viel gelaufen«, sagte Daniel. »Fast die ganze Wegstrecke. Manchmal bin ich ein Stück mit dem Bus gefahren. Geschlafen hab' ich – na ja – in Lastwagenfahrerunterkünften und so. Einzelheiten erspare ich Ihnen. Ich glaube, ich wußte nicht, wohin ich wollte, nicht wirklich – ich wollte mich einfach ermüden, fertigmachen, bis ich – bis ich nicht mehr konnte.«

Wie sollte er es ausdrücken? Er hatte gegen seinen Körper angekämpft, hatte ihn bestraft und Woche um Woche mit keinem Menschen gesprochen, war schwerfällig von Oberfläche zu Oberfläche getrottet, Asphalt, Gras, Sand, Heide, fühllos, und hatte begriffen, was das Wort »Landstreicher« bedeutet. Er erinnerte sich, wie seine Füße gewandert waren und wie die gleichförmige Bewegung seinen Geist entleert hatte, das Leben aus ihm und dem, was geschehen war, herausgesogen hatte.

»Fast hätte ich es geschafft. Vor lauter Gehen, ohne zu essen. Bin bis nach St. Bennet's gekommen. Sie wissen, was ich meine – sie nehmen dort jeden auf, Obdachlose, Vagabunden, Selbstmörder, Trinker. Als ich dort ankam, war ich vielleicht in einem Zustand – völlig verdreckt, Lungenentzündung, konnte nicht mal krächzen, wie ein Stummer. Hab' meinen Kragen am zweiten Tag in der Tasche verschwinden lassen – komisch, daß ich ihn überhaupt mitgenommen habe, aber so war es, vielleicht ursprünglich als Signal, das besagen sollte: So steht's um mich, Leute, bin am Ende angelangt. Man hat mich ins Krankenhaus gebracht. Seitdem hab' ich mich ein bißchen nützlich gemacht. Will dem Steuerzahler nicht auf der Tasche liegen. Und inzwischen mache ich mich in St. Bennet's nützlich. Aber ich glaube, es ist Zeit, daß ich wieder lebendig werde.«

An den Wänden hatte Alexander große Reproduktionen des *Sämanns* und des *Schnitters*, die Charles Koninck für ihn hatte anfertigen lassen, größer als die Originale, erfüllt von gelbem und violettem Licht. Er war sich sehr wohl dessen bewußt, daß ein zufälliger Besucher oder die meisten Besucher in ihnen nichts anderes als den üblichen bourgeoisen Aufheiterungsversuch sehen mußten. Er wußte aber auch, daß der Künstler Bilder hatte malen wollen, die sich jedermann an die Wand hängen konnte, um sich aufzuheitern. Daniels Blick glitt desinteressiert von ihnen ab. Alexander lebte mit ihnen, um mit dem Gedanken an Extreme zu leben, die er nicht kannte, vielleicht nicht kennen konnte. Er sah Daniel an und wußte, daß er auch ihn nicht kannte, daß er das nicht kannte, was ihn antrieb, was ihn beinahe vernichtet hatte.

»Was werden Sie jetzt tun?«

»Ich kann nicht nach Hause zurück. Früher wollte ich das, aber jetzt weiß ich nicht ... Ich kann in St. Bennet's weiterarbeiten, bis sich etwas anderes findet. Mit den Gestrandeten. Aber vorher muß ich mit dem Bischof ins reine kommen. In St. Bennet's wissen sie nicht, wer ich bin. Ich dachte, ich wollte mich als Person – als wirkliche Person – erst einmal an Ihnen testen, um zu sehen, ob alles hält.«

»Hält es?«

»Könnte halten.«

»Ich bin froh, daß Sie gekommen sind.«

Er schob die Reste von Daniels gewaltiger Mahlzeit beiseite und schenkte Kaffee aus einer blauen polnischen Emaillekanne in eine goldgelbe Vallauris-Steingutschale.

»Kaffee. Damit wieder Leben in Ihre Adern kommt.«

Daniel drehte etwas zwischen den Fingern. Es war sein Priesterkragen.

»Danke.«

Danksagung

Dieses Buch zu schreiben hat mir ein Stipendium des Arts Council ermöglicht, wofür ich sehr dankbar bin. Dankbar bin ich auch Monica Dickens für einen Rat hinsichtlich des Plots (sie weiß Bescheid). Ohne die Hilfe der London Library und ihres Bibliothekars Douglas Matthews hätte ich dieses Buch niemals schreiben können. Mein Verlag Chatto & Windus war mir in einem Ausmaß behilflich, das sich weder geschäftlichen noch gesellschaftlichen Konventionen verdankt. Will Vaughan und John House danke ich für Gespräche über Malerei, Jacquie Brown für maschinenschriftliche Höchstleistungen im Zeitraffer und Michael Worton für französische Einfälle und insbesondere für sein ästhetisches Gespür und seine Ermutigung.

A. S. Byatt

Zur deutschen Ausgabe

Die Shakespeare-Zitate sind in der Fassung der Schlegel-Tieck-Übersetzung wiedergegeben, die Bibelzitate in einer leicht modernisierten Luther-Übertragung. Die Van-Gogh-Zitate entstammen der Ausgabe der Briefe van Goghs in der Übersetzung von Eva Schumann, herausgegeben von Fritz Erpel.

Gedichtzeilen John Donnes sind in der Übertragung Werner Vordtriedes zitiert, Zeilen von John Keats in der Hans Pionteks. John Miltons *Comus* ist übersetzt von Immanuel Schmidt, sein *Verlorenes Paradies* von Hans Heinrich Meier. *Glück für Jim* von Kingsley Amis ist in der Übersetzung von Elisabeth Schnack zitiert.

Inhalt

Prolog
Postimpressionismus:
Royal Academy of Arts, London, 1980 9

1. Vorgeburtlich: Dezember 1953 24
2. Zu Hause 39
3. Weihnachten 55
4. Midi 76
5. Mas Rose. Mas Cabestainh 92
6. Seestück 107
7. Eine Geburt 122
8. A l'éclat des jeunes gens en fleurs, I 157
9. A l'éclat des jeunes gens en fleurs, II 170
10. Normen und Ungeheuer, I 184
11. Normen und Ungeheuer, II 205
12. Ein Kind ist uns geboren 210
13. Die Mumien 221
14. Bilder und Metaphern 222
15. Wijnnobel 244
16. Erste Ideen 251
17. Feldforschung 257
18. Hic ille Raphael 276
19. Dichter lesen 305
20. Wachstum 312
21. Ein Baum, von vielen einer 329
22. Namen 335
23. Comus 350
24. Zwei Männer 368
25. Kultur 376
26. Geschichte 385
27. Gräsernamen 410
28. Der gelbe Stuhl 422
29. London 437
30. Unus passerum 445
31. Daniel 458

32. Verschwinden 469
33. Drei Szenen 482

Danksagung 492
Zur deutschen Ausgabe 493